中国古代文学经典书

诗书传情

纳兰词

〔清〕纳兰性德　　著

赵毓龙　　校注

春风文艺出版社

·沈阳·

图书在版编目（CIP）数据

纳兰词 / 纳兰性德著；赵毓龙校注. —沈阳：春
风文艺出版社，2025.1
（中国古代文学经典书系. 诗书传情）
ISBN 978 - 7 - 5313 - 6642 - 3

Ⅰ. ①纳⋯ Ⅱ. ①纳⋯ ②赵⋯ Ⅲ. ①词（文学）—作
品集—中国—清代 Ⅳ. ①I222.849

中国国家版本馆CIP数据核字（2024）第023233号

春风文艺出版社出版发行
沈阳市和平区十一纬路25号　邮编：110003
三河市刚利印务有限公司印刷

责任编辑：姚宏越　韩　喆	责任校对：陈　杰
封面设计：黄　宇	幅面尺寸：145mm × 210mm
字　　数：858千字	印　　张：29
版　　次：2025年1月第1版	印　　次：2025年1月第1次
书　　号：ISBN 978-7-5313-6642-3	
定　　价：298.00元（全4册）	

前　言

纳兰性德（1655—1685），原名纳兰成德，字容若，正黄旗满洲人，太傅明珠长子。纳兰性德十七岁入太学，十八岁中举，十九岁会试连捷，因患寒疾，能参加殿试，二十二岁补殿试，中二甲第七名，赐进士。康熙皇帝因纳兰出身亲贵，特授予其三等侍卫。纳兰性德后又晋升为二等、一等侍卫，有意将其培养成亲信。纳兰性德多次扈驾出巡，到过京畿、关外、山西、江南等地，又曾奉旨随副都统郎谈等远赴索伦部（清代对东北地区达斡尔、鄂温克和鄂伦春等族的统称）侦查边情。康熙帝赞其履职勤谨，更欣赏其文武兼长，意欲提拔重用。可惜天不假年，康熙二十四年（1685）五月下旬，纳兰忽得寒疾，七日后不治而亡。

纳兰于康熙十三年娶卢氏（两广总督、兵部尚书、都察院右副都御史卢兴祖之女）为妻，婚姻生活和谐美满。可好景不长，卢氏于康熙十六年五月三十日产后病亡，纳兰哀痛欲绝，久久难以平复。纳兰词中不少描写婚姻、爱情，以及表达思乡和悼念之情的作品，都是为卢氏而写的。康熙十二到十三年，纳兰收颜氏女为姜室，卢氏亡故三年后，纳兰又娶官氏女为继室。纳兰词中也有相当一部分思乡之作，是写给颜氏与官氏的。

纳兰为人蕴藉倜傥，喜好结交文士，当时如顾贞观、姜宸英、严绳孙、吴兆骞等名士，皆与纳兰结下深厚友谊。纳兰词中多有与诸公应和酬唱，或书札传递之作。纳兰又曾受顾贞观之托，竭力营救因卷入江南科场案而被流放宁古塔的吴兆骞，此事更被传为文苑佳话。

受身份所限，纳兰词未能涉及当时广阔的社会生活，更无法触及下层民众的日常真实。总体看来，纳兰词取材狭窄，思想旨趣有限，主要是对其生活与心灵经验的描述与表达。然而，纳兰词情感真挚，清新婉丽，没有矜才使气、卖弄学问的缺点，其摹景写物，叙事抒情，流畅自然，因而始终受到后世读者的喜爱与追捧。

纳兰生前将其词作编集刊行，取名《侧帽词》，用独孤侧帽之典故，有风流自赏之意，后顾贞观将之改为《饮水词》，取"如鱼饮水，冷暖自知"之意。《饮水词》仅收录100多首词作。纳兰亡后六年，徐乾学辑《通志堂集》，其中词为四卷，共计300首。同年，又有张纯修刊印顾贞观审定《饮水诗词集》，收录词作303首。后来，陆续又有各家选本、辑本，至光绪六年（1880），许增刊《纳兰词》，收词342首，成为比较完备的纳兰词集。今人张草纫《纳兰词笺注》以许本为底本，末附民国《清名家词》所增补5首，以及上海图书馆藏《词人纳兰容若手迹》朱彝尊跋语所录一首《浣溪沙》，共计348首，是目前最完备的纳兰词集。本书即依循张氏《笺注》，仍以许本为底本，补遗6首。

张氏《笺注》一书，学术品位颇高，其中系年合理，释典允当。故本书系年与释典，一般按《笺注》指导。特此鸣谢。

目　录

忆江南❶

昏鸦尽，小立恨因谁？❷急雪乍翻香阁絮，轻风吹到胆瓶梅。❸心字已成灰。❹

注释

❶忆江南：原为唐教坊曲，后用作词牌名。又名"江南好""春去也""望江南""梦江南""梦江口""望江梅""安阳好""梦游仙""步虚声""壶山好""望蓬莱""江南柳""归塞北"等。

❷昏：黄昏。恨因谁：倒装句，即因何事而心怀怅恨。

❸香阁：闺阁。絮：柳絮，这里比喻雪。此处借典故用谢道韫。据《世说新语·言语》："谢太傅寒雪日内集，与儿女讲论文义。俄而雪骤，公欣然曰：'白雪纷纷何所似？'兄子胡儿曰：'撒盐空中差可拟。'兄女曰：'未若柳絮因风起。'公大笑乐。"胆瓶：形如悬胆的花瓶，适合插梅观赏。曾觌《点绛唇》词："胆瓶高插梅千朵。"

❹心字：心字香，即用香末绕成心字的香。

赤枣子❶

惊晓漏，护春眠。格外娇慵只自怜。寄语酿花风日好，绿窗来与上琴弦。❷

❶赤枣子：原为唐教坊曲，后用作词牌名，调见《尊前集》。

❷酿花：使花生长、绽放。吴潜《江城子》词："正春妍。酿花天。"绿窗来与上琴弦：见赵光远《咏手》诗，"撚玉搓琼软复圆，绿窗谁见上琴弦"。

～ 忆王孙❶ ～

西风一夜剪芭蕉。❷倦眼经秋耐寂寥。❸强把心情付浊醪。❹读离骚。愁似湘江日夜潮。❺

注释

❶忆王孙：词牌名，创自秦观。又名"独脚令""忆君王""豆叶黄""画蛾眉""怨王孙""阑干万里心"等。

❷剪：使凋败。

❸经秋：整个秋天。

❹浊醪：浊酒。江淹《恨赋》："浊醪夕引，素琴晨张。"

❺湘江：在今湖南省境内。屈原辞中常提及湘，因前句"读离骚"，故以湘江为喻。

玉连环影❶

何处？几叶萧萧雨。❷湿尽檐花，花底人无语。❸掩屏山，玉炉寒。❹谁见两眉愁聚倚阑干。❺

注释

❶玉连环影：此调不见于词谱，疑为自度曲。

❷何处：此处应作"何时"解。萧萧：雨声。元好问《僧寺阻雨》诗："僧窗连夜萧萧雨，又较归程几日迟。"

❸檐花：屋檐前的花。杜甫《醉时歌》："清夜沉沉动春酌，灯前细雨檐花落。"

❹屏山：小山屏，折叠如山形，故有此名。温庭筠《菩萨蛮》词："无言匀睡脸，枕上屏山掩。"

❺阑干：栏杆。

遐 方 怨❶

欹角枕，掩红窗。❷梦到江南伊家，博山沉水香。❸湔裙归晚坐思量。❹轻烟笼翠黛，月茫茫。❺

注释

❶遐方怨：原为教坊曲，后用作词牌名，调见《花间集》。

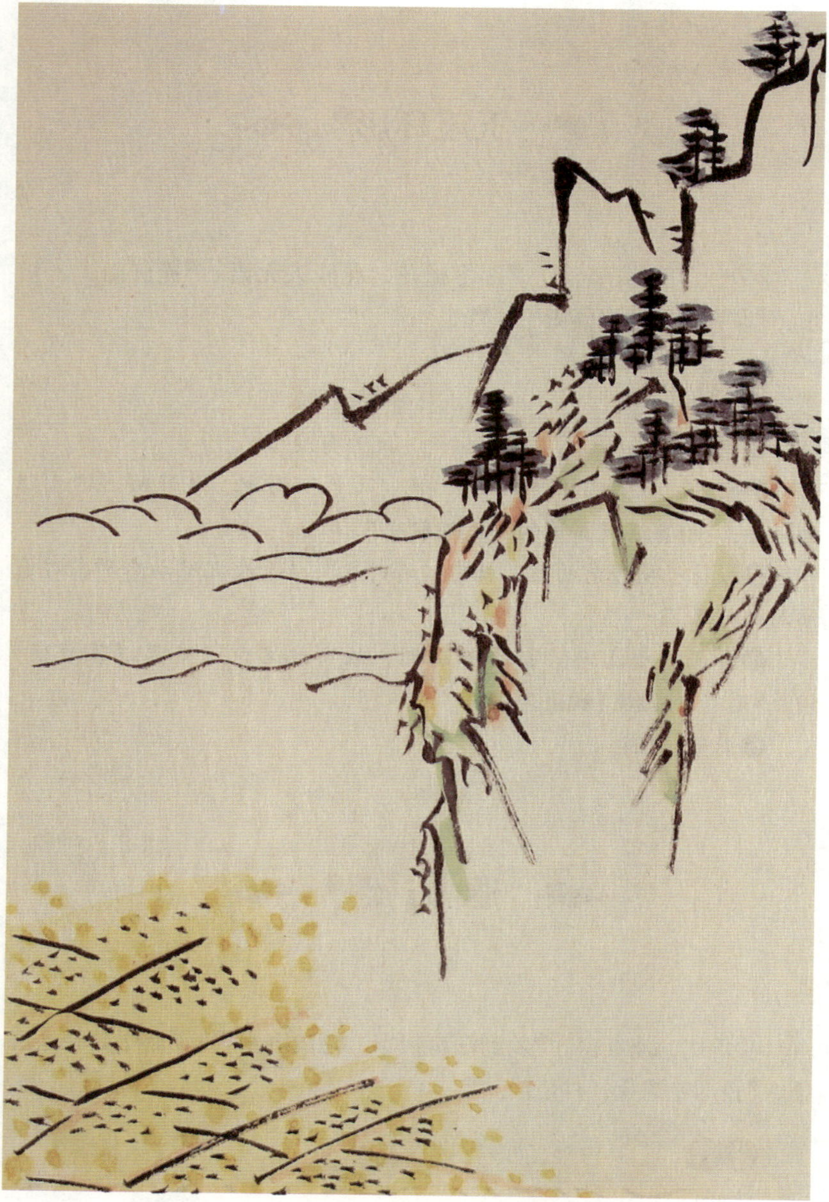

❷欹：斜靠。角枕：角制的或用角装饰的枕头。

❸博山：博山炉。沉水香：沉香。

❹湔裙：又称湔裳。湔：洗。旧时习俗，正月元日至晦日，士女于水边酹酒洗衣，以趋吉避凶，称作湔裙。李商隐《拟意》诗："濯锦桃花水，湔裙杜若洲。"坐思量：自思量。

❺翠黛：翠眉。

诉衷情❶

冷落绣衾谁与伴？倚香篝。❷春睡起，斜日照梳头。欲写两眉愁，休休。❸远山残翠收。❹莫登楼。

注释

❶原为教坊曲，后用作词牌名。又名"桃花水"等。

❷香篝：熏笼，可用于烘干衣物，也可用于熏香。

❸写：画。休休：罢罢。李清照《凤凰台上忆吹箫》词："休休。这回去也，千万遍阳关，也则难留。"

❹远山：眉形，即远山眉。

如梦令❶

正是辘轳金井，满砌落花红冷。❷蓦地一相逢，心事眼波难定。❸谁省？谁省？❹从此簟纹灯影。❺

注释

❶如梦令：词牌名。创自后唐庄宗（李存勖）。又名"忆仙姿""宴桃源""无梦令""如意令"等。

❷辘轳：井上的汲水器。金井：有精美栏杆的井。李煜《采桑子》词："辘轳金井梧桐晚，几树惊秋。"砌：台阶。

❸蓦地：突然间。眼波：目光流盼，如水波潋滟。王次回《戏和子荆春闺六韵》诗："懒得闲行懒得眠，眼波心事暗相牵。"

❹省：明白。

❺簟纹：小竹席的纹路。苏轼《南堂五首》诗："扫地焚香闭阁眠，簟纹如水帐如烟。"

✎❀✎ 又❶ ✎❀✎

纤月黄昏庭院，语密翻教醉浅。❷知否那人心？旧恨新欢相半。谁见？谁见？珊枕泪痕红泫。❸

注释

❶指仍用上阕词牌，以下不再出注。

❷语密：情话缠绵。翻：反，却。醉浅：醉意消退。

❸珊枕：珊瑚色的枕头。泫：流泪。

又

木叶纷纷归路。残月晓风何处。❶消息半浮沉，今夜相思几许。❷
秋雨，秋雨。一半西风吹去。❸

注释

❶柳永《雨霖铃》词："今宵酒醒何处？杨柳岸晓风残月。"

❷"消息"句：借用殷羡（洪乔）的典故。据《世说新语·任
诞》："殷洪乔作豫章郡，临去，都下人因附百许函书。既至石头，
悉掷水中，因祝曰：'沉者自沉，浮者自浮，殷洪乔不能作致
书邮。'"

❸朱彝尊《转应曲·安丘客舍对雨》词："秋雨，秋雨。一半回
风吹去。"

天仙子❶

梦里蘼芜青一剪，玉郎经岁音书断。❷暗钟明月不归来，梁上燕，
轻罗扇，好风又落桃花片。❸

注释

❶天仙子：原为唐教坊曲，后用作词牌名。又名"万斯年"等。

❷蘼芜：即川芎的苗，叶有香味。剪：量词，用于花枝。玉郎：

女子称自己的丈夫或情人。经岁：整年。

❸暗钟：暮钟，晚钟。轻罗扇：用薄纱绸制成的团扇。

❀❀ 又 ❀❀

好在软绡红泪积，漏痕斜胃菱丝碧。❶古钗封寄玉关秋，天咫尺，人南北，不信鸳鸯头不白。❷

注释

❶好在：此处应作"依旧"解。软绡：轻薄的丝织品。红泪：泛指悲伤的眼泪。据《丽情集》："灼灼，锦城官妓也，善舞柘枝，能歌水调，御史裴质与之善。后裴召还，灼灼以软绡聚红泪为寄。"漏痕：本指屋漏痕，后用以比喻草书笔法，指行笔顿挫，如屋漏痕一般蜿蜒。胃：挂。菱丝碧：浅碧色的绸缎，如菱丝一般。

❷古钗：比喻写字笔画挺直，如古钗一般，又称"古钗脚"。玉关：即玉门关。庾信《竹杖赋》："亲友离绝，妻孥流转，玉关寄书，章台留钏。"咫尺：按周制，八寸为咫，十寸为尺，形容距离近。

❀❀ 又 ❀❀

水浴凉蟾风入袂，鱼鳞触损金波碎。❶好天良夜酒盈樽，心自醉，愁难睡，西风月落城乌起。❷

注释

❶蟾：蟾蜍，代指月亮。水浴凉蟾，指月亮倒映在水中。周邦彦《过秦楼夜景》词："水浴清蟾，叶喧凉吹，巷陌马声初断。"袂：衣袖。金波：喻月光。此指月光照在水面上，如鱼鳞一般细碎。

❷辛弃疾《临江仙》词："好天良夜月团团。"顾敻《更漏子》词："歌满耳，酒盈樽，前非不要论。"张继《枫桥夜泊》诗："月落乌啼霜满天。"温庭筠《更漏子》词："惊塞雁，起城乌，画屏金鹧鸪。"

江 城 子❶

湿云全压数峰低，影凄迷，望中疑。❷非雾非烟，神女欲来时。❸若问生涯原是梦，除梦里，没人知。❹

注释

❶江城子：词牌名。晚唐时兴起，源于唐著词曲调。又名"江神子""村意远"等。此词徐乾学辑《通志堂集》题为"咏史"。咏史：以历史事迹为题材抒发情感。

❷凄迷：景物凄凉迷茫。

❸非雾非烟：祥瑞的云。祥瑞，吉祥的征兆。据《史记·天官书》："若烟非烟，若云非云，郁郁纷纷，萧索轮囷，是谓卿云。"唐彦谦《贺李昌时禁苑新命》诗："万户千门迷步武，非烟非雾隔仪形。"此处指朝云，形容神女来时，云雾缭绕。神女：借用楚襄王会巫山神女的典故。据《神女赋》："楚襄王与宋玉游于云梦之浦，使玉赋高唐之事。其夜，王寝，果梦与神女遇。"

④李商隐《无题二首》之二："神女生涯原是梦，小姑居处本无郎。"

❧ 长 相 思❶ ❧

山一程，水一程，身向榆关那畔行，夜深千帐灯。❷
风一更，雪一更，聒碎乡心梦不成，故园无此声。❸

注释

❶长相思：原为唐教坊曲，后用作词牌名。又名"吴山青""山渐青""相思令""长思仙""越山青"等。据张草纫《纳兰词笺注》，此词应为康熙二十一年（1682）三月扈从康熙皇帝至清盛京（今沈阳）时所作。

❷一程：一站。榆关：即山海关。那畔：那边。

❸聒：吵闹。柳永《爪茉莉·秋夜》词："金风动、冷清清地。残蝉噪晚，甚聒得人心欲碎。"

❧ 相 见 欢❶ ❧

微云一抹遥峰，冷溶溶，恰与个人清晓画眉同。❷
红蜡泪，青绫被，水沉浓，却与黄茅野店听西风。❸

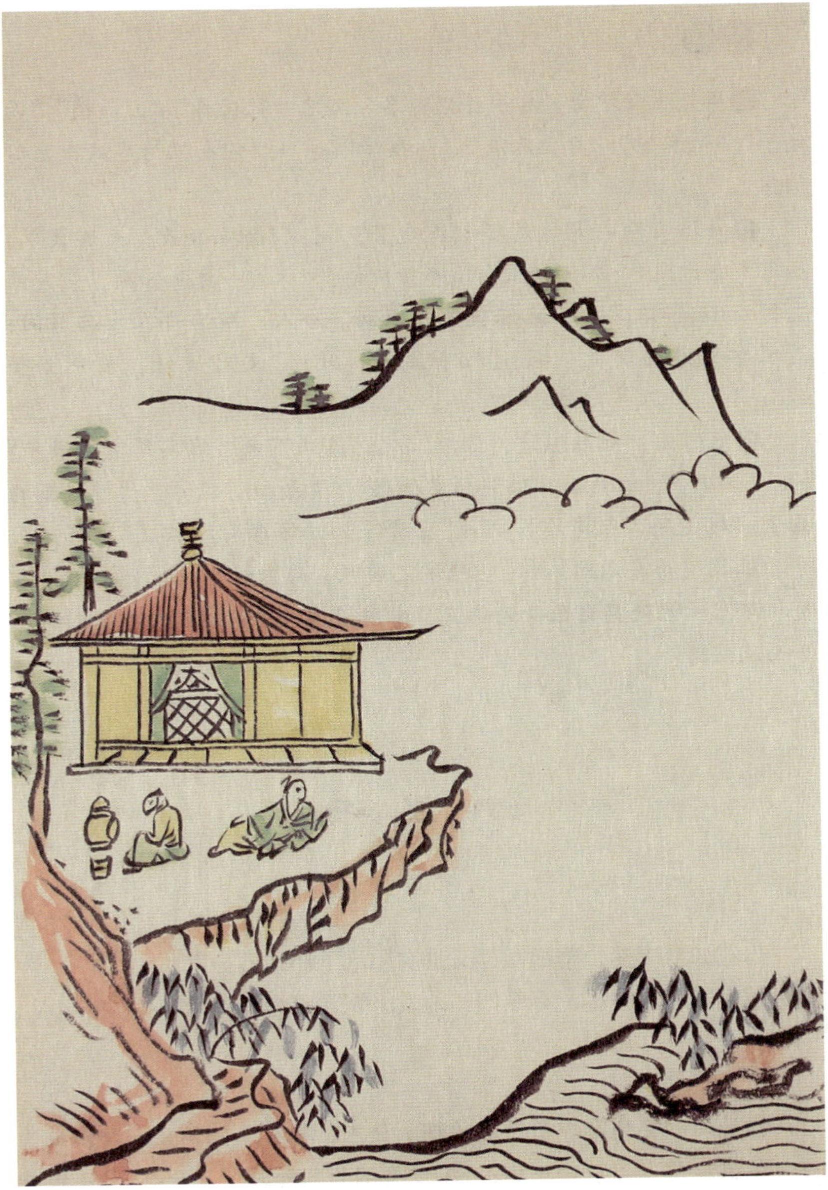

❶原为唐教坊曲，后用作词牌名。又名"秋夜月""上西楼""西楼子""忆真妃""月上瓜洲""乌夜啼"等。此词亦应为扈从出塞时所作。

❷一抹：即一片。秦观《满庭芳》词："山抹微云，天连衰草，画角声断谯门。"又《泗州东城晚望》诗："林梢一抹青如画，应是淮流转处山。"溶溶：形容容貌宽广温润。个人：犹言那人。画眉同：借用卓文君的典故。按《西京杂记》载："文君姣好，眉色如望远山。"

❸红蜡泪：红烛燃烧，油脂溶化，流淌下来。温庭筠《更漏子》词："玉炉香，红蜡泪，偏照画堂秋思。"青绫被：用青色薄绢缝制的被子。赵孟頫《点绛唇》词："富贵浮云，休恋青绫被。"水沉：沉香。杜牧《为人题赠》诗："桂席尘瑶珮，琼炉烬水沈。"黄茅野店：荒村野店。此处指自己身为侍卫，本应值宿宫中，此时却在荒村野店听西风悲鸣。

❦ **又** ❦

落花如梦凄迷，麝烟微，又是夕阳潜下小楼西。❶
愁无限，消瘦尽，有谁知？闲教玉笼鹦鹉念郎诗。❷

❶麝烟：焚烧麝香所散发的烟。麝香，用雄麝腺体分泌物制成的香料。温庭筠《菩萨蛮》词："深处麝烟长，卧时留薄妆。"潜：默默地，悄悄地。

❷"闲教"句：借用"雪衣女"的典故。据《明皇杂录》："开元中，岭南献白鹦鹉，养之宫中。岁久，驯扰聪慧，洞晓言词。上及贵妃皆呼雪衣女。授以词臣诗篇，数遍便可讽诵。"柳永《甘草子》词："却傍金笼共鹦鹉，念粉郎言语。"玉笼：精美的鸟笼。一说为有玉饰的鸟笼。

昭君怨❶

深禁好春谁惜？薄暮瑶阶伫立。❷别院管弦声，不分明。
又是梨花欲谢，绣被春寒今夜。❸寂寂锁朱门，梦承恩。❹

注释

❶昭君怨：词牌名。又名"洛妃怨""宴西园"等。

❷深禁：深宫。薄暮：傍晚。瑶阶：玉阶，即宫中的台阶。伫立：长时间地站立，多指等待。李白《菩萨蛮》词："玉阶空伫立，宿鸟归飞急。"

❸绣被：绣了花纹的被子。周邦彦《浣溪沙》词："远岫出云催薄暮，细风吹雨弄轻阴。梨花欲谢恐难禁。"晏几道《生查子》词："牵系玉楼人，绣被春寒夜。"

❹朱门：古时王侯贵族的府第大门漆成红色，表示尊贵，这里指宫门。刘方平《春怨》词："寂寞空庭春欲晚，梨花满地不开门。"孙光宪《生查子》词："寂寞掩朱门，正是天将暮。"承恩：受君王宠幸。杜荀鹤《春宫怨》诗："承恩不在貌，教妾若为容。"

又

暮雨丝丝吹湿，倦柳愁荷风急。**❶**瘦骨不禁秋，总成愁。**❷**
别有心情怎说？未是诉愁时节。谯鼓已三更，梦须成。**❸**

注释

❶倦柳愁荷：形容入秋已深，一片萧条景色。史达祖《秋霁》
词："江水苍苍，望倦柳愁荷，共感秋色。"

❷不禁：经受不住。李商隐《偶成转韵七十二句赠四同舍》诗：
"玉骨瘦来无一把。"梅尧臣《回自青龙呈谢师直》诗："共君相别三
四年，岩岩瘦骨还依然。"吴文英《惜秋华木芙蓉》词："凡花瘦不禁
秋，幻腻玉、腴红鲜丽。"谯鼓：谯楼上的更鼓。三更：午夜十二点
左右。

酒泉子**❶**

谢却荼蘼，一片月明如水。**❷**篆香消，犹未睡，早鸦啼。**❸**
嫩寒无赖罗衣薄，休傍阑干角。**❹**最愁人，灯欲落，雁还飞。

注释

❶酒泉子：原为唐教坊曲，后用作词牌名。

❷荼蘼：又名酴醾、佛见笑，落叶灌木，以地下茎繁殖。花期一

般在春末夏初，古典诗词中常以荼蘼花谢表示春归。王淇《春暮游小园》诗："开到荼蘼花事了，丝丝天棘出莓墙。"

❸篆香：盘香，篆字形状。秦观《减字木兰花》词："欲见回肠，断尽金炉小篆香。"

❹嫩寒：轻寒，微寒。辛弃疾《临江仙》词："金谷无烟宫树绿，嫩寒生怕春风。"无赖：无奈。阑干：栏杆。张仙《醉落魄》词："朱唇浅破桃花萼，倚楼人在阑干角。夜寒手冷罗衣薄。"张元幹《楼上曲》词："明朝不忍见云山，从今休傍曲阑干。"

❀ 生查子❶ ❀

东风不解愁，偷展湘裙衩。❷独夜背纱笼，影著纤腰画。❸
爇尽水沉烟，露滴鸳鸯瓦。❹花骨冷宜香，小立樱桃下。❺

注释

❶生查子：原为唐教坊曲，后用作词牌名。又名"楚云深""梅和柳""晴色入青山""陌上郎""愁风月""绿罗裙"等。

❷东风：即春风。湘裙：用产自湘地的丝织品制成的裙子。晏几道《鹧鸪天》词："歌渐咽，酒初醺。尽将红泪湿湘裙。"衩：衣服旁边开口的地方。李商隐《无题》诗："十岁去踏青，芙蓉作裙衩。"

❸纱笼：纱制的灯笼。著：显。此二句言女子独自背离于灯笼旁，灯火映出其身影，勾勒出纤细的身影。

❹爇：烧。水沉：沉香。施岳《步月茉莉》词："玩芳味、春焙旋熏，贮浓韵、水沈频爇。"鸳鸯瓦：成对的瓦。白居易《长恨歌》："鸳鸯瓦冷霜华重，翡翠衾寒谁与共?"

❺花骨：花本无骨，以人喻花，言其有骨。苏轼《雨中看牡丹》

诗："清寒入花骨，肃肃初自持。"又以花喻人，言女子身体纤弱如花枝。

❀❀❀ 又❶ ❀❀❀

鞭影落春堤，绿锦障泥卷。❷脉脉逗菱丝，嫩水吴姬眼。❸
啮膝带香归，谁整樱桃宴？❹蜡泪恼东风，旧垒眠新燕。❺

注释

❶据张草纫《纳兰词笺注》，此词应作于康熙十二年（1673）三月稍后。

❷障泥：马鞯。垂于马腹两侧，用以遮挡泥土。据《世说新语·术解》："王武子善解马性。尝乘一马，著连钱障泥，前有水，终日不肯渡。王云：'此必是惜障泥。'使人解去，便径渡。"李商隐《隋宫》诗："春风举国裁宫锦，半作障泥半作帆。"

❸脉脉：目光含情。萧纲《对烛赋》："回照金屏里，脉脉两相看。"菱丝：菱茎折断后如藕断丝丝牵连。这里形容目光含情，如菱丝牵缠人。嫩水：本指春水。这里指水波微微，用以形容目光。方千里《浣溪沙》词："嫩水带山娇不语，湿云堆岭腻无声。香肩婀娜许谁凭？"吴姬：吴地的女子。以上二句言春日纵马出游，引得女子眷顾。

❹啮膝：指良马。马低头可到膝盖，故曰啮膝。王褒《圣主得贤臣颂》："及至驾啮膝，骖乘旦。"带香归：纵马驰骋，踏花过处，马蹄留香。樱桃宴：庆贺进士及第的宴席，始于唐代。后泛指文人雅集。谁：犹言何、那、甚。此句指得吴姬眷顾，以足畅快，至于是否备办樱桃宴，又有什么可在乎的。

⑤旧垒：旧巢，春回燕子来，喜欢寻旧巢栖居。阙名《鱼游春水》词："秦楼东风里，燕子还来寻旧垒。"此句言见旧巢中新燕双宿双栖，自觉孤单。引申为虽得吴姬眷顾，毕竟不是缱绻绸缪之情。

又

散帙坐凝尘，吹气幽兰并。❶茶名龙凤团，香字鸳鸯饼。❷
玉局类弹棋，颠倒双栖影。❸花月不曾闲，莫放相思醒。

注释

❶散帙：打开的书卷。坐：副词，无故，自然而然。张华《杂诗三首》之一："朱火青无光，兰膏坐自凝。"凝尘：凝聚尘土。这里指翻开书，却无心看。吹气幽兰并：指女子呼吸，如兰花芬芳。按《洞冥记》："（汉武）帝所幸宫人名丽娟，年十四，玉肤柔软，吹气胜兰。"

❷龙凤团：上等的茶饼。按《归田录》："茶之品莫贵于龙凤，谓之团茶，凡八饼重一斤。"字：名。鸳鸯饼：印有鸳鸯纹样的香饼。

❸玉局：玉制的棋盘。弹棋：汉魏时流行起来的一种博戏。按《后汉书》注引《艺经》："弹棋，两人对局，白黑棋各六枚，先列棋相当，更先弹也。其局以石为之。"李商隐《柳枝五首》之二："玉作弹棋局，中心亦不平。"双栖：飞禽雌雄共处。此句指月光洒落在棋盘上，映出成对鸟儿的倒影，加之上句的"龙凤""鸳鸯"等景色，反衬主人公的孤单。

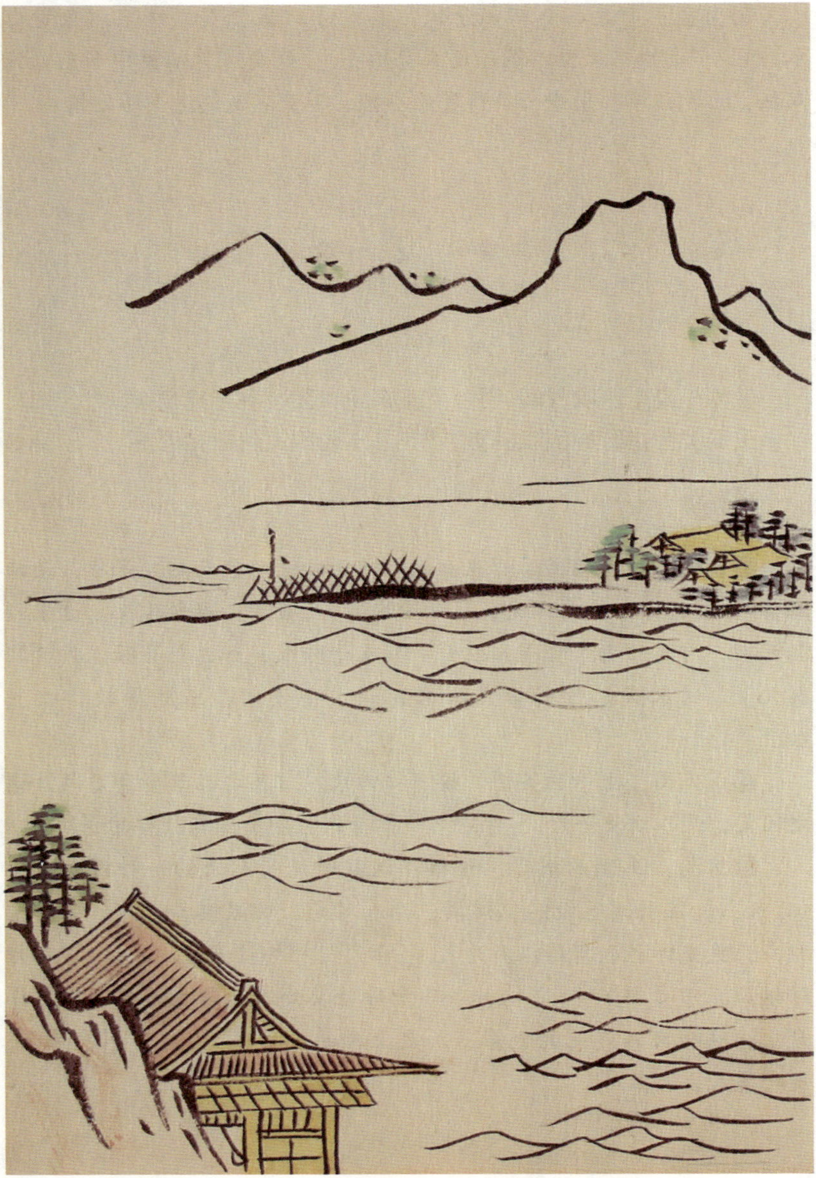

又❶

短焰剔残花，夜久边声寂。❷倦舞却闻鸡，暗觉青绫湿。❸
天水接冥濛，一角西南白。❹欲渡浣花溪，远梦轻无力。❺

注释

❶据张草纫《纳兰词笺注》，此词应作于扈从康熙皇帝至塞外巡
边时。

❷短焰：指蜡烛的火焰渐短，说明蜡烛燃烧的时间已久。剔残
花：剔掉烛芯燃烧后结成的穗妆物，使烛光更加明亮，即剪灯花。边
声：指边塞地区特有的声音，如马嘶、风吼、鼓角声等。李陵《答苏
武书》："凉秋九月，塞外草衰。夜不能寐，侧耳远听。胡笳互动，牧
马悲鸣，吟啸成群，边声四起。"

❸"倦舞"句：借用刘琨的典故。据《晋书·祖逖传》："与司空
刘琨俱为司州主簿，情好绸缪，共被同寝。中夜闻荒鸡鸣，蹴琨觉
曰：'此非恶声也。'因起舞。"此处指倦于起舞之时，偏偏听到鸡鸣
之声。青绫：见前《相见欢》（微云一抹遥峰）注释❸。

❹冥濛：幽暗不明貌。王泠然《夜光篇》："游人夜到汝阳间，夜
色冥濛不解颜。"

❺浣花溪：在四川成都西郊，为锦江支流，溪边有杜甫浣花草
堂。此处借指词人自己的家。

又❶

惆怅彩云飞，碧落知何许。❷不见合欢花，空倚相思树。❸
总是别时情，那待分明语。❹判得最长宵，数尽厌厌雨。❺

注释

❶据张草纫《纳兰词笺注》，此词应作于康熙十六年（1677）妻
子卢氏逝世之后。

❷惆怅：伤感，失意。飞：逝。李白《宫中行乐词八首》之一：
"只愁歌舞散，化作彩云飞。"碧落：道家称东方第一天，碧霞满空，
名为碧落，后泛指天空。按《唐诗注解》引《度人经》："东方第一
天，有碧霞遍满，是云碧落。"白居易《长恨歌》："上穷碧落下黄泉，
两处茫茫皆不见。"何许：何处。

❸合欢：又名绒花树、马缨花。落叶乔木，夏季开花，头状花
序，合瓣花冠，雄蕊多条，呈淡红色。古人习惯以合欢花赠人，以求
释嫌、消怨、合好。

❹总：犹言纵。

❺判：割舍语，表示甘愿。杜甫《曲江值雨》诗："纵饮久判人
共弃，懒朝真与世相违。"厌厌：本意为茂盛的样子，这里是连绵不
绝的样子。阙名《檐前铁》词："悄无人，宿雨厌厌，空庭乍歇。"

点绛唇❶

别样幽芬，更无浓艳催开处。❷凌波欲去，且为东风住。❸
忒煞萧疏，怎耐秋如许。❹还留取，冷香半缕，第一湘江雨。❺

注释

❶点绛唇：词牌名。兴起于南唐。又名"点樱桃""十八香""南
浦月""沙头雨""寻瑶草"等。此词许增刊《纳兰词》题为"咏风
兰"。风兰：一种寄生兰花，花为白色，有微香，喜生长于通风而湿
润的地方，故而得名。张纯修刊《饮水诗词集》题为"题见阳画兰"，
则其为张见阳所画兰花的题词。见阳：即张纯修，张氏曾任湖南江华
县令，故词中提到湘江。

❷别样：不寻常，另一种。曾慥《浣溪沙》词："别样清芬扑鼻来。"

❸凌波：女子脚步轻盈。曹植《洛神赋》："凌波微步，罗袜生
尘。"此处用以比拟兰花摇曳的姿态。

❹忒煞：过于。萧疏：稀疏，萧条。

❺"还留"句：形容画中梅花，传神逼真，仿佛透出丝丝幽香，
在湘江烟雨中，别有一番味道。

又❶

一种蛾眉，下弦不似初弦好。❷庾郎未老，何事伤心早？❸

素壁斜辉，竹影横窗扫。❹空房悄，乌啼欲晓，又下西楼了。❺

注释

❶此词许增刊《纳兰词》题为"对月"。此词应作于卢氏逝世后。

❷一种：犹言一样、同是。蛾眉：蚕蛾的触须弯曲而细长，常用以形容女子弯而细的眉毛，此处则指弯月。鲍照《玩月城西门廨中诗》："末映东北墀，娟娟似蛾眉。"下弦：下弦月，农历每月二十三日前后的月亮。初弦：上弦月，农历每月初八日前后的月亮。

❸庾郎：即庾信，北周文学家，著有《伤心赋》。作者以庾氏自况，填伤心词以悼念亡妻。

❹素壁：白色的墙壁。庾信《至仁山铭》："壁绕藤苗，窗衔竹影。"

❺又下西楼：指月落。朱敦儒《春晓曲》："西楼落月鸡声急。"

又❶

五夜光寒，照来积雪平于栈。❷西风何限？自起披衣看。❸
对此茫茫，不觉成长叹。❹何时旦，晓星欲散，飞起平沙雁。❺

注释

❶此词许增刊《纳兰词》题为"黄花城早望"。历史上黄花城有两处：一在山西华阴北黄花岭后，一在北京怀柔城关镇西北。张草纫《纳兰词笺注》以为应是前者，此词应作于康熙二十二年（1683）随驾至五台山等地时。

❷五夜：五更。古时将一夜分为甲、乙、丙、丁、戊五段。此处指戊夜将尽的五更时分。栈：或指栅栏，或指栈道。

③西风：秋风。何限：多少。

④对此茫茫：借用卫玠的典故。据《世说新语·言语》："卫洗马初欲渡江，形神惨悴，语左右云：'见此茫茫，不觉百端交集！'"

⑤旦：早晨。甯戚《饭牛歌》："从昏饭牛薄夜半，长夜漫漫何时旦？"平沙：广阔的沙原。陆游《埭西》诗："晒翎斜日鸥来熟，印迹平沙雁到新。"

～✦✦✦ 又❶ ✦✦✦～

小院新凉，晚来顿觉罗衫薄。不成孤酌，形影空酬酢。❷

萧寺怜君，别绪应萧索。❸西风恶，夕阳吹角，一阵槐花落。❹

注释

❶据张草纫《纳兰词笺注》，此词应作于康熙十七（1678）年秋。

❷不成：犹言难成。孤酌：独酌。李白《月下独酌》诗："花间一壶酒，独酌无相亲。举杯邀明月，对影成三人。"

❸萧寺：佛寺。据《唐国史补》："梁武帝造寺，命萧子云飞白大书一'萧'字。"后来即泛称佛寺为萧寺。此处应指龙华寺。龙华寺在德胜门以东，寺前即什刹海，离词人家很近。别绪：分别的心情。萧索：冷落凄凉。

❹恶：凛冽。角：号角，多用于军营。陆游《浣溪沙》词："夕阳吹角最关情。"

浣溪沙❶

泪浥红笺第几行，唤人娇鸟怕开窗。❷那更闲过好时光。❸
屏障厌看金碧画，罗衣不奈水沉香。❹遍翻眉谱只寻常。❺

注释

❶浣溪沙：原为唐教坊曲，后用作词牌名。又名"小庭花""满
院春""东风寒""醉木犀""霜菊黄""广寒枝""试香罗""清和风"
"怨啼鹃"等。

❷浥：沾湿、浸湿。笺：小幅精美纸张，古时用来题咏或写信。
晏几道《两同心》词："相思处，一纸红笺，无限啼痕。"

❸那更："那"字无意义，犹言况更。

❹金碧画：金碧山水，以泥金、石青、石绿为主色的山水画。古
时多见于屏风之上。水沉香：即沉香。

❺眉谱：古代女子画眉的图谱。

又

伏雨朝寒愁不胜，那能还傍杏花行，去年高摘斗轻盈。❶
漫惹炉烟双袖紫，空将酒晕一衫青。❷人间何处问多情？

❶伏雨：欲下不下的雨。杜甫《秋雨叹》诗："阑风伏雨秋纷纷。"轻盈：形容女子身形苗条，动作轻巧。吴伟业《浣溪沙》词："摘花高处赌身轻。"此句回忆去年曾看见一少女在树上摘杏花，与女伴比试灵巧。

❷漫：漫不经心，聊且。惹：沾染上。炉烟：此处指药炉之上徐徐升腾的烟气，即药气。酒晕：指酒水滴在衣衫上，晕染开来的痕迹。张草纫《纳兰词笺注》认为"双袖紫"可能指宫女，即去年摘杏花之人，"一衫青"指词人自己。

又

谁念西风独自凉，萧萧黄叶闭疏窗，沉思往事立残阳。❶
被酒莫惊春睡重，赌书消得泼茶香。❷当时只道是寻常。❸

注释

❶萧萧：风声。疏窗：刻镂剔透的窗户。李珣《浣溪沙》词："镂玉梳斜云鬓腻，缕金衣透雪肌香，暗思何事立残阳。"

❷被酒：酒醉、酒酣。《史记·高祖本纪》："高祖被酒，夜径泽中，令一人行前。"程垓《愁倚阑》词："昨夜酒多春睡重，莫惊他。"赌书消得泼茶香：借用李清照的典故。据《金石录后序》："每饭罢，坐归来堂。烹茶，指堆积书史，言某事在某书某卷，第几页，第几行，以中否胜负为饮茶先后。中则举，否则笑，或至茶覆怀中，不得饮而起。"消得：消受、领略。

❸道：以为。寻常：平常。

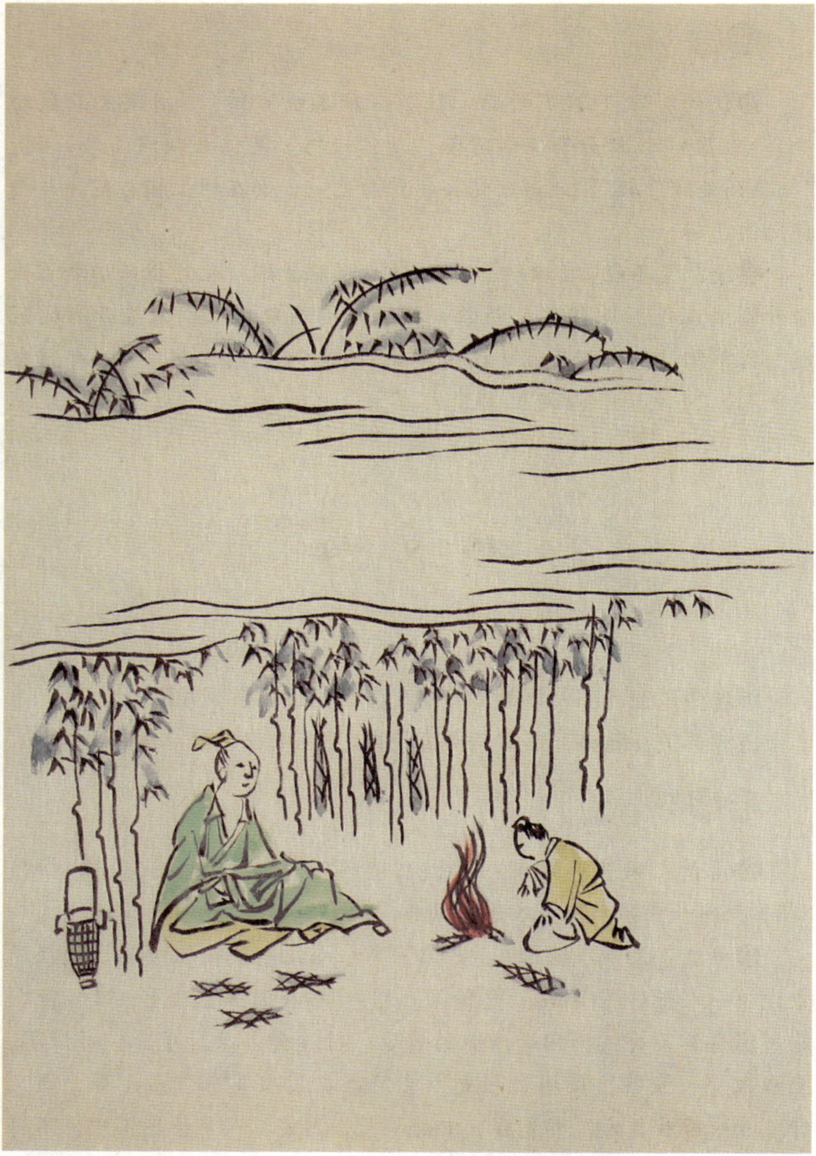

又

莲漏三声烛半条，杏花微雨湿轻绡，那将红豆寄无聊。❶
春色已看浓似酒，归期安得信如潮。❷离魂入夜倩谁招。❸

注释

❶莲漏：莲花漏。古代计时器，传说创自慧远。据《唐国史补》：
"初，慧远以山中不知更漏，乃取铜叶制器，状如莲花，置盆水之上，
底孔漏水，半之则沉。每昼夜十二沉。为行道之节，虽冬夏短长，云
阴月黑，亦无差也。"孔尚任《桃花扇·眠香》："盼到灯昏玳筵收，
宫壶滴尽莲花漏。"杏花微雨：清明时节多雨而杏花开放，古人便习
惯将此时的雨称作"杏花雨"。志南《绝句》："沾衣欲湿杏花雨，吹
面不寒杨柳风。"轻绡：透明而有花纹的丝织衣物。红豆：相思树的
种子，又称"相思子"，色鲜红或半黑半红，古人用以比喻爱情或相
思。王维《相思》诗："红豆生南国，春来发几枝？愿君多采撷，此
物最相思。"

❷信如潮：潮水涨落有时，称为潮信。

❸倩：借。

又

消息谁传到拒霜？两行斜雁碧天长，晚秋风景倍凄凉。❶

银蒜押帘人寂寂，玉钗敲烛信茫茫。[2]黄花开也近重阳。

注释

[1]拒霜：木芙蓉。仲秋开花，经寒不谢，故有此名。

[2]银蒜：有两种形制和用途，一是蒜条形的帘钩，一是蒜头形的帘坠，悬在帘幕下，以免帘幕被吹起。此处指后者。苏轼《哨遍》词："睡起画堂，银蒜押帘，珠幕云垂地。"茫茫：杳然。

❀ 又 ❀

雨歇梧桐泪乍收，遣怀翻自忆从头，摘花销恨旧风流。[1]
帘影碧桃人已去，屐痕苍藓径空留。[2]两眉何处月如钩？[3]

注释

[1]乍：突然。摘花销恨：借用唐玄宗的典故。据《开元天宝遗事》："明皇于禁苑中，初，有千叶桃盛开，帝与贵妃日逐宴于树下。帝曰：'不独萱草忘忧，此花亦能销恨。'"销：同"消"，消散、消解。恨：遗憾。

[2]屐：鞋子的木底，后泛指鞋子。径：小路。

[3]李煜《乌夜啼》词："无言独上西楼，月如钩"。

❀ 又[1] ❀

谁道飘零不可怜，旧游时节好花天，断肠人去自今年。[2]

一片晕红疑著雨，晚风吹掠鬓云偏。❸倩魂销尽夕阳前。❹

注释

❶此词许增刊《纳兰词》题为"西郊冯氏园看海棠，因忆香严词有感"。明末清初词人龚鼎孳，斋号香严，其词集《香严斋存稿》，简称《香严词》。西郊冯氏园，旧址在北京广安门外小屯。园中海棠开放时，龚鼎孳常邀亲友至园中赏花游乐，词人亦曾受邀前往。据张草纫《纳兰词笺注》，龚氏卒于康熙十二年（1673）九月，此词应作于康熙十三年（1674）春，词人于海棠开时，重游冯氏园，念及旧作，老大伤怀。

❷飘零：此处指海棠花落。

❸晕红：此处指海棠花的红色，由深而浅晕染开来。著雨：带雨。王雱《倦寻芳》词："倚危栏，登高榭，海棠著雨胭脂透。"鬓云：比喻女子的鬓发，如彩云舒卷。

❹倩魂：借用倩女离魂的典故。唐传奇有《离魂记》，叙张镒之女倩娘与表兄王宙悲欢离合的故事。后世有多部据此故事敷演的戏曲作品，如元代郑光祖杂剧《倩女离魂》、明代王骥德同名杂剧、榭廷谅同名传奇剧等。此处以倩女离魂比喻海棠花落。

又❶

酒醒香销愁不胜，如何更向落花行？去年高摘斗径盈。❷
夜雨几番销瘦了，繁华如梦总无凭。❸人间何处问多情？

注释

❶此阕与之前"伏雨朝寒"一阕字句、意境仿佛，通本、张本无

此阕，今按张草纫《纳兰词笺注》，录于此处。

❷刘过《贺新郎·赠张彦功》词："谁念天涯牢落况，轻负暖烟浓雨。记酒醒香销时语。"

❸孟浩然《春晓》诗："夜来风雨声，花落知多少。"

❧ 又 ❧

欲问江梅瘦几分，只看愁损翠罗裙，麝篝衾冷惜余熏。❶
可奈暮寒长倚竹，便教春好不开门。❷枇杷花底校书人。❸

注释

❶江梅：一种野生梅花。叶梦得《临江仙》词："学士园林人不到，传声欲问江梅。"愁损：因愁情而消瘦。程垓《摊破江城子》词："一夜无眠连晓角，人瘦也，比梅花，瘦几分？"此处用来比喻离去的侍妾沈宛。麝篝：焚烧麝香的香篝、熏笼。韦庄《天仙子》词："绣衾香冷懒重薰。"余薰：麝香燃烧后的余热和余香。张元幹《浣溪沙》词："别来长是惜余熏。"

❷倚：偎，靠。杜甫《佳人》诗："天寒翠袖薄，日暮倚修竹。"便教：纵然是，即便是。

❸"枇杷"句：借用薛涛典故。薛涛为唐代名妓，善诗文，有"女校书"的美誉，后世习惯以此代指有诗文之能的妓女。王建《寄蜀中薛涛校书》诗："万里桥边女校书，枇杷花里闭门居。"

又

一半残阳下小楼，朱帘斜控软金钩，倚阑无绪不能愁。[1]
有个盈盈骑马过，薄妆浅黛亦风流。[2]见人羞涩却回头。

注释

[1]控：下垂。无绪：无情无绪，百无聊赖。

[2]盈盈：本指女子仪态姣好。《古诗十九首》之二："盈盈楼上女，皎皎当窗牖。"这里代指女子。严绳孙《虞美人》词："有个盈盈相并说游人。"薄妆浅黛：妆容淡雅。黛：眉毛。风流：有风韵。

又

睡起惺忪强自支，绿倾蝉鬓下帘时，夜来愁损小腰肢。[1]
远信不归空伫望，幽期细数却参差。[2]更兼何事耐寻思。[3]

注释

[1]惺忪：刚睡醒的样子。强：勉强。蝉鬓：古代妇女发式。传说始于魏文帝时。据《古今注·杂注》："琼树乃制蝉鬓，缥缈如蝉，故曰蝉鬓。"

[2]远信：远来的书信、消息。伫望：久立而远望，这里指等候。幽期：约会。曾觌《传言玉女》词："幽期密约，暗想浅颦轻笑。"参

差：依稀，仿佛，此处指不分明。

❸耐：犹言宁。

❀ 又❶ ❀

五月江南麦已稀，黄梅时节雨霏微，闲看燕子教雏飞。❷
一水浓阴如罨画，数峰无恙又晴晖。❸湔裙谁独上渔矶。❹

注释

❶据张草纫《纳兰词笺注》，此词应为思念沈宛而作。

❷麦已稀：麦子大部分已经被收割，田里所剩很少。黄梅时节：
春夏时节的黄淮流域多阴雨天，此时黄梅正熟，故有此称。赵师秀
《约客》诗："黄梅时节家家雨。"霏微：雾气、烟雨弥漫的样子。

❸罨画：一种色彩鲜明的绘画。据《丹铅总录》："画家有罨画，
杂彩色画也。"无恙：安然。晖：日光，泛指光辉。

❹湔裙：见前《遐方怨》（欹角枕）注释❹。渔矶：可垂钓的水
边岩石。顾贞观《画堂春》词："湔裙独上小渔矶，袜罗微溅春泥。"

❀ 又 ❀

残雪凝辉冷画屏，落梅横笛已三更，更无人处月胧明。❶
我是人间惆怅客，知君何事泪纵横。❷断肠声里忆平生。❸

❶画屏：绘有图画的屏风。落梅：即《落梅花》，羌族乐曲。李白《与史郎中钦听黄鹤楼上吹笛》诗："黄鹤楼中吹玉笛，江城五月落梅花。"胧明：微明。元稹《嘉陵驿二首》之一："仍对墙南满山树，野花撩乱月胧明。"

❷惆怅客：失意伤感的过客。

❸杜甫《吹笛》诗："吹笛秋山风月清，谁家巧作断肠声？"

❀❀❀ 又❶ ❀❀❀

微晕娇花湿欲流，簟纹灯影一生愁，梦回疑在远山楼。❷
残月暗窥金屈戌，软风徐荡玉帘钩。❸待听邻女唤梳头。❹

注释

❶此词许增刊《纳兰词》题为"咏五更和湘真韵"。湘真：指明代词人陈子龙，其词集名《湘真阁词》。和韵：指依照他人诗词的原韵来作诗、填词。陈子龙《浣溪沙》词："半枕轻寒泪暗流，愁时如梦梦时愁。角声初到小红楼。风动残灯摇绣幕，花笼微月淡帘钩。陡然旧恨上心头。"

❷微晕：指天色初晓。簟纹：见前《如梦令》（正是辘轳金井）注释❺。梦回：从梦中醒来。远山楼：汤显祖《紫钗记》写有女子在远山楼思念丈夫的情境，这里指女子旧居。

❸屈戌：即屈戍，门窗、屏风上的环纽，多为铜制，故称金屈戌。李商隐《骄儿》诗："拔脱金屈戌。"玉帘：帘子的美称。一说为有玉饰的帘子。

❹吴伟业《戏赠》诗："管是夜深娇不起，隔帘小婢唤梳头。"唤
梳头：即叫起床。

❀ 又 ❀

五字诗中目乍成，尽教残福折书生，手挼裙带那时情。❶
别后心期和梦杳，年来憔悴与愁并。❷夕阳依旧小窗明。❸

注释

❶五字诗：五言诗。王次回《有赠》诗："矜严时已逗风情，五字
诗中目乍成。"目成，眉来眼去，用目传情。屈原《九歌·少司命》：
"满堂兮美人，忽独与余兮目成。"乍：突然。残福：短暂的幸福。王次
回《梦游十二首》之四："相对只消香共茗，半宵残福折书生。"挼：揉
搓。薛昭蕴《小重山》词："手挼裙带绕宫行，思君切，罗幌暗尘生。"

❷心期：心相期许。白居易《和梦得洛中早春见赠》诗："何日
同宴游，心期二月二。"杳：无声无影。

❸小窗明：小窗明净。方岳《失题》诗："夕阳如有意，长傍小
窗明。"

❀ 又 ❀

记绾长条欲别难，盈盈自此隔银湾，便无风雪也摧残。❶
青雀几时裁锦字，玉虫连夜剪春幡。❷不禁辛苦况相关。❸

注释

❶ 绾：盘绕打结。长条：柳条。旧时有折柳赠别的习俗。白居易《青门柳》："为近都门多送别，长条折尽减春风。"张乔《寄维扬故人》诗："离别河边绾柳条，千山万水玉人遥。"盈盈：这里指河水清澈。《古诗十九首》之十："盈盈一水间，脉脉不得语。"银湾：银河。李贺《溪晚凉》诗："银湾晓转流天东。"摧残：这里指憔悴。

❷ 青雀：即青鸟。借用西王母的典故。传说青鸟为西王母信使。李商隐《汉宫词》："青雀西飞竟未回，君王长在集灵台。"锦字：借用苏蕙织锦回文诗的典故。据《晋书·窦滔妻苏氏传》，前秦秦州刺

史窦滔被贬戍流沙（即今噶顺戈壁），其妻苏蕙织锦为回文旋图诗，赠予丈夫。后世便习惯称女子寄给丈夫或情人的书信为锦字。顾敻《浣溪沙》词："青鸟不来传锦字，瑶姬何处锁兰房？忍教魂梦两茫茫。"玉虫：灯花。杨万里《和范至能参政寄二绝句》诗："锦字展来看未足，玉虫挑尽不成眠。"春幡：即春幡。幡，长条形的旗子。旧时习俗，立春日或挂春幡于树梢，或用彩纸、彩绢剪成小幡，簪在头上，或佩戴身上，以示迎春。据《岁时风土记》："立春之日，士大夫之家，剪裁为小幡，或悬于家人之头，或缀于花枝之下。"此句是悬想女子此时的情态。

❸况，犹言正、适。

又❶

杨柳千条送马蹄，北来征雁旧南飞，客中谁与换春衣。❷
终古闲情归落照，一春幽梦逐游丝。❸信回刚道别多时。❹

注释

❶此词许增刊《纳兰词》题为"古北口"。按《大清一统志·顺天府四》：古北口，在密云县东北一百二十一里，又名虎北口，是长城隘口之一。据张草纫《纳兰词笺注》，此词应作于康熙二十三年（1684）扈从康熙帝驻跸古北口时。

❷沈佺期《奉和春日幸望春宫应制》诗："杨柳千条花欲绽，葡萄百丈蔓初萦。"征：远行。征雁，迁徙的雁，多指南飞雁。按雁每年秋分后飞往南方，次年春分后北归。

❸终古：自古。归：向往。落照：夕阳的余晖。幽梦：隐约的梦境。杜牧《即事》诗："春愁兀兀成幽梦，又被流莺唤醒来。"游丝：

飘荡在空中的蛛丝。古诗词写春日景象，多用此物象。

❹刚道：只说是。陈允平《雪》诗："可笑世人刚道冷，不知片片是阳春。"

又❶

身向云山那畔行，北风吹断马嘶声，深秋远塞若为情。❷
一抹晚烟荒戍垒，半竿斜日旧关城。❸古今幽恨几时平。❹

注释

❶据张草纫《纳兰词笺注》，此词应作于康熙二十一年（1682）八月至十二月间赴梭龙侦查边情时。梭龙，即索伦。索伦，即鄂温克族，主要分布于嫩江流域。这里则指"索伦部"，包括索伦、达斡尔、鄂伦春等族。

❷若为情：犹言何以为情，或难以为情。

❸戍：保卫。垒：土堡。

❹幽恨：深藏于心中的怨恨或遗憾。

又❶

万里阴山万里沙，谁将绿鬓斗霜华？年来强半在天涯。❷
魂梦不离金屈戍，画图亲展玉鸦叉。❸生怜瘦减一分花。❹

注释

❶据张草纫《纳兰词笺注》，此词应作于康熙二十二年（1683）二月及同年九月扈驾至五台山等地时。

❷阴山：今河套以北、大漠以南群山的总称。绿鬓：乌黑油亮的头发。古人常借绿色形容头发的颜色。李白《怨歌行》："沉忧能伤人，绿鬓成霜蓬。"强半：过半、大半。词人于康熙二十一年（1682）八月至十二月赴梭龙侦查。翌年二月至三月到五台山，六月至七月到古北口，此番又到五台山。一年之中，大半时光是在天涯行役中度过的。

❸屈戌：前见《浣溪沙》（微晕娇花湿欲流）注释❸。玉鸦叉：玉制叉子。李商隐《病中闻河东公乐营置酒口占寄上》诗："锁门金了鸟，展障玉鸦叉。"此二句写思乡之情。

❹生怜：犹言甚怜。汤显祖《牡丹亭·写真》："晓寒瘦减一分花"。此句遥想家中妻子因思念丈夫而玉容憔悴，最为可怜。

❀ 又❶ ❀

收取闲心冷处浓，舞裙犹忆柘枝红，谁家刻烛待春风？❷
竹叶樽空翻彩燕，九枝灯焴颤金虫。❸风流端合倚天公。❹

注释

❶此词许增刊《纳兰词》题为"庚申除夜"。庚申，即康熙十九年（1680），词人时年二十六岁。除夜，即除夕。

❷王次回《寒词》："个人真与梅花似，一片幽香冷处浓。"此句言摆脱闲心遐想，沉静下来，思念之情反倒更为强烈。柘枝：即柘枝

舞。唐时由西域传入中原，舞姿矫健，节奏多变，多以鼓来伴奏。最初为独舞，后改双人舞。宋时演化为多人舞。谁家：犹言谁，"家"字无实意。刻烛：在蜡烛上刻度数，根据蜡烛燃烧所至度数，计算时间。庾肩吾《奉和春夜应令诗》："烧香知夜漏，刻烛验更筹。"

❸竹叶：酒名，即竹叶青，后来泛指美酒。彩燕：旧时习俗，立春日将彩纸剪成燕子形，装饰在头上，以示迎春。据《荆楚岁时记》："立春之日，悉剪彩为燕戴之。"九枝灯：一干九枝的花灯。李商隐《楚宫》诗："如何一柱观，不碍九枝灯。"炧：灯烛的灰，也指灯烛熄灭。吴伟业《萧史青门曲》："更残灯炧泪沾衣。"金虫：虫形的金制头饰。顾夐《酒泉子》词："掩却菱花，收拾翠钿休上面。金虫玉燕，锁香奁，恨厌厌。"此句是遥想女子舞蹈时的情形。

❹端：真。合：应该。此句言如此风流快活，全凭上天庇护。

又❶

无羔年年汴水流，一声水调短亭秋，旧时明月照扬州。❷
惆怅绛河何处去？绿杨清瘦绾离愁。❸至今鼓吹竹西楼。❹

注释

❶此词许增刊《纳兰词》题为"红桥怀古和王阮亭韵"。红桥：桥名。在江苏扬州。明末建成，桥上有朱栏数丈，周围有柳翠荷香，为扬州盛景之一。王阮亭：清代前期著名诗人王士禛，号阮亭。王氏于顺治十七年（1660）至康熙三年（1664）任扬州推官。曾与袁于令等名士合力修禊虹桥，作《红桥唱和》诗，又填《浣溪沙》词三首。词人所和者，为其第一首："北郭清溪一带流，红桥风物眼中秋，绿杨城郭是扬州。西望雷塘何处是？香魂零落使人愁，澹烟芳草旧

迷楼。"

❷汴水：隋炀帝为方便巡幸江都，开通济渠。其中自黄河至淮河一段，唐宋时称作汴河，又称汴水。白居易《长相思》词："汴水流，泗水流，流到瓜州古渡头，吴山点点愁。"水调：古曲调名，商调曲。旧传是隋炀帝巡幸江都时所制。杜牧《扬州三首》之一："谁家唱水调，明月满扬州。"短亭：供行人休憩或饯别的亭子。五里一短亭，十里一长亭。

❸绛河：即天河。古时观测天象，以北极为基准，天河在北极之南，南方五行属火，尚赤色，故有此称。词句言当年用锦缆为隋炀帝挽龙舟的殿脚女，今日不知魂归天河何处？绿扬：通济渠旁曾开筑御道，广植榆柳。刘禹锡《杨柳枝词九首》之八："长安陌上无穷柳，唯有垂杨绾别离。"

❹竹西楼：即竹西亭，在扬州城东北禅智寺前。杜牧《题扬州禅智寺》诗："谁知竹西路，歌吹是扬州。"此句别本作"玉钩斜路近迷楼"。与王士禛词用典相同，皆为隋炀帝故事。迷楼，隋炀帝所建楼名，旧址在扬州西北郊。

又

凤髻抛残秋草生，高梧湿月冷无声，当时七夕记深盟。❶
信得羽衣传钿合，悔教罗袜送倾城。❷人间空唱雨淋铃。❸

注释

❶凤髻：古代女子发髻，高耸于头顶，作凤立状，故有此称。相传始于周文王时。据《妆台记》："周文王于髻上加珠翠翘花，傅之铅粉，其髻高，名曰凤髻。"抛残：言发髻散乱。杜牧《为人题赠二首》

之一："和簪抛凤髻，将泪入鸳衾。"秋草生："白居易《长恨歌》，"西宫南内多秋草，叶落满阶红不扫"。湿月：湿润的月亮。"当时"句：借用杨玉环的典故。据《长恨歌传》："玉妃茫然退立，若有所思，徐而言之曰：'昔天宝十载，侍辇避暑骊山宫。秋七月，牵牛织女相见之夕，秦人风俗，是夜张锦绣，陈饮食，树瓜华，焚香于庭，号为乞巧，宫掖间尤尚之。夜殆半，休侍卫于东西厢，独侍上。上凭肩而立，因仰天感牛女事，密相誓心，愿世世为夫妇。言毕，执手各

呜咽，此独君王知之耳。'"

❷羽衣：代指道士。钿合：又作钿盒，即镶嵌金、银、玉、贝等饰物的首饰盒子。此处仍借用杨玉环的典故。按杨妃死后，玄宗想念不已。有蜀中道士，自言有李少君之术，至海上蓬莱仙岛玉妃太真院，访得杨妃。杨妃将金钗钿合，各折其半，授与道士，作为纪念。道士以此献给玄宗，借以邀宠。罗袜：丝罗制的袜子。据《杨太真外传》："妃子死日，马嵬媪得锦袜一只，相传过客一玩百钱，前后获钱无数。"倾城：指绝色女子。借用李夫人的典故。据《汉书·外戚传》载《李延年歌》："北方有佳人，绝世而独立；一顾倾人城，再顾倾人国。宁不知倾城与倾国，佳人难再得。"

❸雨淋铃：即雨霖铃。唐教坊曲，后改为词牌。相传创自唐玄宗。据《明皇杂录补遗》："明皇即幸蜀，西南行，初入斜谷，属霖雨涉旬，于栈道雨中闻铃音，与山相应。上既悼念贵妃，采其声为《雨霖铃》曲以寄恨焉。时梨园子弟善吹觱篥者，张野狐为第一。此人从至蜀，上因以其曲授野狐。"

又

肠断班骓去未还，绣屏深锁凤箫寒，一春幽梦有无间。❶
逗雨疏花浓淡改，关心芳草浅深难。❷不成风月转摧残？❸

注释

❶班骓：毛色青白相间的骏马。古典诗词中常用来称情人所骑之马。李商隐《对雪二首》之二："关河冻合东西路，肠断班骓送陆郎。"凤箫：即排箫，一种管乐器，用竹管编排而成，竹管上端平齐，下端参差，两边长，中间短，仿佛凤凰的羽翼。据《风俗通》："舜作

《箫韶》九成，凤凰来仪。其形参差，像凤之翼。"辛弃疾《江神子》词："绣阁香浓，深锁凤箫声。"此二句言丈夫或情人离开后，闺中女子不再吹箫。

❷王次回《宾于席上徐霞话旧》诗："时世妆梳浓淡改，儿郎情境深浅知。"此二句言花色由浓转淡，草色由浅而深，形容春色易去，芳艳易逝，对丈夫或情人的思念，日益加深。

❸不成：难道。风月：男女情事。转：渐渐。

❧ 又 ❧

旋拂轻容写洛神，须知浅笑是深颦，十分天与可怜春。❶
掩抑薄寒施软障，抱持纤影藉芳茵。❷未能无意下香尘。❸

注释

❶旋：随意，漫然。轻容：无花薄纱。李贺《恼公》诗："蜀烟飞重锦，峡雨溅轻容。"洛神：洛水女神，即宓妃。据《史记索隐》："宓妃，伏羲女，溺死洛水，遂为洛水之神。"后多以洛神比喻绝色女子。颦：皱眉。天与：天生。可怜：可爱。

❷掩抑：抵挡。软障：用绸缎或布做成的帷屏。抱持纤影：犹言抱影，对影。柳永《戚氏》词："对闲窗畔，停灯向晓，抱影无眠。"藉：践，立。芳茵：精美的地毯。

❸香尘：指女子步履扬起的尘土。李白《感兴》诗："香尘动罗袜，渌水不沾衣。"这里应理解为人间、红尘。指神女不能无意来到人间。

又

十二红帘窣地深，才移刬袜又沉吟，晚晴天气惜轻阴。❶
珠袚佩囊三合字，宝钗拢鬓两分心。❷定缘何事湿兰襟？❸

注释

❶窣：拂。十二红帘：吴文英《喜迁莺》词："万顷素云遮断，十二红帘钩处。"刬：同"铲"。刬袜，指穿着袜子在地上走。李煜《菩萨蛮》词："刬袜步香尘，手提金缕鞋。"轻阴：微阴的天色。王维《书事》："轻阴阁小雨，深院昼慵开。"

❷珠袚：缀有珠玉的裙带。杜甫《丽人行》："背后何所见，珠压腰袚稳称身"。三合字：即合字香囊，在两个或三个香囊上各绣某个字的偏旁部首，可以合成一个字。情人各自佩戴，作为爱情的表记。高观国《思佳客》词："同心罗帕轻藏素，合字香囊半影金。"蔡伸《感皇恩》词："撚金双合字，无心绣。"分心：一种首饰，戴在发髻正前面。

❸定：表示疑问，犹言究竟。缘：因为。

又

容易浓香近画屏，繁枝影著半窗横，风波狭路倍怜卿。❶
未接语言犹怅望，才通商略已蘦腾。❷只嫌今夜月偏明。

❶风波：世间患难。元稹《酬周从事望海亭见寄》诗："不辞狂复醉，人世有风波。"王次回《代所思别后》诗："风波狭路惊团扇，风月空庭泣浣衣。"狭路：窄路。

❷"未接"句：见王次回《和端己韵》诗，"未接语言当面笑，暂同行坐凤生缘"。商略：商量。王次回《赋得别梦依依到谢家》诗："今日眼波微动处，半通商略半矜持。"瞢腾：神志不清，模模糊糊。韩偓《格卑》诗："惆怅后尘流落尽，自抛怀抱醉瞢腾。"

～◆ 又❶ ◆～

十八年来堕世间，吹花嚼蕊弄冰弦，多情情寄阿谁边？❷
紫玉钗斜灯影背，红绵粉冷枕函偏。❸相看好处却无言。❹

注释

❶据张草纫《纳兰词笺注》，此词应作于康熙十三年（1674）词人与妻子卢氏成婚时。

❷"十八"句：借用东方朔的典故。据《太平广记》引《洞冥记》及《东方朔别传》："朔未死时，谓同舍郎曰：'天下人无能知朔，知朔者惟太王公耳。'朔卒后，武帝得此语，即召太王公问之曰：'尔知东方朔乎？'公对曰：'不知。''公何所能？'曰：'颇善星历。'帝问：'诸星皆具在否？'曰：'诸具在，独不见岁星十八年，今复见耳。'帝仰天叹曰：'东方朔生在朕傍十八年，而不知是岁星哉！'惨然不乐。"后世常以此喻人，指其有谪仙气质。李商隐《曼倩辞》："十八年来堕世间，瑶池归梦碧桃闲。"吹花嚼蕊：即吹叶嚼蕊，指吹奏、

歌唱，也指反复推敲声律、辞藻。这里指的是前者。李商隐《柳枝序》："吹叶嚼蕊，调丝擫管，作天海风涛之曲，幽忆怨断之音。"冰弦：用蚕丝制成的琴弦，后泛指琴弦。按卢氏擅长弹奏，如词人悼亡词《清平乐》言："尘生燕子空楼，抛残弦索床头。一样晓风残月，而今触绪添愁。"阿谁：犹言何人。

❸紫玉钗：借用霍小玉的典故。据《霍小玉传》："曾令侍婢浣沙将紫玉钗一只诣侯景先家货之。路逢内作老玉工，见浣沙所执，前来认之曰：'此钗，吾所作也。昔岁霍王小女将欲上鬟，令我作此，酬我万钱，我尝不忘。汝从何而得？'"汤显祖《紫钗记》传奇即据此故事敷演。红绵：红丝绵的粉扑。崔国辅《白纻辞二首》之一："坐惜玉楼春欲尽，红绵粉絮裹妆啼。"周邦彦《蝶恋花》词："唤起两眸清炯炯，泪花落枕红绵冷。"枕函：匣状的枕头。

❹汤显祖《牡丹亭·惊梦》："是那处曾相见，相看俨然，早难道这好处相逢无一言。"

✣ 又❶ ✣

藕荡桥边理钓筒，芒萝西去五湖东，笔床茶灶太从容。❷
况有短墙银杏雨，更兼高阁玉兰风。❸画眉闲了画芙蓉。❹

注释

❶此词许增刊《纳兰词》题为"寄严荪友"。严荪友，即严绳孙，康熙十八年（1679）举博学鸿儒科，授翰林院检讨，参与纂修《明史》。严绳孙与词人交游期间，曾经两次南归。据张草纫《纳兰词笺注》，此词应作于严氏第一次南归时，即康熙十六年（1677）春夏间。

❷藕荡桥：桥名。在江苏无锡西北阳溪上，距严绳孙家不远，严

氏即自号藕荡渔人。钓筒：捕鱼的器具。苎萝：苎萝山，在浙江诸暨南。五湖：指太湖。据《国语·越语下》："果兴师而伐吴，战于五湖。"韦昭注曰："五湖，今太湖。"笔床：如笔架、笔搁。《新唐书·陆龟蒙传》："不乘马，升舟设篷席，赍束书、茶灶、笔床、钓具往来，时谓江湖散人。"

❸严绳孙《望江南》词："春欲尽，昨夜画楼东。暗绿扑帘银杏雨，昏黄扶袖玉兰风。人在小窗中。"

❹画眉：描眉。借用张敞的典故。据《汉书·张敞传》："又为妇画眉，长安中传张京兆眉怃。"

❦ 又❶ ❦

欲寄愁心朔雁边，西风浊酒惨离筵，黄花时节碧云天。❷
古戍烽烟迷斥堠，夕阳村落解鞍鞯。❸不知征战几人还？❹

注释

❶据张草纫《纳兰词笺注》，此词应作于康熙二十一年（1682）年八月至十二月间赴梭龙侦查时。

❷李白《闻王昌龄左迁龙标遥有此寄》诗："我寄愁心与明月，随风直到夜郎西。"王实甫《西厢记·长亭》："碧云天，黄花地，西风紧，北雁南飞。"朔：北方。西风：秋风。黄花：菊花。碧云：青天上的云。

❸烽烟：烽火台报警的狼烟。斥堠：又作斥候，用以瞭望敌情的土堡。鞍鞯：马鞍和马鞍下面的垫子。

❹王翰《凉州词二首》之一："醉卧沙场君莫笑，古来征战几人回。"

又

败叶填溪水已冰，夕阳犹照短长亭，何年废寺失题名。❶
驻马客临碑上字，斗鸡人拨佛前灯。❷劳劳尘世几时醒。❸

注释

❶短长亭：五里一短亭，十里一长亭。见前《浣溪沙》（无恙年年汴水流）注释❷。题名：旧时庙宇内游客的留念题名。米芾《山光寺》诗："一一过僧谈旧事，迟迟绕壁认题名。"失题名：指寺院荒废，墙壁上的题名已看不清楚。或言此处题名指庙门上的题额，亦通。

❷驻马：马停下来不走。周邦彦《浣溪沙》词："下马先寻题壁字，出门闲记牓村名。"斗鸡人：指不务正业的人。斗鸡，即斗鸡走狗，旧时用狗追逐或鸡扑斗的胜负来赌博，后来泛指游手好闲、不务正业。佛前灯：见马戴《寄终南真空禅师》诗，"松门山半寺，夜雨佛前灯"。

❸劳劳：惆怅忧伤的样子。《孔雀东南飞》："举手长劳劳。"

霜天晓角❶

重来对酒，折尽风前柳。若问看花情绪，似当日，怎能够？
休为西风瘦，痛饮频搔首。❷自古青蝇白璧，天已早安排就。❸

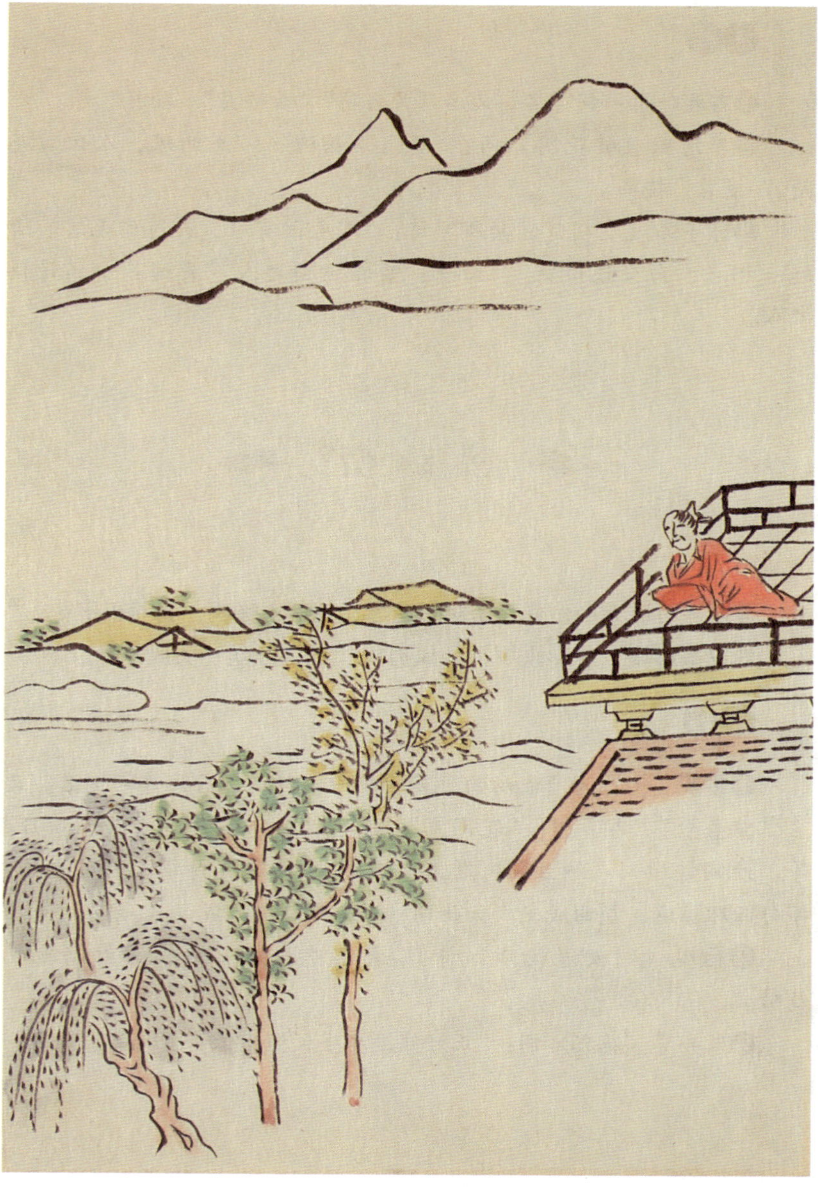

注释

❶霜天晓角：词牌名。又名"月当窗""长桥月""踏月"等。

❷李清照《醉花阴》词："莫道不销魂，帘卷西风，人比黄花瘦。"搔首：挠头。

❸陈子昂《宴胡楚真禁所》诗："人生固有命，天道信无言。青蝇一相点，白璧遂成冤。"白璧：喻指清白之人。青蝇：喻指谗佞之人。

❀ 菩 萨 蛮 ❶ ❀

雾窗寒对遥天暮，暮天遥对寒窗雾。花落正啼鸦，鸦啼正落花。❷
袖罗垂影瘦，瘦影垂罗袖。风剪一丝红，红丝一剪风。❸

注释

❶菩萨蛮：原为唐教坊曲，始于唐中宗时期，后用作词牌名。又名"重叠金""菩萨鬘""花间意""梅花句""花溪碧""晚云烘日"等。此词许增刊《纳兰词》题为"回文"。回文，诗词的一种别体，字句回环往返，屈曲成文。如此词，每句颠倒都可成诵。

❷秦观《赠女冠畅师》诗："礼罢晓坛春日静，落红满地乳鸦啼。"

❸朱彝尊《花犯》词："正好伴，水亭风槛，低垂罗袖影。"

又

隔花才歇廉纤雨，一声弹指浑无语。❶梁燕自双归，长条脉脉垂。❷小屏山色远，妆薄铅华浅。❸独自立瑶阶，透寒金缕鞋。❹

注释

❶廉纤雨：细雨。廉纤，细微。晏几道《生查子》词："无端轻薄云，暗作廉纤雨。"弹指：弹击手指，这里是表示感叹的意思。

❷温庭筠《菩萨蛮》词："杨柳色依依，燕归君不归。"

❸温庭筠《春日》诗："屏上吴山远，楼中朔管悲。"铅华：旧时女子用来化妆的铅粉。

❹瑶阶：玉砌台阶，后用作台阶的美称。金缕鞋：用金丝绣花而制成的鞋子。李煜《菩萨蛮》词："刬袜步香阶，手提金缕鞋。"

又

新寒中酒敲窗雨，残香细袅秋情绪。❶端的是怀人，青衫有泪痕。❷相思不似醉，闷拥孤衾睡。记得别伊时，桃花柳万丝。

注释

❶中酒：酒酣，非醉非醒的样子。吴文英《风入松》词："料峭春寒中酒，交加晓梦啼莺。"学：诉说。此句言余香袅袅，似乎在向

人诉说悲秋的情绪。

②端的：果然，确实。青衫有泪痕：见白居易《琵琶引》，"座中泣下谁最多，江州司马青衫湿"。

～ 又① ～

澹花瘦玉轻妆束，粉融轻汗红绵扑。②妆罢只思眠，江南四月天。绿阴帘半揭，此景清幽绝。行度竹林风，单衫杏子红。③

注释

❶据张草纫《纳兰词笺注》，此词似为思念沈宛而作。

❷澹花：指女子脸色白净。瘦玉：指女子肌肤消瘦。孙光宪《女冠子》词："澹花瘦玉，依约神仙妆束。"红绵：见前《浣溪沙》（十八年来堕世间）注释❸。白居易《和梦游春诗一百韵》："朱唇素指匀，粉汗红绵扑。"

❸祖咏《宴吴王宅》诗："砌分池水岸，窗度竹林风。"南朝乐府《西洲曲》："单衫杏子红，双鬓鸦雏色。"

～ 又 ～

梦回酒醒三通鼓，断肠啼鴂花飞处。❶新恨隔红窗，罗衫泪几行。相思何处说，空有当时月。②月也异当时，团栾照鬓丝。③

❶梦回酒醒：酒醒后从梦中醒来。朱淑真《春宵》诗："梦回酒醒春愁怯，宝鸭烟销香未歇。"三通鼓：这里应理解为三更鼓。孙洙《菩萨蛮》词："楼头尚有三通鼓，何须抵死催人去。"啼鴂：即鹈鴂，又名子规、杜鹃。常在立夏时鸣叫，故古典诗词中子规啼鸣，常喻指春尽芳歇。欧阳修《千秋岁》词："数声啼鴂，又报芳菲歇。"

❷韦庄《应天长》词："暗相思，无处说，惆怅夜来烟月。"

❸团栾：又作团圞，圆满貌，常用以形容满月。任华《寄杜拾遗》诗："积翠扈游花匼匝，披香寓值月团栾。"

❧ 又 ❧

催花未歇花奴鼓，酒醒已见残红舞。❶不忍覆余觞，临风泪数行。❷粉香看欲别，空剩当时月。❸月也异当时，凄清照鬓丝。

注释

❶催花：催花鼓，借用唐玄宗典故。据《羯鼓录》："尝遇二月初，诘旦，巾栉方毕，时当宿雨初晴，景色明丽，小殿内庭，柳杏将吐，睹而叹曰：'对此景物，岂得不为他判断之乎？'左右相目，将命备酒。独高力士遣取羯鼓，上旋命之，临轩纵击一曲，曲名《春光好》。神思自得，及顾柳杏，皆已发坼。上指而笑谓嫔御曰：'此一事不唤我作天公可乎？'"花奴：唐汝南王李琎小字。琎擅长击鼓，为唐玄宗所喜爱。据《羯鼓录》："上性俊迈，酷不好琴。曾听弹琴，正弄未及毕，叱琴者出，曰：'待诏出去！'谓内官曰：'速诏花奴将羯鼓来，为我解秽！'"残红：落花。

❷覆余觞：喝完杯中残酒。鲍照《秋夜二首》之一："愿君剪众

念，且共覆前觞。"

❸粉香：脂粉的香气，借指女子。

～❀～ 又❶ ～❀～

晓寒瘦著西南月，丁丁漏箭余香咽。❷春已十分宜，东风无是非。蜀魂羞顾影，玉照斜红冷。❸谁唱后庭花，新年忆旧家。❹

注释

❶此词许增刊《纳兰词》题为"早春"。

❷瘦著：消瘦。形容月瘦，即弯月。著，形容词尾，表示程度。丁丁：漏壶的声音。吴融《个人三十韵》诗："花残春寂寂，月落漏丁丁。"漏箭：漏壶的部件，上刻时辰度数，随水沉浮，指示时间。余香咽：香炉中的香已快燃尽。

❸蜀魂：杜鹃的别名。借用杜宇的典故。战国时，蜀王杜宇称帝，号望帝，死后化为杜鹃。李商隐《燕台四首》之二："蜀魂寂寞有伴未，几夜瘴花开木棉。"顾影：顾影自怜。杜甫《杜鹃行》："尔岂摧残始发愤，羞带羽翮伤形愚。"这里是词人自喻。玉照：宋代张镃有玉照堂，周围遍植梅花。张氏《满江红》词："玉照梅开，三百树、香云同色。"

❹后庭花：陈后主制《玉树后庭花》。杜牧《泊秦淮》诗："商女不知亡国恨，隔江犹唱后庭花。"

又

窗前桃蕊娇如倦，东风泪洗胭脂面。❶人在小红楼，离情唱石州。❷
夜来双燕宿，灯背屏腰绿。❸香尽雨阑珊，薄衾寒不寒？❹

注释

❶温庭筠《春暮宴罢寄宋寿先辈》诗："窗间桃蕊宿妆在，雨后
牡丹春睡浓。"白居易《后宫词》："三千宫女胭脂面，几个春来无
泪痕。"

❷施枢《摸鱼儿》词："人在小红楼，朱帘半卷，香注玉壶露。"
石州：石州调，唐商调曲名。离情：别离之情。李商隐《代赠二首》
之二："东南日出照高楼，楼上离人唱石州。"

❸屏腰：屏风中间的部分。

❹阑珊：残，将尽。皮日休《重题后池》诗："细雨阑珊眠鹭觉，
钿波悠漾并鸳娇。"

又

朔风吹散三更雪，情魂犹恋桃花月。❶梦好莫催醒，由他好处行。
无端听画角，枕畔红冰薄。❷塞马一声嘶，残星拂大旗。

注释

❶朔风：北风。倩魂：见前《浣溪沙》（谁道飘零不可怜）注释❹。桃花月：即桃月。旧时称农历二月为桃月，因此时桃花开放。

❷画角：一种管乐器。形似竹筒，本细末大，用竹木或皮革制成，表面有彩绘，故有此称。画角发声，哀厉高亢，古时军中多用以警昏晓，振士气，肃军容。帝王出巡时，也用以报警戒严。红冰：借用杨玉环典故。据《开元天宝遗事·红冰》："杨贵妃初承恩召，与父母相别，泣涕登车。时天寒，泪结为红冰。"方千里《醉桃源》词："去时情泪滴红冰，西风吹涕零。"

❧ 又❶ ❧

问君何事轻离别，一年能几团栾月？❷杨柳乍如丝，故园春尽时。❸春归归不得，两桨松花隔。❹旧事逐寒潮，啼鹃恨未消。❺

注释

❶据张草纫《纳兰词笺注》，此词应作于康熙二十一年（1682）三月扈驾巡视关外之时。

❷问君：词人自问。团栾：见前《菩萨蛮》（梦回酒醒三通鼓）注释❸。龚鼎孳《蝶恋花》词："天欲为人须为彻，一生乞作团栾月。"

❸温庭筠《菩萨蛮》词："杨柳又如丝，驿桥春雨时。"乍：刚刚，才。

❹两桨：划船用具。南朝乐府《莫愁乐》："莫愁在何处，莫愁石城西。艇子打两桨，催送莫愁来。"松花：即松花江。

056

⑤ "旧事"二句：旧事指轻别离，言离别时的痛苦随寒潮而消逝，如今听到杜鹃啼鸣（杜鹃叫声若"不如归去"），又引起新的感伤、痛苦。

又①

乌丝曲倩红儿谱，萧然半壁惊秋雨。②曲罢髻鬟偏，风姿真可怜。③须髯浑似戟，时作簪花剧。④背立讶卿卿，知卿无那情。⑤

注释

①此词许增刊《纳兰词》题为"为陈其年题照"。陈其年，即陈维崧，康熙十八年（1679）举博学鸿儒科，授翰林院检讨，参与纂修《明史》。

②乌丝：陈维崧词集初名《乌丝集》。按季振宜《乌丝词序》："使同青鸟，集曰乌丝。"红儿：罗虬《比红儿诗并序》注："广明中，虬为李孝恭从事。籍中有美歌者杜红儿，虬令之歌，赠以彩。孝恭以红儿为副戎所盼，不令受。虬怒，手刃红儿。既而追其冤，作《比红诗》。"萧然：冷落凄清。陶潜《五柳先生传》："环堵萧然，不蔽风日。"

③髻鬟：女子的环形发髻。孙惟信《昼锦堂》词："柳裁云剪腰支小，凤蟠鸦耸髻鬟偏。"这里指陈维崧小照画面里，另有一位吹箫的女子。

④《南史·褚彦回传》："公主谓曰：'君须髯如戟，何无丈夫意？'"簪花：旧时遇典礼宴会，男女借簪花。剧：游戏。

⑤讶：迎。卿卿：爱人之间的昵称。语出《世说新语》刘孝标注："王安丰妇，常卿安丰。安丰曰：'妇人卿婿，于礼为不敬，后勿复尔。'妇曰：'亲卿爱卿，是以卿卿；我不卿卿，谁当卿卿？'遂恒

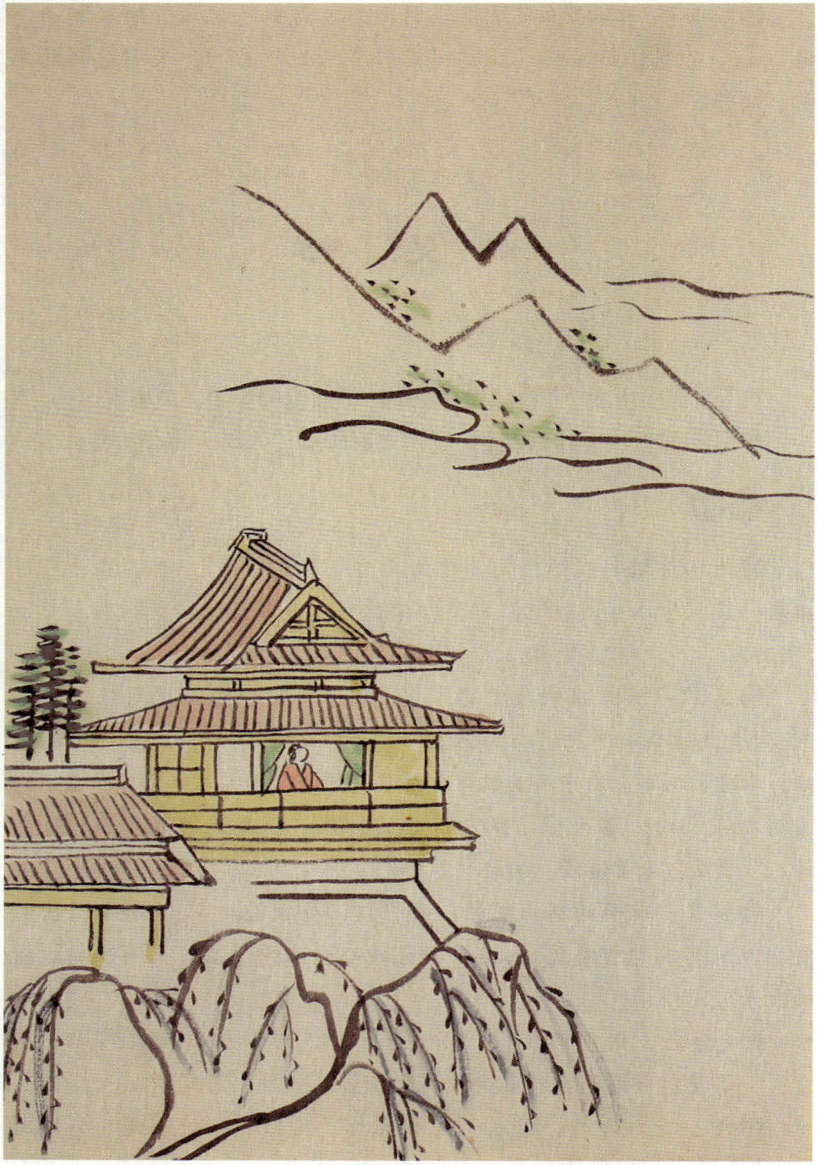

听之。"此句言画面中的吹箫女子是背立的。无那：无奈。

又❶

玉绳斜转疑清晓，凄凄白月渔阳道。❷星影漾寒沙，微茫织浪花。金筎鸣故垒，唤起人难睡。❸无数紫鸳鸯，共嫌今夜凉。❹

注释

❶此词许增刊《纳兰词》题为"宿滦河"。据张草纫《纳兰词笺注》，此词应作于康熙二十一年（1682）八月至十二月间赴梭龙侦查时。

❷玉绳：星名。原指北斗第五星之北两星。据《太平御览》引《春秋元命苞》："玉衡北两星为玉绳"。此处代指北斗星。苏轼《洞仙歌》词："金波淡、玉绳低转。"渔阳：古郡名，在今北京密云区西南。

❸金筎：铜制的管乐器，类似笛子。故垒：废弃的土堡。

❹徐延寿《南州行》诗："河头浣衣处，无数紫鸳鸯。"

又❶

荒鸡再咽天难晓，星榆落尽秋将老。❷毡幕绕牛羊，敲冰饮酪浆。山程兼水宿，漏点清钲续。❸正是梦回时，拥衾无限思。

❶据张草纫《纳兰词笺注》，此词应作于康熙十六年（1677）扈驾巡视北方边境之时。

❷荒鸡：旧时称三更以前啼叫的鸡为荒鸡。咽：声音阻滞而低沉。再咽，指第二声啼叫也沉寂了。汤显祖《牡丹亭·冥誓》："梦回远塞荒鸡咽。"星榆：白榆。榆荚形似铜钱，色白，成串，故有此称。刘禹锡《和兵部郑侍郎省中四松诗十韵》："月桂花遥烛，星榆叶对开。"

❸漏点：漏壶滴下的水点。钲：一种铜制乐器，形似钟而狭长，有长柄可以执拿，用时口向上，以槌击之，多在行军时敲打。

～～ 又❶ ～～

惊飙掠地冬将半，解鞍正值昏鸦乱。❷冰合大河流，茫茫一片愁。❸烧痕空极望，鼓角高城上。❹明日近长安，客心愁未阑。❺

注释

❶据张草纫《纳兰词笺注》，此词可能作于康熙二十三年（1684）。

❷惊飙：狂风。李白《古风五十九首》之四十五："八荒驰惊飙，万物尽凋落。"

❸冰合：河面结冰。大河：指黄河。李贺《北中寒》诗："黄河冰合鱼龙死。"

❹烧痕：野火烧过的痕迹。苏轼《正月二十日往岐亭郡人潘古郭三人送余于女王城东禅庄院》诗："稍闻决决流冰谷，尽放青青没烧痕。"

❺长安：此处借指北京。阑：少。

又 ❶

榛荆满眼山城路，征鸿不为愁人住。❷何处是长安，湿云吹雨寒。
丝丝心欲碎，应是悲秋泪。❸泪向客中多，归时又奈何。

注释

❶据张草纫《纳兰词笺注》，此词应作于卢氏逝世后不久。按：
卢氏于康熙十六年（1677）五月三十日产后亡故。

❷榛荆：荆棘。征鸿：远飞的大雁。

❸丝丝：形容雨细。范成大《鞭春微雨》诗："旛胜丝丝雨，笙
歌步步尘。"

又 ❶

黄云紫塞三千里，女墙西畔啼乌起。❷落日万山寒，萧萧猎马还。❸
笳声听不得，入夜空城黑。❹秋梦不归家，残灯落碎花。❺

注释

❶据张草纫《纳兰词笺注》，此词应与前一阕作于同一时期。

❷黄云：黄云戍，唐时设立，具体位置不详。李白《紫骝马》
诗："白雪关山远，黄云海戍迷。"紫塞：北方边塞。《古今注》："秦
筑长城，土色皆紫，汉塞亦然，故称紫塞焉。"这里的黄云、紫塞，

皆泛指长城。女墙：女儿墙，城墙上呈四凸形状的矮墙。韩偓《故都》诗：“塞雁已侵池藕宿，宫鸦犹恋女墙啼。”

❸萧萧：马嘶声。《诗经·小雅·车攻》：“萧萧马鸣，悠悠旆旌。”

❹胡笳：一种古代北方少数民族管乐器，形似笛子。

❺花：灯花。戎昱《桂州腊夜》诗：“晓角分残漏，孤灯落碎花。”

〜〜 又❶ 〜〜

知君此际情萧索，黄芦苦竹孤舟泊。❷烟白酒旗青，水村鱼市晴。❸柁楼今夕梦，脉脉春寒送。❹直过画眉桥，钱塘江上潮。❺

注释

❶此词许增刊《纳兰词》题为“寄顾梁汾苕中”。顾梁汾，即顾贞观，康熙十一年（1672）举人，官内阁中书，清前期著名词人。顾贞观与词人相识，应在康熙十五年，词人时年二十二岁。二十年秋，顾氏南归。二十一年，沈尔燝中进士，当年秋天南归。词人托沈氏寄书给顾氏。此词可能作于第二年春天。苕：苕溪，在浙江湖州境内。顾氏南归后，曾寓居于此地。

❷白居易《琵琶引》：“住近湓江地低湿，黄芦苦竹绕宅生。”黄芦：芦苇的一种。

❸王禹偁《点绛唇》词：“水村渔市，一缕孤烟细。”酒旗：酒幌子。

❹柁楼：船上操舵的舱室，因高起如楼，故有此称。脉脉：丝丝，缕缕。

❺画眉桥：桥名，在浙江湖州东北。钱塘潮：钱塘江的江潮。

又

萧萧几叶风兼雨，离人偏识长更苦。❶欹枕数秋天，蟾蜍早下弦。❷夜寒惊被薄，泪与灯花落。❸无处不伤心，轻尘在玉琴。❹

注释

❶秦观《满江红》词："风雨潇潇，长涂上、春泥没足。"萧萧：风雨声。

❷欹：靠。蟾蜍：代指月亮。李白《古朗月行》："蟾蜍蚀圆影，大明夜已残。"下弦：夏历每月二十二至二十三日的月亮。

❸花仲胤妻《伊川令寄外》词："教奴独自守空房，泪珠与灯花共落。"

❹温庭筠《题李处士幽居》诗："水玉簪头白角巾，瑶琴寂历拂轻尘。"玉琴：琴的美称。一说为玉饰的琴。

又

为春憔悴留春住，那禁半霎催归雨。❶深巷卖樱桃，雨余红更娇。❷黄昏清泪阁，忍便花飘泊。❸消得一声莺，东风三月情。❹

注释

❶"为春"句：欧阳修《蝶恋花》词："雨横风狂三月暮，门掩黄

昏，无计留春住。"催归雨：指暮春时节的雨，仿佛催促春天尽早归去。

❷李煜《临江仙》词："樱桃落尽春归去。"陆游《临安春雨初霁》诗："小楼一夜听春雨，深巷明朝卖杏花。"樱桃在春末夏初成熟，杏花在三四月份开花。古典诗词写暮春景象，常用这两种物象。

❸阁：止住，抑住。周紫芝《踏莎行》词："情似游丝，人如飞絮，泪珠阁定空相觑。"

❹忍便：便教。消得：犹言值得。"东风"句：见朱淑真《问春》诗，"东风负我春三月，我负东风三月春"。

～～ 又 ～～

晶帘一片伤心白，云鬟香雾成遥隔。❶无语问添衣，桐阴月已西。西风鸣络纬，不许愁人睡。❷只是去年秋，如何泪欲流。

注释

❶晶帘：水晶帘。宋琬《蝶恋花·旅月怀人》词："月去疏帘才数尺，乌鹊惊飞，一片伤心白。"云鬟：高耸的环形发髻，泛指女子秀发。杜甫《月夜》诗："香雾云鬟湿，清辉玉臂寒。"

❷络纬：即莎鸡，俗称络丝娘、纺织娘。夏秋时夜间振翅发声，如纺线之声，故有此称。苏轼《与顿起孙勉泛舟探韵得未字》诗："窗前堆梧桐，床下鸣络纬。"李清照《念奴娇》词："被冷香消新梦觉，不许愁人不起。"

又

乌丝画作回文纸，香煤暗蚀藏头字。❶筝雁十三双，输他作一行。❷
相看仍似客，但道休相忆。索性不还家，落残红杏花。❸

注释

❶乌丝：乌丝栏，织物上下，以乌丝织成栏，其间用朱墨界行，
后亦指有墨线格子的笺纸。陆游《东窗遣兴》诗："欲写乌丝还懒去，
诗名老去判悠悠。"回文：见前《菩萨蛮》（雾窗寒对遥天暮）注释
❶。香煤：加了香料的煤烟，女子用以画眉。元好问《眉二首》之
二："石绿香煤浅淡间，多情长带楚梅酸。"这里指墨。藏头：即藏头
格，一种杂体诗。一般是将诗句头一字暗藏在每句的头一字或最后一
字。吕渭老《水龙吟》词："相思两地，无穷烟水，一庭花雾。锦字
藏头，织成机上，一时分付。"这里指妻子写信时，用墨将诗句的第
一个字涂抹掉，要丈夫猜是什么意思。

❷筝雁：筝柱。筝有十三弦，每条弦的两头有一只筝柱，如飞雁
行列，所以又称雁柱。陆游《雪中感成都》诗："感事镜鸾悲独舞，
寄书筝雁恨慵飞。"欧阳修《生查子》词："雁柱十三弦，一一春莺
语。"此句言夫妻分离，反不如筝柱成对成双。

❸"索性"句："索性别回家了，杏花都落尽了（杏花落尽，指春
天已去，进而指韶华逝去），还回家做什么！"言妻子信中有怨语。这
里的妻子，可能是词人的侍妾沈宛。

又

阑风伏雨催寒食，樱桃一夜花狼藉。❶刚与病相宜，锁窗薰绣衣。❷画眉烦女伴，央及流莺唤。❸半晌试开奁，娇多直自嫌。❹

注释

❶阑风伏雨：又作阑风长雨，风雨不已。寒食：节令名，农历清明前一或两日。《荆楚岁时记》："去冬节一百五日，即有疾风甚雨，谓之寒食。"狼藉：零乱。

❷刚：犹言偏。锁窗：窗棂刻镂了连锁图案。

❸央及：请求。

❹直：即使。奁：梳妆匣。

又

春云吹散湘帘雨，絮黏蝴蝶飞还住。❶人在玉楼中，楼高四面风。柳烟丝一把，瞑色笼鸳瓦。❷休近小阑干，夕阳无限山。

注释

❶湘帘：湘妃竹制成的帘子。

❷柳烟丝：烟雾蒙蒙中的柳丝。杨巨源《折杨柳》："水边杨柳曲烟丝。"瞑色：夜色。笼：罩。鸳瓦：鸳鸯瓦。

减字木兰花①

晚妆欲罢，更把纤眉临镜画。②准待分明，和雨和烟两不胜。③
莫教星替，守取团圆终必遂。④此夜红楼，天上人间一样愁。

注释

①减字木兰花：词牌名。又名"减兰""木兰香""天下乐令"
"玉楼春""偷声木兰花""木兰花慢"等。此词许增刊《纳兰词》题
为"新月"。新月：一指夏历每月初的弯月，一指十五日重新盈满的
圆月。这里指前者。词中"纤眉"指细而弯的眉毛，正与新月形态
对应。

②晚妆：女子睡前梳理妆发。

③准待：打算。"和雨"句：在烟雾和细雨中，事物显得不够清
晰。杜安世《行香子》词："寒食下，半和雨，半和烟。"善住《忆王
孙》词："游子寻春骏马骄。欲魂销。和雨和烟折柳条。"

④李商隐《李夫人三首诗》："惭愧白茅人，月没教星替。"守取：
等待。

又①

烛花摇影，冷透疏衾刚欲醒。待不思量，不许孤眠不断肠。②
茫茫碧落，天上人间情一诺。③银汉难通，稳耐风波愿始从。④

❶据张草纫《纳兰词笺注》，此词应作于康熙十六年（1677）冬，即卢氏逝世那一年的冬天。

❷苏轼《江城子·乙卯正月二十日夜记梦》："十年生死两茫茫，不思量，自难忘。"

❸碧落：见前《生查子》（惆怅彩云飞）注释❷。一诺：用季布典故。据《史记·季布栾布列传》："楚人谚曰：得黄金百斤，不如得季布一诺。"这里指夫妻誓约。

❹银汉：天河。耐：忍受。风波：患难。

✦ 又 ✦

相逢不语，一朵芙蓉著秋雨。❶小晕红潮，斜溜鬟心只凤翘。❷
待将低唤，直为凝情恐人见。❸欲诉幽怀，转过回阑叩玉钗。❹

注释

❶芙蓉：荷，莲。古人常借以形容女子姣好白皙的面容。著：沾上。

❷晕：用作动词，泛起。斜溜：斜插。李煜《浣溪沙》词："佳人舞点金钗溜。"这里指斜插的首饰。鬟心：鬟髻的顶心。凤翘：凤形首饰。周邦彦《南乡子》词："不道有人潜看着，从教，掉下鬟心与凤翘。"

❸直为：仅为。凝情：含情凝视。

❹幽怀：幽情。回阑：曲折的栏杆。

又

从教铁石，每见花开成惜惜。[1]泪点难消，滴损苍烟玉一条。[2]
怜伊太冷，添个纸窗疏竹影。[3]记取相思，环珮归来月上时。[4]

注释

[1] 从教：任凭，纵使。铁石：铁石心肠。惜惜：怜惜。李存勖
《歌头》词："惜惜此光阴如流水，东篱菊残时，叹萧索。"辛弃疾
《摸鱼儿》词："惜春长怕花开早，何况落红无数。"

[2] "泪点"句：指斑竹泪。玉一条：指梅树。张谓《早梅》诗：
"一树寒梅白玉条，迥临村路傍溪桥。"

[3] 袁桷《述旧怀》诗："午窗钩竹影，冻笔点梅魂。"

[4] 姜夔《疏影》词："昭君不惯胡沙远，但暗忆江南江北。想佩环
月夜归来，化作此花幽独。"环珮：又做环佩，环形的玉饰。

又

断魂无据，万水千山何处去？[1]没个音书，尽日东风上绿除。[2]
故园春好，寄语落花须自扫。莫更伤春，同是恹恹多病人。[3]

注释

[1] 断魂：销魂。毛滂《惜分飞》词："今夜山深处，断魂分付潮

回去。"刘弇《惜双双令》词："翠屏人在天低处。惊梦断、行云无据。"

❷杨无咎《玉抱肚》词："堪嗟处，山遥水远，音书也无个。"绿除：长满绿植的台阶。

❸恹恹：精神萎靡的样子。韩偓《春尽日》诗："把酒送春惆怅在，年年三月病恹恹。"

～❀～ 又 ～❀～

花丛冷眼，❶自惜寻春来较晚。知道今生，知道今生那见卿。天然绝代，不信相思浑不解。若解相思，定与韩凭共一枝。❷

注释

❶元稹《离思五首》之四："取次花丛懒回顾，半缘修道半缘君。"

❷"定与"句：借用韩凭夫妇化作相思树的典故。事见《搜神记》卷十一。

～❀～ 卜 算 子 ❶ ～❀～

娇软不胜垂，瘦怯那禁舞。❷多事年年二月风，剪出鹅黄缕。❸一种可怜生，落日和烟雨。❹苏小门前长短条，即渐迷行处。❺

注释

❶卜算子：词牌名。又名"缺月挂疏桐""百尺楼""楚天遥""眉峰碧"等。此词许增刊《纳兰词》题为"新柳"，徐乾学辑《通志堂集》题为"咏柳"。

❷杨广《湖上曲望江南》："湖上柳，烟里不胜垂。"高观国《解连环·柳》词："隔邮亭、故人望断，舞腰瘦怯。"娇软，形容新抽出的柳芽。

❸贺知章《咏柳》诗："不知细叶谁裁出，二月春风似剪刀。"鹅黄：淡黄色，如鹅雏绒毛的颜色，这里指新柳的颜色。杨维桢《杨柳词》："杨柳董家桥，鹅黄万万条。"

❹一种：同样。可怜：可爱。

❺苏小：南齐时钱塘名妓苏小小。温庭筠《杨柳枝八首》之三："苏小门前柳万条，毵毵金线拂平桥。"即渐：逐渐。

又❶

塞草晚才青，日落箫笳动。❷悄悄凄凄入夜分，催度星前梦。❸小语绿杨烟，怯踏银河冻。❹行尽关山到白狼，相见唯珍重。❺

注释

❶此词许增刊《纳兰词》题为"塞寒"，徐乾学辑《通志堂集》题为"塞梦"。据张草纫《纳兰词笺注》，此词应作于康熙二十一年（1682）扈驾至清盛京时。

❷箫笳：箫与胡笳。卢纶《送张郎中还蜀歌》："须臾醉起箫笳发，空见红旌入白云。"

❸恻恻：悲伤的样子。夜分：夜半。"催度"句：此句写作者愿与亡妻梦中相聚。汤显祖《牡丹亭·魂游》："生性独行无那，此夜星前一个。"

❹银河冻：结冰的河面。

❺白狼：白狼河，即大凌河。

又❶

村静午鸡啼，绿暗新阴覆。❷一展轻帘出画墙，道是端阳酒。❸早晚夕阳蝉，又噪长堤柳。❹青鬓长青自古谁，弹指黄花九。❺

注释

❶此词许增刊《纳兰词》题为"午日"，徐乾学辑《通志堂集》题为"五日"。午日：农历五月初五。

❷午鸡：在午时啼叫的鸡。刘禹锡《秋日送客至潜水驿》诗："枫林社日鼓，茅屋午时鸡。"

❸帘：酒帘，即酒招子。端阳酒：端阳的应节酒，用艾草或菖蒲浸泡，以求解毒祛邪。

❹李商隐《柳》诗："如何肯到清秋日，已带斜阳又带蝉。"江总《秋日游昆明池》诗："蝉噪金堤柳，鹭饮石鲸波。"

❺韩琮《春愁》诗："金乌长飞玉兔走，青鬓长青古无有。"弹指：光阴迅速。黄花九：农历九月九日。黄花，菊花。

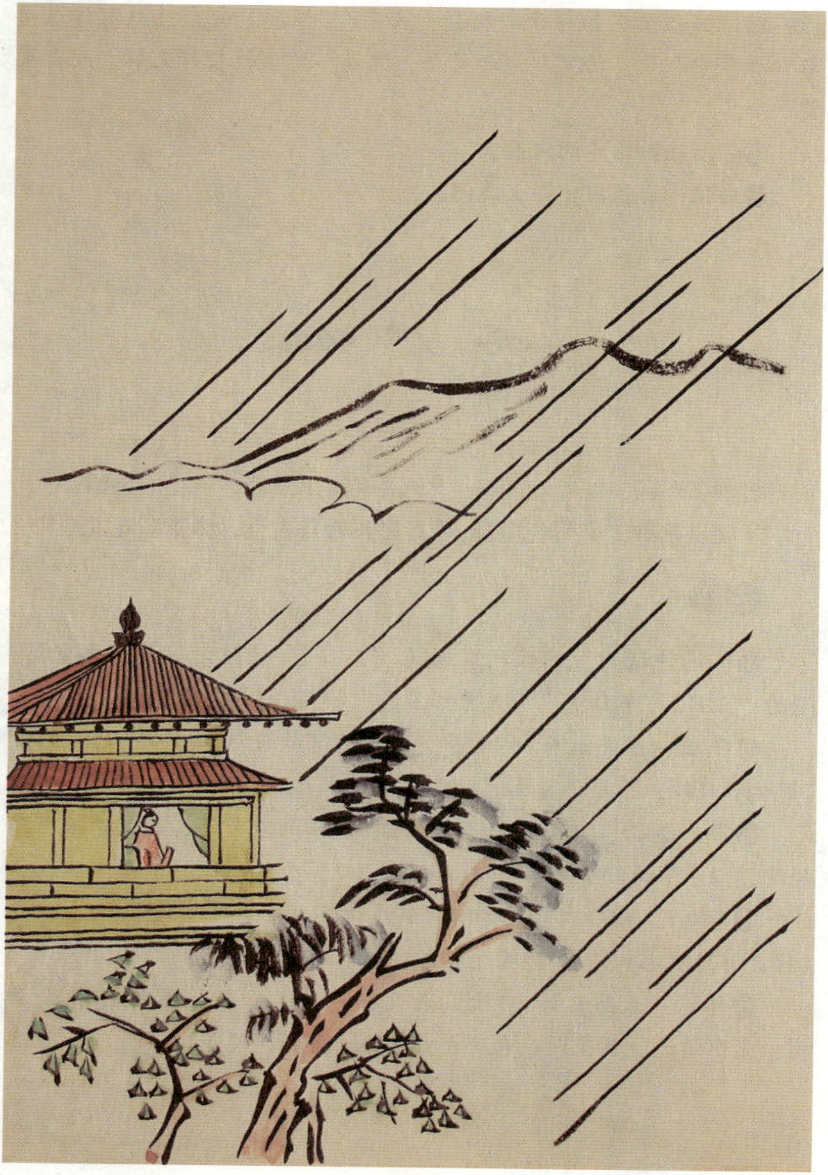

采桑子❶

彤云久绝飞琼字，人在谁边？人在谁边？今夜玉清眠不眠。❷
香销被冷残灯灭，静数秋天，静数秋天，又误心期到下弦。

注释

❶采桑子：原为唐教坊曲《杨下采桑》，后改作词牌名。又名
"丑奴儿""罗敷媚"等。

❷飞琼：许飞琼，西王母侍女。这里借指心仪的女子。玉清：玉
清天，道教三清境之一。这里借指皇宫。相传词人曾与一名宫女相爱。

又

谁翻乐府凄凉曲？风也萧萧，雨也萧萧，瘦尽灯花又一宵。❶
不知何事萦怀抱，醒也无聊，醉也无聊，梦也何曾到谢桥。❷

注释

❶乐府：原为古代官方音乐管理机构。秦代已有，汉代沿袭，至武
帝朝而扩充，职能变大，不仅组织文人创作歌诗，还广泛搜集各地民歌，
哀帝登基后罢乐府官。当时，乐府官搜集、整理与创作的歌诗，称乐府；
后来，六朝人依乐府旧题创作的诗歌，无论是否合乐，都称乐府；唐人
不依乐府旧题，只遵循乐府的某些特点而创作的诗歌，称新乐府。宋元

以后，乐府成为词曲的代名词。翻：按旧曲创作新词。刘禹锡《杨柳枝》词："请君莫奏前朝曲，听唱新翻杨柳枝。"这里指填词。萧萧：风雨声。蒋捷《一剪梅》词："秋娘渡与泰娘桥，风又飘飘，雨又潇潇。"

❷萦：绕。谢桥：谢娘桥。相传六朝时有此桥，古典诗词中习惯称心仪女子为"谢娘"，用谢家、谢桥等代指约会的地方。晏几道《鹧鸪天》词："梦魂惯得无拘检，又踏杨花过谢桥。"

又

严宵拥絮频惊起，扑面霜空。❶斜汉朦胧。冷逼毡帷火不红。❷香篝翠被浑闲事，回首西风。❸数尽残钟，一穗灯花似梦中。❹

注释

❶拥絮：半卧着，用棉被裹住下身。《南史·隐逸传》："败絮自拥，何惭儿子。"絮，棉被。

❷斜汉：银河。谢朓《离夜》诗："玉绳隐高树，斜汉耿层台。"

❸香篝：见前《诉衷情》（冷落绣衾谁与伴）注释❷。周邦彦《花犯词》："香篝薰素被。"

❹残钟：寥落的钟声。穗：通"穗"。

又

冷香萦遍红桥梦，梦觉城笳。❶月上桃花，雨歇春寒燕子家。❷

箜篌别后谁能鼓，肠断天涯。❸暗损韶华，一缕茶烟透碧纱。❹

注释

❶冷香：清香。红桥：红色栏杆的桥。

❷陆游《东篱杂书》诗："巷陌秋千梦，帘栊燕子家。"

❸箜篌：一种拨弦乐器，近似琵琶。鼓：弹奏。

❹杜牧《题禅院》诗："今日鬓丝禅榻畔，茶烟轻扬落花风。"

又❶

嫩烟分染鹅儿柳，一样风丝。❷似整如敧，才著春寒瘦不支。❸
凉侵晓梦轻蝉腻，约略红肥。❹不惜葳蕤，碾取名香作地衣。❺

注释

❶此词许增刊《纳兰词》题为"咏春雨"。

❷鹅儿柳：形容柳树抽出的嫩芽，颜色浅黄，如雏鹅的绒毛，即鹅黄色的新柳。赵令畤《清平乐》词："春风依旧，著意隋堤柳。搓得鹅儿黄欲就，天气清明时候。"风丝：随风飘拂的柳丝。一样：别样，另一种。萧纲《三月三日率尔成诗》："绮花非一种，风丝乱百条。"

❸敧：倾斜。

❹轻蝉：轻盈的蝉鬓。腻：光滑。约略：略微。红肥：花朵娇艳。

❺葳蕤：草木茂盛，枝叶下垂的样子。地衣：地毯。秦观《阮郎归》词："秋千未拆水平堤，落红成地衣。"

又❶

非关癖爱轻模样，冷处偏佳。❷别有根芽，不是人间富贵花。❸
谢娘别后谁能惜，飘泊天涯。❹寒月悲笳，万里西风瀚海沙。❺

注释

❶此词许增刊《纳兰词》题为"塞上咏雪花"。据张草纫《纳兰词笺注》，此词可能作于康熙十九年（1680）扈驾至五台山等地时。

❷癖爱：尤为喜爱。轻模样：雪花轻舞飞扬的景色。

❸根芽：根由，根苗。富贵花：一般指牡丹或海棠。周敦颐《爱莲说》："牡丹，花之富贵者也。"陆游《留樊亭三日王觉民检详日携酒来饮海棠下比去花亦衰矣》诗："何妨海内功名士，共赏人间富贵花。"此句言雪花象征高洁，非牡丹一类满足富贵幻想者可比。

❹谢娘：借用谢道韫典故。见前《忆江南》（昏鸦尽）注释❸。

❺瀚海：大漠。陶翰《出萧关怀古》诗："孤城当瀚海，落日照祁连。"

又

桃花羞作无情死，感激东风。吹落娇红，飞入闲窗伴懊侬。❶
谁怜辛苦东阳瘦，也为春慵。❷不及芙蓉，一片幽情冷处浓。❸

❶懊侬：烦恼。

❷东阳：这里指南朝文学家沈约。沈约曾任东阳太守，故世称沈东阳。沈约身形消瘦，当时有"沈郎腰"之说，又有"东阳瘦体"之说。春慵：春日里的慵懒情绪。

❸芙蓉：莲，荷。此处指芙蓉镜。据《酉阳杂俎》："相国李公固方，元和六年下第游蜀，遇一老姬，言：'郎君明年芙蓉镜下及第，后二记拜相，当镇蜀土。某此时不复见朗君出将之荣也，愿以季女为托。'明年，果然状头及第，诗赋题有'人镜芙蓉'之目。"

又

拨灯书尽红笺也，依旧无聊。❶玉漏迢迢，梦里寒花隔玉箫。❷几竿修竹三更雨，叶叶萧萧。❸分付秋潮，莫误双鱼到谢桥。❹

注释

❶拨灯：挑灯。红笺：红色信纸。

❷玉漏：玉制的漏壶。迢迢：遥远。秦观《南歌子》："玉漏迢迢尽，银潢淡淡横。"此句言与心仪女子相隔甚远。

❸温庭筠《更漏子》词："梧桐树，三更雨，不道离情正苦。一叶叶，一声声，空阶滴到明。"

❹双鱼：书信。古时传递书信，常扎在两块鱼形的竹木简牍中。《文选·古乐府》："客从远方来，遗我双鲤鱼，呼儿烹鲤鱼，中有尺素书。"后世便以双鲤或双鱼代指书信。杜甫《送梓州李使君之任》诗："五马何时到，双鱼会早传。"谢桥：见前《采桑子》（谁翻乐府

凄凉曲）注释❷。

❦ 又 ❦

凉生露气湘弦润，暗滴花梢。❶帘影谁摇，燕蹴风丝上柳条。❷
舞余镜匣开频掩，檀粉慵调。❸朝泪如潮，昨夜香衾觉梦遥。

注释

❶湘弦：湘瑟。屈原《远游》："使湘灵鼓瑟兮，令海若舞冯夷。"

❷蹴：踏。

❸镜匣：旧时妇女用来盛放梳妆品的匣子，里面有可以支起的晶子。檀粉：化妆用的香粉。

❦ 又 ❦

土花曾染湘娥黛，铅泪难消。❶清韵谁敲，不是犀椎是凤翘。❷
只应长伴端溪紫，割取秋潮。❸鹦鹉偷教，方响前头见玉萧。❹

注释

❶土花：金属器皿因长期受泥涂土侵蚀而留下的斑点。曾：犹言怎。湘娥：湘妃，这里代指美女。黛：眉。铅泪：眼泪。李贺《金铜仙人辞汉歌》："空将汉月出宫门，忆君清泪如铅水。"此句言心爱的女子已经逝去。

❷犀椎：犀槌，响犀。用来敲击方响的小槌，以犀牛角制成。据《杜阳杂编》："俄遽进白玉方响，云本吴元济所与也。光明皎洁，可照十数步。言其犀槌，即响犀也，凡物有声，乃响应其中焉。"凤翘：见前《减字木兰花》（相逢不语）注释❷。此句言情韵传来，不是响犀声，而是凤翘震颤的声音，令人怀疑那女子没有故去。

❸端溪紫：端溪，在广东德庆，产砚石。端溪紫，即端砚。秋潮：秋波。

❹方响：磬一类的打击乐器，由十六枚大小相同、厚薄不一的长方形铁片组成，分两排悬挂在架上，用响犀击打发声，始于南朝。玉箫：人名。相传唐人韦皋未入仕之时，于江夏姜使君家坐馆。姜氏令婢女玉箫服侍韦皋，两人日久生情。后韦皋归家，七年不来，玉箫绝食而死，转世后为韦皋侍妾。事见《云溪友议》。此处代指故去的女子。此二句借鹦鹉、方响等物象，道出睹物思人之情。

又

谢家庭院残更立，燕宿雕梁。❶月度银墙，不辨花丛那辨香。❷此情已自成追忆，零落鸳鸯。❸雨歇微凉，十一年前梦一场。❹

注释

❶谢家：见前《采桑子》（谁翻乐府凄凉曲）注释❷。向子諲《满庭芳》词："谢家庭院，争道絮因风。"残更：一般指五更天。雕梁：饰有浮雕、彩绘的屋梁。李中《燕》诗："喧觉佳人昼梦，双双犹在雕梁。"

❷度：过。银墙：白墙。"不辨"句：见元稹《杂忆五首》之三，"寒轻夜浅绕回廊，不辨花丛暗辨香"。

❸"此情"句：见李商隐《锦瑟》诗，"此情可待成追忆，只是当

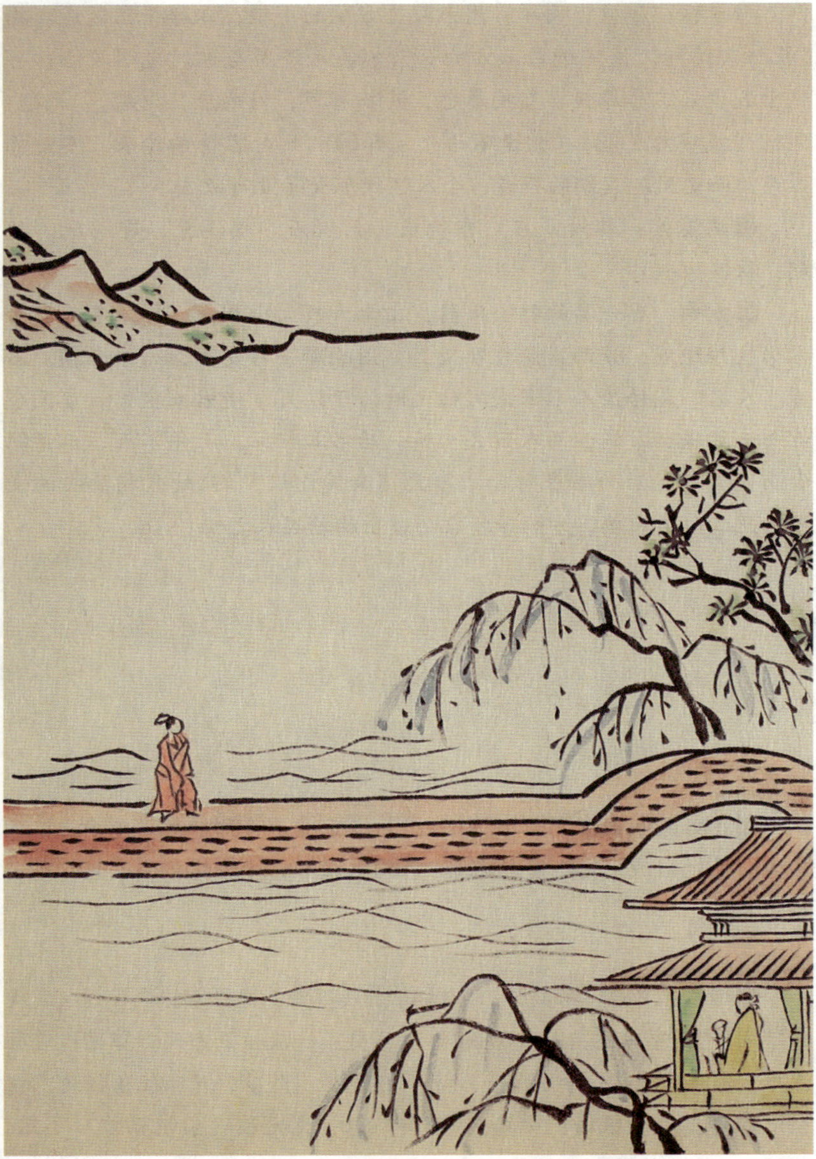

时已惘然"。

❹歇：停，止。

✦✦✦ 又❶ ✦✦✦

而今才道当时错，心绪凄迷。❷红泪偷垂，满眼春风百事非。❸
情知此后来无计，强说欢期。❹一别如斯，落尽梨花月又西。❺

注释

❶据张草纫《纳兰词笺注》，此词应是思念沈宛之作。

❷才道：才知道。当时错：应指当时不该让沈宛返回江南。刘克
庄《忆秦娥》词："古来成败难描摸，而今却悔当时错。"

❸红泪：女子的眼泪。"满眼"句：见赵彦端《减字木兰花》词，
"满眼春风，不觉黄梅细雨中"。

❹无计：没有办法。强：勉强。

❺"落尽"句：见郑谷《下第退居二首》之一，"落尽梨花春又
了，破篱残雨晚莺啼"。

✦✦✦ 又❶ ✦✦✦

明月多情应笑我，笑我如今，孤负春心，独自闲行独自吟。❷
近来怕说当时事，结遍兰襟。月浅灯深，梦里云归何处寻？❸

❶据张草纫《纳兰词笺注》，此词也应为思念沈宛而作。

❷苏轼《念奴娇》词："故国神游，多情应笑我，早生华发。"

❸兰襟：知己。晏几道《采桑子》词："别来长记西楼事，结遍兰襟。遗恨重寻，弦断相如绿绮琴。"梦里云归：云，朝云，指沈宛。

❦ 谒 金 门 ❶ ❦

风丝袅，水浸碧天清晓。❷一镜湿云青未了，雨晴春草草。❸
梦里轻螺谁扫？帘外落花红小。❹独睡起来情悄悄，寄愁何处好？❺

注释

❶谒金门：原为唐教坊曲，后用作词牌名。又名"空相忆""花自落""垂杨碧""杨花落""东风吹酒面""不怕醉""醉花春""春早湖山"等。

❷风丝：见前《采桑子》（嫩烟分染染鹅儿柳）注释❷。"水浸"句：见欧阳修《蝶恋花》词，"水浸碧天风皱浪，菱花荇蔓随双桨"。

❸镜：这里指湖面。一镜湿云，指映照在湖面上的云。青未了：见杜甫《望岳》诗，"岱宗夫如何，齐鲁青未了"。草草：匆匆。赵嘏《东归道中》诗："星星一镜发，草草百年身。"

❹轻螺：细细的眉毛。螺，螺黛，青黑色的燃料，旧时女子多用来画眉，后来便代指眉毛。李煜《长相思》词："淡淡衫儿薄薄罗，轻颦双黛螺。"扫：画眉的动作。杜甫《虢国夫人》诗："却嫌脂粉涴颜色，淡扫蛾眉朝至尊。"

❺悄悄：忧愁的样子。《诗经·邶风·柏舟》："忧心悄悄，愠于群小。"

好事近❶

帘外五更风，消受晓寒时节。❷刚剩秋衾一半，拥透帘残月。❸
争教清泪不成冰，好处便轻别。❹拟把伤离情绪，待晓寒重说。

注释

❶好事近：词牌名。又名"钓船笛""翠圆枝"等。

❷"帘外"句：见阙名《浪淘沙》词，"帘外五更风，吹梦无踪"。
消受：禁受，忍耐。

❸秋衾：秋夜里冰凉的被子。阙名《古四北洞仙歌》词："银缸
挑尽，纱窗未晓，独拥寒衾一半。"

❹争教：怎教。

又❶

马首望青山，零落繁华如此。再向断烟衰草，认藓碑题字。❷
休寻折戟话当年，只洒悲秋泪。❸斜日十三陵下，过新丰猎骑。❹

注释

❶据张草纫《纳兰词笺注》，此词可能作于康熙十五年（1676）
扈驾至明十三陵祭祀之时。

❷藓碑：长满苔藓的石碑。顾贞观《忆秦娥》词："双崖碧，古

085

今多少，薛碑题迹。"

❸折戟：断戟。杜牧《赤壁》诗："折戟沉沙铁未销，自将磨洗认前朝。"

❹十三陵：明朝十三位皇帝的陵墓群，在今北京市昌平区北部天寿山。新丰：汉高祖定都长安，因其父亲思念故里——丰地，便命人在长安东边骊邑，仿照丰地的建筑、街道，建成新邑，称为新丰。这里指时移世易，前朝皇帝的陵园，如今已经变成新朝皇室狩猎、游冶的场所。

❀ 又❶ ❀

何路向家园，历历残山剩水。❷都把一春冷淡，到麦秋天气。❸料应重发隔年花，莫问花前事。❹纵使东风依旧，怕红颜不似。

注释

❶据张草纫《纳兰词笺注》，此词应作于康熙十七年（1678）五月，此时距离卢氏去世，已过去一年。

❷历历：零落的样子。残山剩水：一般指朝代兴替，山河不全。王璲《题赵仲穆画》诗："南朝无限伤心事，都在残山剩水中。"这里应无此意。词人因内心忧伤，所以眼见平常山水，也觉得是残山剩水。

❸麦秋：农历四月，正是麦收季节。

❹隔年花：借用大周后的典故。据《南唐书·后主昭惠周后传》："（后主）又尝与后移植梅花于瑶光殿之西，及花时而后已殂，因成诗见意……又云：'失却烟花主，东风不自知。清香更何用，犹发去年枝。'"

一络索❶

野火拂云微绿，西风夜哭。❷苍茫雁翅列秋空，忆写向屏山曲。❸
山海几经翻覆，女墙斜矗。❹看来费尽祖龙心，毕竟为谁家筑。❺

注释

❶一络索：词牌名。又名"洛阳春""玉连环""一落索"等。此
词许增刊《纳兰词》题为"长城"。据张草纫《纳兰词笺注》，此词可
能作于康熙二十一年（1682）八月至十二月间赴梭龙侦查时。

❷野火：磷火，俗称"鬼火"。磷化氢燃烧时，火焰呈白中带蓝
绿色。方干《东阳道中作》诗："野火不知寒食节，穿林转壑自烧
云。"西风夜哭：见杜甫《去秋行》，"战场冤魂每夜哭，空令野营猛
士悲"。

❸屏山：见前《玉连环影》注释❹。

❹女墙：见前《菩萨蛮》（黄云紫塞三千里）注释❷。

❺祖龙：指秦始皇。

又❶

过尽遥山如画，短衣匹马。❷萧萧木落不胜秋，莫回首斜阳下。❸
别是柔肠萦挂，待归才罢。却愁拥髻向灯前，说不尽离人话。❹

注释

❶据张草纫《纳兰词笺注》，此词可能作于康熙二十一年（1682）八月至十二月间赴梭龙侦查时。

❷杜甫《曲江三章章五句》之三："短衣匹马随李广，看射猛虎终残年。"

❸杜甫《登高》诗："无边落木萧萧下，不尽长江滚滚来。"

❹刘辰翁《宝鼎现》词："又说向、灯前拥髻，暗滴鲛珠坠。"

～❀ 又❶ ❀～

密洒征鞍无数，冥迷远树。❷乱山重叠杳难分，似五里蒙蒙雾。❸惆怅琐窗深处，湿花轻絮。❹当时悠扬得人怜，也都是浓香助。❺

注释

❶此词许增刊《纳兰词》题为"雪"。

❷征鞍：远行的人马。冥迷：模糊不清。

❸蒙蒙：雨雪云雾迷茫的样子。

❹琐窗：镂刻连锁图案的窗棂。这里代指女子闺房。湿花：雪花。

❺孙道绚《清平乐·雪》词："悠悠扬扬，做尽轻模样。半夜萧萧窗外响，多在梅边竹上。"

清平乐❶

烟轻雨小，望里青难了。❷一缕断虹垂树杪，又是乱山残照。❸
凭高目断征途，暮云千里平芜。❹日夜河流东下，锦书应记双鱼。❺

注释

❶清平乐：词牌名。又名"清平乐令""忆萝月""醉东风"等。

❷晏几道《清平乐》词："烟轻雨小，紫陌香尘少。"

❸断虹：一段彩虹。树杪：树梢。

❹"凭高"句：见姚鹄《玉真观寻赵尊师不遇》诗，"凭高目断无
消息，自醉自吟愁落晖"。"暮云"句：见荆叔《题慈恩塔》诗，"暮
云千里色，无处不伤心"。

❺双鱼：见前《采桑子》（拨灯书尽红笺也）注释❹。

又

青陵蝶梦，倒挂怜么凤。❶褪粉收香情一种，栖傍玉钗偷共。❷
惝惝镜阁飞蛾，谁传锦字秋河？❸莲子依然隐雾，菱花偷惜横波。❹

注释

❶青陵：即青陵台。借用韩凭夫妇的典故。见《减字木兰花》
（花丛冷眼）前注释❷。蝶梦：借用庄生梦蝶的典故。据《庄子·齐

物论》："昔者庄周梦为胡蝶，栩栩然胡蝶也，自喻适志与，不知周也。俄然觉，则蘧蘧然周也。不知周之梦为胡蝶与，胡蝶之梦为周与？周与胡蝶，则必有分矣。此之谓物化。"么凤：又名桐花凤、倒挂子，羽毛为五色，形似鹦鹉，又似燕子，夜间倒挂枝头，性情温驯。常借指少女。

❷褪粉：蝴蝶交配时则蝶粉消退。据《鹤林玉露》卷十四："杨东山言《道藏经》云：蝶交则粉退，蜂交则黄退。周美成词云'蝶粉蜂黄浑退了'，正用此也。"宋元话本《刎颈鸳鸯会》载："殊不知其女：春色飘零，蝶粉蜂黄都退了。"古人常用蝶褪粉、蜂褪黄来比喻女子已婚。收香：桐花凤。据《林下诗谈》："桐花凤小于玄鸟，春暮来集桐花，一名收香倒挂，又名探花使，性驯，好集美人钗上，出成都。"又有《名物通》载："倒挂，即绿毛么凤，性极驯，好集美人钗上。日闻好香，则收藏尾翼间，夜则张翼以放香。"

❸愔愔：和悦安舒貌。锦字：见前《浣溪沙》（记绾长条欲别难）注释❷。秋河：银河。谢朓《暂使下都夜发新林至京邑赠西府同僚》诗："秋河曙耿耿，寒渚夜苍苍。"

❹《子夜歌》："我念欢的的，子行由豫情。雾露隐芙蓉，见莲不分明。"见莲，谐音，指见怜。莲子隐雾，言女子的爱意，还不十分清楚。菱花：古代铜镜背面常装饰有菱花，后遂成为镜子的代称。宋祁《笔次》诗："菱花照鬓感流年，始觉空名尽偶然。"横波：目光流动，如水波激滟。傅毅《舞赋》："眉连娟以增绕兮，目流睇而横波。"

❦ 又 ❧

将愁不去，秋色行难住。❶六曲屏山深院宇，日日风风雨雨。❷
雨晴篱菊初香，人言此日重阳。回首凉云暮叶，黄昏无限思量。

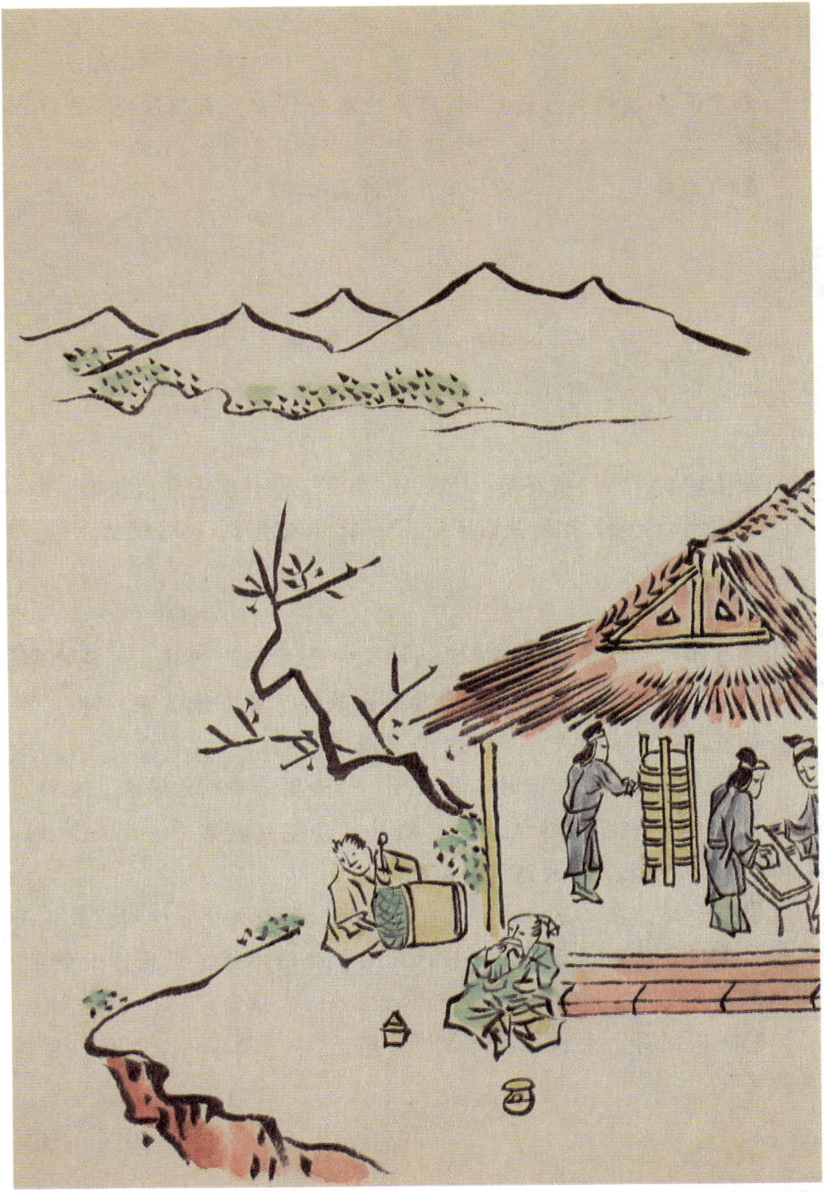

注释

❶辛弃疾《祝英台近》词："是他春带愁来，春归何处？却不解带将愁去。"

❷六曲屏山：即十二扇屏风，曲折成山字形。

❀❀❀ 又 ❀❀❀

凄凄切切，惨淡黄花节。❶梦里砧声浑未歇，那更乱蛩悲咽。❷
尘生燕子空楼，抛残弦索床头。❸一样晓风残月，而今触绪添愁。❹

注释

❶欧阳修《秋声赋》："凄凄切切，呼号愤发。"惨淡：秋色凄凉。
黄花节：即重阳节。王涯《九月几日勤政楼下观百僚献寿》诗："御
气黄花节，临轩紫陌头。"黄花：即菊花。

❷砧声：捣衣声。旧时入秋之后，妇女便着手制作寒衣，衣料需
要经过捣槌，才容易缝制。蛩：蟋蟀。姜夔《霓裳中序第一》词：
"幽寂，乱蛩吟壁。动庾信清愁似织。"

❸燕子楼：在江苏徐州。唐贞元年间，张尚书镇守徐州，筑燕子
楼。张氏侍妾盼盼居于楼上。张氏死后，盼盼不嫁，居此楼十余年。
周邦彦《解连环》词："燕子楼空，暗尘锁一床弦索。"

❹晓风残月：见柳永《雨霖铃》词，"今宵酒醒何处？杨柳岸晓
风残月"。

又 ❶

才听夜雨，便觉秋如许。绕砌蛩螿人不语，有梦转愁无据。❷
乱山千叠横江，忆君游倦何方。❸知否小窗红烛。照人此夜凄凉。❹

注释

❶此词许增刊《纳兰词》题为"忆梁汾"。梁汾：见前《菩萨蛮》
（知君此际情萧索）注释❶。

❷螿：蝉。"有梦"句：见赵佶《燕山亭》词，"怎不思量，除梦
里有时曾去。无据。和梦也有时不做"。

❸苏轼《书王定国所藏烟江叠嶂图》诗："江上愁心千叠山，浮
空积翠如云烟。"游倦：宦海沉浮，已觉疲倦。

❹周紫芝《清平乐》词："只有琐窗红蜡，照人犹自销魂。"

又 ❶

塞鸿去矣，锦字何时寄？❷记得灯前伴忍泪，却问明朝行未。❸
别来几度如珪，飘零落叶成堆。❹一种晓寒浅梦，凄凉毕竟因谁？

注释

❶据张草纫《纳兰词笺注》，此词应作于康熙二十三年（1684）
十一月。

❷塞鸿：边塞的鸿雁。

❸佯：假装。韦庄《女冠子》词："别君时，忍泪佯低面，含羞半敛眉。"

❹珪：同"圭"。一种玉器。江淹《别赋》："乃至秋露如珠，秋月如珪，明月白露，光阴往来。与子之别，思心徘徊。"《文选》本李善注："《遁甲开山图》曰：禹游于东海，得玉珪，碧色，圆如日月，以自照，目达幽冥。"几度如珪：即几次月圆。

❧ 又 ❧

风鬟雨鬓，偏是来无准。❶倦倚玉阑看月晕，容易语低香近。❷软风吹遍窗纱，心期便隔天涯。从此伤春伤别，黄昏只对梨花。❸

注释

❶风鬟雨鬓：鬓鬟蓬乱。李清照《永遇乐》词："如今憔悴，风鬟雾鬓。怕见夜间出去。"

❷语低香近：见晏几道《清平乐》词，"勾引行人添别恨，因是语低香近"。

❸伤春伤别：见李商隐《杜司勋》诗，"刻意伤春复伤别，人间惟有杜司勋"。

又❶

凉云万叶，断送清秋节。❷寂寂绣屏香篆灭，暗里朱颜消歇。❸
谁怜照影吹笙，天涯芳草关情。❹懊恼隔帘幽梦，半床花月纵横。

注释

❶此词许增刊《纳兰词》题为"秋思"。

❷冯伟寿《春云怨》词："曲水成空，丽人何处，往事暮云万叶。"欧阳修《渔家傲》词："万叶敲声凉乍到，百虫啼晚烟如扫。"清秋节：即重阳节。李白《忆秦娥》词："乐游原上清秋节，咸阳古道音尘绝。"

❸李白《寄远十一首》之八："坐思行叹成楚越，春风玉颜畏消歇。"

❹"谁怜"句：见徐铉《柳枝词》，"长条乱拂春波动，不许佳人照影看"。"天涯"句：见牟融《赠欧阳詹》诗，"岛外断云凝远日，天涯芳草动愁心"。关情：见牵动情怀，使人动心。

又❶

泠泠彻夜，谁是知音者？❷如梦前朝何处也，一曲边愁难写。❸
极天关塞云中，人随落雁西风。❹唤取红襟翠袖，莫教泪洒英雄。❺

注释

❶此词许增刊《纳兰词》题为“弹琴峡题壁”。弹琴峡：据《大清一统志·顺天府》记载，“弹琴峡，在昌平州西北居庸关内，水流石罅，声若弹琴”。题壁：在墙壁、石壁上题诗或写字，作为留念。据张草纫《纳兰词笺注》，此词应作于康熙十五年（1676）扈驾至昌平时。

❷泠泠：水流声。陆机《招隐》诗：“山溜何泠泠，飞泉漱鸣玉。”刘长卿《听弹琴》诗：“泠泠七弦上，静听松风寒。”

❸韦庄《台城》诗：“江雨霏霏江草齐，六朝如梦鸟空啼。”

❹杜甫《秋兴八首》之七：“关塞极天唯鸟道，江湖满第一渔翁。”极天：绝高。关塞：这里指居庸关。

❺辛弃疾《水龙吟》词：“倩何人唤取，红巾翠袖，揾英雄泪。”

又❶

瑶华映阙，烘散蓂墀雪。❷比似寻常清景别，第一团栾时节。❸

影娥忽泛初弦，分辉借与宫莲。❹七宝修成合璧，重轮岁岁中天。❺

注释

❶此词许增刊《纳兰词》题为“元夜月蚀”。元夜：即元宵，又称元夕。农历正月十五日夜。月蚀：即月食。

❷瑶华：这里指月光。蓂墀：宫殿前种植瑞草的台阶。蓂：蓂荚，又称历荚，传说是唐尧时代的一种瑞草，尧观蓂荚而知月。

❸清景：清丽明静的景色。曹植《公宴诗》：“明月澄清景，列宿正参差。”团栾：见前《菩萨蛮》（梦回酒醒三通鼓）注释❸。这里说的是元夜，是一年之中月亮第一次圆满。

❹影娥：池名。据《汉武洞冥记》卷三："帝于望鹄台西起俯月台，台下穿池，广千尺，登台以眺月。月影入池中，使宫人乘舟弄月影，因名影娥池。"上官仪《咏雪应诏》诗："花明栖凤阁，珠散影娥池。"初弦：新月。此时虽为元夜满月，因月食而如新月一般。宫莲：宫灯。《宋史·苏轼传》："轼尝宿禁中，召入对便殿，宣仁后命坐赐茶，撤御前金莲宫烛送归院。"此句言月食，仿佛将月亮的光辉分给了宫灯。

❺七宝：说法不一。一般指金、银、琉璃、珊瑚、琥珀、砗磲、玛瑙等。合璧：指满月。《汉书·律历志》："日月如合璧，五星如连珠。"重轮：日晕或月晕，即日、月周围光线经云层冰晶的折射而形成的光圈。古人以此为祥瑞。杜甫《后出塞》诗之二："中天悬明月，令严夜寂寥。"这里指月食结束，月亮重现圆满之貌。

忆秦娥❶

山重叠，悬崖一线天疑裂。❷天疑裂，断碑题字，古苔横啮。❸风声雷动鸣金铁，阴森潭底蛟龙窟。❹蛟龙窟，兴亡满眼，旧时明月。❺

注释

❶忆秦娥：词牌名。又名"秦楼月""双荷叶""蓬莱阁""碧云深""花深深"等。此词许增刊《纳兰词》题为"龙潭口"。龙潭口：在辽宁铁岭。据张草纫《纳兰词笺注》，此词应作于康熙二十一年（1682）扈驾巡视辽东之时。

❷梁周翰《五凤楼赋》："门呀洞缺，若天之疑裂。"

❸见前《好事近》（马首望青山）注释❷。

❹"风声"句：见欧阳修《秋声赋》，"铮铮铮铮，金铁皆鸣"。

"阴森"句：见司空图《狂题十八首》之八，"轰霆搅破蛟龙窟，也被狂风卷出山"。

❺赵长卿《青玉案》词："满眼兴亡知几许。"

〰〰〰 又 〰〰〰

春深浅，一痕摇漾青如剪。❶青如剪，鹭鸶立处，烟芜平远。
吹开吹谢东风倦，缃桃自惜红颜变。❷红颜变。兔葵燕麦，重来相见。❸

注释

❶"春深"句：见朱庆余《同友人看花》诗，"寻花不问春深浅，总是残红也入诗"。"一痕"句：见温庭筠《春也行》，"草浅浅，春如剪"。

❷"吹开"句：见欧阳修《玉楼春》词，"东风本是开花信，及至花时风更紧。吹开吹谢苦匆匆，春意到头无处问"。缃桃：一种结浅红色果实的桃树。

❸兔葵燕麦：形容景色荒凉。刘禹锡《再游玄都观绝句》引："重游玄都，荡然无复一树，唯兔葵燕麦，动摇于春风耳。"

〰〰〰 又 〰〰〰

长飘泊，多愁多病心情恶。❶心情恶，模糊一片，强分哀乐。❷

拟将欢笑排离索，镜中无奈颜非昨。❸颜非昨，才华尚浅，因何福薄？

注释

❶苏轼《采桑子·润州多景楼与孙巨源相遇》词："多情多感仍多病。"

❷强分：勉强分辨。

❸离索：萧索。

～ 阮 郎 归❶ ～

斜风细雨正霏霏，画帘拖地垂。❷屏山几曲篆烟微，闲亭柳絮飞。❸新绿密，乱红稀。乳莺残日啼。春寒欲透缕金衣，落花郎未归。❹

注释

❶阮郎归：词牌名。又名"碧桃春""醉桃源""宴桃源""濯缨曲"等。

❷"斜风"句：见张志和《渔父》词，"青箬笠，绿蓑衣，斜风细雨不须归"；《诗经·小雅·采薇》，"昔我往矣，杨柳依依。今我来思，雨雪霏霏"。斜风细雨：细密的雨随风斜落。霏霏：雨雪纷飞的样子。"画帘"句：见张泌《浣溪沙》词，"黄昏微雨画帘垂"。

❸篆烟：篆香的烟。篆香，见前《酒泉子》（谢却荼蘼）注释❸。陈子龙《醉落魄》词："几曲屏山，竟日飘香篆。"

❹缕金衣：即金缕衣。以金缕装饰的舞衣。顾敻《荷叶杯》词："菊冷露微微，看看湿透缕金衣。"

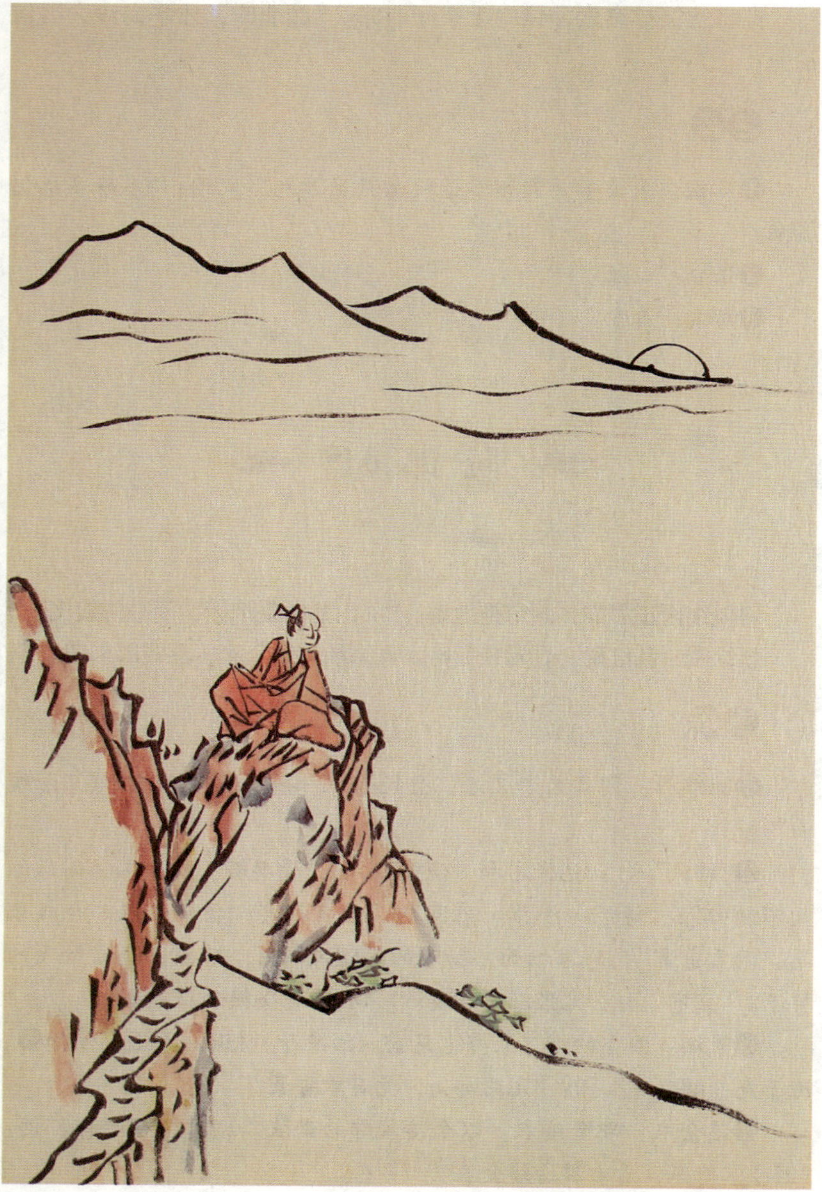

画 堂 春[1]

一生一代一双人，争教两处销魂。[2]相思相望不相亲，天为谁春？[3]
浆向蓝桥易乞，药成碧海难奔。[4]若容相访饮牛津，相对忘贫。[5]

注释

[1] 画堂春：词牌名。调见《淮海集》。

[2] "一生"句：见骆宾王《代女道士王灵妃赠道士李荣》诗，"相怜相念倍相亲，一生，一代一双人"。一生一代：即一生一世。"争教"句：见江淹《别赋》，"黯然销魂者，唯别而已矣"；另见周邦彦《忆旧游》词，"渐暗竹敲凉，疏萤照晚，两地魂销"。

[3] 王勃《寒夜怀友杂体二首》之二："故人故情怀故宴，相望相思不相见。"李白《相逢行》："相见不相亲，不如不相见。"

[4] 蓝桥：借用裴航蓝桥驿的典故。据裴铏《传奇》（《太平广记》卷五十）记载，书生裴航舟行，与樊夫人同舟，樊夫人留一诗，言："一饮琼浆百感生，玄霜捣尽见云英。蓝桥便是神仙窟，何必崎岖上玉清。"裴航于路经蓝桥驿，口渴，向一老妪求水，老妪孙女云英饮之以琼浆。裴航欲聘云英，老妪命裴航以玉杵臼为其捣药百日，才许成婚。裴航以重金购得玉杵臼，为老妪捣药百日，仙药制成，裴航也与云英成婚。婚礼当日，樊夫人前来庆贺，裴航方知其为云英姊妹。裴航服食自己捣成的仙药，最终飞升成仙。药成碧海难奔：借用嫦娥的典故。碧海，据《海内十洲记》："扶桑在东海之东岸，岸直，陆行登岸一万里，东复有碧海，海广狭浩汗，与东海等。水既不咸苦，正作碧色，甘香味美。"李商隐《嫦娥》诗："常娥应悔偷灵药，碧海青天夜夜心。"

❺饮牛津：天河边。借用牛郎织女的典故。据《博物志》："旧说云：天河与海通，近世有人居海渚者，年年八月，有浮槎来去不失期。人有奇志，立飞阁于槎上，多赍粮乘槎而去……奄至一处，有城郭状，屋舍甚严，遥望宫中多织妇，见一丈夫牵牛渚次饮之。牵牛人乃惊问曰：'何由至此？'此人具说来意，并问此是何处，答曰：'君还至蜀郡，访严君平则知之。'……后至蜀，问君平，曰：'某年月日有客星犯牵牛宿。'计年月，正是此人到天河时也。"秦观《玉楼春》词："当时误入饮牛津，何处重寻闻犬洞。"忘贫：见《文子·符言》，"老子曰：古之存己者，乐德而忘贱，故名不动志；乐道而忘贫，故利不动心"。

眼儿媚❶

独倚春寒掩夕霏，清露泣铢衣。❷玉箫吹梦，金钗划影，悔不同携。❸刻残红烛曾相待，旧事总依稀。料应遗恨，月中教去，花底催归。

注释

❶眼儿媚：词牌名。又名"小阑干""东风寒""秋波媚"等。

❷夕霏：傍晚的雾霭。铢衣：传说中的线衣，只有数铢或半铢重，形容衣服极轻，后泛指极为轻薄的衣服，多指舞衣。贾至《赠薛瑶英》诗："舞怯铢衣重，笑疑桃脸开。"

❸李白《江夏赠韦南陵冰》诗："西忆故人不可见，东风吹梦到长安。"

又

重见星娥碧海槎，忍笑却盘鸦。❶寻常多少，月明风细，今夜偏佳。休笼彩笔闲书字，街鼓已三挝。❷烟丝欲袅，露光微泫，春在桃花。❸

注 释

❶星娥：这里指织女。碧海槎：见前《画堂春》（独倚春寒掩夕霏）注释❺。却：再。盘鸦：妇女盘卷黑发而成的发髻。孟迟《莲塘》诗："脉脉低回殷袖遮，脸黄秋水髻盘鸦。"

❷"休笼"句：见赵光远《咏手二首》之二，"慢笼彩笔闲书字，斜指瑶阶笑打钱"。笼笔：捉笔。街鼓：旧时设置在都会城坊街道的警夜鼓。宵禁开始和终止时，会击鼓通报，始于唐代。据《大唐新语》："旧制京城内金吾晓暝传呼，以戒行者。马周献封章，始置街鼓，俗号鼜鼜，公私便焉。"挝：敲。

❸袅：升腾，缭绕。泫：流，水珠滴下。谢灵运《从斤竹涧越岭溪行》诗："岩下云方合，花上露犹泫。""春在"句：见周邦彦《少年游》词，"而今丽日明金屋，春色在桃枝"。

又❶

莫把琼花比淡妆，谁似白霓裳。❷别样清幽，自然标格，莫近

东墙。❸

冰肌玉骨天分付，兼付与凄凉。❹可怜遥夜，冷烟和月，疏影横窗。❺

注释

❶此词许增刊《纳兰词》题为"咏梅"。

❷淡妆：这里指梅花，形容其气质淡雅清丽。据《龙城录》："隋开皇中，赵师雄迁罗浮。一日天寒日暮，于松林间酒肆傍舍，见美人淡妆素服出迎。时已昏黑，残雪未消，月色微明。师雄与语，言极清丽，芳香袭人。因与扣酒家门共饮，少顷一绿衣童子，笑歌戏舞。师雄醉寐，但觉风寒相袭。久之东方已白，起视大梅花树上有翠羽剌嘈相顾，月落参横，惆怅而已。"霓裳：以霓为裳。裳，下衣。屈原《九歌·东君》："青云衣兮白霓裳，举长矢兮射天狼。"

❸"别样"句：见曾慥《浣溪沙》词，"别样清芬扑鼻来"。标格：仪态，风姿。阙名《孤鸾》词："天然标格，是小萼堆红，芳姿凝白。""莫近"句：见程垓《眼儿媚》词，"一枝烟雨瘦东墙，真隔断人场"。

❹李之仪《蝶恋花》词："玉骨冰肌天所赋，似与神仙，来作烟霞侣。"分付：安排。

❺林逋《山园小梅二首》之一："疏影横斜水清浅，暗香浮动月黄昏。"

朝中措❶

蜀弦秦柱不关情，尽日掩云屏。❷已惜轻翎退粉，更嫌弱絮为萍。❸
东风多事，余寒吹散，烘暖微醒。❹看尽一帘红雨，为谁亲系花铃？❺

❶朝中措：词牌名。又名"照江梅""芙蓉曲""梅月圆"等。

❷蜀弦秦柱：指筝瑟。蜀弦：用蜀地产的蚕丝制成的弦。秦柱：秦地产的筝瑟一类的乐器，相传为蒙恬创制。柱，筝瑟等乐器上用来系弦的柱子。唐彦谦《汉代》诗："别随秦柱促，愁为蜀弦幺。"云屏：云母屏风。一说是有云形彩绘的屏风。李商隐《龙池》诗："龙池赐酒敞云屏，羯鼓声高众乐停。"

❸轻翎：这里指蝴蝶。翎，翅膀。温庭筠《春日野行》诗："蝶翎朝粉尽，鸦背夕阳多。"退粉：见前《清平乐》（青陵蝶梦）注释❷。萍：浮萍。

❹微酲：微醺。

❺红雨：落花。李贺《将进酒》诗："况是青春日将暮，桃花乱落如红雨。"韩维《晚春》诗："几曲云屏空白昼，一帘花雨自黄昏。"系花铃：借用唐代宁王李宪的典故。据《开元天宝遗事》："天宝初，宁王日侍，好声乐。风流蕴藉，诸王弗如也。至春时，于后园中纫红丝为绳，密缀金铃，系于花梢之上，每有鸟鹊集，则令园吏掣铃索以惊之，盖惜花之故也。诸宫皆效之。"

摊破浣溪沙❶

林下荒苔道韫家，生怜玉骨委尘沙。❷愁向风前无处说，数归鸦。❸半世浮萍随逝水，一宵冷雨葬名花。❹魂是柳绵吹欲碎，绕天涯。❺

❶摊破浣溪沙：原为唐教坊曲，后用作词牌名。又名"南唐浣溪

沙""添字浣溪沙""感恩多令"等。别本调作"山花子"。

❷道韫：谢道韫，东晋才女，谢安侄女，王凝之之妻。生怜：甚恋。

❸归鸦：归巢的乌鸦。辛弃疾《玉蝴蝶》词："暮云多，家人何处？数尽归鸦。"

❹"半世"句：见朱庆余《涂中感怀》诗，"迹似萍随水，情同鹤在田"。"一宵"句：见韩偓《哭花》诗，"若是有情争不哭，夜来风雨葬西施"。

❺顾夐《虞美人》词："玉郎还是不还家，教人魂梦逐杨花，绕天涯。"

❀ 又❶ ❀

风絮飘残已化萍，泥莲刚倩藕丝萦。❷珍重别拈香一瓣，记前生。❸人到情多情转薄，而今真个悔多情。❹又到断肠回首处，泪偷零。❺

注释

❶据张草纫《纳兰词笺注》，此词为悼念卢氏而作。

❷刚：偏。倩：借助。萦：绕。温庭筠《张静婉采莲曲》："船头折藕丝暗牵，藕根莲子相留连。"

❸一瓣：一炷。

❹杜牧《赠别二首》之二："多情却似总无情，唯觉尊前笑不成。"

❺零：落。

又❶

欲语心情梦已阑，镜中依约见春山。❷方悔从前真草草，等闲看。❸
环佩只应归月下，钿钗何意寄人间。❹多少滴残红蜡泪，几时干？❺

注释

❶据张草纫《纳兰词笺注》，此词也为悼念卢氏而作。

❷阑：残，尽。辛弃疾《南乡子·舟中记梦》词："别后两眉尖，
欲说还休梦已阑。"依约：隐约。春山：春日山色黛青，古典诗词中
常喻指女子的眉毛。李商隐《代赠二首》之二："总把春山扫眉黛，
不知供得几多愁。"

❸草草：草率。王次回《个人》之十二："花里送郎真草草，人
前见妾莫依依。"

❹"环佩"句：见前《减字木兰花》（从教铁石）注释❹。"钿钗"
句：见前《浣溪沙》（凤髻抛残秋草生）注释❹。

❺李商隐《无题》诗："春蚕到死丝方尽，蜡炬成灰泪始干。"

又

小立红桥柳半垂，越罗裙扬缕金衣。❶采得石榴双叶子，欲遗谁？❷
便是有情当落月，只应无伴送斜晖。❸寄语东风休著力，不禁吹。❹

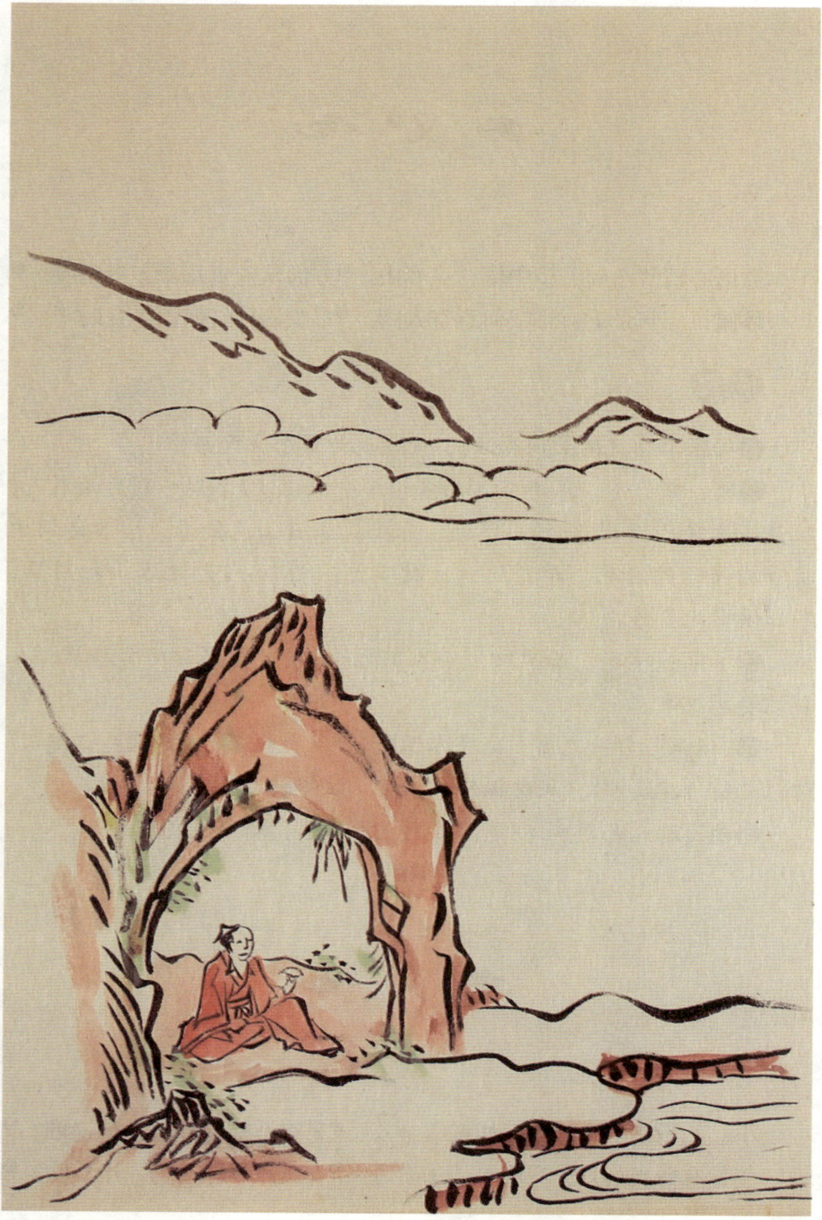

❶小立：站一会。红桥：见前《采桑子》（冷香萦遍红桥梦）注释❶。越罗：越地（今浙江省）出产的绸缎，以质地细腻轻薄著称。据《留青日札》："罗以细匀为贵，故曰轻罗。越地产，故曰越罗。"晏几道《诉衷情》词："御纱新制石榴裙，沉香慢火熏。越罗双带宫样，飞鹭碧波纹。"缕金衣：见前《阮郎归》（斜风细雨正霏霏）注释❶。

❷石榴双叶子：石榴树的叶子多为对生，古人习惯用其表达相思。陈师道《西江月·咏石榴》词："凭将双叶寄相思，与看钗头何似。"王次回《无绪》诗："空寄石榴双叶子，隔帘消息正沉沉。"遗：送。

❸杜甫《梦李白》诗："落月满屋梁，犹疑照颜色。"当：对。

❹著力：用力。

━━━✦ 又 ✦━━━

一霎灯前醉不醒，恨如春梦畏分明。❶淡月淡云窗外雨，一声声。❷人道情多情转薄，而今真个不多情。又听鹧鸪啼遍了，短长亭。❸

❶张泌《寄人》诗："倚柱寻思倍惆怅，一场春梦不分明。"

❷李冠《蝶恋花》词："数点雨声风约住，朦胧淡月云来去。"温庭筠《更漏子》词："梧桐树，三更雨，不道离情正苦。一叶叶，一声声，空阶滴到明。"

❸鹧鸪：体型似雷鸟而稍小，头顶呈紫红色，红尖喙，脚短，也呈红色。体灰褐色，腹部黄褐色。叫声仿佛"行不得也哥哥"。

又

昨夜浓香分外宜，天将妍暖护双栖。^❶桦烛影微红玉软，燕钗垂。^❷几为愁多翻自笑，那逢欢极却含啼。^❸央及莲花清漏滴，莫相催。^❹

注释

❶妍暖：天气晴朗暖和，景色宜人。妍，美丽。韩愈《游青龙寺赠崔大补阙》诗："须知节候即风寒，幸及亭午犹妍暖。"双栖：见前《生查子》(散帙坐凝尘)注释❸。

❷桦烛：用桦树皮卷成的蜡烛。白居易《行简初授拾遗同早朝入阁因示十二韵》诗："宿雨沙堤润，秋风桦烛香。"红玉软：借用飞燕合德的典故。据《西京杂记》："赵后体轻腰弱，善行步进退，女弟昭仪不能及也。但昭仪弱骨丰肌，尤工笑语。二人并色如红玉，为当时第一，皆擅宠后宫。"萨都剌《洞房曲》："美人骨醉红玉软，满眼春酣扶不起。"燕钗：一种燕形的玉钗。据《汉武帝别国洞冥记》："元鼎元年，起招仙阁于甘泉宫西……以迎神女。神女留玉钗以赠帝，帝以赐赵婕妤。至昭帝元凤中，宫人犹见此钗。黄谀欲之，明日示之，既发匣，有白燕飞升天。后宫人学作此钗，因名玉燕钗，言吉祥也。"

❸"几为"句：见王次回《鳏绪三十二韵》诗，"悔多翻自笑，怨极不能羞"。"那逢"句：见刘彻《秋风辞》，"欢乐极兮哀情多"。

❹苏味道《正月十五夜》诗："金吾不禁夜，玉漏莫相催。"

青衫湿[1]

近来无限伤心事，谁与话长更？[2]从教分付，绿窗红泪，早雁初莺。[3]

当时领略，而今断送，总负多情。[4]忽疑君到，漆灯风飐，痴数春星。[5]

注释

[1]青衫湿：词牌名。原名"人月圆"，由宋人王诜创制，王氏词中有"人月圆时"之句，故有此名。此词许增刊《纳兰词》题为"悼亡"。据张草纫《纳兰词笺注》，此词应写于康熙十七年（1678）七月卢氏下葬后不久。

[2]长更：长夜。

[3]"从教"句：见李郢《为妻作生日寄意》诗，"应恨客程归未得，绿窗红泪冷涓涓"。早雁初莺：初莺，指春暮之时；早雁，指秋末之时。《南史·萧子显传》："子显尝为《自序》，其略云……若乃登高目极，临水送归，风动春朝，月明秋夜，早雁初莺，开花落叶，有来斯应，每不能已也。"

[4]王次回《予怀》诗："也知此后风情减，只悔从前领略疏。"

[5]漆灯：相传陵墓中所点的灯，以漆为燃料。据《述异记》："阖闾夫人墓中周回八里，别馆洞房，逶迤相属，漆灯照烂如日月焉。"飐：风吹物，使其颤动。

落花时[1]

夕阳谁唤下楼梯，一握香荑。[2]回头忍笑阶前立，总无语也相宜。[3]
笺书直恁无凭据，休说相思。[4]劝伊好向红窗醉，须莫及落花时。

注释

[1]此调不见于词谱，疑为自度曲。又作"好花时"。

[2]荑：草木出生的嫩芽，形容女子的手纤细白嫩。

[3]韩偓《忍笑》诗："水精鹦鹉钗头颤，举袂伴羞忍笑时。"总：
纵，虽然。

[4]直恁：竟然如此。

锦堂春[1]

帘外淡烟一缕，墙阴几簇低花。夜来微雨西风里，无力任欹斜。
仿佛个人睡起，晕红不著铅华。[2]天寒翠袖添凄楚，愁近欲栖鸦。[3]

注释

[1]锦堂春：词牌名。又名"圣无忧""乌夜啼"（与别名"相见
欢"之"乌夜啼"无关）。别本作"乌夜啼"。此词许增刊《纳兰词》
题为"秋海棠"。秋海棠：草本植物，叶片呈斜卵形，叶背与叶柄呈
紫红色，花淡红色。据《嫏嬛记》引《采兰杂志》："昔有妇人，思所

欢不见，辄涕泣，恒洒泪于北墙之下。后洒处生草，其花甚媚，色如妇面，其叶正绿反红，秋开，名曰'断肠花'，又名'八月春'，即今秋海棠也。"

❷铅华：用以化妆的铅粉。此句借用杨玉环的典故。据《太真外传》："明皇登沉香亭，召妃子。妃子时卯醉未醒，命力士使侍儿扶掖而至。妃子醉颜残妆，钗横鬓乱，不能再拜。上皇笑曰：'岂是妃子醉，直海棠睡未足耳。'"

❸"天寒"句：见杜甫《佳人》诗，"天寒翠袖薄，日暮倚修竹"。"愁近"句：见赵令畤《乌夜啼》词，"年年春事关心事，肠断欲栖鸦"。

❀ 海 棠 春❶ ❀

落红片片浑如雾，不教更觅桃源路。❷香径晚风寒，月在花飞处。蔷薇影暗空凝伫，任碧飔轻衫萦住。❸惊起早栖鸦，飞过秋千去。❹

注释

❶海棠春：词牌名。创自秦观。秦词中有"试问海棠花，昨夜开多少"句，故而得名。又名"海棠花""海棠春令"等。

❷浑如：酷似。落红如雾：见沈约《会圃临春风》诗，"游丝暖如网，落花纷似雾"。桃源路：借用刘晨、阮肇的典故，见《幽明录》。晏几道《风入松》词："就中懊恼难拼处，是擘钗、分钿匆匆。却似桃源路失，落花空记前踪。"

❸"蔷薇"句：借用隋炀帝幸月观的典故。据《大业拾遗记》："帝幸月观，烟景清朗。中夜，独与萧妃起临前轩。帘栊不开，左右方寝。帝凭妃肩，说东宫时事。适有小黄门映蔷薇丛调宫婢，衣带为蔷薇罥结，笑声吃吃不止。帝望见腰肢纤弱，意为宝儿有私。帝披单

衣，巫行擒之，乃宫婢雅娘也。回入寝殿；萧妃诮笑不知止。"碧飚：草木被风吹动。

❹"惊起"句：见李益《金吾子》诗，"黄昏莫攀折，惊起欲栖乌"。"飞过"句：见欧阳修《蝶恋花》词，"泪眼问花花不语，乱红飞过秋千去"。

❀ 河渎神❶ ❀

风紧雁行高，无边落木萧萧。楚天魂梦与香销，青山暮暮朝朝。❷
断续凉云来一缕，飘堕几丝灵雨。❸今夜冷红浦溆，鸳鸯栖向何处？❹

注释

❶河渎神：原为唐教坊曲，后用作词牌名。

❷"楚天"句：借用楚襄王会巫山神女的典故，见《高唐赋》。

❸凉云：阴凉的云。李贺《南园》诗："小雨过去飞凉云。"灵玉：好雨。《诗经·鄘风·定之方中》："灵雨既零。"

❹冷红：轻寒时节的花。李贺《南山田中行》诗："冷红泣露娇啼色。"浦溆：水边。

❀ 又 ❀

凉月转雕阑，萧萧木叶声乾。❶银灯飘箔琐窗闲，枕屏几叠

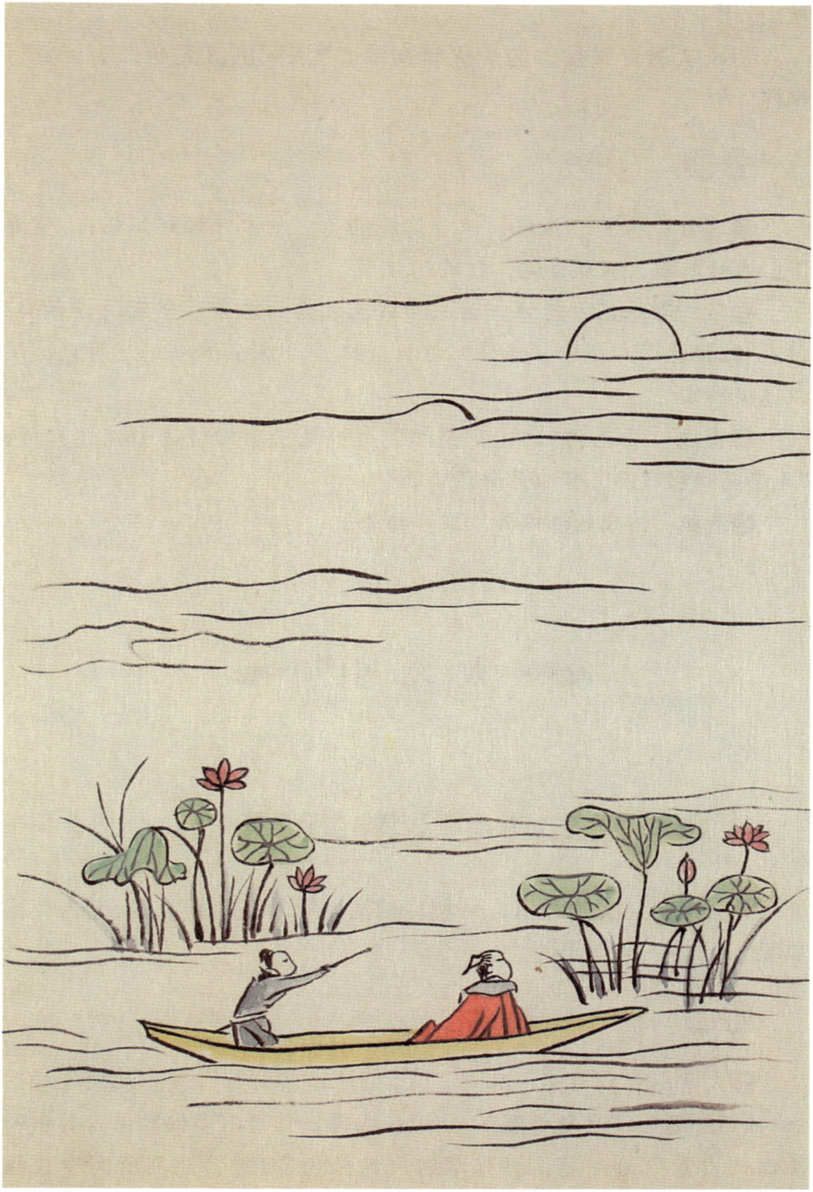

秋山。❷

朔风吹透青缣被，药炉火暖初沸。❸清漏沉沉无寐，为伊判得憔悴。❹

注释

❶凉月：秋月。声乾：声音清脆响亮。柳永《倾杯》词："空阶下，木叶飘零，飒飒声乾，狂风乱扫。"

❷箔：即珠箔，珠帘，这里指灯上装饰的珠串。李商隐《春雨》诗："红楼隔雨相望冷，珠箔飘灯独自归。"枕屏：床头的下屏风，用以遮风御寒。

❸青缣：青色的细绢。"药炉"句：见王次回《述妇病怀》诗，"无奈药炉初欲沸，梦中已作殷雷声"。

❹清漏：清晰的滴漏声。寐：睡着。

❧ 太 常 引❶ ❧

西风乍起峭寒生，惊雁避移营。❷千里暮云平，休回首长亭短亭。❸

无穷山色，无边往事，一例冷清清。❹试倩玉箫声，唤千古英雄梦醒。

注释

❶太常引：词牌名。又名"太清引""腊前梅"等。此词许增刊《纳兰词》题为"自题小照"。小照：画像。作者有多幅画像，其中一幅以"出塞"为主题，据张草纫《纳兰词笺注》，此词所写即该幅画像。

❷惊雁：惊弓的大雁。庾肩吾《九日侍宴乐游苑应令》诗："腾猿疑娇箭，惊雁避虚弓。"移营：转移营地。

❸暮云：即黄昏的云。王维《观猎》诗："回看射雕处，千里暮云平。"长亭短亭：见前《浣溪沙》（无恙年年汴水流）注释❷。

❹无穷山色：向子諲《秦楼月》词："伤心切，无边烟水，无穷山色。"一例：一律，同样。

～ 又 ～

晚来风起撼花铃，人在碧山亭。❶愁里不堪听，那更杂泉声雨声。

无凭踪迹，无聊心绪，谁说与多情。梦也不分明，又何必催教梦醒。❷

注释

❶花铃：见前《朝中措》（蜀弦秦柱不关情）注释❺。

❷张泌《寄人》诗："倚柱寻思倍惆怅，一场春梦不分明。"

～ 四犯令❶ ～

麦浪翻晴风飐柳，已过伤春候。❷因甚为他成僝僽，毕竟是春拖逗。❸

红药阑边携素手，暖语浓于酒。❹盼到园花铺似绣，却更比春前瘦。❺

117

注释

❶四犯令：词牌名。又名"四和香""桂华明"等。

❷飐柳：风吹动柳条。伤春：因春天而忧伤、苦闷。

❸僝僽：烦恼，憔悴。周必大《点绛唇·赴池阳郡会坐中见梅花赋》词："莫待冬深，雪压风欺后。君知否，却嫌伊瘦，仍怕伊僝僽。"拖逗：即迤逗，有挑逗引惹之义。

❹红芍：芍药。阑：栏杆。赵长卿《长相思》词："药阑东，药阑西，记得当时素手携，弯弯月似眉。"

❺阙名《锦缠道》词："睹园林、万花如绣，海棠经雨胭脂透。"绣：秀锦。

添字采桑子❶

闲愁似与斜阳约，红点苍苔，蛱蝶飞回。❷又是梧桐新绿影，上阶来。❸

天涯望处音尘断，花谢花开，懊恼离怀。❹空压钿筐金线缕，合欢鞋。❺

注释

❶此调不见于词谱，有"促拍采桑子"，字同句异。别本调作"采花"。

❷蛱蝶：蝴蝶的一种，翅膀呈赤黄色，有黑色纹饰。

❸欧阳修《摸鱼儿》词："卷绣帘、梧桐秋院落，一霎雨添新绿。"

❹"天涯"句：见李白《忆秦娥》词，"咸阳古道音尘绝"；又见

《大堤曲》"不见眼中人，天长音信断"。"花谢"句：见韩偓《六言三首》，"半寒半暖正好，花开花谢相思"。

❺钿筐：镶嵌金、银、玉、贝等物的小筐。线缕：即线。秦韬玉《贫女》诗："苦恨年年压金线，为他人作嫁衣裳。"合欢鞋：绣有鸳鸯或鸾凤等纹样的鞋子。曹贞吉《浣溪沙》词："飞凤将雏紫玉钗，双鸾小样合欢鞋。"合欢：男女欢爱。

荷叶杯❶

帘卷落花如雪，烟月。❷谁在小红亭？玉钗敲竹乍闻声，风影略分明。❸

化作彩云飞去，何处？❹不隔枕函边，一声将息晓寒天，肠断又今年。❺

注释

❶荷叶杯：原为唐教坊曲，后用作词牌名。

❷宋之问《寒食还陆浑别业》诗："洛阳城里花如雪，陆浑山中今始发。"王安石《钟山晚步》诗："小雨轻风落楝花，细红如雪点平沙。"

❸高适《听张立本女吟》诗："自把玉钗敲砌竹，清歌一曲月如霜。"

❹李白《宫中行乐词八首》之一："只愁歌舞散，化作彩云飞。"

❺枕函：见前《浣溪沙》（十八年来堕世间）注释❹。将息：调养，保重，珍重。谢逸《柳梢青·离别》词："香肩轻拍。尊前忍听，一声将息。"

又

知己一人谁是？已矣。赢得误他生，有情终古似无情，莫问醉耶醒。❶

未是看来如雾，朝暮。将息好花天。❷为伊指点再来缘，疏雨洗遗钿。❸

注释

❶他生：来生。李商隐《马嵬》诗："海外徒闻更九州，他生未卜此生休。""有情"句：见杜牧《赠别》诗，"多情却似总无情，惟觉尊前笑不成"。

❷好花天：百花绽放的好季节。

❸再来缘：转世姻缘，借用玉箫的典故，见前《采桑子》（土花曾染湘娥黛）注释❹。遗钿：遗落的钗钿。据《咸淳岁时记》："元夕至夜阑，有持小灯照路拾遗者，谓之扫街。遗钿堕珥，往往得之。"这里指亡妻的遗物。

寻 芳 草❶

客夜怎生过，梦相伴绮窗吟和。❷薄嗔伴笑道，若不是恁凄凉，肯来么？❸

来去苦匆匆，准拟待晓钟敲破。❹乍偎人一闪灯花堕，却对着琉

璃火。❺

注释

❶寻芳草：词牌名。调见《稼轩词》，又名"王孙信"。此词许增刊
《纳兰词》题为"萧寺纪梦"。萧寺：见前《点绛唇》（小院新凉）注释❸。
❷客：客居。绮窗：有精美雕刻或绘饰的窗户。和：唱和。
❸薄嗔佯笑：假装嗔怪。恁：如此。此句描写梦中场景。
❹准拟：准备。
❺琉璃火：寺院里的琉璃灯。

◦⋙ 菊 花 新❶ ⋘◦

愁绝行人天易暮，行向鹧鸪声里住。❷渺渺洞庭波，木叶下楚天
何处？❸
折残杨柳应无数，趁离亭笛声催度。❹有几个征鸿相伴也，送君
南去。❺

注释

❶菊花新：词牌名。此词许增刊《纳兰词》题为"送张见阳令江
华"。徐乾学辑《通志堂集》题为"用韵送张见阳令江华"。张见阳，
即张纯修，康熙十八年（1679）授江华县令。此词应作于当年。江
华：在今湖南省。
❷愁绝：忧愁至极。易：变。鹧鸪声：见前《摊破浣溪沙》（一
霎灯前醉不醒）注释❸。
❸屈原《九歌·湘夫人》："嫋嫋兮秋风，洞庭波兮木叶下。"
❹折残杨柳：见前《浣溪沙》（记绾长条欲别难）注释❶。离亭：

即长亭短亭。见前《浣溪沙》（无恙年年汴水流）注释❷。郑谷《淮上与友人别》诗："数声风笛离亭晚，君向潇湘我向秦。"

❺征鸿：远行的大雁。

南歌子❶

翠袖凝寒薄，帘衣入夜空。❷病容扶起月明中。惹得一丝残篆旧熏笼。❸

暗觉欢期过，遥知别恨同。疏花已是不禁风，那更夜深清露湿
愁红。❹

注释

❶南歌子：原为唐教坊曲，后用作词牌名。又名"春宵曲""水
晶帘""碧窗梦""十爱词""南柯子""望秦川""凤蝶令"等。据张
草纫《纳兰词笺注》，此词应作于卢氏产后患病期间。

❷翠袖：绿色的衣袖。杜甫《佳人》诗："天寒翠袖薄，日暮倚
修竹。"帘衣：即帘幕。据《南史·夏侯亶传》："（亶）晚年颇好音
乐，有妓妾十数人，并无被服姿容。每有客，常隔帘奏之，时谓帘为
夏侯妓衣也。"后世便习惯称帘幕为帘衣。

❸病容扶起：扶病而起。李贺《南园十三首》之九："病容扶起
种菱丝。"残篆：残存的篆香烟气。篆香，见前《酒泉子》（谢却荼
蘼）注释❸。

❹张泌《临江仙》词："烟收湘渚秋江静，蕉花露泣愁红。"

又❶

暖护樱桃蕊，寒翻蛱蝶翎。❷东风吹绿渐冥冥，不信一生憔悴伴
啼莺。❸

素影飘残月，香丝拂绮棂。❹百花迢递玉钗声，索向绿窗寻梦寄
余生。❺

注释

❶此词应为悼念卢氏之作。据张草纫《纳兰词笺注》，似应作于
康熙十七年（1678）暮春。

❷峡蝶：见前《添字采桑子》（闲愁似与斜阳约）注释❷。

❸冥冥：昏暗。这里指树叶颜色转深，暗示已是暮春时节，又暗示妻子已经故去。

❹素影：本指月影。杜审言《和康五庭芝望月有怀》诗："雾濯清辉苦，风飘素影寒。"这里指卢氏身影随月光飘然而来。香丝：这里指女子的秀发。李贺《美人梳头歌》："一编香丝云撒地，玉钗落处无声腻。"绮棂：有精美雕刻或绘饰的窗格。棂，窗户或栏杆上的格子。

❺迢递：遥远。索：犹言须、应。绿窗：绿色纱窗，泛指女子居室。

又❶

古戍饥乌集，荒城野雉飞。❷何年劫火剩残灰，试看英雄碧血满龙堆。❸

玉帐空分垒，金笳已罢吹。❹东风回首尽成非，不道兴亡命也岂人为。❺

注释

❶此词许增刊《纳兰词》题为"古戍"。据张草纫《纳兰词笺注》，此词可能作于康熙二十二年（1683）扈驾至五台山等地时。

❷古戍：边地古老的营垒。雉：野鸡。

❸劫火：本为佛教用语，指坏劫之末的大火，一般引申为乱世的灾火，尤其指战火。碧血：为正义死难而流的血。据《庄子·外物》："故伍员流于江，苌弘死于蜀，藏其血，三年化而为碧。"后多指烈士之血。龙堆：即白龙堆，西域沙丘名，在新疆以东，天山南路。

❹玉帐：主帅的军帐。李白《司马将军歌》："身居玉帐临河魁，紫髯若戟冠崔嵬。"金笳：见前《菩萨蛮》（玉绳斜转疑清晓）注释❸。

❺"东风"句：见韦庄《春陌二首》之一，"肠断东风各回首，一枝春雪冻梅花"。"不道"句：见《国语·晋语》，"国之兴亡，天命也"。

❀ 秋 千 索❶ ❀

药阑携手销魂侣，争不记看承人处。❷除向东风诉此情，奈竟日春无语。❸

悠扬扑尽风前絮，又百五韶光难住。❹满地梨花似去年，却多了廉纤雨。❺

注释

❶此调不见于词谱，疑为自度曲，别本作"拨香灰"。此词许增刊《纳兰词》题为"渌水亭春望"。渌水亭：纳兰家别墅，旧址在北京西郊玉泉山下。

❷药阑：花药的栏杆。按一般用法，药即阑，同义重用。据《资暇录》："今庭园中药阑，阑即药，药即阑，犹言围援，非花药之阑也。"但按词中意思，这里的药阑，应理解为花药栏杆。前人已有此用法，如杜甫《有客》诗："乘兴还来看药栏。"据邵宝注："药栏，花药之栏槛也。"词人《四和香》词有"红药阑边携素手"之句，也应当如此理解。争：怎。看承：特别看待。吴淑姬《祝英台近》词："断肠曲曲屏山，温温沉水，都是旧看承人处。"

❸东风：春风。奈：无奈。竟日：整日。

❹百五：寒食日，在冬至日后一百零五天。韶光：春光。

❺廉纤雨：见前《菩萨蛮》（隔花才歇廉纤雨注释）❶。

又

游丝断续东风弱，悄无语半垂帘幕。[1]红袖谁招曲槛边，扬一缕秋千索。[2]

惜花人共残春薄，春欲尽纤腰如削。[3]新月才堪照独愁，却又照梨花落。

注释

[1]游丝：即晴丝，飘荡在空中的蛛丝。"悄无"句：见朱淑真《即事》诗，"帘幕半垂灯烛暗，酒阑时节未忺眠"。

[2]韦庄《菩萨蛮》词："骑马倚斜桥，满楼红袖招。"

[3]朱淑真《春阴古律二首》之二："芳意被他寒约住，天应知有惜花人。"纤腰：细腰。鲍照《拟行路难十八首》之八："床席生尘明镜垢，纤腰瘦削发蓬乱。"侯寘《满江红》词："念沈郎、多感更伤春，腰入如削。"

又[1]

垆边换酒双鬟亚，春已到卖花帘下。[2]一道香尘碎绿蓣，看白袷亲调马。[3]

烟丝宛宛愁萦挂，剩几笔晚晴图画。[4]半枕芙蕖压浪眠，教费尽莺儿话。[5]

126

❶此词徐乾学辑《通志堂集》、张纯修刊《饮水诗词集》皆题为
"渌水亭春望"。

❷垆：酒肆里安放酒瓮的土墩子。韦庄《菩萨蛮》词："垆边人似
月，皓腕凝霜雪。"换酒：这里指卖酒。双鬟：旧时少女的发式。陆游
《春愁曲》："蜀姬双鬟娅姹娇，醉看恐是海棠妖。"亚：低垂。"春已"
句：见王次回《纪遇》诗，"曾向长陵小市行，卖花帘下见卿卿"。

❸香尘：马踏香花而扬起的尘土。蒴：同"苹"。白袷：白夹衣。
李贺《染丝上春机》诗："彩线结苹背复叠，白袷玉郎寄桃叶。"
调：驯。

❹烟丝：即柳烟丝，见前《菩萨蛮》（春云吹散湘帘雨）注释❷。
宛宛：柔弱无力的样子。庾信《游山》诗："宛宛藤倒垂，亭亭松
直竖。"

❺半枕：侧卧时所对的一面。芙蕖：荷花的别称。"教费"句：
见王安国《清平乐》词，"留春不住，费尽莺儿语"。

❀ 忆江南❶ ❀

心灰尽，有发未全僧。❷风雨消磨生死别，似曾相识只孤檠。❸情
在不能醒。

摇落后，清吹那堪听。❹淅沥暗飘金井叶，乍闻风定又钟声。❺薄
福荐倾城。❻

注释

❶此词别本调作"望江南"。许增刊《纳兰词》题为"宿双林禅

院有感"。双林禅院：在北京阜外门外二里沟。据张草纫《纳兰词笺注》，此词为悼念卢氏而作，应作于康熙十六年（1677）秋。

❷陆游《衰病有感》诗："在家元是客，有发亦如僧。"

❸孤檠：孤灯。檠，灯架、灯台，经常代指灯。

❹摇落：凋零。宋玉《九辩》："悲哉秋之为气也，萧瑟兮草木摇落而衰。"清吹：凄清的秋风。黄庭坚《煎茶赋》："汹汹乎如涧松之发清吹，皓皓乎如春空之行白云。"

❺金井叶：多指梧桐的落叶。金井：有精美井栏的井。张籍《楚妃怨》诗："梧桐叶下黄金井，横架辘轳牵素绠。"古典诗词中，金井、梧桐两种物象经常连用，构成完整意象。

❻薄福：词人自谓福薄之人。荐：祭祀献牲。倾城：见前《浣溪沙》（凤髻抛残秋草生）注释❷。

又❶

挑灯坐，坐久忆年时。薄雾笼花娇欲泣，夜深微月下杨枝。❷催道太眠迟。

憔悴去，此恨有谁知。天上人间俱怅望，经声佛火两凄迷。❸未梦已先疑。

注释

❶此词徐乾学辑《通志堂集》、张纯修刊《饮水诗词集》调作"望江南"。

❷程垓《满江红》词："薄霭笼花天欲暮，小风吹角声初咽。"

❸经声：梵呗声。佛火：指寺院里供佛的油灯香油之火。崔液《上元夜》诗："神灯佛火百轮张，刻像图形七宝装。"

浪淘沙①

红影湿幽窗，瘦尽春光。②雨余花外却斜阳。③谁见薄衫低髻子，还惹思量。④

莫道不凄凉，早近持觞。⑤暗思何事断人肠。⑥曾是向他春梦里，瞥遇回廊。⑦

注释

❶浪淘沙：原为唐教坊曲，后用作词牌名。

❷红影：花影。瘦尽：比喻春尽。

❸雨余：雨后。却：再。秦观《画堂春》词："东风吹柳日初长，雨余芳草斜阳。"

❹髻子：发髻。李清照《浣溪沙》词："髻子伤春懒更梳。"低髻子：即低垂的发髻，这里指头低垂。

❺持觞：举杯，劝人饮酒的意思。觞，按《说文解字》载，"爵实曰觞"。后泛指酒杯。辛弃疾《蝶恋花·席上赠杨济翁侍儿》词："劝客持觞浑未惯，未歌先觉花枝颤。"

❻李珣《浣溪沙》词："暗思何事立残阳。"

❼回廊：曲折回绕的走廊。王次回《瞥见》诗："别来清减转多姿，花影长廊瞥见时。"

又

眉谱待全删，别画秋山，朝云渐入有无间。❶莫笑生涯浑是梦，好梦原难。❷

红咮啄花残，独自凭阑。❸月斜风起袷衣单。消受春风都一例，若个偏寒？❹

注释

❶眉谱：见前《浣溪沙》（泪浥红笺第几行）注释❺。别画：不按眉谱样式画眉。"朝云"句：前二句写梦中为妻子画眉，此句言梦醒。

❷李商隐《无题二首》之一："神女生涯原是梦，小姑居处本无郎。"

❸咮：鸟喙。温庭筠《咏山鸡》诗："绣翎翻草去，红觜啄花归。""独自"句：见李煜《浪淘沙》词，"独自莫凭阑，无限江山，别时容易见时难"。

❹若个：哪个。

又

紫玉拨寒灰，心字全非，疏帘犹是隔年垂。❶半卷夕阳红雨入，燕子来时。❷

回首碧云西，多少心期，短长亭外短长堤。❸百尺游丝千里梦，无限凄迷。❹

注释

❶紫玉：紫玉钗。寒灰：香炉里的冷灰。心字：心字香，见前《忆江南》昏鸦尽注释❹。

❷红雨：落花。"燕子"句：见王诜《忆故人》词，"海棠开后，燕子来时，黄昏庭院"。

❸江淹《杂体诗三十首·休上人怨别》："日暮碧云合，佳人殊未来。"心期：见前《浣溪沙》（五字诗中目乍成）注释❷。

❹游丝：见前《浣溪沙》（杨柳千条送马蹄）注释❸。

$$\text{又}$$

夜雨做成秋，恰上心头。❶教他珍重护风流。端的为谁添病也？更为谁羞？❷

密意未曾休，密愿难酬。珠帘四卷月当楼。❸暗忆欢期真似梦，梦也须留。

注释

❶吴文英《唐多令》词："何处合成愁，离人心上秋。"

❷端的：究竟，到底。

❸四卷：四面卷起。杜牧《怀钟陵旧游四首》之三："一声明月采莲女，四面朱楼卷画帘。"

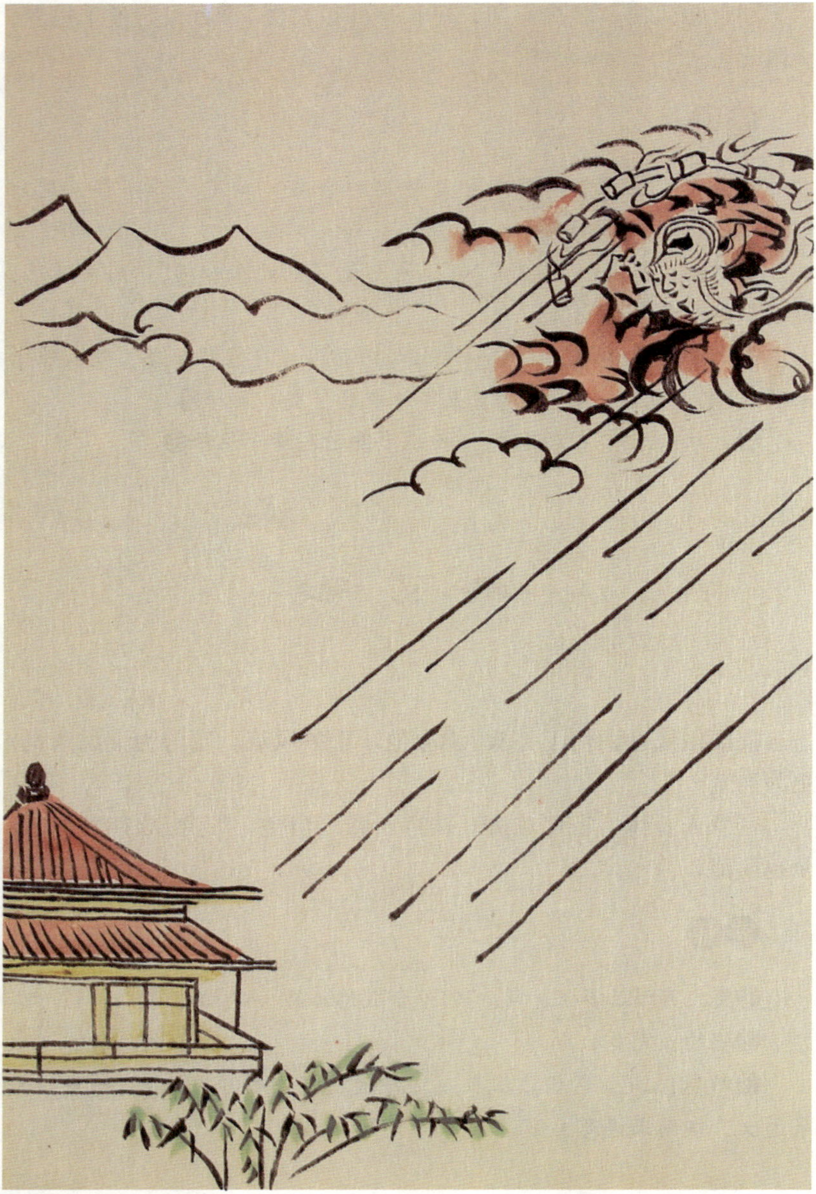

又

野店近荒城，砧杵无声。月低霜重莫闲行。过尽征鸿书未寄，梦又难凭。❶

身世等浮萍，病为愁成。❷寒宵一片枕前冰。❸料得绮窗孤睡觉，一倍关情。❹

注释

❶"过尽"句：见赵闻礼《鱼游春水》词，"过尽征鸿知几许，不寄萧娘书一纸"。"梦又"句：见毛文锡《更漏子》词，"人不见，梦难凭，红纱一点灯"。

❷韦庄《与吴东升相遇》诗："十年身世各如萍，白首相逢泪满缨。"

❸刘商《古意》诗："风吹昨夜泪，一片枕前冰。"

❹觉：醒来。

又

闷自剔残灯，暗雨空庭，潇潇已是不堪听。❶那更西风偏著意，做尽秋声。❷

城析已三更，欲睡还醒，薄寒中夜掩银屏。❸曾染戒香消俗念，怎又多情。❹

注释

❶潇潇：疾风暴雨声。《诗经·郑风·风雨》："风雨潇潇，鸡鸣胶胶。"

❷那更：况更。著意：专意，用心。

❸城柝：城楼上的打更声。柝，打更用的梆子。周邦彦《少年游》词："低声问，向谁行宿，城上已三更。"薄寒：逼人的寒意。薄，迫近。宋玉《九辩》："憯凄增欷兮，薄寒之中人。"

❹戒香：佛教用语，指戒律可以使人消除俗念，故以香为喻。也指戒时燃烧的香。唐司空图《为东都敬爱寺讲律僧惠确化募雕刻律疏》："启秘藏而演毗尼，熏戒香以消烦恼。"

又

清镜上朝云，宿篆犹薰，一春双袂尽啼痕。❶那更夜来孤枕侧，又梦归人。

花底病中身，懒画湘文，藕丝裳带奈销魂。❷绣榻定知添几线，寂掩重门。❸

注释

❶清镜：明亮的镜子。宿篆：隔夜的篆香。"一春"句：见顾夐《虞美人》词，"画罗红袂有啼痕"。

❷湘文：湘地出产的有花纹的丝织品。文：同"纹"。吴伟业《偶见》之二："欲展湘文袴，微微荡画裙。"藕丝裳带：藕荷色的衣带。元稹《白衣裳》诗："藕丝衫子柳花裙，空著沉香慢火熏。"奈：对付。

❸添线：指冬至后白昼渐长。据《岁时记》，魏晋之时，宫中流行以红线测量日影。冬至以后，每日添长一线。"寂掩"句：见戴叔伦《春怨》诗，"金鸭香消欲断魂，梨花春雨掩重门"。

雨中花❶

天外孤帆云外树，看又是春随人去。❷水驿灯昏，关城月落，不算凄凉处。❸

计程应惜天涯暮，打叠起伤心无数。❹中坐波涛，眼前冷暖，多少人难语。❺

注释

❶雨中花：词牌名，又名"送将归"。此词许增刊《纳兰词》题为"送徐艺初归昆山"。徐艺初，即徐树毂，江苏昆山人，徐乾学之子。据张草纫《纳兰词笺注》，康熙十二年（1673），徐乾学被言官弹劾，降一级调用，于当年九月返回昆山，编纂《一统志》。徐树毂应于次年暮春返回昆山。

❷"天外"句：见孟浩然《宿永嘉江寄山阴崔少府国辅》诗，"相去日千里，孤帆天一涯"；又见钱起《再得毕侍御书闻巴中卧病》诗，"数重云外树，不隔眼中人"。"看又"句：见吴文英《忆旧游》词，"送人犹未苦，苦送春随人去天涯"。

❸姜夔《解连环》词："水驿灯昏，又见在曲屏近底。"水驿：水路的驿站，以舟船为交通工具。

❹打叠：收拾。

❺中坐：坐中。江淹《杂体诗三十首·颜特进侍宴》："中座溢朱组。"李贺《申胡子觱篥歌》："心事如波涛，中坐时时惊。"

135

鹧鸪天❶

独背残阳上小楼，谁家玉笛韵偏幽？❷一行白雁遥天暮，几点黄花满地秋。❸

惊节序，叹沉浮，秾华如梦水东流。❹人间所事堪惆怅，莫向横塘问旧游。❺

注释

❶鹧鸪天：词牌名。又名"思越人""思佳客""剪朝霞""骊歌一叠""醉梅花"等。

❷玉笛：笛子的美称。一说为有玉饰的笛子。李白《春夜洛城闻笛》诗："谁家玉笛暗飞声，散入春风满洛城。"偏：颇。幽：声音悠扬婉转。

❸白雁：一种毛色发白而体型略小的候鸟。据《绪墨客挥犀》："北方有白雁，似雁而小，色白，秋深则来。"李颀《送皇甫曾游襄阳山水兼谒韦太守》诗："白雁暮冲雪，青林寒带霜。"黄花：即菊花。满地：遍地盛开。李清照《声声慢》词："满地黄花堆积。"

❹节序：节令的顺序。秾华：繁盛艳丽的花朵，这里指繁华景象。陆龟蒙《和重题蔷薇》诗："秾华自古不得久，况是倚春春已空。"

❺所事：犹言事事、件件。钟继先《一枝花·自叙丑斋》："所事堪宜，件件可咱家意。"曹唐《张硕重寄杜兰香》诗："人间何事堪惆怅，海色西风十二楼。"横塘：在今南京市西。这里应该是泛指池塘。温庭筠《池塘七夕》诗："万家砧杵三篙水，一夕横塘似旧游。"

又❶

雁帖寒云次第飞，向南犹自怨归迟。❷谁能瘦马关山道，又到西风扑鬓时。

人杳杳，思依依，更无芳树有乌啼。❸凭将扫黛窗前月，持向今宵照别离。❹

注释

❶据张草纫《纳兰词笺注》，此词应作于康熙二十一年（1682）赴梭龙侦察时。

❷次第：依次。

❸杳杳：隐约，依稀。依依：恋恋不舍的样子。高观国《更漏子》词："情悄悄，思依依，天寒一雁飞。"

❹扫黛：画眉。李商隐《又效江南曲》："扫黛开宫额，裁裙约楚腰。"

又

别绪如丝睡不成，那堪孤枕梦边城。❶因听紫塞三更雨，却忆红楼半夜灯。❷

书郑重，恨分明，天将愁味酿多情。❸起来呵手封题处，偏到鸳鸯两字冰。❹

❶"别绪"句：见梅尧臣《送仲连》诗，"别绪如乱丝，欲理还不可"。"那堪"句：见徐昌图《临江仙》词，"残灯孤枕梦，轻浪五更风"。

❷紫塞：边塞。见前《菩萨蛮》（黄云紫塞三千里）注释❷。

❸李商隐《无题》诗："锦长书郑重，眉细恨分明。"

❹呵手：向手吹气使暖和。封题：封信。"偏到"句：见欧阳修《南歌子》词，"等闲妨了绣功夫，笑问鸳鸯两字怎生书"。

❀ 又❶ ❀

冷露无声夜欲阑，栖鸦不定朔风寒。❷生憎画鼓楼头急，不放征人梦里还。❸

秋淡淡，月弯弯，无人起向月中看。❹明朝匹马相思处，知隔千山与万山。❺

注释

❶据张草纫《纳兰词笺注》，此词也应作于康熙二十一年（1682）赴梭龙侦查时。

❷王建《十五夜望月寄杜郎中》："中庭地白树栖鸦，冷露无声湿桂花。"周邦彦《蝶恋花》词："月皎惊乌栖不定，更漏将残，辘轳牵金井。"

❸辛弃疾《鹧鸪天》词："只愁画角楼头起，急管哀弦次第催。"

❹卢纶《裴给事宅白牡丹》诗："别有玉盘承露冷，无人起就月中看。"

⑤岑参《原头送范侍御》诗："别君只有相思梦，遮莫千山与万山。"

又❶

握手西风泪不干，年来多在别离间。❷遥知独听灯前雨，转忆同看雪后山。❸

凭寄语，劝加餐，桂花时节约重还。❹分明小像沉香缕，一片伤心欲画难。❺

注释

❶此词许增刊《纳兰词》题为"送梁汾南还，时方为题小影"。顾梁汾，即顾贞观。见前《菩萨蛮》（知君此际情萧索）注释❶。据张草纫《纳兰词笺注》，此词应作于康熙二十年（1681）秋，词题中所谓"题小影"，可能是顾贞观为词人题照。

❷"年来"句：词人经常扈驾出京，仅康熙十五年到二十年之间，词人就曾扈驾至昌平、霸州、汤泉、巩华、保定等地。期间，顾贞观曾南归。所以说与好友"多在离别间"。

❸王次回《岁除日即事》诗："浮尘扰扰一身闲，独看城南雪后山。"

❹王次回《满江红》词："欲寄语，加餐饭，难嘱咐，鱼和雁。"

❺李贺《答赠》诗："沉香熏小象，杨柳伴啼鸦。"高蟾《金陵晚望》诗："世间无限丹青手，一片伤心画不成。"

又❶

马上吟成促渡江，分明间气属闺房。❷生憎久闭铜铺暗，花冷回心玉一床。❸

添哽咽，足凄凉，谁教生得满身香。❹只今西海年年月，犹为萧家照断肠。❺

注释

❶此词许增刊《纳兰词》题为"咏史"。主题为萧观音事迹。萧

观音，辽道宗耶律洪基第一任皇后。工书，有诗艺，通音律，善弹琵琶。曾因劝谏游猎而被道宗疏远，作《回心院》词十首。后来受宫女单登等人诬陷其与伶官赵惟一私通，被赐死。

❷马上吟成：借用辽代道宗皇后的典故。据《焚椒录》："二年八月，上猎秋山，后率妃嫔从行在所。至伏虎林，上命后赋诗，后应声曰：'威风万里压南邦，东去能翻鸭绿江。灵怪大千都破胆，那教猛虎不投降。'上大喜，出示群臣曰：'皇后可谓女中才子。'"促渡江：催促辽道宗渡江攻宋。间气：旧时认为豪杰人物皆上应星象，禀天地精气而生于世间。据《春秋演孔图》："正气为帝，间气为臣。"王次回《奏记妆阁六首》诗："间气不钟男子去，才情偏与内家专。"

❸铜铺暗：铜铺，门上铜制的兽面环纽，用以衔环，又称金铺。萧观音《回心院》词："扫深殿，闭久铜铺暗。"回心：回心院，高宗王皇后及萧良娣被幽禁之所。玉一床：一床瑶席。瑶席，华美的席子。一说用草编织的席子。萧观音《回心院》词："展瑶席，花笑三韩碧，笑妾新铺玉一床，从来妇欢不终夕。"

❹满身香：全身都是香味。据《飞燕外传》："后虽有异香，不若婕妤之体自香也。"萧观音《回心院》词："自沽御香香彻肤。"

❺西海：汉代郡名，在今青海省。按当时辽国边界未到此处，这里应是泛泛而言，不可坐实。

又❶

尘满疏帘素带飘，真成暗度可怜宵。❷几回偷拭青衫泪，忽傍犀奁见翠翘。❸

唯有恨，转无聊，五更依旧落花朝。❹衰杨叶尽丝难尽，冷雨西风冪画桥。❺

❶此词许增刊《纳兰词》题为"十月初四夜风雨，其明日是亡妇生辰"。据张草纫《纳兰词笺注》，此词应作于康熙十六年（1677）。

❷素带：白色的带子，用于丧服。真成：真个。暗度：不知不觉度过。苏轼《临江仙》词："徘徊花上月，空度可怜宵。"

❸犀奁：犀角做的镜匣。翠翘：古代妇人首饰的一种，状似翠鸟尾上的长羽，故而得名。白居易《长恨歌》："花钿委地无人收，翠翘金雀玉搔头。"

❹落花朝：落花的早晨。晏几道《南乡子》词："月夜落花朝，减字偷声按玉箫。"

❺幂：遮盖。

河 传❶

春浅，红怨，掩双环。微雨花间昼闲。无言暗将红泪弹。阑珊，香销轻梦还。❷

斜倚画屏思往事，皆不是，空作相思字。❸记当时，垂柳丝，花枝，满庭蝴蝶儿。

注释

❶河传：原为唐曲，后用作词牌名，词调创自温庭筠。又名"怨王孙""庆同天""月照梨花""秋光满目"等。

❷掩：关闭。双环：门上的一对门环，代指门。红泪：见前《天仙子》（好在软绡红泪积）注释❶。"香销"句：见李清照《凤凰台上忆吹箫》词，"被冷香销新梦觉，不许愁人不起。"

142

❸ "空作"句：将"相思"二字写了一遍又一遍。辛弃疾《满江红》词："相思字，空盈幅，相思意，何时足。"

❀ 木兰花 ❶ ❀

　　人生若只如初见，何事秋风悲画扇。❷等闲变却故人心，却道故人心易变。❸

　　骊山语罢清宵半，泪雨零铃终不怨。❹何如薄幸锦衣郎，比翼连枝当日愿。❺

注释

❶此词许增刊《纳兰词》题为"拟古决绝词柬友"。古决绝词：元稹曾用乐府歌行体，模拟女子口吻，作《古决绝词》三章。决绝：决裂，指男女情变，从此断绝关系。柬：给某人的信札。

❷"何事"句：借用班婕妤的典故。班婕妤《怨歌行》："新裂齐纨素，皎洁如霜雪。裁为合欢扇，团团似明月。出入君怀袖，动摇微风发。常恐秋节至，凉飚夺炎热。弃捐箧笥中，恩情中道绝。"

❸等闲：轻易，随便。故人：指前夫。《孔雀东南飞》："新妇识马声，蹑履相逢迎，怅然遥相望，知是故人来。"

❹"骊山"句：借用杨玉环的典故。据《长恨歌传》："昔天宝十载，侍辇避暑于骊山宫。秋七月，牵牛织女相见之夕。秦人风俗，是夜张锦绣，陈饮食，树瓜华，焚香于庭，号为'乞巧'。宫掖间尤尚之。时夜殆半，休侍卫于东西厢，独侍上。上凭肩而立，因仰天感牛女事，密相誓心，愿世世为夫妇。"骊山：在今陕西临潼。泪雨零铃：见前《浣溪沙》（凤髻抛残秋草生）注释❸。

❺薄幸：薄情。锦衣郎：这里指唐玄宗。白居易《长恨歌》："在

天愿为比翼鸟，在地愿为连理枝。"

虞美人❶

春情只到梨花薄，片片催零落。❷斜阳何事近黄昏，不道人间犹有未招魂。❸

银笺别记当时句，密绾同心苣。❹为伊判作梦中人，索向画图影里唤真真。❺

注释

❶虞美人：原为唐教坊曲，后用作词牌名。又名"玉壶冰""忆柳曲""一江春水""巫山十二峰"等。据张草纫《纳兰词笺注》，此词为悼念卢氏而作，应作于康熙十七年（1678）暮春。

❷梨花薄：梨花丛生。薄，这里作草木丛生理解。

❸斜阳：夕阳。不道：不管，不顾。

❹银笺：涂有银粉的信纸。同心苣：相连锁的火炬状图案花纹，古人常用以象征爱情，也指绣有这种纹样的同心结。沈约《少年新婚为之咏》诗："锦履并花纹，绣带同心苣。"

❺判：甘愿。索：犹言应、须。真真：借用唐人小说故事。据《太平广记》引《闻奇录》："唐进士赵颜，于画工处得一软障，图一妇人甚丽。颜谓画工曰：'世无其人也。如何令生，某愿纳为妻。'画工曰：'余神画也。此亦有名，曰真真。呼其名百日，昼夜不歇，即必应之。应则以百家彩灰酒灌之，必活。'颜如其言，遂呼之百日，昼夜不止。乃应曰：'诺。'急以百家彩灰酒灌，遂活。下步言笑，饮食如常。曰：'谢君召妾，妾愿侍箕帚。'终岁，生一儿。儿年两岁，友人曰：'此妖也，必与君为患。余有神剑可斩之。'其夕遗颜剑。剑

才及颜室，真真乃泣曰：'妾南岳地仙也。无何为人画妾之形，君又呼妾名。既不夺君愿，今君疑妾，妾不可住。'言讫，携其子却上软障，呕出先所饮百家彩灰酒。睹其障，唯添一孩子。皆是画焉。"后泛以"真真"指美女，这里借指亡妻。

又

曲阑深处重相见，匀泪偎人颤。❶凄凉别后两应同，最是不胜清怨月明中。❷

半生已分孤眠过，山枕檀痕涴。❸忆来何事最销魂，第一折枝花样画罗裙。❹

注释

❶匀：拭。李煜《菩萨蛮》词："画堂南畔见，一晌偎人颤。"

❷清怨：凄清幽怨。钱起《归雁》诗："二十五弦弹明月，不胜清怨却飞来。"

❸分：料想。山枕：枕头两头隆起，中间凹陷，其形如山。檀痕：带有香粉的泪痕。涴：浸，染。

❹折枝：花卉画的一种技法，不画整株，只画连枝折下的一部分。

又

高峰独石当头起，冻合双溪水。❶马嘶人语各西东，行到断崖无路小桥通。

朔鸿过尽音书杳，客里年华悄。[2]又将丝泪湿斜阳，多少十三陵树乱云黄。[3]

注释

[1] 双溪：北京昌平境内的一条小溪。

❷朔鸿：北方来的大雁。李清照《念奴娇》词："征鸿过尽，万千心事难寄。"

❸韦应物《拟古诗》："年华逐丝泪，一落俱不收。"吴文英《三姝媚》词："伫久河桥欲去，斜阳泪满。"

又

黄昏又听城头角，病起心情恶。药炉初沸短檠青，无那残香半缕恼多情。❶

多情自古原多病，清镜怜清影。❷一声弹指泪如丝，央及东风休遣玉人知。❸

注释

❶短檠：矮灯架，这里借指灯。赵长卿《念奴娇》词："檠短灯青，灰闲香软，所欠惟梅矣。"无那：无奈。

❷晁冲之《感皇恩》词："自叹多情更多病。"清镜：明镜。清影：镜中清癯的形影。

❸弹指：弹击手指，表示情感强烈。

又

彩云易向秋空散，燕子怜长叹。❶几翻离合总无因，赢得一回僝僽一回亲。❷

归鸿旧约霜前至，可寄香笺字。❸不如前事不思量，且枕红蕤欹侧看斜阳。❹

注释

❶ "彩云" 句：见白居易《简简吟》，"大都好物不坚牢，彩云易散琉璃脆"。世人多以 "彩云易散" 比喻好景不长，特别指美满的因缘容易被拆散。"燕子" 句：见李商隐《无题四首》之四，"归来辗转到五更，梁间燕子闻长叹"。

❷ 僝僽：应理解为烦恼、忧愁。范子安《竹叶舟》词："唱道几处笙歌，几家僝僽。"

❸ 霜前：霜期到来之前。杜甫《九月五日》诗 "殊方日落玄猿哭，旧国霜前白雁来。"

❹ 红蕤：红蕤枕，传说中一种红色的玉石枕。据《宣室志》载：玉清宫有三宝，分别是碧瑶杯、红蕤枕、紫玉函。红蕤枕似玉微红，有纹如粟。亦借指绣枕。

— 又 —

银床淅沥青梧老，屧粉秋蛩扫。❶采香行处蹙连钱，拾得翠翘何恨不能言。❷

回廊一寸相思地，落月成孤倚。❸背灯和月就花阴，已是十年踪迹十年心。❹

注释

❶ 银床：银饰的井床。井（床）与梧桐（叶）是古典诗词中经常组合在一起的物象。庾肩吾《侍宴九日》诗："玉醴吹岩菊，银床落

井梧。"淅沥：这里指落叶声。靥：鞋的衬底。靥粉：这里指人的足迹。

❷连钱：草名，叶圆，大如钱，多生长于溪涧周围。翠翘：见前《鹧鸪天》（尘满疏帘素带飘）注释❸。温庭筠《经旧游》诗："坏墙经雨苍苔遍，拾得当时旧翠翘。"

❸"回廊"句：见李商隐《无题四首》之二，"春心莫共花争发，一寸相思一寸灰"。"落月"句：见杜甫《梦李白二首》之一，"落月满屋梁，犹疑照颜色"。

❹高观国《玉楼春》词："十年春事十年心，怕说湔裙当日事。"

❧❦ 又❶ ❦❧

凭君料理花间课，莫负当初我。❷眼看鸡犬上天梯，黄九自招秦七共泥犁。❸

瘦狂那似痴肥好，判任痴肥笑。❹笑他多病与长贫，不及诸公衮衮向风尘。❺

注释

❶此词许增刊《纳兰词》题为"为梁汾赋"。据张草纫《纳兰词笺注》，此词应作于康熙十五年（1676）底至十六年之间。

❷花间：指《花间集》系后蜀人赵崇祚编辑的晚唐至五代时期词总集，分十卷，共500首词。这是我国最早的文人词总集，标志着词体的规范化，也奠定了后来词体发展的基础。课：作品。花间课，泛指自己的词作。此句言顾贞观为词人编辑词集。

❸"眼看"句：借用淮南王刘安的典故。据《论衡》："淮南王学道，招会天下有道之人……并会淮南，奇方异术莫不争出。王遂得

道，举家升天，畜产皆仙，犬吠于天上，鸡鸣于云中。"后世所谓"一人得道鸡犬升天"，即源于此。黄九：即黄庭坚。秦七：即秦观。这里以黄、秦二人借指词人自己与顾贞观。泥梨：梵语音译，意为地狱。此句言不管别人平步青云，词人愿与顾贞观等同道一起研讨文艺，哪怕沉沦于下位。

❹瘦狂：借用沈昭略遇王约的故事。据《南史·沈庆之传》："（昭略）性狂俊，不事公卿，使酒仗气，无所推下。尝醉，晚日负杖携家宾子弟至娄湖苑，逢王景文子约，张目视之曰：'汝是王约耶？何乃肥而痴。'约曰：'汝沈昭略耶？何乃瘦而狂。'昭略抚掌大笑曰：'瘦已胜肥，狂又胜痴，奈何王约，奈汝痴何！'"这里词人自称"瘦狂"，与官场上那些"肥痴"的庸碌之辈，形成鲜明的对比。

❺衮衮：不绝。指钻营上位的庸碌之辈，从来没有断绝过。风尘：俗世。

又

残灯风灭炉烟冷，相伴唯孤影。判教狼藉醉清樽，为问世间醒眼是何人？❶

难逢易散花间酒，饮罢空搔首。❷闲愁总付醉来眠，只恐醒时依旧到樽前。

注释

❶醒眼：清醒的目光。蒋捷《探芳信》词："酒休赊，醒眼看花正好。"

❷花间酒：见李白《月下独酌》诗，"花间一壶酒，独酌无相亲"。

鹊桥仙[1]

倦收缃帙，悄垂罗幕，盼煞一灯红小。[2]便容生受博山香，销折得狂名多少。[3]

是伊缘薄，是侬情浅，难道多磨更好？[4]不成寒漏也相催，索性尽荒鸡唱了。[5]

注释

[1]鹊桥仙：词牌名，创自欧阳修，又名"忆人人""金风玉露相逢曲""广寒秋"等。

[2]缃：浅黄色。帙：书的封套，也代指书。

[3]生受：承，受。博山：博山炉。销折：抵消。

[4]伊：第三人称代词。侬：第一人称代词。多磨：好事多磨。郑云娘《西江月》词："虽则清光可爱，奈缘好事多磨。"

[5]不成：难道。荒鸡：见前《菩萨蛮》（荒鸡再咽天难晓）注释[2]

又

梦来双倚，醒时独拥，窗外一眉新月。[1]寻思常自悔分明，无奈却照人清切。[2]

一宵灯下，连朝镜里，瘦尽十年花骨。[3]前期总约上元时，怕难

151

认飘零人物。❹

注释

❶一眉新月：新月细而弯，如女子眉毛。齐己《湘妃庙》诗："黄昏一岸阴风起，新月如眉生阔水。"

❷清切：清明真切。严绳孙《念奴娇》词："银渚云开，珠胎月满，一片伤心碧。姮娥知否，照人如此清切。"

❸花骨：见前《生查子》（东风不解愁）注释❺。史达祖《鹧鸪天》词："十年花骨东风泪，几点螺香素壁尘。"

❹上元：农历正月十五日为上元节。

又 ❶

乞巧楼空，影娥池冷，说着凄凉无算。❷丁宁休曝旧罗衣，忆素手为余缝绽。❸

莲粉飘红，菱花掩碧，瘦了当初一半。❹今生钿盒表予心，祝天上人间相见。❺

注释

❶此词许增刊《纳兰词》题为"七夕"。七夕：农历七月初七，原为古代女子乞巧日，后因牛郎织女天河会的传说，也可以表达爱情主题。据张草纫《纳兰词笺注》，此词为悼念卢氏而作。按卢氏卒于康熙十六年（1677）五月，此词应作于当年七月。

❷乞巧：七夕风俗。旧时女子于七夕进行各种活动，如对月穿针、水上漂针、刻镂巧瓜果、蒸巧馍馍、烙巧果子、生巧芽，以及剪纸、彩绣等，借此向天上织女乞求智巧。乞巧楼，即乞巧时搭的棚

架，又称彩楼。王建《宫词》："每年宫女穿针夜，敕赐诸亲乞巧楼。"影娥池：见前《清平乐》（瑶华映阙）注释❹。无算：量多，无法计算。

❸丁宁：叮咛，嘱咐。曝：晒。旧时风俗，七夕晒衣物。据《四民月命》："七月七日……曝经书与衣裳，不蠹。""忆素手"句：见王次回《春暮减衣》诗，"难消素手为缝绽，那得闲心问织缣"。素手：白皙的手。缝绽：缝补。

❹莲粉飘红：见杜甫《秋兴八首》之七，"露冷莲房坠粉红"。

❺钿盒：见前《浣溪沙》（凤髻抛残秋草生）注释❷。

༄࿐ 南乡子❶ ༄࿐

飞絮晚悠扬，斜日波纹映画梁。❷刺绣女儿楼上立，柔肠，爱看晴丝百尺长。❸

风定却闻香，吹落残红在绣床。❹休堕玉钗惊比翼，双双，共唼蘋花绿满塘。❺

注释

❶南乡子：原为唐教坊曲，后用作词牌名。双调创自冯延巳。

❷悠扬：飘忽不定。曾觌《诉衷情》词："几番梦回枕上，飞絮恨悠扬。"

❸晴丝：见前《秋千索》（游丝断续东风弱）注释❶。

❹绣床：刺绣时用来固定、绷紧织物的床架。权德舆《相思曲》："鹊语临妆镜，花飞落绣床。"

❺比翼：比翼鸟，这里应指鸳鸯。杜牧《入茶山下题水口草市绝句》："惊起鸳鸯岂无恨，一双飞去却回头。"唼：鱼或鸟吃东西的声

音，这里作动词用。

❀❀ 又❶ ❀❀

鸳瓦已新霜，欲寄寒衣转自伤。❷见说征夫容易瘦，端相，梦里
回时仔细量。❸

支枕怯空房，且拭清砧就月光。❹已是深秋兼独夜，凄凉，月到
西南更断肠。❺

注释

❶此词许增刊《纳兰词》题为"捣衣"。捣衣：将半成品衣料放
在砧石上，用棒槌捶击，使衣料绵软，以便缝制成衣。旧时入秋之
后，妇人们便忙于为远行的亲人缝制寒衣，处处可闻捣衣之声。李白
《子夜吴歌》："长安一片月，万户捣衣声。"按严绳孙、顾贞观等人皆
有《南乡子·捣衣》词，此词应是与严、顾等人的唱和之作。

❷鸳瓦：鸳鸯瓦，泛指房瓦。

❸见说：听说。征夫：远行的丈夫。端相：仔细看。周邦彦《意
难忘》词："夜渐深，笼灯就月，子细端相。"

❹支枕：用枕头支撑身体，即倚枕的意思。怯：这里应理解为禁
不住、受不了。王涯《秋夜曲》："银筝夜久殷勤弄，心怯空房不忍
归。"砧：捣衣用的砧石。清：清洁光滑。杜牧《秋梦》诗："寒空动
高吹，月色满清砧。"

❺月到西南：指一夜将要过去。王次回《纪事》诗："月到西南
倍可怜，照人双笑影娟娟。"

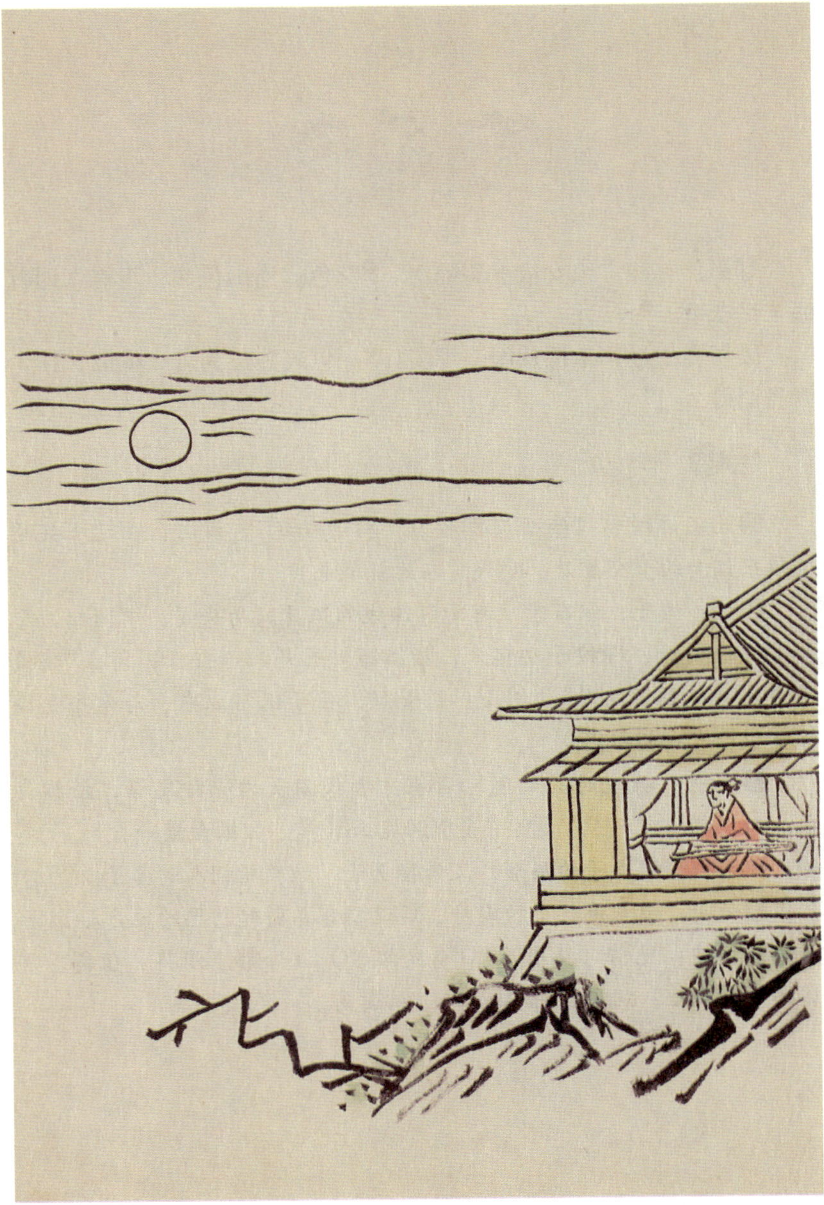

又❶

灯影伴鸣梭，织女依然怨隔河。❷曙色远连山色起，青螺，回首微茫忆翠蛾。❸

凄切客中过，未抵秋闺一半多。❹一世疏狂应为著，横波，作个鸳鸯消得么。❺

注释

❶此词许增刊《纳兰词》题为"柳沟晓发"。柳沟：在延庆县延庆镇东偏南约十公里处，明代曾在此筑城屯兵。

❷梭：梭子，织布时往返牵引纬线的工具。两头尖，中间粗，形如枣核。鸣梭，即梭子动起来，指织布。司马扎《蚕女》诗："鸣梭夜达晓，犹恐不及时。"织女：织女星，位于银河以东，与牵牛星隔河相望。河：指银河。

❸曙色：破晓时的天色。青螺：古代妇女的一种发髻，借指青山。刘禹锡《望洞庭》诗："遥望洞庭山水翠，白银盘里一青螺。"翠蛾：蛾眉，形容女子的眉形，又借指女子，这里指词人的妻子。

❹秋闺：原意是秋日的闺房，后泛指容易引起愁思的地方。

❺横波：见前《清平乐》（青陵蝶梦）注释❹。消得：值得。温庭筠《南歌子》词："不如从嫁与，作鸳鸯。"

156

又❶

烟暖雨初收，落尽繁花小院幽。摘得一双红豆子，低头，说著分携泪暗流。❷

人去似春休，卮酒曾将酹石尤。❸别自有人桃叶渡，扁舟，一种烟波各自愁。❹

注释

❶据张草纫《纳兰词笺注》，此词应为送别侍妾沈宛而作，可能作于康熙十四年（1675）春。

❷红豆子：即红豆，又名相思豆。见前《浣溪沙》（莲漏三声烛半条）注释❶。分携：聚散。分，分别；携，相聚。用时多侧重分别之意。

❸卮：古时一种盛酒的器皿，不灌酒就空仰，灌满酒就倾斜。酹：古时祭祀时以酒浇地。石尤：石尤风，即逆风、顶头风。据《琅嬛记》引《江湖纪闻》："石尤风者，传闻为石氏女，嫁为尤郎妇，情好甚笃。为商远行，妻阻之，不从。尤出不归，妻忆之病亡。临亡长叹曰：'吾恨不能阻其行，以至于此。今凡有商旅远行，吾当作大风，为天下妇人阻之。'自后商旅发船值打头逆风，则曰：'此石尤风也。'遂止不行。妇人以夫姓为名，故曰'石尤'。"

❹桃叶渡：渡口名，在南京秦淮河畔。相传因王献之作歌送其妾室桃叶而得名。扁舟：小舟。一种：一样，同样。

又①

泪咽更无声，止向从前悔薄情。②凭仗丹青重省识，盈盈，一片伤心画不成。③

别语忒分明，午夜鹣鹣梦早醒。④卿自早醒侬自梦，更更，泣尽风前夜雨铃。⑤

注释

①此词许增刊《纳兰词》题为"为亡妇题照"，即在卢氏遗像上题词。

②咽：呜咽，哽咽。

③凭仗：依赖。丹青：丹与青是古代绘画常用颜色，借指图画。省识：察看，辨认。"一片"句：见高蟾《金陵晚望》诗，"世间无限丹青手，一片伤心画不成"。盈盈：女子容貌较好。

④忒：太。鹣鹣：传说中的比翼鸟。据《尔雅·释地》："南方有比翼鸟焉，不比不飞，其名谓鹣鹣。"

⑤夜雨铃：借用唐玄宗制《雨霖铃》的典故。

一斛珠①

星毬映彻，一痕微褪梅梢雪。②紫姑待话经年别，窃药心灰，慵把菱花揭。③

踏歌才起清钲歇，扇纨仍似秋期洁。^④天公毕竟风流绝，教看蛾眉，特放些时缺。^⑤

注释

❶一斛珠：词牌名。又名"怨春风""醉落魄""醉落拓"等。此词许增刊《纳兰词》题为"元夜月蚀"。

❷星毬：元宵放烟火，各式各样，这里指一团团的烟火。据《金鳌退食笔记》："癸亥元夜，于五龙亭前施放烟火，听人民观看。时余已退值，命侍卫那尔泰海清至余私寓，召至亭前，赐饮馔。坐观星毬万道，火树千重。"

❸紫姑：又名子姑、坑三姑娘，厕神。相传为人妾室，遭大妇嫉恨，常役使以秽事。正月十五日夜，激愤而死，受封为厕神。旧时习俗，于正月十五日夜间至厕间或猪栏边迎紫姑，问吉凶祸福。窃药：借用嫦娥窃后羿不死药的典故。

❹踏歌：一种历史悠久的民间集体舞蹈，拉手歌唱，脚踏地为节拍。《旧唐书·睿宗纪》："上元日夜，上皇御安福门观灯，出内人联袂踏歌。"清钲：见前《菩萨蛮》（荒鸡再咽天难晓）注释❸。歇：停止。旧时以为月食的成因是天狗吞食月亮，每到月食时，人们便敲击发声，吓退天狗。清钲歇，指月食结束。

❺扇纨：纨扇，白细绢做成的团扇。

红窗月^❶

梦阑酒醒，早因循过了清明。^❷是一般心事，两样愁情。犹记回廊影里誓生生。^❸

金钗钿盒当时赠，历历春星。^❹道休孤密约，鉴取深盟。语罢一丝清露湿银屏。

❶红窗月：按词谱作"红窗影"。

❷王安石《千秋岁引》词："梦阑时，酒醒后，思量著。"因循：迟延。王雱《倦寻芳慢》词："算韶华，又因循过了，清明时候。"

❸柳永《二郎神》词："钿合金钗私语处，算谁在、回廊影下。"

❹金钗钿盒：借用杨玉环的典故。见前《浣溪沙》（凤髻抛残秋草生）注释❷。

踏 莎 行❶

春水鸭头，春山鹦嘴，烟丝无力风斜倚。❷百花时节好逢迎，可怜人掩屏山睡。❸

密语移灯，闲情枕臂。从教酝酿孤眠味。❹春鸿不解讳相思，映窗书破人人字。❺

注释

❶踏莎行：词牌名。又名"踏雪行""踏云行""柳长春""惜余春""转调踏莎行"等

❷鸭头：鸭头绿，多形容水的颜色。李白《襄阳歌》："遥看汉水鸭头绿，恰似蒲萄初酦醅。"鹦嘴：鹦嘴红，形容春日的山色。烟丝：见前《菩萨蛮》（春云吹散湘帘雨）注释❷。韩偓《春尽日》诗："柳腰入户风倚斜，榆荚堆墙水半淹。"

❸百花时节：农历二月十二日为百花生日（一说二月十五日），即花朝节。毛文锡《何满子》词："恨对百花时节，王孙绿草萋萋。"

好：便于，适宜。逢迎：迎接。"可怜"句：见温庭筠《菩萨蛮》词，"无言匀睡脸，枕上屏山掩"。屏山：小山屏，置于床头。

❹吴文英《玉烛新》词："移灯夜语西窗，逗晓帐迷香，问何时又。"韩偓《厌花落》诗："但得鸳衾枕臂眠，也任时光都一瞬。"范仲淹《御街行》词："残灯明灭枕头攲，谙尽孤眠滋味。"从教：任凭，听任。

❺人人：对人的昵称。辛弃疾《寻芳草》词："更也没书来，那堪被雁儿调戏。道无书却有书中意，排几个人人字。"

🙰 又❶ 🙰

倚柳题笺，当花侧帽，赏心应比驱驰好。❷错教双鬓受东风，看吹绿影成丝早。❸

金殿寒鸦，玉阶春草，就中冷暖和谁道？❹小楼明月镇长闲，人生何事缁尘老。❺

注释

❶此词许增刊《纳兰词》题为"寄见阳"。见阳，即张纯修。见前《菊花新》注释❶。

❷题笺：这里是在信笺上题诗。刘过《沁园春》词："傍柳题诗，穿花劝酒，䯼蕊攀条得自如。"当：面对。侧帽：斜戴着帽子，形容洒脱不羁。晏几道《清平乐》词："侧帽风前花满路，冶叶倡条情绪。"赏心：心意欢乐。谢灵运《拟魏太子邺中集诗序》："天下良辰美景，赏心乐事，四者难并。"驱驰：尽力奔走效劳。这里指为功名利禄而辗转奔波。

❸东风：本指春风，这里指名利场中的庸俗风气。绿影：乌黑的

161

头发。古典诗词常用绿色形容发色。丝：这里指白发。

❹金殿寒鸦：王昌龄《宫词》载，"奉帚平明金殿开，且将团扇共徘徊。玉颜不及寒鸦色，犹带昭阳日影来"。此诗原借用班婕妤的典故，且"团扇"意象有亲疏冷暖之意，但结合下文"玉阶春草"，这里的"冷暖"应指词人做御前侍卫的甘苦。玉阶春草：见王维《杂诗》，"愁心视春草，畏向玉阶生"。

❺小楼：指词人自己的家。镇：长久，整个一段时间。缁尘：黑色灰尘，喻指俗世的污浊风气。缁，黑色。

❥ 临江仙❶ ❥

别后闲情何所寄，初莺早雁相思。❷如今憔悴异当时，飘零心事，残月落花知。

生小不知江上路，分明却到梁溪。❸匆匆刚欲话分携。❹香消梦冷，窗白一声鸡。❺

注释

❶临江仙：原为唐教坊曲，后用作词牌名。又名"谢新恩""雁后归""画屏春""庭院深深"等。此词许增刊《纳兰词》题为"寄严荪友"。严荪友，即严绳孙，见前《浣溪沙》（藕荡桥边理钓筒）注释❶。据张草纫《纳兰词笺注》，此词可能作于康熙十六年（1677）卢氏去世后。

❷初莺早雁：初莺，指春暮之时；早雁：指秋末之时。这里指春去秋来，时光流转，而思念友人的心意不减。

❸生小：生来。梁溪：在江苏无锡西，太湖的一条支流。相传因梁鸿居于此地而得名。这里泛指无锡，即严氏故乡。

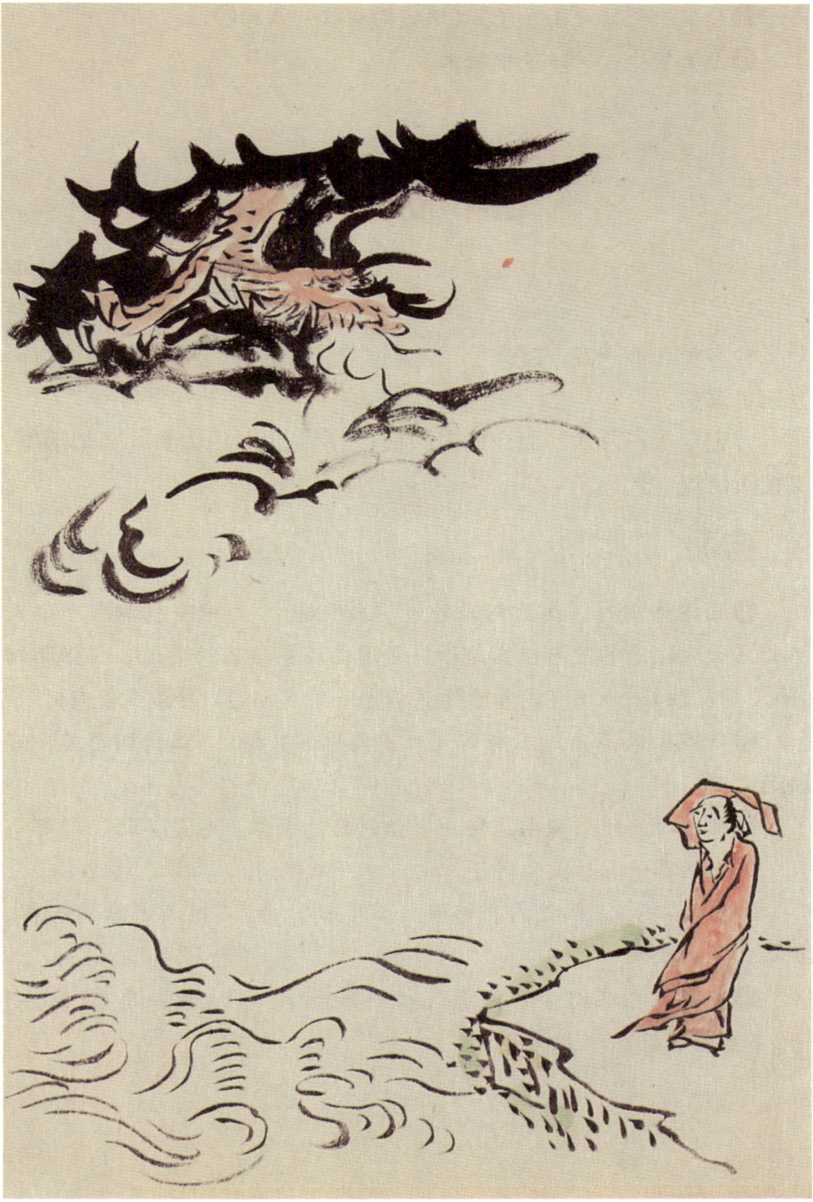

④分携：见前《南乡子》（烟暖雨初收）注释❷。

⑤香消梦冷：从睡梦中醒来。

～❀ 又❶ ❀～

独客单衾谁念我，晓来凉雨飕飕。❷缄书欲寄又还休，个侬憔悴，禁得更添愁。❸

曾记年年三月病，而今病向深秋。❹卢龙风景白人头，药炉烟里，支枕听河流。❺

注释

❶此词许增刊《纳兰词》题为"永平道中"。永平：相当于今天河北省长城以南的陡河以东地带，是通向辽东地区的要道。据张草纫《纳兰词笺注》，此词可能作于康熙二十一年（1682）赴梭龙侦查时。

❷飕飕：风雨声。王禹偁《月波楼咏怀》诗："江篱烟漠漠，官柳雨飕飕。"

❸缄：封、闭。缄书，即把书信封好。个侬：原是吴语，即那个人。这里指妻子。禁：受得了。

❹三月病：伤春之病。韩偓《春尽日》诗："把酒送春惆怅在，年年三月病恹恹。"

❺卢龙：在滦河旁，为清代永平府治所在。支枕：见前《南乡子》（鸳瓦已新霜）注释❹。

又 ❶

绿叶成阴春尽也，守宫偏护星星。❷留将颜色慰多情，分明千点泪，贮作玉壶冰。❸

独卧文园方病渴，强拈红豆酬卿。❹感卿珍重报流莺，惜花须自爱，休只为花疼。❺

注释

❶此词许增刊《纳兰词》题为"谢饷樱桃"。饷：同"飨"。樱桃在春末夏初成熟。古代帝王在樱桃初熟时，先荐寝庙，在分赐给近臣。据张草纫《纳兰词笺注》，宫内之臣，一般由宫女负责分送。此词应为答谢送樱桃之宫女而作。

❷杜牧《叹花》诗："狂风落尽深红色，绿叶成阴子满枝。"守宫：壁虎，这里指守宫砂，即旧时验证女子贞操的药物，用朱砂饲养壁虎，待其长大后捣烂而制成。此处比喻樱桃的颜色不会消退。

❸"留将"句：借用隋炀帝幸江都的故事。据《隋遗录》："大业十二年，炀帝将幸江都……因戏以帛题二十字赐守宫女云：'我梦江南好，征辽亦偶然。但存颜色在，离别只今年。'"这里所谓留颜色，兼指宫女与樱桃。玉壶冰：壶水凝结成冰。鲍照《代白头吟》："直如朱丝绳，清如玉壶冰。"这里既指樱桃色泽光莹剔透，也暗指宫女的大内生活凄凉苦楚。

❹文园：司马相如曾任汉文帝时陵园令，故后人习惯称其"文园"。渴：消渴病。司马相如患有消渴病。按中医理论，有"三消"，口渴引饮为上消，善食易饥为中消，饮一漫一为下消。杜牧《为人题赠》诗："文园终病渴，休咏白头吟。"红豆：见前《浣溪沙》（莲漏三声烛半条）注释❶。

165

❺李商隐《百果嘲樱桃》诗："流莺犹故在，争得讳含来。"阮大铖《燕子笺》："春光九十过将零，半为花嗔，半为花疼。"

～ 又 ～

丝雨如尘云著水，嫣香碎入吴宫。❶百花冷暖避东风，酷怜娇易散，燕子学偎红。❷

人说病宜随月减，恹恹却与春同。❸可能留蝶抱花丛，不成双梦影，翻笑杏梁空。❹

注释

❶嫣香：娇艳芳香。吴宫：吴国宫殿，这里是泛指南方。

❷冷暖：这里偏重于冷。偎红：这里指燕子傍花飞行。

❸恹恹：病中萎靡的样子。

❹可能：岂能。"不成"句：见曹邺《不可见》诗，"君梦有双影，妾梦空四邻"。杏梁：用银杏木做的屋梁，指屋宇华美。

～ 又 ～

长记碧纱窗外语，秋风吹送归鸦。片帆从此寄天涯，一灯新睡觉，思梦月初斜。❶

便是欲归归未得，不如燕子还家。❷春云春水带轻霞，画船人似月，细雨落杨花。❸

注释

❶姚合《庄居即事》诗："斜月照床新睡觉，西风半夜鹤来声。"
白居易《凉夜有怀》诗："灯尽梦初罢，月斜天未明。"

❷刘兼《中春登楼》诗："归去莲花归未得，白云深处有茅堂。"
顾敻《临江仙》词："何事狂夫音信断，不如梁燕犹归。"

❸韦庄《菩萨蛮》词："垆边人似月，皓腕凝霜雪。"

又❶

六曲阑干三夜雨，倩谁护取娇慵。❷可怜寂寞粉墙东，已分裙衩绿，犹裹泪绡红。❸

曾记鬓边斜落下，半床凉月惺忪。❹旧欢如在梦魂中，自然肠欲断，何必更秋风。❺

注释

❶此词许增刊《纳兰词》题为"塞上得家报云秋海棠开矣，赋此"。塞上：边塞。秋海棠：见前《锦堂春》注释❶。据张草纫《纳兰词笺注》，此词可能作于康熙二十一年（1682）赴梭龙侦查时。

❷六曲：言栏杆曲折之多，六为约数。三夜：也是约数。倩：请。娇慵：柔弱倦怠的样子，以人喻花。

❸裙衩：见前《生查子》（东风不解愁）注释❷。绡红：红绡，红色薄绸。这里以绿裙喻花叶，以红绡喻花瓣。

❹惺忪：刚睡醒的样子。

❺晏殊《谒金门》词："往事旧欢何限意，思量如梦寐。"肠欲断：一语双关，既指人，也指秋海棠，此花俗名"断肠花"。

又❶

　　雨打风吹都似此，将军一去谁怜。❷画图曾见绿阴圆。旧时遗镞地，今日种瓜田。❸

　　系马南枝犹在否，萧萧欲下长川。九秋黄叶五更烟。❹只应摇落尽，不必问当年。❺

注释

❶此词许增刊《纳兰词》题为"卢龙大树"。据张草纫《纳兰词笺注》，此词应作于康熙二十一年（1682）赴梭龙侦查时。

❷"雨打"句：见辛弃疾《永遇乐》词，"舞榭歌台，风流总被，雨打风吹去"。"将军"句：借用冯异的故事。冯氏号"大树将军"，事见《后汉书》本传。庾信《哀江南赋》："将军一去，大树飘零。"

❸遗镞：遗弃或残剩的箭镞。镞，箭头。

❹九秋：九月深秋。五更：见前《点绛唇》（五夜光寒）注释❷。李商隐《代应二首》之一："沟水分流西复东，九秋霜月五更风。"

❺摇落：宋玉《九辩》："悲哉，秋之为气也，萧瑟兮草木摇落而变衰。"

又❶

　　飞絮飞花何处是？层冰积雪摧残。❷疏疏一树五更寒。❸爱他明月好，憔悴也相关。

最是繁丝摇落后，转教人忆春山。❹湔裙梦断续应难。❺西风多少恨，吹不散眉弯。

注释

❶此词许增刊《纳兰词》题为"寒柳"。

❷飞絮飞花：指晚春季节。

❸陈造《春寒》诗："小杏惜香春恰恰，新杨弄影午疏疏。"

❹春山：女子的眉毛。李商隐《代赠》诗之二："总把春山扫黛眉。"

❺湔裙：见前《遐方怨》注释❹。据李商隐《柳枝五首序》："明日，余比马出其巷。柳枝丫环毕妆，抱立扇下，风障一袖，指曰：'若叔是？后三日，邻当去溅裙水上，以博山香待，与郎俱过。'余诺之。会所友有偕当诣京师者，戏盗余卧装以先，不果留。雪中让山至，且曰：'为东诸侯取去矣。'"词人用此典故，暗示与一段自己类似的往事。

又

带得些儿前夜雪，冻云一树垂垂。❶东风回首不胜悲。❷叶干丝未尽，未死只颦眉。❸

可忆红泥亭子外，纤腰舞困因谁？❹如今寂寞待人归。明年依旧绿，知否系斑骓？❺

注释

❶冻云：柳枝上的积雪。

❷韦庄《春陌二首》之一："肠断东风各回首，一枝春雪冻梅花。"不胜：禁不住。胜：能承担，能承受。

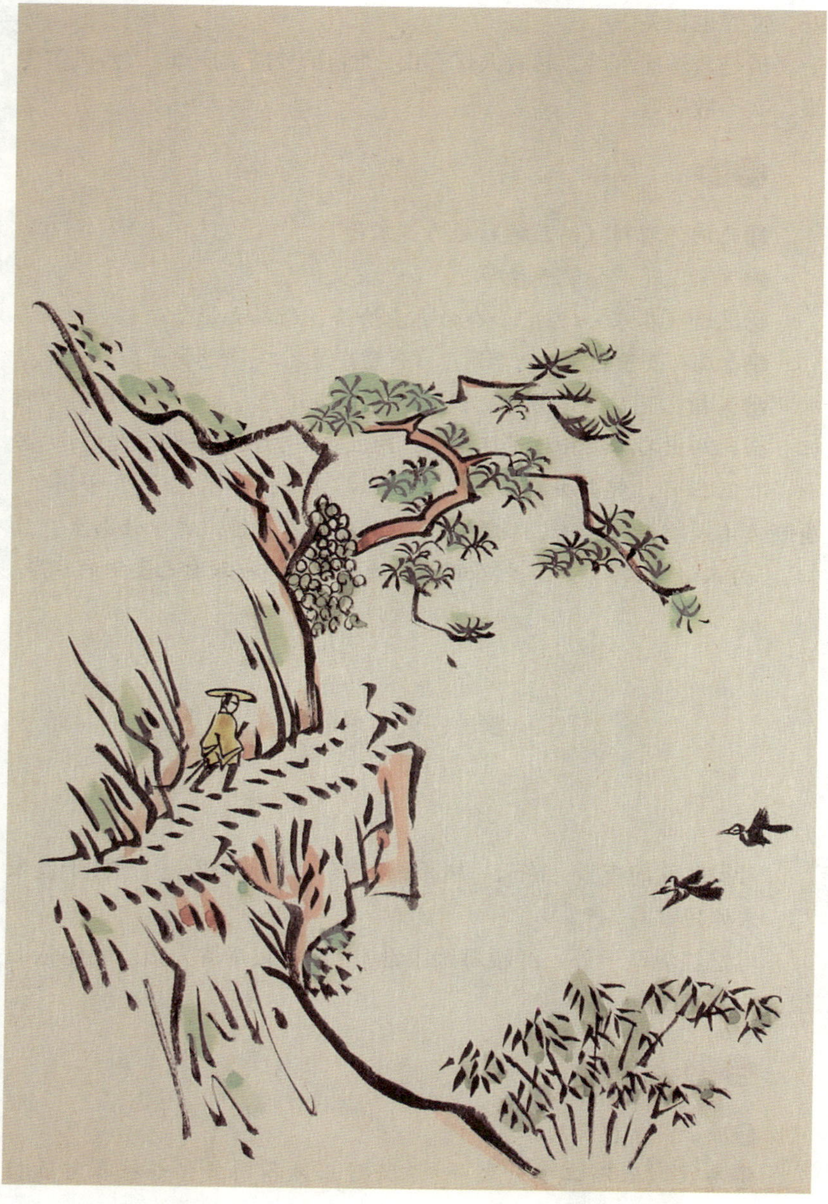

❸颦眉：皱眉，忧愁的样子。骆宾王《王昭君》诗："古镜菱花暗，愁眉柳叶颦。"颦：本身有皱眉的意思，引申为忧愁。

❹李白《鲁郡尧祠送窦明府薄华还西京》诗："红泥亭子赤阑干，碧流环转青锦湍。"柳永《夜半乐》词："舞腰困力，垂杨绿映，浅桃秾李天天，嫩红无数。"困：乏。困力，形容柳枝柔弱。

❺斑骓：毛色青白夹杂的骏马。李商隐《无题二首》之一："斑骓只系垂杨岸，何处西南任好风。"

❀ 又❶ ❀

霜冷离鸿惊失伴，有人同病相怜。❷拟凭尺素寄愁边。愁多书屡易，双泪落灯前。❸

莫对月明思往事，也知消减年年。无端嘹唳一声传。❹西风吹只影，刚是早秋天。❺

注释

❶此词许增刊《纳兰词》题为"孤雁"。

❷离鸿：失群的雁。周邦彦《浪淘沙慢》词："念汉浦、离鸿去何许？经时信音绝。"同病相怜：《吴越春秋·阖闾内传》记载，"子不闻河上之歌乎？同病相怜，同忧相救"。

❸凭：凭借。尺素：书写用的白色生绢，一尺长左右，后来借指小的画幅、短的书信。古府诗《饮马长城窟行》："呼儿烹鲤鱼，中有尺素书。"易：改、换。"双泪"句：见张祜《何满子》诗，"一声何满子，双泪落君前"。

❹嘹唳：声音响亮凄清。

❺杜牧《寄远》诗："只影随惊雁，单栖锁画笼。"

蝶恋花①

辛苦最怜天上月，一昔如环，昔昔长如玦。②若似月轮终皎洁，不辞冰雪为卿热。③

无奈钟情容易绝，燕子依然，软踏帘钩说。④唱罢秋坟愁未歇，春丛认取双栖蝶。⑤

注释

❶蝶恋花：原为唐教坊曲，后用作词牌名。又名"鹊踏枝""黄金缕""卷珠帘""明月生南浦""细雨吹池沼""凤栖梧""一箩金""鱼水同欢"等。

❷昔：夕。环：中间有圆孔的玉璧，这里比喻满月。玦：有缺口的玉环，这里比喻缺月。皮日休《寒夜联句》："河光正如剑，月魄方似玦。"

❸为卿热：借用寻桑（奉倩）的故事。据《世说新语·惑溺》："荀奉倩与妇至笃，冬月妇病热，乃出中庭，自取冷还，以身熨之。"

❹软踏帘钩说：燕子轻轻落在软帘上，絮语呢喃。李贺《贾公闾贵婿曲》："燕语踏帘钩，日虹屏中碧。"

❺"唱罢"句：见李贺《秋来》诗，"秋坟鬼唱鲍家诗，恨血千年土中碧"。"春丛"句：见李商隐《偶题二首》之二，"春从定是双栖夜，饮罢莫持红烛行"。此二句言希望自己死后能与妻子一道化蝶，双宿双飞。

又❶

眼底风光留不住，和暖和香，又上雕鞍去。❷欲倩烟丝遮别路，垂杨那是相思树？❸

惆怅玉颜成间阻，何事东风，不作繁华主。❹断带依然留乞句，斑骓一系无寻处。❺

注释

❶据张草纫《纳兰词笺注》，此词可能作于康熙二十一年（1682）三月。

❷"眼底"句：见辛弃疾《蝶恋花》词，"有底风光留不住，烟波万顷春江橹"。"和暖"句：见王次回《骊歌二叠送韬仲春往秣陵》诗，"怜君孤负晓衾寒，和暖和香上马鞍"。

❸别路：分别的路。

❹间阻：间隔。繁华主：杜旟《蓦山溪》词："春风如客，可是繁华主？"

❺断带留乞：据李商隐《柳枝五首序》记载，"柳枝，洛中里娘也。……余从昆让山，比柳枝居为近。他日春曾阴，让山下马柳枝南柳下，咏余燕台诗，柳枝惊问：'谁人有此？谁人为是？'让山谓曰：'此吾里中少年叔耳。'柳枝手断长带，结让山为赠叔乞诗"。

又到绿杨曾折处，不语垂鞭，踏遍清秋路。❷衰草连天无意绪，
雁声远向萧关去。❸

不恨天涯行役苦，只恨西风，吹梦成今古。❹明日客程还几许，
霑衣况是新寒雨。

注释

❶据张草纫《纳兰词笺注》，此词可能作于康熙二十一年（1682）
赴梭龙侦查时。

❷"又到"句：见吴文英《桃源忆故人》词，"潮带旧愁生暮，曾
折垂杨处"。"不语"句：见温庭筠《赠知音》诗，"景阳宫里钟初动，
不语垂鞭上柳堤。"

❸秦观《满庭芳》词："山抹微云，天连衰草，画角声断谯门。"
萧关：故址在今天宁夏固原东南，是自关中通往塞北的交通枢纽。

❹行役：这里指因公差而长途跋涉。

又

萧瑟兰成看老去，为怕多情，不作怜花句。❶阁泪倚花愁不语，
暗香飘尽知何处？❷

重到旧时明月路。袖口香寒，心比秋莲苦。❸休说生生花里住，

惜花人去花无主。❹

注释

❶兰成：北周诗人庾信，小字兰成，这里是词人自喻。杜甫《咏怀古迹五首》之一："庾信平生最萧瑟，暮年诗赋动江关。"

❷阁泪：含泪。夏竦《鹧鸪天》词："尊前只恐伤郎意，阁泪汪汪不敢垂。"

❸"袖口"句：见晏几道《西江月》词，"醉帽檐头风细，征衫袖口香寒"。"心比"句：见晏几道《生查子》词，"遗恨几时休，心抵秋莲苦"。秋莲：荷花秋季结子，莲子苦涩。

❹生生：一生。惜花人：见辛弃疾《定风波》词，"毕竟花开谁作主？记取，大都花属惜花人"。

～❀～ 又❶ ～❀～

露下庭柯蝉响歇。❷纱碧如烟，烟里玲珑月。❸并著香肩无可说，樱桃暗吐丁香结。❹

笑卷轻衫鱼子缬，试扑流萤，惊起双栖蝶。❺瘦断玉腰沾粉叶，人生那不相思绝。❻

注释

❶此词许增刊《纳兰词》题为"夏夜"。

❷柯：草木枝茎，泛指树。

❸纱碧：碧纱窗，装有绿色薄纱的窗户。李白《乌夜啼》诗："机中织锦秦川女，碧纱如烟隔窗语。"玲珑：这里指透过纱窗看月亮，显得玲珑别透。李白《玉阶怨》诗："却下水晶帘，玲珑望

秋月。"

❹樱桃：女子的红唇。据《本事诗》："白居易姬人樊素善歌，妓人小蛮善舞，尝为诗曰：'樱桃樊素口，杨柳小蛮腰。'"丁香结：丁香花蕾，古典诗词中常用以比喻愁思郁结，难以排解。李商隐《代赠》诗："芭蕉不展丁香结，同向春风各自愁。"

❺鱼子缬：一种染上霜粒花纹的绢。段成式《嘲飞卿》诗："醉袂几侵鱼子缬，飘缨长胃凤凰钗。"流萤：飞行不定的萤火虫。杜牧《秋夕》诗："银烛秋光冷画屏，轻罗小扇扑流萤。"

❻玉腰：指蝴蝶。

❦ 又❶ ❦

今古河山无定数。❷画角声中，牧马频来去。❸满目荒凉谁可语，西风吹老丹枫树。

幽怨从前何处诉。铁马金戈，青冢黄昏路。❹一往情深深几许，深山夕照深秋雨。❺

注释

❶此词许增刊《纳兰词》题为"出塞"。据张草纫《纳兰词校注》，此词应作于康熙二十二年（1683）扈驾至五台山等处时。

❷定数：天命气数。

❸画角：见前《菩萨蛮》（朔风吹散三更雪）注释❷。牧马：这里指北方的游牧民族。

❹铁马金戈：通常作"金戈铁马"，指兵强马壮，代指战争。青冢：即王昭君墓，在内蒙古呼和浩特市以南。相传边地多白草，唯有昭君墓草色常青，故而得名。杜甫《咏怀古迹》之三："一去紫台连

朔漠，独留青冢向黄昏。"

⑤一往情深：借用谢安评桓伊（子野）语。据《世说新语·任诞》："桓子野每闻清歌，辄唤奈何！谢公闻之，曰：'子野可谓一往而深情。'"后世习惯借指感情丰富，寄情幽深。

❀ 又**❶** ❀

尽日惊风吹木叶。**❷**极目嵯峨，一丈天山雪。**❸**去去丁零愁不绝，那堪客里还伤别。**❹**

若道客愁容易辍。**❺**除是朱颜，不共春销歇。一纸乡书和泪折，红闺此夜团栾月。**❻**

注 释

❶据张草纫《纳兰词笺注》，应作于康熙二十一年（1682）八月至十二月间赴梭龙侦查时。

❷尽日：终日、整日。惊风：狂风。

❸极目：目力所及。嵯峨：山势高峻。天山：即祁连山，是青海省东北部与甘肃省西部边境的山脉。古时匈奴称天为"祁连"。李端《雨雪曲》："天山一丈雪，杂雨夜霏霏。"按词人由京城赴梭龙，并不经过天山，这里应是泛指巍峨的高山。

❹丁零：古民族，这里代指索隆部。

❺辍：停，止。

❻团栾：见前《菩萨蛮》（梦回酒醒三通鼓）注释**❸**。

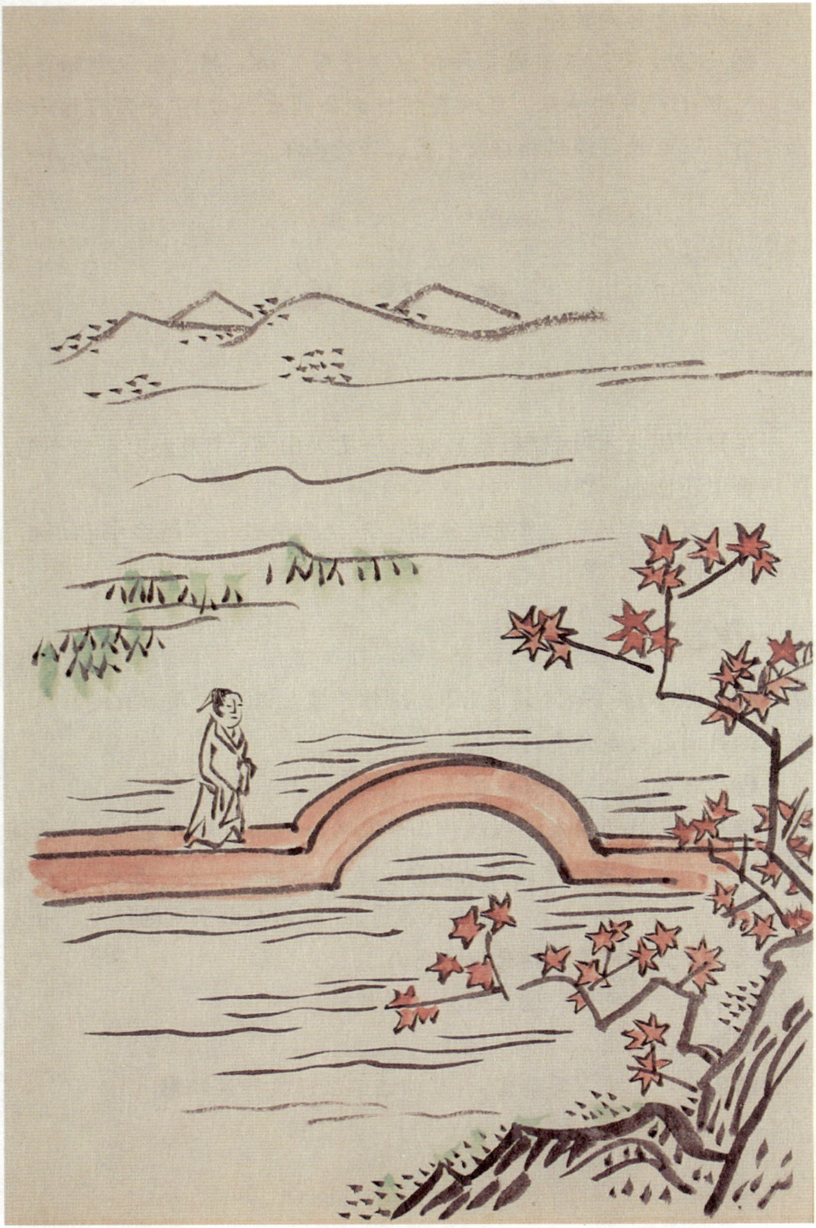

又

准拟春来消寂寞。[1]愁雨愁风，翻把春担搁。[2]不为伤春情绪恶，为怜镜里颜非昨。[3]

毕竟春光谁领略。九陌缁尘，抵死遮云壑。[4]若得寻春终遂约，不成长负东君诺。[5]

注释

[1]准拟：打算。

[2]张榘《浪淘沙》词："春梦草茸茸，愁雨愁风。"

[3]秦观《千秋岁》词："日边清梦断，镜里朱颜改。"

[4]九陌：汉时长安有八街、九陌，后来泛指都城的大路或闹市区。抵死：到底、终究。云壑：云雾笼罩的山谷，后代指荒远僻静的地方。

[5]东君：春神。成彦雄《柳枝词》："东君爱惜与先春，草泽无人处也新。"

唐多令[1]

丝雨织红茵，苔阶压绣纹。[2]是年年肠断黄昏。到眼芳菲都惹恨，那更说，塞垣春。[3]

萧飒不堪闻，残妆拥夜分。[4]为梨花深掩重门。[5]梦向金微山下去，才识路，又移军。[6]

注释

❶唐多令：词牌名。又作"糖多令""南楼令""箜篌曲"等。此词许增刊《纳兰词》题为"雨夜"。

❷茵：地毯。红茵，指落花满地，如红毯一般。绣纹：刺绣一般精美的花纹。王次回《感旧游》诗："无限断肠踪迹处，坏墙风雨绣苔纹。"

❸芳菲：芳香的花草。塞垣：长城，代指边地。

❹萧飒：萧瑟，风吹草木的声音。夜分：夜半。

❺戴叔伦《春怨》诗："金鸭香消欲断魂，梨花春雨掩重门。"

❻金微山：即阿尔泰山。唐代曾在此设金微都督府。古典诗词常用以泛指边塞地区。张仲素《秋闺思二首》："梦里分明见关塞，不知何路向金微。"

又

金液镇心惊，烟丝似不胜。❶沁鲛绡湘竹无声。❷不为香桃怜瘦骨，怕容易，减红情。❸

将息报飞琼，蛮笺署小名。❹鉴凄凉片月三星。❺待寄芙蓉心上露，且道是，解朝酲。❻

注释

❶金液：古代方士炼制的一种丹液，称服之可以成仙。镇：压。赵彦端《谒金门》词："怎得酒阑心易定，试将金液镇。"烟丝：柳丝，这里以物喻人，形容女子柔弱无力的样子。

❷鲛绡：传说中鲛人所织的薄绢。据《博物志》："鲛人水居如

180

鱼，不废织绩，时出人家卖绡。"古典诗词用以泛指精美而轻薄的丝织品。湘竹：斑竹，又称湘妃竹。据《博物志》："尧之二女，舜之二妃，曰湘夫人。舜崩，二妃啼，以涕挥竹，竹尽斑。"这里指斑竹制成的竹席。

❸李商隐《海上谣》："海底觅仙人，香桃如瘦骨。"香桃：传说中神仙境界里的桃树。红情：花儿娇媚艳丽。方千里《水龙吟·海棠》词："绿态多慵，红情不语，动摇人意。"

❹飞琼：见前《采桑子》（彤云久绝飞琼字）注释**❷**。蛮笺：蜀地产的彩色信笺。韩浦《寄弟》诗："十样蛮笺出益州，寄来新自浣花头。"

❺片月三星：文字游戏，一轮弯月，三点星，即"心"字。

❻芙蓉心上露：见吴文英《齐天乐·白酒自酌有感》词，"芙蓉心上三更露，茸香漱泉玉井"。朝酲：夜里醉酒，次早酒醒后，仍困惫如病。据《开元天宝遗事》，杨玉环常宿醉，饮花露以解酒。

又❶

古木向人秋，惊蓬掠鬓稠。❷是重阳何处堪愁？记得当年惆怅事，正风雨，下南楼。❸

断梦几能留，香魂一哭休。❹怪凉蟾空满衾裯。❺霜落乌啼浑不睡，偏想出，旧风流。❻

注释

❶此词许增刊《纳兰词》题为"塞外重九"。重九：重阳。据张草纫《纳兰词笺注》，此词可能作于康熙十六年（1677）扈驾巡边时。

❷惊蓬：杂乱的蓬草，这里比喻蓬乱的头发。

❸南楼：古时以此为名者颇多，这里应是泛指。

④温庭筠《过华清宫二十二韵》诗:"艳笑双飞断,香魂一哭休。"

⑤凉蟾:清冷的月光。衾裯:被褥。《诗经·召南·小星》:"肃肃宵征,抱衾与裯。"

⑥张继《枫桥夜泊》诗:"月落乌啼霜满天,江枫渔火对愁眠。"

～ 踏莎美人① ～

拾翠归迟,踏青期近,香笺小叠邻姬讯。②樱桃花谢已清明,何事绿鬟斜嚲宝钗横。③

浅黛双弯,柔肠几寸,不堪更惹青春恨。④晓窗窥梦有流莺,也说个侬憔悴可怜生。⑤

注释

①踏莎美人:顾贞观自度曲。半为"踏莎行",半为"虞美人"。此词许增刊《纳兰词》题为"清明"。

②拾翠:原指捡拾翠鸟羽毛,用以制作点翠首饰,后指妇女游春,又指清明时采摘绿叶。杜甫《秋兴八首》之八:"佳人拾翠春相问,仙侣同舟晚更移。"踏青:春日郊游。香笺小叠:见韩偓《偶见》诗,"小叠红笺书恨字,与奴方便寄卿卿"。

③绿鬟:乌黑的发髻。斜嚲:斜垂。

④浅黛:淡淡的眉毛。流莺:即黄莺。流,言其叫声婉转。个侬:见前《临江仙》(独客单衾谁念我)注释③。可怜生:可怜。生,词尾,无实意。

182

苏幕遮[1]

枕函香，花径漏。[2]依约相逢，絮语黄昏后。[3]时节薄寒人病酒，划地梨花，彻夜东风瘦。[4]

掩银屏，垂翠袖。何处吹箫，脉脉情微逗。[5]肠断月明红豆蔻，月似当时，人似当时否。[6]

注释

[1]苏幕遮：原为唐教坊曲，后用作词牌名，又名"鬓云松令"等。

[2]枕函：见前《浣溪沙》（十八年来堕世间）注释[4]。

[3]依约：依稀、仿佛。絮语：连绵不断的细语。黄昏后：见欧阳修《生查子》词，"月上柳梢头，人约黄昏后"。

[4]病酒：酒醉如生病。划地：平白地、无端地。辛弃疾《念奴娇·春恨》词："划地东风欺客梦，一枕银屏寒怯。"

[5]脉脉：含情。逗：透、露。

[6]豆蔻：多年生草本植物，夏初开花，秋季结实。古典诗词常用以比喻十三四岁的少女。杜牧《赠别》诗："娉娉袅袅十三余，豆蔻梢头二月初。"

又[1]

鬓云松，红玉莹。[2]早月多情，送过梨花影。[3]半晌斜钗慵未整。

183

晕入轻潮，刚爱微风醒。❹

露华清，人语静。❺怕被郎窥，移却青鸾镜。❻罗袜凌波波不定。
❼小扇单衣，可奈星前冷。

注释

❶此词许增刊《纳兰词》题为"咏浴"。

❷松：乱。周邦彦《鬓云松令》词："鬓云松，眉叶聚。"红玉：
形容女子肌肤红润。柳永《红窗听》词："如削肌肤红玉莹。"

❸王安石《夜直》诗："春色恼人眠不得，月移花影上栏杆。"

❹半晌：半天，好长一段时间。潮：面色潮红。刚：偏偏。

❺露华：清冷的月光。秦观《临江仙》词："月高风定露华清。"

❻怕被郎窥：借用赵合德兰室沐浴的故事，见《飞燕外传》。

❼罗袜凌波：见曹植《洛神赋》，"凌波微步，罗袜生尘。"

淡黄柳❶

三眠未歇，乍到秋时节。❷一树斜阳蝉更咽，曾绾灞陵离别。❸絮
已为萍风卷叶，空凄切。

长条莫轻折。苏小恨，倩他说。❹尽飘零、游冶章台客。❺红板桥
空，湔裙人去，依旧晓风残月。❻

注释

❶淡黄柳：姜夔自度曲。此词许增刊《纳兰词》题为"咏柳"。

❷三眠：借用人柳（又称柽柳）的典故。据《三辅旧事》："汉苑
中有柳状如人形，号曰人柳，一日三眠三起。"

❸"一树"句：见李商隐《柳》诗，"如何肯到清秋日，已带斜

阳又带蝉"。"曾绾"句：刘禹锡《杨柳枝词九首》之八，"长安陌上无穷树，唯有垂杨绾别离"。灞陵：汉文帝的陵墓，原作霸陵，在陕西西安市东灞水上。水上有桥，名灞桥。汉时人每送客至此，折柳赠别。

❹苏小：苏小小。见前卜算子（娇软不胜垂）注释❺。

❺游冶：春游玩乐，特指留恋秦楼楚馆，贪图声色。章台：在陕西长安区故城西南，台下有街，妓馆聚集，后来成为妓馆的代称。韩翃《章台柳》词："章台柳，章台柳，昔日青青今在否？纵使长条似旧垂，也应攀折他人手。"欧阳修《蝶恋花》词："玉勒雕鞍游冶处，楼高不见章台路。"

❻红板桥：古典诗词常用以指情人分别之地。白居易《杨柳枝词八首》之四："红板江桥青酒旗，馆娃宫暖日斜时。可怜雨歇东风定，万树千条各自垂。"晓风残月：见柳永《雨霖铃》词，"今宵酒醒何处，杨柳岸晓风残月"。

❧ 青玉案❶ ❧

东风七日蚕芽软。❷一缕休教剪。❸梦隔湘烟征雁远。❹那堪又是，鬓丝吹绿，小胜宜春颤。❺

绣屏浑不遮愁断，忽忽年华空冷暖。玉骨几随花骨换。❻三春醉里，三秋别后，寂寞钗头燕。❼

注释

❶青玉案：词牌名，又名"西湖路"。此词许增刊《纳兰词》题为"辛酉人日"。徐乾学辑《通志堂集》、张纯修刊《饮水诗词集》题为"人日"。辛酉：应为康熙二十年（1681）。人日：农历正月初七。

185

②蚕芽：桑叶的嫩芽。

③一缕：桑叶仅露出一丝绿色。

④"梦隔"句：传说湖南衡山有回雁峰，北方飞往南方越冬的大雁，至此峰而至，开春返回北方。

⑤小胜宜春：宜春胜。旧时习俗，人日戴"人胜"，以彩纸剪成人形，或镂金箔为人形，戴在头上，或贴在屏风上。又悬挂写有"宜春"二字的小旛。李元卓《菩萨蛮》词："一枝绛蜡香梅软，宜春小胜玲珑剪。"

⑥玉骨：这里指女子清瘦秀丽的身架。花骨：见前《生查子》（东风不解愁）注释⑤。

⑦钗头燕：燕形花头的钗。

✿ 又① ✿

东风卷地飘榆荚，才过了，连天雪。②料得香闺香正彻。那知此夜，乌龙江上，独对初三月。③

多情不是偏多别，别离只为多情设。蝶梦百花花梦蝶。④几时相见，西窗剪烛，细把而今说。⑤

注释

①此词许增刊《纳兰词》题为"宿乌龙江"。乌龙江：即黑龙江。据张草纫《纳兰词笺注》，词人于康熙二十一年（1682）三月扈驾至清盛景。可能当时康熙皇帝已有派人侦查梭龙的打算，故词人先到黑龙江一带了解情况。

②榆荚：榆树的种子，又叫榆钱儿，其形状酷似串起来的麻钱儿，故而得名，可食用。

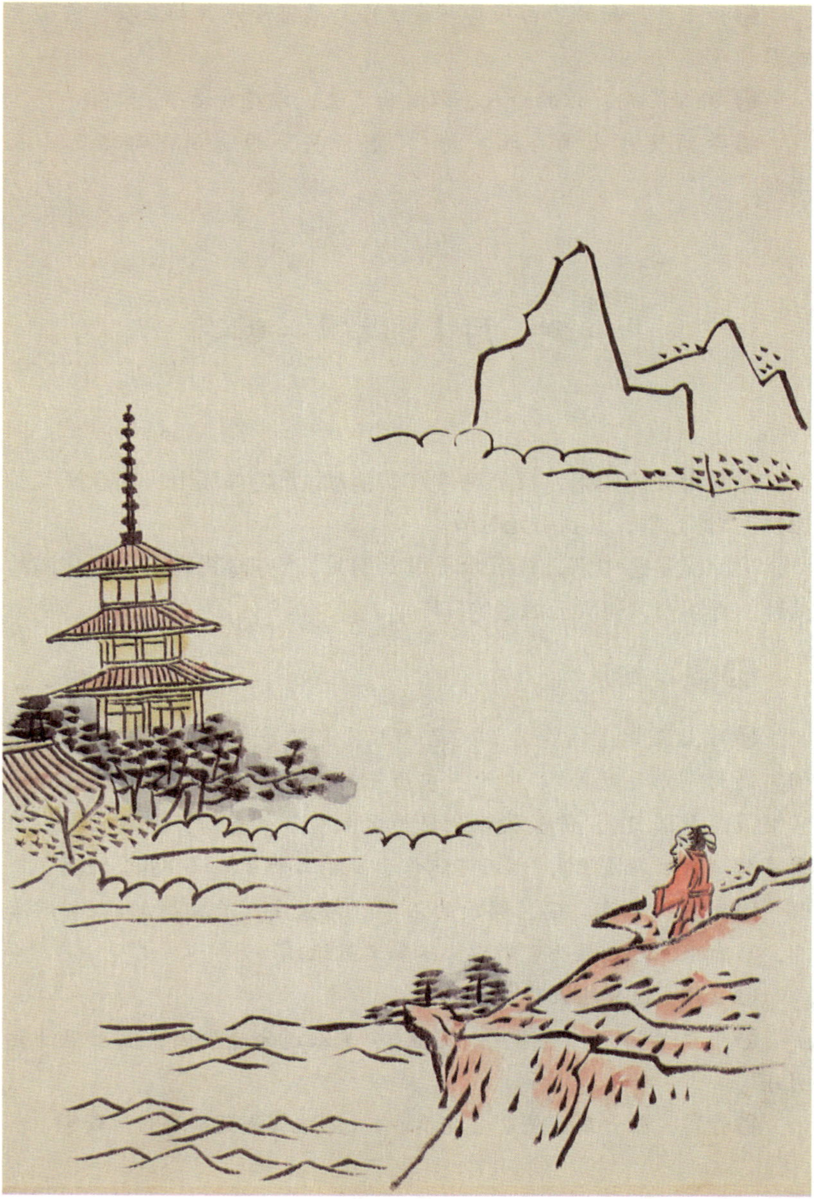

❸初三月：新月。白居易《暮江吟》："可怜九月初三夜，露似真珠月似弓。"

❹"蝶梦"句：以物喻人，以蝶喻丈夫，以花喻妻子。

❺李商隐《夜雨寄北》诗："何当共剪西窗烛，却话巴山夜雨时。"

❀ 月上海棠❶ ❀

原头野火烧残碣，叹英魂才魄暗消歇。❷终古江山，问东风几番凉热。❸惊心事，又到中元时节。

凄凉况是愁中别，枉沉吟千里共明月。❹露冷鸳鸯，最难忘满池荷叶。青鸾杳，碧天云海音绝。❺

注释

❶月上海棠：词牌名。又名"玉关遥"等。此词许增刊《纳兰词》题为"中元塞外"。中元：农历七月十五日。道教徒以此日为地官诞辰（赦罪日），佛教徒以此日为盂兰盆节，斋僧，超度亡魂。据张草纫《纳兰词笺注》，此词可能作于康熙二十三年（1684）七月。

❷残碣：断碑。碣，圆顶的石碑。刘克庄《长相思》词："烟凄凄，草凄凄，野火原头烧断碑，不知名姓谁。"

❸凉热：这里指世代兴衰浮沉。

❹千里共明月：见谢庄《月赋》"美人迈兮音尘阙，隔千里兮共明月"。

❺青鸾：即青鸟。见前《浣溪沙》（记绾长条欲别难）注释❷。

又 **❶**

重檐淡月浑如水，浸寒香一片小窗里。**❷**双鱼冻合，似曾伴个人无寐。**❸**横眸处，索笑而今已矣。**❹**

与谁更拥灯前髻，乍横斜疏影疑飞坠。**❺**铜瓶小注，休教近麝炉烟气。**❻**酬伊也，几点夜深清泪。

注 释

❶此词许增刊《纳兰词》题为"瓶梅"。此词也为悼亡之作，据张草纫《纳兰词笺注》，可能作于康熙十七年（1678）早春。

❷重檐：两层或多层屋檐，由基本型屋顶重叠下檐而形成，可以提高屋顶和屋身的体重，增强屋顶的高度与层次，突出屋顶的雄伟感与庄严感，也可以调节屋顶和屋身的比例。寒香：清冽的香气，多指梅花的香气。

❸双鱼：饰有双鱼纹样的笔洗。寐：睡着。

❹索笑：求笑。杜甫《舍弟观赴蓝田取妻子到江陵喜寄》诗："巡檐索共梅花笑，冷蕊疏枝半不禁。"

❺拥灯前髻：指拥髻，捧持发髻，话旧生哀。据《飞燕外传》附《伶玄自叙》："通德占袖，顾视烛影，以手拥髻，凄然泣下，不胜其悲。"王次回《予怀》诗："何年却话当年恨，拥髻灯边侍子于。"横斜疏影：见林逋《山园小梅二首》之一，"疏影横斜水清浅，暗香浮动月黄昏"。

❻小注：小水注，盛水器，多用玉或陶瓷制成。

一丛花^①

阑珊玉珮罢霓裳，相对缟红妆。^②藕丝风送凌波去，又低头、软语商量。^③一种情深，十分心苦，脉脉背斜阳。^④

色香空尽转生香，明月小银塘。^⑤桃根桃叶终相守，伴殷勤、双宿鸳鸯。^⑥菰米漂残，沉云乍黑，同梦寄潇湘。^⑦

注释

①一丛花： 词牌名，调见《东坡词》。此词许增刊《纳兰词》题为"咏并蒂莲"。姚阶《国朝词雅》题为"并蒂莲"。并蒂莲：并排长在同一根茎上的两朵莲花，人们习惯以其比喻夫妻恩爱。按严绳孙、顾贞观等人皆有《一丛花·咏并蒂莲》词，此词应为唱和之作。

②阑珊玉珮： 指玉珮声渐渐止歇，歌舞将停。红妆：指莲花。此句言并蒂莲静立，没有被风吹得来回摆动。

③藕丝风： 见洪咨夔《朝中措》词，"荷花香里藕丝风"。凌波：见前《点绛唇》（别样幽芬）注释③。软语：温和而婉转的言语。史达祖《双双燕》词："又软语商量不定。"

④心苦： 指莲心味苦涩。辛弃疾《卜算子·荷花》词："根底藕丝长，花里莲心苦。"

⑤色香空尽： 见顾贞观《小重山·腊梅花底感旧》词，"色相空尽转难忘"。银塘：清澈明净的池塘。

⑥桃叶桃根： 王献之有两侍妾，一名桃叶，一名桃根，二人系姊妹。李商隐《燕台四首》之四："当时欢向掌中销，桃叶桃根双姊妹。"

⑦菰米： 茭白心。沉云：浓云、阴云。杜甫《秋兴八首》之七："波漂菰米沉云黑，露冷莲房坠粉红。"潇湘：湘江。前借用桃叶、桃

根的故事，这里借用娥皇、女英的故事，皆喻指并蒂莲。

❄ 金人捧露盘❶ ❄

藕风轻，莲露冷，断虹收。❷正红窗初上帘钩。田田翠盖，趁斜阳鱼浪香浮。❸此时画阁垂杨岸，睡起梳头。

旧游踪，招提路，重到处，满离忧。❹想芙蓉湖上悠悠。❺红衣狼藉，卧看少妾荡兰舟。❻午风吹断江南梦，梦里菱讴。❼

注释

❶金人捧露盘：词牌名。又名"铜人捧露盘""上平西""上西平""西平曲""上平南"等。此词许增刊《纳兰词》题为"净业寺观莲有怀荪友"。荪友：即严绳孙。净业寺：在北京西北，其南为积水潭，又名净业湖。因潭中多生莲花，又名莲花池。

❷断虹：一段彩虹。收：褪去。

❸田田：荷叶相连，浮在水面。翠盖：荷叶。古乐府《西洲曲》："江南可采莲，莲叶何田田。"鱼浪：水波细浪，如鱼鳞。周密《声声慢·柳花咏》词："燕泥沾粉，鱼浪吹香，芳堤十里晴。"姜夔《惜红衣》词："虹梁水陌，鱼浪吹香，红衣半狼藉。"

❹招提：梵语音译。应译作拓斗提奢、省作拓提，后误传为招提。义为四方。四方之僧称为招提僧，四方僧的住所称为招提僧坊，后来泛指寺院。

❺芙蓉湖：又名上湖、射贵湖，在阳湖县东，江阴县南，无锡县西北，距离严绳孙家乡较近。

❻红衣：莲瓣。兰舟：木兰舟的省称。古典诗词中常用作舟的美称。此句别本作"卧看桃叶送兰舟"，借用王献之的典故，遥想严氏

191

此时泛舟湖上的情景。

❼菱讴：采菱人的歌谣。

❦ 洞 仙 歌① ❦

铅华不御，看道家妆就。②问取旁人入时否。③为孤情淡韵，判不宜春，矜标格、开向晚秋时候。④

无端轻薄雨，滴损檀心，小叠宫罗镇长皱。⑤何必诉凄清，为爱秋光，被几日西风吹瘦。便零落蜂黄也休嫌，且对倚斜阳，胜偎红袖。⑥

注释

❶洞仙歌：原为唐教坊曲，后用作词牌名。又名"洞仙歌令""羽仙歌""洞仙词""洞中仙"等。此词许增刊《纳兰词》题为"咏黄葵"。黄葵：即秋葵，又名黄蜀葵，每年七月至十月开花，花瓣主体为淡黄色。

❷铅华不御：不饰铅粉。曹植《洛神赋》："芳泽无加，铅华弗御。"吴文英《东风第一枝·倾国倾城》词："铅华不御。难道有、巫山洛浦。"道家：这里指道教。道教徒冠服尚黄色。晏殊《菩萨蛮》词："秋花最是黄葵好，天然嫩态迎秋早。染得道家衣，淡妆梳洗时。"

❸入时：合乎时尚。朱庆余《近试上张籍水部》诗："妆罢低声问夫婿，画眉深浅入时无。"

❹判不宜春：情愿不合春时。矜：自矜。标格：风范、风度。言黄葵不媚流俗，风流自赏，词人以此自喻。

❺轻薄雨：细雨。檀心：浅红色花蕊。苏轼《黄葵》诗："檀心自成晕，翠叶森有芒。"宫罗：一种质地轻薄的丝织品。小叠宫罗，

言黄葵花瓣攒簇，像折叠起来的丝罗。镇：犹言长、尽。

❻蜂黄：见前《清平乐》（青陵蝶梦）注释❷。

❦ 剪 湘 云❶ ❦

险韵慵拈，新声醉倚。❷尽历遍情场，懊恼曾记。❸不道当时肠断
事，还较而今得意。向西风约略数年华，旧心情灰矣。

正是冷雨秋槐，鬓丝憔悴，又领略愁中送滋味。密约重逢知甚
日，看取青衫和泪。梦天涯绕遍尽由人，只樽前迢递。❹

注释

❶剪湘云：此调为顾贞观自度曲。此词许增刊《纳兰词》题为
"送友"。

❷险韵：诗韵术语，指用艰僻字押韵。晏几道《六幺令》词："昨
夜诗有回文，韵险还慵押。"新声醉倚：借着酒意，按新的曲调填词。
朱彝尊《解珮令》词："不师秦七，不师黄九，倚新声玉田差近。"

❸王次回《即事》诗："历遍情场滟滪滩，近来心性耐波澜。"

❹顾夐《虞美人》词："玉郎还是不还家，教人魂梦逐杨花，绕
天涯。"

❦ 东风齐著力❶ ❦

电急流光，天生薄命，有泪如潮。❷勉为欢谑，到底总无聊。欲

谱频年离恨，言已尽、恨未曾消、凭谁把、一天愁绪，按出琼箫。

　　往事水迢迢。窗前月，几番空照魂销。旧欢新梦，雁齿小红桥。❸最是烧灯时候，宜春髻、酒暖蒲萄。❹凄凉煞、五枝青玉，风雨飘飘。❺

注释

❶东风齐著力：词牌名，调见《草堂诗余》。

❷电急流光：见江总《置酒高楼上》诗，"盛时不再得，光景驰如电"。

❸旧欢新梦：见张泌《浣溪沙》词，"天上人间何处去，旧欢新梦觉来时。"雁齿：排列整齐之物，常比喻台阶。因大雁行列有序，故有此比喻。红桥：见前《采桑子》（冷香萦遍红桥梦）注释❶。

❹烧灯：燃灯。宜春髻：贴有人胜或春胜的发髻。见前《青玉案》（东风七日蚕芽软）注释❺。蒲萄：即葡萄。

❺五枝青玉：一干五枝的花灯。据《太平御览》引《西京杂记》："高祖初入咸阳宫，周行库府，金玉珍宝，不可称言。其尤惊异者，有青玉五枝灯，高七尺五寸，作蟠螭，以口衔灯。灯燃鳞甲皆动，炳焕若列星而盈室焉。"李颀《王母歌》："为看青玉五枝灯，蟠螭吐火光欲绝。"

满江红❶

　　问我何心，却构此、三楹茅屋。❷可学得、海鸥无事，闲飞闲宿。❸百感都随流水去，一身还被浮名束。误东风迟日杏花天，红牙曲。❹

　　尘土梦，蕉中鹿。❺翻覆手，看棋局。❻且耽闲殢酒，消他薄福。❼雪后谁遮檐角翠，雨余好种墙阴绿。有些些欲说向寒宵，西窗烛。

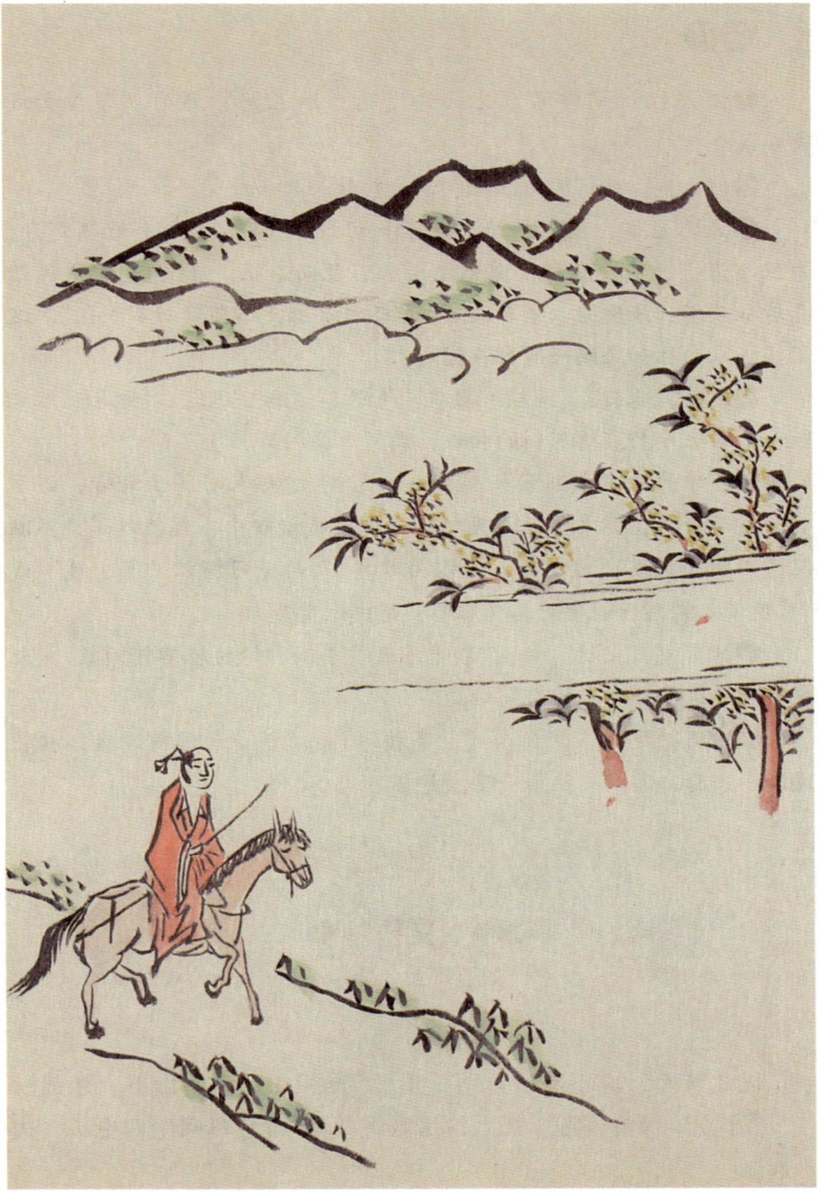

注释

❶满江红：词牌名。此词许增刊《纳兰词》题为"茅屋新成却赋"。

❷却：再。楹：间。三楹，应是约数。

❸海鸥无事：据《列子·黄帝》记载，"海上之人有好鸥鸟者，每旦之海上，从鸥鸟游，鸥鸟之至者百住而不止。其父曰：'吾闻鸥鸟皆从汝游，汝取来，吾玩之。'明日之海上，鸥鸟舞而不下也"。这里指词人向往如海鸥一般自在遨游。

❹迟日：春日。《诗经·豳风·七月》："春日迟迟。"红牙：红牙板，又名红牙拍。檀木制的拍板，调节乐曲的节拍。

❺蕉中鹿：据《列子·周穆王》记载，"郑人有薪于野者，遇骇鹿，御而击之，毙之。恐人见之也，遽而藏诸隍中，覆之以蕉，不胜其喜。俄而遗其所藏之处，遂以为梦焉。"后世习惯以"蕉中鹿"或"蕉鹿梦"喻指世间事物真伪难辨、得失无常。

❻杜甫《贫交行》诗："翻手作云覆手雨，纷纷轻薄何须数。"此句言世事翻覆多变，似一场棋局。

❼湎酒：纵酒。辛弃疾《最高楼》词："藕花雨湿前湖夜，桂枝风淡小山时，怎消除？须湎酒，更吟诗。"

❀ 又❶ ❀

代北燕南，应不隔、月明千里。❷谁相念、胭脂山下，悲哉秋气。❸小立乍惊清露湿，孤眠最惜浓香腻。❹况夜乌啼绝四更头，边声起。

消不尽，悲歌意；匀不尽，相思泪。想故园今夜，玉阑谁倚。青

海不来如意梦，红笺暂写违心字。❺道别来浑是不关心，东堂桂。❻

注释

❶据张草纫《纳兰词笺注》，此词应作于康熙二十二年（1683）扈驾至五台山等地时。

❷代：今天山西省北部地区。燕：今天河北省北部、中部地区。"应不隔"句：见谢庄《月赋》"隔千里兮共明月"。

❸胭脂山：焉支山，在今天甘肃省山丹县东南。相传山中出产一种草，名红蓝，可以染色。杜审言《赠苏绾书记》诗："红粉楼中应计日，燕支山下莫经年。"悲哉秋气：宋玉《九辩》："悲哉，秋之为气也。"

❹乍：突然。腻：这里指香气馥郁。

❺青海：这里是泛指边地。

❻东堂桂：指科举及第。彭伉《寄妻》诗："不须化作山头石，待我堂前折桂枝。"彭妻回诗："闻君折得东堂桂，折罢那得不暂归。"

～❀ 又 ❀～

为问封姨，何事却、排空卷地。❶又不是、江南春好，妒花天气。❷叶尽归鸦栖未得，带垂惊燕飘还起。❸甚天公不肯惜愁人，添憔悴。

搅一霎，灯前睡；听半晌，心如醉。❹倩碧纱遮断，画屏深翠。❺只影凄清残烛下，离魂缥缈秋空里。总随他泊粉与飘香，真无谓。❻

注释

❶封姨：又称封家姨、十八姨。传说中的风神。排空：冲向天空。

❷妒花天气：古人言春日天气骤然变坏，皆因天公嫉妒百花争艳。朱淑真《惜春》诗："连理枝头花正开，妒花风雨更相催。"

③惊燕：画轴附上的两个纸条。据《两般秋雨盦随笔·惊燕》："凡画轴制裱既成，以纸二条附于上，若垂带然，名曰惊燕。其纸条古人不粘，因恐燕泥点污，故使因风飞动以恐之也。"

④心如醉：见《诗经·王风·黍离》"行迈靡靡，中心如醉"。

⑤碧纱：碧纱窗。

⑥泊粉与飘香：皆指落花。

❧ 满 庭 芳 ❶ ❧

堠雪翻鸦，河冰跃马，惊风吹度龙堆。❷阴磷夜泣，此景总堪悲。❸待向中宵起舞，无人处、那有村鸡。❹只应是、金笳暗拍，一样泪沾衣。❺

须知今古事，棋枰胜负，翻覆如斯。❻叹纷纷蛮触，回首成非。❼剩得几行青史，斜阳下、断碣残碑。年华共、混同江水，流去几时回。❽

注释

❶满庭芳：词牌名。又名"锁阳台""满庭霜""潇湘夜雨""话桐乡""满庭花"等。据张草纫《纳兰词笺注》，此词应作于康熙二十一年（1682）赴梭龙侦查时。

❷堠：旧时瞭望敌情的土堡。龙堆：见前《南歌子》（古戍饥乌集）注释❸。

❸阴磷：磷火。见前《一络索》（野火拂云微绿）注释❷。元稹《代曲江老人百韵》诗："破船沉古渡，战鬼聚阴磷。"

❹中宵起舞：见前《生查子》（短焰剔残花）注释❸。

❺暗拍：夜里河水拍击河岸的声音。洪浩《江梅引》词："更听胡笳，哀怨泪沾衣。"此句言水声如胡笳声一样，令人悲切。

❻棋枰：棋盘。言世事翻覆如棋局。

⑦蛮触：蜗角蛮触。据《庄子·则阳》："有国于蜗之左角者，曰触氏。有国于蜗之右角者，曰蛮氏。时相与争地而战，伏尸数万；逐北，旬有五日而后反。"后世比喻因细小之事而引发的争端。

⑧混同江：即松花江。

〜 又❶ 〜

似有猿啼，更无渔唱，依稀落尽丹枫。湿云影里，点点宿宾鸿。❷占断沙洲寂寞，寒潮上、一抹烟笼。❸全不似、半江瑟瑟，相映半江红。❹

楚天秋欲尽，荻花吹处，竟日冥濛。❺近黄陵祠庙，莫采芙蓉。❻我欲行吟去也，应难问、骚客遗踪。❼湘灵杳、一樽遥酹，还欲认青峰。❽

注释

❶此词许增刊《纳兰词》题为"题元人芦洲聚雁图"。《芦洲聚雁图》，元末明初人朱芾所绘。芦洲：长满芦苇的水中小洲。

❷宾鸿：指暮秋时节仍未迁徙的大雁。

❸占断：犹言占住、占尽。

❹瑟瑟：这里形容江水碧绿。白居易《暮江吟》："一道残阳铺水中，半江瑟瑟半江红。"

❺荻：多年生草本植物，生在水边，叶子长，形似芦苇，秋天开紫花。白居易《琵琶行》："浔阳江头夜送客，枫叶荻花秋瑟瑟。"冥濛：形容烟雾弥漫，景色模糊。

❻黄陵庙：传说为舜二妃娥皇、女英之庙，亦称二妃庙，在湖南省湘阴县之北。

⑦骚客：这里指屈原。屈原《渔父》："屈原既放，游于江潭，行吟泽畔，颜色憔悴。"

⑧湘灵：湘水之神。屈原《远游》："使湘灵鼓瑟兮，令海若舞冯夷。"钱起《湘灵鼓瑟》诗："曲终人不见，江上数峰青。"据《芦洲聚雁图》上朱氏隶书自题，黄德谦言图中景象"似潇湘水云景"，"昔年过二妃庙，今复观此图，恍若重游"，故词人多借用与湘水有关的典故。

〜❀ 水调歌头❶ ❀〜

空山梵呗静，水月影俱沉。❷悠然一境人外，都不许尘侵。岁晚忆曾游处，犹记半竿斜照，一抹映疏林。绝顶茅庵里，老衲正孤吟。❸

云中锡，溪头钓，涧边琴。❹此生著几两屐，谁识卧游心。❺准拟乘风归去，错向槐安回首，何日得投簪。❻布袜青鞋约，但向画图寻。❼

注释

❶水调歌头：词牌名。又名"元会曲""凯歌""台城游""水调歌""花犯念奴""花犯"等。此词许增刊《纳兰词》题为"题西山秋爽图"。

❷梵呗：诵经的声音。呗，歌咏佛经，设赞于管弦。

❸老衲：年老的僧人。僧侣所穿衣服，早先皆以他人弃置不用的布帛缝缀而成，亦称为衲衣。

❹锡：锡杖，又称禅杖。杨炯《送旻上人诗序》："云中振锡，犹如鸿鹄之飞；水上乘杯，更似神仙之别。"

❺几两屐：借用阮孚（遥集）的典故，据《世说新语·方正》：

"祖士少好财，阮遥集好屐，并恒自经营，同是一累而未判其得失。人有诣祖，见料视财物……或有诣阮，见自吹火蜡屐，因叹曰：'未知一生当箸几量屐！'神色闲畅。于是胜负始分。"卧游：言欣赏山水画卷以代替游览。借用宗炳的典故。据《宋书·隐逸传》："（宗炳）有疾还江陵，叹曰：'老疾俱至，名山恐难遍睹，唯当澄怀观道，卧以游之。'凡所游履，皆图之于室，谓人曰：'抚琴动操，欲令众山皆响。'"

❻乘风归去：见苏轼《水调歌头》词"我欲乘风归去，又恐琼楼玉宇，高处不胜寒"。槐安：见用唐人小说故事。据《南柯太守传》，淳于棼梦入大槐安国，尚公主，任南柯太守，经历一番荣辱沉浮，醒来发现：大槐安国乃槐树下蚁穴，南柯郡为槐树南枝。此句言一声功名利禄，仿佛一场梦境，回想起来都是错误。投簪：比喻弃官。孔稚珪《北山移文》："昔闻投簪逸海岸，今见解兰缚尘缨。"

❼布袜青鞋：乡野人的装束。比喻弃官隐居。杜甫《奉先刘少府新画山水障歌》："青鞋布袜从此始。"

~~❀ 又❶ ❀~~

落日与湖水，终古岳阳城。❷登临半是迁客，历历数题名。❸欲问遗踪何处，但见微波木叶，几簇打鱼罾。❹多少别离恨，哀雁下前汀。❺

忽宜雨，旋宜月，更宜晴。❻人间无数金碧，未许著空明。❼淡墨生绡谱就，待倩横拖一笔，带出九疑青。❽仿佛潇湘夜，鼓瑟旧精灵。❾

注释

❶此词许增刊《纳兰词》题为"题岳阳楼图"。岳阳楼：在湖南岳阳古城西门上，始建于唐代，历代都曾重修或重建。

②湖水：指洞庭湖。终古：久远。

③迁客：被贬谪的官员。范仲淹《岳阳楼记》："迁客骚人，多会于此。"历历：清晰可数。

④木叶：见屈原《九歌·湘夫人》"袅袅兮秋风，洞庭波兮木叶下"。罾：有竹木支架的方形渔网。

⑤汀：水中的小洲，或水边的平地。

⑥陈与义《菩萨蛮》词："南轩面对芙蓉浦，宜风宜月还宜雨。"旋：不久。

⑦金碧：见前《浣溪沙》（泪浥红笺第几行）注释④。未许：未能。空明：明净澄澈。

⑧生绡：未经漂煮的丝织品，可以用来绘画。谱：这里应作绘画理解。九疑：九嶷山，在湖南宁远县南，相传舜葬于此。

⑨"仿佛"句：见前《满庭芳》（似有猿啼）注释⑧。

凤凰台上忆吹箫①

荔粉初装，桃符欲换，怀人拟赋然脂。②喜螺江双鲤，忽展新词。③稠叠频年离恨，匆匆里、一纸难题。分明见、临缄重发，欲寄迟迟。④

心知。梅花佳句，待粉郎香令，再结相思。⑤记画屏今夕，曾共题诗。独客料应无睡，慈恩梦、那值微之。⑥重来日，梧桐夜雨，却话秋池。⑦

注释

①凤凰台上忆吹箫：词牌名，又名"忆吹箫"。此词许增刊《纳兰词》题"除夕得梁汾闽中信因赋"。蒋景祁《瑶华集》题为"辛酉

202

除夕得顾五闽中消息"。按顾贞观于康熙二十年（1681）南归，该词应作于当年除夕得信后所作。

❷荔粉：宋元时洛阳风俗，新年时用粉做成荔枝。吴绮《八节长欢戊申元旦》词："荔粉桃符，饯将残腊，催送新年。"桃符：刻有神荼、郁垒像或书写其名字的桃木板，农历新年悬挂门首，以驱鬼镇邪。然脂：点燃油灯。徐陵《玉台新咏序》："于是燃脂冥写，弄墨晨书。"

❸螺江：又称螺女江，在福建省福州市西北。双鲤：见前《采桑子》（拨灯书尽红笺也）注释❹。

❹临缄：将要封上书信。张籍《秋思》诗："复恐匆匆说不尽，行人临发又开封。"

❺梅花佳句：据张草纫《纳兰词笺注》，可能指顾贞观《浣溪沙·梅》词"物外幽情世外姿，冻云深护最高枝。小楼风月独醒时。一片冷香惟有梦，十分清瘦更无诗。待他移影说相思。"粉郎：即傅粉何郎。借用何晏（平叔）的典故。事见《世说新语·容止》："何平叔美姿仪，面至白。魏明帝疑其傅粉，正夏月，与热汤饼。既啖，大汗出，以朱衣自拭，色转皎然。"《瑶华集》词中注释："粉郎香令，梁汾集中语。"

❻慈恩梦：借用元稹（微之）《梦游诗》的故事。据《本事诗》："元相公（微之）为御史，鞫狱梓潼，时白尚书在京，与名辈游慈恩，小酌花下，为诗寄元，曰：'花时同醉破春愁，醉折花枝当酒筹。忽忆故人天际去，计程今日到梁州。'时元果及褒城，亦寄梦游诗，曰：'梦君兄弟曲江头，也向慈恩院里游。驿吏唤人排马去，忽惊身在古梁州。'千里神交，合若符契。友朋之道，不期至欤。"这里是用元稹与白居易的友谊，比喻自己与顾贞观的友谊。

❼"却话"句：李商隐《夜雨寄北》诗："君问归期未有期，巴山夜雨涨秋池。何当共剪西窗烛，却话巴山夜雨时。"

又 ❶

　　锦瑟何年，香屏此夕，东风吹送相思。❷记巡檐笑罢，共撼梅枝。❸还向烛花影里，催教看、燕蜡鸡丝。❹如今但、一编消夜，冷暖谁知。❺

　　当时。欢娱见惯，道岁岁琼筵，玉漏如斯。怅难寻旧约，枉费新词。次第朱幡剪彩，冠儿侧、斗转蛾儿。❻重验取，卢郎青鬓，未觉春迟。❼

注释

❶此词许增刊《纳兰词》题为"守岁"。旧时习俗，除夕家人围炉共坐，终夜不睡，以辞旧迎新，即俗语所谓"熬年"。

❷锦瑟：瑟的美称。李商隐《锦瑟》诗："锦瑟无端五十弦，一弦一柱思华年。"后世习惯以"锦瑟华年"比喻美好的岁月。

❸巡檐：沿着屋檐。

❹燕蜡鸡丝：旧时洛阳风俗，新年做蜡燕、丝鸡。据《四时宜忌》："洛阳人家正月元旦造丝鸡、蜡燕、粉荔枝。"

❺一编：一本书。消夜：消磨夜里时光。王次回《灯夕悼感》诗："一编枯坐过三更。"

❻次第：转眼。朱幡剪彩：见前《浣溪沙》（记绾长条欲别难）注释❷。斗转：乱转。蛾儿：闹蛾儿，妇女剪裁为花或草虫，戴在发髻上。康与之《瑞鹤仙·上元应制》词："闹蛾儿满路，成团打块，簇着冠儿斗转。"

❼卢郎：《唐诗纪事》记载，"卢校书年暮，娶崔氏，结缡之后，为诗曰：'不怨卢郎年纪大，不怨卢郎官职卑。自恨妾身生较晚，不及卢郎少年时。'"

金菊对芙蓉❶

金鸭消香，银虬泻水，谁家玉笛飞声。❷正上林雪霁，鸳甃晶莹。❸鱼龙舞罢香车杳，剩尊前袖拥吴绫。❹狂游似梦，而今空记，密约烧灯。❺

追念往事难凭。叹火树星桥，回首飘零。❻但九逵烟月，依旧胧明。❼楚天一带惊烽火，问今宵可照江城。❽小窗残酒，阑珊灯炧，别自关情。❾

注释

❶金菊对芙蓉：词牌名。此词许增刊《纳兰词》题为"上元"。据张草纫《纳兰词笺注》，此词当作于康熙十九年（1680）上元。

❷金鸭：铜制的鸭形香炉。戴叔伦《春怨》诗："金鸭香消欲断魂，梨花春雨掩重门。"银虬：漏壶底部的银质滴水龙头。王维《送张舍人佐江州同薛据十韵》："清晨听银虬，薄暮辞金马。"玉笛飞声：李白《春夜洛城闻笛》诗："谁家玉笛暗飞声，散入春风满洛城。"

❸霁：雨雪晴。上林：即上林苑，秦汉时宫苑，规模宏伟，宫室众多。这里指北京的宫苑。鸳甃：以对称砖瓦砌成的井壁。

❹鱼龙舞：即鱼龙曼衍，古代百戏之一。由艺人持珍异动物模型表演，其中有幻化情节，鱼龙即所谓猞猊之兽。辛弃疾《青玉案·元夕》："凤箫声动，玉壶光转，一夜鱼龙舞。"吴绫：吴地出产的丝织品。朱有燉《宫词》："内苑秋深天气冷，越罗衫子换吴绫。"

❺烧灯：见前《东风齐著力》注释❹。

❻火树星桥：元宵灯火。苏味道《正月十五夜》诗："火树银花合，星桥铁锁开。"

⑦九逵：四通八达的大路。

⑧"楚天"句：这一年，清兵已收复湖南，但三藩之乱尚未结束。江城：这里指江华县城。

⑨灯炧：灯烛将要熄灭。

琵琶仙①

碧海年年，试问取冰轮，为谁圆缺。②吹到一片秋香，清辉了如雪。③愁中看好天良夜，争知道尽成悲咽。④只影而今，那堪重对，旧时明月。

花径里戏捉迷藏，曾惹下萧萧井梧叶。⑤记否轻纨小扇，又几番凉热。⑥止落得填膺百感，总茫茫不关离别。⑦一任紫玉无情，夜寒吹裂。⑧

注释

❶琵琶仙：词牌名。姜夔自度曲。此词许增刊《纳兰词》题为"中秋"。据张草纫《纳兰词笺注》，此词可能作于卢氏去世后不久的中秋节。

❷碧海：传说中的一片海。见前《画堂春》（独倚春寒掩夕霏）注释❺。冰轮：圆月。朱庆余《十六夜月》诗："昨夜忽已过，冰轮始觉亏。"

❸秋香：秋季开放的花，多指菊、桂等。李贺《金铜仙人辞汉歌》："画栏桂树悬秋香，三十六宫土花碧。"清辉：月光。

❹好天良夜：见辛弃疾《临江仙》词"好天良夜月团团"。

❺元稹《杂忆五首》之三："忆得双文胧月下，小楼前后捉迷藏。"罗隐《听琴》诗："寒雨萧萧落井梧，夜深何处怨啼乌。"

207

⑥轻纨：轻薄洁白的绢，指纨扇。杜牧《秋夕》诗："银烛秋光冷画屏，轻罗小扇扑流萤。"

⑦填膺：充塞于胸。

⑧紫玉：笛箫的美称，古人多以紫竹制笛箫。

御带花①

晚秋却胜春天好，情在冷香深处。②朱楼六扇小屏山，寂寞几分尘土。③虬尾烟消，人梦觉、碎虫零杵。④便强说欢娱，总是无憀心绪。⑤

转忆当年，消受尽皓腕红萸，嫣然一顾。⑥如今何事，向禅榻茶烟，怕歌愁舞。⑦玉粟寒生，且领略月明清露。⑧叹此际凄凉，何必更满城风雨。⑨

注释

①御带花：词牌名，调见《六一居士词》。此词许增刊《纳兰词》题为"重九夜"。重九：重阳。

②冷香：清香，这里指菊花的香气。

③小屏山：小屏风，折叠如山字。顾夐《玉楼春》词："拂水双飞来去燕，曲槛小屏山六扇。"

④虬：香炉盖上的雕饰。尾：香炉的烟气。毛滂《满庭芳》词："翠袖风回画扇，拂香篆、虬尾横斜。"

⑤无憀：闲而郁闷。

⑥红萸：茱萸。旧时习俗，重阳节佩戴茱萸，以驱邪避祟。赵长卿《念奴娇·客豫章秋雨怀归》词："白酒红萸，黄花绿橘，莫等闲辜负。"

⑦茶烟：茶升腾的气。杜牧《题禅院》诗："今日鬓丝禅榻畔，

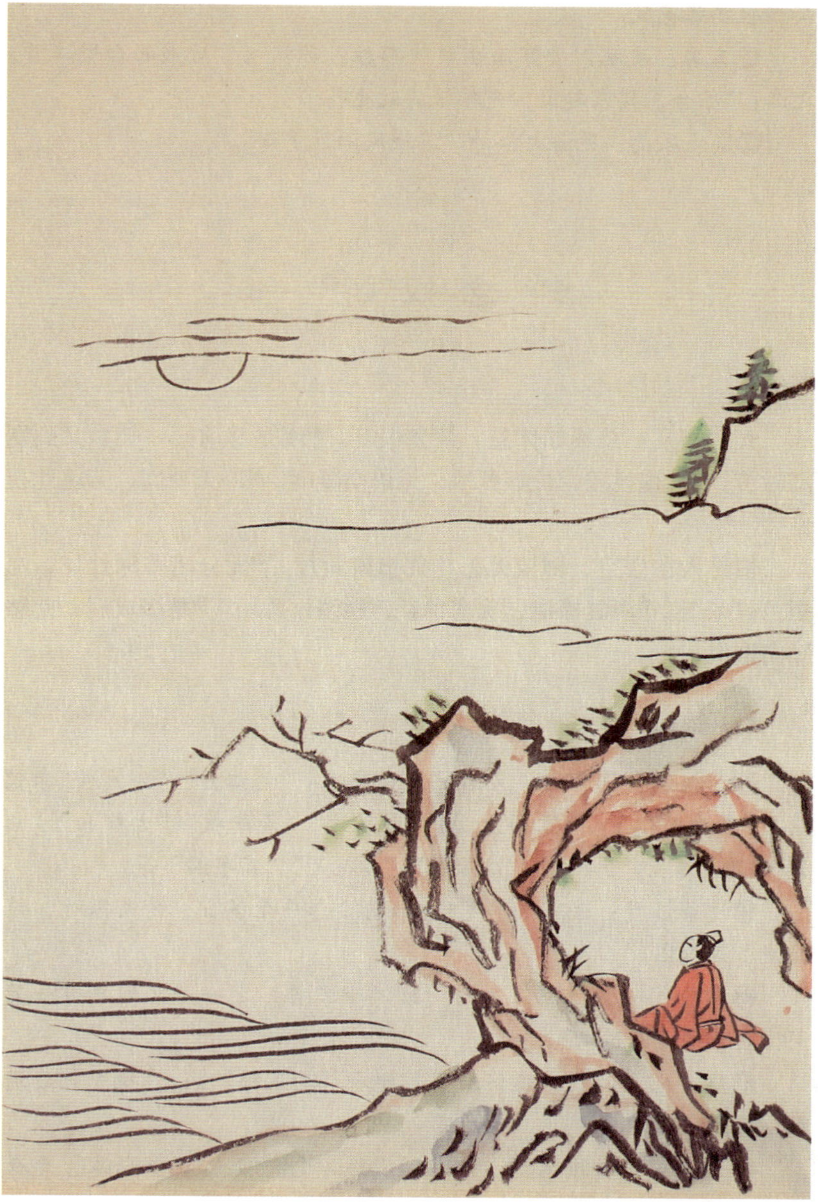

茶烟轻扬落花风。"

⑧玉粟：皮肤因受寒而生粟状颗粒。苏轼《雪后书北台壁二首》之二："冻合玉楼寒起粟，光摇银海眩生花。"

⑨满城风雨：见潘大临诗"满城风雨近重阳"。

念奴娇①

人生能几？总不如休惹、情条恨叶。②刚是尊前同一笑，又到别离时节。③灯炧挑残，炉烟爇尽，无语空凝咽。④一天凉露，芳魂此夜偷接。⑤

怕见人去楼空，柳枝无恙，犹扫窗间月。⑥无分暗香深处住，悔把兰襟亲结。⑦尚暖檀痕，犹寒翠影，触绪添悲切。⑧愁多成病，此愁知向谁说。

注释

①念奴娇：词牌名。又名"大江东去""酹江月""酹月""赤壁词""壶中天慢""大江西上曲""太平欢""寿南枝""古梅曲""湘月""淮甸春""千秋岁""庆长春""杏花天""百字谣"等。

②情条恨叶：洪瑹《水龙吟》词："念平生多少，情条恨叶，镇长使、芳心困。"

③尊前同一笑：见王次回《续游十二首》之一"又到尊前一笑同，履綦经月断过从"。

④爇：烧。凝咽：悲伤幽咽。柳永《雨霖铃》词："执手相看泪眼，竟无语凝咽。"

⑤芳魂：美人的魂魄。史达祖《醉落魄》词："雨长新寒，今夜梦魂接。"

⑥人去楼空：见辛弃疾《念奴娇》词"楼空人去，旧游飞燕能说"。

⑦兰襟：见前《采桑子》（明月多情应笑我）注释❸。

⑧檀痕：见前《虞美人》（曲阑深处重相见）注释❸。

～⸙ 又❶ ⸙～

绿杨飞絮，叹沉沉院落、春归何许？尽日缁尘吹绮陌，迷却梦游归路。世事悠悠，生涯非是，醉眼斜阳暮。伤心怕问，断魂何处金鼓？❷

夜来月色如银，和衣独拥，花影疏窗度。❸脉脉此情谁得识？又道故人别去。❹细数落花，更阑未睡，别是闲情绪。❺闻余长叹，西廊唯有鹦鹉。

注释

❶据张草纫《纳兰词笺注》，此词可能作于康熙十九年（1680）暮春。

❷**金鼓**：军中乐器。金，钲。这里代指战争。

❸**月色如银**：见苏轼《行香子》词"清夜无尘，月色如银"。和衣独拥：见秦观《桃源忆故人》词"羞见枕衾鸳凤，闷即和衣拥"。和衣：穿着衣服。

❹**谁得识**：谁能识。故人：可能指张纯修，此时张氏任湖南江华县令。

❺**细数落花**：见王安石《北山》诗"细数落花因坐久，缓寻芳草得归迟"。

又❶

片红飞减，甚东风不语、只催漂泊。❷石上胭脂花上露，谁与画眉商略。❸碧甃瓶沉，紫钱钗掩，雀踏金铃索。❹韶华如梦，为寻好梦担阁。

又是金粉空梁，定巢燕子，满地香泥落。❺欲写华笺凭寄与，多少心情难托。梅豆圆时，柳绵飘处，失记当时约。❻斜阳冉冉，断魂分付残角。❼

注释

❶此词许增刊《纳兰词》题为"废园有感"，蒋景其《瑶华集》题为"有感"。

❷片红飞减：见杜甫《曲江二首》之一，"一片花飞减却春，风飘万点正愁人"。

❸胭脂：这里指落花。商略：商量。

❹碧甃瓶沉：见杜甫《铜瓶》诗，"乱后碧井废，时清瑶殿深。铜瓶未失水，百丈有哀音"。甃：砖砌的井壁。紫钱：青紫色的苔藓，形圆如钱。李贺《过华清宫》诗："云生朱络暗，石断紫钱斜。"雀踏金铃索：见前《朝中措》（蜀弦秦柱不关情）注释❺。

❺定巢燕子：见周邦彦《瑞龙吟》词，"愔愔坊陌人家，定巢燕子，归来旧处"。

❻梅豆：梅子。马臻诗："午睡醒来春事晚，枝头梅豆已生仁。"

❼斜阳冉冉：见周邦彦《兰陵王》词，"渐别浦萦回，津堠岑寂，斜阳冉冉春无极"。冉冉：徐徐，慢慢地。断魂分付：毛滂《惜分飞》词："今夜山深处，断魂分付潮回去。"

又❶

无情野火，趁西风烧遍、天涯芳草。榆塞重来冰雪里，冷入鬓丝吹老。❷牧马长嘶，征笳互动，并入愁怀抱。定知今夕，庾郎瘦损多少。❸

便是脑满肠肥，尚难消受，此荒烟落照。❹何况文园憔悴后，非复酒垆风调。❺回乐峰寒，受降城远，梦向家山绕。❻茫茫百感，凭高唯有清啸。❼

注释

❶此词许增刊《纳兰词》题为"宿汉儿村"。汉儿村：在辽宁朝阳境内。据张草纫《纳兰词笺注》，此词可能作于康熙二十一年（1682）八九月间。

❷榆塞：榆关，即山海关。

❸庾郎：庾信，作者自喻。

❹脑满肠肥：这里指生活安逸，无所用心。

❺文园：司马相如。见前《临江仙》（绿叶成荫春尽也）注释❹。这里也是作者自喻。酒垆：借用当垆卖酒的典故。据《史记·司马相如列传》："相如与俱之临邛，尽卖其车骑，买一酒舍酤酒，而令文君当垆。相如身自著犊鼻裈，与保庸杂作，涤器于市中。"

❻回乐峰：在今宁夏灵武西南。受降城：历史上该地名有多处，这里应泛指边塞。李益《夜上受降城闻笛》诗："回乐峰前沙似雪，受降城外月如霜。"

❼清：清越悠远。啸：长啸，撮口发出长而清越的声音，类似呼哨。

东风第一枝[1]

　　薄劣东风，凄其夜雨，晓来依旧庭院。[2]多情前度崔郎，应叹去年人面。[3]湘帘乍卷，早迷了、画梁栖燕。最娇人清晓莺啼，飞去一枝犹颤。

　　背山郭、黄昏开遍。想孤影、夕阳一片。[4]是谁移向亭皋，伴取晕眉青眼。[5]五更风雨，算减却、春光一线。[6]傍荔墙牵惹游丝，昨夜绛楼难辨。[7]

注释

　　[1]东风第一枝：词牌名。此词许增刊《纳兰词》题为"桃花"。

　　[2]薄劣：无情。张元幹《踏莎行》词："薄劣东风，天斜落絮，明朝重觅吹笙路。"凄其：凄凄。《诗经·邶风·绿衣》："絺兮绤兮，凄其以风。"

　　[3]崔郎：借用人面桃花的典故。据《本事诗》，唐人崔护清明出游，口渴觅水，遇一庄户女子。女子倚桃花而立，属意于崔。崔临别时，亦恋恋不舍。来年，崔复至此处，庄院如故，而院门紧锁。崔题诗于门上，曰："去年今日此门中，人面桃花相映红。人面只今何处去，桃花依旧笑春风。"

　　[4]夕阳一片：见冯小青诗，"夕阳一片桃花影，知是亭亭倩女魂"。

　　[5]亭皋：水边平地。晕眉：晕淡的眉毛，比喻柳叶。韦庄《女冠子》词："依旧桃花面，频低柳叶眉。"青眼：柳眼。早春初生的柳叶细长，如睡醒时初展的人眼，故有此称。

　　[6]"五更"句：见王建《宫词》，"树头树底觅残红，一片西飞一片东。自是桃花贪结子，错教人恨五更风"。

⑦荔墙：有薜荔攀缘的墙垣。绛楼：红楼。

✦ 秋 水❶ ✦

谁道破愁须仗酒，酒醒后，心翻醉。❷正香消翠被，隔帘惊听，那又是点点丝丝和泪。忆剪烛幽窗小憩。❸娇梦垂成，频唤觉一眶秋水。

依旧乱蛩声里，短檠明灭，怎教人睡。❹想几年踪迹，过头风浪，只消受一段横波花底。向拥髻灯前提起。❺甚日还来，同领略夜雨空阶滋味。❻

注释

❶秋水：此调不见于词谱，疑为自度曲。此词许增刊《纳兰词》题为"听雨"。

❷"谁道"句：见赵长卿《南乡子》词，"谁道破愁须仗酒，君看。酒到愁多破亦难"。翻：反。

❸剪烛：见李商隐《夜雨寄北》，"何当共剪西窗烛，却话巴山夜雨时"。

❹短檠：见前《虞美人》（黄昏又听城头角）注释❶。

❺拥髻：见前《月上海棠》（重檐淡月浑如水）注释❺。

❻夜雨空阶：见何逊《从镇江州与游故别》诗，"夜雨滴空阶，晓灯离暗室"。

木兰花慢❶

盼银河迢递，惊入夜，转清商。❷乍西园蝴蝶，轻翻麝粉，暗惹蜂黄。❸炎凉。等闲瞥眼，甚丝丝点点搅柔肠。应是登临送客，别离滋味重尝。❹

疑将。水墨暗疏窗。❺孤影淡潇湘。❻倩一叶高梧，半条残烛，做尽商量。荷裳。❼被风暗剪，问今宵谁与盖鸳鸯。❽从此羁愁万叠，梦回分付啼螀。❾

注释

❶木兰花慢：词牌名。此词许增刊《纳兰词》题为"立秋夜雨，送梁汾南行"。据张草纫《纳兰词笺注》，此词应作于康熙二十年（1681）秋。

❷清商：清秋。按阴阳五行理论，五音对应五行，商对应金；秋，五行亦属金，故古人习惯以商代指秋。

❸麝粉：蝴蝶翎羽上的粉。蜂黄：见前《清平乐》（青陵蝶梦）注释❷。

❹登临：登临山水。

❺暗：覆盖。

❻潇湘：这里指窗上的雨痕，如屏风上的潇湘烟雨图。

❼荷裳：荷叶。韩翃《送客归江州》诗："风吹山带遥知雨，露湿荷裳已报秋。"

❽盖鸳鸯：见郑谷《莲叶》诗，"多谢浣溪人不折，雨中留得盖鸳鸯"。

❾螀：寒蝉。蝉的一种，体型小，黑色，有黄点，秋天鸣叫。

水龙吟①

须知名士倾城，一般易到伤心处。柯亭响绝，四弦才断，恶风吹去。②万里他乡，非生非死，此身良苦。③对黄沙白草，呜呜卷叶，平生恨，从头谱。④

应是瑶台伴侣。⑤只多了、毡裘夫妇。⑥严寒霢霂，几行乡泪，应声如雨。⑦尺幅重披，玉颜千载，依然无主。⑧怪人间厚福，天公尽付，痴儿呆女。⑨

注释

①水龙吟：词牌名。又名"丰年瑞""鼓笛慢""龙吟曲""小楼连苑""庄椿岁"等。此词许增刊《纳兰词》题为"题文姬图"。文姬：即蔡文姬。蔡邕之女，名琰。初嫁河东卫仲道，夫亡无子，归母家。汉献帝时，天下动乱，蔡琰为乱军所虏，流落南匈奴十二年，生二子。后被曹操赎回，改嫁董祀。

②柯亭：地名，在浙江会稽，盛产竹子。相传蔡邕教人用柯亭产的竹子制成笛子，笛声清异。四弦才：指蔡文姬在音律方面的造诣。据《后汉书·列女传》引《幼童传》："邕夜鼓琴，弦绝。琰曰：'第二弦。'邕曰：'偶得之耳。'故断一弦问之，琰曰：'第四弦。'并不差谬。"此句言蔡邕故去，而文姬流落于匈奴。

③非生非死：见蔡琰《悲愤诗》，"欲死不能得，欲生无一可"。

④黄沙白草：形容边塞凄凉的景象。李嘉祐《送崔夷甫员外和蕃》诗："经春逢白草，尽日度黄沙。"卷叶：卷芦叶，吹出声音，后代指胡笳。

⑤瑶台：神仙所居之处。

217

⑥毡裘夫妇：见蔡琰《胡笳十八拍》："毡裘为裳兮骨肉震惊，羯膻为味兮枉遏我情。"

⑦觱篥：一种管乐器。形似喇叭，芦苇作嘴，竹作管，声音悲凄。

⑧尺幅：画卷。披：展开。

⑨痴儿呆女：无知的小男女。宋自逊《贺新郎·七夕》词："巧拙岂关今夕事，奈痴儿呆女流传谬。"

又❶

人生南北真如梦，但卧金山高处。❷白波东逝，鸟啼花落，任他日暮。❸别酒盈觞，一声将息，送君归去。❹便烟波万顷，半帆残月，几回首，相思否。

可忆柴门深闭，玉绳低、剪灯夜雨。❺浮生如此，别多会少，不如莫遇。愁对西轩，荔墙叶暗，黄昏风雨。❻更那堪几处，金戈铁马，把凄凉助。

注释

❶此词许增刊《纳兰词》题为"再送荪友南还"。据张草纫《纳兰词笺注》，此词应作于康熙二十四年（1685）四月严绳孙二次南归时。

❷卧：高卧，指归隐生活。金山：在江苏镇江西北。这里代指严氏家乡。

❸白波东逝：光阴流逝。白波，即水波，这里指时光。鸟啼花落：见吕渭老《满路花》词，"鸟啼花落，春信倩谁传"。

❹将息：珍重。

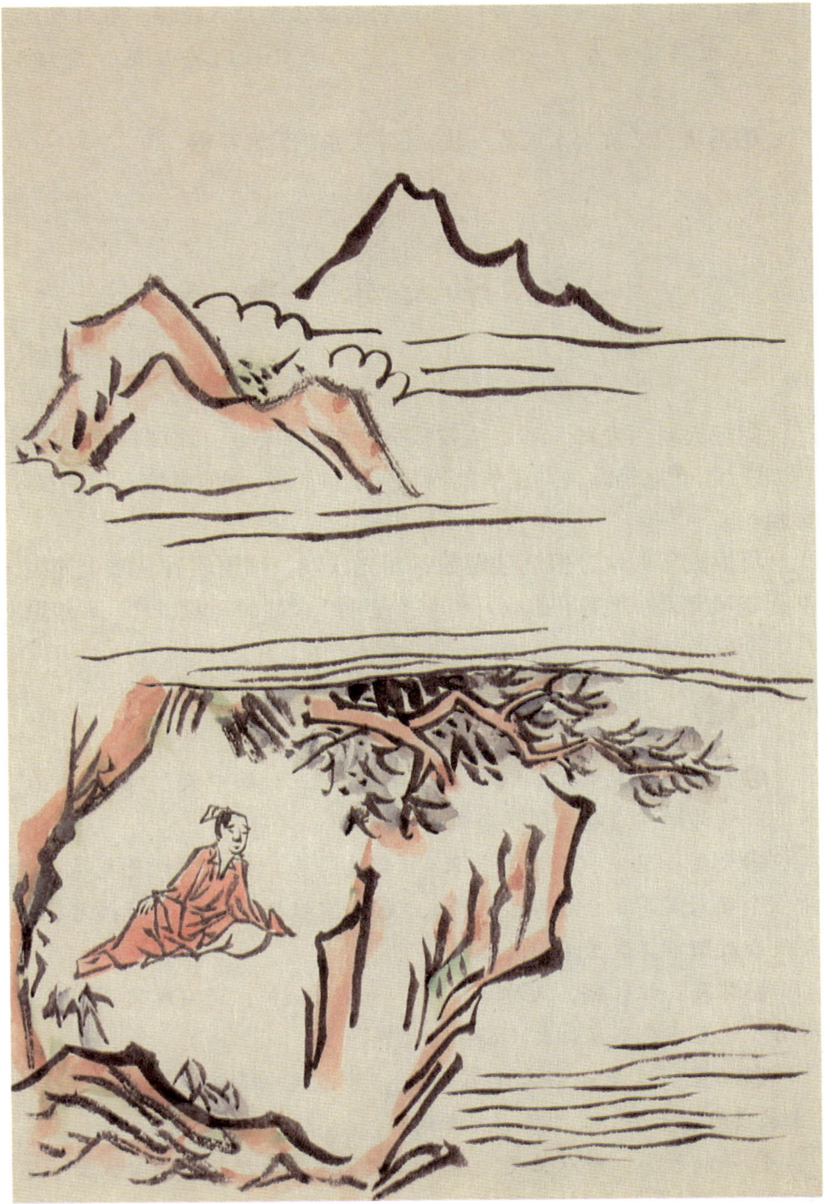

⑤玉绳：见前《菩萨蛮》（玉绳斜转疑清晓）注释②。剪灯夜雨：见史达祖《绮罗香·咏春雨》词，"记当日、门掩梨花，剪灯深夜语"。

⑥荔墙：见前《东风第一枝》（薄劣东风）注释⑦。

齐天乐①

阑珊火树鱼龙舞，望中宝钗楼远。②鞑靼余红，琉璃剩碧，待属花归缓缓。③寒轻漏浅。正乍敛烟霏，陨星如箭。④旧事惊心，一双莲影藕丝断。⑤

莫恨流年似水，恨消残蝶粉，韶光忒贱。细语吹香，暗尘笼鬓，都逐晓风零乱。⑥阑干敲遍。⑦问帘底纤纤，甚时重见。⑧不解相思，月华今夜满。⑨

注释

①齐天乐：词牌名，又名"台城路""五福降中天""如此江山"等。此词许增刊《纳兰词》题为"上元"。

②火树：见前《金菊对芙蓉》（金鸭消香）注释⑥。鱼龙舞：见前《金菊对芙蓉》（金鸭消香）注释④。宝钗楼：汉武帝时楼名，在今陕西咸阳市。这里泛指酒楼。

③鞑靼：红鞑靼，又称鞑靼芽，玛瑙的一种，产自鞑靼国，故而得名。这里用来形容灯火。属：通"嘱"。

④陨星：这里是形容元宵烟火。辛弃疾《青玉案·元夕》词："东风夜放花千树。更吹落，星如雨。"

⑤一双莲影：一双玉足。莲，三寸金莲。藕丝断：指心仪女子不再来。

220

❻吹香：即吹气胜兰。见前《生查子》（散帙坐凝尘）注释❶。

❼阑干敲遍：见周邦彦《感皇恩》词"绮窗依旧，敲遍阑干谁应？断肠明月下，梅影摇"。这里指等待心仪女子时心情焦灼。

❽纤纤：女子的玉足。辛弃疾《念奴娇》词："闻道绮陌东头，行人曾见，帘底纤纤月。"

❾"月华"句：见周邦彦《水调歌头》词，"今夕月华满，银汉泻秋寒"。

✦ 又❶ ✦

六宫佳丽谁曾见，层台尚临芳渚。❷露脚斜飞，虹腰欲断，荷叶未收残雨。❸添妆何处，试问取雕笼，雪衣分付。❹一镜空蒙，鸳鸯拂破白蘋去。

相传内家结束，有靶装孤稳，靴缝女古。❺冷艳全消，苍苔玉匣，翻出十眉遗谱。❻人间朝暮。看胭粉亭西，几堆尘土。❼只有花铃，绾风深夜语。

注释

❶此词许增刊《纳兰词》题为"洗妆台怀古"。洗妆台：金章宗为李宸妃建造的梳妆楼，在今北京市北海琼华岛上。后世多误以为是辽后洗妆台。据《尧山堂外纪》："金章宗为李宸妃建梳妆台于都城东北隅，今琼华岛即其故迹。目为辽后梳妆台，误。"当时以此为题吟咏者颇多。此词可能是唱和之作。

❷六宫：相传古时天子有六宫，正宫一，燕宫五。白居易《长恨歌》："回眸一笑百媚生，六宫粉黛无颜色。"芳渚：长满香花的水岸。

❸露脚：露滴。李贺《李凭箜篌引》诗："吴质不眠倚桂树，露

221

脚斜飞湿寒兔。"虹腰：虹桥。杨奂《通济桥》诗："月魄半轮沉水底，虹腰千尺驾云间。"

④雕笼：有雕花的鸟笼。雪衣：白鹦鹉。

⑤内家：皇宫大内。王建《宫词》："尽送春毬出内家，记巡传把一枝花。"帊装：即帊服，盛装。帊，同"帕"。女古：金，契丹语音译。隐孤：玉，契丹语音译。这里借用萧观音的典故。据《焚椒录》："宫中为（懿德皇后）语曰：'孤稳压帊女古靴，菩萨唤作耨斡麽。'盖言以玉饰首，以金饰足，以观音作皇后也。"因词人误以为此处系辽后梳妆台，故有此语。

⑥十眉遗谱：唐玄宗曾令画工作《十眉图》。

⑦胭粉亭：据《金鳌退食笔记》记载，"烟粉亭，在荷叶殿稍西，后妃添妆之所也"。

又①

白狼河北秋偏早，星桥又迎河鼓。②清漏频移，微云欲湿，正是金风玉露。③两眉愁聚。待归踏榆花，那时才诉。只恐重逢，明明相视更无语。

人间别离无数，向瓜果筵前，碧天凝伫。④连理千花，相思一叶，毕竟随风何处。羁栖良苦，算未抵空房，冷香啼曙。今夜天孙，笑人愁似许。⑤

注释

①此词许增刊《纳兰词》题为"塞外七夕"。据张草纫《纳兰词笺注》，此词可能作于康熙二十二年（1683）或翌年的七夕。

②白狼河：即大凌河。星桥：牛郎织女相会的鹊桥。李商隐《七

夕》诗："鸾扇斜分凤幄开，星桥横过鹊飞回。"河鼓：河鼓三星，在牵牛星北，世人多误以为河鼓星即牵牛星。

❸金风玉露：见秦观《鹊桥仙》词，"纤云弄巧，飞星传恨，银汉迢迢暗度。金风玉露一相逢，便胜却人间无数"。

❹瓜果筵：旧时风俗，女子与七夕时镂巧瓜果，以向织女乞求智巧。

❺天孙：织女星。

瑞 鹤 仙❶

马齿加长矣。❷枉碌碌乾坤，问汝何事。浮名总如水。判尊前杯酒，一生长醉。残阳影里。问归鸿、归来也未。且随缘、去住无心，冷眼华亭鹤唳。❸

无寐。宿醒犹在。小玉来言，日高花睡。❹明月阑干，曾说与、应须记。是蛾眉便自、供人嫉妒，风雨飘残花蕊。❺叹光阴老我无能，长歌而已。

注释

❶瑞鹤仙：词牌名，又名"一捻红"等。此词许增刊《纳兰词》题为"丙辰生日自寿。起用《弹指词》句，并呈见阳"。按词人生于顺治十一年（1655）腊月十二日，丙辰为康熙十五年（1676），此年词人二十二岁。《弹指词》系顾贞观词集名。顾氏《金缕曲·丙辰生日自寿》词："马齿加长矣。向天公、投笺试问，生余何意。"见阳：即张纯修。

❷马齿加长：马的牙齿随年龄增长而增长，看马齿即可判断其年岁。后来比喻人的年龄增长。《穀梁传·僖公二年》："荀息牵马操璧

223

而前曰：'璧则犹是也，而马齿加长矣！'"

❸华亭鹤唳：借用陆机（平原）的典故。据《世说新语·尤悔》："陆平原河桥败，为卢志所谮，被诛。临刑叹曰：'欲闻华亭鹤唳，可复得乎！'"华亭，在今浙江嘉兴。

❹小玉：唐人多称侍女为小玉。白居易《长恨歌》："金阙西厢叩玉扃，转教小玉报双成。"

❺供人嫉妒：见屈原《离骚》，"众女嫉余之蛾眉兮，谣诼谓余兮善淫"。

雨霖铃❶

横塘如练。❷日迟帘幕，烟丝斜卷。❸却从何处移得，章台仿佛，乍舒娇眼。❹恰带一痕残照，锁黄昏庭院。❺断肠处又惹相思，碧雾蒙蒙度双燕。

回阑恰就轻阴转。背风花、不解春深浅。❻托根幸自天上，曾试把霓裳舞遍。❼百尺垂垂，早是酒醒莺语如剪。❽只休隔梦里红楼，望个人儿见。

注释

❶雨霖铃：原为唐教坊曲，后用作词牌名，又名"雨霖铃慢"。此词许增刊《纳兰词》题为"种柳"。

❷横塘：泛指池塘。练：洁白的熟绢。

❸迟日：春日和暖。《诗经·豳风·七月》："春日迟迟。"

❹章台：见前《淡黄柳》（三眠未歇）注释❺。娇眼：柳眼。见前《东风第一枝》（薄岁东风）注释❺。

❺"恰带"句：见周邦彦《氐州第一》词，"官柳萧疏，甚尚挂、

224

微微残照"。又可见冯延巳《鹊踏枝》词，"庭院深深深几许？杨柳堆烟，帘幕无重数。……门掩黄昏，无计留春住"。

❻风花：起风前的雾气。

❼"托根"句：借用白居易的典故。据《本事诗》，白居易曾为侍妾小蛮题《杨柳枝》词："一树春风万万枝，嫩于金色软于丝。永丰坊里东南角，尽日无人属阿谁？"至唐宣宗时，坊间尤喜传唱此词。宣宗问此词系何人所作，永丰坊在何处。左右以实告之。宣宗即命人取永丰坊两株柳树，移植宫中。白居易感皇帝知遇，献诗一章，其末句言："定知此后天文里，柳宿光中添两星。"霓裳：《霓裳羽衣曲》的简称。卢炳《满江红》词："依翠盖、临风一曲，霓裳舞遍。"

❽"早是"句：见卢祖皋《清平乐》词，"柳边深院，燕语明如剪"。

疏　影❶

湘帘卷处，甚离披翠影，绕檐遮住。❷小立吹裙，常伴春慵，掩映绣妆金缕。❸芳心一束浑难展，清泪裹、隔年愁聚。❹更夜深细听，空阶雨滴，梦回无据。❺

正是秋来寂寞，偏声声点点，助人离绪。❻缬被初寒，宿酒全醒，搅碎乱蛩双杵。❼西风落尽梧桐叶，还剩得、绿阴如许。想玉人、和露折来，曾写断肠诗句。❽

注释

❶疏影：词牌名，姜夔自度曲。又名"绿意""解佩环"等。

❷离披：摇动、晃动的样子。

❸春慵：春日里的懒散意绪。绣妆：刺绣衣服。金缕：金缕衣。

❹芳心：花心，比喻少女情怀。清泪：芭蕉上的露珠。

⑤"梦回"句：见柳永《尾犯》词，"夜雨滴空阶，孤馆梦回，情绪萧索"。

⑥"声声"句：见朱淑真《闷怀二首》之二，"秋雨沉沉滴夜长，梦难成处转凄凉。芭蕉叶上梧桐里，点点声声有断肠"。

⑦缬被：染花的绸被。双杵：古时女子捣衣，两女子对立，像舂米一样。

⑧"曾写"句：芭蕉叶宽大，古人习惯在其上题字。皮日休诗："空将绿蕉叶，来往寄闲诗。"

潇 湘 雨 ❶

长安一夜雨，便添了、几分秋色。❷奈此际萧条，无端又听、渭城风笛。❸咫尺层城留不住，久相忘、到此偏相忆。❹依依白露丹枫，渐行渐远，天涯南北。

凄寂。黔娄当日事，❺总名士如何消得。❻只皂帽蹇驴，西风残照，倦游踪迹。❼廿载江南犹落拓，叹一人知己终难觅。君须爱酒能诗，鉴湖无恙，一蓑一笠。❽

注释

❶潇湘雨：此调不见于词谱，疑为自度曲。此词许增刊《纳兰词》题为"送西溟归慈溪"。西溟：姜宸英，字西溟，浙江慈溪人。康熙三十六年（1697）举进士，授翰林院编修，年已七十，两年后即病逝。据张草纫《纳兰词笺注》，此词应作于康熙十八年（1679）。

❷长安：这里代指北京。

❸渭城：在今陕西长安区。王维《送元二使安西》："渭城朝雨浥轻尘，客舍青青柳色新。劝君更尽一杯酒，西出阳关无故人。"后世

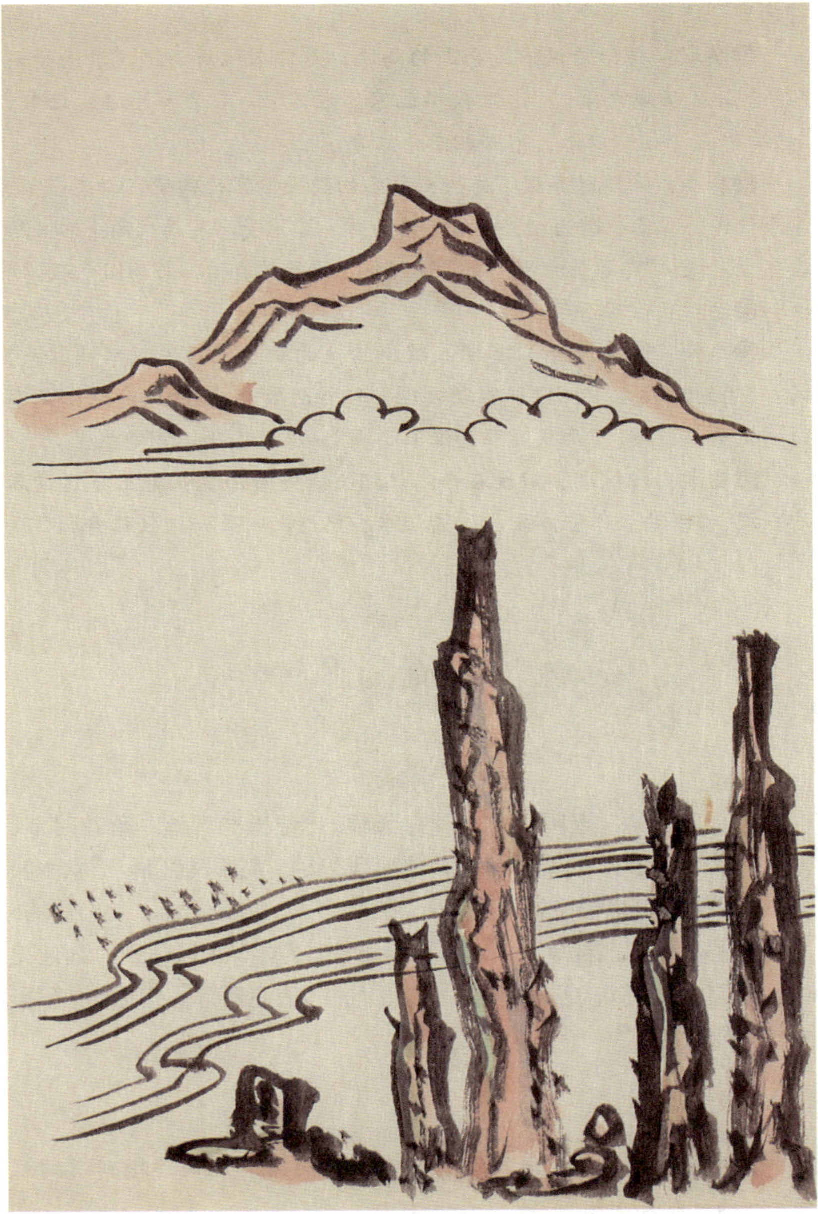

诗词中"渭城"意象多与送别相关。

❹层城：神话传说中昆仑山的高城，是仙人所居。据《淮南子》："昆仑山有层城九重。"这里代指北京。相忘：《庄子·天运》记载，"相呴以湿，相濡以沫，不若相忘于江湖。"

❺黔娄：战国时齐稷下先生，著名的隐士。家徒四壁，励志苦节，不求仕进，鲁恭公聘为相，齐威王请为卿，皆不受。吴筠《高士咏·黔娄先生》诗："黔娄蕴雅操，守约遗代华。淡然常有怡，与物固无瑕。"

❻总：犹言纵。

❼皂帽：黑色帽子。蹇驴：跛脚驽钝的驴子。刘过《水调歌头》词："达则牙旗金甲，穷则蹇驴破帽，莫作两般看。"西风残照：见李白《忆秦娥》词，"西风残照，汉家陵阙"。倦游：厌倦宦游生活。

❽鉴湖：即镜湖，旧址在今浙江绍兴。一蓑一笠：见王质《浣溪沙》词，"眼共云山昏惨惨，心随烟水去悠悠。一蓑一笠任孤舟"。

风流子❶

平原草枯矣，重阳后、黄叶树骚骚。❷记玉勒青丝，落花时节，曾逢拾翠，忽忆吹箫。❸今来是，烧痕残碧尽，霜影乱红凋。❹秋水映空，寒烟如织，皂雕飞处，天惨云高。❺

人生须行乐，君知否，容易两鬓萧萧。❻自与东风作别，划地无聊。❼算功名何似，等闲博得，短衣射虎，沽酒西郊。❽便向夕阳影里，倚马挥毫。❾

注释

❶风流子：原为唐教坊曲，后用作词牌名。此词许增刊《纳兰词》题为"秋郊射猎"。

❷骚骚：大风声。张衡《思玄赋》："寒风凄其永至兮，拂穹岫之骚骚。"

❸玉勒：玉饰的马衔。马衔，即马嚼子。庾信《三月三日华林园马射赋》："控玉勒而摇星，跨金鞍而动月。"青丝：这里指青色绳丝做的缰绳。杜甫《高都护骢马行》："青丝络头为君老，何由却出横门道。"

❹烧痕：见前《菩萨蛮》（惊飙掠地冬将半）注释❹。

❺寒烟如织：见李白《菩萨蛮》词，"平林漠漠烟如织，寒山一带伤心碧"。

❻萧萧：头发稀短。苏轼《次韵韶守狄大夫见赠》诗："华发萧萧老遂良，一身萍挂海中央。"

❼划地：依旧。

❽短衣射虎：借用李广射虎的典故。杜甫《曲江三章章五句》其三："短衣匹马随李广，看射猛虎终残年。"

❾倚马挥毫：借用袁宏倚马立就（倚马可待）的典故。据《世说新语·文学》："桓宣武北征，袁虎时从，被责免官。会须露布文，唤袁倚马前令作，手不掇笔，俄得七纸，殊可观。"

沁 园 春❶

试望阴山，黯然销魂，无言徘徊。❷见青峰几簇，去天才尺；黄沙一片，匝地无埃。❸碎叶城荒，拂云堆远，雕外寒烟惨不开。❹踟蹰久，忽冰崖转石，万壑惊雷。❺

穷边自足秋怀。又何必平生多恨哉。只凄凉绝塞，峨眉遗冢；销沉腐草，骏骨空台。❻北转河流，南横斗柄，略点微霜鬓早衰。❼君不信，向西风回首，百事堪哀。❽

注释

❶沁园春：词牌名。又名"东仙""寿星明""洞庭春色"等。据张草纫《纳兰词笺注》，此词可能作于康熙二十二年（1683）扈驾至五台山等地时。

❷黯然销魂：见江淹《别赋》，"黯然销魂者，唯别而已矣"。

❸匝地：遍地、满地。孔平仲《宋登州太守出城马上作》诗："青嶂倚空先有雪，黄沙匝地半和云。"

❹碎叶城：唐时边防重镇，城临碎叶河，故有此名。拂云堆：在今内蒙古五原县。唐时朔方军北接于突厥，以河为界，河北岸建有拂云堆神祠，突厥如动兵，必先往祠中祭酹求福。张仁愿定漠北后，于河北岸建东、中、西受降城，中受降城在拂云堆。李益《拂云堆》诗："汉将新从虏地来，旌旗半上拂云堆。单于每近沙场猎，南望阴山哭始回。"

❺"冰崖"句：见李白《蜀道难》诗，"飞湍瀑流争喧豗，砯崖转石万壑雷"。

❻蛾眉遗冢：即昭君墓。

❼斗柄：北斗星的后三星，其形如斗柄，这里代指北斗星。

❽西风回首：见李珣《巫山一段云》词，"西风回首不胜悲，暮雨洒空祠"。

又❶

瞬息浮生，薄命如斯，低徊怎忘。自那番摧折，无衫不泪；几年恩爱，有梦何妨。最苦啼鹃，频催别鹄，赢得更阑哭一场。❷遗容在，只灵飙一转，未许端详。❸

重寻碧落茫茫。❹料短发朝来定有霜。信人间天上，尘缘未断；春花秋月，触绪堪伤。❺欲结绸缪，翻惊漂泊，两处鸳鸯各自凉。❻真无奈，把声声檐雨，谱入秋乡。

注释

❶此词许增刊《纳兰词》题为"丁巳重阳前三日，梦亡妇淡妆素服，执手哽咽，语多不复能记。但临别有云：'衔恨愿为天上月，年年犹得向郎圆。'妇素未工诗，不知何以得此也。觉后感赋长调"。徐乾学辑《通志堂集》、张纯修刊《饮水诗词集》等，题中无"长调"二字。丁巳：康熙十六年（1677），词人时年二十三岁，卢氏于此年五月逝世。

❷别鹄：比喻夫妻分离。鹄，一种水鸟，形似鹅，略大。吴融《水鸟》诗："为谢离鸾兼别鹄，如何紧得向天涯。"

❸灵飙：神风。

❹碧落：见前《生查子》（惆怅彩云飞）注释❷。

❺春花秋月：见李煜《虞美人》词，"春花秋月何时了，往事知多少"。

❻绸缪：缠绵，情谊深厚。

❤ 又 ❶ ❤

梦冷蘅芜，却望姗姗，是耶非耶。❷怅兰膏渍粉，尚留犀合；金泥蹙绣，空掩蝉纱。❸影弱难持，缘深暂隔，只当离愁滞海涯。归来也，趁星前月底，魂在梨花。❹

鸾胶纵续琵琶。❺问可及当年萼绿华。❻但无端摧折，恶经风浪；不如零落，判委尘沙。❼最忆相看，娇讹道字，手剪银灯自泼茶。❽今

231

已矣，便帐中重见，那似伊家。

注释

❶此词徐乾学辑《通志堂集》、张纯修刊《饮水诗词集》题为"代悼亡"。

❷蘅芜：香草名。借用李夫人授武帝蘅芜香的典故。据《拾遗记》："帝息于延凉室，卧梦李夫人授帝蘅芜之香。帝惊起，而香气犹著衣枕，历月不歇。帝弥思求，终不复见。涕泣沾席，遂改延凉室为遗芳梦室。""却望"句：借用李夫人姗姗来迟的典故。据《汉书·外戚传·孝武夫人》："上思念李夫人不已，方士齐人少翁言能致其神。乃夜张灯烛，设帷帐，陈酒肉，而令上居他帐。遥望见好女如李夫人之貌，还幄坐而步，又不得就视。上愈益相思悲感，为作诗曰：'是邪非邪？立而望之，偏何姗姗其来迟！'令乐府诸音家弦歌之。"

❸兰膏：发油。渍粉：膏状脂粉。犀合：犀牛角做的妆盒。金泥：用以饰物的金屑。蹙绣：一种刺绣工艺，用金线绣出皱缩成线纹的花样。蝉纱：薄如蝉翼的纱。

❹星前月底：见周邦彦《水龙吟·梨花》词，"别有风前月底，布繁英、满园歌吹"。

❺鸾胶：传说海外十洲中有凤麟洲，其上多仙人，能以凤喙麟角合煎，制成鸾胶，又名续弦胶，此胶能续一切断弦。陶谷《风光好》词："琵琶拨尽相思调，知音少。待得鸾胶续断弦，是何年？"

❻萼绿华：传说中的女仙，本名罗郁，于九嶷山成道。

❼恶：甚。判：情愿、甘愿。

❽娇讹道字：指妇女读字不准。苏轼《浣溪沙》词："道字娇讹语未成，未应春阁梦多情。"波茶：见前《浣溪沙》（谁念西风独自凉）注释**❷**。

金缕曲❶

德也狂生耳。偶然间、淄尘京国，乌衣门第。❷有酒惟浇赵州土，谁会成生此意。❸不信道、竟逢知己。❹青眼高歌俱未老，向尊前、拭尽英雄泪。❺君不见，月如水。

共君此夜须沉醉。且由他、蛾眉谣诼，古今同忌。❻身世悠悠何足问，冷笑置之而已。寻思起、从头翻悔。一日心期千劫在，后身缘、恐结他生里。❼然诺重，君须记。

注释

❶金缕曲：词牌名。又名"金缕歌""金缕词""乳燕飞""贺新凉""风敲竹""貂裘换酒"等。此词许增刊《纳兰词》题为"赠梁汾"。康熙十八年刊印顾贞观、纳兰性德同选的《今词初集》题为"赠顾梁汾题桴香小影"，康熙五十四年沈时栋选、尤侗与朱彝尊定的《古今词选》题为"赠顾梁汾"。据张草纫《纳兰词笺注》，此词应作于康熙十五年（1676）。

❷缁尘，指俗世。京国：京城。乌衣门第：晋时王、谢两大家族居于建康（今天南京）乌衣巷，两家子弟尚穿黑衣，时人称其为"乌衣郎"，后世便以"乌衣巷"指门阀世家。

❸赵州土：借用平原君赵胜的典故。战国时赵惠文王之弟赵胜喜延揽宾客，能救人急难。李贺《浩歌》："买丝绣作平原君，有酒唯浇赵州土。"成生：词人自称。纳兰性德又名成容若。

❹道：犹言得。

❺青眼：借用阮籍青白眼的典故。据《晋书·阮籍传》："籍又能为青白眼，见礼俗之士，以白眼对之。"杜甫《短歌行赠王郎司直》

诗："青眼高歌望吾子，眼中之人吾老矣。"

❻蛾眉谣诼：见屈原《离骚》，"众女嫉余之蛾眉兮，谣诼谓余以善淫"。

❼心期：两相期许。后身：来世之身。劫：佛教用语，天地自形成至毁灭为一劫。这里指词人与顾氏的友谊长存。

❦ 又❶ ❦

酒浣青衫卷。❷尽从前、风流京兆，闲情未遣。❸江左知名今廿载，枯树泪痕休泫。❹摇落尽、玉蛾金茧。❺多少殷勤红叶句，御沟深、不似天河浅。❻空省识，画图展。

高才自古难通显。枉教他、堵墙落笔，凌云书扁。❼入洛游梁重到处，骇看村庄吠犬。❽独憔悴、斯人不免。衮衮门前题凤客，竟居然、润色朝家典。❾凭触忌，舌难剪。❿

注释

❶此词许增刊《纳兰词》题为"再赠梁汾，用秋水轩旧韵"。秋水轩：周在浚书斋名。周在浚，字雪客，著有《秋水玄集》等。曹尔堪、龚鼎孳等人曾在秋水轩饯别游人。曹尔堪首作《贺新郎》词，其余诸人步韵唱和，皆用"卷遣泫茧浅展显扁犬免典剪"等字押韵。后来顾贞观、徐轨等人以此押韵填词者颇多，即称之为"秋水轩旧韵"或"秋水轩倡和韵"。据张草纫《纳兰词笺注》，此词可能同样作于康熙十五年（1676），在前一阕后不久。

❷浣：污，弄脏。吴文英《恋绣衾》词："少年娇马西风冷，旧青衫、犹浣酒痕。"

❸风流京兆：借用张敞为妇画眉的典故。见前《浣溪沙》（藕荡

234

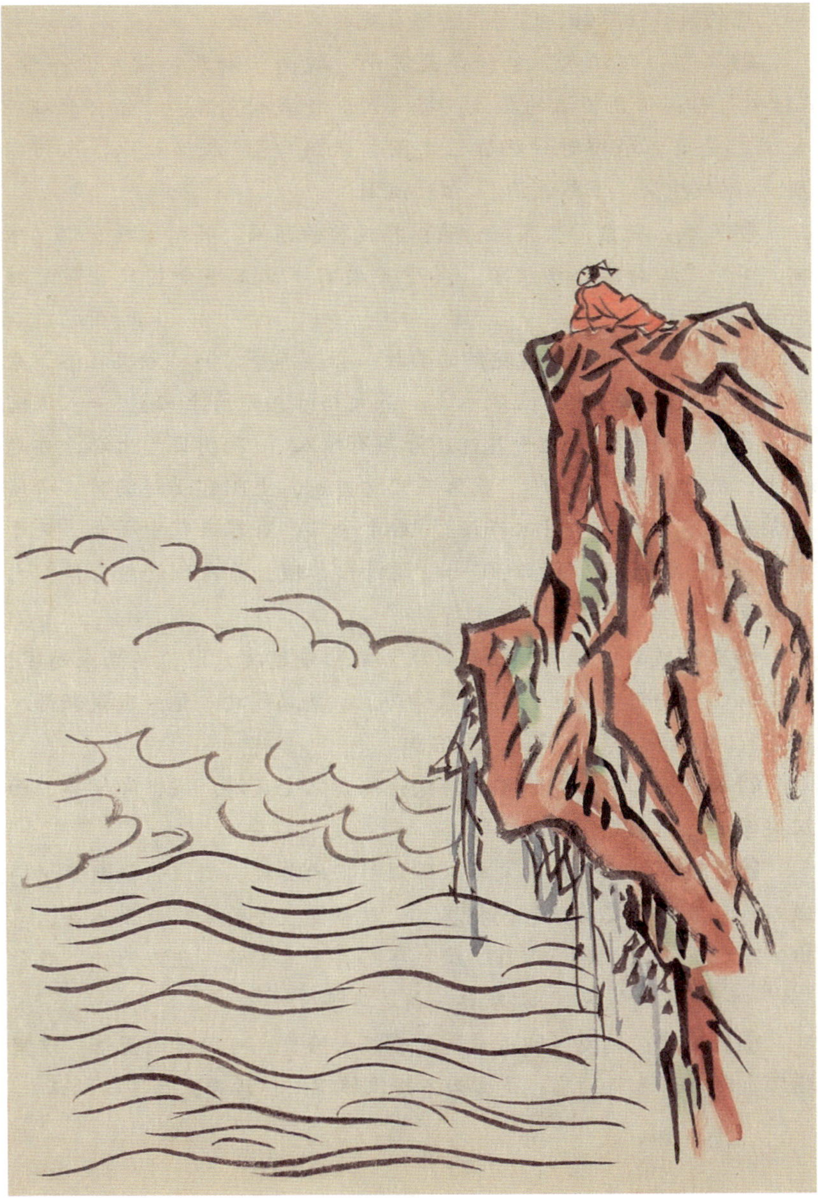

桥边理钓筒）注释❹，这里借喻顾贞观的名士风流。

❹江左：即江东，包括今天苏南、皖南、浙北、赣东北一带。"枯树"句：借用桓温的典故。据《世说新语·言语》："桓公北征经金城，见前为琅邪时种柳皆已十围，慨然曰：'木犹如此，人何以堪。'攀枝执条，泫然流泪。"泫：流泪。

❺玉蛾：杨絮、柳絮。金茧：指杨柳的萌果。吴绮《柳含烟·咏柳》词："江南路，柳丝垂。多少齐梁旧事。玉蛾金茧只霏霏。挂斜晖。"

❻红叶句：借用红叶题诗的典故。据《本事诗》："顾况在洛，乘间与三诗友游于苑中，坐流水上，得大梧叶，题诗上曰：'一入深宫里，年年不见春。聊题一片叶，寄与有情人。'况明日于上游，亦题叶上，放于波中。诗曰：'花落深宫莺亦悲，上阳宫女断肠时。帝城不禁东流水，叶上题诗欲寄谁？'后十余日，有客来苑中寻春，又于叶上得诗，以示况。诗曰：'一叶题诗出禁城，谁人酬和独含情？自嗟不及波中叶，荡漾乘春取次行。'"

❼凌云书扁：借用韦诞的典故。魏明帝建凌云殿，扁尚未题字，而工匠已将扁钉于殿上，韦诞缘梯而上，就扁题之。见《世说新语·巧艺》。凌云殿：即凌云阁，在洛阳。

❽入洛：比喻来到京都。游梁：比喻名士交游。梁，即梁苑，西汉梁孝王所建东苑，有名梁园。

❾题凤客：比喻凡庸之辈。借用吕安的典故，据《世说新语·简傲》："嵇康与吕安善，每一相思，千里命驾。安后来，直康不在，喜出户延之。不入，题门上作'凤'字而去。喜不觉，犹以为欣。故作'凤'字，'凡鸟'也。"朝家典：朝廷典籍。

❿舌难剪：鸲鹆（即八哥）之舌经人修剪，可以学人说话。这里指顾贞观言语无所顾忌，是因为不想像鸲鹆一样学舌，说违心的话。

✿ 又 ✿

生怕芳尊满。到更深、迷离醉影，残灯相伴。依旧回廊新月在，不定竹声撩乱。问愁与、春宵长短。燕子楼空弦索冷，任梨花、落尽无人管。❶谁领略，真真唤。❷

此情拟倩东风浣。奈吹来、余香病酒，旋添一半。❸惜别江淹消瘦了，怎耐轻寒轻暖。❹忆絮语、纵横茗盌。滴滴西窗红蜡泪，那时肠、早为而今断。任枕角，欹孤馆。

注释

❶燕子楼：见前《清平乐》（凄凄切切）注释❸。

❷真真：见前《虞美人》（春情只到梨花）注释❺。

❸病酒：见前《苏幕遮》（枕函香）注释❹。蔡松年《尉迟杯》词："觉情随、晓马东风，病酒余香相伴。"

❹江淹：南朝文学家，历宋、齐、梁三朝，封开国伯，后改封醴陵侯。《别赋》为其代表作。这里是词人自喻。轻寒轻暖：见黄庚《宴客东园》诗，"酒当半醉半醒处，春在轻寒轻暖中"。

✿ 又❶ ✿

洒尽无端泪。莫因他、琼楼寂寞，误来人世。❷信道痴儿多厚福，谁遣偏生明慧。就更著、浮名相累。❸仕宦何妨如断梗，只那将、声

237

影供群吠。❹天欲问，且休矣。

情深我自判憔悴。转丁宁、香怜易爇，玉怜轻碎。羡杀软红尘里客，一味醉生梦死。❺歌与哭、任猜何意。绝塞生还吴季子，算眼前、此外皆闲事。❻知我者，梁汾耳。

注释

❶此词许增刊《纳兰词》题为"简梁汾，时方为吴汉槎作归计"。吴汉槎：即吴兆骞，江苏吴江人，少负才名，与顾贞观交好。顺治十五年（1658），吴氏卷入丁酉江南科场案，被流放宁古塔（今黑龙江宁安）。顾贞观曾作两首《金缕曲》，赠予吴氏，情感真挚。纳兰性德为之动容，答应竭力营救吴兆骞。康熙二十年（1681），吴兆骞终于被赦。此词应作于纳兰四处奔走，为吴氏谋划之时。

❷琼楼：月宫。苏轼《水调歌头》词："我欲乘风归去，又恐琼楼玉宇，高处不胜寒。"这里泛指仙境，喻吴兆骞是"谪仙"。

❸著：附着。

❹断梗：断枝，形容漂流不定。声影供群吠：据《潜夫论》记载，"谚曰：'一犬吠形，百犬吠声。'世之疾此，固久矣哉"。这里指吴氏蒙受莫须有的罪名。

❺软红尘：繁华闹市。苏轼《次韵蒋颖叔钱穆父从驾景灵宫二首》之一："半白不羞垂领发，软红犹恋属车尘。"

❻吴季子：春秋时吴国公子季札。这里借指吴兆骞，兆骞上有二兄，正可称为季子。

❀❀❀ 又❶ ❀❀❀

何事添凄咽。但由他、天公簸弄，莫教磨涅。❷失意每多如意少，

238

终古几人称屈。须知道、福因才折。独卧藜床看北斗，背高城、玉笛吹成血。^❸听谯鼓，二更彻。

丈夫未肯因人热。^❹且乘闲、五湖料理，扁舟一叶。^❺泪似秋霖挥不尽，洒向野田黄蝶。须不羡、承明班列。^❻马迹车尘忙未了，任西风、吹冷长安月。又萧寺，花如雪。^❼

注释

❶此词许增刊《纳兰词》题为"慰西溟"。西溟：即姜宸英。据张草纫《纳兰词笺注》，此词应作于康熙十八年（1679）初秋。当时，叶方蔼等人欲举荐姜氏参加博学鸿儒科试，事未成，故词人作此词赠姜氏，表示慰藉。

❷簸弄：玩弄。磨涅：磨，磨砺；涅，浸染。指经受考验或外界影响。语出《论语·阳货》："不曰坚乎？磨而不磷。不曰白乎？涅而不缁。"

❸藜床：藜藤编的床榻，泛指简陋床榻。北斗：北斗星。古人习惯以北斗星喻指朝廷。

❹因人热：借用梁鸿的典故。据《东观汉记》："比舍先炊，已，呼鸿及热釜饮。鸿曰：'童子鸿不因热者也。'灭灶更燃之。"

❺五湖：见前《浣溪沙》（藕荡桥边理钓筒）注释❷。

❻承明：承明庐，汉代侍臣值宿的地方，后借指入朝、在朝为官。班列：位次，即朝班位次。

❼萧寺：见前《点绛唇》（小院新凉）注释❸。花如雪：见宋之问《寒食还陆浑别业》诗，"洛阳城里花如雪，陆浑山中今始发"。

❦❦❦ 又^❶ ❦❦❦

谁复留君住。叹人生、几番离合，便成迟暮。最忆西窗同剪烛，却话家山夜雨。不道只、暂时相聚。❷衮衮长江萧萧木，送遥天、白雁哀鸣去。❸黄叶下，秋如许。

曰归因甚添愁绪？❹料强似、冷烟寒月，栖迟梵宇。❺一事伤心君落魄，两鬓飘萧未遇。❻有解忆、长安儿女。❼裘敝入门空太息，信古来才命真相负。❽身世恨，共谁语。

注释

❶此词许增刊《纳兰词》题为"西溟言别，赋此赠之"。据张草纫《纳兰词笺注》，此词应作于康熙十八年（1679），姜宸英第二次离京时。

❷暂时相聚：姜宸英于康熙十七年来京，翌年便返乡，与词人相聚很短。

❸"衮衮"句：见杜甫《登高》诗，"无边落木萧萧下，不尽长江滚滚来"。

❹曰归：曰，语气助词，无实意。《诗经·豳风·东山》："我东曰归"。

❺栖迟：滞留。梵宇：寺庙。

❻飘萧：鬓发稀疏的样子。杜甫《义鹘行》诗："飘萧觉素发，凛欲冲儒冠。"

❼长安儿女：见杜甫《月夜》诗，"遥怜小儿女，未解忆长安"。

❽裘敝：即敝裘。借用苏秦的典故。据《战国策·秦策》："苏秦始将连横说秦王，书十上而说不行，黑貂之裘弊，黄金百斤尽。"

∽ 又❶ ∽

木落吴江矣。❷正萧条、西风南雁，碧云千里。❸落魄江湖还载酒，一种悲凉滋味。❹重回首、莫弹酸泪。不是天公教弃置，是才华、误却方城尉。❺飘泊处，谁相慰。

别来我亦伤孤寄。更那堪、冰霜摧折，壮怀都废。天远难穷劳望眼，欲上高楼还已。❻君莫恨、埋愁无地。❼秋雨秋花关塞冷，且殷勤、好作加餐计。❽人岂得，长无谓。❾

注释

❶此词许增刊《纳兰词》题为"寄梁汾"。据张草纫《纳兰词笺注》，此词可能作于康熙二十二年（1683）扈驾至五台山等地时。

❷吴江：吴江县，今为江苏省苏州市吴江区，距离顾贞观家乡很近。

❸碧云：比喻远方或天边，古典诗词常借该意象表达离愁别绪。江淹《杂体诗三十首·休上人怨别》诗："日暮碧云合，佳人殊未来。"

❹"落魄"句：见杜牧《遣怀》诗，"落魄江湖载酒行，楚腰纤细掌中轻"。

❺方城：方城县，属河南省。晚唐诗人温庭筠曾被贬为方城尉。据《唐诗纪事》："令狐绹曾以旧事访于庭筠，对曰：'事出《南华》，非僻书也。或冀相公燮理之暇，时宜览古。'绹益怒，奏庭筠有才无行，卒不登第。庭筠有诗曰：'因知此恨人多积，悔读南华第二篇。'"《南华经》：即《庄子》。该句别本即为"是南华、误却方城尉。"

❻"天远"句：见辛弃疾《满江红》词，"天远难穷休久望，楼高欲下还重倚"。

❼埋愁：见元好问《杂著九首》之六，"埋愁不著重泉底，尽向人间种白头"。

❽加餐：见《古诗十九首》之一，"弃捐勿复道，努力加餐发"。

❾"人岂得"句：见李商隐《无题》诗，"人生岂得长无谓，怀古思乡共白头"。

241

又 ❶

此恨何时已。滴空阶、寒更雨歇，葬花天气。三载悠悠魂梦杳，是梦久应醒矣。料也觉、人间无味。不及夜台尘土隔，冷清清、一片埋愁地。❷钗钿约，竟抛弃。❸

重泉若有双鱼寄。❹好知他、年来苦乐，与谁相倚。我自终宵成转侧，忍听湘弦重理？❺待结个、他生知己。还怕两人都薄命，再缘悭、剩月零风里。清泪尽，纸灰起。❻

注释

❶此词许增刊《纳兰词》题为"亡妇忌日有感"。按卢氏病逝于康熙十六年（1677）五月三十日，此词中有"三载悠悠"句，应作于十九年五月三十日。

❷夜台：长夜台，即坟墓。因坟墓一旦闭合，不得见光明，故有此称。陆机《挽歌》："按辔遵长薄，送子长夜台。"

❸钗钿约：借杨玉环的典故。见前《浣溪沙》（凤髻抛残秋草生）注释❷。

❹重泉：九泉、黄泉，即阴间。双鱼：见前《采桑子》（拨灯书尽红笺也）注释❹。

❺忍：岂忍、何忍。湘弦：湘水之神的琴瑟。这里言不想续弦再娶。

❻悭：缺少，不圆满。

242

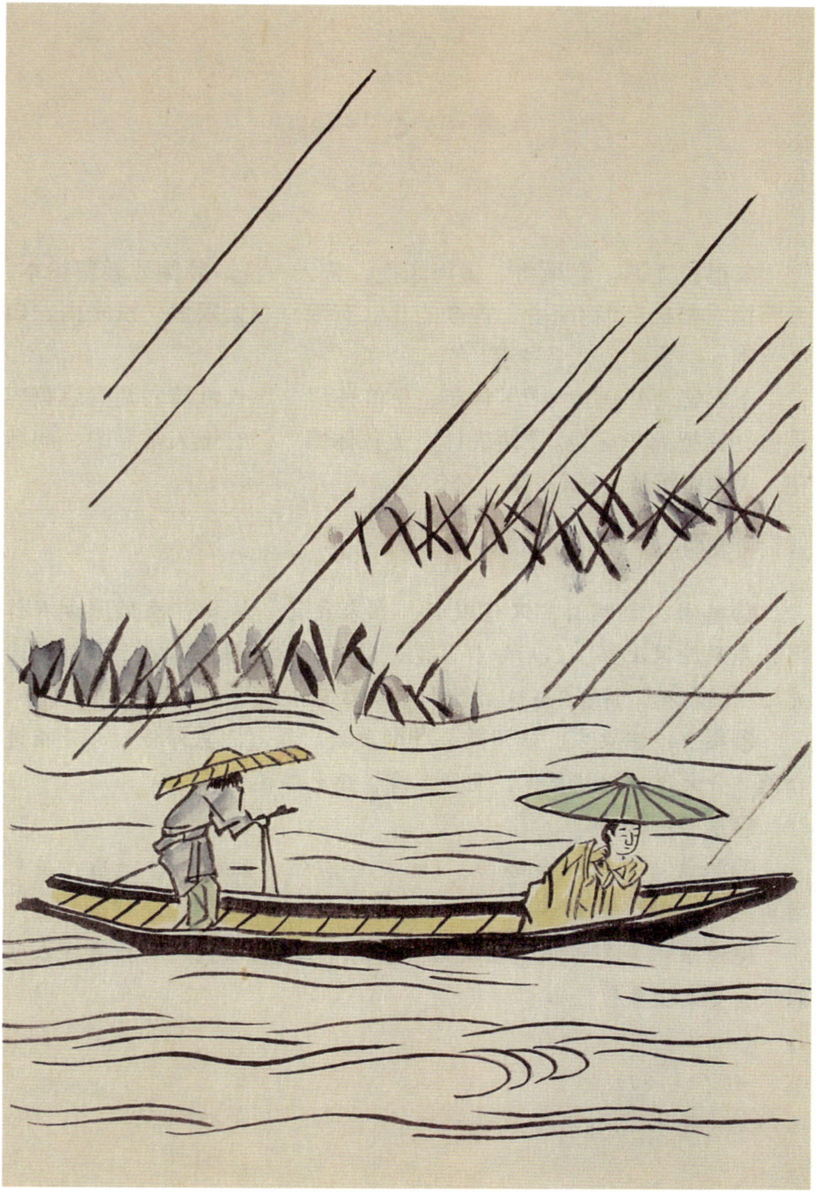

又

未得长无谓。竟须将、银河亲挽，普天一洗。麟阁才教留粉本，大笑拂衣归矣。❶如斯者、古今能几。有限好春无限恨，没来由、短尽英雄气。暂觅个，柔乡避。❷

东君轻薄知何意。❸尽年年、愁红惨绿，添人憔悴。两鬓飘萧容易白，错把韶华虚费。❹便决计、疏狂休悔。但有玉人常照眼，向名花、美酒拼沉醉。❺天下事，公等在。

注释

❶麟阁：麒麟阁，汉代殿阁，在未央宫。粉本：画稿。古人作画，先用粉笔上样，然后依样落笔，故有此称。拂衣：表示归隐。谢灵运《述祖德》诗："高揖七州外，拂衣五湖里。"

❷柔乡：温柔乡。借用赵合德的典故。据《飞燕外传》："是夜进合德，帝大悦，以辅属体，无所不靡，谓之温柔乡。"

❸东君：春神。

❹飘萧：见前《金缕曲》（谁复留君住）注释❻。韶华：美好年华。

❺照眼：光彩耀眼。王次回《梦游十二首》之八："但有玉人常照眼，更无尘务暂经心。"

244

摸鱼儿①

涨痕添、半篙柔绿,蒲稍荇叶无数。②空蒙台榭烟丝暗,白鸟衔鱼欲舞。③红桥路。正一派、画船箫鼓中流住。④呕哑柔橹,又早拂新荷,沿堤忽转,冲破翠钱雨。⑤

兼葭渚,不减潇湘深处。⑥霏霏漠漠如雾,滴成一片鲛人泪,也似汨罗投赋。⑦愁难谱,只彩线、香菰脉脉成千古。⑧伤心莫语。记那日旗亭,水嬉散尽,中酒阻风去。⑨

注释

①摸鱼儿:原为唐教坊曲,后用作词牌名。又名"摸鱼子""买陂塘""陂塘柳""迈陂塘""山鬼谣""双蕖怨"等。此词许增刊《纳兰词》题为"午日雨眺"。午日:即端午。眺:远望。

②涨痕:涨水之后留下的痕迹。柔绿:嫩绿,这里形容水色。张翥《摸鱼儿》词:"涨西湖,半篙新绿。"蒲柳:水杨。荇:水草,叶呈对生圆形,浮在水面,根生在水底。

③空蒙:细雨迷蒙的样子。白鸟:白鹭。

④"正一派"句:见刘彻《秋风辞》,"泛楼船兮济汾河,横中流兮扬素波,箫鼓鸣兮发棹歌"。

⑤呕哑:形容水声轻柔。胡宿《赵宗道归辇下》诗:"江浦呕哑风送橹,河桥勃窣柳垂堤。"翠钱:新荷。荷叶初长时,小如钱。

⑥兼葭:芦苇。

⑦霏霏漠漠:见吴融《春雨》诗,"霏霏漠漠暗和春,幂翠凝红色更新"。鲛人泪:比喻雨滴。据《博物志》:"南海水有鲛人,水居如鱼,不废织绩,其眼能泣珠。"汨罗投赋:借用屈原的典故。

⑧彩线：据《续齐谐记》，楚人祭祀屈原，以竹筒贮米，投之江中，常为蛟龙偷食，后用彩丝缠缚竹筒，蛟龙忌惮此物，不再来偷食。香菰：据《初学记》引《风土记》，旧时习俗，端午节用菰叶包黏米，谓之鹜角黍，即粽子前身。

⑨旗亭：酒肆，因悬旗为招子，故而得名。水嬉：水上游艺活动，如赛龙舟等。中酒：醉酒。阻风：船遇大风，靠岸停泊。韦庄《宿蓬船》诗："却忆紫微情调逸，阻风中酒过年年。"

又①

问人生、头白京国，算来何事消得。②不如罨画清溪上，蓑笠扁舟一只。③人不识。且笑煮鲈鱼，趁著莼丝碧。④无端酸鼻，向歧路销魂，征轮驿骑，断雁西风急。⑤

英雄辈，事业东西南北。⑥临风因甚成泣。酬知有愿频挥手，零雨凄其此日。⑦休太息，须信道、诸公衮衮皆虚掷。⑧年来踪迹。有多少雄心，几番恶梦，泪点霜华织。

注释

①此词许增刊《纳兰词》题为"送别德清蔡夫子"。徐乾学辑《通志堂集》题为"送座主德清蔡先生"。座主：明清时期对乡试、会试主考官的尊称。蔡夫子：即蔡启傅，字石公，浙江清德人。词人于康熙十一年（1672）中顺天乡试举人，蔡启傅为其座师，故称夫子。蔡氏主持乡试时，为人弹劾，去职回乡。此词应作于当年。

②消得：值得。

③罨画：溪水名，在浙江长兴。德清与长兴古时同属乌程。

④"且笑"句：借用张翰的典故。据《世说新语·识鉴》："张季

鹰辟齐王东曹掾，在洛，见秋风起，因思吴中菰菜羹、鲈鱼脍，曰：'人生贵适意尔，何能羁宦数千里以要名爵？'遂命驾便归。"

❺歧路：分手的岔路。征轮：远行的车。断雁：失群的大雁。

❻"事业"句：《礼记·檀弓》记载，"今丘也，东西南北之人也"。此句言蔡氏辞官后，可以专心著述。

❼零雨：连绵不断的雨。《诗经·豳风·东山》："我来自东，零雨其濛。"凄其：即凄凄，寒凉之意。《诗经·邶风·绿衣》："絺兮绤兮，凄其以风。"

❽太息：长长地叹气。衮衮：源源不断。杜甫《醉时歌曾广文博士郑虔》："诸公衮衮登台省。"

青衫湿❶

青衫湿遍，凭伊慰我，忍便相忘。❷半月前头扶病，剪刀声、犹共银釭。❸忆生来小胆怯空房。❹到而今独伴梨花影，冷冥冥、尽意凄凉。愿指魂兮识路，教寻梦也回廊。

咫尺玉钩斜路，一般消受，蔓草斜阳。❺判把长眠滴醒，和清泪、搅入椒浆。❻怕幽泉还为我神伤。道书生薄命宜将息，再休耽、怨粉愁香。❼料得重圆密誓，难禁寸裂柔肠。

注释

❶青衫湿：此调不见于词谱，疑为自度曲，又作"青衫湿遍"。此词许增刊《纳兰词》题为"悼亡"。

❷"青衫"句：见白居易《琵琶行》诗，"座中泣下谁最多，江州司马青衫湿"。

❸扶病：强支病体，勉强操劳。

④"忆生来"句：见常理《古别离》诗，"小胆空房怯，长眉满镜愁"。

⑤玉钩斜：在江苏扬州，相传为隋炀帝埋葬宫女处。这里代指卢氏厝柩之地。按卢氏亡后，可能厝柩于龙华寺，与纳兰家颇近，故云"咫尺"。

⑥椒浆：用椒泡制的酒浆，用以祭祀。屈原《九歌·东皇太一》："蕙肴蒸兮兰藉，奠桂酒兮椒浆。"

⑦耽：沉溺。怨粉愁香：见王沂孙《金盏子》词，"厌厌地、终日为伊，香愁粉怨"。

❧ 忆桃源慢① ❧

斜倚熏笼，隔帘寒彻，彻夜寒如水。②离魂何处，一片月明千里。③两地凄凉，多少恨，分付药炉烟细。④近来情绪，非关病酒，如何拥鼻长如醉。⑤转寻思不如睡也，看道夜深怎睡。⑥

几年消息浮沉，把朱颜顿成憔悴。纸窗淅沥，寒到个人衾被。篆字香消灯烬冷，不算凄凉滋味。加餐千万，寄声珍重，而今始会当时意。早催人一更更漏，残雪月华满地。

注释

①忆桃源慢：词牌名。

②斜倚熏笼：见白居易《后宫词》，"朱颜未老恩先断，斜倚熏笼坐到明"。

③月明千里：见谢庄《月赋》，"美人迈兮音尘绝，隔千里兮共明月"。

④分付：委托、交付。

248

⑤拥鼻：拥鼻吟，即用雅音曼声吟咏。据《晋书·谢安传》："安本能为洛下书生咏，有鼻疾，故其音浊，名流爱其咏而弗能及，或手掩鼻以效之。"唐彦谦《春阴》诗："天涯已有销魂别，楼上宁无拥鼻吟。"

⑥看道：料想。

湘灵鼓瑟①

新睡觉，听漏尽乌啼欲晓。屏侧坠钗扶不起，泪浥余香悄悄。任百种思量都来，拥枕薄衾颠倒。土木形骸，自甘憔悴，只平白占伊怀抱。②看萧萧一剪梧桐，此日秋光应到。

若不是忧能伤人，怎青镜朱颜便老。慧业重来偏命薄，悔不梦中过了。③忆少日清狂，花间马上，软风斜照。端的而今，误因疏起，却懊恼误人年少。④料应他此际闲眠，一样百愁难扫。

注释

①湘灵鼓瑟：此调不见于词谱，疑为自度曲。别本调作"剪梧桐"。

②土木形骸：形体如土木一般自然，比喻人的形象气质，自然天成，不加修饰。据《世说新语·容止》："刘伶身长六尺，貌甚丑悴，而悠悠忽忽，土木形骸。"

③慧业：佛教术语，指人生来的智慧业缘。

④误因疏起：见蒋捷《满江红》词，"万误曾因疏处起，一闲且向贫中觅"。

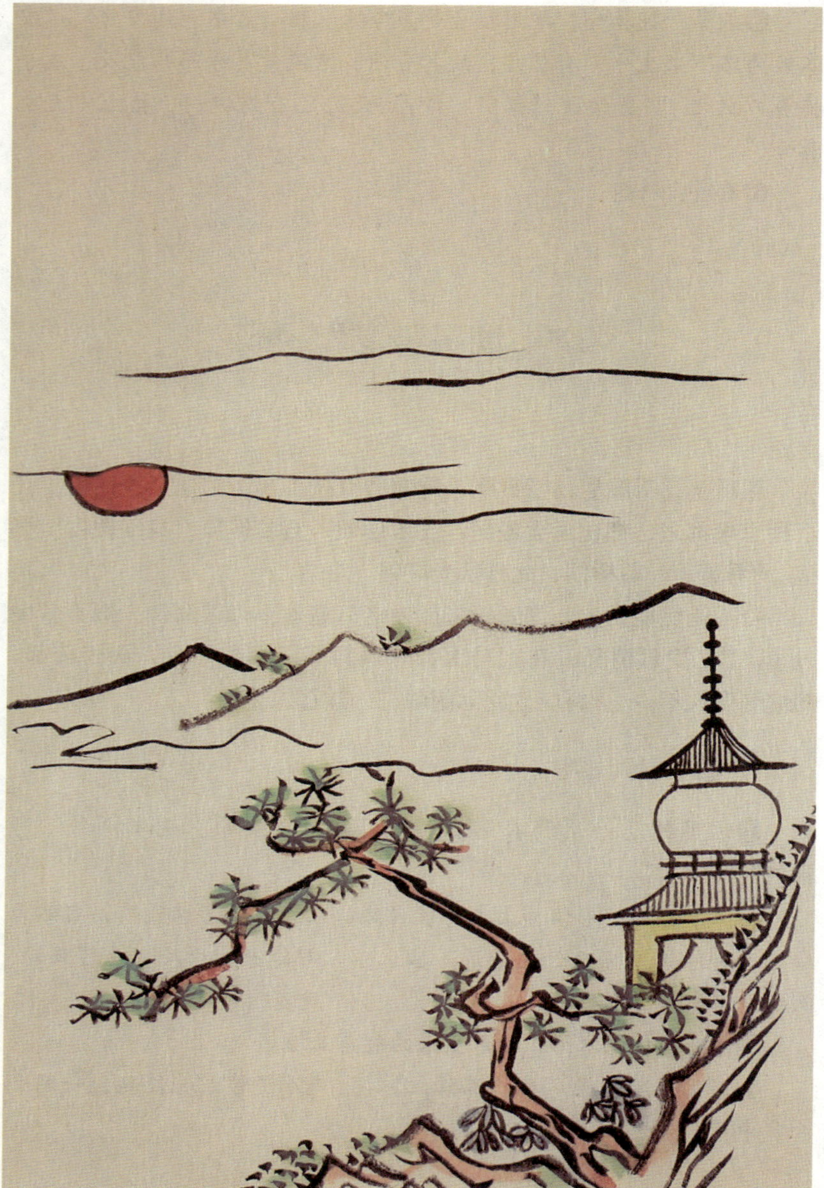

大 酺①

怎一炉烟，一窗月，断送朱颜如许。韶华犹在眼，怪无端吹上，几分尘土。手撚残枝，沉吟往事，浑似前生无据。鳞鸿凭谁寄，想天涯只影，凄风苦雨。②便研损吴绫，啼沾蜀纸，有谁同赋。③

当时不是错，好花月、合受天公妒。只索情、春归燕子，说与从头，争教他、会人言语。④万一离魂遇，偏梦被、冷香萦住。刚听得、城头鼓。相思何益，待把来生祝取。慧业相同一处。⑤

注释

①大酺：唐教坊曲有《大酺乐》，此则为宋人依旧名而新制的词调。此词许增刊《纳兰词》题为"寄梁汾"。据张草纫《纳兰词笺注》，此词可能作于康熙十七年（1678）

②鳞鸿：即鱼雁，代指书信。

③研：用石碾磨布帛，使其紧实。吴绫：吴地产的绸布。蜀纸：蜀地产的信笺。

④"争教"句：见赵佶《燕山亭》词，"凭寄离恨重重，这双燕，何曾会人言语"。

⑤"慧业"句：据《宋书·谢灵运传》记载，"太守孟𫖮事佛精恳，而为灵运所轻，尝谓𫖮曰：'得道应须慧业文人，生天当在灵运前，成佛必在灵运后。'𫖮深恨此言。"后世便以"慧业文人"指有文学天才并与文字结有深缘的人。

忆 王 孙

暗怜双绁郁金香。①欲梦天涯思转长。几夜东风昨夜霜。减容光。②
莫为繁花又断肠。

注释

①绁：拴、系。郁金香：多年生草本植物，叶阔披针形，花瓣倒
卵形，色彩艳丽。这里指两枝绾结在一起的郁金香，并排成对，令人
不由得思念起心仪的对象。

②减容光：既指花朵经风霜后减却颜色，也指自己因思念而容颜
憔悴。

又

刺桐花下是儿家。①已拆秋千未采茶。②睡起重寻好梦赊。③忆交
加。④倚著闲窗数落花。

注释

①刺桐：又名海桐、山芙蓉。儿：古代少女的自称。儿家，即我家。

②已拆秋千：旧俗于寒食清明后拆秋千架。

③赊：渺茫。

④交加：情人依偎在一起。

调笑令❶

明月，明月。曾照个人离别。❷玉壶红泪相偎。❸还似当年夜来。❹来夜，来夜。肯把清辉重借？

注 释

❶调笑令：词牌名。别本调作"转应曲"。

❷"明月"句：见冯延巳《三台令》词，"明月，明月。照得离人愁绝"。

❸"玉壶"句：借用薛灵芸入侍魏文帝（曹丕）的典故。据《拾遗记》："魏文帝所爱美人，姓薛，名灵芸，常山人也。……乃以献文帝，灵芸闻别父母，嘘唏累日，泪下霑衣。至升车就路之时，以玉唾壶承泪，壶即红色。既发常山，及至京师，壶中泪凝如血矣。"

❹"还似"句：仍借用薛灵芸的典故。据《拾遗记》："灵芸未至京师十里，帝乘雕玉之辇以望车徒之盛，嗟曰：'昔者言朝为行云，暮为行雨，今非云非雨，非朝非暮。'改灵芸之名曰夜来。"

忆 江 南❶

江南好，建业旧长安。❷紫盖忽临双鹢渡，翠华争拥六龙看。❸雄丽却高寒。

253

注释

❶别本调作"梦江南"。据张草纫《纳兰词笺注》，此首《忆江南》及以下九首，皆作于康熙二十三年（1684）扈驾南巡时。

❷建业：今南京。李白《金陵三首》之一："晋家南渡日，此地旧长安。"

❸紫盖：紫色车盖，天子仪仗之一。鹢：一种水鸟。似鹭，体型略大。传说鹢能厌水神。双鹢：指船头绘有鹢一类水鸟的大船，这里指御船。翠华：用翠羽装饰旗杆的旗帜或车盖，天子仪仗之一。六龙：马高八尺称龙，天子车驾，用六匹马，故称为六龙。赵彦昭《奉和幸安乐公主山庄应制》诗："六龙齐轸御朝曦，双鹢维舟下渌池。"

✿ 又 ✿

江南好，城阙尚嵯峨。故物陵前惟石马，遗踪陌上有铜驼。❶玉树夜深歌。❷

注释

❶陵：这里指明孝陵，即朱元璋与皇后马氏合葬的陵寝。石马：石雕的马，多列于帝王或公卿墓前。铜驼：铜铸的骆驼，多置于皇宫寝殿前。

❷玉树：即《玉树后庭花》。见前《菩萨蛮》（晓寒瘦著西南月）注释❹。

又

江南好，怀古意谁传？燕子矶头红蓼月，乌衣巷口绿杨烟。[1]风景忆当年。

注释

[1]燕子矶：在南京东北郊，临长江，三面悬绝，形如飞燕，故有此名。红蓼：又名水红花子，一年生草本植物，花为淡红色，多生长在水边。乌衣巷：见前《金缕曲》（德也狂生耳）注释[2]。

又

江南好，虎阜晚秋天。[1]山水总归诗格秀，笙箫恰称语音圆。[2]谁在木兰船。[3]

注释

[1]虎阜：即虎丘，在苏州西北阊门外。
[2]诗格：诗的法度与风格。语音圆：指笙箫之音与吴侬软语相合。
[3]木兰船：木兰舟。见前《金人捧露盘》（藕风轻）注释[6]。

又

江南好，真个到梁溪。❶一幅云林高士画，数行泉石故人题。❷还似梦游非?

注释

❶梁溪:《大清一统志》记载，在无锡县西门外，源出惠山，流入太湖，梁朝疏浚，故有此名。

❷云林:元末明初画家倪瓒，号云林子，江苏无锡人。无意仕进，世称倪高士。故人:这里指严绳孙。据《清史》本传，严氏善画，时人以倪云林视之。

又

江南好，水是二泉清。❶味永出山那得浊，名高有锡更谁争。❷何必让中泠。❸

注释

❶二泉:惠山泉，在江苏无锡西郊，水质纯净，适合煎茶。陆羽评其为"天下第二泉"，故简称"二泉"。

❷有锡:即无锡县，今为无锡市。汉代初年，锡山矿产枯竭，因名"无锡"，王莽改制，称为"有锡"，至汉顺帝又改回"无锡"。

❸中泠：中泠泉，在江苏镇江西北。唐人以为此泉煎茶最佳，有"天下第一泉"的美称。

≈•∂ 又 ∂•≈

江南好，佳丽数维扬。❶自是琼花偏得月，那应金粉不兼香。❷谁与话清凉。

注释

❶维扬：扬州的别称。
❷琼花：花名。叶柔而莹泽，花色微黄，有芳香。金粉：花钿铅粉。

≈•∂ 又 ∂•≈

江南好，铁瓮古南徐。❶立马江山千里目，射蛟风雨百灵趋。❷北顾更踌躇。❸

注释

❶铁瓮：铁瓮城，江苏镇江子城，相传为孙权建造，因其固若金城，因而得名。一说因城形似瓮，故有此名。南徐：镇江古称南徐。据《演繁露》："润州城古号铁瓮，人但知其取喻以坚而已，然瓮形深狭，取以喻城，似为非类。乾道辛卯，予过润，蔡子平置燕于江亭，亭据郡治前山绝顶，而顾子城雉堞缘冈，弯环四合，其中州郡诸廨在

258

焉，圆深之形，正如卓瓮，予始知喻以为瓮者，指子城也。"

❷千里目：见王之涣《登鹳雀楼》诗："欲穷千里目，更上一层楼"。射蛟：借用汉武帝射蛟的典故。据《汉书·武帝纪》："(元封)五年冬，行南巡狩……自寻阳浮江，亲射蛟江中，获之。"百灵：百神。陆机《太山吟》："幽涂延万鬼，神房集百灵。"

❸北固：北固山，在江苏镇江北部。梁武帝曾登临此山，称其可为京口壮观，故改名"北顾"。

❀ 又 ❀

江南好，一片妙高云。❶砚北峰峦米外史，屏间楼阁李将军。❷金碧蠹斜曛。❸

注释

❶妙高：妙高峰，金山最高峰，上有妙高台。金山，在江苏镇江。

❷砚北：书案面南，人坐于砚之北。米外史：即米芾，世称海岳外史。李将军：即李思训，善画山水木石，世称大李将军（其子昭道称小李将军）。

❸斜曛：夕阳斜照。

❀ 又 ❀

江南好，何处异京华。香散翠帘多在水，绿残红叶胜于花。❶无

259

事避风沙。②

注释

❶在水：映于水面。
❷无事：不需要做某事。

❧ 又 ❧

新来好，唱得虎头词。❶一片冷香唯有梦，十分清瘦更无诗。❷标格早梅知。❸

注释

❶新来：近来。虎头词：指顾贞观寓居苏州时所填词作。虎头：晋代画家顾恺之，小字虎头，这里借指顾贞观。
❷"一片"二句：顾贞观《浣溪沙·梅》词中之句。
❸标格：风范、品格。这里指顾贞观《弹指词》的风格。

❧ 点 绛 唇❶ ❧

一帽征尘，留君不住从君去。❷片帆何处？南浦沉香雨。❸
回首风流，紫竹村边住。❹孤鸿语。三生定许，可是梁鸿侣。❺

❶此词许增刊《纳兰词》题为"寄南海梁药亭"。梁药亭：即梁佩兰，字芝五，号药亭，广东南海人。清初著名诗人，与屈大均、陈恭尹并称为"岭南三大家"。

❷"留君"句：见蔡伸《踏莎行》词，"百计留君，留君不住。留君不住君须去"。

❸南浦：南面的水边，后来代指送别之地。屈原《九歌·河伯》："子交手兮东行，送美人兮南浦。"沉香：沉香浦，在广州西郊江滨。

❹紫竹村：可能是梁氏家乡的地名。

❺三生：即前生、今生、来生。梁鸿：字伯鸾，东汉扶风平陵人，家贫好学，有气节，与妻子孟光隐于霸陵山中，相敬如宾。

浣溪沙

十里湖光载酒游，青帘低映白蘋洲。❶西风听彻采菱讴。
沙岸有时双袖拥，画船何处一竿收。❷归来无语晚妆楼。

注释

❶青帘：酒帘、酒幌子。白蘋洲：长满白蘋的沙洲。
❷双袖拥：用衣袖裹住双手，犹今之抄手。

又 ❶

脂粉塘空遍绿苔，掠泥营垒燕相催。❷妒他飞去却飞回。
一骑近从梅里过，片帆遥自藕溪来。❸博山香烬未全灰。

注释

❶据张草纫《纳兰词笺注》，此词应作于康熙二十三年（1684）
扈驾南巡时。

❷脂粉塘：传说为西施洗浴之地。营：筑。垒：巢。

❸梅里：又名泰伯城，在江苏无锡东南。泰伯：即吴泰伯，又称
吴太伯。公亶父，吴国创始人。藕溪：在江苏无锡西北。

又 ❶

燕垒空梁画壁寒，诸天花雨散幽关。❷篆香清梵有无间。❸
蛱蝶乍从帘影度，樱桃半是鸟衔残。❹此时相对一忘言。❺

注释

❶此词许增刊《纳兰词》题为"大觉寺"。大觉寺：据《大清一
统志·保定府》记载，"大觉寺，在满城县北，明洪武初因旧址重
建"。据张草纫《纳兰词笺注》，此词应作于康熙十八年（1679）扈驾
至保定行围时。

262

❷诸天：佛教术语，佛经称欲界有六天，色界有十八天，无色界有四天，又有日天、月天、韦驮天等诸天神，总称诸天。后泛指天界。花雨：佛教术语。相传佛祖说法，诸天赞叹佛说法之无量功德，散香花如雨。

❸清梵：即梵呗声。

❹"樱桃"句：见王维《敕赐百官樱桃》诗，"总是寝园春荐后，非关御苑鸟衔残"。

❺忘言：心领神会，无须言语说明。《庄子·外物》："言者所以在意，得意而忘言。"

又❶

抛却无端恨转长，慈云稽首返生香。❷妙莲花说试推详。❸
但是有情皆满愿，更从何处著思量。❹篆烟残烛并回肠。

注释

❶据张草纫《纳兰词笺注》，此词可能作于康熙十六年（1677）卢氏去世后不久。

❷慈云：佛教术语。佛祖慈悲为怀，仿佛云盖，广被世界。返生香：据《海内十洲记》记载，海外十洲中有聚窟洲，上有神鸟山，山上有返魂树，伐其根心，用玉釜熬成汁，可制成返魂香。

❸妙莲华：即《妙法莲华经》。

❹但是：凡是。满愿：据《妙法莲环经》："此经能大饶益，一切众生，皆满其愿。"王次回《和于氏诸子秋》词："但是有情皆满愿，妙莲华说不荒唐。"

263

桦屋鱼衣柳作城，蛟龙鳞动浪花腥。❷飞扬应逐海东青。❸
犹记当年军垒迹，不知何处梵钟声。莫将兴废话分明。

注释

❶此词许增刊《纳兰词》题为"小兀喇"。乌喇：又名乌拉。据
《大清一统志·吉林》："打牲乌拉城，在吉林城北七十里混同江东。"
据张草纫《纳兰词笺注》，此词应作于康熙二十一年（1682）扈驾至
清盛京时。

❷桦屋：用桦木建造的屋子。鱼衣：用鱼皮缝制的衣服。混同江
畔，为赫哲族人聚居地，该族民众习惯居桦屋，穿鱼衣。

❸海东青：一种凶猛的雕。据《本草纲目·禽部》："雕出辽东，
最俊者谓之海东青。"

海色残阳影断霓，寒涛日夜女郎祠。❷翠钿尘网上蛛丝。
澄海楼高空极目，望夫石在且留题。❸六王如梦祖龙非。❹

注释

❶此词许增刊《纳兰词》题为"姜女词"。姜女祠：即孟姜女的

祠庙。据《大清一统志·永平府》："姜女祠在临榆县东南并海里许，祠前土丘为姜女坟，傍有望夫石。"据张草纫《纳兰词笺注》，此词可能同样作于康熙二十一年。

❷断霓：断虹。这里形容残阳倒影海中，仿佛一段彩虹。

❸澄海楼：据《大清一统志·永平府》记载，"澄海楼，在临榆县南宁海城上"。

❹六王：指燕、赵、韩、魏、齐、楚六国的诸侯王。祖龙：指秦始皇。

菩萨蛮❶

客中愁损催寒夕，夕寒催损愁中客。门掩月黄昏，昏黄月掩门。翠衾孤拥醉，醉拥孤衾翠。醒莫更多情，情多更莫醒。

注释

❶此词许增刊《纳兰词》题为"回文"。回文：见前《菩萨蛮》（雾窗寒对遥天暮）注释❶。

又❶

研笺银粉残煤画，画煤残粉银笺研。❷清夜一灯明，明灯一夜清。片花惊宿燕，燕宿惊花片。亲自梦归人，人归梦自亲。

❶此词许增刊《纳兰词》题为"回文"。

❷研笺：压印有图纹的信笺。银粉：银屑，研笺的颜料。残煤：残墨。

~❀～ 又❶ ～❀~

飘蓬只逐惊飙转，行人过尽烟光远。❷立马认河流，茂陵风雨秋。❸寂寥行殿锁，梵呗琉璃火。❹塞雁与宫鸦，山深日易斜。❺

注释

❶据张草纫《纳兰词笺注》，此词可能作于康熙十五年（1676）扈驾至明十三陵祭祀之时。

❷飘蓬：飘飞的蓬草。惊飙：狂风。

❸茂陵：这里应指明茂陵，即明宪宗（朱见深）的陵墓。

❹行殿：本指行宫的宫殿，这里指皇陵的寝殿。

❺塞雁：迁徙的大雁。宫鸦：栖息于宫中的乌鸦。韩偓《故都》诗："塞雁已侵池籞宿，宫鸦犹恋女墙啼。"

~❀～ 采桑子 ～❀~

那能寂寞芳菲节，欲话生平。❶夜已三更，一阕悲歌泪暗零。❷

须知秋叶春华促，点鬓星星。❸遇酒须倾，莫问千秋万岁名

注释

❶芳菲节：春季。毛熙震《后庭花》词："莺啼燕语芳菲节，瑞庭花发。"

❷一阕：一曲。

❸星星：形容鬓边白发杂生。左思《白发赋》："星星白发，生于鬓垂。"

$$又❶$$

深秋绝塞谁相忆？木叶萧萧。❷乡路迢迢，六曲屏山和梦遥。❸
佳时倍惜风光别，不为登高。❹只觉魂销，南雁归时更寂寥。❺

注释

❶此词许增刊《纳兰词》题为"九日"。九日：即重阳。据张草纫《纳兰词笺注》，此词应作于康熙二十一年（1682）赴梭龙侦查时。

❷绝塞：极遥远的边塞。萧萧：草木摇落的声音。

❸迢迢：遥远。王次回《归途自叹》诗："纵使到家仍是客，迢迢乡路为谁归。"六曲屏山：见前《清平乐》（将愁不去）注释❷。

❹登高：旧时风俗，重阳日登高，本为避祸免灾，后演化为登山游乐。据《续齐谐记》："汝南桓景从费长房游学累年，长房谓之曰：'九月九日汝家当有灾，宜急去，令家人各作绛囊，盛茱萸以系臂，登高饮菊花酒，此祸可除。'景如言，齐家登山，夕还，见鸡犬牛羊一时暴死。长房闻之，曰：此可代也。"

❺魂销：极度悲伤。

又

海天谁放冰轮满？惆怅离情。[●]莫说离情，但值凉宵总泪零。
只应碧落重相见，那是今生。^❷可奈今生，刚作愁时又忆卿。^❸

注释

❶冰轮：满月。

❷碧落：见前《生查子》（惆怅彩云飞）注释❷。

❸刚：偏偏。

又

白衣裳凭朱阑立，凉月趀西。[●]点鬓霜微，岁晏知君归不归？^❷
残更目断传书雁，尺素还稀。^❸一味相思，准拟相看似旧时。

注释

❶朱阑：朱红色栏杆。王次回《寒词》之一："况复此宵兼雪月，
白衣裳凭赤栏干。"趀：走，移动。

❷岁晏：岁末。

❸尺素：见前《临江仙》（霜冷离鸿惊失伴）注释❸。

清 平 乐

麝烟深漾，人拥缑笙氅。^❶新恨暗随新月长。不辨眉尖心上。^❷
六花斜扑疏帘，地衣红锦轻霭。^❸记取暖香如梦，耐他一晌寒严。

注释

❶缑笙氅：鹤氅。缑笙，借指王子乔。《列仙传》记载，王子乔
成仙，现身缑氏山，乘白鹤，举手谢时人。后世便称道士穿的鹤氅为
缑笙氅。

❷眉尖心上：见范仲淹《御街行》词："都来此事，眉尖心上，
无计相回避"。

❸六花：又名六出之花，即雪花。雪花结晶为六瓣，故有此名。
地衣：地毯。

眼 儿 媚

林下闺房世罕传，偕隐足风流。^❶今来忍见，鹤孤华表，人远罗浮。^❷
中年定不禁哀乐，其奈忆曾游。浣花微雨，采菱斜日，欲去还留。^❸

注释

❶林下闺房：据《世说新语·贤媛》记载，"谢遏绝重其姊，张
玄常称其妹，欲以敌之。有济尼者，并游张、谢二家，人问其优劣，

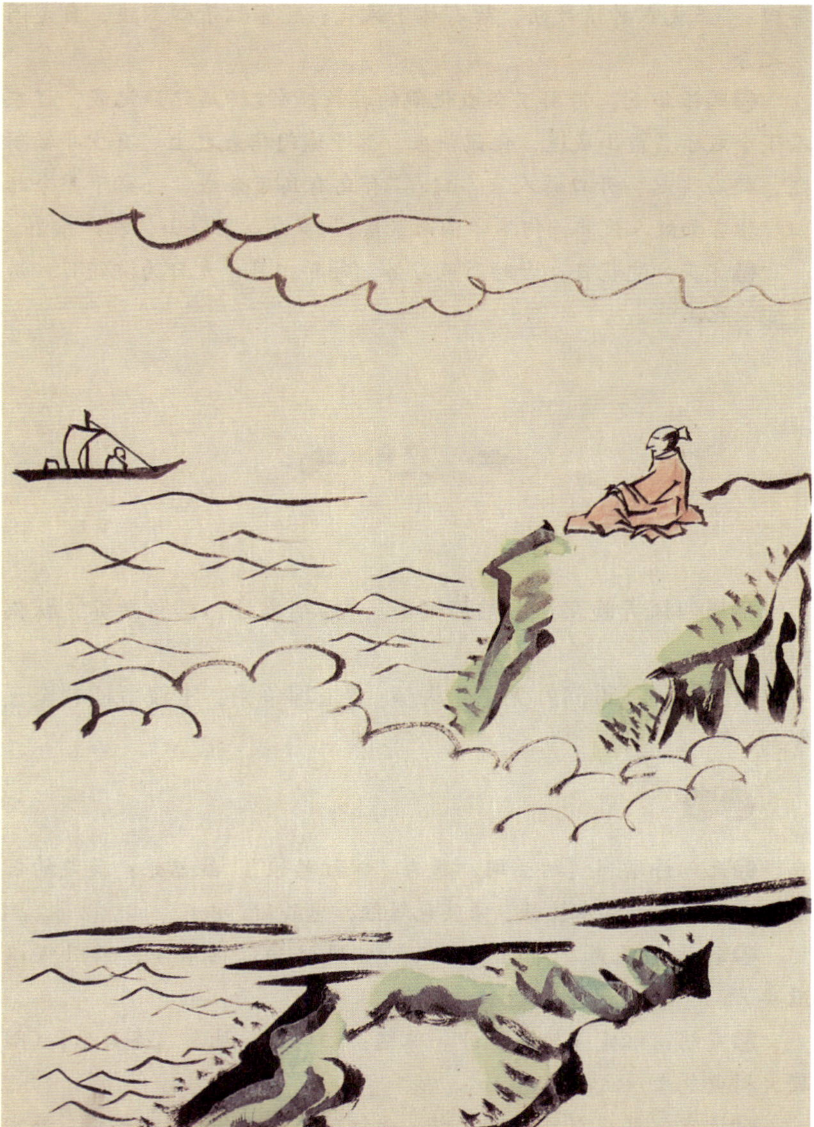

答曰：'王夫人神情散朗，故有林下风气；顾家妇清心玉映，自是闺房之秀。'"

❷鹤孤华表：借用丁令威化鹤的典故。《搜神后记》记载，辽东人丁令威于灵虚山成道，化鹤归来，落于城门华表之上。有少年欲射之，鹤乃飞起，开口作人言，曰："有鸟有鸟丁令威，去家千年今始归。城郭如故人民非，何不学仙冢累累。"罗浮：罗浮山，在广东省。

❸浣花：浣花日。古时蜀地习俗，每年四月十九日为浣花日，游赏于浣花溪畔。

又❶

骚屑西风弄晚寒，翠袖倚阑干。❷霞绡裹处，樱唇微绽，靺鞨红殷。❸

故宫事往凭谁问？无恙是朱颜。❹玉墀争采，玉钗争插，至正年间。❺

注释

❶此词许增刊《纳兰词》题为"咏红姑娘"。红姑娘：酸浆的俗名。酸浆，茄科草本植物，果实色绛红，味酸甜。

❷骚屑：风声。刘向《九叹》："风骚屑以摇木兮，云吸吸以湫戾。"

❸霞绡：红霞一般的轻纱。靺鞨：红玛瑙。见前《齐天乐》（阑珊火树鱼龙舞）注释❸。

❹故宫：见严绳孙《眼儿媚·咏红姑娘》词，"生生长共，故宫衰草，同对斜阳"。

❺玉墀：台阶的美称，代指宫殿。至正：元顺帝年号。

又❶

手写香台金字经，惟愿结来生。❷莲花漏转，杨枝露滴，相鉴微诚。

欲知奉倩神伤极，凭诉与秋檠。❸西风不管，一池萍水，几点荷灯。

注释

❶此词许增刊《纳兰词》题为"中元夜有感"。据张草纫《纳兰词笺注》，此词可能作于康熙十六年（1677）卢氏卒后的中元节。中元：见前《月上海棠》（原头野火烧残碣）注释❶

❷香台：佛殿。金字经：用金泥抄写的经文。

❸奉倩：王粲，字奉倩。据《三国志》裴松之注引《晋阳秋》："妇病亡，未殡。傅嘏往唁粲，粲不哭而神伤。"檠：灯架，代指灯。

满宫花❶

盼天涯，芳讯绝。莫是故情全歇。朦胧寒月影微黄，情更薄于寒月。

麝烟销，兰烬灭，多少怨眉愁睫。❷芙蓉莲子待分明，莫向暗中磨折。❸

273

❶满宫花：词牌名，调见《花间集》。

❷兰烬：蜡烛的余烬，形似兰心。睫：睫毛。

❸芙蓉：谐音夫容。莲子：谐音怜子。《子夜歌》："成风采芙蓉，夜夜得莲子。"又言："雾露隐芙蓉，见莲不分明。"

少年游❶

算来好景只如斯。惟许有情知。寻常风月，等闲谈笑，称意即相宜。❷

十年青鸟音尘断，往事不胜思。❸一钩残照，半帘飞絮，总是恼人时。

注释

❶少年游：词牌名，调见《珠玉集》，又名"玉蜡梅枝""小阑干"等。

❷风月：男女情事。称意：合乎心意。

❸青鸟：见前《浣溪沙》（记绾长条欲别难）注释❷。

浪淘沙❶

蜃阙半模糊。❷踏浪惊呼。任将蠡测笑江湖。❸沐日光华还浴月，

我欲乘桴。❹

钓得六鳌无？❺竿拂珊瑚。❻桑田清浅问麻姑。❼水气浮天天接水，那是蓬壶？❽

注释

❶此词许增刊《纳兰词》题为"望海"。据张草纫《纳兰词笺注》，此词可能作于康熙二十一年（1682）扈驾至山海关时。

❷蜃阁：海市蜃楼。古人认为海底有蜃，吐气，能变幻成楼阁。

❸蠡测：以瓠瓢量海水，比喻见识短浅之人。据《庄子·秋水》："秋水时至，百川灌河。泾流之大，两涘渚崖之间不辨牛马。于是焉河伯欣然自喜，以天下之美为尽在己。顺流而东行，至于北海。东面而视，不见水端。于是焉河伯始旋其面目，望洋向若而叹曰：'野语有之曰：闻道百，以为莫己若者，我之谓也。且夫我尝闻少仲尼之闻，而轻伯夷之义者，始吾弗信，今吾睹子之难穷也，吾非至于子之门，则殆矣，吾长见笑于大方之家。'"

❹乘桴：见《论语·公冶长》，"子曰：道不行，乘桴浮于海。"

❺六鳌：见《列子·汤问》，"帝恐流于西极，失群仙圣之居，乃命禺强使巨鳌十五举首而戴之。迭为三番，六万岁一交焉。五山始峙而不动。而龙伯之国有大人，举足不盈数步而暨五山之所，一钓而连六鳌，合负而趣归其国，灼其骨以数焉。"鳌：传说中的巨龟。后世用钓鳌比喻志向高远或气宇非凡。

❻竿拂珊瑚：见杜甫《送孔巢父谢病归游江东兼呈李白》诗，"诗卷长留天地间，钓竿欲拂珊瑚树"。

❼麻姑：女仙。《神仙传》："麻姑自说云：接待以来，已见东海三为桑田，向到蓬莱，又水浅于往日会时略半耳，岂将复还为陵陆乎！远叹曰：圣人皆言海中行复扬尘也。"

❽蓬壶：即蓬莱岛。

又

双燕又飞还，好景阑珊。东风那惜小眉弯。芳草绿波吹不尽，只隔遥山。

花雨忆前番，粉泪偷弹。❶倚楼谁与话春闲？数到今朝三月二，梦见犹难。❷

注释

❶粉泪偷弹：见刘过《沁园春》词，"时将粉泪偷弹"。

❷三月二：上巳节。旧俗上巳节在农历三月三日，但也有在三月二日者。

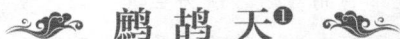

鹧鸪天❶

谁道阴山行路难？风毛雨血万人欢。❷松梢露点霑鹰绁，芦叶溪深没马鞍。❸

依树歇，映林看。黄羊高宴簇金盘。❹萧萧一夕霜风紧，却拥貂裘怨早寒。

注释

❶据张草纫《纳兰词笺注》，此词可能作于康熙二十二年（1683）扈驾至五台山等地时。

②阴山：见前《浣溪沙》（万里阴山万里沙）注释②。风毛血雨：指贵族游猎。班固《两都赋》："风毛雨血，洒野蔽天。"

③鹰绁：这里应理解为鹰鞲，用以停立猎鹰的皮臂套。

④黄羊：一种野生羊，毛色黄白。簇：盛满。

又①

小构园林寂不哗，疏篱曲径仿山家。②昼长吟罢风流子，忽听楸枰响碧纱。③

添竹石，伴烟霞。拟凭尊酒慰年华。④休嗟髀里今生肉，努力春来自种花。⑤

注释

❶据张草纫《纳兰词笺注》，此词可能作于康熙十九年（1680）或稍晚。

❷山家：山野之家。

❸风流子：词牌名。原为唐教坊曲，后用作词牌名，又名"内家娇"等。楸枰：棋盘，多用楸木制成，故有此名。

❹烟霞：泛指山林。

❺"休嗟"句：借用刘备的典故。据《三国志·蜀书·先主传》注引《九州春秋》："备住荆州数年，尝于表坐起至厕，见髀里肉生，慨然流涕。还坐，表怪问备，备曰："吾尝身不离鞍，髀肉皆消。今不复骑，髀里肉生。日月若驰，老将至矣，而功业不建，是以悲耳。"

南 乡 子

何处淬吴钩？❶一片城荒枕碧流。❷曾是当年龙战地，飕飕。❸塞草霜风满地秋。

霸业等闲休。跃马横戈总白头。❹莫把韶华轻换了，封侯。多少英雄只废丘。

注释

❶淬：淬火。吴钩：形似剑而曲，后泛指宝剑。

❷碧流：绿水。李珣《巫山一段云》词："古庙依青嶂，行宫枕碧流。"

❸龙战地：古战场。龙战，诸侯之争。班固《答宾戏》："于是七雄虓阚，分裂诸夏，龙战而虎争。"

❹跃马横戈：代指沙场作战。

鹊 桥 仙

月华如水，波纹似练，几簇澹烟衰柳。塞鸿一夜尽南飞，谁与问倚楼人瘦。❶

韵拈风絮，录成金石，不是舞裙歌袖。❷从前负尽扫眉才，又担阁镜奁重绣。❸

❶"倚楼"句：见辛弃疾《满江红》词，"人去后，吹箫声断，倚楼人独"。

❷韵拈风絮：借用谢道韫的典故，见前《忆江南》（昏鸦尽）注释❸。录成金石头：借用李清照的典故。赵明诚撰《金石录》，著录所藏金石拓片，材料翔实，考证精当，李清照作序。

❸扫眉才：女子的文学才能。胡曾《赠薛涛》诗："扫眉才子知多少，管领春风总不如。"担阁：即耽搁。镜囊重绣：王建《镜听》词："可中三日得相见，重绣镜囊磨镜面。"

虞美人

绿阴帘外梧桐影，玉虎牵金井。❶怕听啼鴂出帘迟，恰到年年今日两相思。❷

凄凉满地红心草，此恨谁知道。❸待将幽忆寄新词，分付芭蕉风定月斜时。

注释

❶玉虎：辘轳。李商隐《无题四首》之二："金蟾啮锁烧香入，玉虎牵丝汲井回。"

❷啼鴂：见前《菩萨蛮》（梦回酒醒三通鼓）注释❶。

❸红心草：红心灰藋的俗称。据《异闻录》："王生梦侍吴王，闻葬西施，生应教为诗曰：'满地红心草，三层碧玉阶。春风无处所，凄恨不胜怀。'"

茶 瓶 儿[1]

杨花糁径樱桃落。[2]绿阴下晴波燕掠。[3]好景成担阁。秋千背倚，风态宛如昨。

可惜春来总萧索。人瘦损纸鸢风恶。[4]多少芳笺约，青鸾去也，谁与劝孤酌。[5]

注释

[1]茶瓶儿：词牌名，调见《花庵词选》。

[2]糁：散落。

[3]晴波：晴日映照下的水波。

[4]纸鸢：风筝。

[5]青鸾：这里代指少女。柳永《木兰花》词："坐中年少暗消魂，争问青鸾家远近。"

临 江 仙

点滴芭蕉心欲碎，声声催忆当初。欲眠还展旧时书。鸳鸯小字，犹记手生疏。[1]

倦眼乍低缃帙乱，重看一半模糊。[2]幽窗冷雨一灯孤。料应情尽，还道有情无。

❶"鸳鸯"句：见王次回《湘灵》诗，"戏仿曹娥把笔初，描花手法未生疏。沉吟欲作鸳鸯字，羞被郎窥不肯书。"

❷缃帙：见前《鹊桥仙》（倦收缃帙）注释❷。

～ 蝶 恋 花❶ ～

城上清笳城下杵。秋尽离人，此际心偏苦。刀尺又催天又暮，一声吹冷蒹葭浦。❷

把酒留君君不住。莫被寒云，遮断君行处。行宿黄茅山店路，夕阳村社迎神鼓。❸

注释

❶此词许增刊《纳兰词》题为"散花楼送客"。散花楼：在成都。词人未到过成都，故这里指的可能是北京的某个酒楼。张纯修刊《饮水诗词集》题为"送见阳南行"，则这里的"客"即张纯修。据张草纫《纳兰词笺注》，此词应作于康熙十八年（1679）张见阳离京去江华县上任时。

❷"刀尺"句：见杜甫《秋兴八首》之一，"寒衣处处催刀尺，白帝城高急暮砧"。蒹葭浦：长满芦苇的水湾。

❸社：迎神赛社，一年农事之后，人们祀神庆祝的活动。

金缕曲❶

疏影临书卷。带霜华、高高下下，粉脂都遣。别是幽情嫌妩媚，红烛啼痕休泫。趁皓月、光浮冰茧。❷恰与花神供写照，任泼来、淡墨无深浅。持素障，夜中展。❸

残红掩过看逾显。相对处、芙蓉玉绽，鹤翎银扁。❹但得白衣时慰藉，一任浮云苍犬。❺尘土隔、软红偷免。❻帘幕西风人不寐，悄清光、肯惜鹔鹴典。❼休便把，落英剪。

注释

❶此词许增刊《纳兰词》题为"再用秋水轩旧韵"。秋水轩旧韵：见前《金缕曲》（酒浣青衫卷）注释❶。此词主题是咏白菊。

❷冰茧：蚕茧纸。据《夜航船》："王右军书《兰亭记》，用蚕茧纸。纸似茧而泽也。"

❸素障：白娟做成的屏障。言菊影映在白绢屏障上，仿佛一幅画。

❹残红：残灯。扁：遍。此句形容菊花，仿佛玉雕的芙蓉，又好像白鹤的翎羽。

❺浮云苍犬：即白云苍狗。喻世事变化无常。杜甫《可叹》诗："天上浮云如白衣，斯须改变如苍狗。"

❻软红：软红尘，繁华闹市。

❼鹔鹴裘：鹔鹴裘，用鹔鹴羽做成的长袍。鹔鹴，雁的一种。一说为飞鼠的别名。据《西京杂记》："司马相如初与卓文君还成都，居贫愁懑，以所著鹔鹴裘就市人阳昌贳酒，与文君为欢。"

望 江 南①

初八月，半镜上青霄。②斜倚画阑娇不语，暗移梅影过红桥。③裙带北风飘。④

注释

①望江南：此词许增刊《纳兰词》补遗题为"咏弦月"。

②半镜：初八日的上弦月。青霄：青天。

③画阑：有图画的栏杆。

④"裙带"句：见李端《拜新月》诗，"细语人不闻，北风吹裙带"。

鹧 鸪 天①

背立盈盈故作羞。②手挼梅蕊打肩头。③欲将离恨寻郎说，待得郎来恨却休。

云澹澹，水悠悠。一声横笛锁空楼。④何时共泛春溪月，断岸垂杨一叶舟。⑤

注释

①此词许增刊《纳兰词》补遗题为"离恨"。

②盈盈：见前《浣溪沙》（一半残阳下小楼）注释②。

③挼：同"挼"，揉搓。晏几道《玉楼春》词："手挼梅蕊寻香

径，正是佳期期未定。"

④锁：指声音萦绕不去。

⑤断岸：江岸的绝壁。辛弃疾《小重山》词："垂杨影、断岸
西东。"

明月棹孤舟①

一片亭亭空凝伫。②趁西风霓裳遍舞。白鸟惊飞，菰蒲叶乱，断
续浣纱人语。③

丹碧驳残秋夜雨。④风吹去采菱越女。辘轳声断，昏鸦欲起，多
少博山情绪？⑤

注释

①明月棹孤舟：词牌名，调见《花草粹编》。此词许增刊《纳兰
词》补遗题为"海淀"。海淀：在北京西郊。

②一片亭亭：指荷叶亭亭玉立。

③菰：茭白。蒲：菖蒲。

④丹碧：指荷花与荷叶。

⑤博山：博山炉。博山情绪，一般指男女情爱。

临江仙

昨夜个人曾有约。①严城玉漏三更。②一钩新月几疏星。夜阑犹未

寝，人静鼠窥灯。❸

原是瞿唐风间阻，错教人恨无情。❹小阑干外寂无声。几回肠断处，风动护花铃。❺

注释

❶个人：那人。

❷严城：实行宵禁的城。

❸"人静"句：见秦观《如梦令》词，"梦破鼠窥灯，霜送晓寒侵被"。

❹瞿唐：瞿塘峡，又称夔峡，长江三峡之首。这里代指约会的人被其他事情耽搁。

❺护花铃：见前《朝中措》（蜀弦秦柱不关情）注释❺。

望 海 潮❶

汉陵风雨，寒烟衰草，江山满目兴亡。❷白日空山，夜深清呗，算来别是凄凉。❸往事最堪伤。想铜驼巷陌，金谷风光。❹几处离宫，至今童子牧牛羊。

荒沙一片茫茫。有桑乾一线，雪冷雕翔。❺一道炊烟，三分梦雨，忍看林表斜阳。❻归雁两三行。见乱云低水，铁骑荒冈。僧饭黄昏，松门凉月拂衣裳。❼

注释

❶望海潮：词牌名，调见《乐章集》。此词许增刊《纳兰词》补遗题为"宝珠洞"。宝珠洞：在北京西山八大处。

❷汉陵：这里代指明十三陵。

287

③清呗：清幽的诵经声。

④铜驼：见前《忆江南》（江南好，城阙尚嵯峨）注释❶。金谷：在今天河南洛阳东北部。泛指繁华之地。

⑤桑乾：桑乾河，源出山西桑乾山，流入大清河（即今天永定河）。

⑥林表：林外。

⑦松门：庙门。

✿ 忆 江 南❶ ✿

江南忆，鸾辂此经过。❷一匊胭脂沉碧甃，四围亭壁幛红罗。❸消息暑风多。❹

注释

❶据张草纫《纳兰词笺注》，此词可能作于康熙二十四年（1685）。

❷鸾辂：天子车驾。《逸周书·月令》："天子居青阳左个，乘鸾辂，驾苍龙。"

❸匊：满握、满捧。《诗经·小雅·采绿》："终朝采绿，不盈一匊。"胭脂：胭脂井，又名辱井，陈后主与张丽华躲避隋兵之处。碧甃：青绿色的井壁。见前《念奴娇》（片红飞减）注释❹。亭壁幛红罗：红罗亭。李后主建造，四面种植红梅。

❹暑风：热风。

又

　　春去也，人在画楼东。芳草绿黏天一角，落花红沁水三弓。^❶好景共谁同？

注释

❶弓：丈量土地的工具，也用作计量单位。五尺为一弓，即一步。

赤枣子

　　风渐渐，雨纤纤。^❶难怪春愁细细添。记不分明疑是梦，梦来还隔一重帘。

注释

❶渐渐：风声。纤纤：雨丝细。

玉连环影

　　才睡。愁压衾花碎。^❶细数更筹，眼看银虫坠。^❷梦难凭，讯难

真。只是赚伊终日两眉颦。❸

注释

❶衾花：被上的花纹。

❷更筹：古时用来计时的竹签，代指时间。银虫：烛花。

❸赚：赚得，取得。

如梦令❶

万帐穹庐人醉。❷星影摇摇欲坠。归梦隔狼河，又被河声搅碎。❸
还睡、还睡。解道醒来无味。

注释

❶据张草纫《纳兰词笺注》，此词可能作于康熙二十一年（1682）
扈驾至长白山时。

❷穹庐：圆形的毡帐。

❸狼河：即白狼河。见前《齐天乐》（白狼河北秋偏早）注释❷。

天仙子

月落城乌啼未了。起来翻为无眠早。薄霜庭院怯生衣，心悄悄，
红阑绕。❶此情待共谁人晓？

❶生衣：夏衣。王建《秋日后》诗："立秋日后无多热，渐觉生衣不著身。"心悄悄：忧愁。《诗经·邶风·柏舟》："忧心悄悄，愠于群小。"

❦ 浣溪沙 ❦

锦样年华水样流，鲛珠迸落更难收。❶病余常是怯梳头。❷
一径绿云修竹怨，半窗红日落花愁。❸悄悄只是下帘钩。❹

注释

❶鲛珠：泪珠。迸：涌出、溅出。
❷病余：病后。
❸绿云：这里是形容竹叶茂密。
❹悄悄：幽深、悄寂。

❦ 又 ❦

肯把离情容易看，要从容易见艰难。难抛往事一般般。❶
今夜灯前形共影，枕函虚置翠衾单。❷更无人与共春寒。

注释

❶一般般：即一件件。方干《海石榴》诗："亭际天妍日日看，

每朝颜色一般般。"

❷枕函：见前《浣溪沙》（十八年来堕世间）注释❹。

❀ 又 ❀

已惯天涯莫浪愁，寒云衰草渐成秋。漫因睡起又登楼。❶
伴我萧萧惟代马，笑人寂寂有牵牛。❷劳人只合一生休。❸

注释

❶漫：不要。

❷萧萧：马鸣声。代：古代郡名，后泛指北方。代马：北方骏
马。牵牛：牵牛星。

❸劳人：忧伤之人。《诗经·小雅·巷伯》："骄人好好，劳人草
草。"这里是词人自指。

❀ 采桑子❶ ❀

嶲周声里严关峙，匹马登登。❷乱踏黄尘，听报邮签第几程。❸
行人莫话前朝事，风雨诸陵。❹寂寞鱼灯，天寿山头冷月横。❺

注释

❶此词许增刊《纳兰词》补遗题为"居庸关"。居庸关：位于北
京昌平。有"天下第一雄关"的美称。

　②巂周：杜鹃。严关：险要的关隘。登登：马蹄声。

　③邮签：驿站里报时的更筹。杜甫《宿青草湖》诗："宿桨依农事，邮签报水程。"

　④诸陵：这里指明十三陵。

　⑤鱼灯：坟墓里的灯。高启《吴女坟》诗："鱼灯照艳魄，夜冷朱衣薄。"天寿山：在昌平北十八里，原名黄土山，因明帝诸陵在此，改名天寿山。

清平乐❶

参横月落，客绪从谁托。❷望里家山云漠漠，似有红楼一角。❸
不如意事年年，消磨绝塞风烟。输与五陵公子，此时梦绕花前。❹

注释

❶此词许增刊《纳兰词》补遗题为"发汉儿村题壁"。汉儿村：
见前《念奴娇》（无情野火）注释❶。据张草纫《纳兰词笺注》，此词
可能作于康熙二十一年（1682）扈驾至清盛京时。
❷参：参宿，西方白虎七宿的末宿。横：斜。参横，借指夜已深。
❸红楼一角：见陈子龙《临江仙》词，"斜阳一角红楼"。
❹五陵：汉代五位皇帝的陵墓，即长陵、安陵、阳陵、茂陵、平
陵。当时贵族富豪多居住在五陵附近，后世便以"五陵"代指豪门。
白居易《琵琶行》："五陵少年争缠头，一曲红绡不知数。"

又

角声哀咽，襆被驮残月。❶过去华年如电掣，禁得番番离别。❷
一鞭冲破黄埃，乱山影里徘徊。蓦忆去年今日，十三陵下归来。

注释

❶襆被：行李，即铺盖卷。

❷电挈：电光急闪而过。

✤ 又 ✤

画屏无睡，雨点惊风碎。❶贪话零星兰焰坠，闲了半床红被。❷
生来柳絮飘零，便教咒也无灵。❸待问归期还未，已看双睫盈盈。❹

注释

❶画屏无睡：见温庭筠《池塘七夕》诗，"银烛有光妨宿燕，画
屏无睡待牵牛"。

❷兰焰：灯火。兰，用泽兰子制成的灯油。

❸咒：祝祷。

❹盈盈：清澈、晶莹。这里指泪珠晶莹。张先《临江仙》词：
"况与佳人分凤侣，盈盈粉泪难收。"

✤ 秋 千 索 ✤

锦帷初卷蝉云绕，却待要起来还早。❶不成薄睡倚香篝，一缕缕
残烟袅。❷

绿阴满地红阑悄，更添与催归啼鸟。❸可怜春去又经时，只莫被
人知了。

❶蝉云：鬓云。绕：这里指刚醒时头发蓬乱。

❷香篝：见前《诉衷情》（冷落绣衾谁与伴）注释❷。

❸催归：子规，杜鹃。

浪淘沙❶

霜讯下银塘，并作新凉。❷奈他青女忒轻狂。❸端正一枝荷叶盖，护了鸳鸯。

燕子要还乡，惜别雕梁。更无人处倚斜阳。还是薄情还是恨，仔细思量。

注释

❶此词许增刊《纳兰词》补遗题为"秋思"。

❷霜讯：霜信，霜期来临的信号。

❸青女：青霄玉女，传说中掌管霜雪的女神。据《淮南子·天文》："青女乃出，以降霜雪。"

虞美人❶

愁痕满地无人省，露湿琅玕影。❷闲阶小立倍荒凉，还剩旧时月色在潇湘。

薄情转是多情累，曲曲柔肠碎。红笺向壁字模糊，忆共灯前呵手为伊书。❸

❶此词许增刊《纳兰词》补遗题为"秋夕信步"。秋夕：七夕。信步：随意地走。

❷愁痕：这里指苔藓。琅玕：本指似玉的石头，这里指翠竹。白居易《浔阳三题·湓浦竹》："剖劈青琅玕，家家盖墙屋。"

❸呵手：见前《鹧鸪天》（别绪如丝睡不成）注释❹。

渔 父❶

收却纶竿落照红，秋风宁为剪芙蓉。❷人淡淡，水濛濛。吹入芦花短笛中。

❶渔父：原为唐教坊曲，后用作词牌名。又名"渔父乐""渔父词""渔歌子"等。

❷纶竿：钓竿。宁：竟。

菩 萨 蛮❶

车尘马迹纷如织，羡君筑处真幽僻。柿叶一林红，萧萧四面风。❷

功名应看镜，明月秋河影。^❸安得此山间，与君高卧闲。

注释

❶此词徐乾学辑《通志堂集》题为"过张见阳山居赋赠"。

❷"柿叶"句：柿子树叶经霜即变红，古典诗词中常用以暗示秋天。

❸看镜：借指容颜衰老。杜甫《江上》诗："勋业频看镜，行藏独倚楼。"秋河：银河。

❧ 南 乡 子❶ ❧

红叶满寒溪，一路空山万木齐。试上小楼极目望，高低，一片烟笼十里陂。❷

吠犬杂鸣鸡，灯火荧荧归路迷。乍逐横山时近远，东西，家在寒林独掩扉。

注释

❶此词徐乾学辑《通志堂集》题为"秋莫村居"。莫：同"暮"。

❷陂：池塘。

❧ 雨 中 花 ❧

楼上疏烟楼下路，正招余、绿杨深处。奈卷地西风，惊回残梦，几点打窗雨。

夜深雁掠东檐去。赤憎是、断魂磖杵。❶算酌酒忘忧，梦阑酒醒，愁思知何许。❷

注释

❶赤憎：可恶、讨厌。杜甫《风雨看舟前落花戏为新句》诗："赤憎轻薄遮入怀，珍重分明不来接。"

❷何许：如何，怎样。

满 江 红❶

籍甚平阳，羡奕叶、流传芳誉。❷君不见、山龙补衮，昔时兰署。❸饮罢石头城下水，移来燕子矶边树。❹倩一茎黄楝作三槐，趋庭处。❺

延夕月，承晨露。看手泽，深余慕。❻更风毛才思，登高能赋。❼入梦凭将图绘写，留题合遣纱笼护。❽正绿阴青子盼乌衣，来非暮。❾

注释

❶此词徐乾学辑《通志堂集》题为"为曹子清题其先人所构楝亭，亭在金陵署中"。曹寅：字子清，号楝亭；曹雪芹祖父。金陵署：江宁织造衙门。据张草纫《纳兰词笺注》，此词应作于康熙二十四年（1685）。

❷籍甚：盛大，盛多。《汉书·陆贾传》："贾以此游汉廷公卿间，名声籍甚。"平阳：平阳侯曹参，这里借指曹寅。奕叶：累代。

❸山龙：衮服上的山、龙图样。补衮：规谏帝王，补救其过失。衮，代指天子。兰署：即兰台，唐时指秘书省。这里借指江宁织造衙门。

❹石头城：故城在江苏南京清凉山，后来便习惯称南京为石头城。燕子矶：见前《忆江南》（江南好，怀古意谁传）注释❶。

❺黄楝：黄楝树，又称苦树。落叶乔木，树皮可入药。三槐：三

公。《周礼·秋官》："面三槐，三公位焉。"趋庭：子承父教。据《论语·季氏》："（孔子）常独立，鲤趋而过庭。曰：'学《诗》乎？'对曰：'未也。''不学《诗》，无以言。'鲤退而学《诗》。"这里借指曹寅父亲（曹玺）对其殷殷教导。

❻ 手泽：本指手上的汗，后引申为先辈遗风。《礼记·玉藻》：

"父没而不能读父之书，手泽存焉尔。"

❼凤毛：指子孙有才，可以继承父辈遗志。《南齐书·谢超宗传》："王母殷淑仪卒，超宗作诔奏之。帝大嗟赏，曰：'超宗殊有凤毛，恐灵运复出。'"登高能赋：《汉书·艺文志》记载，"《传曰》：不歌而诵谓之赋，登高能赋可以为大夫。"

❽纱笼护：据《唐摭言》记载，王播未发迹时，客居扬州昭惠寺木兰院，不受众僧礼遇。及其显贵，重游故地，众僧已将其早年题壁诗用碧纱盖护。王播因而题诗："二十年来尘扑面，如今始得碧纱笼。"

❾青子：未熟的梅子。乌衣：即乌衣巷（郎），见前《金缕曲》（德也狂生耳）注释❷。来暮：借用范廉的典故。据《后汉书·廉范传》："成都民物丰盛，邑宇逼侧，旧制禁民夜作，以防火灾，而更相隐蔽，烧者日属。范乃毁削先令，但严使储水而已。百姓为便，乃歌之曰：'廉叔度，来何暮？不禁火，民安作。平生无襦今五袴。'"后世便以"来暮"称颂地方官的功绩。

浣溪沙❶

出郭寻春春已阑（陈维崧），东风吹面不成寒（秦松龄），青村几曲到西山（严绳孙）。

并马未须愁路远（姜宸英），看花且莫放杯闲（朱彝尊），人生别易会常难（纳兰成德）。

注释

❶此词《清名家词》题为"郊游联句"。据张草纫《纳兰词笺注》，此词应作于康熙十八年（1679）。这一年博学鸿儒开科，众人会聚于北京，暮春时节同游西山，成此联句。

中国古代文学经典书系

诗书传情

浮生六记

［清］沈 复 著

苗怀明 释注

春风文艺出版社
·沈阳·

图书在版编目（CIP）数据

浮生六记/沈复著；苗怀明释注. —沈阳：春风
文艺出版社，2025.1
（中国古代文学经典书系. 诗书传情）
ISBN 978 – 7 – 5313 – 6642 – 3

Ⅰ. ①浮⋯ Ⅱ. ①沈⋯ ②苗⋯ Ⅲ. ①古典散文 — 散
文集 — 中国 — 清代 Ⅳ. ①I264.9

中国国家版本馆CIP数据核字（2024）第023231号

书写日常生活的平淡之美（前言）

　　跟随演员们的脚步缓缓走进沧浪亭的那一刻，我忽然产生了一种穿越时空的恍惚感，不知道是自己走进了历史，还是历史来到了现实。感谢园林版昆曲《浮生六记》，它让以往案头密密麻麻的文字符号还原为眼前鲜活亮丽的人间风景。

一

　　到底是2019年11月15日观赏园林版昆曲《浮生六记》的这个晚上，还是1780年中秋节沈复、芸娘坐在沧浪亭乘凉的那个月夜，其实并不重要，因为这样的场景几百年来每天都可能发生，可以发生在乾隆年间苏州的沧浪亭，可以发生在光绪年间南京的莫愁湖，可以发生在民国时期杭州的西湖，自然也可以发生在当下扬州的五亭桥。

　　这是一对结婚半年多的小夫妻，他们正享受着新婚带来的甜蜜，男的叫沈复，女的叫芸娘。虽然已到中秋，但姑苏一带还有些闷热，他们在傍晚时分悄悄登上沧浪亭乘凉，先是欣赏夕阳西下，再细品皓月当空，或向外眺望，或坐下闲聊，一切都是那么自然。不需要去发朋友圈，也不需要刻意拍视频，因为这不值得显摆，不过是二人再普通不过的日常生活。

　　在忙忙碌碌、天天急着上班打卡的现代人看来，如此富有诗情画意的场景更多出现在影视剧里，出现在电视屏幕上，和自己的生活有着太远的距离，即便是利用假期随着熙熙攘攘的人流去一次沧浪亭，也不过是走马观花，无法体会沈复、芸娘夫妻的那份闲适和恬淡。对每天忙得焦头烂额的我们来说，生活就是生活，艺术则是艺术，两者分得一清二楚，但是对这对小夫妻来说，生活就是艺术，艺术就是生活，两者并没有明显的界限，这体现为沧浪亭的中秋赏月。翻开《浮生六记》，尽管所写不过是衣食住行，家长里短，但一切又都是那么别致清雅，富有情调。同样的日常生活，同样的柴米油盐，为什么到了现代，到了我们这里，就变得如此单调乏味呢？

用为生计而奔波这个理由显然解释不了这个问题，因为这对小夫妻同样面对着各种生活难题，和我们相比，他们的生活要更为清苦，也更为艰难，看看作者外出要账艰难跋涉那段描写就可以知道。与这个问题相关的另一个问题是：该书所写不过儿女情长，家长里短，何以能成为文学经典？

回答了这个问题，也就真正看懂了《浮生六记》。

如今，经典化研究已成为学术界的一个热门话题。这个话题的核心就是一部普通的著述何以能成为名著，成为经典，转变的过程及背后的机制、心态是什么。是啊，不管是明清时期还是当下，每年都有成千上万的文学作品面世，何以有些脱颖而出成为经典名著，有些无人问津，这着实耐人思考。

以《浮生六记》而言，可以说是一部不具备条件的经典名著，或者可以说是一部非典型名著。

之所以这样说，是因为它有一些先天不利的因素，比如说作者沈复，他虽然有较高的文化修养，但并没有得到过功名，在那个时代，这就决定了他身份的卑微，没有青史留名的机会，整天为生计而奔波，他开过字画店，做过幕僚，还到广东贩卖过货物，活得相当艰难。他的生平事迹别说现在无从知晓，就是在当时，也没多少人关心和知道。

再看《浮生六记》这本书，虽然写得颇为用心，但别说刊刻，就连起码的流传都做不到。蒲松龄当年虽然无力刊刻《聊斋志异》，但起码还不断有人传抄。据现存的资料来看，《浮生六记》成书之后似乎还没人传抄过，稿本一直被束之高阁。沈复去世多年之后，都没有人知道这本书的存在，更不用说记载和评论了。如果不是杨引传这位有心人在冷摊上偶然得到书稿，并将其刊印出来，我们今天很可能根本就不知道世间竟然还有这么一部奇书。

就是这么一部篇幅不大的书稿，被发现的时候已经残缺不全了。全书不过六卷，还佚失了最后两卷。

《浮生六记》能残存下来，已经算是万幸了，甚至可以说是偶然，怎么也和文学经典画不上等号，两者之间似乎有着太过遥远的距离，估计当时在写作时，沈复也不敢有这样的奢望。

奇迹就这样毫无征兆地发生了，光绪三年（1877），杨引传将残存三分之二的《浮生六记》和另外三部笔记著作，即《镜亭轶事》《天山清辨》《闻见杂录》，一起收入《独悟庵丛抄》刊行。刚一面世，《浮生六记》便一枝独秀，大受欢迎，迅速风行海内外，书坊争相刊印。当下《浮生六记》的各类版本至少有200种，而《独悟庵丛抄》所收的另外三部笔记则一直无人提及。如果将四本书的合刊看作是一场竞争的话，《浮生六记》完胜。

伴随着《浮生六记》的一纸风行，它陆续被各类作品集收录，入选中学语文教材，被拍成电影、改编为舞台剧，被翻译成多种文字，出现专门的研究著作，这通常是衡量一部作品是否经典的指标，《浮生六记》都具备了。

如今说《浮生六记》是一部文学经典，无论是从思想艺术，还是从知名度来看，应该不会有人提出质疑。这是一部非常纯粹的文学经典，不靠作者的名气，不靠书商的宣传，靠着自身独特的艺术魅力，打动了一代又一代读者，看起来有些偶然，实则又是必然。

二

那么，这本书的魅力究竟何在？全书篇幅不大，并没有展现宽广的生活面，也没有传奇故事和戏剧冲突，写的不过是一对夫妻的日常生活，而且是那种很私人化的生活，这样的生活我们也正在经历着，日复一日，好像没什么可说的，究竟是里面的什么东西打动了我们？

就笔者个人的理解，答案说简单也简单，说复杂也复杂，《浮生六记》的魅力就来自于它的平淡，这种平淡既是指内容，也是指风格，平淡并不一定非和单调乏味画等号，它是一种美，一种最为真实的美，只是不少人未能感悟到而已。通过《浮生六记》可以领略到这一点，我们由此可以重新审视自己的生活，得到人生的启迪。

为了说明这个问题，可以拿《浮生六记》与《红楼梦》做个比较，这部书曾被誉为"小红楼"，可见不少读者意识到了两书之间的相似性。

说起来也巧，曹雪芹去世的时间是乾隆二十七年除夕（1763年2月12日），第二年，沈复和芸娘相继出生，这似乎构成了一种人生的接力，这种接力还表现在创作上。《浮生六记》虽然人物、内容、情节与《红楼梦》差别很大，但其内在精神则是相通的。不妨将《浮生六记》视作《红楼梦》的一部特殊续书。

笔者这样说并非牵强附会，而是强调两书之间的内在关联。二百多年来，《红楼梦》读者的内心里一直有个遗憾，那就是宝黛的爱情没有走向婚姻。假如两人一起牵手走进婚姻殿堂，那该会是一个多么美妙的结局呢？

对于这个假设，《红楼梦》的各类续书早就给出了答案，情节不外乎让林黛玉复活，和贾宝玉结合；然后两人的脑子被更换软件，贾宝玉从此喜欢仕进，获得功名利禄，林黛玉则喜欢持家，振兴贾府；最后自然是荣华富贵，皆大欢喜。这样的结局显然是哄读者开心的，不过是画饼充饥的白日梦，并不符合生活自身的逻辑。按照曹雪芹在前八十回的伏笔暗示及脂砚斋批语的交代，贾府最后的结局是穷途末路，家破人亡，故事以贾宝玉悬崖撒手、告别贾府而告终。

让我们按照生活自身的逻辑来完成这个假设吧。笔者曾写过《宝黛结合又如何》一文，大致的内容是，假如宝黛结合，短暂的蜜月期之后，两人就要一起去做最为重要的事情，那就是生儿育女。孩子的陆续降生意味着贾宝玉、林黛玉告别青春时光，步入成年时代。随着孩子的长大，不管贾宝玉有多么不情愿，人生的列车必定会将他送到父亲贾政的位置上。同样，面对孩子的吃喝拉撒，林黛玉没有时间也没有心思再去多愁善感，一个合格的母亲不可能在孩子成长的时候缺席，柴米油盐注定会成为她日常生活的主要内容。

于是，贾宝玉、林黛玉顺理成章地成为新的贾政、王夫人。新的贾政、王夫人的诞生意味着往日贾宝玉、林黛玉的一去不复返，再也不能肩扛花锄去葬花，再也不能躺在奶奶怀里打滚，再也不能吃女孩嘴上的胭脂。一切年少轻狂已成陈年往事，面对着柴米油盐、衣食住行，打着世俗和利益的各种盘算，不再有诗和远方，只有永远都处理不完的日常琐事。

再过若干年，宝黛又会坐在贾代善、贾母的宝座上，他们和他们的孩子们注定会将家族年轻人一代代成长的经历再次重演一遍，人生就是这样不断循环往复。

问题在于，这就是我们想要的结局吗？

这未必就是我们想要的生活，自然更不是曹雪芹期待的人生。曹雪芹是位理想主义者，尽管家族败落，生活困顿，但仍然保有一份梦想，在困苦的人生中给自己，也给读者一点亮色，让大家不要活得太世俗。因此，林黛玉必须早早去世，她不能嫁给贾宝玉。随着贾宝玉、林黛玉年龄的增大，婚姻的选择也逐渐变得无可逃避。于是在大团圆到来之前，曹雪芹拉上了大幕。

读者就这样尴尬地处在两难的境地：林黛玉的提前离世让人倍感痛苦，但她与贾宝玉的结合同样让人不能接受。这是一个没人能解决的人生难题，曹雪芹也解决不了，他能做的，就是借助一个悲欢离合、生离死别的故事引发读者的思考，与其说他给出了答案，不如他抛出了一连串让人痛苦悲伤的问题。

老实说，笔者的这篇文章写得有些过于感伤和悲观，未能直面日复一日、高度重复的日常生活。《浮生六记》实际上延续了这个话题，却给出了另外一个答案，一个更符合生活逻辑的答案。

我们可以把沈复和芸娘的婚姻视作宝黛结合的现实版。两人十三岁订婚，十八岁成亲，说不上青梅竹马，却也是情投意合。虽然他们的家世不如宝黛显赫，但四人秉性相近，都属于聪俊灵秀的那种人，也就是《红楼梦》第二回里所说的"正邪交赋"。生在公侯富贵之家，就是情痴情种；长于诗书清贫之族，就是逸士高人。前者是宝黛，后者是沈复、芸娘。

从今天的视角来看，十八岁结婚，意味着青春期的过早结束和成人世界的提前到来，这是曹雪芹不愿意面对的。实际情况究竟如何呢？

实际情况并不像曹雪芹担心的那样乏味，沈复、芸娘成亲后，生活确实平平淡淡，不外乎柴米油盐，但两人过得有滋有味。两人或沧浪亭乘凉，或泛舟太湖，或改扮装束出去招摇，尽管这样的日子并不算多。居家的时候，两人因陋就简，把庭院、居室收拾得整洁雅致。

这样的生活其实也是我们的生活，何以沈复夫妇过得如此开心？关键在心态不同。沈复、芸娘用一颗平常心对待自己的每一天，努力发现生活中的情趣，本来就没有过多过大的奢望，小小的收获都能有一份欣喜。如果把目标定得过多过大，满足的日子注定大大少于不满足的日子，正如人们常说的，人生在世，不如意事十常八九。这并非自我麻醉的"阿Q精神"，而是一种正确对待生活的态度，再说即便每天愁眉苦脸，日子就会因此而改变吗？

这就是《浮生六记》给读者留下的启示。每个人都渴望成功，渴望奇迹，但绝大多数人的生活注定平平淡淡，努力过好每一天，发现生活中的情趣和快乐，这也许才是正确的人生态度。从这一点来说，曹雪芹的担心有些多余，宝黛的家庭条件比沈复夫妇优越很多，他们结合之后，生活未必就那么单调，也许比沈复更加丰富多彩，至少是存在这种可能性的。相信读者从《浮生六记》获得的共鸣比《红楼梦》更多，毕竟沈复夫妇的生活离我们更近，他们的生活就是我们的生活。

三

《红楼梦》没有写到宝黛的结合，以悲剧而告终。《浮生六记》虽然写到了沈复、芸娘的婚姻生活，也仍然以悲剧而告终。两者同样是悲剧，但内涵却各有不同。贾宝玉的出家是要告别往日的生活，而沈复撰写《浮生六记》则是记下自己对往日生活的留恋。平平淡淡的生活也许充满烦恼，一旦这种生活因家庭变故或其他原因而中断，马上就变得无比珍贵。人不能总是生活在记忆中，珍惜已经拥有的一切，随遇而安，这也许是《浮生六记》给我们的第二个启示。

珍惜就是一种坚持，记得有部电影的结尾，主人公说过这样一句话，我们不是因希望而坚持，而是坚持了才会有希望，这也是笔者阅读《浮生六记》的一点感悟。该书卷一写的是日常生活的情趣，卷三写的则是日常生活的失去。将两卷放在一起对读，前后极为鲜明的反差会带给读者巨大的心理震撼。

全书所写，不管是欢乐还是悲伤，一切都那么平凡普通，我们在生活中每天都会遇到。唯其平凡普通，作者才不需要装腔作势，不需要矫揉造作。对那些厌倦了说教训斥、读腻了高头讲章的读者来说，从书中可以看到自己，从而引起强烈的共鸣。不信看看文学史上，有哪一位作家是靠喋喋不休、毫无新意的说教训诫获得成功的？真情实感，平淡自然，这就是《浮生六记》最大的特点，也是它最能引起读者共鸣的地方。

转眼二百多年过去了，尽管我们使用了手机、网络，尽管地球已经变成了村庄，但我们并没有走出《浮生六记》的时代，沈复、芸娘追求的幸福我们仍在追求，他们遇到的烦恼仍然困扰着我们，书中的事情发生在沈复夫妇身上，今天也会发生在我们身上，这本书的价值因岁月的积淀而变得更为丰富多元。在很长一段时间里，人们把它作为解读中国古代家族生活弊端的样本，比如俞平伯、林语堂、赵苕狂等人多是从这个角度解读立论的。这种偏意识形态的解读有其特定的时代文化语境，有其道理，但过分强调，会有意或无意遮蔽一些东西，比如人性。

探讨这个话题可以从一个假设开始，假如沈复、芸娘生活在当下，他们的人生悲剧可以避免吗？只要认真阅读作品就可以知道，他们的悲剧在当下照样可能发生。芸娘的病逝固然与家境贫困、未能得到及时救治有关。但问题在于，假如她生的是无药可治的绝症，即便再好的医疗条件也没有用。任何时代都会有悲剧的发生，不能把什么悲剧都甩锅给封建礼教，这实际上是一种变相的推卸责任。

沈复夫妇生活的困顿固然与父母有关，父亲将他们逐出家门，这是他们不幸的开始。这种家庭的不和谐现在照样存在，不能都归结为封建礼教。沈复父亲做事比较粗暴武断，这是不可否认的，但沈复夫妇自身难道就没有问题吗？沈复作为儿子没有处理好与父母、弟弟的关系，作为丈夫不能保护生病的妻子，作为父亲不能给两个孩子幸福安宁的生活，板子不能都打到父亲身上，老人即便有过错，也负不了这么多责任，你不能指望每个人都宽容开明，宽容开明只能作为一种运气，可遇而不可求。作为儿媳的芸娘多管闲事，做事莽撞，恐怕就不能仅仅用天真来辩解，毕竟都是成年人了，毕竟也是孩子的母亲了，处理好与公婆的关系无论是过去、现在还是将来，都是家庭生活中的重要一环，不能把责任都推到别人身上。

芸娘的美丽、聪慧和善良给读者留下了极其深刻的印象，大家为她的不幸感到同情和惋惜，但人们往往忽略了她的另一面，那就是幼稚、天真。作为成年人，这可不是什么值得夸赞的优点，做事欠考虑，把本来应该和谐的家庭关系弄得一团糟，比如她为丈夫主动纳妾，比如她嘲讽公公纳妾，等等。我们不必拿现在的道德规范来要求沈复和芸娘，但人不能永远停留在天真阶段。假如宝黛结合的话，大概率也会遇到这样的问题，而且问题只会更棘手，贾府的生活远比沈家复杂，如果发生冲突，矛盾只会更加激烈。

四

让我们从文学史的大视野来回望《浮生六记》。这本书篇幅不大，却为文学史提供了许多新的东西，这也是它成为文学经典的重要因素。

读过《浮生六记》这本书，读者印象最为深刻的莫过于芸娘这个人物。她并非令人惊艳的美女，但气质不俗，清秀可爱。她文化水平不高，略通文字，但悟性极高，天生颖慧；她出身卑微，但心灵手巧，善于操持家务，把日子过得有滋有味；她天真善良，但也略显幼稚，好心办坏事，给自己惹出不少麻烦。最后在贫病中夭逝，让人无限惋惜。这样的人物形象在以往的文学作品中没有见到过，作者写得逼真传神，给人呼之欲出的感觉，这无疑是沈复对中国文学史的一个重要贡献。

作者本人在书中所展现的形象也同样值得关注，这是一般读者容易忽略的。毕竟芸娘主要在第一、三两卷中写到，作者则活动在整本书中，他才是真正的主角。尽管后两卷已经佚失，但从题目及相关资料来看，写的仍是作者本人的经历和见识。

即便是芸娘，这个最让读者牵挂的人物，她之所以如此可爱迷人，固然是出自其个人的禀赋，但不能不说她正是因作者而美丽。是作者可贵的开明、包容和爱心，给她提供了展现美丽人生的舞台。作者将这些美好瞬间用文字记录了下来。尽管这个舞台实在太小了，时间也太短了。可以想象，如果换成一个不解风情、俗不可耐的男人，比如《红楼梦》里的贾赦、贾珍、贾琏之类，芸娘还能有这些逸闻趣事吗？要知道，在那个时代，妻子的命运几乎完全掌握在丈夫手里，有什么样的丈夫，就会有什么样的妻子。是沈复培养和塑造了一位可爱迷人的妻子。当然这样的培养、塑造也付出了沉重的代价，芸娘自身性格及为人处世的缺陷，给自己同样也给丈夫带来了很多麻烦。

书中的沈复是一位有才气、有个性的文人，相信这也是他有意留给后人的自画像。他虽然社会地位不高，生活困顿，但依然保持着难得的自尊，苦中作乐，享受人生，享受生活，即便是在借钱回家的路上，也要顺道到虞山一游，这种乐观旷达的人生态度难能可贵，对每个有着类似不幸遭遇的读者都是一种安慰和启发。《浮生六记》虽然写了不少人生的苦楚和无奈，但字里行间丝毫找不到那种毫无节制的宣泄和哀怨，而且作者的享乐也不是醉生梦死，自甘堕落的那种。他不仅热爱生活，而且懂得如何生活，尽管生活贫寒，但充实而有趣。看看他讲盆景、家居的那些文字，就可以知道，他绝非泛泛而谈，而是一位真正的行家里手。从摹写山川风景的那些文字，可见其独到的鉴赏眼光，他不喜欢苏州的狮子林，不喜欢扬州的五亭桥，不喜欢南昌的滕王阁，但并非故意在唱反调，而是能讲出一番道理，给人以启发。

如果生活在当下，具备这样的文化素养和鉴赏水平，相信沈复不至于沦落到没饭可吃，他可能是位大学教授，可能是位园林专家，也可能是位成功的商人。这并不是说，现在就一定比那时好，但最起码实现人生价值的机会及评判成败的标准要相对多元一些，人生舞台相对要大一些。

对一部广为传诵的文学经典来说，仅有真情实感肯定是不够的，还要有高超的写作技巧，尽管这种技巧并不一定都能明显地感觉到。《浮生六记》在这方面颇有值得称道之处，全书恬淡从容，简洁明快，凡人真事，娓娓道来，看不到刻意雕琢的痕迹，事实上作者也反对这样做，其效果正如他本人所说的"人工而归于天然"。字里行间，深厚的文学修养和文字功力是可以感受得到的，无论是写人、叙事还是记景，都很别致，这种别致背后显然有作者的苦心在。随意不是随便，这也是一种文学技巧和境界，没有多年的修炼，是无法做到的。此外需要强调的是，作者本人是一位画家，还开过书画店，这种艺术修养和知识背景可以从其对各地山川风物精当优美的描绘中看出来，其达到了诗情画意的艺术境界。真情实感，加上生花妙笔，成就了一部优秀的文学经典。

斗转星移，沧海桑田，二百多年间，这个世界发生了太多太大的变化。沈复笔下的苏州、扬州、杭州、广州、荆州，地名还是原来的地名，位置还在原来的位置，沧浪亭至今依然游人如织。但有了一部《浮生六记》之后，一切都发生了改变，往日的风景又多了一层内涵和魅力，这不是眼睛能看到的，需要用心去体会。

五

最后对本书的相关整理事宜做一个交代：

本书正文以《独悟庵丛钞》本为底本，这是《浮生六记》的第一个刊本，由于作者的手稿已不可见，这也是最接近作品原貌的一个版本。整理时尽量保持底本原貌，除明显的错字外，能勉强讲通的则不改动。

注释为简注，内容包括一些难解的词语、人名地名、诗文典故等，只要读者能大体读懂的词语，就不再出注。对所注词语，简要说明词义，不作征引和发挥。

翻译以忠实原著为原则，采用直译和意译的方式，一方面紧扣正文进行翻译，另一方面则根据需要增删字句，加以变通。完全照原文直译，不仅很多地方难以翻译，毕竟白话与文言的表达方式有着很大的不同，而且读起来也别扭。像《浮生六记》这样优美的文字，应该有较为通顺、流畅的翻译才是。

在翻译过程中，笔者还参考了林语堂的英文译本（笔者使用的版本为外语教学与研究出版社1999年版），受其启发颇多，这也是要进行说明的。

为了便于读者的阅读和欣赏，书后还附收了一些资料。这些资料分为两个部分：

附录一是后人续写的第五、六卷。第五、六卷尽管已有过硬的材料证明其确系伪托之作，并非沈复本人所写，但它毕竟提供了一个有趣的话题，可以增加读者的阅读兴趣。同时，也便于大家比较，看《浮生六记》的文字是不是可以随便伪造的，因此作为附录予以收录，仅供读者参考，但只做注释，不再翻译。底本则采用朱剑芒所编的《美化文学名著丛刊》本为底本。该书于1935年由上海世界书局刊行，首次刊出第五、六卷，是《浮生六记》的第一个"足本"。

附录二收录晚清以降，特别是现代人的一些品评文字，其中有不少写得相当不错，相信对读者还是有所启发的。对那些有志于深入研究的读者，也算是提供一些资料。

尽管笔者自问还算认真努力，但限于个人的学识和能力，书中可能还存在不少问题，比如断字不当，注释有误，翻译不确，等等，欢迎读者诸君随时指出，以便将来再版时予以更正。

苗怀明

目　录

卷一 闺房记乐

余生乾隆癸未冬十一月二十有二日①，正值太平盛世，且在衣冠之家②，居苏州沧浪亭畔③，天之厚我，可谓至矣。东坡云："事如春梦了无痕。"④苟不记之笔墨，未免有辜彼苍之厚。因思《关雎》冠三百篇之首⑤，故列夫妇于首卷，余以次递及焉。所愧少年失学，稍识之无，不过记其实情实事而已，若必考订其文法，是责明于垢鉴矣⑥。

注释

①乾隆癸未冬十一月二十有二日：1763年12月26日。

②衣冠：缙绅，名门世族。

③沧浪亭：在今江苏苏州城南三元坊内，为苏州四大名园之一。在苏州现存诸园中年代最久，为宋苏舜钦所建。

④东坡：即苏轼。东坡本为地名，在今湖北黄冈。苏轼曾开垦躬耕于此，并自号为"东坡居士"。事如春梦了无痕：语出苏轼《正月二十日与潘、郭二生出郊寻春，忽记去年是日同至女王城作诗，乃和前韵》诗："人似秋鸿来有信，事如春梦了无痕。"

⑤《关雎》：《诗经》中的第一首诗歌。三百篇：《诗经》经孔子删定后存三百零五篇，举其成数称为"三百篇"，后成为《诗经》的代称。

⑥鉴：镜子。

译文

我生于乾隆癸未年十一月二十二那一天，当时正值太平盛世，且生在一个读书人家里，居住在苏州沧浪亭边。上天对我的厚爱，真是达到极点了。苏东坡曾说:"事如春梦了无痕。"如果不把自己所见所思记载下来,未免有负于上天的厚爱。想到《关雎》放在《诗经》的最前面,所以我也把夫妇之事放到首卷,其他的事情则依次写下去。惭愧的是自己少年失学,水平有限,不过是记录一些实情实事而已。如果一定要考究文法修辞的话,则就是苛求污垢的镜子发出光亮了。

　　余幼聘金沙于氏❶,八龄而夭,娶陈氏。陈名芸,字淑珍,舅氏心余先生女也。生而颖慧,学语时,口授《琵琶行》❷,即能成诵。四龄失怙❸,母金氏,弟克昌,家徒壁立❹。芸既长,娴女红❺,三口仰其十指供给,克昌从师,修脯无缺❻。一日,于书簏中得《琵琶行》,挨字而认,始识字。刺绣之暇,渐通吟咏,有"秋侵人影瘦,霜染菊花肥"之句。余年十三,随母归宁❼,两小无嫌,得见所作,虽叹其才思隽秀,窃恐其福泽不深,然心注不能释❽,告母曰:"若为儿择妇,非淑姊不娶。"母亦爱其柔和,即脱金约指缔姻焉。此乾隆乙未七月十六日也❾。

注释

❶聘:订婚。金沙:在今江苏南通。
❷《琵琶行》:唐代诗人白居易诗作。
❸失怙:父亲去世。
❹壁立:比喻家中贫困,空无所有。
❺女红:旧时女子所做的针线、纺织、刺绣、缝纫等工作。
❻修脯:旧时付给老师的酬金。
❼归宁:旧时出嫁的妇女回娘家。
❽心注:倾心。
❾乾隆乙未七月十六日:1775年8月11日。

译文

　　我小时候曾和金沙于氏订婚,可惜她八岁的时候就夭折了,后来娶的是陈氏。陈氏名叫芸，字淑珍，是我舅父心余先生的女儿。她生而颖慧，当初学习说话时，家里口授《琵琶行》，她就能背诵。她四岁的时候，父亲谢世，家里还有母亲金氏和弟弟克昌，家徒四壁，生活艰难。陈芸长大后，精通纺织、刺绣等女红，三口之家主要依靠她的十指为生。弟弟克昌从师学习，给先生的酬金从来没有短缺过。有一天，她从书筐里看到了《琵琶行》，便逐字来认，这才开始识字。刺绣闲暇时间，渐渐懂得吟咏，写有"秋侵人影瘦，霜染菊花肥"这样的佳句。我十三岁的时候跟着母亲回姥姥家，与芸相处融洽，得以见到她写的诗句，虽然赞叹她才思隽秀，但也担心她福泽不深。然而心思都在她身上，时刻不能放下，就告诉母亲说："若是为儿子选择媳妇，非淑姐芸不娶。"母亲也喜欢芸的温柔和顺，当即摘下金戒指，缔结婚约。这一天正是乾隆乙未年的七月十六。

是年冬，值其堂姊出阁❶，余又随母往。芸与余同齿而长余十月❷，自幼姊弟相呼，故仍呼之曰淑姊。时但见满室鲜衣，芸独通体素淡❸，仅新其鞋而已。见其绣制精巧，询为己作，始知其慧心不仅在笔墨也❹。其形削肩长项，瘦不露骨，眉湾目秀❺，顾盼神飞❻，唯两齿微露，似非佳相。一种缠绵之态，令人之意也消。索观诗稿，有仅一联，或三、四句，多未成篇者，询其故，笑曰："无师之作，愿得知己堪师者敲成之耳。"余戏题其签曰"锦囊佳句"❼，不知夭寿之

机此已伏矣。

❶ 出阁：女子出嫁。

❷ 同齿：同岁，年龄相同。

❸ 素淡：素净淡雅。

❹ 笔墨：文字，文章。

❺ 眉湾目秀：眉目清秀，长相美丽。眉湾：即眉弯，弯弯的眉毛。

❻ 顾盼神飞：左右顾视，神采飞扬。

❼ 锦囊佳句：唐代诗人李贺外出，必带一锦囊，途中想到佳句，即写下放入囊中。因李贺年仅27岁而卒，故此处有"天寿之机已伏矣"之说。典出李商隐《李长吉小传》："恒从小奚奴，骑距驴，背一古破锦囊，遇有所得，即书投囊中。及暮归，太夫人使婢受囊出之，见所书多，辄曰：'是儿要当呕出心乃已尔。'上灯与食，长吉从婢取书，研墨叠纸足成之，投他囊中。"

译文

这年冬天，正赶上堂姐出嫁，我又跟随母亲前往舅父家。芸和我同龄但比我大十个月，两人从小以姐弟相称，所以我仍喊她淑姐。当时只见满屋子的人都穿着鲜艳的服装，只有淑姐芸衣着淡雅，仅换了一双新鞋而已。这双鞋绣制精巧，一问是她自己做的，这才知道其慧心不仅体现在笔墨上。她长得较为苗条，削肩长颈，瘦不露骨，眉清目秀，两眼顾盼神飞，只是有两个洁白的牙齿微微外露，似乎算不上美貌。但是那种缠绵娇美的仪态，让人萌生爱恋之意，难以割舍。我要她的诗稿来看，发现有的只有一联，有的只有三、四句，大多没有完成全篇。问她其中的缘故，她笑着说："这是没有老师指导的习作，希望得到了解自己能当老师的人来帮我推敲成篇。"我为其诗戏题曰"锦囊佳句"。殊不知其短寿之机已潜伏在这里了。

是夜送亲城外，返已漏三下^❶。腹饥索饵^❷，婢妪以枣脯进^❸，余嫌其甜。芸暗牵余袖，随至其室，见藏有暖粥并小菜焉^❹。余欣然举箸，忽闻芸堂兄玉衡呼曰："淑妹速来。"芸急闭门曰："已疲乏，将卧矣。"玉衡挤身而入，见余将吃粥，乃笑睨芸曰^❺："顷我索粥，汝曰'尽矣'，乃藏此专待汝婿耶？"芸大窘避去，上下哗笑之。余亦负气^❻，掣老仆先归。自吃粥被嘲，再往，芸即避匿，余知其恐贻人笑也^❼。

注释

❶ 漏三下：漏，漏刻，古代一种计时方法。漏三下，即三更时分。
❷ 饵：食物。
❸ 枣脯：用枣子制成的果干。
❹ 小菜：盛在小碟儿中下酒饭的菜蔬，多为盐或酱腌制而成。
❺ 睨（nì）：斜着眼睛看。
❻ 负气：赌气。
❼ 贻：留下，落下。

译文

当天夜里到城外送亲，回来的时候已是三更时分，我饥肠辘辘，想找点东西吃。女仆拿来些枣脯，我嫌它太甜不想吃。芸暗中牵着我的袖子，我跟着走进她的卧室。看到里面藏有准备好的热粥和和小菜。我欣然举起筷子，忽然听到芸的堂兄玉衡在外边喊道："淑妹快来。"芸急忙关门说："我已疲乏，准备睡觉呢。"玉衡从门缝挤了进来，看到我准备吃粥，斜眼看着芸，笑道："刚才我跟你要粥，你说没有了，原来藏在这里专门招待女婿啊。"芸十分窘迫，躲了出去。一时间，满屋子的人都哈哈大笑起来。我也赌气带着老仆先回去了。自从因吃粥的事被人嘲笑，我再去的时候，芸都要躲藏起来，我知道她是怕人笑话。

至乾隆庚子正月二十二日花烛之夕^❶，见瘦怯身材依然如昔^❷，头巾既揭，相视嫣然❸。合卺后❹，并肩夜膳，余暗于案下握其腕，暖尖滑腻❺，胸中不觉怦怦作跳。让之食，适逢斋期❻，已数年矣。暗计吃斋之初，正余出痘之期❼，因笑谓曰："今我光鲜无恙，姊可从此开戒否？"芸笑之以目，点之以首。

注释

❶乾隆庚子正月二十二日：1780年2月26日。花烛：新婚。旧时结婚新房内点有龙凤雕饰的蜡烛，后遂以花烛代指新婚。

❷瘦怯：瘦弱。

❸嫣然：形容笑容。

❹合卺（jǐn）：旧时结婚仪式。

❺暖尖滑腻：手温暖且手指尖细，皮肤光滑细腻。

❻斋期：斋戒期间。苏州习俗，夏历六月天气炎热，当地人以素食为主，名为素斋，时间多为半月，也有一个月的。

❼出痘：出水痘，一种幼儿易患的传染性疾病。

译文

到乾隆庚子年正月二十二的洞房花烛夜，我看到她身材依旧那样瘦怯，红盖头揭去之后，两人相视一笑。喝过合卺酒之后，我们并肩而坐，一起吃夜宵。我悄悄地在桌子下握了握她的手腕，只觉得手指尖细温润，心里不禁怦怦跳动。让她吃东西，这天正赶上她的斋期，她已经坚持好几年了。算算她当初吃斋的时间，正是我出痘的日子，于是笑着对她说："如今我身体光鲜无恙，姐姐也可从此开戒了吧？"芸目中含笑，点了点头。

廿四日为余姊于归❶，廿三国忌不能作乐❷，故廿二之夜即为余姊款嫁❸。芸出堂陪宴，余在洞房与伴娘对酌，拇战辄北❹，大醉而卧，醒则芸正晓妆未竟也❺。是日亲朋络绎，上灯后始作乐。廿四子正❻，余作新舅送嫁，丑末归来❼，业已灯残人静，悄然入室，伴妪盹于床下，芸卸妆尚未卧，高烧银烛，低垂粉颈，不知观何书而出神若此，因抚其肩曰："姊连日辛苦，何犹孜孜不倦耶？"芸忙回首起立曰："顷正欲卧，开橱得此书，不觉阅之忘倦。《西厢》之名❽，闻之熟矣，今始得见，真不愧才子之名，但未免形容尖薄耳。"❾余笑曰："唯其才子，笔墨方能尖薄。"伴妪在旁促卧，令其闭门先去。遂与比肩调笑，恍同密友重逢。戏探其怀，亦怦怦作跳，因俯其耳曰："姊何心春乃尔耶？"❿芸回眸微笑。便觉一缕情丝摇人魂魄，拥之入帐，不知东方之既白。

注释

❶ 于归：女子出嫁。

❷ 国忌：古代皇帝、皇后去世的日子。

❸ 款嫁：设宴送嫁。

❹ 拇战：划拳。北：败北，失败。

❺ 晓妆：晨起梳妆。

❻ 子正：相当于午夜12点。

❼ 丑末：相当于凌晨3点。

❽《西厢》：元杂剧《西厢记》，演述张生与崔莺莺爱情故事，作者王实甫。

❾ 尖薄：尖巧轻薄。

❿ 心春：心跳。

译文

本来二十四是我妹妹出嫁的日子，但二十三是国忌不能娱乐，因此就在二十二夜里为我妹妹举办婚礼。芸出去陪客，我便在洞房里和伴娘喝酒，但每次划拳都失败，结果喝得大醉，躺在床上。醒来的时候，芸正起来化早妆还没有结束。当天亲朋好友络绎不绝，晚上上灯之后才开始欢庆。二十四日子夜，我身为新舅去送嫁，直到凌晨丑末时分才回来，当时已经灯残人静。悄悄走进卧室，只见负责侍奉的老妇人正在床边打盹。芸虽已卸妆，但还没有睡觉。正点着蜡烛，低着头，不知在看什么书如此入迷，我摸着她的肩膀说："姐姐连日辛苦，为什么还这样孜孜不倦呢？"芸急忙回头，站起身来说："刚才正想睡觉，打开书橱看到这本书，不知不觉，读得忘了疲倦。《西厢记》的书名听起来很熟，今天才得以看到，真不愧才子之名，只是书中所写未免尖薄了些。"我笑着说："唯其是才子，笔墨才能如此尖薄。"此时负责侍奉的老妇人在旁边催促我们休息，我让她关门先走。这才与芸坐在一起调笑起来，大家好像密友重逢一样。我伸手摸摸她的胸口，感到她的心头也在怦怦跳动。于是俯在她的耳边悄悄问道："姐姐的心为什么跳得这么快呢？"芸回眸莞尔一笑，只觉得一缕情丝动人魂魄，于是拥着她进入帐内。不知不觉，天已经亮了。

芸作新妇，初甚缄默❶，终日无怒容，与之言，微笑而已。事上以敬，处下以和，井井然未尝稍失。每见朝暾上窗❷，即披衣急起，如有人呼促者然。余笑曰："今非吃粥比矣，何尚畏人嘲耶？"芸曰："曩之藏粥待君❸，传为话柄，今非畏嘲，恐堂上道新娘懒惰耳。"❹余虽恋其卧而德其正，因亦随之早起。自此耳鬓相磨，亲同形影，爱恋之情，有不可以言语形容者。

注释

❶缄默：寡言少语。
❷朝暾（tūn）：初升的太阳。
❸曩（nǎng）：以往，从前。
❹堂上：这里指对公婆的尊称。

译文

芸刚过门那一阵子，很是沉默，整天没有恼怒的表情，和她说话，也只是微笑而已。上对公婆孝敬，下对晚辈和气，做事很有条理，没有什么闪失。每天早上看见太阳照到窗户，她便急忙穿衣起床，好像有人催促似的。我笑着说："如今不是吃粥时可比了，还怕别人嘲笑吗?"芸说："当初藏粥招待你，已传为笑柄。如今不是害怕别人嘲笑，而且担心公婆说新娘懒惰啊。"我虽对她睡在身边有些留恋，却觉得她做得正确，因此也随着她早起。自此，两人耳鬓厮磨，形影不离，那种爱恋的情感是语言所不能描绘的。

而欢娱易过，转瞬弥月❶。时吾父稼夫公在会稽幕府❷，专役相迓❸，受业于武林赵省斋先生门下❹。先生循循善诱，余今日之尚能握管❺，先生力也。归来完姻时，原订随侍到馆。闻信之余，心甚怅然，恐芸之对人堕泪。而芸反强颜劝勉，代整行装，是晚但觉神色稍异而已。临行，向余小语曰："无人调护，自去经心。"❻及登舟解缆，正当桃李争妍之候，而余则恍同林鸟失群，天地异色。到馆后，吾父即渡江东去。

注释

❶转瞬：转眼间，指时间过得很快。

❷会稽：今浙江绍兴。幕府：旧时军中或官署聘用的文书人员，这里是做幕府的意思。

❸迓（yà）：迎接。

❹受业：跟随老师学习。武林：今浙江杭州。

❺握管：执笔。

❻经心：留心，留意。

译文

欢娱的时光容易度过，转眼间已过去一个月。当时我父亲稼夫公在会稽做幕府，专门派人来接我，让我跟随杭州赵省斋先生学习。先生循循善诱，我今天还能执笔写作，都是得益于先生的教诲。回家完亲的时候，原计划随后要到父亲那里继续学习。得到要走的消息，心里感到很是怅然，担心芸会对人落泪。没想到她却强撑笑颜来规劝安慰我，给我收拾行装，那天晚上只是觉得她神色稍有些异样而已。临走前，她对我小声说道："外出无人照料，自己要多当心。"等到登上船，解开缆绳，此时正是桃李争妍的时节，而我却恍然如失群的林鸟，觉得天地间的颜色都改变了。到了杭州后，父亲即渡江东去了。

居三月，如十年之隔。芸虽时有书来，必两问一答，半多勉励词，余皆浮套语❶，心殊怏怏❷。每当风生竹院，月上蕉窗，对景怀人，梦魂颠倒。先生知其情，即致书吾父，出十题而遣余暂归。喜同戍人得赦❸，登舟后，反觉一刻如年。及抵家，吾母处问安毕，入房，芸起相迎，握手未通片语，而两人魂魄恍恍然化烟成雾❹，觉耳中惺然一响❺，不知更有此身矣。

注释

❶浮套：客套。
❷怏怏（yàng）：不高兴或没精打采的样子。
❸戍人：古代驻守边关的将士。
❹恍恍然：好像，仿佛。
❺惺然：象声词。

译文

我在外地仅住了三个月，却感觉如同十年一样漫长。芸虽然不时有书信过来，但必定是两问一答，其中多半为勉励之词，其余都是客套话，我心里很不高兴。每当风生竹院，月上蕉窗，对景怀人，梦魂颠倒。先生知道我的情况，就给我父亲写信，出了十道题，让我暂且先回家。我高兴得如同守边的兵士得到了赦免。登上小船后，反倒觉得一刻如同一年一样缓慢。回到家里，去母亲那里问安之后，走到自己房里，芸站起来迎接，手握在一起还没有说话，两人的魂魄仿佛化成了烟雾，只觉得耳中惺然一响，似乎身体和魂魄分离了。

时当六月，内室炎蒸❶，幸居沧浪亭爱莲居西间壁❷，板桥内一轩临流，名曰"我取"，取"清斯濯缨，浊斯濯足"意也❸。檐前老树一株，浓阴覆窗，人面俱绿。隔岸游人往来不绝。此吾父稼夫公垂帘宴客处也。禀命吾母，携芸消夏于此。因暑罢绣，终日伴余课书论古❹，品月评花而已。芸不善饮，强之可三杯，教以射覆为令❺。自以为人间之乐，无过于此矣。

注释

❶炎蒸：炎热。

❷间壁：隔壁。

❸清斯濯缨，浊斯濯足：语出《孟子·离娄上》，"有孺子歌曰：'沧浪之水清兮，可以濯我缨；沧浪之水浊兮，可以濯我足。'孔子曰：'小子听之，清斯濯缨，浊斯濯足矣。自取之也。'"濯（zhuó）：洗。

❹课书：研读书籍。

❺射覆：一种酒令。在喝酒行令时，出题者先用诗文、成语或典故隐喻某事物，让猜谜者用另一种诗文、成语典故来揭开谜底。如果猜不出或猜错及出题者误判，都要罚酒。

译文

当时正值六月，室内闷热。幸好我们住在沧浪亭爱莲居西边的隔壁，板桥内有间房子临水，名叫"我取"，取名源于"清斯濯缨，浊斯濯足"。房前有棵老树，浓荫覆盖着窗户，连人的面容都映成绿色。隔岸游人往来不绝，这是我父亲稼夫公垂帘宴客的地方。禀告母亲之后，我便带芸到这里消夏。因为天热，她不再刺绣做活，整天陪着我读书论古，品月评花。芸不善于饮酒，勉强可喝上三杯，我教她行酒令。自以为人世间的快乐，再没有超过这个的了。

一日，芸问曰："各种古文，宗何为是？"余曰："《国策》《南华》❶，取其灵快；匡衡、刘向❷，取其雅健；史迁、班固❸，取其博大；昌黎取其浑，柳州取其峭，庐陵取其宕，三苏取其辩❹，他若贾、董策对❺，庾、徐骈体❻，陆贽奏议❼，取资者不能尽举，在人之慧心领会耳。"

❶《国策》：《战国策》。《南华》：《南华经》，即《庄子》。

❷匡衡：字稚圭，西汉经学家。刘向：字子政，西汉经学家、目录学家、文学家。

❸史迁：即司马迁。班固（32年—92年）：字孟坚，东汉史学家、文学家。

❹昌黎、柳州、庐陵、三苏：昌黎即韩愈，柳州即柳宗元，庐陵即欧阳修，三苏即苏洵、苏轼、苏辙。

❺贾、董：贾即贾谊，董即董仲舒，

❻庾、徐：庾即庾信，徐即徐陵。

❼陆贽（754—805）：字敬舆。唐代政治家、文学家。

译 文

有一天，芸问道："各种古文，应当学哪一家为好？"我说："《战国策》《南华经》，取其灵快；匡衡、刘向，取其雅健；司马迁、班固，取其博大；韩愈取其浑厚，柳宗元取其峭拔；欧阳修取其挥洒；三苏取其明辩；其他如贾谊、董仲舒的策对，庾信、徐陵的骈体、陆贽的奏议；等等，可以取资的很多，无法全都列举出来，关键在各人的慧心领会。"

芸曰："古文全在识高气雄，女子学之恐难入彀❶，唯诗之一道，妾稍有领悟耳。"余曰："唐以诗取士，而诗之宗匠必推李、杜❷，卿爱宗何人？"芸发议曰："杜诗锤炼精纯，李诗潇洒落拓，与其学杜之森严，不如学李之活泼。"余曰："工部为诗家之大成❸，学者多宗之，卿独取李，何也？"芸曰："格律谨严，词旨老当，诚杜所独擅。但李诗宛如姑射仙子❹，有一种落花流水之趣，令人可爱。非杜亚于李，不过妾之私心宗杜心浅，爱李心深。"余笑曰："初不料陈淑珍乃李青莲知己。"❺

注释

❶入彀：合乎要求，达到标准。

❷李、杜：即李白、杜甫。

❸工部：即杜甫，因其曾任工部员外郎，故有此称。

❹姑射仙子：《庄子·逍遥游》中所描绘的女神形象。

❺李青莲：即李白，李白号青莲居士。

译文

芸说："古文的精华在识高气雄，女性学习恐怕难以入门。唯有诗歌一道，我稍稍有些领悟。"我说："唐代以诗取士，诗的宗匠必定首推李白、杜甫，你喜欢学习哪一个呢？"芸发议论道："杜诗锤炼精纯，李诗潇洒落拓，与其学杜甫的森严，倒不如学李白的活泼。"我说："杜工部为诗家之集大成者，学诗的人多学习他。而你独选李白，为什么呢？"芸说："格律严谨，词旨老练，这的确是杜甫所擅长的，而李白的诗宛如姑射仙子，有一种落花流水之趣，让人喜爱。并不是杜甫不如李白，只不过是我喜欢杜甫的心浅，喜欢李白的心深罢了。"我笑道："没想到陈淑珍是李青莲的知己。"

芸笑曰："妾尚有启蒙师白乐天先生❶，时感于怀，未尝稍释。"余曰："何谓也？"芸曰："彼非作《琵琶行》者耶？"余笑曰："异哉，李太白是知己，白乐天是启蒙师，余适字三白，为卿婿，卿与'白'字何其有缘耶？"芸笑曰："白字有缘，将来恐白字连篇耳（吴音呼别字为白字）。"相与大笑。余曰："卿既知诗，亦当知赋之弃取。"芸曰："《楚辞》为赋之祖，妾学浅费解。就汉、晋人中调高语炼，似觉相如为最。"❷余戏曰："当日文君之从长卿❸，或不在琴而在此乎？"复相与大笑而罢。

注释

❶白乐天：即白居易，字乐天。

❷相如：即司马相如，西汉辞赋家。

❸文君之从长卿：司马相如与卓文君的爱情故事。相传卓文君为富商之女，被司马相如的琴声打动，两人相爱后一起私奔。

译文

芸笑着说："我还有启蒙老师白乐天先生，时时现在心里，未尝忘记。"我说："怎么说？"芸说："他不是《琵琶行》的作者吗？"我笑着说："真是奇怪啊，李太白是你的知己，白乐天是你的启蒙老师，我恰好字'三白'，是你的夫婿，你与'白'字怎么这么有缘分呢？"芸笑着说："'白'字有缘，将来恐怕会'白'字连篇呢。"（吴语将"别"读做"白"字）我们互相大笑起来。我说："你既然懂诗，也应当知道赋的弃取吧。"芸说："《楚辞》是赋的祖师，我学识肤浅，难以理解。就汉、晋人而言，意境高而语词练达，似乎觉得司马相如最好。"我开玩笑说："当日卓文君跟着司马相如，或许不在琴而在此吧？"两人又大笑起来，结束了谈话。

余性爽直，落拓不羁；芸若腐儒❶，迂拘多礼❷。偶为披衣整袖，必连声道"得罪"；或递巾授扇，必起身来接。余始厌之，曰："卿欲以礼缚我耶？语曰❸：'礼多必诈❹'。"芸两颊发赤，曰："恭而有礼，何反言诈？"余曰："恭敬在心，不在虚文。"芸曰："至亲莫如父母，可内敬在心而外肆狂放耶？"余曰："前言戏之耳。"芸曰："世间反目，多由戏起，后勿冤妾，令人郁死。"余乃挽之入怀，抚慰之，始解颜为笑。自此，"岂敢""得罪"竟成语助词矣。

鸿案相庄❺，廿有三年，年愈久而情愈密。家庭之内，或暗室相逢，窄途邂逅，必握手问曰："何处去？"私心忐忑❻，如恐旁人见之者。实则同行并坐，初犹避人，久则不以为意。芸或与人坐谈，见余至，必起立，偏挪其身，余就而并焉。彼此皆不觉其所以然者，始以为惭，继成不期然而然❼。独怪老年夫妇相视如仇者，不知何意？或曰："非如是，焉得白头偕老哉？"斯言诚然欤？

注释

❶腐儒：思想陈旧迂腐的书生。

❷迂拘：拘守陈规，迂腐而不知变通。

❸语：俗语，俗话。

❹诈：虚伪。

❺鸿案相庄：指夫妻间相敬相爱，关系融洽。典出《后汉书·逸民传·梁鸿》："鸿家贫而有节操。妻孟光，有贤德。每食，光必对鸿举案齐眉，以示敬重。"

❻忐忑（tè）：小心谨慎的样子。

❼不期然而然：不自觉如此。

译文

我性格爽直，言行随便，不拘小节。而芸则像腐儒一样，拘泥多礼。偶尔为她披披衣服，整整衣袖，她必定连声说："得罪，得罪。"为她递手巾、送扇子，她也一定要站起来接。我起初看不惯，说："你是要用礼节来约束我吧，俗话说：'礼多必诈。'"芸脸红了起来，问道："恭敬有礼，为什么反说我虚伪呢？"我答道："恭敬在心，而不在表面形式。"芸说："至亲莫如父母，难道对待他们可以内敬在心，外表放肆吗？"我说："我前面说的都是开玩笑呢。"芸说："世间反目多由玩笑而起，以后你不要冤枉我，让人郁闷而死。"我把她搂在怀里，抚慰了一阵子，这才露出笑容。从此之后，"岂敢""得罪"竟成为她的语助词了。我们相亲相爱，一起生活了二十三年。时间越长，感情也就越深。在家里，暗室相遇，窄路碰到，必定握手问道："到哪里去？"两人小心谨慎，好像害怕旁人看见一样。事实上，就是同行并坐，当初还避开别人，时间长了就不在意了。芸有时和人坐着聊天，看到我过来，必定站起来，偏挪身子，我就挨着她坐下。彼此也都没有想过为什么要这样做，开始还有些羞愧，继而习惯成自然。奇怪的是，有些老年夫妇相互如仇人一样，不明白这是什么缘故，有人说："如果不这样，怎么能白头偕老呢？"事实真的如此吗？

是年七夕❶，芸设香烛瓜果，同拜天孙于我取轩中❷。余镌"愿生生世世为夫妇"图章二方，余执朱文，芸执白文❸，以为往来书信之用。是夜月色颇佳，俯视河中，波光如练❹，轻罗小扇❺，并坐水窗，仰见飞云过天，变态万状。芸曰："宇宙之大，同此一月，不知今日世间，亦有如我两人之情兴否？"❻余曰："纳凉玩月，到处有之。若品论云霞，或求之幽闺绣闼❼，慧心默证者，固亦不少。若夫妇同观，所品论者，恐不在此云霞耳。"未几，烛烬月沉，撤果归卧。

注释

❶ 七夕：即七夕节，又名"乞巧节"。民间传统节日，时间为农历七月初七。年轻女性在这一天通常摆上瓜果乞巧，或比赛针线织绣手艺。

❷天孙：织女星，民间相传织女是天帝的孙女。

❸朱文、白文：在印章中，字凸出者叫阳刻，为朱文；字凹进者叫阴刻，为白文。

❹练：白绢。

❺轻罗：一种质地较薄的丝织品。

❻情兴：情趣兴致。

❼绣闼：装饰华丽的门。闼（tà）：门。

译文

这一年的七夕，芸准备了香蜡瓜果，和我一起在"我取"轩拜织女星。我刻了"愿生生世世为夫妻"两枚印章，我拿朱文的，芸拿白文的，以作往来书信之用。当天夜里，月色皎洁，俯瞰窗前河中，波光如练。我们摇着扇子，并排坐在临水的窗前。抬头看着飞云过天，变幻万状。芸说："宇宙那么大，大家同在一个月亮下，不知今日世间，是否也有人像我们二人这样有情趣？"我说："纳凉赏月，到处都有。若是品论云霞，在深幽闺房中寻找慧心默证者，固然也有不少。若是夫妻一起观赏，所品论的内容恐怕就不在云霞上了。"不久，蜡烛燃尽，月亮西沉，我们撤去瓜果，回屋休息了。

七月望❶，俗谓之鬼节❷，芸备小酌，拟邀月畅饮。夜忽阴云如晦，芸愀然曰❸："妾能与君白头偕老，月轮当出。"余亦索然。但见隔岸萤光，明灭万点，梳织于柳堤蓼渚间❹。余与芸联句，以遣闷怀，而两韵之后，逾联逾纵❺，想入非夷❻，随口乱道。芸已漱涎涕泪，笑倒余怀，不能成声矣。觉其鬓边茉莉浓香扑鼻，因拍其背，以他词解之曰："想古人以茉莉形色如珠，故供助妆压鬓，不知此花必沾油头粉面之气，其香更可爱，所供佛手，当退三舍矣。"芸乃止笑曰："佛手乃香中君子，只在有意无意间；茉莉是香中小人，故须借人之势，其香也如胁肩谄笑。"❼余曰："卿何远君子而近小人？"芸曰："我笑君子爱小人耳。"

❶望：农历每月十五，月亮最圆的一天。

❷鬼节：又称"盂兰盆节""中元节"，民间传统节日，时间在农历七月十五。人们在这一天通常要祭祀先人及鬼神。

❸愀然：表情严肃或不愉快。

❹梭织：比喻萤火虫如织布的梭一样穿梭于丛林间。蓼渚(zhǔ)：长有蓼草的水中小洲。渚是水中的小块陆地。

❺逾：同"愈"，更加。

❻想入非夷：胡思乱想。

❼胁肩谄（tāo）笑：耸起肩膀，装出笑脸。形容极端谄媚的样子。

译文

七月十五，俗称"鬼节"。芸准备了酒菜，打算邀月畅饮。这天夜里，忽然阴云密布，天色昏暗，芸有些不高兴，说："我如果能和你白头偕老的话，月亮应出来才是。"我也感到没有兴致。只见对岸萤火明灭，如繁星万点，散布在柳堤蓼渚间。我和芸联句，以排遣心中的郁闷。但是对完了两韵之后，就越联越没有章法，胡思乱想，随口乱说。芸已笑得眼泪都流了出来，倒在我怀里，说不出话来了。我发现她鬓角的茉莉浓香扑鼻，于是拍着她的背，用其他词来解释道："想来古人因茉莉形色像珍珠，所以用来助妆压鬓，岂不知此花必须沾染油头粉面的气味，香味才更可爱，所供的佛手都要退避三舍。"芸止住笑说："佛手是香中的君子，香气只在有意无意之间。茉莉是香中的小人，因此必须借助人势，它的香味好像在献媚讨好一样。"我问："那你为什么要远君子而近小人呢？"芸说："我只是笑爱小人的君子罢了。"

正话间，漏已三滴，渐见风扫云开，一轮涌出，乃大喜，倚窗对酌。酒未三杯，忽闻桥下哄然一声，如有人堕。就窗细瞩，波明如镜，不见一物，惟闻河滩有只鸭急奔声。余知沧浪亭畔素有溺鬼，恐芸胆怯，未敢即言，芸曰："噫，此声也，胡为乎来哉？"不禁毛骨皆栗❶。急闭窗，携酒归房，一灯如豆，罗帐低垂，弓影杯碗❷，惊神未定。剔灯入帐，芸已寒热大作❸。余亦继之，困顿两旬。真所谓乐极灾生，亦是白头不终之兆。

注释

❶栗：发抖，因害怕或寒冷而肢体颤动。

❷弓影杯碗：当作弓影杯蛇，即杯弓蛇影，比喻因错觉而产生惊惧。

❸寒热：中医指人生病时，时冷时热的症状。

译文

正说话间，已到三更。渐渐看到风扫云开，一轮明月涌出。我们都很高兴，就坐在窗前饮酒。酒还没喝三杯，忽听桥下哄的一声，好像有人落水。到窗边仔细一看，水面波明如镜，什么都没看到，只听到河滩上有只鸭子急切逃奔的声音。我知道沧浪亭边常有人淹死，担心芸会害怕，所以没敢当即说出来。芸问："噫，这个声音是从哪来的呢？"不禁感到毛骨悚然。于是我们急忙关上窗户，带着酒回到屋里。此时一灯如豆，罗帐低垂。真是杯弓蛇影，吓得我们惊神未定。等到剔灯入帐的时候，芸已经发烧了，我也跟着发热，昏沉了一个月。这就是所说的乐极生灾吧，也是我们不能白头偕老的预兆。

中秋日，余病初愈。以芸半年新妇，未尝一至间壁之沧浪亭，先令老仆约守者，勿放闲人。于将晚时，偕芸及余幼妹，一妪一婢扶焉，老仆前导❶，过石桥，进门折东，曲径而入。叠石成山，林木葱翠，亭在土山之巅。

循级至亭心，周望极目可数里，炊烟四起，晚霞灿然❷。隔岸名"近山林"，为大宪行台宴集之地❸，时正谊书院犹未启也❹。携一毯设亭中，席地环坐，守者烹茶以进。少焉，一轮明月已上林梢，渐觉风生袖底，月到波心，俗虑尘怀❺，爽然顿释❻。芸曰："今日之游乐矣，若驾一叶扁舟，往来亭下，不更快哉。"

时已上灯，忆及七月十五夜之惊，相扶下亭而归。吴俗，妇女是晚不拘大家小户皆出，结队而游，名曰"走月亮"。沧浪亭幽雅清旷，反无一人至者。

注释

❶前导：在前面引路。

❷灿然：形容光彩明亮。

❸大宪行台：官员巡游时的驻所。

❹正谊书院：在沧浪亭北，清嘉庆十年（1805）由两江总督铁保、江苏巡抚汪志伊创建。

❺俗虑尘怀：世俗的思想情感。

❻爽然：恍然开悟的样子。

译文

到了中秋节，我的病才好。芸做了半年新娘，还没有去过隔壁的沧浪亭一次，我就先让老仆和看守亭子的人约好，不要放闲人进去。天快黑的时候，我带着芸和小妹，一个老妇人和一个女仆挽着，老仆在前面带路，过了石桥，进门往东拐，沿着小路去了沧浪亭。只见这里叠石成山，树木翠绿，亭在土山顶上。

从台阶走到亭中央，四周眺望可以看到数里远，远处炊烟四起，晚霞灿烂。对岸叫"近山林"，是地方官员巡游玩乐的地方，此时正谊书院还没有修建。我们带了一张毯子铺在亭子里，大家席地围坐，看守亭子的人给我们烹茶喝。过了一会儿，一轮明月升上树梢，渐渐觉得袖底生风，月亮映照在河中心，看到此景，心里的那些俗念尘思都一下消失了。芸说："今天的游览非常开心，若是坐着小船往来亭下，不是更畅快吗？"

这时已到上灯时分，回想起七月十五夜受到的惊吓，于是大家便搀扶着走下亭子回家。吴地的风俗，妇女在这天晚上不管是大家还是小户，都要出来结队游览，名叫"走月亮"。沧浪亭幽雅清旷，反倒没有一个来的人。

吾父稼夫公喜认义子❶，以故余异姓弟兄有二十六人。吾母亦有义女九人，九人中王二姑、俞六姑与芸最和好❷。王痴憨善饮❸，俞豪爽善谈。每集，必逐余居外，而得三女同榻，此俞六姑一人计也。余笑曰："俟妹于归后，我当邀妹丈来，一住必十日。"俞曰："我亦来此，与嫂同榻，不大妙耶？"芸与王微笑而已。

注释

❶义子：认干儿子。

❷和好：关系和睦亲善。

❸痴憨：愚笨朴实。

译文

我父亲稼夫喜欢认义子，因此我的异姓弟兄有二十六人。我母亲也有九个义女，九人当中王二姑、俞六姑和芸关系最好。王二姑性格憨直，善于饮酒，俞六姑则豪爽健谈。每次她们聚会，都要把我赶到外间去住，三人同床而睡，这都是俞六姑出的主意。我笑着对她说："等到妹妹出嫁后，我一定邀请妹夫过来，一住就是十天。"俞六姑说："那我也来这里，和嫂子同榻，岂不是更好吗？"芸与王二姑只是在一旁微笑着。

时为吾弟启堂娶妇，迁居饮马桥之仓米巷❶，屋虽宏畅❷，非复沧浪亭之幽雅矣。吾母诞辰演剧，芸初以为奇观。吾父素无忌讳，点演

《惨别》等剧❸，老伶刻画❹，见者情动。余窥帘见芸忽起去，良久不出，入内探之，俞与王亦继至。见芸一人支颐❺，独坐镜奁之侧❻，余曰："何不快乃尔？"芸曰："观剧原以陶情，今日之戏徒令人断肠耳。"俞与王皆笑之。余曰："此深于情者也。"俞曰："嫂将竟日独坐于此耶？"❼芸曰："俟有可观者再往耳。"王闻言先出，请吾母点《刺梁》《后索》等剧❽，劝芸出观，始称快。

注释

❶饮马桥：在今苏州人民路与十梓街、道前街交汇处。仓米巷：在今苏州市第二人民医院。

❷宏畅：宽敞。

❸《惨别》：当即《惨睹》，为清无名氏（一说为李玉所作）《千忠戮》中的一出。

❹刻画：描摹，塑造。

❺支颐：用手托着下巴。

❻镜奁（lián）：古代妇女盛放梳妆用具的匣子。

❼竟日：一整天。

❽《刺梁》《后索》：《刺梁》为清朱佐朝《渔家乐》中的一出，《后索》为清姚子懿《后寻亲记》中的一出。

译文

当时为弟弟启堂娶媳妇，我们就迁居饮马桥附近的仓米巷。这里房子虽然宽敞，但不如沧浪亭幽雅。我母亲生日那天演戏，芸起初感到新奇。我父亲平素没什么忌讳，点了《惨别》等戏，演员演得很精彩，让人看了动情。我悄悄揭开帘子，看到芸忽然站起身进了里屋，很久都不出来。我进去探望，王二姑和俞六姑也跟着进来，只见芸一个人手托下巴坐在梳妆镜旁边。我问："为什么这样不高兴？"芸答："看戏原本是为了陶冶性情，但今天的戏只让人伤心断肠。"王二姑、俞六姑都笑她。我说："这是重情感的人啊。"俞六姑问："嫂子准备一整天都独坐在这里吗?"芸说:"等到有可看的戏再去。"王二姑听了之后,出去请我母亲点了《刺梁》《后索》等戏,然后劝芸出去看,她才开心起来。

余堂伯父素存公早亡,无后,吾父以余嗣焉。墓在西跨塘福寿山祖茔之侧❶,每年春日,必挈芸拜扫。王二姑闻其地有戈园之胜,请同往。芸见地下小乱石有苔纹,斑驳可观❷,指示余曰:"以此叠盆山❸,较宣州白石为古致。"❹余曰:"若此者,恐难多得。"王曰:"嫂果爱此,我为拾之。"即向守坟者借麻袋一,鹤步而拾。每得一块,余曰"善",即收之;余曰"否",即去之。未几,粉汗盈盈,拽袋返曰:"再拾则力不胜矣。"芸且拣且言曰:"我闻山果收获,必藉猴力,果然。"王愤撮十指作哈痒状,余横阻之,责芸曰:"人劳汝逸,犹作此语,无怪妹之动愤也。"

注释

❶西跨塘福寿山:在今苏州市吴中区木渎镇东郊。祖茔:祖坟。
❷斑驳:色彩相杂。
❸盆山:四围连成盆形的山峦。
❹宣州:在今安徽宣州市。

译文

我堂伯父素存公去世较早,没有后人,我父亲把我过继给了他。他的墓地在西跨塘福寿山祖坟的旁边,每年春天,我都会带着芸一起去扫墓。王二姑听说这个地方有个戈园,请求一同前往。芸看到地面乱石上有青苔一样的纹理,斑驳可观,就指着给我说:"用它来垒盆景中的假山,比宣州的白石更为古雅别致。"我说:"若要这样的石头,恐怕找不到多少。"王二姑说:"嫂嫂既然喜爱这东西,我来给她捡。"随即向守坟的人要了一个麻袋,便弯着腰捡起来。捡到一块,我说:"可以。"她就收起来;我说:"不好。"她便丢下。不久,王二姑累得粉汗淋漓，拖着麻袋回来说："再捡就没有力气了。"芸一边拣一边说："我听说山上果子收获时，一定要借助猴子的力量，果然如此。"王二姑生气地并拢十指，要挠芸的痒痒。我过去拦着她，责怪芸说："人家劳累，你闲着，还说这样的话，难怪妹妹要生气了。"

归途游戈园，稚绿娇红❶，争妍竞媚。王素憨，逢花必折，芸叱曰："既无瓶养，又不簪戴，多折何为？"王曰："不知痛痒者，何害？"余笑曰："将来罚嫁麻面多须郎❷，为花泄忿。"王怒余以目，掷花于地，以莲钩拨入池中❸，曰，"何欺侮我之甚也？"芸笑解之而罢。

注释

❶稚绿娇红：鲜嫩的绿色红色。
❷麻面：麻脸。
❸莲钩：旧时女人的小脚。

译文

回来的途中大家一起游览戈园，只见翠绿娇红，百花争艳。王二姑一向憨直，看到花就折。芸训斥她道："既没有花瓶可插，又不戴在头上，折那么多干什么呢？"王二姑说："这些花又不知道痛痒呢，多折了有什么害处呢？"我笑着对她说："将来罚你嫁一个麻脸、多胡子的女婿，好为这些花出气。"王二姑对我怒目以视，把花扔在地上，用小脚踢到水池里，说道："为什么这样欺辱我？"芸笑着劝解，才算罢休。

芸初缄默，喜听余议论。余调其言，如蟋蟀之用纤草❶，渐能发议。

注释

❶纤草：细草。

芸起初寡言少语，喜欢听我发议论。我调动她说话，就像用纤草撩拨蟋蟀一样，后来她渐渐能说出个人的见解。

其每日饭必用茶泡，喜用茶泡食芥卤乳腐❶，吴俗呼为臭乳腐，又喜食虾卤瓜❷。此二物余生平所最恶者，因戏之曰："狗无胃而食粪，以其不知臭秽；蜣螂团粪而化蝉，以其欲修高举也❸。卿其狗耶？蝉耶？"芸曰："腐取其价廉而可粥可饭，幼时食惯，今至君家，已如蜣螂化蝉，犹喜食之者，不忘本也。至卤瓜之味，到此初尝耳。"余曰："然则我家系狗窦耶？"❹芸窘而强解曰："夫粪，人家皆有之，要在食与不食之别耳。然君喜食蒜，妾亦强啖之❺。腐不敢强，瓜可掩鼻略尝，入咽当知其美，此犹无盐貌丑而德美也。"❻余笑曰："卿陷我作狗耶？"芸曰："妾作狗久矣，屈君试尝之。"以箸强塞余口。余掩鼻咀嚼之，似觉脆美，开鼻再嚼，竟成异味❼，从此亦喜食。芸以麻油加白糖少许拌卤腐，亦鲜美；以卤瓜捣烂拌卤腐，名之曰双鲜酱，有异味。余曰："始恶而终好之，理之不可解也。"芸曰："情之所钟，虽丑不嫌。"

注释

❶芥卤乳腐：苏州本地用豆腐做成的一种小吃。

❷虾卤瓜：苏州本地小吃，一种用鱼卤腌制的黄瓜。

❸高举：高飞。

❹狗窦：狗洞。

❺啖（dàn）：吃。

❻无盐：钟离春，战国时齐国无盐人，貌丑，年四十犹未嫁。后齐宣王感其德，立其为王后。

❼异味：非同寻常的美味。

译文

芸每天吃饭必用茶泡，喜欢用茶泡食芥卤腐乳，吴语俗称其为臭腐乳，她还喜欢吃虾卤瓜。这两样东西都是我平生最厌恶的，因此调侃她说："狗没有胃吃屎，因为它不知道臭味污秽；蜣螂团粪化蝉，因为它想往高处飞。你是狗呢，还是蝉呢?"芸说："臭腐乳价钱便宜，可就粥可下饭，我小时吃惯了，如今嫁到你家，已像蜣螂化蝉了。仍旧喜欢吃它，是因为我不忘本啊。至于卤瓜的味道，还是到你家才尝到的。"我说："那么我家就是狗洞了?"芸有些尴尬，于是强辩道："粪便人人家里都有，关键在吃与不吃的区别。你喜欢吃蒜，我也勉强吃点。臭腐乳我不敢强迫你吃，不过卤瓜可捏着鼻子稍微尝点，咽下去后就知道它的味好了，这就好像无盐相貌丑陋但品德高尚一样。"我笑着说："你是要诱骗我当狗吗?"芸说："我当狗已经时间长了，委屈你也尝尝吧。"便用筷子夹着虾卤瓜强塞到我嘴里。我捂着鼻子咀嚼，似乎觉得爽脆可口。松开鼻子再嚼，竟然觉得味道很别致，从此也喜欢吃了。芸用麻油加少许白糖来搅拌臭腐乳，味道也很鲜美。把卤瓜捣烂来拌臭腐乳，称其为"双鲜酱"，味道也很别致。我说："开始厌恶最终却喜欢上了，道理上难以说通。"芸答道："情之所钟，即使丑陋也不嫌弃。"

余启堂弟妇，王虚舟先生孙女也❶，催妆时偶缺珠花❷，芸出其纳采所受者呈吾母❸，婢妪旁惜之，芸曰："凡为妇人，已属纯阴，珠乃纯阴之精，用为首饰，阳气全克矣，何贵焉?"而于破书残画，反极珍惜：书之残缺不全者，必搜集分门，汇订成帙❹，统名之曰"继简残编"；字画之破损者，必觅故纸，粘补成幅，有破缺处，倩予全好而卷之，名曰"弃余集赏"。于女红、中馈之暇❺，终日琐琐，不惮烦倦❻。芸于破笥烂卷中❼，偶获片纸可观者，如得异宝。旧邻冯妪每收乱卷卖之。

❶王虚舟（1666—1739）：即王澍，字若霖，号虚舟，江苏金坛人。清代书法家。

❷催妆：旧时婚俗，结婚之前，男方派人到女方家，催促新娘装扮出嫁。珠花：用珠穿缀成花形的头饰。

❸纳采：旧时订婚仪式。

❹帙（zhì）：量词，用于装套的线装书。

❺中馈（kuì）：日常饮食等事务。

❻惮（dàn）：怕。

❼笥（sì）：盛食物或衣物的方形竹器。

译文

我弟弟启堂的媳妇是王虚舟先生的孙女。催妆时缺少珠花，芸就把她纳采时所得的珠花拿给我母亲，女仆在一旁替她惋惜。芸说："身为女人，已属纯阴，珍珠更是纯阴之精，用来做首饰，身上的阳气全都被克了，有什么可珍贵的呢？"但是对于破书旧画，芸反倒非常珍惜。残缺不全的书，她一定要分门别类地归置好，汇订成册，一概称之为"断简残编"。遇到破损的字画，她必定寻找适合的纸张，粘补成幅，有破损的地方，就请我补好然后卷起来，称其为"弃余集赏"。在忙完女红、家务的闲暇时间，她整天忙乎这件事，不耐其烦。在这些破笥烂卷中，偶然发现片纸可观，就像获得异宝一样。邻居家的冯姓老妇人经常收些残书烂卷来卖给她。

其癖好与余同，且能察眼意，懂眉语，一举一动，示之以色，无不头头是道。余尝曰："惜卿雌而伏，苟能化女为男，相与访名山，搜胜迹，遨游天下，不亦快哉。"芸曰："此何难，俟妾鬓斑之后，虽不能远游五岳❶，而近地之虎阜、灵岩❷，南至西湖❸，北至平山❹，尽可偕游。"余曰："恐卿鬓斑之日，步履已艰。"芸曰："今世不能，期以来世。"余曰："来世卿当作男，我为女子相从。"芸曰："必得不昧今生，方觉有情趣。"余笑曰："幼时一粥，犹谈不了，若来世不昧今生，合卺之夕，细谈隔世，更无合眼时矣。"芸曰："世传月下老人专司人间婚姻事，今生夫妇已承牵合，来世姻缘，亦须仰藉神力，盍绘一像祀之？"⑤时有苕溪戚柳堤名遵⑥，善写人物。倩绘一像：一手挽红丝，一手携杖，悬姻缘簿，童颜鹤发，奔驰于非烟非雾中。此戚君得意笔也。友人石琢堂为题赞语于首⑦，悬之内室。每逢朔望⑧，余夫妇必焚香拜祷。后因家庭多故，此画竟失所在，不知落在谁家矣。"他生未卜此生休"⑨，两人痴情，果邀神鉴耶？

注释

❶五岳：中国五大名山的合称，即东岳泰山、西岳华山、南岳衡山、北岳恒山和中岳嵩山。

❷虎阜、灵岩：虎阜即虎丘，在今苏州西北，有"吴中第一名胜"之誉；灵岩在今苏州西南木渎镇。

❸西湖：湖名。在今浙江杭州西，三面环山，被孤山、白堤、苏堤分隔为外西湖、里西湖、后西湖、小南湖和岳湖。

❹平山：在今江苏扬州。

❺盍（hé）：何不。

❻苕溪：浙江吴兴县别称，因境内苕溪流过而得名。

❼石琢堂：石韫玉（1757—1837），字执如，号琢堂，江苏吴县人。乾隆庚戌（1790）科状元。赞语：赞美的词语。

❽朔望：即朔日和望日，农历每月的初一和十五。

❾他生未卜此生休：语出唐李商隐《马嵬》，"海外徒闻更九州，他生未卜此生休"。

译文

芸的爱好和我相同，且能察言观色，读懂眉语。一举一动，稍有暗示，她都能说得头头是道。我曾说："可惜你是个女的，出门不便。

若能变成男的，咱们一起访名山，搜胜迹，云游天下，岂不是很开心？"芸说："这有什么难的，等到我鬓发变白之后，虽然不能远游五岳，但比较近的地方如虎丘、灵岩，南到西湖，北至扬州，都还可以尽情游览。"我说："恐怕到鬓发变白的那一天，你却走不动了。"芸说："今生不行的话，期待来世吧。"我说："来世你做男人，我做女人相随。"芸说："一定得不忘今生，才觉得有情趣。"我笑道："小时候连一碗粥的事情都说个不休，若是来世不忘今生，新婚之夜，大家细谈前世，恐怕都没有合眼的时间了。"芸说："世传月下老人专管人间婚姻之事，我们今生做夫妻已承他牵线，来世的姻缘也要仰仗他的神力，不如画一张像来祭祀？"当时苕溪有个戚柳堤名遵，善画人物。我们便请他画了一副月老像，画中月老一手挽红丝，一手携拐杖，杖上挂着姻缘簿，鹤发童颜，行进在非烟非雾中。这是戚君的得意之笔。好友石琢堂在上面题写赞语。我把它挂在卧室里，每月初一和十五，我们必定焚香拜祷。后因家里多变故，这幅画竟然找不到，不知流落在谁家了。"他生未卜此生休"，不知道我们两个人的深情是否为神仙所明察？

迁仓米巷，余颜其卧楼曰"宾香阁"，盖以芸名而取如宾意也。院窄墙高，一无可取。后有厢楼❶，通藏书处，开窗对陆氏废园，但有荒凉之象。沧浪风景，时切芸怀。

注释

❶厢楼：正房旁边的附属建筑。

译文

迁居到仓米巷，我给自己所住的那座楼取名为"宾香阁"，其中包含芸的名字，且取夫妇相敬如宾之意。院窄墙高，没有什么值得称赞的地方。后面有间厢房通往藏书的地方，打开窗子，正对着陆氏废园，只有一派荒凉的景象。沧浪亭的风景时时让芸牵挂。

有老妪居金母桥之东❶、埂巷之北，绕屋皆菜圃❷，编篱为门。门外有池，约亩许，花光树影，错杂篱边，其地即元末张士诚王府废基也❸。屋西数武❹，瓦砾堆成土山，登其巅可远眺，地旷人稀，颇饶野趣。妪偶言及，芸神往不置❺，谓余曰："自别沧浪，梦魂常绕，今不得已而思其次，其老妪之居乎？"余曰："连朝秋暑灼人❻，正思得一清凉地以销长昼，卿若愿往，我先观其家可居，即襆被而往❼，作一月盘桓❽，何如？"芸曰："恐堂上不许。"余曰："我自请之。"越日❾，至其地，屋仅二间，前后隔而为四，纸窗竹榻，颇有幽趣。老妪知余意，欣然出其卧室为赁，四壁糊以白纸，顿觉改观。于是禀知吾母，挈芸居焉。邻仅老夫妇二人，灌园为业，知余夫妇避暑于此，先来通殷勤，并钓池鱼、摘园蔬为馈，偿其价，不受，芸作鞋报之，始谢而受。

注释

❶金母桥：又名"鸡鸣桥"，横跨锦帆泾，1931年因锦帆泾填塞成路，桥遂废。

❷菜圃：菜园，菜地。

❸张士诚：张士诚（1321—1367），泰州人。元末举兵起义，曾于苏州建立吴政权。

❹数武：不远处，附近。

❺不置：不已，不止。

❻连朝：连日。

❼襆（fú）：包扎。

❽盘桓：逗留住宿。

❾越日：明日，第二天。

译文

有位老妇人住在金母桥以东、埂巷以北，房屋四周都是菜园，以篱笆为门。门外有个池子，约一亩见方，花光树影，错落在篱笆附近，这个地方原是元末张士诚王府的遗址。屋子西边不远处，瓦砾堆积成山，登上去可以眺望远方。这里地旷人稀，颇有野趣。老妇人偶然提及，芸却神往不已，对我说："自离开沧浪亭，魂牵梦绕。如今不得已而退求其次，我们到老夫人那里住吧。"我说："连续多天秋暑热人，我正想找一个清凉的地方来打发长昼，你若是愿意过去，我先看看她家是否可住，行的话我们带着行装过去，住上一个月，如何？"芸说："就怕婆婆不答应。"我说："我去商量。"第二天，我到老妇人住的地方去，看到其房屋只有两间，前后隔为四小间，纸窗竹榻，颇有幽趣。老夫人看我中意，欣然把她的卧室租给我们，随后将四面墙壁糊上白纸，顿时觉得焕然一新。于是我回家禀告母亲，然后带着芸住到了这里。邻居只有老夫妇二人，以种菜为生，他们看到我们夫妇在这里避暑，经常来串门，还把从池子里钓的鱼、园子里摘的菜送给我们，给钱他们不要。芸做了几双鞋作为回报，他们表示感谢之后收下了。

　　时方七月，绿树阴浓，水面风来，蝉鸣聒耳❶。邻老又为制鱼竿，与芸垂钓于柳阴深处。日落时，登土山，观晚霞夕照，随意联吟❷，有"兽云吞落日，弓月弹流星"之句。少焉，月印池中，虫声四起，设竹榻于篱下，老妪报酒温饭熟，遂就月光对酌，微醺而饭❸。浴罢，则凉鞋蕉扇，或坐或卧，听邻老谈因果报应事。三鼓归卧❹，周体清凉，几不知身居城市矣。篱边倩邻老购菊，遍植之。九月花开，又与芸居十日。吾母亦欣然来观，持螯对菊，赏玩竟日。芸喜曰："他年当与君卜筑于此，买绕屋菜园十亩，课仆妪，植瓜蔬，以供薪水❺。君画我绣，以为诗酒之需。布衣菜饭，可乐终身，不必作远游计也。"余深然之。今即得有境地❻，而知已沦亡，可胜浩叹❼。

注释

❶聒（guō）：嘈杂。

❷联吟：联诗吟句。

❸醺：醉。

❹三鼓：三更时分。

❺薪水：日常生活所需。

❻境地：这里指条件、情境。

❼浩叹：感慨深长而大声叹息。

译文

　　当时正值七月，绿树成荫，水面吹来凉风，蝉鸣阵阵。邻居家的老人还给我们做了鱼竿，我和芸就坐在柳荫下垂钓。日落的时候，我们登上土山，看晚霞夕照。随意联句，曾吟出"兽云吞落日，弓月弹流星"这样的佳句。不久，月影印在池水中，虫声四起，把竹榻放在篱笆下。老妇人告知温酒菜熟，于是对着月光小酌，微微有些酒意后再吃饭。洗浴之后，穿着凉鞋，拿着芭蕉扇，或坐或躺，听邻家老人说些因果报应的故事。三更时分，回房睡觉，浑身清凉，几乎忘记自己住在城市里了。请邻家老人买了些菊花种苗，在篱笆边种了一大片。九月花开，我又和芸在这里住了十天。我母亲也欣然过来，一边吃螃蟹一边赏菊，玩了一整天。芸高兴地说："将来应当和你盖房子住在这里，在房屋周围买上十亩菜地，让仆人种植瓜果蔬菜，以供日用开销。你画画，我绣织，以备诗酒之用。布衣菜饭，可乐终身，不必再作远游的打算了。"我深有同感。如今即便有这样的好地方，而知己却已沦亡，让人不禁感叹。

离余家半里许，醋库巷有洞庭君祠[1]，俗呼水仙庙[2]。回廊曲折，小有园亭，每逢神诞，众姓各认一落，密悬一式之玻璃灯，中设宝座，旁列瓶几[3]，插花陈设，以较胜负。日惟演戏，夜则参差高下，插烛于瓶花间，名曰"花照"。花光灯影，宝鼎香浮，若龙宫夜宴。司事者或笙箫歌唱，或煮茗清谈，观者如蚁集，檐下皆设栏为限。余为众友邀去，插花布置，因得躬逢其盛[4]。归家向芸艳称之[5]，芸曰："惜妾非男子，不能往。"余曰："冠我冠，衣我衣，亦化女为男之法也。"于是易髻为辫，添扫蛾眉[6]；加余冠，微露两鬓，尚可掩饰；服余衣，长一寸又半；于腰间折而缝之，外加马褂[7]。芸曰："脚下将奈何？"余曰："坊间有蝴蝶履[8]，大小由之，购亦极易，且早晚可代撒鞋之用[9]，不亦善乎？"芸欣然。

注释

[1] 醋库巷：在今苏州凤凰街。洞庭君祠：祭祀洞庭神的庙宇。洞庭指太湖。

[2] 水仙庙：在今苏州醋库巷右苍龙堂，于二十世纪五十年代被毁。

[3] 瓶几：花瓶，几案。

[4] 躬逢其盛：亲自参加盛会。

[5] 艳称：盛赞。

[6] 蛾眉：眉毛。

[7] 马褂：旧时男子穿在长袍外面的对襟短褂。

[8] 蝴蝶履：一种高头平跟、绣有蝴蝶图饰的鞋子，有女式，也有男式，清代江南一代颇为流行。

[9] 撒鞋：拖鞋。

在离我家半里左右的醋库巷，有一个供奉洞庭君的神祠，俗称水仙庙。里面回廊曲折，有几处亭台。每逢洞庭神的诞辰，人们就按姓氏各自选定一个地方，秘密悬挂一种样式的玻璃灯，里面设置宝座，旁边陈列花瓶，瓶中插花布置，相互比较胜负。白天只是演戏，晚上则高低错落，把蜡烛插在瓶花间，人们称之为花照。花光灯影，宝鼎香浮，如同龙宫中举办夜宴一样。管事的人或笙箫歌唱，或煮茗清谈，来观看的人络绎不绝，只得在房檐下设置栏杆来进行限制。我被好友们请去，布置插花等事，因此得以参加这样的盛会。回家我后向芸称赞，芸说："可惜我不是男人，不能去看。"我说："戴我的帽子，穿我的衣服，也是化女为男的好办法。"于是芸把盘髻放下，编成辫子，把眉毛画粗些，带上我的帽子，两鬓微露，但还可以掩饰过去。穿我的衣服，长了一寸半，就在腰间折了几道缝上，外面加件马褂。芸说："脚下怎么办呢？"我说："街上有卖蝴蝶履的，大小可随意挑选，很容易买到，而且早晚还可以当拖鞋穿，这不是很好吗？"芸欣然接受了我的建议。

及晚餐后，装束既毕，效男子拱手阔步者良久❶，忽变卦曰："妾不去矣，为人识出既不便，堂上闻之又不可。"余怂恿曰："庙中司事者谁不知我，即识出，亦不过付之一笑耳。吾母现在九妹丈家，密去密来，焉得知之。"芸揽镜自照，狂笑不已。余强挽之，悄然径去，遍游庙中，无识出为女子者。或问何人，以表弟对，拱手而已。最后至一处，有少妇、幼女坐于所设宝座后，乃杨姓司事者之眷属也。芸忽趋彼通款曲❷，身一侧，而不觉一按少妇之肩，旁有婢媪怒而起曰："何物狂生，不法乃尔。"余欲为措词掩饰，芸见势恶，即脱帽翘足示之曰："我亦女子耳。"相与愕然❸，转怒为欢，留茶点❹，唤肩舆送归❺。

①拱手阔步：意思是一边拱手行礼，一边迈开大步。拱手：两手抱拳，以示恭敬。

②通款曲：问候，打招呼。

③愕然：惊讶的样子。

④茶点：茶水，点心。

⑤肩舆：轿子。

译文

吃过晚饭之后，芸装扮一番，模仿男人的样子拱手阔步，练习了半天，突然变卦了，说道："我不去了，被人认出来多有不便，被婆婆知道了也不行。"我怂恿她说："庙里管事的人谁不认识我，即便认出来，也不过付之一笑罢了。我母亲现在在九妹丈家，悄悄地去，再悄悄回来，她哪里会知道。"芸拿着镜子照自己，大笑不已。我使劲拉着她，悄悄过去，游遍了庙里，也没人认出她是女的。有人问我是谁，我就以表弟来回答，芸和他们不过拱手打招呼而已。最后到了一个地方，有个少妇和小女孩坐在所设的宝座后，她们是一个姓杨的管事人的眷属。芸忽然要过去和她们打招呼，身子一侧，不自觉地按了一下少妇的肩膀。旁边有个女仆站起来怒斥道："什么地方来的狂生，敢这样不守法纪。"我正要找借口来掩饰，芸见情况不妙，就脱下帽子，把脚翘起来给她们看，说道："我也是女的。"对方很是吃惊，随后转怒为欢，让芸留下来一起吃茶点，后来又叫了顶轿子把芸送回家。

吴江钱师竹病故**❶**，吾父信归**❷**，命余往吊**❸**。芸私谓余曰："吴江必经太湖，妾欲偕往，一宽眼界。"余曰："正虑独行踽踽**❹**，得卿同行，固妙，但无可托词耳。"芸曰："托言归宁。君先登舟，妾当继至。"余曰："若然，归途当泊舟万年桥下**❺**，与卿待月乘凉，以续沧浪韵事。"时六月十八日也。是日早凉，携一仆先至胥江渡口❻，登舟而待，芸果肩舆至。解维出虎啸桥❼，渐见风帆沙鸟，水天一色。芸曰："此即所谓太湖耶？今得见天地之宽，不虚此生矣。想闺中人有终身不能见此者。"闲话未几，风摇岸柳，已抵江城❽。

注释

❶钱师竹：生平事迹不详，当时的一位画家，舒位有诗作《钱师竹深林月照图》。

❷信归：写信回来。

❸吊：凭吊，祭奠。

❹踽踽（jǔ）：落寞、孤独的样子。

❺万年桥：苏州西胥门外护城河上的一座古桥。始建于唐代，后被毁，今已重建。

❻胥江：在今苏州西南，为古运河，呈东西向穿过苏州，东接护城河，西至京杭大运河。

❼解维：解开缆绳，即开船的意思。虎啸桥：在今苏州相城区元和镇，跨虎啸塘，东连小日晖桥弄，西连老禾家塘岸，因位于虎啸塘岸北端，故名。

❽江城：指吴江。

译文

吴江钱师竹病故，我父亲写信回来，让我前去吊唁。芸私下对我说："去吴江必定经过太湖，我想和你一起去，开阔一下眼界。"我说："我正考虑一个人走太孤单，你能和我同行自然很好，只是找不到合适的借口。"芸说："我就说回娘家，你先登船，我随后就到。"我说："如果这样的话，回来的时候就把船停在万年桥下，和你一起待月乘凉，以延续沧浪亭的韵事。"那天是六月十八日。当天清早，天气凉爽，我带着一个仆人先到胥江渡口，登上船等着，不久芸果然坐着轿子来了。解开船缆出虎啸桥，渐渐看到风帆沙鸟，水天成一色。芸说："这就是所说的太湖吗？今日得见天地之大，不虚此生了，想想很多女人终身都不能看到这样的风景。"两人闲聊没多长时间，只见风摇岸柳，吴江已经到了。

余登岸拜奠毕❶，归视舟中洞然❷，急询舟子。舟子指曰："不见长桥柳阴下，观鱼鹰捕鱼者乎？"盖芸已与船家女登岸矣。余至其后，芸犹粉汗盈盈，倚女而出神焉。余拍其肩曰："罗衫汗透矣。"芸回首曰："恐钱家有人到舟，故暂避之。君何回来之速也？"余笑曰："欲捕逃耳。"❸于是相挽登舟，返棹至万年桥下❹，阳乌犹未落也❺，八窗尽落，清风徐来，纨扇罗衫❻，剖瓜解暑。少焉，霞映桥红，烟笼柳暗，银蟾欲上❼，渔火满江矣。

注释

❶拜奠：跪拜祭奠。
❷洞然：空空的样子。
❸捕逃：逃跑，逃亡。
❹返棹：乘船返回。
❺阳乌：太阳。
❻八窗：典出唐卢纶《赋得彭祖楼送杨德宗归徐州幕》诗："四户八窗明，玲珑逼上清。"这里指四周的窗子。罗衫：丝织衣衫。
❼银蟾：月亮。

译文

我登岸拜祭之后，回到船上，发现里面空空如也，急忙去问船夫，船夫用手指着说："你没有瞧见长桥柳荫下那个看鱼鹰捕鱼的人吗？"原来芸已经和船家女登岸了。我走到她们身后，看到芸香汗淋淋，斜靠着船家女正看得出神。我拍拍她的肩膀说："罗衫被汗湿透了。"她回过头来说道："我担心钱家有人来船上，所以暂时回避一下，你怎么回来得这么快？"我笑着说："准备抓捕逃跑的人啊。"于是我们挽手登船，船行至万年桥下时，太阳还没有落山。船上四周的窗子都已落下，清风徐来，像扇子吹动着罗衫，船家开瓜解暑。过了一会儿，晚霞映红了桥身，薄雾隐没了岸边的垂柳，月亮将要升起来了，渔火也撒满了江面。

命仆至船梢与舟子同饮❶。船家女名素云，与余有杯酒交，人颇不俗，招之与芸同坐。船头不张灯火，待月快酌，射覆为令。素云双目闪闪❷，听良久，曰："觞政侬颇娴习❸，从未闻有斯令，愿受教。"芸即譬其言而开导之，终茫然。余笑曰："女先生且罢论，我有一言作譬，即了然矣。"芸曰："君若何譬之？"余曰："鹤善舞而不能耕，牛善耕而不能舞，物性然也，先生欲反而教之，无乃劳乎？"素云笑捶余肩曰："汝骂我耶？"芸出令曰："只许动口，不许动手。违者罚大觥。"❹素云量豪，满斟一觥，一吸而尽。余曰："动手但准摸索，不准捶人。"芸笑挽素云置余怀，曰："请君摸索畅怀。"余笑曰："卿非解人，摸索在有意无意间耳，拥而狂探，田舍郎之所为也。"❺

注释

❶船梢：船尾。
❷闪闪：两眼炯炯有神的样子。
❸觞（shāng）政：酒令。觞，古时酒器。
❹觥（gōng）：一种兽形酒器。
❺田舍郎：农家子弟、乡下人，含有鄙贱的意味。

译文

我让仆人到船尾去和船夫一起饮酒。船家女名叫素云，和我曾在一起喝过酒，人颇不俗，因此叫她和芸坐在一起。船头没有点灯，对着月光痛饮，我们准备行射覆的酒令。素云张大双眼，听了很久，说道："我对酒令也挺熟悉的，但从未听说过这种酒令，想跟你们学学。"芸便打比方来给她讲，但素云始终感到茫然。我笑着说："女先生还是算了，我有一句话打比方，马上就能说清楚。"芸说："你怎么打比方呢？"我说："鹤善于跳舞但不能耕田，牛善于耕田但不能跳舞，这是动物的天性。女先生违背天性来教她，这不是徒劳吗？"素云笑着捶我的肩膀，说道："你是在骂我呢。"芸出令说："只许动口，不许动手。违者罚一大杯。"素云酒量很好，满满地斟了一杯酒，一饮而尽。我说："动手可以摸索，但不准捶人。"芸笑着把素云姑娘推到我怀里，说道："请你摸索畅怀。"我笑着说："你不是懂的人，摸索要在有意无意之间，抱住狂摸，这是乡巴佬才能干得出来的事情。"

时四鬟所簪茉莉，为酒气所蒸，杂以粉汗油香，芳馨透鼻❶，余戏曰："小人臭味充满船头，令人作恶。"素云不禁握拳连捶曰："谁教汝狂嗅耶？"芸呼曰："违令，罚两大觥。"素云曰："彼又以小人骂我，不应捶也？"芸曰："彼之所谓小人，盖有故也。请干此，当告汝。"素云乃连尽两觥，芸乃告以沧浪旧居乘凉事。素云曰："若然，真错怪矣，当再罚。"又干一觥。芸曰："久闻素娘善歌，可一聆妙音否？"素即以象箸击小碟而歌❷。芸欣然畅饮，不觉酩酊❸，乃乘舆先归。余又与素云茶话片刻，步月而回❹。

注释

❶芳馨：芳香。
❷象箸：象牙作的筷子。
❸酩酊：大醉的样子。
❹步月：月下步行。

译文

此时芸和素云双鬟所带的茉莉被酒气熏染，夹杂着粉汗油香，香气扑鼻。我调侃道："小人的臭味弥漫船上，令人难受。"素云不禁握起拳头在我身上连捶起来，说道："谁让你用鼻子闻得这么起劲了？"芸喊道："违令，罚两大杯酒。"素云说："他又骂我是小人，难道不应该捶他吗?"芸答道:"他所说的小人,是有典故的。请喝干了酒,我再告诉你。"素云于是连喝了两大杯酒。芸便把我们当年在沧浪亭旧居乘凉的故事告诉了她。素云说:"若是这样的话,真是错怪了,应当再罚一杯。"于是又喝了一杯酒。芸说:"很早就听说素云姑娘擅长唱歌,能聆听一下妙音吗?"素云就用象牙筷敲击着小菜碟,唱了起来。芸欣然畅饮,不知不觉就喝醉了,于是坐车先回家了。我又和素云喝茶聊了一会天,这才踏着月光回家。

时余寄居友人鲁半舫家萧爽楼中❶,越数日,鲁夫人误有所闻,私告芸曰:"前日闻若婿挟两妓饮于万年桥舟中,子知之否?"芸曰:"有之,其一即我也。"因以偕游始末详告之,鲁大笑,释然而去❷。

注释

❶鲁半舫:鲁璋,字近人,号半舫,江苏吴县人。《国朝书人辑略》卷七谓其"书学郑谷口,间参板桥法"。本书卷二云其"善写松柏及梅菊,工隶书,兼工铁笔"。
❷释然:消除疑虑的样子。

译文

当时我借住在朋友鲁半舫家的萧爽楼中。过了几天,鲁夫人误听了别人的传言,私下里告诉芸说:"听说你女婿前几天带着两个妓女在万年桥下的船里喝酒,你知道吗?"芸答道:"是有这么回事,其中一个就是我。"于是便将我们两人一起游玩的始末详细地讲给她听。鲁夫人听后大笑,放心地走开了。

乾隆甲寅七月❶,余自粤东归。有同伴携妾回者,曰徐秀峰,余之表妹婿也。艳称新人之美,邀芸往观。芸他日谓秀峰曰:"美则美矣,韵犹未也。"❷秀峰曰:"然则若郎纳妾,必美而韵者乎?"芸曰:"然。"从此痴心物色,而短于资。

注释

❶乾隆甲寅：1794年。
❷韵：风度，气质。

译文

乾隆甲寅年七月，我从广东归来。有个同伴带着妾回家，他叫徐秀峰，是我表妹的丈夫。他炫耀新人漂亮，请芸过去看。过了几天，芸对徐秀峰说："漂亮确实是漂亮，但还没有风韵。"徐秀峰问道："如果你丈夫纳妾，一定要漂亮且风韵的吗？芸说："那当然。"从此她便痴心地为我物色，可惜缺少金钱。

时有浙妓温冷香者，寓于吴，有咏柳絮四律，沸传吴下❶，好事者多和之❷。余友吴江张闲憨素赏冷香，携柳絮诗索和。芸微其人而置之❸，余技痒而和其韵，中有"触我春愁偏婉转，撩他离绪更缠绵"之句，芸甚击节❹。

注释

❶沸传：盛传。吴下：泛指吴地。
❷和：唱和，依照别人诗作的题材或体裁作诗。
❸微：轻视，看不起。置：搁置，放下。
❹击节：赞赏。

译文

当时有个浙江妓女叫温冷香，住在吴地，写了四首咏柳絮的诗歌，在当地传得沸沸扬扬，许多人和她唱和。我的好友张闲憨向来赏识温冷香，便带着咏柳絮诗来让我和。芸看不上这个人，就把诗歌丢在一边。我一时技痒，照着她的韵来写，其中有"触我春愁偏婉转，撩他离绪更缠绵"这样的句子，芸很是赞赏。

明年己卯秋八月五日**❶**，吾母将挈芸游虎丘，闲憨忽至曰："余亦有虎丘之游，今日特邀君作探花使者。"因请吾母先行，期于虎丘半塘相晤**❷**，拉余至冷香寓。见冷香已半老，有女名憨园，瓜期未破**❸**，亭亭玉立，真"一泓秋水照人寒"者也**❹**，款接间**❺**，颇知文墨。有妹文园，尚雏。余此时初无痴想，且念一杯之叙，非寒士所能酬，而既入个中**❻**，私心忐忑，强为酬答。因私谓闲憨曰："余贫士也，子以尤物玩我乎？"**❼**闲憨笑曰："非也，今日有友人邀憨园答我，席主为尊客拉去，我代客转邀客，毋烦他虑也。"余始释然。

注释

❶己卯秋八月五日：此处已卯当作乙卯，即1795年9月17日。

❷半塘：在苏州山塘街中段。

❸瓜期未破：古时称女子十六岁为破瓜，此处指年轻不满十六岁

❹一泓秋水照人寒：化用唐崔珏《有赠》诗，原诗为："两脸天桃从镜发，一眸春水照人寒。"

❺款接：款待，殷勤接待。

❻个中：此中，其中，这里是妓院的含蓄说法。

❼尤物：美貌女子。

译文

第二年也就是乙卯年秋八月五日，我母亲准备带着芸去虎丘游玩，张闲憨忽然来到我家说："余也要去虎丘游玩，今天特意邀请你去做探花使者。"于是我请母亲她们先走，约定在虎丘半塘见面。张闲憨拉着我来到温冷香的寓所，只见她已半老。她有个女儿叫憨园，还未满十六岁，亭亭玉立，真是称得上"一泓秋水照人寒"。寒暄之间，得知憨园颇通文墨，有个妹妹叫文园，还很小。此时我并没有痴心妄想，同时想到，一杯之叙，并不是我这个寒士所能负担的。但已经进来了，心里有些忐忑不安，只好勉强应酬。因此私下里对张闲憨

说:"我是个贫寒之士,你不会是以此尤物来戏弄我的吧?"张闲憨笑着说:"不是的,今天有个朋友邀请憨园来应答我,可惜主人被尊客拉走,我代表主人再来邀请客人,你不要有其他什么顾虑。"我这才放下心。

至半塘,两舟相遇,令憨园过舟,叩见吾母。芸、憨相见,欢同旧识,携手登山,备览名胜。芸独爱千顷云高旷❶,坐赏良久。返至野芳滨❷,畅饮甚欢,并舟而泊。及解维,芸谓余曰:"子陪张君,留憨陪妾,可乎?"余诺之。返棹至都亭桥❸,始过船分袂❹。归家已三鼓,芸曰:"今日得见美而韵者矣,顷已约憨园明日过我,当为子图之。"余骇曰:"此非金屋不能贮,穷措大岂敢生此妄想哉?❺况我两人伉俪正笃,何必外求?"芸笑曰:"我自爱之,子姑待之。"

注释

❶千顷云:虎丘后山的一块高地,取名自苏轼《虎丘寺》诗句"云水丽千顷",为虎丘最高处。

❷野芳滨:即冶坊滨,在今苏州虎丘,作者于第四卷云:"其冶坊滨,余戏改为'野芳滨。'"

❸都亭桥:又名"都林桥",在今苏州东中市,桥已不存。

❹分袂(mèi):分手,离别。

译文

到了半塘，两只船相遇，我让憨园到另一个船上去拜见我母亲。芸与憨园相见，如同老朋友一样融洽，她们携手登山，饱览当地名胜。芸独爱千顷云的高旷，坐下来观赏了很久。回到野芳滨，大家开怀畅饮，两只船停在一起。等到解缆开船时，芸对我说："你陪张君，把憨园留下来陪我，可以吗？"我答应了。返途走到都亭桥，这才各回本船离开。回到家里，已是三更时分，芸说："今天得以见到漂亮又有韵味的人了，刚才已约憨园明日来看我，要为你考虑了。"我惊讶地说："这样的人非金屋不能藏，我一个穷读书人哪敢有这样的妄想？何况我们两个感情正好，何必外求？"芸笑着说："我自己喜欢她，你且等着吧。"

明午，憨果至。芸殷勤款接，筵中以猜枚赢吟输饮为令❶，终席无一罗致语❷。及憨园归，芸曰："顷又与密约，十八日来此，结为姊妹，子宜备牲牢以待。"❸笑指臂上翡翠钏曰❹："若见此钏属于憨，事必谐矣，顷已吐意，未深结其心也。"余姑听之。十八日，大雨，憨竟冒雨至。入室良久，始挽手出，见余有羞色，盖翡翠钏已在憨臂矣。焚香结盟后，拟再续前饮，适憨有石湖之游⑤，即别去。

注释

❶猜枚：酒席上的游戏。在拳中握住松子、莲子等果品或棋子，让人猜测数之单双、多寡及颜色，共猜三次，猜不对的人罚酒。

❷罗致：延聘，招致。

❸牲牢：牛、羊、猪等牲畜。

❹钏：镯子。

⑤石湖：在今苏州西南郊，太湖之滨。

第二天中午，憨园果然来了，芸殷勤款待。在酒席上大家以猜枚赢吟输饮为酒令，直到宴会结束都没说过罗致之类的话。憨园回去后，芸说："刚才我又和她悄悄约定，十八日来这里，我们要结为姐妹，你应当准备些牲牢等着。"她笑着指指手腕上的翡翠手镯说："若是看见这个翡翠手镯属于憨园，事情就成了，刚才我已表达了自己的意思，但还没有深入了解她的内心。"我姑且听从她的安排。十八日那天，下着大雨，憨园竟然冒雨来了。到内室很长时间，两个人才挽着手出来。憨园看到我面露羞色，因为翡翠手镯已戴在她的手上了。她俩焚香结盟之后，准备继续饮酒，恰好憨园要到石湖游玩，随即离开了。

芸欣然告余曰："丽人已得❶，君何以谢媒耶？"余询其详，芸曰："向之秘言，恐憨意另有所属也，顷探之无他，语之曰：'妹知今日之意否？'憨曰：'蒙夫人抬举，真蓬蒿倚玉树也❷，但吾母望我奢，恐难自主耳，愿彼此缓图之。'脱钏上臂时，又语之曰：'玉取其坚，且有团圆不断之意❸，妹试笼之，以为先兆。'憨曰：'聚合之权，总在夫人也。'即此观之，憨心已得，所难必者，冷香耳，当再图之。"余笑曰："卿将效笠翁之《怜香伴》耶？"❹芸曰："然。"自此无日不谈憨园矣。

❶丽人：美人，佳人。

❷蓬蒿：泛指野草、荒草。玉树：传说中的仙树。

❸团圞（luán）：团聚。

❹笠翁：即李渔（1611—1680），号笠翁，江苏如皋人，清代文学家。《怜香伴》：李渔剧作，演述两美相怜、同嫁一夫的故事。

译文

芸欣然告诉我说："丽人已经到手了，你拿什么来谢我这个媒人呢？"我问她详细情况，芸说："先前悄悄地说，是担心憨园另有所属，刚才试探了一下没有。我问她道：'妹妹明白我今天的意思吗？'憨园说：'承蒙夫人抬举，我真是蓬蒿依玉树。但我母亲对我期望很高，恐怕自己难以做主，我们彼此慢慢来做这件事。'我脱下玉镯时，又对她说：'玉取其坚硬，且有团圆不断的意思，妹妹试着戴上，把它作为先兆吧。'憨园说：'聚合之权，总在夫人。'由此看来，憨园的心已得到，难以对付的是温冷香，再慢慢来考虑这件事。"我笑着说："你准备仿效李渔的《怜香伴》吧？"芸说："是的。"从此她没有一天不谈论憨园。

后憨为有力者夺去❶，不果❷。芸竟以之死。

注释

❶有力者：有权势的人。

❷不果：没有成功，未能实现。

译文

后来憨园女被有权势的人夺走，事情未能成功。芸竟然因为这件事逝世了。

卷二　闲情记趣

　　余忆童稚时^❶，能张目对日，明察秋毫。见藐小微物^❷，必细察其纹理，故时有物外之趣。夏蚊成雷，私拟作群鹤舞空，心之所向，则或千或百，果然鹤也。昂首观之，项为之强^❸。又留蚊于素帐中，徐喷以烟，使其冲烟飞鸣，作青云白鹤观，果如鹤唳云端，怡然称快^❹。于土墙凹凸处、花台小草丛杂处，常蹲其身，使与台齐，定神细视，以丛草为林，以虫蚁为兽，以土砾凸者为丘，凹者为壑，神游其中，怡然自得。

　　一日，见二虫斗草间，观之正浓，忽有庞然大物拔山倒树而来，盖一癞虾蟆也^❺，舌一吐而二虫尽为所吞。余年幼，方出神，不觉呀然惊恐^❻。神定，捉虾蟆，鞭数十，驱之别院。

注释

❶童稚：儿童，孩童。

❷藐小：微小。

❸项：脖子。强：僵硬。

❹怡然：欣喜自得的样子。

❺癞虾蟆：又称癞蛤蟆。

❻呀然：因惊恐而张着口的样子。

译文

　　我记得自己幼年时，能睁大眼睛对着太阳看，两眼明察秋毫。看到细小的东西，一定要仔细观察它的纹理，因此不时有物外的乐趣。夏天蚊声如雷，我把它们比作群鹤在空中飞舞。心里这样想，则看到的就是或成千或上百只的鹤。仰头看之，脖子都僵硬了。有时把蚊子留在白色蚊帐里，慢慢地用烟喷，让它们冲着烟飞叫，把它们当作青云白鹤，果真它们像鹤在云端鸣叫，怡然称快。在土墙的不平整处，花台杂草丛生的地方，我时常蹲下身子，蹲得和花台一样高，定神细看。我把草丛看作树林，把虫蚁看作野兽，把泥土瓦砾看成山丘，低洼的地方是沟谷，神游其中，怡然自得。

一天，两只虫子在草丛间争斗，我正看得津津有味，忽然有个庞然大物，拔山倒树而来，原来是一只癞蛤蟆。它把舌头一伸，两只虫子就都被它吞下了。我当时年纪还小，正看得出神，不禁吓得目瞪口呆。等心神平定下来，捉住蛤蟆，鞭打几十下，把它驱赶到别的院子里去。

年长思之，二虫之斗，盖图奸不从也。古语云"奸近杀"[1]，虫亦然耶？贪此生涯，卵为蚯蚓所哈（吴俗称阳曰卵）[2]，肿不能便。捉鸭开口哈之，婢妪偶释手，鸭颠其颈作吞噬状，惊而大哭，传为语柄[3]。此皆幼时闲情也。

注释

[1] 奸近杀：奸邪之行易招杀身之祸。
[2] 卵：男性生殖器。哈：吸。
[3] 语柄：被别人拿来做谈笑资料的言论或行为。

译文

长大之后回过头来思考这件事，两个小虫争斗的起因大概是一方图奸，一方不从。古话说"奸近杀"，小虫子也是这样吧？因贪恋这种乐趣，卵被蚯蚓吸得红肿不能小便（吴语通常称阳具为卵）。女仆们捉了只鸭子让它开口来吸，她们刚一松手，鸭子就伸着脖子作吞咽状，把我吓得大哭，一时间传为笑柄。这都是我年幼时的闲情逸事。

及长，爱花成癖，喜剪盆树。识张兰坡，始精剪枝养节之法，继悟接花叠石之法。花以兰为最，取其幽香韵致也，而瓣品之稍堪入谱者不可多得❶。兰坡临终时，赠余荷瓣素心春兰一盆❷，皆肩平心阔，茎细瓣净，可以入谱者，余珍如拱璧❸。值余幕游于外，芸能亲为灌溉，花叶颇茂。

不二年，一旦忽萎死，起根视之，皆白如玉，且兰芽勃然❹。初不可解，以为无福消受，浩叹而已。事后始悉有人欲分不允，故用滚汤灌杀也❺。从此誓不植兰。次取杜鹃，虽无香而色可久玩，且易剪裁。以芸惜枝怜叶，不忍畅剪，故难成树。其他盆玩皆然❻。

注释

❶瓣品：花的品种。
❷荷瓣素心春兰：一种稀见、名贵的兰花。
❸拱璧：非常珍贵的物品。
❹勃然：充满生机。
❺滚汤：滚水、开水。
❻盆玩：盆景、盆栽。

译文

长大之后，爱花成癖，喜欢修剪盆景。直到认识了张兰坡，才算是精通剪枝养节的方法，继而悟到了接花叠石的诀窍。花以兰花为最佳，这主要是取其幽香韵致，但瓣品稍能入谱的不可多得。兰坡临终的时候，送给我一盆荷瓣素心春兰，肩平心阔，茎细瓣净，这是可以入谱的，我爱之如珍宝。正赶上我到外地游幕，芸亲自灌溉，倒也花叶繁茂。不到两年，突然枯萎死去。我拔出根来看，只见洁白如玉，还长出了新芽。起初感到难以理解，以为是自己没福消受，感叹一番也就作罢。后来才知道是有人想要但没得到，便故意用滚烫的开水把它浇死。我发誓从此再不养兰花。退而求其次来种杜鹃，杜鹃虽无香味，但花色耐看，而且容易剪裁。因芸怜惜枝叶，不忍心让我大修大剪，所以很难成树。其他盆景也都是这样。

惟每年篱东菊绽，秋兴成癖❶。喜摘插瓶，不爱盆玩。非盆玩不足观，以家无园圃❷，不能自植，货于市者，俱丛杂无致❸，故不取耳。其插花朵，数宜单，不宜双。每瓶取一种，不取二色，瓶口取阔大，不取窄小，阔大者舒展不拘。自五七花至三四十花，必于瓶口中一丛怒起，以不散漫、不挤轧❹、不靠瓶口为妙，所谓"起把宜紧"也。或亭亭玉立，或飞舞横斜。花取参差，间以花蕊❺，以免飞铍耍盘之病；叶取不乱，梗取不强，用针宜藏，针长宁断之，毋令针针露梗，所谓"瓶口宜清"也。视桌之大小，一桌三瓶至七瓶而止，多则眉目不分，即同市井之菊屏矣。几之高低，自三、四寸至二尺五、六寸而止，必须参差高下，互相照应，以气势联络为上。若中高两低，后高前低，成排对列，又犯俗所谓"锦灰堆"矣❻。或密或疏，或进或出，全在会心者得画意乃可❼。

注释

❶秋兴：秋日的情怀和雅兴。

❷园圃：种植花果菜蔬的田地。

❸丛杂：繁多而杂乱。

❹轧（gá）：拥挤。

❺花蕊：这里指含苞未放的花，花蕾。

❻锦灰堆：又名八破图，一种绘画艺术，即以残破的文物、片段纸张、废弃书籍堆叠构成画面。这里借指花的摆放没有章法，不美观。

❼会心：领会，领悟。画意：绘画的意境或用意。

译文

每年菊花绽放的时候，我便秋兴大发，喜欢摘些插在瓶里，而不爱养在盆里。不是说养在盆里不好看，而是因为家里没有园圃，不能自己亲自种植。市场上也有卖的，但大多杂乱无章，因此不要它们。插瓶的花朵宜单数，而不宜双数。每个瓶子只能插一种花，不要插两种。瓶子的开口要大些，不要用窄小的，因为瓶口大，花朵就可以舒展开。从五七朵到三四十朵都可以，但一定要在瓶口处聚成一丛，挺拔而起，以不散漫、不拥挤、不靠瓶口为好，这就是通常所说的"起把宜紧"。至于花朵的形态，或亭亭玉立，或飞舞横斜。花朵之间要参差错落，用花蕾隔开一点，以免出现飞钹耍盘的弊病。叶子要选较为齐整的，花梗应选不太硬的，用针的话要隐藏起来。如果针太长，宁愿弄断一截，也不要让针露出花梗，这就是通常所说的"瓶口宜清"。摆放则要看桌子的大小，一张桌子摆上三到七瓶为止，太多的话就眉目不清，如同市场上的菊屏了。几案上摆的花高低从三、四寸到二尺五、六寸为止，必须参差错落，互相照应，以彼此间协调连贯为好。如果中间高两边低，或者后高前低，成排成列，就犯了俗称"锦灰堆"的毛病了。或密或疏，或进或出，这都得看会心人能否领略诗情画意之旨。

若盆碗盘洗[1]，用漂青[2]、松香[3]、榆皮[4]、面和油，先熬以稻灰，收成胶。以铜片按钉向上，将膏火化，粘铜片于盘碗盆洗中。俟冷，将花用铁丝扎把，插于钉上，宜偏斜取势，不可居中，更宜枝疏叶清[5]，不可拥挤。然后加水，用碗沙少许掩铜片，使观者疑丛花生于碗底方妙。

注释

[1]洗：一种盛水洗笔的器皿。

[2]漂青：一种绘画用的颜料。

[3]松香：从松树的含油树脂中提取的透明固体物质，硬而脆，呈黄色或棕色。

[4]榆皮：榆树皮。

❺枝疏叶清：枝叶清瘦疏朗。

译文

若是用盆、碗、盘、洗等器物，可以用漂青、松香、榆皮、面和油搅拌，加上稻灰熬制，得到成胶。把铜片穿上钉子，钉间朝上，再将熬制的胶融化，把铜片粘在盆、碗、盘、洗里。等胶冷却后，把花用铁丝扎成一把，插在钉子上。要有些倾斜，不要插在器物的正中，更要做到枝叶清瘦疏朗，不能拥挤。然后加上清水，用些细沙盖住铜片，让观赏的人以为丛花是从碗底自然生长的才好。

若以木本花果插瓶❶，剪裁之法，不能色色自觅❷，倩人攀折者，每不合意，必先执在手中，横斜以观其势，反侧以取其态。相定之后，剪去杂技，以疏瘦古怪为佳。再思其梗如何入瓶，或折或曲，插入瓶口，方免背叶侧花之患❸。若一枝到手，先拘定其梗之直者插瓶中，势必枝乱梗强，花侧叶背，既难取态，更无韵致矣。折梗打曲之法，锯其梗之半而嵌以砖石。则直者曲矣，如患梗倒，敲一二钉以管之❹。即枫叶竹枝，乱草荆棘，均堪入选。或绿竹一竿，配以枸杞数粒；几茎细草，伴以荆棘两枝。苟位置得宜，另有世外之趣❺。若新栽花木，不妨歪斜取势，听其叶侧，一年后枝叶自能向上。如树树直栽，即难取势矣。

注释

❶木本：多年生而根茎枝干为木质的植物类型，分乔木、灌木两种。

❷色色：每一种，每一样。

❸背叶侧花：叶子的背面、花朵的侧面，指叶子、花位置、角度的摆放都不合适。

❹管（guǎn）：支撑、固定。

❺世外：尘世之外。

译文

如果是用木本的花果插瓶，剪裁的方法就很重要了，不能什么都自己去找，但请人折来的又大多不合意。一定要先拿在手里，从横、斜两个角度看它的态势，再从反、侧两面看它的形态，选定之后，剪去杂枝，以疏瘦古怪为佳。然后再考虑如何将其插瓶，或折或曲，插到瓶口里，以避免叶背花侧的弊病。如果一个树枝到手，先机械地把直的部分插在瓶里，势必会造成枝乱梗强，花侧叶背，既难以取态，更不用说韵致了。折梗打曲的办法是，将树梗锯开一半，把砖石填在里面，这样直干就变弯了。如果担心树枝倒下来，可以敲一、两枚钉子来固定。即便是枫叶竹枝，乱草荆棘，也都可以用作插花的材料。或一竿青竹，配上几粒枸杞；或几根细草，配上两枝荆棘，只要摆放恰当，另有世外的野趣。如果是新栽的花木，不妨以歪斜取势，任其枝叶往一侧长，一年之后枝叶自然会向上生长。如果每棵都直着栽的话，就很难取势了。

至剪裁盆树，先取根露鸡爪者❶，左右剪成三节，然后起枝。一枝一节，七枝到顶，或九枝到顶。枝忌对节如肩臂，节忌臃肿如鹤膝。须盘旋出枝，不可光留左右，以避赤胸露背之病；又不可前后直出，有名双起、三起者，一根而起两三树也。如根无爪形，便成插树，故不取。然一树剪成，至少得三四十年。余生平仅见吾乡万翁名彩章者，一生剪成数树。又在扬州商家见有虞山游客携送黄杨❷、翠柏各一盆❸，惜乎明珠暗投，余未见其可也。若留枝盘如宝塔，扎枝曲如蚯蚓者，便成匠气矣❹。

注释

❶鸡爪：这里指形状像鸡爪的树根。

❷虞山：今江苏常熟。黄杨：又名乌龙木、万年青，一种常绿植物，枝干近圆柱形。

❸翠柏：一种松科常绿乔木。

❹匠气：缺乏艺术巧思而流于低俗雕琢技术层面的工匠习气或风格。

译文

至于剪裁盆栽树木，要先找那些根露在外面、形如鸡爪的，从左到右剪成三节，然后起枝。一枝一节，七枝到顶，或者九枝到顶。枝干上切忌对节，像肩膀那样齐整，节也不能臃肿得像鹤膝那样。树枝一定要盘旋而出，不能光留左右两侧的，以避免胸露背的毛病；也不能前后都是直的，有叫"双起""三起"的，是一个根上长出两三棵树。如果树根没有爪形，就成插树了，所以不能要这样的。一棵树剪裁成功，至少得三四十年的时间。我生平只见到同乡的万彩章老先生一生剪成了几棵树。此外还在扬州一个富商家里见到虞山游客所送的黄杨和翠柏各一盆，可惜明珠暗投，我没有看到他怎么珍爱。如果所留的枝干像宝塔那样盘着，把树枝捆扎得像蚯蚓一样，那就有匠气了。

点缀盆中花石，小景可以入画❶，大景可以入神❷。一瓯清茗❸，神能趋入其中，方可供幽斋之玩❹。种水仙无灵璧石❺，余尝以炭之有石意者代之。黄芽菜心，其白如玉，取大小五、七枝，用沙土植长方盆内，以炭代石，黑白分明，颇有意思。以此类推，幽趣无穷，难以枚举。如石菖蒲结子❻，用冷米汤同嚼喷炭上，置阴湿地，能长细菖蒲，随意移养盆碗中，茸茸可爱❼。以老莲子磨薄两头❽，入蛋壳，使鸡翼之，俟雏成取出，用久年燕巢泥加天门冬十分之二❾，捣烂拌匀，植于小器中，灌以河水，晒以朝阳，花发大如酒杯，叶缩如碗口，亭亭可爱。

注释

❶小景：小型盆景。

❷入神：形容达到精妙的境界。

❸瓯（ōu）：杯子。

❹幽斋：幽静雅致的房间。

❺灵璧石：又名"磬石"，产于安徽灵璧浮磬山，具有很高的观赏性。

❻石菖蒲：多年生常绿草本植物。生长在我国长江流域以南地区，多见于山涧浅水石上，或溪流旁石缝中。

❼茸茸：茂密丛生的样子。

❽莲子：莲的乳白色子实，椭圆。

❾天门冬：又名"武竹""天冬草"，多年生半蔓性草本植物。肉质块根呈长椭圆形，茎丛生下垂，叶状枝线形，秋冬结红果。

译文

点缀盆景的花石，小景可以入画，大景可以神游其中。一杯清茶，能让人神游其中，才能供幽斋赏玩。种水仙没有灵璧石，我曾用有石头意味的木炭来替代。黄芽菜心，洁白如玉，找五、六株大小不等的，用沙土种在长方盆里，用木炭代替石头，黑白分明，颇有意思。以此类推，幽趣无穷，难以一一列举。比如石菖蒲结籽时，用冷米汤混合石菖蒲籽，喷在木炭上，放在阴凉潮湿的地方，能长出细小的石菖蒲，随意移种在盆、碗里，绿茸茸的很可爱。把老莲子两头磨薄，放到蛋壳里，让母鸡来孵。等到发芽时取出来，再用多年的燕子巢穴的泥土，加上少许天门冬，捣烂拌匀，放到小容器里，用河水浇灌，早晨拿出来晒晒太阳。到后来，花大如酒杯，叶缩得如碗口，亭亭玉立，很是可爱。

若夫园亭楼阁，套室回廊，叠石成山，栽花取势，又在大中见小，小中见大，虚中有实，实中有虚，或藏或露，或浅或深。不仅在"周回曲折"四字❶，又不在地广石多，徒烦工费。或掘地堆土成山，间以块石，杂以花草，篱用梅编，墙以藤引，则无山而成山矣。大中见小者，散漫处植易长之竹，编易茂之梅以屏之。小中见大者，窄院之墙宜凹凸其形，饰以绿色，引以藤蔓，嵌大石，凿字作碑记形，推窗如临石壁，便觉峻峭无穷。虚中有实者，或山穷水尽处，一折而豁然开朗；或轩阁设厨处，一开而可通别院。实中有虚者，开门于不通之院，映以竹石，如有实无也；设矮栏于墙头，如上有月台而实虚也[2]。贫士屋少人多，当仿吾乡太平船后梢之位置[3]，再加转移。其间台级为床，前后借凑，可作三塌，间以板而裱以纸，则前后上下皆越绝[4]，譬之如行长路，即不觉其窄矣。余夫妇乔寓扬州时，曾仿此法，屋仅两椽[5]，上下卧房、厨灶、客座皆越绝而绰然有余[6]。芸曾笑曰："位置虽精，终非富贵家气象也。"是诚然欤？

注释

❶周回：环绕，回环。

❷月台：露天的平台。

❸太平船：一种游船。清李斗《扬州画舫录》卷十八："沙飞重檐飞舻，有小卷棚者谓之'太平船。'"位置：处置，安排。

❹越绝：隔绝、隔断。

❺椽：间。

❻绰然有余：宽敞，宽裕。

译文

说到园亭楼阁，套室回廊，叠石成山，栽花取势，其妙处在大中见小，小中见大，虚中有实，实中有虚，或藏或露，或浅或深，这就不单是周回曲折四个字所能涵盖的。其好坏也不在地广石多，这样徒非人力物力。挖地堆成土山，放上一些石块，种上花草，用梅树编成篱笆，墙上爬满藤蔓，这样就可以无山而有山了。大中见小的方法：在开阔的地方种上容易生长的竹子，用茂盛的梅树作屏障。小中见大的方法：窄小院子的墙壁应建得凹凸不平，用绿色装饰，种上藤蔓，再嵌块大石，凿字做碑。这样推开窗子，如临石壁，便找到了峻峭无穷的意境。虚中有实的办法：或是在山穷水尽处，一转弯就觉得豁然开朗。或是在轩阁设厨的地方，一开门便可通往别院。实中有虚的办法：在不通他处的院子里开一个门，种些竹子，放上石头，看起来是通往别处实际上却没有。或者在墙头上设置低栏杆，好像上面有一个月台但实际上是虚的。穷寒之士屋少人多，应当效仿我家乡太平船后舱的布置，再有所变化。船舱把台级当床，前后借凑，可以作三张床用，中间隔以木板，糊上白纸，这样前后上下都隔开了，即便是走长路，都不觉得狭窄。我们夫妻两个侨居扬州的时候，曾效仿过这个办法。房屋虽只有两间，但上下卧室、厨房、客厅都能隔开，且感到比较宽敞。芸曾笑道："这样布置虽然够精巧的，但终归不是富贵人家的气象。"此话当真吗？

　　余扫墓山中，检有峦纹可观之石❶，归与芸商曰："用油灰叠宣州石于白石盆，取色匀也。本山黄石虽古朴，亦用油灰，则黄白相间，凿痕毕露，将奈何？"芸曰："择石之顽劣者❷，捣末于灰痕处，乘湿糁之❸，干或色同也。"乃如其言，用宜兴窑长方盆叠起一峰，偏于左而凸于右，背作横方纹，如云林石法❹，巉岩凹凸❺，若临江石矶状❻；虚一角，用河泥种千瓣白萍❼；石上植茑萝❽，俗呼云松。经营数日乃成。至深秋，茑萝蔓延满山，如藤萝之悬石壁，花开正红色，白萍亦透水大放，红白相间。神游其中，如登蓬岛❾。置之檐下，与芸品题：此处宜设水阁，此处宜立茅亭，此处宜凿六字曰"落花流水之间"，此可以居，此可以钓，此可以眺。胸中丘壑，若将移居者然。一夕，猫奴争食，自檐而堕，连盆与架，顷刻碎之。余叹曰："即此小经营，尚干造物忌耶？"❿两人不禁泪落。

注释

❶峦纹：山形纹理。

❷顽劣：坚硬。

❸糁（sǎn）：涂抹。

❹云林：倪瓒（1302—1375），号云林，无锡人。元代画家，善

画石。

⑤巉（chán）岩：险峻的山石。

⑥石矶：水边突出的巨大岩石。

⑦白萍：一种水生植物，常见于池沼间，花白色。

⑧茑萝：又名"羽叶茑萝"，一年生草本植物，花红色，呈五角形状。

⑨蓬岛：传说中的蓬莱仙岛。

⑩造物：即造物主，创造、主宰万物的神灵。

译文

我在山里扫墓时，捡到一些纹理不错的石头。回家和芸商量道："在白石盆里用油灰来叠宣州石，取其色彩匀称。本地山里的这些黄石虽看起来古朴，也用油灰来叠的话，黄白相间，雕琢的痕迹明显，该怎么办呢？"芸说："选几块粗劣的石头，捣成粉末，撒在油灰上，趁湿涂抹在一起，干了之后颜色就一样了。"我照着她说的来做，在宜兴窑出的长方盆里叠起一座山峰，左偏右突，背面用横方的纹理，像云林画石一样，山石险峻，高低不平，如同临江的石矶。空出一角，用河泥种上千瓣白萍。石上栽些茑萝，俗称云松。花费了数日工夫才算完成。到深秋的时候，茑萝蔓延全山，如藤萝悬挂在石壁上，开出红色的花朵，白萍也在水中绽放，红白相间。神游其中，如同登上蓬莱仙岛。把盆景放在屋檐下，和芸一起品题：这里适合建一座水上楼阁，这里适合盖一处茅亭，这里应当凿六个字"落花流水之间"，这里可以居住，这边可以钓鱼，这里可以远眺。这都是想象中的风景，好像我们就要移居一样。一天晚上，几只猫争食，从房顶上掉下来，连盆带架，顷刻间砸碎。我感叹道："就是这点小玩意儿，还要被老天嫉妒吗？"想到此处，两人不禁落泪。

静室焚香❶，闲中雅趣。芸尝以沉速等香❷，于饭镬蒸透❸，在炉上设一铜丝架，离火半寸许，徐徐烘之，其香幽韵而无烟❹。佛手忌醉鼻嗅⑤，嗅则易烂；木瓜忌出汗⑥，汗出，用水洗之。惟香圆无忌⑦。佛手、木瓜亦有供法，不能笔宣⑧。每有人将供妥者随手取嗅，随手置之，即不知供法者也。

注释

❶静室：清静的房间。

❷沉速等香：指沉香、速香，均为名贵的香木。明李时珍《本草纲目·木一·沉香》："香之等凡三，曰沉，曰栈，曰黄熟（即速香）也。"亦指沉香、速香、檀香等多种香料调和而成的一种混合香料。

❸镬（huò）：锅。

❹幽韵：幽深的韵味。

❺佛手：即佛手柑，一种常绿乔木，其果前端作手指状分裂，可食用、药用，果皮与花均可提取香油，以充香料。

❻木瓜：一种落叶灌木的果实，呈椭圆形。性温，色黄，气香，可食，亦可供药用。

❼香圆：即香橼，一种常绿乔木，花白色。果实有香气，味酸、甜。

❽笔宣：不能用文字表达，这里指不再一一介绍。

译文

在静室里焚香，这是闲暇时的雅趣。芸曾把沉速香放在锅里蒸透，在炉子上放一个铜丝架，离火半寸左右，慢慢烘烤，其香幽韵而没有烟。佛手忌讳酒后用鼻子闻，闻了就容易烂；木瓜则忌用出汗的手摸，有汗了要用水洗手。只有香橼没什么忌讳。佛手、木瓜也有供法，这里不能一一用笔墨写出来。经常有人把已设供的东西随手拿来闻，随手放置，这些都是不懂供法的人。

余闲居，案头瓶花不绝。芸曰："子之插花，能备风晴雨露，可谓精妙入神。而画中有草虫一法❶，盍仿而效之。"余曰："虫踯躅不受制❷，焉能仿效？"芸曰："有一法，恐作俑罪过耳。"❸余曰："试言之。"曰："虫死色不变，觅螳螂、蝉、蝶之属，以针刺死，用细丝扣虫项，系花草间，整其足，或抱梗，或踏叶，宛然如生❹，不亦善乎？"余喜，如其法行之，见者无不称绝。求之闺中，今恐未必有此会心者矣。

注释

❶草虫：栖息在草间的虫类。
❷蹒跚：爬动。
❸作俑：最先做某件事，这里指首开恶例。
❹宛然：仿佛，相似。

译文

我闲居的时候，案头瓶子里的花不断更新。芸说："你的插花能体现风晴雨露，可谓精妙入神。绘画中有草虫一法，你为什么不仿效一下？"我说："虫爬动不听使唤，哪能仿效呢？"芸说："我有一个办法，只是怕成为始作俑者有罪过。"我说："你试着说说看。"芸说："虫子死后颜色不变，你找些螳螂、蝉、蝶这类虫子，用针把它们刺死，用细丝系在虫的脖子上，把它们绑在花草间，调整它们的腿，或者抱着树梗，或者站在草叶上，宛然如生，这不也挺好吗？"我听后很高兴，就按照她说的办法去做，见到的人无不称绝。在闺阁中寻找，如今恐怕未必再有这么会心的人了。

余与芸寄居锡山华氏❶，时华夫人以两女从芸识字。乡居院旷，夏日逼人❷，芸教其家作活花屏法甚妙。每屏一扇，用木梢二枝，约长四、五寸，作矮条凳式，虚其中，横四挡，宽一尺许，四角凿圆眼，插竹编方眼，屏约高六、七尺，用砂盆种扁豆置屏中❸，盘延屏上，两人可移动。多编数屏，随意遮拦，恍如绿阴满窗，透风蔽日，纡回曲折，随时可更，故曰活花屏。有此一法，即一切藤本香草随地可用^④。此真乡居之良法也。

注释

❶锡山：在今江苏无锡西。
❷逼人：阳光继续不断地照射。
❸砂盆：用陶土和沙子烧制的盆子。
❹藤本：茎部细长，不能直立，只能依附别的植物或支持物如树、墙等缠绕或攀缘向上生长的植物类型。香草：泛指有香气的草。

译文

我和芸寄居在锡山华氏家里，当时华夫人让两个女儿跟着芸学认字。在乡间居住，院落空阔，夏日炎热逼人，芸教华氏家做活花屏风的方法很巧妙：每扇屏风用木梢两枝，长约四、五寸，做成矮脚凳的样式，中间是空的。横四根木档，宽一尺左右，四角凿上圆洞，插上竹编方眼。屏风高约六、七尺，用砂盆种些扁豆，放在屏风中，让它往屏风上攀爬，两个人就可移动。多编几个屏风，随意遮拦，好像绿荫满窗，透风遮日，迂回曲折，随时可以更换，所以叫作活花屏风。有了这种方法，一切藤本香草随地都可采用。这真是乡居的好办法。

友人鲁半舫名璋，字春山，善写松柏或梅菊，工隶书，兼工铁笔^①。余寄居其家之萧爽楼一年有半。楼共五椽，东向，余居其三，晦明风雨^②，可以远眺。庭中木犀一株^③，清香撩人。有廊有厢，地极幽静。移居时，有一仆一妪，并挈其小女来。仆能成衣^④，妪能纺绩，于是芸绣妪绩，仆则成衣，以供薪水。余素爱客，小酌必行令。芸善不费之烹庖^⑤，瓜蔬鱼虾，一经芸手，便有意外味。同人知余贫，每出杖头钱^⑥，作竟日叙^⑦。余又好洁，地无纤尘，且无拘束，不嫌放纵。

注释

❶铁笔：刻印。镌刻印章，以刀代笔，故名。

❷晦明：黑夜、白昼。

❸木犀：即木樨，桂树，常绿乔木，花白色，芳香宜人。

❹成衣：做衣服。

❺不费：花销不多。

❻杖头钱：买酒钱。典出《世说新语·任诞第二十三》："阮宣子常步行，以百钱挂杖头，至酒店，便独酣畅，虽当世贵盛不肯诣也。"

❼竟日：从早到晚，整天。

译文

我的朋友鲁半舫，名璋，字春山，善于画松柏或梅菊，长于隶书，兼工篆刻。我寄居在他家的萧爽楼曾有一年半之久。这座楼共五间，朝东，我住了其中三间。早晚风雨，都可远眺。庭院中有棵木樨树，清香撩人。这里有走廊，有厢房，十分幽静。移居的时候，有一个仆人和一个老妇人，还带着他们的小女儿。仆人能做衣服，老妇人能纺织，于是，芸刺绣，老妇人纺织，仆人则做衣服，以供日常开支。我素来好客，即使小酌也必行酒令。芸擅长花费不多的烹调，瓜果蔬菜及鱼虾一经她的手，便有了意外的风味。朋友们知道我不富裕，经常给我们钱买酒，大家终日畅谈。我喜欢整洁，地上没有灰尘，且不受拘束，不嫌放纵。

时有杨补凡,名昌绪❶,善人物写真❷;袁少迁,名沛,工山水;王星澜,名岩❸,工花卉翎毛❹。爱萧爽楼幽雅,皆携画具来。余则从之学画,写草篆,镌图章,加以润笔❺,交芸备茶酒供客,终日品诗论画而已。更有夏淡安、揖山两昆季❻,并缪山音、知白两昆季,及蒋韵香、陆橘香、周啸霞、郭小愚、华杏帆、张闲酣诸君子,如梁上之燕,自去自来。芸则拔钗沽酒❼,不动声色,良辰美景,不放轻过。今则天各一方,风流云散,兼之玉碎香埋❽,不堪回首矣。

注释

❶杨补凡,名昌绪:杨昌绪,字补帆,苏州人。《扬州画苑录》卷四:"善山水,兼长仕女、花卉。"《历代画史汇传》卷二十四:"山水于浑厚中而仍遇秀逸,每入诗意,士女仿六如,雅韵有致。"

❷写真:肖像。

❸王星澜,名岩:王岩,字星澜,苏州人。《历代画史汇传》卷二十九:"钩染花卉工致。"

❹翎毛:以鸟兽为题材的画。

❺润笔:请人作诗文书画的酬劳。

❻昆季:兄弟。

❼拔钗沽酒:把金钗卖掉为丈夫买酒。典出唐元稹《遣悲怀》诗:"顾我无衣搜荩箧,泥他沽酒拔金钗。"

❽玉碎香埋:比喻美女亡故,这里指作者的妻子去世。

译文

时人杨补凡,名昌绪,善于人物写真;袁少迁,名沛,善于画山水;王星澜,名岩,善于画花鸟。他们喜欢萧爽楼的幽雅,都带着画具来。我则跟着他们学绘画,写草篆,刻印章,所得的润笔费,交给芸准备茶水酒菜,招待客人,大家整天品诗论画而已。更有夏淡安、夏揖山两兄弟和缪山音、缪知白两兄弟,以及蒋韵香、陆橘香、周啸霞、郭小愚、华杏帆、张闲酣诸君子,如同梁上的飞燕一样自来自去。芸则拔钗沽酒，不露声色，良辰美景，不轻易放过。如今则天各一方，风流云散，加上玉碎香埋，真是不堪回首啊。

萧爽楼有四忌：谈官宦升迁、公廨时事❶、八股时文、看牌掷色❷，有犯必罚酒五斤。有四取：慷慨豪爽、风流蕴藉、落拓不羁、澄静缄默。长夏无事，考对为会，每会八人，每人各携青蚨二百❸。先拈阄❹，得第一者为主考，关防别座❺。第二者为誊录，亦就座，余作举子，各于誊录处取纸一条，盖用印章。主考出五、七言各一句，刻香为限，行立构思❻，不准交头私语。对就后，投入一匣，方许就座。各人交卷毕，誊录启匣，并录一册，转呈主考，以杜徇私。十六对中取七言三联，五言三联。六联中取第一者，即为后任主考，第二者为誊录。每人有两联不取者，罚钱二十文；取一联者，免罚十文；过限者❼，倍罚。一场，主考得香钱百文。一日可十场，积钱千文，酒资大畅矣。惟芸议为官卷❽，准坐而构思。

注释

❶公廨（xiè）：官署、官衙。

❷掷色：一种赌博的方式，以骰子点数的大小决定输赢。

❸青蚨（fú）：银钱。

❹拈阄：抓阄。

❺关防：监视、防范。

❻行立：行走站立。

❼过限：超过时间。

❽官卷：清代科考，高官子弟参加乡试，另外编号，以人数多寡，定额取中。因其试卷均编"官"字号，故名官卷。这里指陈芸参加考对可以享受特殊待遇。

译文

萧爽楼有四忌：忌谈官职升迁，忌谈官府时事，忌谈八股时文，忌看牌掷色，有违反者一定要罚酒五斤。有四取：取慷慨豪爽，取风流潇洒，取落拓不羁，取澄静缄默。长夏闲暇无事，大家以考试对句为会。每会八人，每人各带二百铜钱。先抓阄，得第一的人为主考，坐在旁边监考；得第二者负责誊录，也就座。其余的人都当举子，各自到誊录处拿一张纸，盖上印章。主考人出五言、七言各一句，燃香计时，大家可以走着站着构思，但不准交头接耳。对句写完后，投到一个匣子里，方可就座。各人交卷之后，誊录者打开匣子，将各人所写对句抄成一卷，转呈主考，以杜绝徇私行为。从十六个对句中取中七言句三联，五言句三联。六联中得到第一的，即为下一任主考，第二名为下一任誊录。其中有两联都没被取中者，罚钱二十文，仅取中一联者少罚十文钱，超过时间的则加倍处罚。这样一场下来，主考可得一百多文钱。一天可以考十场，积攒上千文钱，酒钱就非常充足了。只有芸例外，大家推举她为官卷，准许坐下来构思。

杨补凡为余夫妇写载花小影❶，神情确肖❷。是夜月色颇佳，兰影上粉墙❸，别有幽致。星澜醉后兴发曰："补凡能为君写真，我能为花图影。"余笑曰："花影能如人影否？"星澜取素纸铺于墙❹，即就兰影，用墨浓淡图之。日间取视，虽不成画，而花叶萧疏❺，自有月下之趣。芸甚宝之，各有题咏。

注释

❶小影：小幅画像。
❷确肖：非常逼真。
❸粉墙：白色的墙。
❹素纸：白纸。
❺萧疏：错落有致。

译文

杨补凡曾给我们夫妇画了一幅载花小影，神情逼真。那天夜里月色很好，兰花的影子映在粉墙上，别有幽致。王星澜醉后雅兴萌发，说道："杨补凡给你们写真，我能为花画影子。"我笑着说："花影能像人影吗？"王星澜把白纸铺在墙上，对着兰花的影子，用墨或浓或淡，画了起来。到白天拿出来看，虽然不成画，但花叶错落有致，自有月下之趣。芸很珍爱这幅画，大家在上面各有题咏。

　　苏城有南园、北园二处❶，菜花黄时❷，苦无酒家小饮。携盒而往，对花冷饮，殊无意味。或议就近觅饮者，或议看花归饮者，终不如对花热饮为快。众议未定。芸笑曰："明日但各出杖头钱，我自担炉火来。"❸众笑曰："诺。"众去，余问曰："卿果自往乎？"芸曰："非也，妾见市中卖馄饨者，其担锅、灶无不备，盍雇之而往？妾先烹调端整❹，到彼处再一下锅，茶酒两便。"余曰："酒菜固便矣，茶乏烹具。"芸曰："携一砂罐去，以铁叉串罐柄，去其锅，悬于行灶中❺，加柴火煎茶，不亦便乎？"余鼓掌称善。

❶南园、北园：南园位置约在今苏州人民路工人文化宫东、十全街南，北园位置约在今苏州拙政园东、东北街北。
❷菜花：油菜花。
❸炉火：生了火的炉子，这里指做饭用的炉灶炊具等。
❹端整：整齐，齐备。
❺行灶：可移动的炉灶。

译文

　　苏州城有南园、北园两个地方，油菜花开的时候，苦于当地没有酒家可以饮酒，大家只好带着食盒过去，对着花喝冷酒，很没有意思。有人商量就近寻找饮酒的地方，有人建议看花后回来饮酒，但这终究不如对着花饮热酒畅快。大家商量不定，芸笑着说："明天各位只管掏买酒钱，我自有办法挑着炉火过来。"大家笑着说："好的。"

众人走后，我问道："你真的要亲自去吗？"芸说："不是的，我看到市面上有卖馄饨的，其担子、锅、灶，无不齐备，为什么不雇他们去呢？我先在家里把菜做好，到那里一下锅就行了，喝茶、饮酒，都很方便。"我说："酒菜固然方便，煮茶却缺少工具。"芸说："带一个砂罐过去，用铁叉串在砂罐把柄上，去掉锅后，把它挂在可移动的炉灶上，加上柴火煎茶，不也是很方便吗？"我鼓掌叫好。

　　街头有鲍姓者，卖馄饨为业，以百钱雇其担，约以明日午后，鲍欣然允议。明日看花者至，余告以故，众咸叹服。饭后同往，并带席垫❶，至南园，择柳阴下团坐❷。先烹茗，饮毕，然后暖酒烹肴。是时风和日丽，遍地黄金，青衫红袖，越阡度陌❸，蝶蜂乱飞，令人不饮自醉。既而酒肴俱熟，坐地大嚼，担者颇不俗，拉与同饮。游人见之，莫不羡为奇想。杯盘狼藉，各已陶然❹，或坐或卧，或歌或啸。红日将颓，余思粥，担者即为买米煮之，果腹而归❺。芸问曰："今日之游乐乎？"众曰："非夫人之力不及此。"大笑而散。

注释

❶席垫：坐席，垫子。
❷团坐：围坐在一起。
❸越阡度陌：在田野间纵横行走。
❹陶然：陶醉、愉快的样子。
❺果腹：吃饱。

译文

　　街上有个姓鲍的人，以卖馄饨为业，我们就用百来文钱来雇了他的馄饨担子，约定明日午后，姓鲍的欣然答应。第二天，看花的人都到了，我告诉他们其中的缘由，大家都很叹服。我们饭后一起过去，并且带上坐垫，来到南园，选一处柳荫下团团围坐。先烹茶，喝完之后，再暖酒做菜。当时风和日丽，遍地金黄，青衫红袖，穿行在田间小路上，蜂蝶乱飞，让人不饮自醉。不久，酒菜都准备好了，大家坐在地上大吃起来。姓鲍的人也颇不俗，拉他过来一起饮酒。游人看到后，无不羡慕这个奇思妙想。到杯盘狼藉的时候，大家都已陶醉，有的坐，有的卧，有的歌，有的啸。红日快要落山时，我又想吃粥，姓鲍的就去买米来煮，大家吃饱了才回去。芸问："今日的游玩快乐吗？"众人说："没有夫人的能力，今天就不会玩得这么开心。"众人大笑着散开了。

贫士起居服食以及器皿、房舍，宜省俭而雅洁，省俭之法曰"就事论事"。余爱小饮，不喜多菜，芸为置一梅花盒：用二寸白磁深碟六只，中置一只，外置五只，用灰漆就，其形如梅花，底盖均起凹楞，盖之上有柄如花蒂❶。置之案头，如一朵墨梅覆桌。启盏视之，如菜装于花瓣中，一盒六色，二三知己可以随意取食，食完再添。另做矮边圆盘一只，以便放杯箸酒壶之类，随处可摆，移掇亦便❷。即食物省俭之一端也。余之小帽领袜❸，皆芸自做，衣之破者，移东补西，必整必洁，色取暗淡，以免垢迹，既可出客❹，又可家常。此又服饰省俭之一端也。

注释

❶花蒂：花或瓜果跟枝茎相连的部分。
❷移掇：移动，收拾。
❸小帽：便帽，相对于礼帽、官帽而言。
❹出客：外出做客。

译文

贫寒之士的起居、衣食，以及器皿、房舍等，都应当省俭而雅洁，省俭的方法叫"就事论事"。我爱喝点小酒，不喜欢吃菜。芸就为我置备了一个梅花盒：二寸大小的白瓷深碟六个，中间放一个，外边摆五个。用油漆漆的，外形像梅花。底盖都起凹楞，盖上有把手，形如花蒂。放在案头，如同一朵墨色梅花盖在桌上。打开来看，好像菜肴放在花瓣中，一个盒子中装六种不同的食物，二三知己可以随意取着吃，吃完再添。另外芸做了一个矮边圆盘，以便放置杯、筷、酒壶之类的东西，随处可以摆放，移动收拾起来也挺方便，这是食物省俭的一个办法。我的小帽领袜，都是芸亲手做的。衣服破了，移东补西，一定要齐整、干净。颜色选用暗色的，以免露出污垢的痕迹。这样既可出门做客，又可居家常穿，这又是服饰省俭的一个办法。

初至萧爽楼中，嫌其暗，以白纸糊壁，遂亮。夏月❶，楼下去窗，无阑干，觉空洞无遮拦。芸曰："有旧竹帘在，何不以帘代栏?"余曰："如何?"芸曰："用竹数根，黝黑色❷，一竖一横，留出走路，截半帘搭在横竹上，垂至地，高与桌齐，中竖短竹四根，用麻线扎定，然后于横竹搭帘处，寻旧黑布条，连横竹裹缝之。既可遮拦饰观，又不费钱。"此"就事论事"之一法也。以此推之，古人所谓竹头、木屑皆有用❸，良有以也。

注释

❶夏月：夏天。

❷黝黑：深黑色。

❸竹头、木屑：废弃的竹根、木头的碎末，比喻可利用的废物。典出刘义庆《世说新语·政事》："陶公性俭厉，勤于事。作荆州时，敕船官悉锯木屑，不限多少。咸不解此意。后正会，值积雪始晴，听事前除，雪后犹湿，于是悉用木屑覆之，都无所妨。官用竹，皆令录厚头，积之如山。后桓宣武伐蜀，装船，悉以作钉。"

译文

刚到萧爽楼的时候，我嫌光线暗，就用白纸糊墙，这才亮堂起来。到了夏天，楼下撤去窗户，没有栏杆，觉得空洞没有遮拦。芸说："有旧的竹帘子，为什么不用它来替代栏杆呢?"我问："怎么个替代法呢?"芸说:"找几根竹子,要黑色的,一竖一横,留出走路的空间。截一半竹帘子搭在横竹上,垂到地面,高度与桌面相同。中间竖上四根短竹,用麻线扎紧固定。然后在横竹挂竹帘子的地方,找些旧的黑布条,连横竹一起裹起来缝上,这样既可遮拦做装饰,又不费钱。"这也是"就事论事"俭省的一个方法。由此推之,古人所说的竹头、木屑都有用处,确实有道理。

夏月,荷花初开时,晚含而晓放,芸用小纱囊撮茶叶少许❶,置花心,明早取出,烹天泉水泡之❷,香韵尤绝❸。

注释

❶纱囊:纱做的袋子。
❷天泉水:雨水。
❸香韵:香气,香味。

译文

夏天荷花初开的时候,晚间含苞,早上开放。芸用小纱袋包上一些茶叶,放到花心里。第二天早上再取出,烹煮雨水来沏泡,其清香韵味尤为绝妙。

卷三　坎坷记愁

　　人生坎坷，何为乎来哉？往往皆自作孽耳，余则非也，多情重诺，爽直不羁，转因之为累。况吾父稼夫公慷慨豪侠，急人之难，成人之事，嫁人之女，抚人之儿，指不胜屈，挥金如土，多为他人。余夫妇居家，偶有需用❶，不免典质❷。始则移东补西，继则左支右绌❸。谚云："处家人情，非钱不行。"❹先起小人之议，渐招同室之讥❺。"女子无才便是德"，真千古至言也。

注释

❶需用：使用，花费。

❷典质：典押，抵押。

❸左支右绌（chù）：财力不足，穷于应付。

❹处家人情，非钱不行：居家过日子，人情往来，没有钱不行。

❺同室：一家人。

译文

　　人生的坎坷到底是怎么来的呢？通常都是自己作孽罢了，但我的情况却不是这样。我讲情谊，重然诺，性格直爽，不拘小节，却因此而受累。何况我父亲稼夫公慷慨豪侠，急人之难，成人之事，嫁人之女，抚人之儿，这样的事情数不胜数。挥金如土，多是为了他人。我夫妻居家，偶有需要花钱的地方，不免要典押物品。起初移东补西，继而左支右绌。俗话："处家人情，非钱不行。"先是有小人的非议，渐渐遭到一家人的嘲讽。"女子无才便是德"，这句话真是千古名言啊。

余虽居长而行三，故上下呼芸为"三娘"。后忽呼为"三太太"，始而戏呼，继成习惯，甚至尊卑长幼，皆以"三太太"呼之，此家庭之变机欤❶？

注释

❶变机：变化的前兆。

译文

我虽年长但排行第三，所以家里人都称芸为"三娘"，后来忽然改称她为"三太太"。起初只是玩笑似的称呼，继而成了习惯，甚至不管尊卑长幼，都以"三太太"来称呼她。这难道是家庭发生变故的先兆吗？

乾隆乙巳❶，随侍吾父于海宁官舍❷。芸于吾家书中附寄小函❸，吾父曰："媳妇既能笔墨，汝母家信，付彼司之。"后家庭偶有闲言，吾母疑其述事不当，仍不令代笔。吾父见信非芸手笔，询余曰："汝妇病耶？"余即作札问之，亦不答。久之，吾父怒曰："想汝妇不屑代笔耳。"迨余归❹，探知委曲❺，欲为婉剖❻，芸急止之曰："宁受责于翁，勿失欢于姑也。"竟不自白❼。

注释

❶乾隆乙巳：1785年。

❷海宁：今浙江海宁市。官舍：官吏办公或居住的房舍。

❸小函：短信，便笺。

❹迨（dài）：等到。

❺委曲：事情的经过或真相。

❻剖：分辨，辩解。

❼自白：自己辩白。

译文

乾隆乙巳年，我跟随父亲到海宁官舍。芸经常在家书里附上她写的短信。我父亲说："你媳妇既然能写信，你母亲的家信让她来代笔吧。"后来家里传出一些闲言，我母亲怀疑芸讲述事情不妥当，就不再让她代笔。我父亲看到家信不是芸的笔迹，就问我说："你媳妇生病了吗？"我便写信询问，也不见芸的回音。日子长了，我父亲就生气地说："想必是你媳妇不屑于代笔吧。"等我回家之后，弄清楚了其中的原委，想替芸申辩，芸急忙制止我说："我宁可受公公的责备，也不愿让婆婆不高兴。"芸始终不为自己辩白。

庚戌之春❶，予又随侍吾父于邗江幕中❷，有同事俞孚亭者，挈眷居焉。吾父谓孚亭曰："一生辛苦，常在客中，欲觅一起居服役之人而不可得❸。儿辈果能仰体亲意，当于家乡觅一人来，庶语音相合。"孚亭转述于余，密札致芸，倩媒物色，得姚氏女。芸以成否未定，未即禀知吾母❹。其来也，托言邻女之嬉游者❺，及吾父命余接取至署，芸又听旁人意见，托言吾父素所合意者。吾母见之曰："此邻女之嬉游者也，何娶之乎？"芸遂并失爱于姑矣。

注释

❶庚戌：1790年。
❷邗江：今江苏扬州市邗江区。
❸起居服役之人：照料生活起居的仆人，这里指妾。
❹禀知：将事情或情况告知尊长。
❺嬉游：游乐，游玩。

译文

庚戌年的春天，我又跟随父亲到邗江游幕。父亲有个同事叫俞孚亭，带着家眷住在这里。我父亲对俞孚亭说："一生辛苦，常年客居

073

他乡，想找一个照料生活起居的人却没有找到。孩子们如果真能体谅长辈的意思，应当在家乡帮我找一个人来，这样在语言上也相合。"俞孚亭将此事转告我，我就暗中给芸写信，让她请媒人物色，找到了一个姓姚的女子。芸因事情还未能定下来，就没有马上禀告我母亲。当姓姚的女子来的时候，芸便假说是邻居家的女孩子来游玩。等到我父亲命我把她接到官署，芸又听信旁人的意见，假说这是我父亲向来中意的人。我母亲看到之后说："这个邻居家的女孩子是过来游玩的，为什么要娶她？"这样，芸连婆婆的欢心也失去了。

壬子春[1]，余馆真州[2]。吾父病于邗江，余往省[3]，亦病焉。余弟启堂时亦随侍。芸来书曰："启堂弟曾向邻妇借贷，倩芸作保，现追索甚急。"[4]余询启堂，启堂转以嫂氏为多事，余遂批纸尾曰："父子皆病，无钱可偿，俟启弟归时，自行打算可也。"

注释

[1] 壬子：1792年。
[2] 真州：在今江苏仪征。
[3] 省：探视。
[4] 追索：追逼索取。

译文

壬子年的春天，我到真州处馆，我父亲在邗江生病，我过去探望，结果自己也病了。我弟弟启堂当时也过来服侍父亲。芸来信说："启堂弟曾向邻居家的妇女借贷，请我做保人，现在人家要债很急。"我问启堂怎么回事，启堂反过来认为是嫂子多事。我随即在信后写道："我们父子都病了，无钱偿还，等到启堂弟回去时，他自己想办法就可以了。"

未几，病皆愈，余仍往真州。芸覆书来[1]，吾父拆视之，中述启弟邻项事，且云："令堂以老人之病皆由姚姬而起❷，翁病稍痊，宜密瞩姚托言思家❸，妾当令其家父母到扬接取。实彼此卸责之计也。"吾父见书怒甚，询启堂以邻项事，答言不知，遂札饬余曰❹："汝妇背夫借债，谗谤小叔，且称姑曰令堂，翁曰老人，悖谬之甚❺。我已专人持札回苏斥逐❻，汝若稍有人心，亦当知过。"

注释

❶覆书：回信。

❷令堂：对对方母亲的尊称。

❸托言：借口。

❹饬（chì）：训斥、告诫。

❺悖谬：荒谬，荒唐。

❻斥逐：驱逐，赶走。

译文

不久，我和父亲的病都好了，我仍回到真州。芸写信过来，因我不在，我父亲拆开来看，其中说到启堂弟向邻家妇女借贷的事情。并且说："令堂认为老人的病都是由姓姚的女子引起的。老人病好之后，应悄悄吩咐姓姚的女子让她借口想家，我再让她父母到扬州来接其回家，这是彼此卸去责任的好办法。"我父亲看了信后非常生气，问启堂弟向邻家妇女欠债的事，启堂却推说不知道。父亲随即写信训斥我说："你媳妇背着丈夫借债，诽谤小叔，况且在信里称婆婆为令堂，称公公为老人，非常荒谬。我已专门派人带信回苏州，把她撵出去。你若是稍有人心，也当知道自己的过错。"

余接此札，如闻青天霹雳，即肃书认罪❶，觅骑遄归❷，恐芸之短见也❸。到家述其本末，而家人乃持逐书至，历斥多过，言甚决绝。芸泣曰："妾固不合妄言，但阿翁当恕妇女无知耳。"越数日，吾父又有手谕至❹，曰："我不为已甚❺，汝携妇别居，勿使我见，免我生气

足矣。"乃寄芸于外家，而芸以母亡弟出，不愿往依族中，幸友人鲁半舫闻而怜之，招余夫妇往居其家萧爽楼。

注释

① 肃书：恭敬地写信。

② 遄：快，迅速。

③ 短见：自杀。

④ 手谕：尊长亲笔写的指示。

⑤ 已甚：过分。

译文

　　我接到这封信后，好像听到了晴天霹雳，马上向父亲写信认罪，随后找了匹马，急忙返回，担心芸会寻短见。到家刚说完事情的经过，家人也拿着父亲的信来了，信中历数芸的过失，言辞很是决绝。芸哭着说："我固然不应当乱说，但公公也应当宽恕女人的无知。"过了几天，父亲又有信来，上面写道："我不会做得太过，你带着媳妇到别的地方去住，不要让我看见，免得我生气也就行了。"于是准备让芸寄居在娘家，但芸因母亲去世、弟弟在外，不愿依附家族里的其他人。幸亏朋友鲁半舫听到消息后同情我们，喊我们夫妻去住在他家的萧爽楼中。

越两载，吾父渐知始末，适余自岭南归❶，吾父自至萧爽楼谓芸曰："前事我已尽知，汝盍归乎？"余夫妇欣然，仍归故宅，骨肉重圆。岂料又有憨园之孽障耶❷。

注释

❶岭南：中国五岭以南的地区，即今之广东、广西一带。
❷孽障：佛教语。由于过去的恶行造成今生的障碍。

译文

过了两年，我父亲渐渐知道了事情的经过。当时正赶上我从岭南回来，我父亲亲自来到萧爽楼，对芸说："以前的事情我都已知晓，你为什么不搬回去住？"我们夫妻欣然答应，仍回到故宅，一家人骨肉团圆。岂料又有憨园这个孽障呢！

芸素有血疾❶，以其弟克昌出亡不返❷，母金氏复念子病没，悲伤过甚所致。自识憨园，年余未发，余方幸其得良药。而憨为有力者夺去，以千金作聘，且许养其母，佳人已属沙吒利矣❸。余知之而未敢言也，及芸往探始知之，归而呜咽，谓余曰："初不料憨之薄情乃尔也。"❹余曰："卿自情痴耳，此中人何情之有哉？况锦衣玉食者，未必能安于荆钗布裙也，与其后悔，莫若无成。"因抚慰之再三。而芸终以受愚为恨，血疾大发，床席支离❺，刀圭无效❻，时发时止，骨瘦形销❼。不数年而逋负日增❽，物议日起❾，老亲又以盟妓一端，憎恶日甚，余则调停中立，已非生人之境矣❿。

注释

❶血疾：具有便血、吐血、咯血等出血症状的疾病。
❷出亡：出走，流亡。
❸沙吒利：唐许尧佐小说《柳氏传》中的人物，系番将，曾抢夺

书生韩翊的情人柳氏。

❹薄情：寡情，少情义。

❺支离：瘦弱，衰弱。

❻刀圭：药物。

❼骨瘦形销：形容瘦削到极点。

❽遘负：怨恨，仇恨。

❾物议：非议。

❿生人：让人生存、存活。

译文

芸以往患有血疾，这是因为弟弟克昌外出不归，母亲金氏思念儿子而病故，由此悲伤过度引起的。自从认识憨园之后，有一年多未发病，我正庆幸她得到良药，而憨园却被有权势的人夺走了。人家以千金为聘礼，且许诺赡养她的母亲，这样佳人就属于沙吒利这样的人了。我知道了这件事但不敢说，芸等到去探望时才知晓，她回来哭着对我说："真没想到憨园竟然如此薄情。"我答道："这是你自己痴情，像她们这类人哪有什么感情？何况锦衣玉食之人，未必能甘心于荆钗布裙。与其后悔，还不如事情没成。"于是我再三抚慰她，但芸始终为自己受到愚弄而愤恨，结果血疾又发作起来。她虚弱地躺在床上，服药也没有什么效果。疾病时发时停，骨瘦体弱。没过几年，旧恨与日俱增，外人的非议也一天天多了起来，父母又因她和娼妓结拜这件事而更加厌恶她。我则从中调停，但这些都已让人无法再活下去了。

芸生一女名青君，时年十四，颇知书，且极贤能，质钗典服，幸赖辛劳。子名逢森，时年十二，从师读书。余连年无馆，设一书画铺于家门之内，三日所进，不敷一日所出，焦劳困苦❶、竭蹶时形❷。隆冬无裘，挺身而过，青君亦衣单股栗❸，犹强曰"不寒"。因是芸誓不医药。偶能起床，适余有友人周春煦自福郡王幕中归，倩人绣《心经》一部❹，芸念绣经可以消灾降福，且利其绣价之丰，竟绣焉。而春煦行色匆匆，不能久待，十日告成，弱者骤劳，致增腰酸头晕之疾。岂知命薄者❺，佛亦不能发慈悲也。

注释

❶焦劳：焦虑烦劳。
❷竭蹶（jié jué）：枯竭，匮乏。
❸股栗：两腿发抖。
❹《心经》：佛经，全名为《般若波罗蜜多心经》。
❺命薄：命运不好。

译文

芸生了一个女儿叫青君，当时年龄十四岁，读了不少书，而且非常贤惠有能力，家里变卖银钗、典当衣物这些事情，都靠她出力。生的儿子叫逢森，当时年龄十二岁，正在跟着老师读书。我连年没有坐馆，就在家门口开了一个书画铺。但三天的进账还赶不上一天的支出，焦劳困苦，经常限于困顿状态。隆冬时节没有皮衣，挺着身子度过。青君也因衣服单薄而浑身发抖，她还硬说不冷。因为这个缘故，芸发誓不再看病买药。这时，她已偶尔能起床走动，正好我有一个叫周春煦的朋友从福郡王那里游幕回来，要请人绣一部《心经》。芸考虑到绣《心经》可以消灾降福，而且觉得刺绣的工钱很高，就绣了起来。但周春煦行色匆匆，不能久等，芸用十天时间赶成。身体虚弱之人骤然辛劳，结果又增加了腰酸头晕的毛病。岂知薄命之人，就是佛也不能发慈悲啊。

绣经之后，芸病转增，唤水索汤，上下厌之。有西人赁屋于余画铺之左，放利债为业，时倩余作画，因识之。友人某向渠借五十金，乞余作保，余以情有难却，允焉，而某竟挟资远遁。西人惟保是问，时来饶舌❶，初以笔墨为抵，渐至无物可偿。岁底，吾父家居，西人索债，咆哮于门。吾父闻之，召余诃责曰**②**："我辈衣冠之家，何得负此小人之债。"正剖诉间**③**，适芸有自幼同盟姊适锡山华氏，知其病，遣人问讯。堂上误以为憨园之使，因愈怒曰："汝妇不守闺训，结盟娼妓；汝亦不思习上**④**，滥伍小人**⑤**。若置汝死地，情有不忍，姑宽三日限，速自为计，迟必首汝逆矣。"**⑥**

注释

① 饶舌：耗费口舌。
② 诃责：厉声叱责。
③ 剖诉：倾诉。
④ 习上：上进。
⑤ 滥伍：滥交。
⑥ 首逆：向官府告发，举报。

译文

　　绣经之后，芸的病情加重，唤水要汤，家里其他人都讨厌她。这时，有个西边来的人在我画铺左边租房子住，以放贷为业。他经常请我作画，由此认识了他。我的一个朋友向他借了五十两银子，请我做保人，我因情面上难以拒绝，就答应了。但这个朋友竟然带着钱逃到远方躲起来了。西人就找我这个保人要债，经常来饶舌。我起初以书画做抵押，渐渐地没有东西偿还了。到年末的时候，我父亲在家居住，西人讨债，在门口咆哮，我父亲听到后，把我叫过去训斥道："我们是衣冠之家，怎么会拖欠这种小人的债？"我正在申辩，恰好芸有个从小结拜并嫁给锡山华氏的姐妹，得知芸生病，派人来探望。我父亲以为是憨园派来的人，因而更加生气，说道："你媳妇不守闺训，和娼妓结拜。你也不思上进，与小人混在一起。若是将你置于死地，我于心又不忍。姑且宽限你三天时间，你自己赶快想办法解决，过了时限，我一定告你不孝之罪。"

芸闻而泣曰："亲怒如此，皆我罪孽。妾死君行，君必不忍；妾留君去，君必不舍。姑密唤华家人来，我强起问之。"因令青君扶至房外，呼华使问曰："汝主母特遣来耶❶？抑便道来耶？"曰："主母久闻夫人卧病，本欲亲来探望，因从未登门，不敢造次❷，临行嘱付：'倘夫人不嫌乡居简亵❸，不妨到乡调养，践幼时灯下之言。'"盖芸与同绣日，曾有疾病相扶之誓也。因嘱之曰："烦汝速归，禀知主母，于两日后放舟密来。"

注释

❶ 主母：对奴仆女主人的尊称。
❷ 造次：轻率，鲁莽。
❸ 简亵：怠慢，轻慢。

译文

芸听到消息后哭道："你父亲如此生气，都是我的罪孽。让我死在这，你离开，你必然不忍心；把我留下，你离开，你必定舍不得。姑且悄悄把华家的人喊来，我强打精神起来问他。"于是让女儿青君把她扶到室外，把华家派来的人喊来问道："你是主母特地派来的，还是顺道过来的？"那位家人答道："我主母早就听说夫人卧病在床，本想亲自来探望，因从未登过门，不敢造次前来。临走前她吩咐我，倘若夫人不嫌乡间简陋怠慢，不妨到乡下来调养，履行儿时在灯下说过的话。"芸当年和华氏一起刺绣的时候，两人曾发过如有疾病互相扶持的誓言。芸嘱咐那位家人说："麻烦你赶快回去，禀告你家主母，让她两天后派艘小船悄悄过来。"

其人既退，谓余曰："华家盟姊❶，情逾骨肉❷，君若肯至其家，不妨同行，但儿女携之同往既不便，留之累亲又不可，必于两日内安顿之。"

❶盟姊：结拜的姐姐。

❷骨肉：至亲。

译文

那个人走后，芸对我说："我和华家的结拜姐姐，情逾骨肉，你要是肯到她家去，不妨一起同行。只是带着儿女同去不方便，把他们留下来连累双亲也不行，一定得在两天内把两个孩子安顿好。"

时余有表兄王荩臣一子名韫石，愿得青君为媳妇。芸曰："闻王郎懦弱无能，不过守成之子❶，而王又无成可守。幸诗礼之家❷，且又独子，许之可也。"余谓荩臣曰："吾父与君有渭阳之谊❸，欲媳青君，谅无不允。但待长而嫁，势所不能。余夫妇往锡山后，君即禀知堂上❹，先为童媳❺，何如？"荩臣喜曰："谨如命。"逢森亦托友人夏揖山转荐学贸易。

注释

❶守成：守护已有的家业。

❷诗礼之家：世代读诗习礼的人家。

❸渭阳：舅父的代称。渭阳之谊：甥舅的情谊。

❹堂上：对父母的敬称。

❺童媳：未成年即被领养以备将来做儿媳妇的女孩子。

译文

当时我表兄王荩臣的儿子叫王韫石，王韫石想娶青君为媳妇。芸说："听说王韫石懦弱无能，不过是个守成的孩子，但王家又没有什么家业可守。幸亏他生在诗礼之家，且又是个独生子，把青君许配给他也可以。"我就对王荩臣说："我父亲与你有甥舅情谊，你若想娶青君做儿媳妇，估计他不会不答应。只是等女儿长大了再出嫁，现在的形势不允许。我夫妇到锡山之后，你就禀告我父母，先将我女儿作童养媳，如何？"王荩臣高兴地说："就按照你说的办。"至于逢森，我也托朋友夏揖山推荐他去学做生意。

安顿已定，华舟适至，时庚申之腊廿五日也[1]。芸曰："孑然出门[2]，不惟招邻里笑，且西人之项无着，恐亦不放，必于明日五鼓悄然而去。"[3]余曰："卿病中能冒晓寒耶？"芸曰："死生有命，无多虑也。"密禀吾父，亦以为然。

注释

[1] 庚申之腊廿五日：1800年1月19日。
[2] 孑然：孤独，孤立。
[3] 五鼓：五更，即天将亮时。

译文

安顿完毕，华家派来的小船恰好也到了。这天是庚申年的腊月廿五日。芸说："孤单地离开家，不光招惹邻里笑话，而且那个西人的债还没有着落，恐怕他也不肯放过我们，一定得在明天五更时分悄悄离开。"我问道："你病中能受得了早上的风寒吗？"芸说："死生有命，不要再多虑了。"我悄悄禀告父亲，他也同意这样做。

是夜，先将半肩行李挑下船[1]，令逢森先卧。青君泣于母侧，芸嘱曰："汝母命苦，兼亦情痴，故遭此颠沛[2]，幸汝父待我厚，此去可无他虑。两三年内，必当布置重圆。汝至汝家须尽妇道，勿似汝母。汝之翁、姑以得汝为幸，必善视汝。所留箱笼什物[3]，尽付汝带去。汝弟年幼，故未令知，临行时托言就医，数日即归，俟我去远，告知其故，禀闻祖父可也。"旁有旧妪，即前卷中曾赁其家消暑者，愿送至乡，故是时陪侍在侧，拭泪不已。

❶半肩行李：指行李不多。此语或出自张问陶《庚戌九月三日移居松筠》："留得累人身外物，半肩行李半肩书。"

❷颠沛：挫折，困顿。

❸什物：泛指日常应用的衣物及零碎用品。

译文

当天夜里，先把半担行李挑下船，让逢森先睡，青君坐在她母亲身边哭。芸嘱咐道："你母亲命苦，加上痴情，所以才遭受这样的颠沛。幸亏你父亲对我很好，此去不要有什么顾虑。两三年内，必定还要想法团圆。你到了王家之后，一定要克尽妇道，不要像你母亲这样。你公公、婆婆以有你这样的儿媳妇感到幸运，必然会善待你。我留在箱柜里的东西，都给你带到王家去。你弟弟年幼，所以没让他知道。临走时我就假说外出求医，过些日子回来。等我走远后，你告诉他实情，再去禀告祖父就可以了。"旁边有个老妇人，就是前卷中所说赁她家房屋消夏避暑的那位老妇人，她愿意送我们到乡下。此时她陪在旁边，不停地擦着眼泪。

将交五鼓，暖粥共啜之❶。芸强颜笑曰❷："昔一粥而聚，今一粥而散，若作传奇❸，可名《吃粥记》矣。"逢森闻声亦起，呻曰："母何为？"芸曰："将出门就医耳。"逢森曰："起何早？"曰："路远耳。汝与姊相安在家，毋讨祖母嫌。我与汝父同往，数日即归。"鸡声三唱❹，芸含泪扶妪，启后门将出，逢森忽大哭曰："噫，我母不归矣。"青君恐惊人，急掩其口而慰之。当是时，余两人寸肠已断，不能复作一语，但止以勿哭而已。

注释

❶啜：喝，饮。

②强颜：勉强装着高兴的样子。

③传奇：明、清时代将以南曲为主的戏曲样式称为"传奇"，以别于北方杂剧，每本大致为四十出。这里泛指戏曲。

④三唱：这里指鸡叫第三遍，天将要亮了。

译文

将近五更时分，热了些粥大家一起吃。芸强作笑脸说："过去因为一碗粥而欢聚，如今又要为一碗粥而分散，要是写戏的话，可以叫作《吃粥记》了。"逢森听到响动，也起来了，呻吟着说："母亲要干什么呢？"芸说："准备出门就医。"逢森又问："怎么起得这么早呢？"芸说："因为路途远，你和姐姐安心在家，不要讨祖母的嫌。我和你父亲一起去，过几日就回来。"此时，鸡叫三遍，芸含泪扶着老妇人，准备开后门出去，逢森忽然大哭道："噫，我母亲不回来了。"青君担心惊动别人，急忙捂住他的嘴并安慰他。此时此刻，我们两人寸肠已断，说不出一句话来，只是制止逢森不要哭而已。

青君闭门后，芸出巷十数步，已疲不能行，使妪提灯，余背负之而行。将至舟次，几为逻者所执①，幸老妪认芸为病女，余为婿，且得舟子皆华氏工人②，闻声接应，相扶下船。解维后，芸始放声痛哭。是行也，其母子已成永诀矣。

注释

①逻者：巡逻的人。执：抓捕，逮捕。

②舟子：船夫。

译文

青君关上门后，芸刚走出小巷十来步，就已疲惫得走不动了。我叫老妇人提着灯，自己背着芸往前走。快到小船停泊的地方时，差一点被巡逻的人抓住。幸亏老妇人把芸当作生病的女儿，把我当作女婿，而且船夫都是华家的人，听到声音后过来接应，大家相互扶着下船。解缆开船之后，芸开始放声痛哭。这次出行对他们母子来说，已是生离死别了。

华名大成，居无锡之东高山，面山而居，躬耕为业❶，人极朴诚，其妻夏氏，即芸之盟姊也。是日午未之交❷，始抵其家。华夫人已倚门而待，率两小女至舟，相见甚欢，扶芸登岸，款待殷勤。四邻妇人、孺子❸，哄然入室❹，将芸环视，有相问讯者，有相怜惜者，交头接耳，满屋啾啾❺。芸谓华夫人曰："今日真如渔父入桃源矣。"❻华曰："妹莫笑，乡人少所见多所怪耳。"自此相安度岁❼。

注释

❶躬耕：耕田，种田。
❷午未之交：午时、未时交替的时间，相当于现在的下午一点左右。
❸孺子：孩子。
❹哄然：喧闹嘈杂的样子。
❺啾啾：嘈杂声。
❻渔父入桃源：桃源即桃花源，典出东晋陶渊明《桃花源记》。
❼度岁：过年。

译文

姓华的名叫大成，住在无锡的东高山，面山而居，以务农为业，为人十分朴实坦诚。他的妻子夏氏，就是芸的结拜姐妹。当天午未之交，我们才抵达她家。此时华夫人已靠在门口等候，她带着两个小女儿来到船上，彼此相见甚欢。她们扶着芸登岸，殷勤招待。四邻的妇女、孩子们也都闹哄哄地来到华家，把芸围着打量。有问候的，有表示同情的，大家交头接耳，满屋子都是嘈杂的说话声。芸对华夫人说："今天真像是渔夫来到桃花源了。"华夫人答道："妹妹不要笑话，乡下人是少见多怪。"自此我们在这里平安度过了新年。

至元宵，仅隔两旬❶，而芸渐能起步，是夜观龙灯于打麦场中，神情态度，渐可复元。余乃心安，与之私议曰："我居此非计，欲他适而短于资❷，奈何？"芸曰："妾亦筹之矣。君姊丈范惠来现于靖江盐公堂司会计❸，十年前曾借君十金，适数不敷❹，妾典钗凑之，君忆之耶？"余曰："忘之矣。"芸曰："闻靖江去此不远，君盍一往？"余如其言。

译文

到元宵节的时候，才隔了两旬，芸已渐渐能站起来走路。当天夜里在打麦场里看龙灯，看她的神情气色，慢慢可以恢复。我这才放下心，和她私下里商议说："我们住在这里并非长久之计，想换个地方又缺少资金，怎么办呢？"芸答道："我也在筹划这件事，你姐夫范惠来现在正在靖江盐公堂做会计，十年前他曾借了你十两银子，当时钱不够，我还典当了一个银钗凑钱，你还记得吗？"我说："已经忘了。"芸说："听说靖江离这里不远，你为什么不去一趟呢？"我就按她的话去做了。

时天颇暖，织绒袍、哔叽短褂犹觉其热❶，此辛酉正月十六日也❷。是夜宿锡山客旅❸，赁被而卧。晨起，趁江阴航船，一路逆风，继以微雨。夜至江阴江口，春寒彻骨，沽酒御寒，囊为之罄。踌躇终夜❹，拟卸衬衣质钱而渡。十九日，北风更烈，雪势犹浓，不禁惨然泪落，暗计房资、渡费，不敢再饮。

注释

❶织绒、哔叽：做衣服的布料。

❷辛酉正月十六日：1801年2月28日。

❸客旅：客舍，旅社。

❹踌躇：思考，考虑。

译文

当时天气比较暖和，穿着织绒袍、哔叽马褂还觉得热，这天是辛酉年正月十六日。当天夜里住在锡山旅馆，租了条被子睡觉。早晨起来，搭乘到江阴的船，一路上顶风，不久又下了小雨。夜间到了江阴江口，春寒透骨，于是买酒御寒，结果把口袋里的钱都花光了。整个夜里犹豫不定，准备把衬衣脱下来典些钱以便渡江。到了十九日，北风更猛，雪也越下越大，不禁清然落泪。暗自计算房钱和渡江的费用，不敢再饮酒了。

正心寒股栗间，忽见一老翁，草鞋，毡笠❶，负黄包。入店，以目视余，似相识者。余曰："翁非泰州曹姓耶?"❷答曰："然。我非公，死填沟壑矣❸。今小女无恙，时诵公德。不意今日相逢，何逗留于此?"

注释

❶毡笠：毡制的斗笠。

❷泰州：今江苏泰州市。

❸填沟壑：死亡的自谦说法。

译文

正在心寒体颤的时候，忽然看见一个老人，穿着草鞋，戴着斗笠，背着黄包。走进旅店后，他用眼打量，好像认识我的样子。我问道："老人莫非泰州曹姓人士？"老人答道："是的，当年要不是您，我早死掉埋在沟里了。如今小女安然无恙，时常念诵您的恩德。没想到今天相逢，您为什么逗留在这里？"

盖余幕泰州时，有曹姓，本微贱❶，一女有姿色，已许婿家，有势力者放债，谋其女，致涉讼❷。余从中调护❸，仍归所许。曹即投入公门为隶❹，叩首作谢，故识之。余告以投亲遇雪之由，曹曰："明日天晴，我当顺途相送。"出钱沽酒，备极款洽❺。

注释

❶ 微贱：卑微低贱，指地位低下。

❷ 涉讼：打官司。

❸ 调护：调解。

❹ 公门：旧称政府官署。隶：衙役。

❺ 备极款洽：十分融洽，亲切。

译文

我在泰州游幕的时候，有个姓曹的，家境贫寒，其女儿颇有姿色，已经许配了人家。但有位有权势的人放债，想谋取他的女儿，结果打起官司。我从中调解回护，让他女儿仍归原来所许的人家。姓曹的随后进公门当了差役，向我磕头表示感谢，故此认识他。我告诉他自己投亲遇雪的缘由，曹姓老人说："明天天晴，我顺路护送您过去。"他出钱买酒，对我很是热情。

二十日，晓钟初动❶，即闻江口唤渡声，余惊起，呼曹同济❷。曹曰："勿急，宜饱食登舟。"乃代偿房饭钱，拉余出沽。余以连日逗留，急欲赶渡，食不下咽，强啖麻饼两枚❸。及登舟，江风如箭，四肢发战。曹曰："闻江阴有人缢于靖❹，其妻雇是舟而往，必俟雇者来始渡耳。"枵腹忍寒❺，午始解缆。至靖，暮烟四合矣❻。曹曰："靖有公堂两处，所访者城内耶？城外耶？"余踉跄随其后❼，且行且对曰：
"实不知其内外也。"曹曰："然则且止宿，明日往访耳。"

注释

❶ 晓钟：报晓的钟声。

❷ 同济：同舟渡江。

❸ 麻饼：一种面食，圆形，烘烤而成，表面撒有芝麻。

❹ 缢（yì）：吊死。

❺ 枵（xiāo）腹：空着肚子，饥饿。

❻ 暮烟四合：傍晚的烟雾四处弥漫，即天要黑的意思。

❼ 踉跄：走路歪斜不稳。

译文

二十日，晓钟刚响，就听到江口喊人渡江的声音。我惊慌地爬起来，叫曹姓老人一起走。他说："不着急，等吃饱饭再上船。"他替我偿还了房钱、饭钱，拉我出去喝酒。我因连日逗留，急着赶去渡江，吃不下东西，只勉强吃了两个麻饼。登船之后，江风如箭，冷得四肢发颤。曹姓老人说："听说江阴有个人在靖江吊死，他妻子要雇这艘船过去，一定要到雇主过来才能渡江。"忍饥挨饿，冒着严寒，直到中午才解缆开船。到了靖江，已是暮烟四合时分。曹姓老人说："靖江有两处公堂，你要找的人是住在城内，还是住在城外呢？"我踉跄着跟在他身后，边走边回答："我实在不知道他是住在城内还是城外。"曹姓老人说："既然这样我们就停下来住宿，明天再去找吧。"

进旅店，鞋袜已为泥淤湿透，索火烘之，草草饮食，疲极酣睡。晨起，袜烧其半，曹又代偿房饭钱。访至城中，惠来尚未起，闻余至，披衣出，见余状。惊曰："舅何狼狈至此？"余曰："姑勿问，有银乞借二金，先遣送我者。"惠来以番饼二圆授余❶，即以赠曹。曹力却，受一圆而去。余乃历述所遭，并言来意。惠来曰："郎舅至戚❷，即无宿逋❸，亦应竭尽绵力❹，无如航海盐船新被盗❺，正当盘账之时❻，不能挪移丰赠❼，当勉措番银二十圆，以偿旧欠，何如？"余本无奢望，遂诺之。

注释

❶番饼：又称"洋钱""番银"，旧时对流入我国的外国银圆的称谓。

❷至戚：最亲近的亲戚。

❸宿逋：旧账，旧债。

❹绵力：微薄之力。

❺无如：无奈。

❻盘账：审核账目。

❼丰赠：厚赠。

译文

住进旅馆后，发现鞋子、袜子都已被泥水湿透，于是找火来烘烤，草草吃了点晚饭，因疲劳不堪，就睡着了。第二天早上起来，发现袜子被火烧了一半。曹姓老人又替我付了房钱、饭钱。我们找到城里，范惠来还未起床。听说我到了，披着衣服出来。看到我窘迫的样子，他吃惊地问道："舅兄为什么狼狈到这种程度？"我说："你且别问，有银子请你借二两，我先打发送我来的人。"范惠来把两块番银给我，我把它送给曹姓老人。他坚决拒绝，最后只拿了一块走了。我这才把生活中遇到的艰难告诉范惠来，并说明这次的来意。范惠来说："舅兄是至亲，即使没有过去的旧债，我也应竭尽微薄之力。无奈航海的盐船刚刚被盗，正在盘点清账，不能挪用钱款多给你些，我会尽力筹措番银二十块，以还旧债，如何？"我本来就没有奢望，于是答应了他。

留住两日，天已晴暖，即作归计。廿五日，仍回华宅。芸曰："君遇雪乎？"余告以所苦。因惨然曰❶："雪时，妾以君为抵靖，乃尚逗留江口。幸遇曹老，绝处逢生，亦可谓吉人天相矣。"❷

注释

❶惨然：悲伤的样子。
❷吉人天相：行善的人自有上天的帮助。

译文

留下来住了两天，天已转晴变暖，便打算回去。廿五日，仍回到华氏家中。芸问道："你遇到雪了吗？"我将途中的困苦告诉了她。芸难过地说："下雪的时候，我还以为你已到了靖江，没想到你还在江口逗留。幸亏遇到曹姓老人，绝处逢生，这也算是吉人自有天相了。"

越数日，得青君信，知逢森已为揖山荐引入店，苕臣请命于吾父❶，择正月廿四日将伊接去。儿女之事，粗能了了❷，但分离至此，令人终觉惨伤耳❸。

注释

❶请命：请示。
❷了了：解决，完成。
❸惨伤：悲伤。

译文

过了几天，我们接到青君的来信，知道逢森已被夏揖山推荐到店里做事。王荩臣向我父亲请示，选择正月二十四日这个日子把青君接过去，儿女们的事情就这样草草地解决了。但是一家人分离到这种地步，让人总是觉得凄惨悲伤。

二月初，日暖风和，以靖江之项，薄备行装，访故人胡肯堂于邗江盐署❶，有贡局众司事公延入局❷，代司笔墨，身心稍定。

注释

❶盐署：古代管理盐务的官署。
❷贡局：管理赋税的衙门。司事：管理财务等事务的人。公延：推荐。

译文

到了二月初，日暖风和，我用在靖江拿到的银两，简单地置办了行装，到邗江盐署去拜访老朋友胡肯堂。贡局诸位管事者推荐我到局里做事，负责笔墨之事，身心稍微安定了些。

至明年壬戌八月❶，接芸书曰："病体全瘳❷，惟寄食于非亲非友之家，终觉非久长之策，愿亦来邗，一睹平山之胜。"❸余乃赁屋于邗江先春门外❹，临河两椽，自至华氏，接芸同行。华夫人赠一小奚奴⑤，曰阿双，帮司炊爨⑥，并订他年结邻之约⑦。

❶壬戌：1802年。

❷瘳（chōu）：病愈，痊愈。

❸平山：在今扬州北城区平山乡。

❹先春门：又名海宁门、大东门，今城门已废。

❺奚奴：男仆。

❻炊爨（cuàn）：烧火做饭。

❼结邻：结伴做邻居。

译文

到第二年也就是壬戌年八月，我接到芸的来信，说："我的病已痊愈，只是寄食在非亲非友的人家，总是觉得并非长久之计。我也想来邗江，一睹平山的胜景。"我就在邗江先春门外临河的地方租了两间房子。自己又到华家，接芸一起过来，华夫人送给我们一个小男仆，名叫阿双，让他帮忙烧火做饭，并约定将来大家要结为邻居。

时已十月，平山凄冷❶，期以春游。满望散心调摄❷，徐图骨肉重圆。不两月，而贡局司事忽裁十有五人，余系友中之友，遂亦散闲❸。芸始犹百计代余筹画，强颜慰藉，未尝稍涉怨尤❹。

注释

❶凄冷：凄凉，寒冷。

❷调摄：调养护理。

❸散闲：赋闲，即被裁员的意思。

❹怨尤：怨恨，责怪。

094

译文

当时已是十月，平山一带凄清寒冷，只能等到春天游玩了。满指望在这里散心调养，再筹划与孩子们重新团聚的事情。谁知不到两个月，贡局管事的忽然裁员十五个。我只是朋友的朋友，于是也闲散在家。芸还想尽各种办法替我谋划，强装笑脸安慰我，没有一点埋怨责怪的意思。

至癸亥仲春❶，血疾大发。余欲再至靖江，作将伯之呼❷，芸曰："求亲不如求友。"余曰："此言虽是，奈友虽关切，现皆闲处❸，自顾不遑。"❹芸曰："幸天时已暖，前途可无阻雪之虑，愿君速去速回，勿以病人为念。君或体有不安，妾罪更重矣。"

注释

❶癸亥：1803 年。仲春：春天的第二个月，即农历二月。
❷将伯之呼：请求帮助。语出《诗经·小雅·正月》："将伯助予。"毛传："将，请也；伯，长也。"孔颖达疏："请长者助我。"
❸闲处：在家闲居。
❹遑（huáng）：闲暇，空闲。

译文

到癸亥年仲春，芸的血疾更严重了，我想再到靖江，去找范惠来帮忙。芸说："求亲不如求友。"我说："这个话虽然有道理，无奈朋友们虽关切我们，但他们都在家闲着，自顾不暇。"芸说："幸好天气已暖，去靖江的路上没有雨雪的顾虑，希望你能速去速回，不要挂念我这个生病的人。你倘若身体有什么不舒服，我的罪孽就更重了。"

时已薪水不继❶，余佯为雇骡，以安其心，实则囊饼徒步，且食且行。向东南，两渡叉河，约八九十里，四望无村落。至更许，但见黄沙漠漠❷，明星闪闪，得一土地祠，高约五尺许，环以短墙，植以双柏，因向神叩首，祝曰："苏州沈某投亲失路至此❸，欲假神祠一宿，幸神怜佑。"于是移小石香炉于旁，以身探之，仅容半体。以风帽反戴掩面，坐半身于中，出膝于外，闭目静听，微风萧萧而已❹。足疲神倦，昏然睡去。

注释

❶不继：接续不上。
❷漠漠：迷蒙的样子。
❸失路：迷路。
❹萧萧：风吹过的声音。

译文

当时日常支出已经难以为继，我假装雇匹骡子，让芸安心，实际上则是袋子里装着干粮，徒步行走，边吃边走。向东南两次渡过叉河，走了约八九十里，四处看着没有村落。大约到一更天的时候，只见黄沙漠漠，明星闪闪。我找到一个土地庙，高约五尺，周围有短墙，种了两棵柏树。我于是向神磕头，祈祷道："苏州沈某投亲，在这里迷路，想借神祠住上一宿，请神灵可怜保佑。"我把小石香炉挪到旁边，用身体试探，仅能容下半个身子。我把风帽反戴，遮住脸，半个身子坐在里面，把腿露在外面。闭目静听，微风萧萧而已。两脚疲劳，精神困倦，不久便昏睡过去了。

及醒，东方已白，短墙外忽有步语声❶，急出探视，盖土人赶集经此也❷。问以途，曰："南行十里，即泰兴县城❸，穿城向东南十里一土墩❹，过八墩即靖江，皆康庄也。"❺余乃反身，移炉于原位，叩首作谢而行。过泰兴，即有小车可附。申刻抵靖。投刺焉❻，良久，司阍者曰❼："范爷因公往常州去矣。"察其辞色❽，似有推托，余诘之曰："何日可归？"曰："不知也。"余曰："虽一年亦将待之。"阍者会余意❾，私问曰："公与范爷嫡郎舅耶？"余曰："苟非嫡者，不待其归矣。"阍者曰："公姑待之。"越三日，乃以回靖告，共挪二十五金。

注释

❶ 步语声：人走路说话的声音。

❷ 土人：当地人，本地人。

❸ 泰兴：今江苏泰州市。

❹ 土墩：土堆，当为古代墓葬。

❺ 康庄：大道，大路。

❻ 投刺：递上名帖。

❼ 司阍：看门，守门。

❽ 辞色：言语态度。

❾ 会：领会，明白。

译文

等到我醒来时，东方已白，短墙外忽然有走路说话的声音。我急忙出来一看，原来是当地人赶集经过这里。我向他们问路，他们说："往南走十里就是泰兴县城，穿过县城向东南，隔十里有一个土墩。走过八个土墩就是靖江，都是大路。"我回过身来，把小石香炉放回原处，向神灵磕头表示感谢之后才上路。过了泰兴，就有小车可坐。申刻时分，到了靖江，我递上名帖，过了很长时间，看门人说："范爷因公到常州去了。"我看他说话的神情，似乎是故意推托，我便问他："哪天才能回来呢？"他答道："不知道。"我说："即使他去一年我也等他。"看门人明白我的意思，私下问道："你和范爷是嫡亲郎舅吗？"我说："如果不是嫡亲，我就不等他回来了。"看门人说："您且等着。"过了三天，告诉我范惠来回靖江了，我从范惠来那里一共筹措了二十五两银子。

雇骡急返，芸正形容惨变❶，咻咻涕泣❷。见余归，卒然曰❸："君知昨午阿双卷逃乎？倩人大索❹，今犹不得。失物小事，人系伊母临行再三交托，今若逃归，中有大江之阻，已觉堪虞，倘其父母匿子图诈，将奈之何？且有何颜见我盟姊？"余曰："请勿急，卿虑过深矣。匿子图诈，诈其富有也，我夫妇两肩担一口耳，况携来半载，授衣分食，从未稍加扑责❺，邻里咸知。此实小奴丧良，乘危窃逃。华家盟姊赠以匪人，彼无颜见卿，卿何反谓无颜见彼耶？今当一面呈县立案，以杜后患可也。"芸闻余言，意似稍释。然自此梦中呓语❻，时呼"阿双逃矣"，或呼"憨何负我"，病势日以增矣。

注释

❶形容：容颜，容貌。惨变：脸色因惊慌、悲痛、病患等情况而有异常的改变。

❷咻咻（xiū）：吵嚷。

❸卒然：忽然，突然。

❹大索：全力搜索。

❺扑责：责打。

❻呓语：梦话。

译文

我雇匹骡子急忙赶回，发现芸的脸色很难看，不停地叫嚷和哭泣。见到我回来，她突然说："你知道昨天中午阿双带着东西逃跑的事吗？我请人到处寻找，至今还没找到。丢了东西是小事，人是他母亲临走前再三交代托付的。如今他若是往家逃跑，路上有大江阻挡，已觉得很是担心，倘若他父母把儿子藏匿起来图谋敲诈，那该怎么办呢？而且我哪有脸面去见我的结拜姐妹呢？"我说："请别着急，你考虑得过深了。把儿子藏匿起来图谋敲诈，也要敲诈富有的人，我们夫妻俩不过是肩上担着一张嘴。何况带他来了半年，给他衣服穿，给他饭吃，从未训斥打骂，邻里们都知道。这是小奴才丧尽天良，趁人之危偷偷逃跑。华家结拜姐妹把这种人送给我们，她没有脸见你，你怎么反过来说没有脸见她呢？如今应该禀告县衙立案，以杜绝后患，就可以了。"芸听了我的话，心情似乎有所放松。但是从此她在说梦话时，经常喊道："阿双逃跑了。"或者喊道："憨园为什么辜负我？"而病情也一天天加重了。

余欲延医诊治，芸阻曰："妾病始因弟亡母丧，悲痛过甚，继为情感，后由忿激，而平素又多过虑，满望努力做一好媳妇，而不能得，以至头眩、怔忡诸症毕备❶，所谓病入膏肓，良医束手，请勿为无益之费。忆妾唱随二十三年❷，蒙君错爱，百凡体恤❸，不以顽劣见弃，知己如君，得婿如此，妾已此生无憾。若布衣暖，菜饭饱，一室雍雍❹，优游泉石❺，如沧浪亭、萧爽楼之处境，真成烟火神仙矣。神仙几世才能修到，我辈何人，敢望神仙耶？强而求之，致干造物之忌，即有情魔之扰。总因君太多情，妾生薄命耳。"因又呜咽而言曰："人生百年，终归一死。今中道相离❻，忽焉长别，不能终奉箕帚❼、目睹逢森娶妇，此心实觉耿耿。"❽言已，泪落如豆。

注释

❶ 怔忡：一种具有心跳剧烈、加快症状的疾病。

❷ 唱随："夫唱妇随"的省略语，比喻夫妇和睦相处。

❸ 百凡：一切。

❹ 雍雍：和谐，融洽。

❺ 优游：闲暇自得的样子。泉石：泉水和山石，泛指山水。

❻ 中道：中途，半路。

❼ 奉箕帚：操持家务，指做妻子的意思。

❽ 耿耿：牵挂，挂怀。

译文

我想去请医生诊治，芸阻止道："我的病起初是因为弟弟外出、母亲去世，悲伤过度造成的。继而是因为情感，后来则是由激愤所致，平时又考虑得太多。我满心希望努力做一个好媳妇，但终于没有做成，以致头眩、怔忡等各种疾病都有了。人们通常说病入膏肓，良医束手，请不要再白花钱了。回想我跟着你过了二十三年，承蒙你的错爱，百般体恤，不因我顽劣而抛弃。有你这样的知己，有你这样的夫婿，我这辈子已没有什么遗憾了。像穿着布衣暖和，菜饭吃饱，一家人和睦相处，到泉石间游玩，在沧浪亭、萧爽楼等处居住，真是烟火神仙般的生活啊。神仙几辈子才能修到这样的福分？我们是什么人，怎敢奢望神仙般的生活呢？强行索求，犯了上天的忌讳，就有了情魔的干扰。总归是因为你太多情，我生来薄命啊。"接着又呜咽着说道："人生百年，终归一死。如今我们中途相离，忽然永别，我不能终身服侍你，亲眼看到逢森娶媳妇，心里着实觉得难以释怀……"说完，泪如雨下。

　　余勉强慰之曰："卿病八年，恹恹欲绝者屡矣❶，今何忽作断肠语耶？"❷芸曰："连日梦我父母放舟来接，闭目即飘然上下❸，如行云雾中，殆魂离而躯壳存乎？"余曰："此神不收舍，服以补剂❹，静心调养，自能安痊。"❺芸又唏嘘曰："妾若稍有生机一线，断不敢惊君听闻。今冥路已近❻，苟再不言，言无日矣。君之不得亲心❼，流离颠沛，皆由妾故，妾死则亲心自可挽回，君亦可免牵挂。堂上春秋高矣❽，妾死，君宜早归。如无力携妾骸骨归，不妨暂厝于此❾，待君将来可耳。愿君另续德容兼备者❿，以奉双亲，抚我遗子，妾亦瞑目矣。"言至此，痛肠欲裂，不觉惨然大恸。余曰："卿果中道相舍，断无再续之理，况'曾经沧海难为水，除却巫山不是云'耳。"⓫

注释

❶恹恹：气息微弱，精神萎靡。

❷断肠：极度悲伤。

❸飘然：形容飘摇的样子。

❹补剂：补身子的药剂。

❺安痊：痊愈。

❻冥路：黄泉路。

⑦亲心：父母的心。

⑧春秋：年龄。

⑨厝（cuò）：停灵，停枢。

⑩德容：品德，容貌。

⑪曾经沧海难为水，除却巫山不是云：语出唐元稹《离思》诗。

译文

我强打精神安慰她说："你患病八年，虚弱欲绝也有好多次了，今天为什么突然要说这些断肠话呢？"芸说："我连着几天梦见我父母派船来接我，闭上眼睛便觉得自己飘上飘下，如同行进在云雾中，这大概是魂魄已离开只剩下躯壳了吧？"我说："这是神不守舍，服些补药，静心调养，自能安然痊愈。"芸又唏嘘道："我若是还有一线生机，断不敢用这些话来惊吓你。如今黄泉路已近，如果再不说的话，就没有时间了。你得不到双亲的欢心，流离颠沛，都是因为我的缘故。我死后双亲的心自能挽回，你也可以免于牵挂。双亲年事已高，我死之后，你应该早些回去。如果你没有能力把我的骸骨带回去，不妨暂时在此停枢，等你将来再带回去就可以了。希望你另续一个德容兼备的人，侍奉双亲，抚养我的遗子，我也就瞑目了。"说到这里，肝肠寸断，芸不禁放声大哭。我说："你要真是中途相舍的话，我断没有再续弦的道理，何况古人曾说'曾经沧海难为水，除却巫山不是云'。"

芸乃执余手而更欲有言，仅断续叠言"来世"二字，忽发喘口噤①，两目瞪视，千呼万唤，已不能言。痛泪两行，涔涔流溢②。既而喘渐微，泪渐干，一灵缥缈③，竟尔长逝。时嘉庆癸亥三月三十日也④。当是时，孤灯一盏，举目无亲，两手空拳，寸心欲碎。绵绵此恨⑤，曷其有极。

注释

❶口噤：嘴巴紧闭。

101

②泺泺：泪流不止的样子。

③缥缈：若有若无，隐隐约约。

④嘉庆癸亥三月三十日：1803 年 5 月 20 日。

⑤绵绵：连续不断的样子。

译文

芸便抓着我的手，还有很多话要说，却仅能断断续续地重复着"来世"两个字。突然她急促地喘息起来，嘴巴紧闭，两眼瞪着我。任凭千呼万唤，已不能说话，两行清泪，从她的眼角不断地流出来。既而喘息声渐渐微弱下来，泪水渐渐干枯。魂灵飘然离去，至此竟成永别。这一天是嘉庆癸亥年三月三十日。此时我只有孤灯一盏，举目无亲，两手空拳，寸心欲碎。绵绵此恨，哪里会有尽头。

承吾友胡肯堂以十金为助，余尽室中所有，变卖一空，亲为成殓❶。鸣呼，芸一女流，具男子之襟怀才识。归吾门后，余日奔走衣食，中馈缺乏❷，芸能纤悉不介意❸。及余家居，唯以文字相辩折而已❹。卒之疾病颠连❺，赍恨以没❻，谁致之耶？余有负闺中良友，又何可胜道哉？奉劝世间夫妇，固不可彼此相仇，亦不可过于情笃。话云"恩爱夫妻不到头"，如余者，可作前车之鉴也。

注释

❶成殓：入殓。

❷中馈：酒食。

❸纤悉：精细，细致。

❹辩折：辩驳，讨论。

❺颠连：连年颠簸。

❻赍（jī）：怀着，带着。

承蒙我的朋友胡肯堂用十两银子帮助我，我又把室内所有的东西变卖一空，亲自为芸料理丧事。哎，芸只是一个女流之辈，却具有男人的胸怀和才识。自从嫁到我家之后，我每天为衣食奔走，生活困顿，芸一点都不介意。我赋闲在家的时候，两人只是以文字相互讨论而已。后因疾病和连年颠簸含恨而去，这都是谁导致的呢？我有负闺中良友的地方，又哪能说得完呢？奉劝世间的夫妇：固然不可彼此反目为仇，但也不可过于情深意厚。俗话说："恩爱夫妻不到头。"像我这样的，可以作为前车之鉴啊。

回煞之期❶，俗传是日魂必随煞而归，故房中铺设一如生前，且须铺生前旧衣于床上，置旧鞋于床下，以待魂归瞻顾❷，吴下相传谓之"收眼光"。延羽士作法❸，先召于床而后遣之，谓之"接眚❹"。邗江俗例，设酒肴于死者之室。一家尽出，谓之"避眚"。以故，有因避被窃者。

❶回煞：旧时人们认为人死后若干天内，魂魄会回家。煞：魂灵，魂魄。

❷瞻顾：观看。

❸羽士：道士。

❹眚（shěng）：灾难，灾祸。

到了回煞的日子，民间相传说这一天死者的灵魂必定会随煞返家。故此房中的陈设都要像死者生前一样，而且要在床上铺些死者生前的旧衣服，把其旧鞋放到床下，以等待死者的灵魂光顾。吴地人传说这叫作"收眼光"。要请道士作法，先把魂招到床上，然后再打发走，这叫作"接眚"。邗江的民间风俗是在死者生前居住的房间里摆上酒菜，一家人都出去，这叫作"避眚"。因为这个缘故，还有因回避导致家中被窃这样的事情发生。

芸娘眚期，房东因同居而出避，邻家嘱余亦设肴远避。余冀魂归一见，姑漫应之。同乡张禹门谏余曰："因邪入邪，宜信其有，勿尝试也。"余曰："所以不避而待之者，正信其有也。"张曰："回煞犯煞❶，不利生人❷，夫人即或魂归，业已阴阳有间，窃恐欲见者无形可接，应避者反犯其锋耳。"时余痴心不昧❸，强对曰："死生有命。君果关切，伴我何如？"张曰："我当于门外守之，君有异见，一呼即入可也。"

注释

❶犯煞：旧时说法，冲撞、冒犯凶神邪气，不吉利。
❷生人：生者，活着的人。
❸不昧：不改，不忘。

译文

芸的眚期到了，房东因和我们同居而到外面回避，邻居吩咐我也要在摆好酒菜后远避。我希望在芸魂灵回来时见上一面，姑且随口答应着。同乡张禹门规劝我说："因邪入邪，应该相信有其事，你就不要尝试了。"我说："我不回避而在这里等着的原因，正是相信其有啊。"张禹门说："回煞犯煞，这对活着的人不吉利。夫人即便是灵魂回来，但阴阳有别，我担心的是想看到的却什么都看不到，该回避的反而没有办法回避。"当时我痴心不改，勉强对他说："死生有命，您要是真的关心我，留在这里陪我如何？"张禹门说："我在门外守着，你要是发现什么异常，喊一声我就进来了。"

余乃张灯入室，见铺设宛然❶，而音容已杳，不禁心伤泪涌。又恐泪眼模糊，失所欲见，忍泪睁目，坐床而待。抚其所遗旧服，香泽犹存❷，不觉柔肠寸断，冥然昏去❸。转念待魂而来，何遽睡耶❹？开目四视，见席上双烛，青焰荧荧❺，缩光如豆，毛骨悚然，通体寒栗。因摩两手擦额，细瞩之，双焰渐起，高至尺许，纸裱项格❻，几被所焚。余正得藉光四顾间，光忽又缩如前。此时心春股栗，欲呼守者进观，而转念柔魂弱魄，恐为盛阳所逼，悄呼芸名而祝之，满室寂然❼，一无所见，既而烛焰复明，不复腾起矣。出告禹门，服余胆壮，不知余实一时情痴耳。

注释

❶宛然：真切，清楚。
❷香泽：香气，香味。
❸冥然：迷迷糊糊的样子。
❹遽（jù）：急忙，匆忙。
❺荧荧：灯光闪烁的样子。
❻项格：当为"顶格"，指天花板。
❼寂然：沉静无声的样子。

译文

我便点上灯走到室内，看到屋里的陈设同芸生前一样，但她的音容笑貌却再也见不到了，不禁伤心落泪。又担心泪眼模糊，无法看到想见的东西，只得忍泪睁眼，坐在床上等着。用手摸着她留下来的旧衣服，香味犹存，不禁感到柔肠寸断，迷迷糊糊地想昏睡过去。转念一想，我在这里等待灵魂归来，怎么能这么快睡着？睁开眼睛，四处打量，只见桌子上的两根蜡烛，荧荧地闪着青光，光亮小得如豆粒。我一下感到毛骨悚然，浑身发抖。于是我用两手擦了擦额头，仔细地盯着蜡烛，只见其光亮逐渐升起，高约一尺，用纸裱糊的天花板差点被火烧到。我正借着光亮四处观望，光亮突然又缩到原来的大小，此时我心怦怦直跳，浑身颤抖。我想喊在外面守着的张禹门进来看，但又想到柔魂弱魄，担心她被阳气逼迫，只好悄悄地喊着芸的名字为她祈祷。整个房间内寂静无声，一无所见，既而蜡烛又亮了起来，但已不再腾起了。我出去把自己所见到的告诉了张禹门，他佩服我胆子大，但他哪里知道我不过是一时情痴罢了。

　　芸没后，忆和靖"妻梅子鹤"语❶，自号梅逸。权葬芸于扬州西门外之金桂山❷，俗呼郝家宝塔。买一棺之地，从遗言寄于此。携木主还乡❸，吾母亦为悲悼。青君、逢森归来，痛哭成服❹。启堂进言曰："严君怒犹未息❺，兄宜仍往扬州，俟严君归里，婉言劝解，再当专札相招。"❻

注释

❶和靖"妻梅子鹤"：林逋（967—1028），字君复，卒谥和靖先生。钱塘人。曾隐居西湖孤山，种梅养鹤，终生不仕不娶，自称"以梅为妻，以鹤为子"。

❷金桂山：又称"金匮山""金龟山"，在今扬州市邗江北路与平山堂西路交界处。

❸木主：木制的牌位，上书死者姓名，以供祭祀。

❹成服：穿上丧服。

⑤严君：父亲。

⑥专札：专门写信。

译文

芸去世后，我想到和靖有"妻梅子鹤"的话，就自号"梅逸"，暂且将芸葬在扬州西门外的金桂山，俗称郝家宝塔。买了一块停棺的地方，按照芸的遗言将其骸骨寄放在这里。我带着她的牌位回家，母亲也为之悲伤，青君、逢森回来，听到消息都痛哭起来，穿上丧服守孝。启堂劝我说："父亲的怒气还没有平息，哥哥应当还到扬州去，等父亲回家，我婉言劝解，然后再专门去信喊你回来。"

余遂拜母，别子女，痛哭一场，复至扬州，卖画度日。因得常哭于芸娘之墓，影单形只，备极凄凉，其偶经故居，伤心惨目❶。重阳日❷，邻家皆黄❸，芸墓独青，守坟者曰："此好穴场❹，故地气旺也。"余暗祝曰："秋风已紧，身尚衣单，卿若有灵，佑我图得一馆，度此残年❺，以待家乡信息。"

注释

❶惨目：惨不忍睹。

❷重阳：传统节日，农历九月初九日。旧时这一天有登高的风俗。

❸冢（zhǒng）：坟墓。

❹穴场：墓穴。

❺残年：年终。

译文

我于是拜别母亲，和子女们告别，痛哭一场之后，又来到扬州，靠卖画度日。由此能经常在芸的坟墓上哭诉，我影单形只，十分凄凉。偶尔从故居经过，伤心落泪。到了重阳节，邻近的坟墓都是黄色，只有芸的坟墓是绿色。守坟人说："这是块好坟地，因此地气旺。"我暗暗祈祷道："秋风已紧，我身上的衣服还很单薄，你若是有灵的话，保佑我找到一个馆坐，度过这个残年，以等待来自家乡的音信。"

未几，江都幕客章驭庵先生欲回浙江葬亲❶，倩余代庖三月❷，得备御寒之具。封篆出署❸，张禹门招寓其家。张亦失馆，度岁艰难❹，商于余，即以余资二十金倾囊借之，且告曰："此本留为亡荆扶柩之费❺，一俟得有乡音，偿我可也。"是年即寓张度岁，晨占夕卜❻，乡音殊杳。

注释

❶幕客：幕宾。
❷代庖：代人做事。
❸封篆：停止办公。
❹度岁：过年。
❺扶柩：护送灵柩。
❻晨占夕卜：日思夜算。

译文

不久，在江都游幕的章驭庵先生要回浙江葬亲，请我代他料理事务三个月，由此得以置办御寒的用品。代理期满，离开官署，张禹门邀请我到他家里去住。张禹门此时也失馆在家，年关难过。他和我商量，我就把仅存的二十两银子都借给了他，并且告诉他说："这本是留着为亡妻迁柩的费用，等到家里有消息来，再还我就可以了。"这一年我在张禹门家过年，早晚盼望消息，但家里一直杳无音信。

至甲子三月❶，接青君信，知吾父有病。即欲归苏，又恐触旧忿。正越趄观望间❷，复接青君信，始痛悉吾父业已辞世。刺骨痛心❸，呼天莫及。无暇他计，即星夜驰归，触首灵前❹，哀号流血。呜呼，吾父一生辛苦，奔走于外。生余不肖，既少承欢膝下❺，又未侍药床前，不孝之罪，何可逭哉❻。吾母见余哭，曰："汝何此日始归耶？"余曰：

"儿之归，幸得青君孙女信也。"吾母目余弟妇，遂嘿然[7]。余入幕守灵至七，终无一人以家事告，以丧事商者。余自问人子之道已缺，故亦无颜询问。

注释

1. 甲子：1804年。
2. 趑趄（zī jū）：犹豫不决，拿不定主意。
3. 刺骨：痛彻入骨。
4. 触首：磕头，叩首。
5. 承欢：侍奉父母。
6. 逭（huàn）：逃避。
7. 嘿然：沉默，默不作声。

译文

到甲子年三月，我接到青君的来信，得知我父亲患病。本想回到苏州，但是又担心触动旧怨。正在犹豫观望的时候，又接到青君写来的信，悲痛地获知我父亲已辞世的消息，刺骨痛心，呼喊青天也来不及。没时间再作其他打算，随即连夜赶回。我在父亲灵前磕头，哀号流血。哎，我父亲一生辛苦，在外面奔波，生下我这个不肖之子，既没有侍奉在他身边，又没有在其床前端药，不孝的罪名哪能逃得掉？我母亲看到我痛哭，问道："你怎么今天才回来？"我说："我回来是幸亏接到了你孙女青君的信。"我母亲看了看弟媳妇，就默不作声了。我在灵棚里守灵直到七七，始终没有一个人告诉我家里的事情，也没有为丧事和我商量。我自愧做儿子缺少孝道，所以也就没脸去询问。

一日，忽有向余索逋者登门饶舌，余出应曰："欠债不还，固应催索，然吾父骨肉未寒，乘凶追呼，未免太甚。"中有一人私谓余曰："我等皆有人招之使来，公且出避，当向招我者索偿也。"余曰："我欠我偿，公等速退。"皆唯唯而去[1]。余因呼启堂谕之曰："兄虽不肖，并未作恶不端，若言出嗣降服❷，从未得过纤毫嗣产❸，此次奔丧归来，本人子之道，岂为产争故耶？大丈夫贵乎自立，我既一身归，仍以一身去耳。"言已，返身入幕，不觉大恸❹。叩辞吾母，走告青君，行将出走深山，求赤松子于世外矣❺。

注释

❶唯唯：恭敬应诺。

❷出嗣降服：出嗣，过继给他人为子。旧制，丧服降低一等为降服。子为父母应服三年之丧，而出继者如为亲生父母服丧，则降三年之服为一年之服。

❸纤毫：丝毫。嗣产：遗产。

❹大恸：极度悲伤。

❺赤松子：传说中的神仙，据说是神农时的雨师。

译文

一天，忽然有几个人向我索要旧债，登门饶舌，我出去应答道："欠债不还，固然应当催索，然而我父亲尸骨未寒，乘人丧事来追讨，未免太过分了。"其中一个人私下对我说："我们都是被人喊过来的，你暂且出去躲避一下，我们向喊我们来的人讨债。"我说："我欠的债我偿还，你们赶快回去。"他们都答应着离开了。我于是把启堂喊出来，对他说："你兄长虽然不肖，但也并未作恶多端。如果说过继降服，我从来没有得到过一点点财产。这次奔丧回来，本是为了尽为人之子的孝道，岂是为了争夺遗产的缘故呢？大丈夫贵乎自立，我既然一个人回来，仍旧一个人离开。"说完，我返身回到灵棚里，不禁痛哭失声。我向母亲磕头辞别，又去告知青君，准备离家出走到深山里，在尘世之外跟着赤松子修仙学道。

青君正劝阻间，友人夏南薰字淡安、夏逢泰字揖山两昆季，寻踪而至，抗声谏余曰❶："家庭若此，固堪动忿，但足下父死而母尚存，

110

妻丧而子未立，乃竟飘然出世，于心安乎？”余曰：“然则如之何？”淡安曰：“奉屈暂居寒舍❷，闻石琢堂殿撰有告假回籍之信❸，盍俟其归而往谒之？其必有以位置君也。”余曰：“凶丧未满百日❹，兄等有老亲在堂，恐多未便。”揖山曰：“愚兄弟之相邀，亦家君意也❺。足下如执以为不便，西邻有禅寺，方丈僧与余交最善，足下设榻于寺中，何如？”余诺之。青君曰：“祖父所遗房产，不下三四千金，既已分毫不取。岂自己行囊亦舍去耶？我往取之，径送禅寺父亲处可也。”因是于行囊之外，转得吾父所遗图书、砚台、笔筒数件。

注释

❶抗声：大声，高声。
❷寒舍：对自己居所的谦称。
❸殿撰：旧时状元的通称。
❹凶丧：丧事。
❺家君：家父。

译文

青君正在劝阻的时候，朋友夏南薰（字淡安）、夏逢泰（字揖山）两兄弟寻踪来到家里。他们大声规劝我说："家里闹到这般地步，确实值得生气。但你父亲虽死，母亲还活着，妻子死了，儿子还未成年，你竟然要飘然出世，于心能安吗？"我问道："那又该怎么办呢？"夏淡安说："建议你暂且屈居寒舍，听说石琢堂状元有要请假回老家的消息，你何不等他回来后去拜访他？他必定能给你安排个职位。"我说："丧期未满一百天，你们还有父母在家，我去住恐怕多有不便。"夏揖山说："我们兄弟俩邀请你，也是老父亲的意思。你如果坚持认为不方便，我家西边有个禅寺，其方丈和我关系最好，你先在寺庙里住下来，怎么样？"我答应了。青君说："祖父留下的房产，不少于三四千两银子，既然分毫不取，岂能连自己的行装也舍弃了？我去拿过来，直接送到禅寺里父亲的住处就是了。"因为这个缘故，我在自己的行装之外，还得到了父亲遗留下来的图书、砚台、笔墨等数件物品。

寺僧安置予于大悲阁。阁南向，向东设神像，隔西首一间，设月窗[1]，紧对佛龛，本为作佛事者斋食之地，余即设榻其中。临门有关圣提刀立像[2]，极威武。院中有银杏一株，大三抱，荫覆满阁，夜静风声如吼。揖山常携酒果来对酌，曰："足下一人独处，夜深不寐，得无畏怖耶？"[3]余曰："仆一生坦直，胸无秽念，何怖之有？"[4]

注释

[1]月窗：用以透光的窗户。
[2]关圣：关羽。
[3]畏怖：害怕恐惧。
[4]秽念：恶念，坏想法。

译文

禅寺的僧人把我安置在大悲阁里。大悲阁朝南，在东边安放了一尊神像，西边隔出一间房子，开了个小窗户。房子正对着佛龛，中间是做佛事的人用斋饭的地方，我就把床放在里面。门边有个关帝提刀站立的塑像，极其威武。院子里有棵银杏树，有三人合抱那么粗，树荫覆盖整个大悲阁，夜深人静的时候，风吹如吼。夏揖山经常带着酒果过来小酌，他问道："你一人孤身住在这里，夜深睡不着的时候，不会觉得害怕吧？"我答道："我一生坦诚直率，胸无杂念，有什么可害怕的呢？"

居未几[1]，大雨倾盆，连宵达旦三十余天，时虑银杏折枝，压梁倾屋。赖神默佑[2]，竟得无恙。而外之墙坍屋倒者，不可胜计，近处田禾俱被漂没[3]。余则日与僧人作画，不见不闻。

注释

[1]未几：不久，很快。

②默佑：暗中保佑。

③漂没：冲没，淹没。

译文

　　住下来没几天，大雨倾盆，没日没夜地下了三十多天。我当时担心银杏树枝折断，会压塌房梁，所幸神灵保佑，最后安然无恙。但寺外面墙塌房倒，不计其数，近处田里的庄稼都被水冲走了。我则每天和僧人画画，对外面发生的事情不见不闻。

　　七月初，天始霁。揖山尊人号莼芗①，有交易赴崇明②，偕余往，代笔书券，得二十金。归，值吾父将安葬，启堂命逢森向余曰："叔因葬事乏用③，欲助一二十金。"余拟倾囊与之，揖山不允，分帮其半。余即携青君先至墓所，葬既毕，仍返大悲阁。

①尊人：对父亲的尊称。

②崇明：今上海崇明县。

③乏用：缺欠，手头紧。

译文

到七月初，天开始转晴。夏揖山的父亲（号莼芗）要去崇明做生意，带我一起去，我帮他代笔记账，由此得了二十两银子酬金。回来的时候，正赶上我父亲要下葬，启堂让逢森对我说："叔叔下葬费用不够，想让您帮着出一二十两银子。"我准备把口袋里的钱都给他，夏揖山不答应，只让我拿出其中一半。我便带着青君先到墓地，等父亲下葬后，仍回到大悲阁去住。

九月杪**①**，揖山有田在东海永泰沙**②**，又偕余往收其息。盘桓两月，归已残冬**③**，移寓其家雪鸿草堂度岁。真异姓骨肉也。

注释

①杪（miǎo）：月份的末尾。

②东海：在今江苏启东市东海镇。永泰沙：在今江苏启东市久隆镇，乾隆四十六年（1781年）新涨出。

③残冬：晚冬，冬季将尽之时。

译文

到了九月末，夏揖山在东海永泰沙有片田地，他又带我一起去收田租。在那里停留了两个月，回来的时候已是残冬，我移居到他家的雪鸿草堂过年。夏氏兄弟真是异姓骨肉啊。

乙丑七月**①**，琢堂始自都门回籍**②**。琢堂名韫玉，字执如，琢堂其号也，与余为总角交❸，乾隆庚戌殿元❹。出为四川重庆守❺。白莲教之乱❻，三年戎马❼，极著劳绩❽。及归，相见甚欢，旋于重九日挈眷重赴四川重庆之任，邀余同往。

注释

❶乙丑：1805年。

❷都门：京都，都城。

❸总角：幼年，儿时。

❹乾隆庚戌：乾隆庚戌，1790年。殿元：状元。

❺重庆守：重庆知府。

❻白莲教：民间宗教。原为佛教的一支，元代后派别林立，信徒众多，元明清时期曾多次发动叛乱。

❼戎马：战争。

❽劳绩：功劳，功绩。

译文

直到乙丑年七月，石琢堂才从京城回到老家。石琢堂名韫玉，字执如，琢堂是他的号，是我小时候的朋友。乾隆庚戌年考中状元，后来到四川重庆担任太守，白莲教造反期间，他三年戎马，立下很多功劳。他回来之后，我们相见甚欢。很快，他要在重阳节那天带着眷属，去四川重庆赴任，他邀请我一起去。

余即叩别吾母于九妹倩陆尚吾家❶，盖先君故居已属他人矣。吾母嘱曰："汝弟不足恃❷，汝行须努力。重振家声❸，全望汝也。"逢森送余至半途，忽泪落不已，因嘱勿送而返。

注释

❶叩别：拜别，告别。妹倩：妹夫，妹婿。

❷恃：依赖，依靠。

❸家声：家庭声誉。

译文

我便去九妹婿陆尚吾家叩别母亲，此时我父亲的故居已经属于他
人了。我母亲嘱咐我道："你弟弟不能依靠，你一定要努力。重振家
声，都指望你了。"逢森送我走到半路，忽然不停地流泪。我于是吩
咐他不要再送，让他回去。

舟出京口❶，琢堂有旧交王惕夫孝廉在淮扬盐署❷，绕道往晤，余
与偕往，又得一顾芸娘之墓。返舟由长江溯流而上，一路游览名胜。
至湖北之荆州，得升潼关观察之信❸，遂留余与其嗣君敦夫❹、眷属等，
暂寓荆州，琢堂轻骑减从❺，至重庆度岁，遂由成都历栈道之任❻。

注释

❶京口：今江苏镇江。
❷孝廉：明清时期对举人的称呼。
❸潼关：潼关，在今陕西潼关县。观察：道员。
❹嗣君：儿子。
❺轻骑：轻装骑马。
❻栈道：在悬崖绝壁上凿孔架木而成的窄路。

译文

船离开京口，石琢堂有个旧交王惕夫孝廉在淮扬盐署供职，就绕道
去拜访他。我也一起过去，又得到机会去看看芸的坟墓。船回来后从长
江逆流而上，一路上游览名胜。到了湖北荆州，石琢堂得到升任潼关观
察的消息。他于是把我和他的儿子敦夫及其他眷属留下，暂时住在荆
州，琢堂本人则轻骑减从，到重庆过年，再由成都过栈道去赴任。

丙寅二月❶，川眷始由水路往，至樊城登陆❷。途长费短，车重人

多，毙马折轮，备尝辛苦。抵潼关甫三月，琢堂又升山左廉访❸，清风两袖。眷属不能偕行，暂借潼川书院作寓。十月杪，始支山左廉俸❹，专人接眷。附有青君之书，骇悉逢森于四月间夭亡。始忆前之送余堕泪者，盖父子永诀也。呜呼，芸仅一子，不得延其嗣续耶❺，琢堂闻之，亦为之浩叹❻，赠余一妾，重入春梦。从此扰扰攘攘❼，又不知梦醒何时耳。

注释

❶丙寅：1806年。

❷樊城：在今湖北襄樊市樊城区。

❸山左：今山东。廉访：按察使。

❹廉俸：清代官吏于正俸外，另给养廉银以资补贴，合称为"廉俸"。

❺嗣续：子孙。

❻浩叹：叹息，叹气。

❼扰扰攘攘：纷乱的样子。

译文

丙寅年二月，石琢堂的家眷才开始从水路过去。到了樊城登陆，路途遥远，费用不足，车重人多，马死轮断，一路上备尝艰辛。到了潼关才三个月，石琢堂又升任山东廉访，两袖清风，财力不够，他的家眷不能一起走，就暂住在潼关书院，十月底，石琢堂才领到山东廉访的俸银，派人来接家眷。来人带给我青君的来信，我惊讶地得知逢森已于四月间夭之。这才想起来先前他送我的时候为什么流泪，大概这是我们父子的永别啊。哎，芸只生了一个儿子，不能延续她的子嗣了。石琢堂听到这个消息，也为我感叹不已。他送给我一个小妾，让我重入春梦。从此扰扰攘攘，又不知道梦会在什么时候醒来。

卷四　浪游记快

余游幕三十年来❶，天下所未到者，蜀中、黔中与滇南耳❷。惜乎轮蹄征逐❸，处处随人，山水怡情，云烟过眼，不过领略其大概，不能探僻寻幽也。余凡事喜独出己见，不屑随人是非，即论诗品画，莫不存人珍我弃、人弃我取之意，故名胜所在，贵乎心得❹，有名胜而不觉其佳者，有非名胜而自以为妙者，聊以平生所历者记之。

注释

❶游幕：从事幕府幕友的事务，即读书人辅佐官衙做事。
❷蜀中、黔中、滇南：泛指四川、贵州、云南等地。
❸轮蹄征逐：车马往来。
❹心得：心有领会而有所得。

译文

我在各地游幕三十多年来，天下没有去过的地方，只有四川、贵州和云南等少数几处。可惜车马往来匆匆，处处都是跟随别人，山水怡人性情，云烟从眼前经过，不过都是领略其大概而已，自然也就不能探僻寻幽了。凡事我喜欢发表自己的见解，不屑于跟着别人的意见走，即便论诗品画，也都有人珍我弃、人弃我取的用意在，所以谈论名胜，贵在有个人的心得体会，有的是名胜并不觉得它好，有的不是名胜自己却觉得不错，姑且把我生平所游历的地方记录下来。

余年十五时，吾父稼夫公馆于山阴赵明府幕中❶。有赵省斋先生名传者，杭之宿儒也❷，赵明府延教其子，吾父命余亦拜投门下。暇日出游，得至吼山③，离城约十余里，不通陆路。近山见一石洞，上有片石，横裂欲堕，即从其下荡舟入④。豁然空其中⑤，四面皆峭壁，俗名之曰"水园"。临流建石阁五椽，对面石壁有"观鱼跃"三字，水深不测，相传有巨鳞潜伏⑥，余投饵试之，仅见不盈尺者出而唼食焉⑦。阁后有道通旱园，拳石乱矗⑧，有横阔如掌者，有柱石平其顶而上加大石者，凿痕犹在，一无可取。游览既毕，宴于水阁，命从者放爆竹，轰然一响，万山齐应，如闻霹雳声。此幼时快游之始。惜乎兰亭、禹陵未能一到⑨，至今以为憾。

注释

❶山阴：今浙江绍兴。明府：县令。
❷宿儒：年高博学的读书人。
❸吼山：在今浙江绍兴县皋埠镇境内。
❹荡舟：划船。
❺豁然：开阔的样子。
❻巨鳞：大鱼。
❼唼（shà）：鱼吃食物的声音。
❽拳石：小石块。
❾兰亭：在今浙江省绍兴西南兰渚山。禹陵：即大禹陵，在今浙江绍兴市越城区禹陵乡禹陵村。

译文

我十五岁的时候，父亲稼夫公在山阴赵明府的幕中供职。有位赵省斋先生，名传，是杭州的宿儒。赵明府请他教自己的孩子，我父亲命我也拜在先生门下。闲暇的时候外出游玩，我有机会到吼山，吼山离城十多里，不通陆路。离山近处见到一个石洞，上边有块石头，横着裂开，好像要掉下来，我们就从其下面荡舟而入，里面豁然空旷，四周都是峭壁，通常叫它为"水园"。临水建了五间石阁，对面的石壁上有"观鱼跃"三个字。水深不测，相传有大鱼潜伏在里面，我投些鱼饵试探，仅见一些不满一尺的鱼儿出来吃食。石阁后面有条道通往旱园，拳石乱矗，有横阔如手掌的，有根柱石顶端被弄平，上边加了块大石头，凿痕还在，没有什么可取之处。游览之后，大家在水阁里宴饮，又命随从们放爆竹，爆竹轰然一响，万山齐声应和，如同听到了霹雳声。这是我小时候畅快游览的开始。可惜兰亭、禹陵这些地方未能一游，至今仍感到遗憾。

至山阴之明年，先生以亲老不远游①，设帐于家②，余遂从至杭，西湖之胜因得畅游。结构之妙，予以龙井为最③，小有天园次之④。石取天竺之飞来峰⑤，城隍山之瑞石古洞⑥。水取玉泉⑦，以水清多鱼，有活泼趣也。大约至不堪者，葛岭之玛瑙寺⑧。其余湖心亭、六一泉诸景⑨，各有妙处，不能尽述，然皆不脱脂粉气⑩，反不如小静室之幽僻，雅近天然。

注释

❶亲老：父母年老。

❷设帐：建教馆教授学生。

❸龙井：在今浙江杭州西湖西南风篁岭上。井在龙井寺内，以泉闻名，与玉泉、虎跑泉并称杭州三大名泉。

❹小有天园：在今浙江杭州南屏山麓慧日峰下，净慈寺旁。杭州著名园林，"小有天园"之名为乾隆皇帝南巡杭州时所赐。

❺天竺：即天竺山，在今浙江杭州西湖西南，有上天竺、中天竺、下天竺之分，各有一座寺庙，合称"天竺三寺"，皆杭州名刹。飞来峰：又名"灵鹫峰"，高168米，在今杭州灵隐寺前。

❻城隍山：又名"吴山"，在今浙江杭州钱塘江北岸，西湖东南。由多个小山组成，多古树清泉、名人遗迹。瑞石古洞：又名"紫阳洞""雪风洞"，在今杭州紫阳山。

❼玉泉：在今杭州西湖西杭州植物园内，因泉水晶莹如玉而得名。

⑧葛岭：在今杭州西湖北宝石山西，海拔166米。相传东晋时道士葛洪曾在此修道，故名。玛瑙寺：原名玛瑙宝胜院，因位于孤山玛瑙坡而得名，始建于五代，历代屡有兴废，现存建筑为清同治间重建。

⑨湖心亭：又名"振鹭亭"，在今杭州西湖中央。六一泉：在今浙江杭州孤山南，苏轼命名，以纪念欧阳修，欧阳修自号"六一居士"。

⑩脂粉气：比喻矫艳造作的风格。

译文

到山阴的第二年，先生因双亲年事已高，不远游，就在家设帐，我于是跟着他到杭州去学习，西湖的胜景由此得以畅游。若论西湖各处风景结构之妙，我认为龙井第一，小有天园次之。石我取天竺的飞来峰、城隍山的瑞石古洞。水我取玉泉，因为它水清鱼多，有活泼的

情趣。说到很不好的，是葛岭的玛瑙寺。其余湖心亭、六一泉等风景，各有其妙处，不能尽述，但是都不脱脂粉之气，反倒不如小静室的幽僻，清雅近于天然。

苏小墓在西泠桥侧[1]。土人指示，初仅半丘黄土而已，乾隆庚子[2]，圣驾南巡[3]，曾一询及。甲辰春[4]，复举南巡盛典，则苏小墓已石筑其坟，作八角形，上立一碑，大书曰："钱唐苏小小之墓。"[5]从此吊古骚人不须徘徊探访矣。余思古来烈魄贞魂湮没不传者[6]，固不可胜数，即传而不久者，亦不为少，小小一名妓耳，自南齐至今[7]，尽人而知之。此殆灵气所钟，为湖山点缀耶？

注释

[1]苏小：即苏小小，南齐时钱塘名妓。西泠桥：在今杭州西湖孤山西段。

[2]乾隆庚子：1780年。

[3]圣驾：皇帝的车驾，这里代指乾隆皇帝。

[4]甲辰：1784年。

[5]钱唐：即"钱塘"，在今浙江杭州。

[6]湮（yān）没：埋没。

[7]南齐：南朝诸朝之一。萧道成篡宋称帝，国号齐，建都建康，据有今长江、珠江两流域之地。后为萧衍所篡。史称"南齐"。

译文

苏小小的墓在西泠桥的旁边。经当地人指点才看到，说起初不过是半丘黄土而已。乾隆庚子年，圣上南巡，曾问及此事。到甲辰年春天，圣上又举行南巡盛典，此时苏小小墓已用石头砌坟，呈八角形，上面立了块石碑，用大字写道："钱塘苏小小之墓。"从此，吊古的骚人们不必再到处探访了。我想自古以来烈魄忠魂湮没不传的，数不胜数，传而不久的，也不算少，苏小小不过一个名妓罢了，从南齐到现在，尽人皆知。这大概是灵气所钟，为湖山做点缀吧？

桥北数武，有崇文书院[1]，余曾与同学赵缉之投考其中。时值长夏，起极早，出钱塘门[2]，过昭庆寺[3]，上断桥[4]，坐石栏上。旭日将升[5]，朝霞映于柳外，尽态极妍[6]；白莲香里，清风徐来，令人心骨皆清。步至书院，题犹未出也。

注释

[1]崇文书院：在今杭州栖霞岭南，为明万历间徽商所建。

[2]钱塘门：杭州古城门之一，建于南宋。

[3]昭庆寺：在今杭州宝石山东，南临西湖，建于五代时，今已废。

[4]断桥：在今杭州西湖白堤东端。

[5]旭日：初升的太阳。

[6]尽态极妍：形容娇艳的美姿达到极点。

译文

桥北不远，有座崇文书院，我曾和同学赵缉之到这里投考。当时正是夏天，我们起床很早，出了钱塘门，过了昭庆寺，上断桥，坐在石栏杆上。旭日将要升起，朝霞映在柳外，无不展现着美丽的形态。白莲香里，清风徐来，令人心骨都感到清爽。走到书院，题目还没有出好。

午后缴卷，偕缉之纳凉于紫云洞[1]，大可容数十人，石窍上透日光[2]。有人设短几矮凳，卖酒于此。解衣小酌，尝鹿脯[3]，甚妙，佐以鲜菱、雪藕[4]，微醺出洞。缉之曰："上有朝阳台，颇高旷，盍往一游？"余亦兴发，奋勇登其巅，觉西湖如镜，杭城如丸，钱塘江如带，极目可数百里，此生平第一大观也。坐良久，阳乌将落，相携下山，南屏晚钟动矣[5]。韬光、云栖[6]，路远未到，其红门局之梅花[7]，姑姑庙之铁树，不过尔尔。紫阳洞予以为必可观，而访寻得之，洞口仅容一指，涓涓流水而已，相传中有洞天❽，恨不能抉门而入❾。

注释

❶紫云洞：在今杭州栖霞岭上，是该地最大的天然洞穴，洞厅宽敞，清凉如秋，洞内供奉西方三生佛龛。

❷石窍：石洞。

❸鹿脯：鹿肉干。

❹鲜菱：新鲜菱角。雪藕：嫩藕。

❺南屏：即南屏山，在今杭州西湖南岸。

❻韬光：在今杭州灵隐寺西北巢枸坞，有韬光寺等建筑。云栖：在今杭州五云山以西，云栖竹径为杭州著名景点。

❼红门局：在今浙江杭州市定安路附近。

❽洞天：神仙居住的地方。

❾抉门：开门。

译文

午后交卷后，和赵缉之一起到紫云洞纳凉，这里大小可容纳几十人，石洞上透进日光。有人放几个短几矮凳，在这里卖酒。脱下外衣，坐下来小酌，品尝鹿肉干，感觉非常好。再吃些鲜菱角、嫩藕，醉醺醺走出洞。赵缉之说："上面有个朝阳台，颇为高旷，我们何不去一游？"我也兴致大发，奋勇登上顶去，看到西湖如镜，杭州城如丸，钱塘江如带，极目可以看到数百里之外，这是生平第一大观。坐了很长时间，太阳快要落山，我们这才相互挽扶着下山，此时南屏的晚钟已经敲响。韬光、云栖两处，因为路远未到，其他如红门局的梅花，姑姑庙的铁树，不过尔尔。紫阳洞我以为一定值得一看，寻访到那里，发现洞口仅能容下一个手指，里面流出涓涓细水，相传里面有神仙居住的洞府，恨不能打开门进去。

清明日，先生春祭扫墓，挈余同游。墓在东岳❶，是乡多竹，坟丁掘未出土之毛笋❷，形如梨而尖，作羹供客。余甘之，尽其两碗。先生曰："噫，是虽味美而克心血，宜多食肉以解之。"余素不贪屠门之嚼❸，至是饭量且因笋而减，归途觉烦躁，唇舌几裂。过石屋洞❹，不甚可观。水乐洞峭壁多藤萝，入洞如斗室❺，有泉流甚急，其声琅琅。池广仅三尺，深五寸许，不溢亦不竭。余俯流就饮，烦躁顿解。洞外二小亭，坐其中可听泉声。衲子请观万年缸❻。缸在香积厨❼，形甚巨，以竹引泉灌其内，听其满溢，年久结苔厚尺许，冬日不冰，故不损也。

注释

❶东岳：在今浙江杭州北高峰。

❷坟丁：看坟的人。毛笋：竹笋，这里指的是春笋。

❸屠门之嚼：吃肉。

❹石屋洞：在今杭州南高峰烟霞岭，与水乐洞、烟霞洞并称烟霞三洞。

❺斗室：狭小的房屋。

❻衲子：僧人。万年缸：水乐洞旁点石庵内的一个巨缸，嵌于石中，因日久天长，与石融为一体。

❼香积厨：寺僧斋堂。

译文

到了清明节，先生春祭扫墓，带我一起游玩。墓在东岳，这里有很多竹子，守墓人挖了一些未出土的毛笋，形状像梨但比梨尖，用它做菜待客。我喜欢吃，吃了两碗，先生说："噫，这东西虽然味道美却克心血，要多吃些肉来化解它。"我向来不喜欢吃肉，从此饭量因这些竹笋减少了，回去的路上觉得烦躁，嘴唇都要干裂了。路过石屋洞，没有什么可看的。水乐洞峭壁上有很多藤萝，进入洞内，只有一间小房子那么大，泉水流得很急，其声琅琅。水池仅三尺大，深五寸左右，不满也不干。我俯下身对着泉水喝，烦躁顿时消除。洞外有两个小亭子，坐在其中可以聆听泉水声。僧人请我们看万年缸。缸在香积厨里，外形很大，用竹子把泉水引到里面，让它流满。年份久了，里面结有厚达一尺左右的水苔，冬天不结冰，所以也不会坏。

辛丑秋八月❶，吾父病疟返里❷，寒索火，热索冰，余谏不听，竟转伤寒❸，病势日重。余侍奉汤药，昼夜不交睫者几一月❹。吾妇芸娘亦大病，恹恹在床❺。心境恶劣，莫可名状。吾父呼余嘱之曰："我病恐不起，汝守数本书，终非糊口计，我托汝于盟弟蒋思斋，仍继吾业可耳。"越日，思斋来，即于榻前命拜为师。未几，得名医徐观莲先生诊治，父病渐痊。芸亦得徐力起床。而余则从此习幕矣❻。此非快事，何记于此？曰：此抛书浪游之始，故记之。

注释

❶辛丑：1781 年。
❷疟：即疟疾，一种发冷发烧的急性传染病。
❸伤寒：因风寒侵入体内引发的一种疾病。
❹交睫：上下睫毛合在一块，指睡觉。
❺恹恹：精神萎靡的样子。
❻习幕：做幕僚，师爷。

译文

辛丑年秋八月，我父亲身患疟疾，回到家里，冷了要火，热了要冰，我劝他不要这样他不听，结果转成了伤寒，病势一天比一天重。我端汤喂药，日夜不合眼几乎有一个月。我媳妇芸娘也生了重病，虚弱地躺在床上。我当时心情之恶劣，难以用语言描述。我父亲把我喊到跟前叮嘱道："我这一病恐怕起不来了，你守着几本书，终究不是糊口的办法，我把你托付给我的结义兄弟蒋思斋，你仍继承我的事业就可以了。"第二天，蒋思斋来我家，父亲就在床前命我拜其为师。不久，得到名医徐观莲先生的诊治，父亲的病渐渐痊愈。芸也得到徐先生的医治可以起床了。我则从此学习游幕。这不是快乐的事情，为什么要记在这里？可以这样回答：这是我抛书浪游的开始，姑且记下来。

思斋先生名襄。是年冬，即相随习幕于奉贤官舍❶。有同习幕者，顾姓名金鉴，字鸿干，号紫霞，亦苏州人也。为人慷慨刚毅，直谅不阿❷，长余一岁，呼之为兄。鸿干即毅然呼余为弟❸，倾心相友❹。此余第一知己交也，惜以二十二岁卒，余即落落寡交❺，今年且四十有六矣，茫茫沧海，不知此生再遇知己如鸿干者否？

注释

❶奉贤：在今上海市奉贤区。
❷直谅不阿：正直，坦诚。
❸毅然：毫不犹豫的样子。
❹倾心：尽心，诚心。相友：相互交好。
❺落落：孤独，不合群。

译文

蒋思斋先生名襄。这年冬天，我就跟随他在奉贤官舍学习游幕。有位一起学习游幕的同学，姓顾，名金鉴，字鸿干，号紫霞，也是苏州人。他为人慷慨刚毅、正直不阿，比我大一岁，我喊他为兄长。鸿干就毅然喊我为弟，我们真诚地交往。这是我最好的知己，可惜他二十二岁就去世了，我从此落落寡交。今年我就四十六岁了，茫茫沧海，不知道此生还能否再遇到像鸿干这样的知己吗？

忆与鸿干订交，襟怀高旷❶，时兴山居之想。重九日，余与鸿干俱在苏，有前辈王小侠与吾父稼夫公唤女伶演剧❷，宴客吾家。余患其扰，先一日约鸿干赴寒山登高❸，借访他日结庐之地❹，芸为整理小酒榼❺。

注释

❶高旷：高远旷达。

❷女伶：女艺人，女演员。

❸寒山：即寒山寺，又名"枫桥寺"，在今苏州城西阊门外枫桥附近，始建于南朝。

❹结庐：建房，盖房。

❺酒榼：酒具。

译文

回想当初与鸿干交往的时候，胸怀高旷，经常产生山居的想法。重九日，我和鸿干都在苏州，有位叫王小侠的前辈和我父亲稼夫公喊女伶演戏，在我家宴请宾客。我害怕被打扰，就提前一天和鸿干约定到寒山登高，乘机寻访将来结庐的地方，芸帮我整理了酒具。

越日，天将晓，鸿干已登门相邀。遂携榼出胥门❶，入面肆❷，各饱食。渡胥江，步至横塘枣市桥❸，雇一叶扁舟❹，到山，日犹未午。舟子颇循良❺，令其籴米煮饭❻。余两人上岸，先至中峰寺❼。寺在支硎古刹之南❽，循道而上。寺藏深树，山门寂静，地僻僧闲，见余两人不衫不履❾，不甚接待，余等志不在此，未深入。归舟，饭已熟。饭毕，舟子携榼相随，嘱其子守船，由寒山至高义园之白云精舍❿。轩临峭壁，下凿小池，围以石栏，一泓秋水，崖悬薜荔，墙积莓苔。坐轩下，唯闻落叶萧萧，悄无人迹。出门有一亭，嘱舟子坐此相候。余两人从石罅中入⓫，名"一线天"，循级盘旋，直造其巅，曰"上白云"，有庵已坍颓⓬，存一危楼，仅可远眺。

注释

❶胥门：在今苏州城西万年桥南。

❷面肆：面馆。

128

❸横塘：在今苏州市西南。枣市桥：跨胥江，已废，今重建，更名为蟠龙桥。

❹扁舟：小船。

❺循良：善良。

❻籴（dí）：买。

❼中峰寺：在今苏州高新区西部观音山。

❽支硎：又名"报恩山""南峰山"，在今苏州西。

❾不衫不履：衣鞋不整的样子。形容洒脱而不事修饰，不拘小节。

❿高义园：在今苏州天平山南麓，始建于唐代，为宋范仲淹祠堂。白云精舍：即白云古刹，在高义园西，始建于唐代。

⓫罅（xià）：裂缝，缝隙。

⓬坍颓：倒塌。

译文

第二天，天快亮的时候，鸿干已经登门喊我了。我们于是带着酒具从胥门出去，到面馆里，各自吃饱。后渡过胥江，走到横塘枣市桥，雇一只小船，抵达寒山的时候，还没到中午。船夫颇为本分善良，我们就让他买米煮饭。我们两个人上岸，先到中峰寺。寺庙在支硎古刹的南面，顺着山路上去。寺庙隐藏在树林里，山门寂静，地点偏僻，僧人闲散，看到我们两个衣衫不整，就不怎么搭理，我们的目的不在此，也就没有进去。回到船上，米饭已熟。吃完饭，船夫带着酒具跟着我们，吩咐他儿子看着船，我们从寒山走到高义园的白云精舍。房子挨着峭壁，下面开凿了一个小池子，用石头、树木围着，里面一泓秋水，崖壁上挂着薜荔，墙上长满莓苔。我们坐在房子下，只听到落叶萧萧，悄无人迹。出门有一个亭子，我吩咐船夫坐在这里等着。我们两人从石缝里进去，这里名叫"一线天"。顺着台阶盘旋而上，一直登上顶端，此处叫"上白云"。上面有座庵，已经倒塌，残存一座危楼，仅能登上远眺。

小憩片刻❶，即相扶而下，舟子曰："登高忘携酒榼矣。"鸿干曰："我等之游，欲觅偕隐地耳❷，非专为登高也。"舟子曰："离此南行二三里，有上沙村，多人家，有隙地❸，我有表戚范姓居是村，盍往一游？"余喜曰："此明末徐俟斋先生隐居处也❹，有园闻极幽雅，从未一游。"于是舟子导往❺。

注释

❶小憩：短暂休息。
❷偕隐：一起隐居。
❸隙地：空地。
❹徐俟斋：即徐枋（1622—1694），字昭法，号俟斋。吴县人。工诗善画。
❺导往：引导前往。

译文

　　休息了片刻，我们就相互搀扶着下来。船夫说："你们登高时忘记带酒具了。"鸿干说："我们游玩，是想寻找一起隐居的地方，不是专门为了登高。"船夫说："从这里往南走二三里，有个上沙村，有不少人家，有空地。我有个姓范的表亲住在这个村里，何不过去一游？"我高兴地说："这里是明末徐俟斋先生隐居的地方，有座园子听说很幽雅，从来没有游玩过。"于是船夫领着我们过去。

　　村在两山夹道中，园依山而无石，老树多极纡回盘郁之势❶，亭榭窗栏尽从朴素，竹篱茆舍❷，不愧隐者之居。中有皂荚亭❸，树大可两抱。余所历园亭，此为第一。园左有山，俗呼鸡笼山❹，山峰直竖，上加大石，如杭城之瑞石古洞，而不及其玲珑❺。旁一青石如榻，鸿干卧其上曰："此处仰观峰岭，俯视园亭，既旷且幽，可以开樽矣。"因拉舟子同饮，或歌或啸，大畅胸怀。土人知余等觅地而来，误以为堪舆❻，以某处有好风水相告。鸿干曰："但期合意，不论风水。"（岂意竟成谶语[7]。）酒瓶既罄，各采野菊插满两鬓。

注释

[1] 纡回盘郁：曲折回旋、盘曲优美的样子。
[2] 茆舍：茅草屋。
[3] 皂荚：一种落叶乔木，多刺，夏开黄色蝶形小花，结实成荚，长扁如刀，煎汁可洗濯衣服，荚果及种子皆可作药。
[4] 鸡笼山：在今苏州天平山南。
[5] 玲珑：细致精巧。
[6] 堪舆：看风水。
[7] 谶（chèn）：预言、预兆。

译文

上沙村在两山夹道中，园子依山但没有石头，老树多呈曲折盘旋之势，亭榭窗栏都很朴素。竹篱草舍，不愧是隐者居住的地方。园中有座皂荚亭，树大得可让两个人合抱。我所见过的园亭中，以这个地方最好。园子左边有座山，俗呼为鸡笼山，山峰直竖，上面有块大石，好像杭州城的瑞石古洞，但不如它玲珑精致。旁边有块青石像床一样，鸿干躺在上面说："从这里仰观观峰岭，俯视园亭，既开阔又清幽，可以开怀畅饮了。"于是拉着船夫一起饮酒，大家或歌或啸，非常痛快。当地人知道我们是寻地而来，误以为我们来看风水，以某处有好风水相告。鸿干回答道："但求合意，不管风水。"（岂料此话最后成为谶语）酒瓶里的酒喝干了，大家各自采摘些野菊花，插满了双鬓。

归舟，日已将没。更许抵家，客犹未散。芸私告余曰："女伶中有兰官者，端庄可取。"[1]余假传母命，呼之入内，握其腕而睨之[2]，果丰颐白腻[3]。余顾芸曰："美则美矣，终嫌名不称实。"芸曰："肥者有福相。"余曰："马嵬之祸，玉环之福安在？"[4]芸以他辞遣之出。谓余曰："今日君又大醉耶？"余乃历述所游，芸亦神往者久之。

❶端庄：端正庄重。

❷睨：斜着眼睛看。

❸丰颐：丰满。

❹马嵬之祸，玉环之福安在：玉环，即杨贵妃，深受唐玄宗宠爱。安史之乱间，在四川马嵬被士兵缢死。

译文

坐船回来的时候，太阳快要落山，我大约一更时分回到家里，客人还没有散。芸私下告诉我说："女伶中有个叫兰官的，端庄可取。"我假传母亲的话，把她喊进内室，握着她的手腕打量一番，果然丰满白腻。我看着芸说："虽然还算漂亮，终究觉得名不副实。"芸答道："胖人有福相。"我说："马嵬之祸，玉环的福在哪里呢？"芸找个借口把她打发了出去，对我说："今天你又喝得大醉吗？"我把自己游玩的经过详细讲给她听，芸也为之神往了很长时间。

癸卯春❶，余从思斋先生就维扬之聘❷，始见金、焦面目❸。金山宜远观，焦山宜近视，惜余往来其间，未尝登眺❹。

注释

❶癸卯：1783 年。

❷维扬：今江苏扬州。

❸金：即金山，在今江苏镇江市西北，长江南岸。焦：即焦山，在今江苏镇江东长江中，因东汉末年焦光曾隐居于此，故名。

❹登眺：登临眺望。

译文

癸卯年春天，我跟随思斋先生到扬州供职，这才见到金山、焦山的真面目。金山适合远观，焦山适合近看，可惜我往来其间，都没有登上去看看。

　　渡江而北，渔洋所谓"绿杨城郭是扬州"一语❶，已活现矣。平山堂离城约三四里❷，行其途有八九里，虽全是人功，而奇思幻想，点缀天然❸，即阆苑瑶池❹、琼楼玉宇，谅不过此。其妙处在十余家之园亭合而为一，联络至山，气势俱贯。其最难位置处，出城入景，有一里许紧沿城郭❺。夫城缀于旷远重山间，方可入画，园林有此，蠢笨绝伦。而观其或亭或台，或墙或石，或竹或树，半隐半露间，使游人不觉其触目❻，此非胸有丘壑者断难下手。城尽，以虹园为首❼，折而向北，有石梁曰"虹桥"❽，不知园以桥名乎？桥以园名乎？荡舟过，曰"长堤春柳"❾，此景不缀城脚而缀于此，更见布置之妙。再折而西，垒土立庙，曰"小金山"❿，有此一挡，便觉气势紧凑，亦非俗笔。闻此地本沙土，屡筑不成，用木排若干，层叠加土，费数万金乃成，若非商家，乌能如是。

注释

❶渔洋：即王士禛（1634—1711），号渔洋山人。新城人。绿杨城郭是扬州：语出王士禛《浣溪沙·红桥》词："北部清溪一带流，红桥风物眼中秋，绿杨城郭是扬州。"

❷平山堂：在今扬州市西北大明寺内。始建于北宋。

❸天然：自然生成的。

❹阆苑瑶池：神仙居住的地方。

❺城郭：城墙。

❻触目：扎眼，刺眼。

❼虹园：即倚虹园，又叫大洪园。清代扬州名园之一，为洪氏盐商所建，乾隆皇帝为该园赐名。

❽虹桥：在今扬州瘦西湖上。

❾长堤春柳：虹桥至徐园前，有一长堤。东为湖水，西为花圃，

三步一桃，五步一柳。此景人称"长堤春柳"。

❿小金山：原名"长春岭"，本为扬州廋西湖中的一个小岛。后清中叶为打通瘦西湖至大明寺水上通道，在瘦西湖西北开挖莲花埂新河，挖河之土堆成小山，这就是今天的小金山。

译文

渡江向北，渔洋所说的"绿杨城郭是扬州"一语已生动地展现在眼前。平山堂离扬州城约三四里，走过去路途有八九里，一路风景虽全是人工所成，但奇思幻想，点缀天然，就是阆苑瑶池、琼楼玉宇估计也不过如此。其妙处在于十多家的园亭合而为一，与山联为一体，气势贯通。其中最难处理的地方，是出城入景，有一里多长紧靠着城墙。城市分布在旷远的重山之间，才可以入画，园林处在这样的位置，真是蠢笨之极。但是看其亭子、楼台、墙壁、石头、竹子、树木等等，都在半隐半露之间，让游人不觉得刺眼，这如果不是胸有丘壑是很难着手的。到了城市尽头，首先是虹园，转而向北，有座桥叫"虹桥"，不知是园子以桥为名，还是桥以园子为名？乘船经过，有个地方叫"长堤春柳"，此景不点缀在城脚而放在这里，更可见布置的妙处。再转向西，垒土建庙，叫"小金山"。有这么一档，便觉得气势紧凑，也不是俗笔。听说这个地方本是沙土，屡建不成，后来用了一些木排，一层木一层土，花费几万两银子才建成，如果不是富商，哪能做到这些。

过此有胜概楼❶，年年观竞渡于此❷。河面较宽，南北跨一莲花桥❸，桥门通八面，桥面设五亭，扬人呼为"四盘一暖锅"，此思穷力竭之为，不甚可取。桥南有莲心寺❹，寺中突起喇嘛白塔❺，金顶缨络❻，高矗云霄，殿角红墙，松柏掩映，钟磬时闻，此天下园亭所未有者。过桥见三层高阁，画栋飞檐，五采绚烂，叠以太湖石，围以白石栏，名曰"五云多处"❼，如作文中间之大结构也。过此名"蜀冈朝旭"❽，平坦无奇，且属附会。

❶胜概楼：在今扬州瘦西湖莲花桥西。

❷竞渡：赛舟，划船比赛。

❸莲花桥：又称"五亭桥"，在今扬州瘦西湖上。

❹莲心寺：即莲性寺，在瘦西湖西南。原名法海寺，又名白塔寺。始建于隋，重建于元代至元年间，清康熙四十四年（1705），康熙皇帝南巡，赐名"莲性寺"。

❺喇嘛白塔：建于清乾隆年间。砖石结构，形制仿北京北海喇嘛塔。

❻缨络：即璎珞，由珠玉串成的装饰品。

❼五云多处：清李斗《扬州画舫录》卷十五："熙春台在新河曲处，与莲花桥相对，白石为砌，围以石栏，中为露台。第一层横可跃马，纵可方轨，分中左右三阶皆城。第二层建方阁，上下三层。下一层额曰'熙春台'，联云：'碧瓦朱甍照城郭（杜甫），浅黄轻绿映楼台（刘禹锡）。'柱壁画云气，屏上画牡丹万朵。上一层旧额曰'小李将军画本'，王虚舟书，今额曰'五云多处。'"

❽蜀冈：在今扬州西北。

译文

过了这里有座胜概楼，人们每年在这里观看龙舟竞渡，因其河面比较宽。南北向横跨着一座莲花桥。桥门通往八方，桥面上建有五个亭子，扬州人称其为"四盘一暖锅"。这是竭尽心思设计的，没有多少可取之处。桥南有座莲心寺。寺中耸立着一座喇嘛白塔，金顶缨络，高耸云霄，殿角红墙，松柏掩映，不时听到钟磬之声。这是天下其他园亭所没有的。过桥看到一座三层高楼，飞檐画栋，绚烂多彩，山用太湖石垒成，四周是白玉石的栏杆，名叫"五云多处"，这如同写文章的大结构。过了这个地方名叫"蜀冈朝旭"，平坦无奇，属于牵强附会。

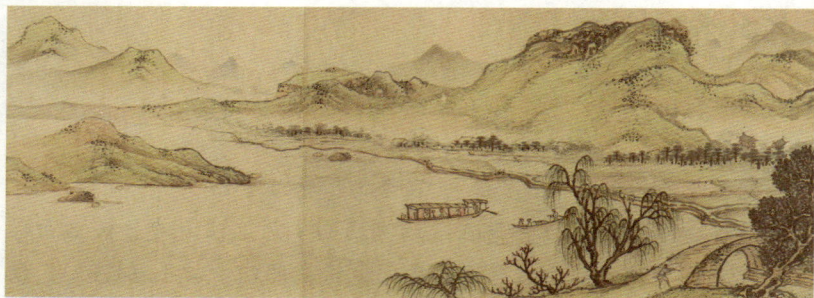

　　将及山，河面渐束❶，堆土植竹树，作四五曲。似已山穷水尽，而忽豁然开朗，平山之万松林已列于前矣。"平山堂"为欧阳文忠公所书❷。所谓淮东第五泉❸，真者在假山石洞中，不过一井耳，味与天泉同。其荷亭中之六孔铁井栏者，乃系假设，水不堪饮。九峰园另在南门幽静处❹，别饶天趣，余以为诸园之冠。康山未到❺，不识如何。此皆言其大概，其工巧处、精美处，不能尽述，大约宜以艳妆美人目之❻，不可作浣纱溪上观也❼。余适恭逢南巡盛典，各工告竣，敬演接驾点缀，因得畅其大观，亦人生难遇者也。

注释

❶束：收缩，变窄。

❷欧阳文忠公：即欧阳修，因其死后谥号"文忠"，故名。

❸淮东第五泉：扬州大明寺前有"天下第五泉"五字，为清人王澍所书。

❹九峰园：在今扬州莲花池公园，园内有太湖九峰，乾隆巡游扬州时，御书"九峰园"额。

❺康山：即康山草堂，为扬州盐商江春的府第。

❻艳妆：浓妆。

❼浣纱溪：在浙江绍兴，因西施曾在此地浣纱而得名，这里代指不施粉黛的西施。

快到山前，河面逐渐窄了起来，岸边堆土种上竹子，转了四五个弯。好像已经山穷水尽了，却忽觉豁然开朗，平山的万松林已在眼前。"平山堂"三个字是欧阳文忠公所写。通常所说的淮东第五泉，真泉就在假山的石洞里，不过是一口井罢了，味道和雨水差不多。其荷亭里的六孔铁井栏，是假托的，水很难喝。九峰园另在南门的幽静之处，别具天趣。我认为它是这里各个园子中最好的。康山草堂我没有去，不知道情况如何。这些都是说个大概，扬州各处风景工巧精美的地方，难以一一说出来。大概适合把它视作浓妆艳抹的美人，而不能看成浣纱溪不施粉黛的西施。我恰好赶上南巡盛典，各处工程告竣，演练接驾的布置安排，因而得以大饱眼福，这也是人生中难得的机遇。

甲辰之春❶，余随侍吾父于吴江何明府幕中，与山阴章苹江、武林章映牧、苕溪顾霭泉诸公同事❷，恭办南斗圩行宫❸，得第二次瞻仰天颜❹。一日，天将晚矣，忽动归兴。有办差小快船，双橹两桨，于太湖飞棹疾驰，吴俗呼为"出水鳖头"❺，转瞬已至吴门桥❻。即跨鹤腾空，无此神爽。抵家，晚餐未熟也。吾乡素尚繁华，至此日之争奇夺胜，较昔尤奢。灯彩眩眸❼，笙歌聒耳❽，古人所谓"画栋雕甍""珠帘绣幕""玉阑干""锦步障"，不啻过之❾。余为友人东拉西扯，助其插花结彩，闲则呼朋引类，剧饮狂歌，畅怀游览，少年豪兴，不倦不疲。苟生于盛世而仍居僻壤❿，安得此游观哉？

❶甲辰：1784年。
❷苕溪：古地名，吴兴郡（今浙江湖州）的别称。
❸行宫：旧时京城外供帝王出行时居住的宫室。
❹天颜：皇帝的容貌。

⑤辔头：驾驭牲口的嚼子的缰绳，这里借指牲口。

⑥吴门桥：在今苏州城南盘门口。

⑦眩眸：让人眼花缭乱。

⑧聒耳：声音嘈杂刺耳。

⑨啻（chì）：但，只，仅。

⑩僻壤：穷乡僻壤。

译文

甲辰年的春天，我跟随父亲在吴江何明府的幕中供职，和山阴的章苹江、武林的章映牧、苕溪的顾蔼泉等诸位先生同事，一起料理南斗圩的行宫，得以第二次瞻仰圣颜。一天，天快黑了，忽然起了回家的念头。正好有只办理差事的小快船，双橹两桨，在太湖上飞速快行，吴地俗语称其为"出水辔头"。转眼间已经到了吴门桥。即便是跨鹤在空中飞行，也没有这样快。到家的时候，晚饭还没有做好。我家乡的人向来喜欢繁华，南巡这一天的争奇斗胜，比过去更为奢华。彩灯令人眼花缭乱，笙歌萦绕在耳边，古人所说的"画栋雕甍""珠帘绣幕""玉阑干""锦步障"等，也都不过如此。我被朋友们东拉西扯，帮他们插花结彩，闲暇的时候呼朋引类，大家在一起畅饮狂歌，到各处尽情游览，少年豪兴，也不觉得疲倦。如果生在盛世却住在穷乡僻壤，哪能够看到这些呢？

是年，何明府因事被议，吾父即就海宁王明府之聘❶。嘉兴有刘蕙阶者，长斋佞佛❷，来拜吾父。其家在烟雨楼侧❸，一阁临河，曰"水月居"，其诵经处也，洁静如僧舍。烟雨楼在镜湖之中❹，四岸皆绿杨，惜无多竹。有平台可远眺，渔舟星列，漠漠平波，似宜月夜。衲子备素斋甚佳。

注释

❶海宁：在今浙江海宁市。

138

❸烟雨楼：在今浙江嘉兴南湖湖心岛。始建于五代，楼名由诗人杜牧《江南春》"南朝四百八十寺，多少楼台烟雨中"而来。

❹镜湖：当即今浙江嘉兴南湖。

译文

这一年，何明府因事被免官，我父亲就接受海宁王明府的聘请。嘉兴有个叫刘蕙阶的，吃斋信佛，他来拜访我父亲。他的家就在烟雨楼的旁边，其中临河的一间房子，叫"水月居"，这是他念经的地方，整洁幽静得像僧人的住处。烟雨楼在镜湖的中央，四边岸上都是绿杨，可惜竹子不多。有座平台可以远望，只见渔船如繁星般散布各处，水面平静，笼着一层薄雾，这更适合观赏月夜。僧人准备的素斋味道很好。

至海宁，与白门史心月❶、山阴俞午桥同事。心月一子名烛衡，澄静缄默❷，彬彬儒雅，与余莫逆❸，此生平第二知心交也。惜萍水相逢，聚首无多日耳。游陈氏安澜园❹，地占百亩，重楼复阁，夹道回廊。池甚广，桥作六曲形。石满藤萝，凿痕全掩。古木千章❺，皆有参天之势；鸟啼花落，如入深山。此人功而归于天然者❻。余所历平地之假石园亭，此为第一。曾于桂花楼中张宴，诸味尽为花气所夺，维酱姜味不变❼。姜桂之性❽，老而愈辣，以喻忠节之臣，洵不虚也。

注释

❶白门：今江苏南京。

❷澄静：沉静。

❸莫逆：意气相投，交往密切友好。

❹安澜园：原名"遂初园""隅园"，在今海宁盐官镇西北。乾隆南巡时，曾以此处行馆，并赐名"安澜园"。

⑤千章：千株大树。形容大树之多。

⑥人功：人工，人力。

⑦维：同"唯"，只有。

⑧姜桂：生姜、肉桂。

译文

到了海宁，我父亲和白门的史心月、山阴的俞午桥同事。史心月有一个儿子叫烛衡，澄静缄默，彬彬有礼，颇为儒雅，他和我关系很好，这是我生平的第二个知己。可惜萍水相逢，大家见面相聚的时间不多。我曾游览陈氏的安澜园，园子占地一百亩，重楼复阁，夹道回廊。园子里有座水池较大，桥呈六曲形。石头上爬满藤萝，雕凿的痕迹都被遮盖住了。园子里有很多古树，都有参天的气势。鸟啼花落，如同进入深山。这是人工所成却归于天然。我平生所见平地上的假石园亭，这是第一。我们曾在桂花楼里举行宴会，饭菜的味道都被花气掩盖了，只有酱姜的味道不变。姜桂的特性是越老越辣，拿它来比喻忠节之臣，确实不虚此名。

出南门，即大海，一日两潮，如万丈银堤破海而过。船有迎潮者，潮至，反棹相向，于船头设一木招❶，状如长柄大刀，招一捺❷，潮即分破，船即随招而入，俄顷始浮起，拨转船头，随潮而去，顷刻百里。塘上有塔院❸，中秋夜曾随吾父观潮于此。循塘东约三十里，名尖山❹，一峰突起，扑入海中，山顶有阁，匾曰"海阔天空"，一望无际，但见怒涛接天而已。

注释

❶木招：木牌，木幡。

❷捺：按。

❸塔院：建有佛塔的院落。

❹尖山：在今浙江海宁黄湾镇，是观潮胜地。

译文

出了南门，就是大海，一天两次涨潮，潮水如同万丈银堤，破海而过。船上迎潮的人，等到潮水来的时候，把船桨反过来面对着它，在船头设一个木招，形如长柄大刀，把木招一按，潮头即被分开，船随着木招进入，过了一会儿才漂浮起来，拨转船头，随着潮水而驶去，顷刻间能行至上百里。塘上有座塔院，中秋夜的时候，我曾随我父亲在这里观潮。顺着水塘往东约三十里，有座山叫尖山，一峰突起，如同扑到海里，山顶上有座楼阁，匾额上写着"海阔天空"，从上面远眺，一望无际，只看到怒涛接天而已。

余年二十有五，应徽州绩溪克明府之招❶，由武林下江山船❷，过富春山❸，登子陵钓台❹。台在山腰，一峰突起，离水十余丈。岂汉时之水竟与峰齐耶？月夜泊界口❺，有巡检署❻，"山高月小，水落石出"❼，此景宛然。黄山仅见其脚，惜未一瞻面目。绩溪城处于万山之中，弹丸小邑，民情淳朴。近城有石镜山❽，由山弯中，曲折一里许，悬崖急湍，湿翠欲滴❾。渐高至山腰，有一方石亭，四面皆陡壁。亭左石削如屏，青色光润，可鉴人形，俗传能照前生。黄巢至此❿，照为猿猴形，纵火焚之，故不复现。

注释

❶徽州：即徽州府，下辖绩溪、歙县、黟县、休宁、婺源、祁门六县。绩溪：今安徽绩溪县。

❷江山船：又名"江山九姓船"。浙东游船的通称，或说为明清时期的妓船。

❸富春山：又名"严陵山"。在今浙江桐庐县西，相传汉严子陵曾耕钓于此。

❹子陵钓台：在今浙江桐庐县城南富春山麓，为富春江主要景点，据说严子陵隐居垂钓于此。

⑤界口：交界处。

⑥巡检署：负责地方治安的机构。

⑦山高月小，水落石出：语出苏轼《后赤壁赋》："江流有声，断岸千尺；山高月小，水落石出。"

⑧石镜山：又称"石照山"，在今安徽绩溪华阳镇东。

⑨湿翠：翠绿，青翠。

⑩黄巢（？～884）：唐末起义军首领。

译文

我二十五岁的时候，接受徽州绩溪克明府的聘请，从杭州坐江山船出发，路过富春山，登上子陵钓台。子陵钓台在山腰上，一峰突起，离水有十多丈，莫非汉代时的水位竟然与山峰一样高？月夜下，船只停泊在界口，那里有个巡检署。"山高月小，水落石出"，苏轼笔下的景色仿佛就在眼前。黄山仅能看到山脚，可惜未能瞻仰其真面目。绩溪城处在群山之中，弹丸之地，民俗淳朴。离城不远有座石镜山，顺着山往里拐，曲折行进一里左右，悬崖飞瀑，湿翠欲滴。逐渐登上高处，走到山腰，有一座方石亭，四面都是陡峭的石壁。亭子左边石削如屏，青色光润，可以照见人影。据民间传说这里可以照见自己的前生。黄巢曾到这里，照见自己的前生是猿猴的形貌，就放火烧了这里，故此就不能再照人了。

离城十里有火云洞天，石纹盘结①，凹凸巉岩②，如黄鹤山樵笔意③，而杂乱无章，洞石皆深绛色④。旁有一庵，甚幽静，盐商程虚谷曾招游设宴于此。席中有肉馒头⑤，小沙弥眈眈旁视⑥，授以四枚，临行以番银二圆为酬，山僧不识，推不受。告以一枚可易青钱七百余文⑦，僧以近无易处，仍不受。乃攒凑青蚨六百文付之⑧，始欣然作谢。他日，余邀同人携榼再往，老僧嘱曰："曩者小徒不知食何物而腹泻⑨，今勿再与。"可知藜藿之腹⑩，不受肉味，良可叹也。余谓同人曰："作和尚者，必居此等僻地，终身不见不闻，或可修真养静。

142

若吾乡之虎丘山，终日目所见者妖童艳妓⑪，耳所听者弦索笙歌，鼻所闻者佳肴美酒，安得身如枯木，心如死灰哉？"

注释

①盘结：旋绕，盘绕。

②巉岩：陡而隆起的岩石。

③黄鹤山樵：王蒙1308—1385），字叔明，号黄鹤山樵，吴兴人。善画山水。

④深绛色：深红色。

⑤肉馒头：一种带肉馅的包子。

⑥眈眈：两眼注视的样子。

⑦青钱：青铜钱。

⑧青蚨：传说以母青蚨或子青蚨的血涂钱，钱用出去还会回来。后遂成为钱的代称。

⑨曩者：先前，过去。

⑩藜藿：两种野菜，这里指粗劣的饭菜。

⑪妖童：娈童，出卖色相的男童。

译文

离城十里有座火云洞天，那里石纹盘结，巉岩错落，如同黄鹤山樵笔下的山水画，但显得杂乱无章。洞里的石头都是深红色。洞旁边有座庙，很是幽静，盐商程虚谷曾在这里招游设宴。宴席上有肉馒头，小沙弥在旁边虎视眈眈，就给了他四枚，临走的时候给了两块番洋酬谢。僧人不认识番银，推辞不要，告诉他一块番银可以换青铜钱七百多文，僧人因近处没有兑换的地方，还是不要。于是大家一起凑了六百文钱给他，这才欣然称谢。过了一些日子，我邀请同仁带着酒菜再去，老和尚吩咐我说："先前小徒不知道吃了什么东西，结果腹泻，今天不要再给他了。"可见吃野菜的肚子，受不了肉味，真是让人感叹啊。我对同行的人说："当和尚，一定要住在这种偏僻的地方，终身不见不闻，或许可以修真养静。若是像我家乡的虎丘山，整天眼里看到的是妖童艳妓，耳中听到的是弦索笙歌，鼻子闻到的是佳肴美酒，哪能身如枯木，心如死灰呢？"

又去城三十里，名曰仁里❶，有花果会，十二年一举，每举各出盆花为赛❷。余在绩溪，适逢其会，欣然欲往，苦无轿马，乃教以断竹为杠，缚椅为轿，雇人肩之而去，同游者惟同事许策廷，见者无不讶笑❸。至其地，有庙，不知供何神。庙前旷处高搭戏台，画梁方柱，极其巍焕❹，近视则纸扎彩画，抹以油漆者。锣声忽至，四人抬对烛，大如断柱；八人抬一猪，大若牯牛❺，盖公养十二年，始宰以献神。策廷笑曰："猪固寿长，神亦齿利。我若为神，乌能享此。"余曰："亦足见其愚诚也。"❻入庙，殿廊轩院所设花果盆玩，并不剪枝拗节，尽以苍老古怪为佳，大半皆黄山松。既而开场演剧，人如潮涌而至，余与策廷遂避去。未两载，余与同事不合，拂衣归里❼。

注释

❶仁里：在今安徽绩溪瀛洲乡。
❷盆花：盆栽或以盆装饰种在盆里的花卉。
❸讶笑：又惊讶，又感到好笑。
❹巍焕：高大，壮观。
❺牯牛：母牛或阉割过的公牛，这里泛指牛。
❻愚诚：愚昧，虔诚。
❼拂衣：挥动衣服，表示情绪激动或愤激。

译文

离城三十里，有个地方叫仁里，那里有花果会，每十二年举办一次，大家各自拿出盆中所养之花进行比赛。我在绩溪的时候，正赶上花果会，欣然去看，但苦于没有轿子、马匹，于是让人用断竹为杠子，绑张椅子为轿子，雇人抬着过去。同去游览的只有同事许策廷。

人们看到我，无不惊讶发笑。到了这里，看到有座庙，不知道供奉的
是什么神。庙前空旷处搭了一座戏台，画梁方柱，非常粗大，到近处
看原来是纸扎彩画，在外面抹上油漆。锣声忽然传来，四个人抬着一
对蜡烛，粗得像根断柱。八个人抬着一头猪，大得像头牛。据说是大
家公养十二年，才宰杀了来献神。许策廷笑道："猪固然寿命长，神
仙也是牙齿锋利。我若是神仙，哪能享受得了。"我说："由此也可见
本地人的愚昧和虔诚。"到了庙里，殿廊轩院所摆设的花果盆玩，并
不剪枝去节，都是以苍老古怪为佳，大半是黄山松。既而开场演戏，
人们如潮水般蜂拥而至。我和许策廷随即避开。不到两年，我因和同
事合不来，拂袖而去，回到家乡。

余自绩溪之游，见热闹场中卑鄙之状不堪入目[1]，因易儒为贾。
余有姑丈袁万九，在盘溪之仙人塘作酿酒生涯[2]，余与施心耕附资合
伙。袁酒本海贩，不一载，值台湾林爽文之乱[3]，海道阻隔，货积本
折，不得已，仍为冯妇[4]。馆江北四年，一无快游可记。

注释

[1] 热闹场：官场。
[2] 盘溪：在今浙江缙云县舒洪镇。
[3] 林爽文（1757—1788）：平和人。乾隆五十一年（1786年）在
台湾率众起义，后失败。
[4] 冯妇：重操旧业。

译文

我从绩溪游幕之后，看到官场中种种不堪入目的卑鄙行径，于是
易儒为贾。我有个姑父叫袁万九，在盘溪仙人塘做酿酒生意，我和施
心耕就出钱入伙。袁万九的酒本是从海路贩卖，不到一年，赶上台湾
林爽文叛乱，海路中断，货物积压，本钱亏损，没有办法，只得重操
旧业。我到江北坐馆四年，没有什么快游可记。

迨居萧爽楼，正作烟火神仙❶，有表妹倩徐秀峰自粤东归，见余闲居❷，慨然曰："足下待露而爨，笔耕而炊，终非久计，盍偕我作岭南游？当不仅获蝇头利也。"❸芸亦劝余曰："乘此老亲尚健，子尚壮年，与其商柴计米而寻欢，不如一劳而永逸。"余乃商诸交游者，集资作本。芸亦自办绣货及岭南所无之苏酒、醉蟹等物❹。禀知堂上，于小春十日❺，偕秀峰由东坝出芜湖口❻。

注释

❶烟火：尘世，凡间。
❷闲居：赋闲。
❸蝇头利：微利，小利。
❹醉蟹：一种用活蟹及酒等佐料制作的风味小吃。
❺小春：农历十月。
❻东坝：在今江苏高淳东坝镇。芜湖：在今安徽芜湖市。

译文

后来住到萧爽楼，正在做烟火神仙，有个叫徐秀峰的表妹夫从粤东回来，看到我在家闲居，慨然说道："你靠天吃饭，靠笔耕生活，终究不是长久之计，何不和我一起到岭南游览？得到的应当不只是蝇头小利。"芸也劝我说："趁着双亲还健在，你还在壮年，与其每天计算柴米来寻欢，不如一劳永逸。"我于是和朋友们商量，大家集资给我做本钱。芸也亲自置办了一些绣货以及岭南没有的苏酒、醉蟹等物品。禀告父母之后，于十月十日，和徐秀峰一起从东坝出芜湖口。

长江初历，大畅襟怀。每晚舟泊后，必小酌船头。见捕鱼者罾罟不满三尺❶，孔大约有四寸，铁箍四角，似取易沉。余笑曰："圣人之教，虽曰'罟不用数'❷，而如此之大孔小罾，焉能有获？"秀峰曰："此专为网鳊鱼设也。"❸见其系以长绳，忽起忽落，似探鱼之有无。末几，急挽出水，已有鳊鱼枷罾孔而起矣。余始喟然曰❹："可知一己之见，未可测其奥妙。"一日，见江心中一峰突起，四无依倚❺。秀峰曰："此小孤山也。"❻霜林中，殿阁参差。乘风径过，惜未一游。

注释

❶罾（zēng）罺：当为"罾幂"（mì），渔网。

❷罟不用数：典出《孟子·梁惠王上》："数罟不入洿池，鱼鳖不可胜食也。"罟（gǔ）：渔网。数：密集，细密。

❸鳊：即鲂鱼，又名武昌鱼。身体侧扁，头尖，尾小，鳞细，生活在淡水中。

❹喟然：叹息的样子。

❺依倚：依靠，依傍。

❻小孤山：又名"髻山""小姑山"，在今安徽宿松县城东南长江中。

译文

第一次游览长江，感到非常畅快。每天晚上船只停泊之后，必定在船头小酌。看到捕鱼人所用的渔网不到三尺大，网眼却大约有四寸，用铁箍上四个角，看着轻但拿起来重。我笑道："圣人设教，虽然说'罟不用数'，但像这样孔大网小，哪能有什么收获？"秀峰答道："这是专门为捕鳊鱼而设计的。"只见这种网用长绳系着，忽起忽落，好像在试探是否有鱼。不一会儿，急忙拉出水面，已经有鳊鱼卡在网孔上了。我这才感叹道："由此可知我不过是一己之见，并不能了解其中的奥妙。"一天，看到江心中一座奇峰突起，四周并无凭依。秀峰说："这是小孤山。"只见霜林中，殿阁错落。船只乘风而过，可惜未能上去游览。

至滕王阁❶，犹吾苏府学之尊经阁移于胥门之大马头❷，王子安序中所云不足信也❸。即于阁下换高尾昂首船，名"三板子"，由赣关至南安登陆❹。值余三十诞辰，秀峰备面为寿。

注释

❶滕王阁：在今江西南昌市西北，赣江东岸，与湖北黄鹤楼、湖南岳阳楼并称"江南三大名楼"。

❷府学：古代府州县皆设学，府一级所办的为府学。尊经阁：在今苏州中学内，始建于北宋，为府学藏书之所。今已废。胥门：在今苏州城西万年桥南，作东西向，春秋吴国建造都城时所辟古门之一，以遥对姑胥山而得名。马头：码头。

❸王子安序：即王勃《滕王阁序》。王子安：即王勃（650—676），字子安。绛州龙门人，唐代诗人。

❹赣关：在今江西赣县，明清时期当地征收关税的机构。南安：在今江西大余县南安镇。

译文

到了滕王阁，发现这里好像是把苏州府学的尊经阁移到胥门的大码头上了，王子安《滕王阁序》里所说的不足为信。我们在滕王阁换乘一种高尾昂首的船，叫"三板子"，由赣关到南安登陆。当时正赶上我三十岁生日，秀峰准备了寿面为我庆贺。

越日，过大庾岭❶，山巅一亭，匾曰"举头日近"，言其高也。山头分为二，两边峭壁，中留一道如石巷。口列两碑，一曰"急流勇退"，一曰"得意不可再往"。山顶有梅将军祠，未考为何朝人。所谓岭上梅花，并无一树，意者以梅将军得名梅岭耶？余所带送礼盆梅，至此将交腊月❷，已花落而叶青矣。

❶大庾岭：又称"庾岭""台岭""梅岭""东峤山"，位于江西、广东交界处，五岭之一。

❷腊月：农历十二月。

译文

第二天，经过大庾岭，山顶上有座亭子，匾额上写着"举头日近"，意思是说山峰很高。山头分为两个，两边是峭壁，中间留一条小道，像石巷一样。道口立着两块石碑，一块写着"急流勇退"，一块写着"得意不可再往"。山顶上有座梅将军祠，未能考出是什么朝代的人。所谓的岭上梅花，并没有见到一棵，推测可能是梅将军的缘故才得名梅岭的吧。我携带的用于送礼的盆梅，到了这里将近腊月，已经花落叶青了。

过岭出口，山川风物便觉顿殊。岭西一山，石窍玲珑❶，已忘其名，舆夫曰❷："中有仙人床榻。"匆匆竟过，以未得游为怅。至南雄❸，雇老龙船，过佛山镇❹，见人家墙顶多列盆花，叶如冬青，花如牡丹，有大红、粉白、粉红三种，盖山茶花也❺。

注释

❶石窍：石洞。

❷舆夫：车夫或轿夫。

❸南雄：在今广东南雄市。

❹佛山：在今广东佛山市。

❺山茶：一种灌木或乔木，叶光滑常绿，花红色或白色。

译文

过了大庾岭，出关口，沿途看到的山川风物，感到明显和先前不一样。岭西有座山，石洞精巧玲珑，已忘了它的名字，轿夫说："洞中有仙人的床榻。"匆匆经过，未能游览，心里感到很遗憾。到了南雄，雇了只老龙船，经过佛山镇，看到人家墙顶多摆设盆花，叶子如冬青，花朵如牡丹，有大红、粉白、粉红三种，大概是山茶花吧。

腊月望，始抵省城，寓靖海门内❶，赁王姓临街楼屋三椽。秀峰货物皆销与当道❷，余亦随其开单拜客，即有配礼者，络绎取货，不旬日而余物已尽。除夕蚊声如雷。岁朝贺节，有棉袍、纱套者。不惟气候迥别，即土著人物❸，同一五官而神情迥异。

注释

❶靖海门：在今广州市越秀区，为旧城城门，今已废。
❷当道：官员。
❸土著：本地，本土。

译文

腊月十五，我们才抵达省城，住在靖海门内，租了一个姓王的人的三间临街楼房。秀峰的货物都卖给了官府的人，我也跟着他开单拜客，随即有配礼的，络绎不绝地来取货，不到半个月货物就已经卖完了。除夕的时候，这里蚊声如雷。春节贺岁，有穿着棉袍纱套的。不

光气候和中原迥然不同，即便是当地居民，同样长有五官但神情与中原人明显不同。

正月既望❶，有署中同乡三友拉余游河观妓，名曰"打水围"，妓名"老举"。于是同出靖海门，下小艇，如剖分之半蛋而加篷焉，先至沙面❷。妓船名"花艇"，皆对头分排，中留水巷，以通小艇往来。每帮约一二十号，横木绑定，以防海风。两船之间，钉以木桩，套以藤圈，以便随潮长落。

注释

❶既望：农历的每月十六。

❷沙面：曾称拾翠洲，在广州西南，因系珠江冲积而成的沙洲，故名。

译文

正月十六，在官府供职的三位同乡好友拉着我去游河观妓，名叫"打水围"，妓女叫"老举"。于是大家一起出了靖海门，下到小船上，这种小船像分开的半个鸡蛋，上面加了一个船篷。我们先到沙面，妓女的船叫"花艇"，都是两两相对排列，中间留着水巷，以便小船往来。每一帮约一二十只船，用横木绑牢固，以防海风。两船之间钉上木桩，套上藤圈，以便随着潮水涨落。

鸨儿呼为"梳头婆"，头用银丝为架，高约四寸许，空其中而蟠发于外❶，以长耳挖插一朵花于鬓❷，身披元青短袄❸，著元青长裤，管拖脚背，腰束汗巾❹，或红或绿，赤足撒鞋❺，式如梨园旦脚❻。登其艇，即躬身笑迎，搴帏入舱❼。旁列椅杌，中设大炕，一门通艄后。

注释

❶蟠：盘曲，盘结。

151

②长耳挖：即长耳挖簪，为女性头饰，兼能挖耳。清林苏门《邗江三百吟·长耳挖》："此即俗名一丈青也。金银不一，妇女头上斜插之。"

③元青：即玄青，深黑色。

④汗巾：腰带。

⑤撒鞋：拖鞋。

⑥旦脚：即旦角。

⑦搴：撩起，掀起。

译文

老鸨被称作"梳头婆"，头上用银丝为架，高约四寸，中间留空，头发盘到外面，用长耳挖簪在鬓角插一朵花，身披深黑色短袄，下穿深黑色长裤，裤管拖到脚背上，腰间系一条汗巾，或红或绿，光脚穿着拖鞋，样式像梨园的旦角。登上小船，她即躬身笑迎，掀开帘子让客人进入船舱。舱内摆着桌椅，中间放一张大床，有个门通往船后。

妇呼有客，即闻履声杂沓而出❶，有挽髻者，有盘辫者，傅粉如粉墙，搽脂如榴火❷，或红袄绿裤，或绿袄红裤，有著短袜而撮绣花蝴蝶履者，有赤足而套银脚镯者，或蹲于炕，或倚于门，双瞳闪闪，一言不发。余顾秀峰曰："此何为者也?"秀峰曰："目成之后，招之始相就耳。"余试招之，果即欢容至前❸，袖出槟榔为敬❹。入口大嚼，涩不可耐，急吐之，以纸擦唇，其吐如血，合艇皆大笑。

注释

❶杂沓：杂乱，纷乱。

❷榴火：石榴花火红的颜色。

❸欢容：笑容。

❹槟榔：一种常绿乔木的果实，可以吃，也可药用。

译文

老鸨一喊有客人，就听到有纷乱的脚步声出来。有挽着发髻的，有盘着辫子的。香粉涂得厚如墙壁，胭脂抹得像石榴花那么红。有的红袄绿裤，有的绿袄红裤，有穿着短袜拖着绣花蝴蝶鞋的，有光脚套着银脚镯的，或蹲在床上，或靠在门边，两眼闪动着，一言不发。我回过头问秀峰："她们这是要干什么呢？"秀峰答道："看中之后，喊她她就会过来相就。"我试着喊了一个，果然满脸笑容地来到我跟前，拿出槟榔以表敬意。我把槟榔放到嘴里大嚼，感到苦涩难忍，急忙吐了出来，用纸擦拭嘴唇，吐出的东西像血一样红。全船的人都大笑起来。

又至军工厂，妆束亦相等，惟长幼皆能琵琶而已。与之言，对曰"嗹"，"嗹"者，"何"也。余曰："少不入广者，以其销魂耳，若此野妆蛮语，谁为动心哉？"一友曰："潮帮妆束如仙，可往一游。"至其帮，排舟亦如沙面。有著名鸨儿素娘者，妆束如花鼓妇❶。其粉头衣皆长领❷，颈套项锁，前发齐眉，后发垂肩，中挽一鬏似丫髻❸，裹足者著裙，不裹足者短袜，亦著蝴蝶履，长拖裤管，语音可辨。而余终嫌为异服，兴趣索然❹。秀峰曰："靖海门对渡有扬帮，皆吴妆，君往，必有合意者。"一友曰："所谓扬帮者，仅一鸨儿，呼曰邵寡妇，携一媳曰大姑，系来自扬州，余皆湖广❺、江西人也。"

注释

❶花鼓：一种以边打小鼓边歌舞方式演出的民间小戏，如凤阳花鼓、山东花鼓、山西花鼓等。

❷粉头：妓女。

❸鬏：女性头发盘成的结。丫髻：梳在头两边的发髻。

❹索然：没有兴趣的样子，乏味。

❺湖广：湖北、湖南。

153

我们又来到军工厂，这里妓女们的装束和刚才见到的相同，只是不管长幼都能弹琵琶而已。和她们说话，她们答道："咪。""咪"就是什么的意思。我说："少不入广，是因为销魂的缘故，像这样的野妆蛮语，谁会为她们动心呢。"一个朋友说："潮帮的装束像神仙一样，可以过去一游。"到了潮帮，小船的排列也同沙面一样。有个有名的老鸨叫素娘，装束得像唱花鼓的妇女。她手下的妓女都穿着长领衣服，脖子上带着项锁，前面的头发齐眉，后面的头发垂肩，中间挽着一个发鬏像丫字形的发髻，裹脚的穿着裙子，不裹脚的穿着短袜，也穿蝴蝶鞋，拖着长裤管，语音可以听明白一些。我始终嫌她们穿着异服，没什么兴趣。秀峰说："靖海门对面有扬帮，都是吴地的装束。你去，必定有合意的。"一个朋友说："所谓的扬帮，仅一个人称'邵寡妇'的老鸨带着一个叫大姑的媳妇是来自扬州，其他的都是湖广江西人。"

因至扬帮。对面两排仅十余艇，其中人物皆云鬟雾鬓，脂粉薄施，阔袖长裙，语音了了❶，所谓邵寡妇者殷勤相接。遂有一友另唤酒船，大者曰"恒艓"❷，小者曰"沙姑艇"，作东道相邀，请余择妓。余择一雏年者，身材状貌❸，有类余妇芸娘，而足极尖细，名喜儿。秀峰唤一妓名翠姑。余皆各有旧交。放艇中流，开怀畅饮。至更许，余恐不能自持，坚欲回寓，而城已下钥久矣❹。盖海疆之城❺，日落即闭，余不知也。

❶了了：清楚，明白。
❷艓：一种有楼的大船。
❸状貌：外貌，容貌。
❹下钥：下锁，锁闭。

154

译文

　　于是来到扬帮，对面两排只有十来只船。里面的人都云鬟雾鬓，脂粉薄施，阔袖长裙，语音能听明白。人们所说的那位邵寡妇殷勤地迎接我们。有个朋友另叫了一只酒船，大的叫"恒艒"，小的叫"沙姑艇"，他做东请客，请我选一个妓女。我选了一个年龄小的，身材形貌有些像我的媳妇芸娘，她的脚非常尖细，名叫喜儿。秀峰喊了一个妓女名叫翠姑。其他的人各自有旧交。放船到河中间，开怀畅饮。到一更时分，我担心自己不能自持，坚决要求回寓所，但城门已经关闭很久了。海疆之城，日落就关门，但我不知道这些。

　　及终席❶，有卧而吃鸦片烟者，有拥妓而调笑者，伻头各送衾枕至❷，行将连床开铺。余暗询喜儿："汝本艇可卧否？"对曰："有寮可居，未知有客否也。"寮者，船顶之楼。余曰："姑往探之。"招小艇渡至邵船，但见合帮灯火，相对如长廊，寮适无客。鸨儿笑迎曰："我知今日贵客来，故留寮以相待也。"余笑曰："姥真荷叶下仙人哉。"遂有伻头移烛相引，由舱后梯而登。宛如斗室，旁一长榻，几案俱备。揭帘再进，即在头舱之顶，床亦旁设，中间方窗，嵌以玻璃，不火而光满一室，盖对船之灯光也。衾帐镜奁，颇极华美。

注释

❶终席：宴席结束。
❷伻（bēng）头：仆人。

译文

　　酒席结束的时候，有躺在那里吃鸦片烟的，有搂着妓女调笑的，仆人分别把被子枕头送来，准备铺床。我悄悄地问喜儿："你自己的船可以睡吗？"她答道："有寮可以住，只是不知道是否有客人。"（所谓寮，就是船顶的阁楼。）我说："姑且去看看。"喊了只小船，划到邵氏的船边，只见合帮灯火排列在两边，如同长廊，寮内正好没有客人。老鸨笑着迎接道："我就知道今天有贵客来，特意留下寮来等着呢。"我笑道："您老人家真是荷叶下的仙人啊。"随即有个仆人拿着蜡烛带路，从舱后面的梯子登上去。里面像一间小房子，旁边一张床，几案都有。揭开帘子再往里走，即在头舱的顶上，床也放在旁边，中间有一个方形窗户，镶嵌着玻璃，即使不点灯，满室内也很亮堂，这是对面船上的灯光照来的。里面的衾帐镜奁，都很华美。

喜儿曰："从台可以望月。"即在梯门之上，叠开一窗，蛇行而出，即后梢之顶也。三面皆设短栏，一轮明月，水阔天空。纵横如乱叶浮水者，酒船也；闪烁如繁星列天者，酒船之灯也。更有小艇梳织往来❶，笙歌弦索之声，杂以长湖之沸❷，令人情为之移。余曰："少不入广，当在斯矣。"惜余妇芸娘不能偕游至此，回顾喜儿，月下依稀相似，因挽之下台，息烛而卧。天将晓，秀峰等已哄然至，余披衣起迎，皆责以昨晚之逃。余曰："无他，恐公等掀衾揭帐耳。"遂同归寓。

注释

❶梳织：密集。
❷长湖：当为"长潮"，涨潮。

译文

喜儿说："从台上可以观赏月亮。"梯门上面，开了一扇窗户，我们从里面像蛇一样爬出来，即到船后的顶上。这里三面都设有短栏杆，一轮明月，水阔天空，那些纵横像乱叶漂在水面的，是酒船；那些闪烁如天上繁星的，是酒船的灯光。更有小船穿梭往来，笙歌弦索之音，夹杂着涨潮的声响，让人情动神移。我说："少不入广，原因应该在这。"可惜我媳妇芸娘不能一起到这里游览，回过头来看着喜儿，在月光下依稀相似。于是挽着她走下平台，熄灭蜡烛睡觉。天快亮的时候，秀峰等人哄然来到，我披上衣服起来迎接，他们都指责我昨天晚上逃跑。我说："没有什么，担心你们掀被揭帐罢了"。于是大家一起回寓所。

　　越数日，偕秀峰游海珠寺❶。寺在水中，围墙若城，四周离水五尺许，有洞，设大炮以防海寇，潮长潮落，随水浮沉，不觉炮门之或高或下，亦物理之不可测者❷。十三洋行在幽兰门之西❸，结构与洋画同❹。对渡名花地❺，花木甚繁，广州卖花处也。余自以为无花不识，至此仅识十之六七，询其名，有《群芳谱》所未载者❻，或土音之不同钦？

注释

❶海珠寺：又名"慈度寺"，在今广州人民大厦至广东省总工会一带。原在海珠岛上，后岛与陆地相连，今已废。

❷物理：事物的道理，规律。

❸十三洋行：清代官方特许在广州设立的对外贸易区。幽兰门：又称油栏门，在今广州海珠南路。

❹洋画：西洋人画的画。

❺花地：在今广州芳村区花地湾。

❻《群芳谱》：全名《二如亭群芳谱》，明王象晋著，记载各类植物400多种。

译文

　　过了几天，我和秀峰一起游览海珠寺。海珠寺在水中，周围都是墙，像城郭一样，四周离水有五尺左右，中间有洞，架设大炮以防海盗。潮涨潮落，随着水沉浮，感觉不到炮口的升高或下降，这也是物理的不可测之处。十三洋行在幽兰门的西面，房屋结构和洋画所画的相同。对岸叫花地，花木非常茂盛，是广州卖花的地方。我自认为没有不认识的花，到这里才认识十分之六七，问其名字，有的连《群芳谱》都没有记载，或许是土音发音不同的缘故吧？

海幢寺规模极大❶，山门内植榕树❷，大可十余抱，阴浓如盖，秋冬不凋。柱槛窗栏，皆以铁梨木为之❸。有菩提树❹，其叶似柿，浸水去皮，肉筋细如蝉翼纱，可裱小册写经❺。

注释

❶海幢寺：在今广州海珠区同福中路和南华中路之间，明末时在南汉千秋寺原址建成，清初扩建，为广州四大丛林之冠。

❷榕树：一种南方常见树种，绿荫甚广，常用作行道树、观赏盆栽等。

❸铁梨木：又名愈疮木，因其硬度大而得名，有极高的经济价值、药用价值。

❹菩提树：一种落叶乔木。叶为不等边心脏形或广三角形，结圆形果实，可做佛珠，一般供观赏、纳凉用。

❺写经：抄写佛经。

译文

海幢寺规模很大，山门内种的榕树，大的有十多抱，树荫浓密如盖，秋冬的时节不凋谢。其柱槛窗栏，都是用铁梨木做的。有种菩提树，树叶像柿子树的，泡在水里去皮，它的肉筋细得像蝉翼纱，可以装裱成小册子抄写佛经。

归途访喜儿于花艇，适翠、喜二妓俱无客。茶罢欲行，挽留再三。余所属意在寮❶，而其媳大姑已有酒客在上，因谓邵鹤儿曰："若可同往寓中，则不妨一叙。"邵曰："可。"秀峰先归，嘱从者整理酒肴。余携翠、喜至寓。正谈笑间，适郡署王懋老不期而来❷，挽之同饮。

❶属意：留意，中意。

❷郡署：广州官署。不期：没有约定。

译文

回来的路上我们到花艇去找喜儿，恰好翠姑、喜儿两人都没接客。我们喝完茶要走，她们再三挽留。我中意的地方是寮，但邵寡妇的媳妇大姑已有酒客在上面，因此对邵老鸨说："若是可以一起到我们寓所，则不妨一叙。"邵氏说："可以。"秀峰便先回去，嘱咐随从准备酒菜。我带着翠姑、喜儿到寓所。正在谈笑的时候，恰好郡署的王懋老不请自到，我让他留下来一起饮酒。

酒将沾唇，忽闻楼下人声嘈杂，似有上楼之势，盖房东一侄素无赖❶，知余招妓，故引人图诈耳。秀峰怨曰："此皆三白一时高兴，不合我亦从之。"余曰："事已至此，应速思退兵之计，非斗口时也❷。"懋老曰："我当先下说之。"

注释

❶无赖：蛮横，刁钻。

❷斗口：斗嘴，吵架。

译文

酒正要入口，忽然听到楼下人声嘈杂，似乎有要上楼的架势，原来房东有个侄子平素无赖，得知我招妓，故意带人图谋敲诈。秀峰埋怨道："这都是三白一时高兴，我不该也跟着他。"我说："事已至此，应该快点想退兵之计，现在不是斗嘴的时候。"懋老说："我先下去劝说他们。"

余念唤仆速雇两轿，先脱两妓，再图出城之策。闻懋老说之不退，亦不上楼。两轿已备，余仆手足颇捷，令其向前开路，秀挽翠姑继之，余挽喜儿于后，一哄而下❶。秀峰、翠姑得仆力，已出门去。喜儿为横手所拿❷，余急起腿，中其臂，手一松而喜儿脱去，余亦乘势脱身出。余仆犹守于门，以防追抢。急问之曰："见喜儿否?"仆曰："翠姑已乘轿去，喜娘但见其出，未见其乘轿也。"余急燃炬，见空轿犹在路旁。

注释

❶一哄：众声喧嚷。
❷横手：指那些无赖。
❸炬：火把。

译文

我随即喊仆人赶快雇两顶轿子，让两个妓女先逃走，然后再想出城的办法。听说懋老劝不退他们，他们也没有上楼。此时两顶轿子已准备好，我的仆人手脚颇为敏捷，就让他在前边开路，秀峰手挽翠姑跟着，我挽着喜儿走在后面，大家一哄而下。秀峰、翠姑得到仆人的帮助，已经出门走了，喜儿却被其中的一个无赖抓住，我急忙抬起腿，踢中那人的手臂，那人手一松，喜儿逃脱，我也乘势脱身而出。我的仆人还守在门口，以防他们追抢。我急忙问他："你看见喜儿了吗?"仆人答道："翠姑已乘轿子离开，喜娘只见出来，还没见她乘轿。"我急忙点上火把，看见空轿还在路边等着。

急追至靖海门，见秀峰侍翠轿而立，又问之，对曰："或应投东，而反奔西矣。"急反身❶，过寓十余家，闻暗处有唤余者，烛之，喜儿也。遂纳之轿，肩而行。秀峰亦奔至，曰："幽兰门有水窦可出❷，已托人贿之启钥❸，翠姑去矣，喜儿速往。"余曰："君速回寓退兵，翠、喜交我。"

❶反身：转身

❷窦（dòu）：孔，洞。

❸启钥：开锁。

译文

我急忙追到靖海门，只见秀峰站在翠姑的轿子旁，又问他，他答道："也许应该往东走，反而奔往西面了。"我急忙返身，走过我住的寓所十多家，听到暗处有人喊我，用烛光一照，正是喜儿，于是把她送到轿子里，和她并肩而行。秀峰也赶了过来，说："幽兰门有个水洞可以出去，我已托人行贿开锁，翠姑已经走了，喜儿赶快过去。"我说："你快点回寓所退兵，翠姑、喜儿交给我。"

至水窦边，果已启钥，翠先在。余遂左掖喜，右挽翠，折腰鹤步❶，跟跄出窦❷。天适微雨，路滑如油，至河干沙面，笙歌正盛❸。小艇有识翠姑者，招呼登舟。始见喜儿，首如飞蓬❹，钗环俱无有。余曰："被抢去耶？"喜儿笑曰："闻此皆赤金❺，阿母物也。妾于下楼时已除去，藏于囊中。若被抢去，累君赔偿耶。"余闻言，心甚德之，令其重整钗环，勿告阿母，托言寓所人杂，故仍归舟耳。翠姑如言告母，并曰："酒菜已饱，备粥可也。"

注释

❶折腰鹤步：弯着腰，像鹤一样踮着脚。

❷跟跄：走路不稳，跌跌撞撞。

❸笙歌：奏乐唱歌。

❹飞蓬：乱草。

❺赤金：纯金。

译文

来到水洞边，果然已经开了锁，翠姑已经在这里了。我左边夹着喜儿，右边挽着翠姑，弯腰鹤步，踉跄着出了水洞。当时天正下着小雨，路面光滑像涂了油，到了河岸沙面，笙歌正盛。小艇上有认识翠姑的，便招呼她上了船。我这才看到喜儿的头发像乱草一样，钗环都没有了。我问道："它们都被抢去了吗？"喜儿笑着说："听说这些都是纯金做的，是阿母的物品。我在下楼的时候都已摘下来，藏在包里。若是被抢走的话，要连累你赔偿啊。"我听了她的话，心里很是敬重，让她重新整理钗环，不要告诉阿母，只借口说寓所人杂，所以仍旧回到船上。翠姑按照我教的话禀告阿母，并且说："酒菜已饱，准备些粥就可以了。"

时寮上酒客已去，邵鸨儿命翠亦陪余登寮。见两对绣鞋，泥污已透。三人共粥，聊以充饥。剪烛絮谈[1]，始悉翠籍湖南，喜亦豫产，本姓欧阳，父亡母醮[2]，为恶叔所卖。翠姑告以迎新送旧之苦：心不欢必强笑，酒不胜必强饮，身不快必强陪，喉不爽必强歌。更有乖张其性者[3]，稍不合意，即掷酒翻案，大声辱骂，假母不察，反言接待不周，又有恶客彻夜蹂躏，不堪其扰。喜儿年轻初到，母犹惜之。不觉泪随言落。喜儿亦嘿然涕泣。余乃挽喜入怀，抚慰之。嘱翠姑卧于外榻，盖因秀峰交也。

注释

① 絮谈：闲聊。
② 醮（jiào）：再嫁，改嫁。
③ 乖张：怪癖。

译文

这时寮上的酒客都已离开，邵老鸨让翠姑也陪着我来到寮里。只见两双绣鞋都已被泥污湿透。三人一起喝粥，聊以充饥。饭后点烛闲聊，才知道翠姑是湖南人，喜儿是河南人，本姓欧阳，父亲去世，母亲改嫁，被恶叔卖掉。翠姑向我诉说迎新送旧的痛苦：心里不高兴也一定要强作笑脸，酒量不行也一定要硬喝，身体不舒服也一定要强陪，喉咙不爽也一定要硬唱。更有性格怪僻的人，稍微不合意，就扔了酒杯，掀翻桌子，大声辱骂，老鸨不了解，反而说自己接待不周。又有恶客彻夜蹂躏，不堪其扰。喜儿年轻初到，老鸨还怜惜她。翠姑不禁泪随言落，喜儿也静静地哭泣。我把喜儿拥入怀里，安慰她。吩咐翠姑睡在外面的床上，因为她是秀峰交往的人。

自此，或十日，或五日，必遣人来招，喜或自放小艇，亲至河干迎接❶。余每去，必偕秀峰，不邀他客，不另放艇。一夕之欢，番银四圆而已。秀峰今翠明红，俗谓之跳槽❷，甚至一招两妓。余则唯喜儿一人，偶独往，或小酌于平台，或清谈于寮内，不令唱歌，不强多饮，温存体恤，一艇怡然，邻妓皆羡之。有空闲无客者，知余在寮，必来相访。合帮之妓，无一不识，每上其艇，呼余声不绝，余亦左顾右盼，应接不暇，此虽挥霍万金所不能致者。

注释

❶河干：河边，岸边。
❷跳槽：喜新厌旧，另结新欢。

译文

从此，或是十日，或是五日，扬帮必定派人来叫我们，喜儿有时自己坐着小船，亲自到河边来迎接我。我每次去，必定和秀峰一起，不请其他客人，也不另外坐船。一晚上的欢会，不过四块番银而已。秀峰今翠明红，俗话叫作跳槽，甚至一次叫上两个妓女。我则只叫喜儿一人，偶然独自前往，或者在平台上小酌，或者在寮内清谈，不让喜儿唱歌，也不强迫她喝酒，温存体恤，全船人都很高兴，邻船的妓女都很羡慕。有空闲没有客人的，知道我在寮内，必定来拜访。全帮的妓女，没有一个不认识我的，每次上船的时候，和我打招呼的声音不断，我也左顾右盼，应接不暇，这即便是挥霍万金都买不来的。

余四月在彼处，共费百余金，得尝荔枝鲜果，亦生平快事。后鸨儿欲索五百金强余纳喜，余患其扰，遂图归计。秀峰迷恋于此，因劝其购一妾，仍由原路返吴。明年，秀峰再往，吾父不准偕游，遂就青浦杨明府之聘❶。及秀峰归，述及喜儿因余不往，几寻短见。噫，"半年一觉扬帮梦，赢得花船薄幸名"矣❷。

注释

❶青浦：在今上海青浦区。明府：对县令的称呼。
❷半年一觉扬帮梦，赢得花船薄幸名：化用杜牧《遣怀》诗句"十年一觉扬州梦，赢得青楼薄幸名"。薄幸：负心，薄情。

译文

我在这个地方呆了四个月，共花费一百多两银子，得以品尝荔枝鲜果，这也是生平快事。后来老鸨想要五百两银子，强迫我娶喜儿为妾，我担心她骚扰，遂打算回家。秀峰对这里很迷恋，我就劝他买一个妾，我们仍从原路返回吴地。第二年，秀峰又去广东，我父亲不准我和他一起去，于是我接受了青浦杨明府的聘请。秀峰回来后，告诉我喜儿因我不去，几乎要寻短见。噫，我这是"半年一觉扬帮梦，赢得花船薄幸名"啊。

余自粤东归来，馆青浦两载，无快游可述。未几，芸、憨相遇，物议沸腾❶，芸以愤激致病❷。余与程墨安设一书画铺于家门之侧，聊佐汤药之需❸。

❶物议：非议，批评。
❷愤激：因愤怒而激动。
❸汤药：用水煎服的中药。

译文

　　我从粤东回来后，在青浦坐馆两年，没有什么快游可讲。不久，芸娘和憨园相遇，引起很多非议，芸也因激愤生病。我和程墨安在家门旁开了一个书画铺，聊以供汤药之需。

　　中秋后二日，有吴云客偕毛忆香、王星烂邀余游西山小静室❶，余适腕底无闲❷，嘱其先往。吴曰："子能出城，明午当在山前水踏桥之来鹤庵相候。"余诺之。

注释

❶西山：又名洞庭西山，在今苏州西南四十多公里的太湖中，为太湖第一大岛。

165

❷腕底：手头。

译文

中秋后两天，吴云客和毛忆香、王星烂一起邀请我到西山小静室去游玩，我正好手里有活干，就告诉他们先去。吴云客说："你要是能出城的话，我们明天中午在山前水踏桥的来鹤庵等着你。"我答应了。

越日，留程守铺，余独步出阊门❶，至山前，过水踏桥，循田塍而西❷。见一庵南向，门带清流，剥啄问之❸，应曰："客何来?"余告之。笑曰："此'得云'也，客不见匾额乎? '来鹤'已过矣。"余曰："自桥至此，未见有庵。"其人回指曰："客不见土墙中森森多竹者❹，即是也。"

注释

❶阊门：苏州城西门。
❷塍（chéng）：田间土埂。
❸剥啄：敲门。
❹森森：林木茂密的样子。

译文

第二天，我让程墨安留下来看守店铺，我独自步行，出阊门，到山前，过水踏桥，顺着田埂往西走，看到一座朝南的寺庙，门口有一条小溪。敲门问路，里面答应道："客人从哪里来?"我告诉了他。里面笑道："这里是得云，客官没有看到匾额上写着吗? 来鹤已经走过了。"我说："从桥上走到这里，没有看到有庵。"那人用手往回指着说："客官不见土墙里有很多竹子吗，那里就是。"

余乃返至墙下，小门深闭，门隙窥之❶，短篱曲径，绿竹猗猗❷，

166

寂不闻人语声。叩之，亦无应者。一人过，曰："墙穴有石❸，敲门具也。"余试连击，果有小沙弥出应。余即循径入，过小石桥，向西一折，始见山门，悬黑漆额，粉书"来鹤"二字，后有长跋，不暇细观。入门经韦驮殿❹，上下光洁，纤尘不染，知为好静室❺。

注释

❶门隙：门缝。

❷猗猗（yī）：茂盛，茂密。

❸墙穴：墙洞。

❹韦驮：当作"韦驮"，佛教护法神。

❺好静室：当为前文所说的"小静室"。

译文

我于是往回走到墙下，看到有个小门紧闭着，从门缝往里看，短篱曲径，绿竹猗猗，非常安静，听不到有人的声音。敲了敲门，也没有回应。有个人从旁边经过，告诉我说："墙洞里有块石头，这是敲门的工具。"我试着用石头连敲几下，果然有个小沙弥出来回应。我就顺着小路，过了一座小石桥，往西一转，才看到山门，上面挂着一块黑漆匾额，写着"来鹤"两个字，后面还有比较长的跋文，没来得及细看。进门经过韦驮殿，看到这里上下光洁，纤尘不染，知道这就是小静室。

忽见左廊又一小沙弥奉壶出，余大声呼问，即闻室内星烂笑曰："何如？我谓三白决不失信也。"旋见云客出迎，曰："候君早膳，何来之迟？"一僧继其后，向余稽首❶，问知为竹逸和尚。入其室，仅小屋三椽，额曰"桂轩"，庭中双桂盛开。星烂、忆香群起嚷曰："来迟罚三杯。"席上荤素精洁❷，酒则黄白俱备。余问曰："公等游几处矣？"云客曰："昨来已晚，今晨仅到得云、河亭耳。"欢饮良久。饭毕，仍自得云、河亭共游八九处，至华山而止❸。各有佳处，不能尽述。华山之顶有莲花峰❹，以时欲暮，期以后游。桂花之盛，至此为最，就花下饮清茗一瓯，即乘山舆❺，径回来鹤。

注释

❶稽首：僧侣所行常礼，一般见面时用。
❷精洁：精致整洁。
❸华山：在今苏州支硎山西，为天池山的后山。
❹莲花峰：华山主峰，海拔169米。山顶巨石兀立，高达数丈，形似莲花瓣，故名。
❺山舆：山轿。

译文

忽然看到左边走廊上有个小沙弥捧着茶壶出来，我大声喊着问他，就听到室内星烂笑着说："怎么样？我说三白决不会失信吧。"随即看到云客出来迎接，说道："等你一起吃早餐，怎么来得这么迟？"一位僧人在他后面，向我稽首，一问才知道是竹逸和尚。进了小静室，仅有小屋三间，匾额上写着"桂轩"两个字，庭院里两棵桂树正在盛开。星烂、忆香站起来嚷道："来晚了罚酒三杯。"酒席上不管荤菜、素菜，都很精洁，酒则黄酒、白酒都准备了。我问道："你们游玩了几个地方？"云客说："昨天来的时候已经晚了，今天早上仅到得云、河亭而已。"大家畅饮了很长时间。吃完饭后，仍从得云、河亭开始，游览了八九个地方，走到华山才停下来。各处风景自有其佳处，不能一一都写出来。华山顶上有座莲花峰，因当时天快黑了，准备以后再游。桂花的繁盛，以这里为最，在花下饮了一杯清茶，就坐着山轿，直接回来鹤庵。

桂轩之东，另有临洁小阁，已杯盘罗列。竹逸寡言静坐而好客善饮。始则折桂催花❶，继则每人一令，二鼓始罢。余曰："今夜月色甚佳，即此酣卧，未免有负清光❷，何处得高旷地，一玩月色，庶不虚此良夜也？"竹逸曰："放鹤亭可登也。"❸云客曰："星烂抱得琴来，未闻绝调，到彼一弹何如？"乃偕往。但见木犀香里❹，一路霜林，月下长空，万籁俱寂。星烂弹《梅花三弄》❺，飘飘欲仙。忆香亦兴发，袖出铁笛，呜呜而吹之。云客曰："今夜石湖看月者❻，谁能如吾辈之乐哉？"盖吾苏八月十八日石湖行春桥下有看串月胜会❼，游船排挤，彻夜笙歌，名虽看月，实则挟妓哄饮而已。未几，月落霜寒，兴阑归卧。

注释

❶折桂催花：一种类似击鼓传花的酒令。

❷清光：皎洁的月光。

❸放鹤亭：在华山莲花峰旁的山巅上，相传建亭时，有一群鹤从西湖放鹤亭飞来，栖息宿夜，故名。

❹木犀：即木樨，桂花。

❺《梅花三弄》：又名《梅花引》《玉妃引》，中国古代表现梅花的名曲。

❻石湖：在今苏州西南。

❼行春桥：跨石湖北渚，为半圆拱薄墩九孔连拱长桥，初建于宋。每逢农历八月十八，相传可见该桥每个桥洞中各有一个月亮映在水中，其影如串，当地有石湖串月的风俗。

译文

在桂轩的东边，另有一座临洁小阁，里面已经杯盘罗列，竹逸和尚静静坐着，不怎么说话，但他好客，善于饮酒。我们起初折桂催花，后来每人行一个酒令，直到二更时分才结束。我说："今天夜里月色相当好，就这样酣睡，未免辜负清光，到哪里找块空旷的高地，玩赏月色，这样才不虚度良夜啊。"竹逸说："放鹤亭可以登上赏月。"云客说："星烂抱着琴来，还没有听到绝调，到那里弹一曲如何？"于是大家一起过去。只见桂花飘香，一路霜林，月下长空，万籁俱寂。

星烂弹奏《梅花三弄》，让人有飘飘欲仙之感。忆香也兴致大发，从袖里拿出铁笛，呜呜地吹了起来。云客说："今夜在石湖看月的人，有谁能像我们这样快乐呢？"我家乡苏州八月十八日在石湖行春桥下有看串月的盛会，游船密集地排在一起，彻夜笙歌，虽说名义上是看月，实际上不过挟妓凑热闹饮酒而已。不久，月落霜寒，大家兴致已尽，回去睡觉。

明晨，云客谓众曰："此地有无隐庵❶，极幽僻，君等有到过者否？"咸对曰："无论未到，并未尝闻也。"竹逸曰："无隐四面皆山，其地甚僻，僧不能久居。向年曾一至，已坍废，自尺木彭居士重修后❷，未尝往焉，今犹依稀识之。如欲往游，请为前导。"忆香曰："枵腹去耶？"竹逸笑曰："已备素面矣，再令道人携酒盒相从也。"面毕，步行而往。过高义园❸，云客欲往白云精舍❹，入门就坐。一僧徐步出，向云客拱手曰："违教两月❺，城中有何新闻？抚军在辕否？"❻忆香忽起曰："秃。"拂袖径出。余与星烂忍笑随之，云客、竹逸酬答数语，亦辞出。

注释

❶无隐庵：又名无隐禅院。在今苏州天平山西南的天马山麓。始建于明代崇祯年间，今已不存。

❷尺木彭居士：彭绍升（1740—1796），字允初，号尺木，法名际。苏州人。

❸高义园：在天平山南麓，始建于唐宝历年间，原为宋范仲淹祠堂。

❹白云精舍：在高义园西，始建于唐宝历二年（826），初名白云庵，以白云泉得名。北宋庆历四年（1044）改为白云禅寺，亦名天平寺。元末毁，明洪武年间重建。现有寺宇为晚清重建。

❺违教：谦辞，没有请教，意思是没见面。

❻抚军：巡抚。辕：官署，衙署。

译文

第二天早上，云客对大家说："这里有座无隐庵，极为幽僻，你们有谁去过？"大家答道："不要说没有去过，连听都没有听说过。"竹逸说："无隐庵的四面都是山，地方非常偏僻，连僧人都不能久住。往年曾去过一次，寺庙已经倒塌荒废，自从尺木彭居士重修之后，还没有去过，如今仍能依稀认识路。如果大家想去游玩，我在前面带路。"忆香问："空着肚子去吗？"竹逸笑着答道："已经准备素面了，再让道人带着酒菜盒子跟着。"吃完素面，大家一起步行前往。过了高义园，云客想去白云精舍，进门坐下。一位僧人慢慢走出来，向云客拱手问道："有两个月没有当面请教了，苏州城内有什么新闻？抚军还在官衙里吗？"忆香忽然站起来说："秃"。拂袖而出。我和星烂忍着笑跟在他后面，云客、竹逸寒暄了几句话，也告辞出来。

高义园即范文正公墓❶，白云精舍在其旁。一轩面壁，上悬藤萝，下凿一潭，广丈许，一泓清碧❷，有金鳞游泳其中❸，名曰"钵盂泉"❹。竹炉茶灶，位置极幽。轩后于万绿丛中，可瞰范园之概。惜衲子俗，不堪久坐耳。是时由上沙村过鸡笼山，即余与鸿干登高处也。风物依然，鸿干已死，不胜今昔之感。

注释

❶范文正公：范仲淹（989—1052），字希文，谥文正。吴县人，北宋政治家、文学家。

❷一泓：一汪水。

❸金鳞：鱼。

❹钵盂泉：又名"白云泉"，与怪石、红枫并称天平山三绝。

（译文）

高义园就是范文正公的墓地，白云精舍在其旁边。其中有座房子面朝石壁，上面悬挂着藤萝，下面开凿了一座水潭，有一丈见方，一泓清碧，小鱼在其中游动，名叫"钵盂泉"。竹炉茶灶，所在的位置极为幽僻。站在轩后的万绿丛中，可以俯瞰范园的全景。可惜僧人俗气，不堪久坐。此时从上沙村过鸡笼山，就是我和鸿干登高的地方。如今风物依然，鸿干已死，让人有不胜今昔的感叹。

正惆怅间，忽流泉阻路不得进，有三五村童掘菌子于乱草中❶，探头而笑，似讶多人之至此者。询以无隐路，对曰："前途水大不可行，请返数武，南有小径，度岭可达。"从其言。度岭南行里许，渐觉竹树丛杂，四山环绕，径满绿茵，已无人迹。竹逸徘徊四顾曰："似在斯，而径不可辨，奈何？"余乃蹲身细瞩，于千竿竹中隐隐见乱石墙舍，径拨丛竹间，横穿入觅之，始得一门，曰"无隐禅院，某年月日南园老人彭某重修"❷，众喜曰："非君则武陵源矣❸。"

（注释）

❶菌子：蘑菇。
❷彭某：即彭绍升。
❸武陵源：又名桃源，典出陶渊明《桃花源记》，原是陶渊明理想之所。后用以比喻世外乐土或避世隐居的地方。

（译文）

正在惆怅的时候，忽然有条湍急的溪流挡着去路，无法前行，附近有三五个村童在乱草中挖菌子，他们探头看着我们发笑，似乎惊讶有这么多人来到这里。向他们询问去无隐庵的路，他们答道："前面水大不能走。请返回几步，向南有条小路，翻过山岭就可以到达。"我们按照村童说的，翻过山岭走了一里多地，渐渐觉得竹树丛杂，四面群山环绕，路上都是绿荫，没有人来过的痕迹。竹逸徘徊着往四面看，说道："好像在这里，但路已无法辨认，怎么办呢？"我蹲下身来细细观察，在竹林里隐隐约约看到有乱石墙舍，拨开竹丛，从里面穿过去寻找，这才看到一个小门，上面写着："无隐禅院，某年月日南园老人彭某重修"，大家都高兴地说："如果不是你，今天这里成了武陵源啦。"

山门紧闭，敲良久，无应者。忽旁开一门，呀然有声❶，一鹑衣少年出❷，面有菜色❸，足无完履，问曰："客何为者？"竹逸稽首曰："慕此幽静，特来瞻仰❹。"少年曰："如此穷山，僧散无人接待，请觅他游。"言已，闭门欲进。云客急止之，许以启门放游，必当酬谢。少年笑曰："茶叶俱无，恐慢客耳，岂望酬耶？"

注释

❶ 呀然：开门的声音。
❷ 鹑（chún）衣：衣服破旧。
❸ 菜色：营养不良的样子。
❹ 瞻仰：仰望，观看，有尊重恭敬之意。

译文

山门紧闭，敲了很长时间，都没有人回应。忽然旁边开了一个小门，呀然作响，有个衣着破旧的少年出来，面有菜色，脚下的鞋也是破的，他问道："客人是要干什么呢？"竹逸和尚稽首："喜爱此地的幽静，特来瞻仰。"那位少年答道："这么穷的地方，僧人都已散去，无人接待，请找其他地方游览。"说完，关门想进去。云客急忙阻止他，许诺如果开门放我们进去游玩，必定付给酬金。那位少年笑道："茶叶都没有，担心怠慢了客人，哪还想什么酬谢呢？"

山门一启，即见佛面❶，金光与绿阴相映，庭阶石础苔积如绣❷，殿后台级如墙，石栏绕之。循台而西，有石形如馒头，高二丈许，细竹环其趾。再西折北，由斜廊蹑级而登，客堂二楹❸，紧对大石。石下凿一小月池，清泉一派，荇藻交横❹。堂东即正殿，殿左西向为僧房厨灶，殿后临峭壁，树杂阴浓，仰不见天。星烂力疲，就池边小憩，余从之。

注释

❶佛面：佛像面目，这里指真实情况。

❷石础：基石。

❸客堂：寺院处理日常事务的地方。

❹荇藻：水草。

译文

山门一开，就见到了里面的真实情况，金光和绿荫相辉映，院子里石基上满是绿苔，像刺绣一样，殿后的台阶像墙壁，顶上有石栏杆环绕。顺着台子往西，有块石头形状像馒头，高两丈左右，下面有细竹环绕。往西向北转，从一个斜廊登上台阶，有客堂三间，正对着大石头。石下开凿了一个月形的小水池，清泉流动，水草交错。客堂东边就是正殿，殿左朝西是僧房厨灶。殿后挨着峭壁，树杂荫浓，抬头看不到天空。星烂感到疲劳，靠在池边休息，我也跟着他休息。

将启盒小酌，忽闻忆香音在树杪❶，呼曰："三白速来，此间有妙境❷。"仰而视之，不见其人，因与星烂循声觅之。由东厢出一小门，折北，有石蹬如梯，约数十级，于竹坞中瞥见一楼。又梯而上，八窗洞然❸，额曰"飞云阁"❹。四山抱列如城，缺西南一角，遥见一水浸天，风帆隐隐，即太湖也。倚窗俯视，风动竹梢，如翻麦浪。忆香曰："何如？"余曰："此妙境也。"忽又闻云客于楼西呼曰："忆香速来，此地更有妙境。"因又下楼，折而西，十余级，忽豁然开朗，平坦如台。度其地，已在殿后峭壁之上，残砖缺础尚存，盖亦昔日之殿基也。周望环山，较阁更畅。忆香对太湖长啸一声，则群山齐应。

注释

❶树杪：树梢。
❷妙境：神奇美妙的风景。
❸洞然：敞开的样子。
❹飞云阁：在今无锡太湖鼋头渚风景区内。

译文

正要打开食盒小酌，忽然听到忆香的声音从树梢上传来，喊道："三白快来，这里有妙境。"抬头观看，见不到人，于是和星烂顺着声音寻找。从东厢房出一个小门，往北转，有处石阶像梯子一样，约有十来级，在竹坞里看到有座楼。又顺着梯子上去，只见八扇窗子开着，匾额上写着"飞云阁"。四面群山环抱，如身处城中一样，只是西南缺少一角，从这里远远望去，水天相连，隐隐约约看到一些小船，这里就是太湖。靠着窗户俯视，风吹竹梢，像麦浪翻滚。忆香问道："怎么样？"我说："这里确实是妙境啊。"忽然又听到云客在楼西喊道："忆香快来，这里更有妙境。"于是又下楼，往西转，登上十来个台阶，顿时豁然开朗，上面平坦如台。估计这个地方，已在殿后的峭壁上，地上还存留一些残砖碎石，大概是过去正殿的根基。四面环山，比刚才在阁楼上看更为畅快。忆香对着太湖长啸一声，群山一起回应。

乃席地开樽❶，忽愁枵腹，少年欲烹焦饭代茶❷，随令改茶为粥，邀与同啖。询其何以冷落至此，曰："四无居邻，夜多暴客❸，积粮时来强窃❹，即植蔬果，亦半为樵子所有❺。此为崇宁寺下院❻，长厨中月送饭干一石❼、盐菜一坛而已❽。某为彭姓裔❾，暂居看守，行将归去，不久当无人迹矣。"云客谢以番银一圆。

❶樽（zūn）： 古代一种酒器。

❷焦饭： 锅巴。

❸暴客： 强盗，盗贼。

❹积粮： 囤积的粮食。

❺樵子： 樵夫。

❻崇宁寺： 在今江苏昆山巴城镇北，阳澄湖东岸，始建于南朝梁武帝时。

❼饭干： 干粮。

❽盐菜： 腌菜，盐渍的蔬菜。

❾裔： 后裔，后人。

译文

于是大家席地而坐，开始饮酒，忽然感到肚子饿，那位少年想要煮锅巴代茶，随即让他改茶为粥，请他一起坐下吃。问他此处为什么冷落到这种程度，他答道："这里四周没有邻居，夜里多有强盗，他们时常会来抢夺积粮，即便种植蔬菜水果，也大半被樵夫们弄走。这里是崇宁寺的下院，长厨每月月中送来饭干一石、盐菜一坛。我是彭姓的后裔，暂时住在这里看守，也准备回去，不久这里就没有人迹了。"云客给他一块番银作为酬谢。

返至来鹤，买舟而归。余绘《无隐图》一幅，以赠竹逸，志快游也❶。

是年冬，余为友人作中保所累❷，家庭失欢，寄居锡山华氏。明年春，将之维扬而短于资，有故人韩春泉在上洋幕府❸，因往访焉。衣敝履穿，不堪入署，投札约晤于郡庙园亭中❹。及出见，知余愁苦，慨助十金。园为洋商捐施而成❺，极为阔大，惜点缀各景，杂乱无章，后叠山石，亦无起伏照应。

❶志：记载，记录。
❷中保：担保人。
❸上洋：在今上海。
❹投札：写信，寄信。
❺洋商：买办。

译文

回到来鹤庵，大家乘船回家。我画了一幅《无隐图》，送给竹逸和尚，以纪念这次的快游。

这年冬天，我因为朋友做保人而受到连累，弄得家里人不高兴，寄住在锡山华氏家里。第二年春天，想到扬州但缺少资金。有个旧交韩春泉在上洋幕府，于是去拜访他。我衣服破旧，无法进入官署，就写信约他在郡庙园亭里见面。韩春泉出来相见，得知我愁苦无助，慷慨地资助我十两银子。郡庙的园子是洋商捐款建成的，十分宽敞，可惜各处点缀的风景，杂乱无章，后面垒的山石，也没有起伏照应。

归途忽思虞山之胜❶，适有便舟附之。时当春仲，桃李争妍，逆旅行踪❷，苦无伴侣，乃怀青铜三百❸，信步至虞山书院❹。墙外仰瞩，见丛树交花，娇红稚绿，傍水依山，极饶幽趣。惜不得其门而入，问途以往，遇设篷瀹茗者❺，就之，烹碧罗春❻，饮之极佳。询虞山何处最胜，一游者曰："从此出西关，近剑门❼，亦虞山最佳处也，君欲往，请为前导。"余欣然从之。

注释

❶虞山：古称乌目山，在今江苏常熟西北，北濒长江，南临尚湖，因商周之际虞仲死后葬于此处而得名。
❷逆旅：行旅匆匆。

❸青铜：铜钱。

❹虞山书院：又名"文学书院""学道书院"。在今江苏常熟城西北，虞山之麓。始建于元代。

❺瀹（yuè）：煮。

❻碧罗春：即碧螺春，传统名茶，属绿茶，产于江苏苏州太湖的东洞庭山及西洞庭山一带，又称"洞庭碧螺春"。

❼剑门：虞山中部最高处，以奇石险峻而著称，绝壁中开如门缝，最窄处仅二尺许，顶端有巨石，凌空欲坠。

译文

回去的路上忽然想到虞山的胜景，正好有便船可以乘坐。此时正当仲春，桃李争艳，旅途中只有我一个人，没有伴侣。于是带着三百文钱，信步走到虞山书院。从墙外抬头观看，只见丛树交花，娇红稚绿，傍水依山，很有幽趣，可惜不得其门而入。问路过去，偶尔看到一个设蓬卖茶的，就到那里。店主烹煮的碧罗春，喝起来非常好。询问虞山的风景哪里最好，一位游客说："从这里出西关，离剑门很近，也是虞山最好的地方。你要去的话，我给你带路。"我欣然跟着他。

出西门，循山脚，高低约数里，渐见山峰屹立，石作横纹❶。至则一山中分，两壁凹凸❷，高数十仞，近而仰视，势将倾堕。其人曰："相传上有洞府❸，多仙景，惜无径可登。"余兴发，挽袖卷衣，猿攀而上，直造其巅。所谓洞府者，深仅丈许，上有石罅，洞然见天。俯首下视，腿软欲堕。乃以腹面壁，依藤附蔓而下。其人叹曰："壮哉，游兴之豪，未见有如君者。"余口渴思饮，邀其人就野店沽饮三杯❹。阳乌将落，未得遍游，拾赭石十余块❺，怀之归寓，负笈搭夜航至苏，仍返锡山。此余愁苦中之快游也。

注释

❶横纹：横向的纹路。

❷凹凸：崎岖不平。

❸洞府：相传神仙居住的地方。

❹野店：荒郊的小酒店。

❺赭石：暗棕色石头，常用作颜料。

出了西门，顺着山脚，高低不平地走了几里地，渐渐看到山峰屹立，山石有横纹。到了近前，山从中间分开，两壁凹凸不一，高约几十丈。近而仰视，好像要倒下来一样。那个人说："相传上面有神仙的洞府，多有仙景，可惜无路可登。"我游兴大发，挽袖卷衣，像猴子一样攀爬而上，一直爬到顶上。所谓的洞府，深仅一丈多，上面有个石缝，往上可以看到天空。低头向下看，两腿发软，感觉像要掉下来。于是用腹部贴着石壁，依附着藤蔓下来，那个人感叹道："豪壮啊，游兴这么豪壮的，还没有见到超过你的。"我口渴，想喝水，就邀请那个人到野店里喝了几杯。太阳快要落山，还未能游遍这里，就捡了十来块暗棕色的石头，放到怀里带回去。我带着行装，搭乘夜里的船只到了苏州，仍回锡山。这是我愁苦中的快游啊。

嘉庆甲子春，痛遭先君之变，行将弃家远遁❶，友人夏揖山挽留其家。秋八月，邀余同往东海永泰沙❷，勘收花息❸。沙隶崇明，出刘河口❹，航海百余里。新涨初辟，尚无街市。茫茫芦荻❺，绝少人烟，仅有同业丁氏仓房数十椽，四面掘沟河，筑堤栽柳绕于外。丁字实初，家于崇，为一沙之首户。司会计者姓王，俱豪爽好客，不拘礼节，与余乍见❻，即同故交。宰猪为饷，倾瓮为饮。令则拇战❼，不知诗文；歌则号呶❽，不讲音律。酒酣，挥工人舞拳相扑为戏。蓄牡牛百余头，皆露宿堤上。养鹅为号，以防海贼。日则驱鹰犬猎于芦丛沙渚间❾，所获多飞禽。余亦从之驰逐❿，倦则卧。

注释

❶行将：将要，准备。

❷永泰沙：在今江苏启东久隆镇，为清乾隆四十六年（1781年）江中涨出的沙洲。

❸花息：利息。

❹刘河口：在今江苏太仓。

❺芦荻：又名芦竹，多年生宿根草本植物，形如芦苇。

❻乍见：初见。

❼拇战：酒令的一种，也叫"划拳""豁拳"。因划拳时常用拇指，故称。

❽号呶：喧闹，叫嚷。

❾沙渚：小沙洲。

❿驰逐：奔驰追赶。

译文

嘉庆甲子年的春天，我痛苦地遇到父亲去世的变故，准备离家远遁。朋友夏揖山挽留我住在他家里。当年秋八月，他请我一起到东海永泰沙去收田租，永泰沙隶属崇明。出了刘河口，在海上航行一百多里。永泰沙是新涨初辟的，还没有街市，一眼望去，茫茫芦荻，几乎没有人烟。只有同业丁氏的几十间仓库，四面挖上沟河，筑堤载柳，环绕在外面。丁氏字实初，家住在崇明，是全沙的首户。担任会计的人姓王，都豪爽好客，不拘礼节，和我初次见面，就如同故交一样。大家宰猪吃饭，捧着坛子喝酒。酒令就是划拳，不懂诗文；唱歌则乱喊乱叫，不讲音律。酒喝到高兴处，指挥工人以舞拳、相扑的方式作乐。养了一百多头牛，都露宿在堤坝上。养鹅为号，以防海盗。白天驱赶着鹰犬在芦丛沙渚间打猎，所捕获的大多是飞禽。我也跟着他们驰骋追赶，累了就倒下睡觉。

引至园田成熟处，每一字号圈筑高堤❶，以防潮汛❷。堤中通有水窦，用闸启闭，旱则长潮时启闸灌之，潦则落潮时开闸泄之❸。佃人皆散处如列星❹，一呼俱集，称业户曰"产主"❺，唯唯听命，朴诚可爱，而激之非义，则野横过于狼虎❻。幸一言公平，率然拜服。风雨晦明，恍同太古❼。卧床外瞩，即睹洪涛，枕畔潮声，如鸣金鼓。一夜，忽见数十里外有红灯大如栲栳❽，浮于海中，又见红光烛天，势同失火，实初曰："此处起现神灯神火，不久又将涨出沙田矣。"揖山兴致素豪，至此益放。余更肆无忌惮，牛背狂歌，沙头醉舞，随其兴之所至，真生平无拘之快游也。事竣，十月始归。

注释

❶字号：以文字作为编次的符号。
❷潮汛：每年固定出现的涨潮期。
❸潦：涝。
❹佃人：租种田地的农民。
❺业户：业主，地主。
❻野横：粗野蛮横。
❼太古：远古。
❽栲栳（kǎo lǎo）：用竹篾或柳条编成的圆筐。

译文

他们曾带我到田园成熟的地方，这里每一字号的田园都用高高的堤坝圈起来，以防潮汛。堤坝中有水洞相通，用闸门来开启关闭。旱了则在涨潮时开闸浇灌，涝了则在落潮时开闸泄水。佃户像星星那样散布在各个地方，一喊就聚集起来，他们称业户为产主，唯唯听命，诚朴可爱。若用不符合道理的事情激怒他们，则蛮横得超过虎狼，所幸一言公平，大家全都拜服。风雨晦明，仿佛回到太古时代。睡到床上往外就可看到波涛，枕边潮声如同锣鼓鸣响。一天夜里，忽然看到几十里外有红灯，大如栲栳，漂浮在海里，又看到红光映照着天空，好像失火了一样。实初说："这里显现神灯神火，不久又将涨出新的沙田了。"揖山兴致向来粗豪，到了这里更加豪放。我更是肆无忌惮，坐在牛背上狂歌，在沙头喝醉乱舞，都是随着个人的兴致，这真是生平没有拘束的快游啊。事情办完，到十月份才回去。

　　吾苏虎丘之胜❶，余取后山之千顷云一处❷，次则剑池而已❸，余皆半藉人工，且为脂粉所污，已失山林本相。即新起之白公祠❹、塔影桥❺，不过留名雅耳。其冶坊滨，余戏改为"野芳滨"，更不过脂乡粉队，徒形其妖冶而已❻。其在城中最著名之狮子林❼，虽曰云林手笔，且石质玲珑，中多古木，然以大势观之，竟同乱堆煤渣，积以苔藓，穿以蚁穴，全无山林气势。以余管窥所及，不知其妙。灵岩山为吴王馆娃宫故址❽，上有西施洞❾、响屧廊❿、采香径诸胜，而其势散漫，旷无收束，不及天平支硎之别饶幽趣。

注释

❶虎丘：山名。在今苏州，为吴王阖闾埋葬处。

❷千顷云：山名，在虎丘后山虎丘塔院东。

❸剑池：又名"剑泉"，在今苏州虎丘千人石北。据说吴王阖闾葬于此处。塔影桥：

❹白公祠：在今苏州市山塘街，清嘉庆二年（1797）于塔影园址改建，祭祀曾任苏州刺史的白居易。

❺塔影桥：在今苏州虎丘附近环山河上，建于清嘉庆年间。

❻妖冶：妖媚而不庄重。

❼狮子林：在今苏州城东北园林路，为苏州四大名园之一，始建于元代。

❽灵岩山：在今苏州西南木渎镇。吴王馆娃宫：在灵岩山上，系春秋时期吴王夫差为西施而兴建。

❾西施洞：在灵岩山半山腰处，相传越王勾践与范蠡献西施给吴王夫差时在此等候。后人在洞前建屋，洞内镌刻观音像，洞外种有紫竹，故又名"观音洞"。

❿响屐（xiè）廊：春秋时吴王宫中的廊名。屐：木鞋。

译文

说到我家乡苏州虎丘的胜景，我取后山千顷云这一个地方，其次则剑池而已。其他都是半借人工，且为脂粉污染，已经失去山林的本来面目。即便是新建的白公祠、塔影桥，不过是取名雅致而已。冶坊滨，我开玩笑地把它改为"野芳滨"，更不过是像脂粉女子一样，只是外形妖艳罢了。在城里最著名的狮子林，虽说是出自云林的手笔，且山石玲珑，其中多有古木，但就整体来看，如同煤渣胡乱堆放，堆积些苔藓，弄些蚁穴，全无山林的气势。以我管见所及，不知道它的妙处。灵岩山是吴王馆娃宫的旧址，上面有西施洞、响屧廊、采香径等名胜，但分布散漫，空旷而缺少收束，不如天平支硎的别饶幽趣。

邓尉山一名元墓❶，西背太湖，东对锦峰❷，丹崖翠阁，望如图画，居人种梅为业，花开数十里，一望如积雪，故名"香雪海"。山之左有古柏四树，名之曰"青""奇""古""怪"：青者，一株挺直，茂如翠盖；奇者，卧地三曲，形同"之"字；古者，秃顶扁阔，半朽如掌；怪者，体似旋螺❸，枝干皆然。相传汉以前物也。

注释

❶邓尉山：又名玄墓山，在今苏州西南三十公里处，因东汉太尉邓禹曾隐居于此而得名，为赏梅胜地。
❷锦峰：即锦峰山，在今苏州。
❸旋螺：螺的一种，其壳作回旋状。

译文

邓尉山又名元墓，西面靠着太湖，东面对着锦峰山，丹崖翠阁，望去如同图画，住在这里的人以种梅为业，花开的时候方圆几十里，一望如遍地积雪，故名"香雪海"。山的左边有四棵古柏，名字叫"青""奇""古""怪"，叫"青"的这棵树干挺直，繁茂如翠盖；叫"奇"的这棵倒在地上弯三弯，形状如"之"字；叫"古"的这棵秃顶扁阔，已半朽，形如手掌；叫"怪"的这棵，形体似螺旋，枝干皆是如此。相传它们都是汉代以前所种的。

乙丑孟春❶，揖山尊人莼芗先生偕其弟介石❷，率子侄四人，往幞山家祠春祭❸，兼扫祖墓，招余同往。顺道先至灵岩山，出虎山桥❹，由费家河进香雪海观梅。幞山祠宇即藏于香雪海中，时花正盛，咳吐俱香❺，余曾为介石画《幞山风木图》十二册。

注释

❶乙丑：1805 年。
❷尊人：父亲。
❸幞山：在今江苏苏州。
❹虎山桥：在今苏州光福镇北。
❺咳吐：言论，谈吐。

译文

乙丑年孟春，揖山的父亲莼芗先生和他弟弟介石一起，带着子侄四人，到幞山的家祠去春祭，兼扫祖墓，他们喊我一起前往。大家顺道先到灵岩山，从虎门桥出来，从费家河到香雪海看梅花。揖山幞山的家祠就藏在香雪海里，当时花开正盛，呼吸之间都带着香气。我曾为介石画了十二册《幞山风木图》。

是年九月，余从石琢堂殿撰赴四川重庆府之任，溯长江而上，舟抵皖城❶。皖山之麓❷，有元季忠臣余公之墓❸，墓侧有堂三楹，名曰"大观亭"，面临南湖，背倚潜山。亭在山脊，眺远颇畅。旁有深廊❹，北窗洞开，时值霜叶初红，烂如桃李。同游者为蒋寿朋、蔡子琴。

注释

❶皖城：在今安徽省潜山。
❷皖山：又名"天柱山""潜山"。在今安徽潜山县。

❸余公：余阙（1303—1358），庐州人。曾任安庆郡守，元至正十八年（1358），陈友谅破安庆，余阙全家殉难。

❹深廊：长廊。

译文

这一年九月，我跟着石琢堂状元到四川重庆府赴任，沿长江溯流而上，船抵达皖城。在皖山山脚下，有元代忠臣余公的陵墓，墓旁有三间厅堂，名叫"大观亭"，面对南湖，背靠潜山。亭子在山脊上，眺望远方，颇为畅快。旁边有一个长廊，向北开着窗子，当时正值霜叶刚红，灿烂如桃李，一起游览的有蒋寿朋、蔡子琴等人。

南城外又有王氏园，其地长于东西，短于南北，盖北紧背城、南则临湖故也。既限于地，颇难位置，而观其结构，作重台叠馆之法。重台者，屋上作月台为庭院，叠石栽花于上，使游人不知脚下有屋。盖上叠石者则下实，上庭院者则下虚，故花木仍得地气而生也。叠馆者，楼上作轩，轩上再作平台。上下盘折，重叠四层，且有小池，水不漏泄，竟莫测其何虚何实。其立脚全用砖石为之，承重处仿照西洋立柱法。幸面对南湖❶，目无所阻，骋怀游览❷，胜于平园。真人工之奇绝者也。

注释

❶南湖：在安徽潜山，与雪湖、学湖相连。

❷骋怀：舒展胸怀。

译文

南城外还有一座王氏的庭院，这个地方东西长，南北短，大概是北面紧挨城墙，南面临近南湖的缘故。受限于地理位置，很难设计，看其结构，主要采用重台叠馆的方法。所谓重台，就是在房屋上建月台，作为庭院，在上面叠石栽花，让游人不知道脚下有房屋。上面叠石的地方下面就填实，上面有庭院的地方下面就虚空，所以花木仍然可以得地气而生长。所谓叠馆，就是楼上建轩，轩上再用作平台。上下盘旋曲折，重叠四层，还有小水池，水并不泄露，竟然无法知道哪里是实的，哪里是虚的。其立脚的地方都用砖石建成，承重的地方仿照西洋的立柱法。幸亏面对南湖，视线不受阻碍，可以尽情游览，比在平地上的园子里还好好，这真是人力的奇绝之处啊。

武昌黄鹤楼在黄鹄矶上❶，后拖黄鹄山，俗呼为蛇山❷。楼有三层，画栋飞檐，倚城屹峙❸，面临汉江，与汉阳晴川阁相对❹。余与琢堂冒雪登焉，仰视长空，琼花风舞，遥指银山玉树，恍如身在瑶台❺。江中往来小艇，纵横掀播，如浪卷残叶，名利之心至此一冷。壁间题咏甚多，不能记忆，但记楹对有云❻："何时黄鹤重来，且共倒金樽，浇洲渚千年芳草；但见白云飞去，更谁吹玉笛，落江城五月梅花。"

注释

❶黄鹤楼：在今湖北武汉长江南岸蛇山顶上，始建于三国时期。有"天下江山第一楼"之称，与晴川阁、古琴台并称武汉三大名胜。黄鹄矶：在今湖北武汉蛇山西北，为蛇山西端突入江中的矶石。

❷蛇山：在今湖北武汉武昌区长江东岸边。绵亘蜿蜒，形如伏蛇，山上名胜古迹甚多。

❸屹峙（yì zhì）：高耸，直立。

❹晴川阁：又名晴川楼，在今武汉汉阳区晴川街，位于长江北岸龟山东麓的禹功矶。始建于明嘉靖年间，得名于唐代诗人崔颢诗句"晴川历历汉阳树，芳草萋萋鹦鹉洲"。

❺瑶台：神仙居住的地方。

❻楹对：楹联，对联。

译文

武昌黄鹤楼建在黄鹄矶上，后面连着黄鹤山，俗称蛇山。楼建有三层，画栋飞檐，倚城耸立，面对着汉江，与汉阳晴川阁遥遥相对。我和琢堂冒雪登楼，抬头向天空望去，但见雪花在风中飞舞，用手指着远处的银山玉树，恍若身在瑶台之上。江中往来的小船，纵横扬帆，像浪花卷着残叶，名利之心到这里为之一冷。墙壁上题咏很多，不能都记下来，只是记得有副楹联这样写道："何时黄鹤重来，且共倒金樽，浇洲渚千年芳草；但见白云飞去，更谁吹玉笛，落江城五月梅花。"

黄州赤壁在府城汉川门外❶，屹立江滨，截然如壁❷。石皆绛色，故名焉。《水经》渭之赤鼻山❸，东坡游此，作二赋，指为吴魏交兵处，则非也。壁下已成陆地，上有二赋亭。

注释

❶黄州：在今湖北黄冈市。赤壁：三国时期赤壁之战的战场。汉川门：黄州城的西北城门，建于明代。

❷截然：耸立的样子。

❸《水经》：作者及成书时代说法不一，该书为我国第一部记述水系的专书，简要记述137条主要河流的水道情况。赤鼻山：又名"赤鼻矶"，在今湖北黄冈西北，郦道元《水经注》："赤鼻山，侧临江川。"

译文

黄州赤壁在府城汉川门外，屹立在江边，山石如墙壁一样笔直。这里的石头都呈红色，所以以此为名。《水经》称这里为赤鼻山。苏轼到此处游览，写了两篇赋，认为这里是吴魏交兵之处，实际上是错的。如今壁下已成为陆地，上面建有二赋亭。

是年仲冬❶，抵荆州❷。琢堂得升潼关观察之信❸，留余住荆州，余以未得见蜀中山水为怅。时琢堂入川，而哲嗣敦夫眷属及蔡子琴、席芝堂俱留于荆州❹，居刘氏废园。余记其厅额曰"紫藤红树山房"。

庭阶围以石栏，凿方池一亩。池中建一亭，有石桥通焉。亭后筑土垒石，杂树丛生。余多旷地，楼阁俱倾颓矣。客中无事，或吟或啸，或出游，或聚谈。岁暮虽资斧不继❺，而上下雍雍，典衣沽酒，且置锣鼓敲之。每夜必酌，每酌必令。窘则四两烧刀❻，亦必大施觞政❼。

注释

❶仲冬：冬季的第二个月，即农历十一月。
❷荆州：即今湖北荆州。旧时又称"江陵"，位于湖北中南部、长江中游、江汉平原腹地。
❸潼关：今属陕西渭南，位于关中平原东部。
❹哲嗣：对别人儿子的尊称。
❺资斧：旅费，盘缠。
❻烧刀：烧酒。
❼觞政：酒令。

译文

这年仲冬，我们抵达荆州。此时琢堂得到升任潼关观察的消息，就让我留在荆州，我因此未能见到蜀中山水，颇为遗憾。琢堂入川，他的儿子敦夫及其家眷、蔡子琴、席芝堂等都留在荆州，住在刘氏的废园。我记得厅堂的匾额上写着"紫藤红树山房"。庭院四周围着石栏杆，里面开凿了一个一亩见方的水池。池中建了一个亭子，有石桥相通。亭子后堆土垒石，上面杂树丛生。此外都是空地，楼阁都已经摇摇欲坠了。客居无事，或吟或啸，或外出游玩，或聚在一起聊天。到了岁末，虽然旅资不够，但大家上下融洽，典衣买酒，又买了锣鼓来敲。每天夜里必定饮酒，每次饮酒必定行令。窘迫的时候虽然只买四两烧酒，大家也必定要大行酒令。

遇同乡蔡姓者，蔡子琴与叙宗系，乃其族子也，倩其导游名胜。至府学前之曲江楼❶，昔张九龄为长史时❷，赋诗其上，朱子亦有诗曰❸："相思欲回首，但上曲江楼。"城上又有雄楚楼❹，五代时高氏所建❺。规模雄峻，极目可数百里。绕城傍水，尽植垂杨，小舟荡桨往来，颇有画意。荆州府署即关壮缪帅府❻，仪门内有青石断马槽，相传即赤兔马食槽也。访罗含宅于城西小湖上❼，不遇。又访宋玉故宅于城北❽。昔庾信遇侯景之乱❾，遁归江陵，居宋玉故宅，继改为酒家，今则不可复识矣。

注释

❶曲江楼：原为荆州南门城楼，后为纪念张九龄而改名，张九龄是曲江（今广东韶关）人，故名。

❷张九龄（678—740）：字子寿，曲江人。长史：唐代州刺史下设长史官，名为刺史佐官，并无实职。

❸朱子：即朱熹。相思欲回首，但上曲江楼：语出朱熹《短句奉迎荆南幕府二首》诗。

❹雄楚楼：在今荆州城北，后毁于战火。

❺高氏：即高季兴。《荆州府志》："后梁乾化二年（912年），高季兴大筑重城，复建雄楚楼。"

❻关壮缪：即关羽，死后追谥壮缪侯。

❼罗含（292—372）：字君章，号富和，耒阳人。曾在荆州隐居。

❽宋玉：楚人，战国时期辞赋家。

❾庾信（513—581）：字子山，新野人。侯景之乱：梁武帝太清二年（548年），北齐降将侯景发动的一场叛乱。

译文

在这里遇到了一个姓蔡的同乡，蔡子琴和他叙宗谱，说起来还是同族，就请他带领大家游览名胜。大家首先到府学前的曲江楼，昔日张九岭在这里做长史的时候，曾在上面赋诗。朱子也有诗咏道："相思欲回首，但上曲江楼。"城上还有一座雄楚楼，是五代时高季兴所建。此楼宏大雄峻，在上面可以看到数百里远。环绕古城的河边，都种着垂杨，划着小船往来，颇有诗情画意。荆州府署就是关羽当年的帅府，仪门里还保留着青石断马槽，相传这就是赤兔马的食槽。我们曾到城西小湖上寻访罗含故宅，但没有找到。又到城北寻访宋玉故居。昔日庾信遇到侯景之乱，悄悄回到江陵，曾住在宋玉故宅中，后来这里改为酒家，如今已无法辨认了。

是年大除❶，雪后极寒，献岁发春❷，无贺年之扰，日惟燃纸炮、放纸鸢❸，扎纸灯以为乐。既而风传花信，雨濯春尘，琢堂诸姬携其少女、幼子顺川流而下，敦夫乃重整行装，合帮而走❹。由樊城登陆❺，直赴潼关。

注释

❶大除：大年除夕。
❷献岁发春：新的一年开始。
❸纸鸢：风筝。
❹合帮：结伙。
❺樊城：今湖北襄樊。

译文

这一年的大年除夕，刚下过雪，很是寒冷。献岁发春，没有拜年的烦扰，每天只是以燃放爆竹，放风筝，扎纸灯为乐。到了风传花信，雨濯春尘的时节，琢堂的妻妾们带着她们年幼的儿女从四川顺流而下，敦夫于是重新收拾行装，大家一起结伴出发。从樊城登陆之后，直奔潼关。

由河南阌乡县西出函谷关❶，有"紫气东来"四字❷，即老子乘青牛所过之地。两山夹道，仅容二马并行。约十里即潼关，左背崤壁，右临黄河，关在山河之间扼喉而起，重楼叠垛，极其雄峻❸。而车马寂然，人烟亦稀。昌黎诗曰："日照潼关四扇开。"❹殆亦言其冷落耶?

注释

❶阌（wén）乡：今河南灵宝。函谷关：在今河南灵宝北王垛村，为我国建置最早的要塞之一。

❷紫气东来：传说老子过函谷关的时候，关令尹喜登楼，见有紫气从东而来，知道有圣人要过关。后用来比喻吉祥的征兆。

❸雄峻：雄壮险峻。

❹日照潼关四扇开：语出韩愈《次潼关先寄张十二阁老使君》："荆山已去华山来，日照潼关四扇开。"

译文

从河南阌乡县的西面出函谷关，看到了"紫气东来"四个字，这里就是当年老子骑青牛经过的地方。道路夹在两山之间，仅能容许两匹马并排走。往前走十里左右，就是潼关。这里左靠峭壁，右临黄河，关口在山河之间的要冲扼喉而起，重楼叠垛，十分雄峻。这里马车不多，人烟也很稀少，韩愈诗中曾说"日照潼关四扇开"，大概也是在说这里冷落的情景吧。

城中观察之下，仅一别驾❶。道署紧靠北城，后有园圃❷，横长约三亩。东西凿两池，水从西南墙外而入，东流至两池间，支分三道：一向南至大厨房，以供日用；一向东入东池；一向北折西，由石螭口中喷入西池❸，绕至西北，设闸泄泻，由城脚转北，穿窦而出，直下黄河。日夜环流，殊清人耳。竹树阴浓，仰不见天。西池中有亭，藕花绕左右❹。

注释

❶别驾：道员手下的属官。

❷园圃：种植果木菜蔬的田地。

❸螭：传说中一种没有角的龙，古建筑或器物、工艺品上常用其形状做装饰。

❹藕花：荷花。

城中观察之下，只有别驾一个属官。道署紧挨着北城，后面有个园圃，约三亩见方。东西两边开凿有两个水池，水从西南方的墙外流进来，往东流到两池之间，分成三个路线：其中一路向南流到大厨房，以供日常使用；一路向东流入东边的水池；一路向北再折向西，从石头雕刻的怪兽口中喷入西边的水池，再绕到西北方，设置了一个闸门来泄水，从城墙下转向北，从洞中出去，直接流到黄河里。这些水日夜流淌，听起来很是悦耳。园里竹林茂密，抬头看不见天。西边的水池中有个亭子，周围都是荷花。

东有面南书室三间，庭有葡萄架，下设方石❶，可弈可饮，以外皆菊畦❷。西有面东轩屋三间，坐其中可听流水声。轩南有小门，可通内室。轩北窗下，另凿小池，池之北有小庙，祀花神。园正中筑三层楼一座，紧靠北城，高与城齐，俯视城外，即黄河也。河之北，山如屏列❸，已属山西界，真洋洋大观也❹。

注释

❶方石：石板，石块。

❷畦：田地。

❸屏列：像屏风一样排列。

❹洋洋大观：丰富多彩。

译文

在其东边有三间面朝南的书房，庭院里有个葡萄架，下面设有方石，可以在这里下棋，也可以在这里品茶，此外都是种满菊花的田地。在其西边有三间朝东的房子，坐在其中可以听到流水声。在轩房南边有个小门，可以通到内室。轩房北面的窗下，又开凿了一个小水池，小水池北有座小庙，祭祀的是花神。园圃正中建了一座三层的小楼，由于紧挨着北城，高度与城墙相当，俯视城外，可以看到黄河。黄河之后，群山林立，如同屏风一样，这里已是属于山西地界，真是洋洋大观啊。

余居园南，屋如舟式❶，庭有土山，上有小亭，登之可览园中之概，绿阴四合，夏无暑气。琢堂为余颜其斋曰"不系之舟"。此余幕游以来第一好居室也。土山之间，艺菊数十种❷，惜未及含葩❸，而琢堂调山左廉访矣。眷属移寓潼川书院❹，余亦随往院中居焉。

注释

❶舟式：船的样式。
❷艺：种植。
❸含葩：含苞待放。
❹潼川：今四川三台。

译文

我住在园圃南面，房屋的样式像只船，庭院里有座土山，上面有个小亭子，登上去可以看到园圃的全景，四周都是绿荫，夏天也没有暑气。琢堂为我住的地方起名叫"不系之舟"。这是我游幕府以来所住的最好的居室。土山之间，种有几十种菊花，可惜还没来得及开花，琢堂就调到山东担任廉访了。其家眷迁移到潼川书院去住，我也只得跟随他们到书院去居住了。

琢堂先赴任，余与子琴、芝堂等无事，辄出游。乘骑至华阴庙❶。过华封里，即尧时三祝处❷。庙内多秦槐汉柏，大皆三四抱，有槐中抱柏而生者，柏中抱槐而生者。殿廷古碑甚多❸，内有陈希夷书"福"

"寿"字④。华山之脚有玉泉院⑤，即希夷先生化形骨蜕处⑥。有石洞如斗室⑦，塑先生卧像于石床。其地水净沙明，草多绛色，泉流甚急，修竹绕之。洞外一方亭，额曰"无忧亭"。旁有古树三株，纹如裂炭，叶似槐而色深，不知其名，土人即呼曰"无忧树"。

注释

❶华阴庙：又名"西岳庙"，在今陕西华阴市东。始建于西汉时，为历代祭祀华山神之所。

❷尧时三祝：相传尧巡游到华州，当地人祝其长寿、富有及多男，故称"三祝"。

❸殿廷：宫殿。

❹陈希夷：即陈抟（？—989），字图南，号希夷先生，亳州人。北宋道士，在后世影响很大，奉若神仙。

❺玉泉院：在今陕西华阴玉泉路最南端，为华山道教活动的主要场所。

❻化形骨蜕：仙逝。

❼石洞：即希夷洞，在玉泉院山荪亭西，为宋人贾得升开凿。

译文

琢堂先去上任，我和子琴、芝堂等人没有事做，就外出游玩。大家一起骑马到华阴庙，路过华封里，这里就是尧接受三祝的地方。庙里有很多秦槐汉柏，大的都有三四抱粗，其中有槐树抱柏树而长的，也有柏树抱槐树而长的。殿廷里面有很多古碑，内有陈希夷所写的"福""寿"等字。华山脚下有座玉泉院，这里就是陈希夷先生修仙成道的地方。里面有个石洞，只有一间小房子那么大，里面塑有先生卧在石床上的像。这里水净沙明，草多深红色，泉水流得比较急，外面修竹环绕。洞外有一个方形的亭子，匾额上写着"无忧亭"。旁边有三棵古树，树纹像裂开的木炭一样，叶子像槐树但颜色比槐树深，不知道它叫什么名字，当地人称它为"无忧树"。

太华之高❶，不知几千仞，惜未能裹粮往登焉❷。归途见林柿正黄，就马上摘食之，土人呼止弗听，嚼之涩甚，急吐去，下骑觅泉漱口，始能言，土人大笑。盖柿须摘下煮一沸，始去其涩，余不知也。

注释

❶太华：华山。
❷裹粮：携带干粮。

译文

华山之高，不知道有几千丈，可惜未能带着干粮去攀登。回去的路上看到树林里柿子正黄，就在马上摘了一个来吃，当地人喊着制止我没有听见，嚼了之后觉得很干涩，急忙吐掉，下马去找泉水漱口，这才能说话，当地人看到这个情景，大笑起来。原来柿子摘下来必须煮上一滚，去掉其涩味，我不知道这样做。

十月初，琢堂自山东专人来接眷属，遂出潼关，由河南入鲁。

译文

十月初，琢堂从山东派人来接眷属，于是大家一起出潼关，从河南进入山东。

山东济南府城内，西有大明湖❶，其中有历下亭❷、水香亭诸胜❸。夏月，柳阴浓处，菡萏香来❹，载酒泛舟，极有幽趣。余冬日往视，但见衰柳寒烟，一水茫茫而已。趵突泉为济南七十二泉之冠❺，泉分三眼，从地底怒涌突起，势如腾沸。凡泉皆从上而下，此独从下而上，亦一奇也。池上有楼，供吕祖像❻，游者多于此品茶焉。

注释

❶大明湖：在今济南市中心偏东北处，是由城内泉水汇流而成的天然湖泊。

❷历下亭：在今济南大明湖湖心岛上，因在历山之下而得名。

❸水香亭：在大明湖东南，始建于宋代，原亭已毁，后重建。

❹菡萏（hàn dàn）：荷花。

❺趵突泉：又名"槛泉"，在今济南市中心，有"天下第一泉"之称。

❻吕祖：即吕洞宾。

译文

山东济南府城内，西边有大明湖，其中有历下亭、水香亭等名胜。夏天的时候，柳荫深处，飘来阵阵荷花的清香，载酒泛舟，很有幽趣。我曾在冬天的时候去看，只见衰柳寒烟，一水茫茫而已。趵突泉是济南七十二泉之首，其泉分三眼，从地底下汹涌喷出，好像沸腾的水一样。一般的泉都是从上而下，独有这里是从下而上，这也是一个奇观。水池上有座楼，供奉的是吕祖的神像，游览者多在这里品茶。

明年二月，余就馆莱阳❶。至丁卯秋❷，琢堂降官翰林❸，余亦入都。所谓登州海市❹，竟无从一见。

注释

❶就馆：做幕宾。莱阳：在今山东莱阳市。
❷丁卯：1807年。
❸翰林：皇帝身边的文学侍从官，明清时期多从进士中选拔。
❹登州：在今山东蓬莱市。海市：海市蜃楼。

译文

第二年的二月，我到山东莱阳做幕宾。到丁卯年的秋天，琢堂被贬官，到翰林院供职，我也跟着他进京。人们所说登州的海市蜃楼，最终也无缘看到。

卷五　中山记历

嘉庆四年[1]，岁在己未，琉球国中山王尚穆薨[2]。世子尚哲，先七年卒；世孙尚温，表请袭封。中朝怀柔远藩[3]，锡以恩命，临轩召对，特简儒臣[4]。

注释

[1] 嘉庆四年：1799年。

[2] 琉球国：建立在琉球群岛上的一个国家，明清时期为中国的藩属国。

[3] 怀柔：以笼络手段使归附。

[4] 特简：派遣，选用。

于是，赵介山先生[1]，名文楷，太湖人，官翰林院修撰，充正使。李和叔先生[2]，名鼎元，绵州人，官内阁中书，副焉。介山驰书，约余偕行。余以高堂垂老，惮于远游，继思游幕二十年，遍窥两戒[3]，然而尚囿方隅之见，未观域外，更历瀛溟之胜[4]，庶广异闻。禀商吾父，允以随往。从客凡五人：王君文诰、秦君元钧、缪君颂、杨君华才，其一即余也。

注释

[1] 赵介山：赵文楷（1760—1808），字介山，号逸书。安徽太湖人，嘉庆元年（1796年）状元。著有《中山见闻录》等。

[2] 李和叔：李鼎元（1749—1812），字和叔，号墨庄。四川绵州人。著有《使琉球记》等。

❸两戒：戒同界，旧以黄河、长江为南北两界，这里指地域广阔。

❹瀴溟（yīng míng）：水面杳渺，一望无际的样子。

五年五月朔日，随荡节以行❶，祥飙送风❷，神鱼扶舳，计六昼夜，径达所届。凡所目击，咸登掌录。志山水之丽崎，记物产之瑰怪，载官司之典章，嘉士女之风节。文不矜奇，事皆记实。自惭谫陋，甘贻测海之嗤❸；要堪传言，或胜凿空之说云尔。

注释

❶**荡节**：竹节。古代使臣所持的信物。
❷**祥飙**：瑞风、和风。
❸**测海**：没有见识。

五月朔日，恰逢夏至，襆被登舟❶。向来封中山王，去以夏至，乘西南风；归以冬至，乘东北风，风有信也。舟二，正使与副使共乘其一。舟身长七丈，首尾虚艄三丈，深一丈三尺，宽二丈二尺，较历来封舟❷，几小一半。前后各一桅，长六丈有奇，围三尺。中舱前一桅，长十丈有奇，围六尺，以番木为之。通计二十四舱，舱底贮石，载货十一万斤奇。龙口置大炮一，左右各置大炮二，兵器贮舱内。大桅下横大木为辘轳，移炮升篷皆仗之，辇以数十人。舱面为战台，尾楼为将台，立帜列藤牌，为使臣厅事。下即舵楼。舵前有小舱，实以沙布针盘。中舱梯而下，高可六尺，为使臣会食地❸。前舱贮火药、贮米，后以居兵。稍后为水舱，凡四井。二号船称是。每船约二百六十余人，船小人多，无立锥处。风信已届❹，如欲易舟，恐延时日也。

注释

❶**襆被**：打点、收拾行李。
❷**封舟**：明清时期朝廷派使臣往琉球册封琉球王、显示国威所用

200

的大船。

❸会食：聚餐。

❹风信：随季节变化而产生的风。

初二日午刻，移泊鳌门❶。申刻，庆云见于西方❷，五色轮囷❸，适与楼船旗帜上下辉映，观者莫不叹为奇瑞。或如玄圭❹，或如白珂，或如灵芝，或如玉禾，或如绛绡，或如紫绫，或如文杏之叶，或如含桃之颗，或如秋原之草，或如春湘之波，向读屠长卿赋❺，今始知其形容之妙也。画士施生为《航海行乐图》甚工。余见兹图，遂乃搁笔。香崖虽善画，亦不能办此。

注释

❶鳌门：在今福建漳州。

❷庆云：五色云，祥云。

❸轮囷：卷曲，盘曲。

❹玄圭：一种黑色的玉。

❺屠长卿：屠隆（1543—1605），字长卿，浙江鄞县人。

初四日亥刻，起碇。乘潮至罗星塔❶，海阔天空，一望无际。余妇芸娘，昔游太湖，谓得见天地之宽，不虚此生。使观于海，其愉快又当何如？

注释

❶罗星塔：在福建福州马尾港罗星山上。

初九日卯刻，见彭家山❶，列三峰，东高而西下。申刻，见钓鱼台❷，三峰离立，如笔架，皆石骨。惟时水天一色，舟平而驶。有白鸟无数，绕船而送，不知所自来。入夜，星影横斜，月光破碎，海面尽作火焰，浮沉出没，木华《海赋》所谓"阴火潜然"者也❸。

❶彭家山：在今福建柘荣。

❷钓鱼台：即钓鱼岛，在台湾基隆港东北约200公里处。

❸木华：西晋人，擅长辞赋，今存《海赋》。

初十日辰正，见赤尾屿❶。屿方而赤，东西凸而中凹，凹中又有小峰二。船从山北过，有大鱼二，夹舟行，不见首尾，脊黑而微绿，如十围枯木，附于舟侧。舟人以为风暴将起，鱼先来护。午刻，大雷雨以震，风转东北，舵无主。舟转侧甚危，幸而大鱼附舟，尚未去。忽闻霹雳一声，风雨顿止。申刻，风转西南且大。合舟之人，举手加额，咸以为有神助。得二诗以志之。诗云：

> 平生浪迹遍齐州，又附星槎作远游❷。
> 鱼解扶危风转顺，海云红处是琉球。

> 白浪滔滔撼大荒，海天东望正茫茫。
> 此行足壮书生胆，手挟风雷意激昂。
> 自谓颇能写出尔时光景。

注释

❶赤尾屿：又称赤尾岛，是钓鱼岛群岛最东端的一个岛屿。

❷星槎：舟船。

十一日，午刻，见姑米山❶。山共八岭，岭各一、二峰，或断或续。未刻，大风暴雨如注，然雨虽暴而风顺。酉刻，舟已近山。琉球人以姑米多礁，黑夜不敢进，待明而行。亦不下碇，但将篷收回，顺风而立，则舟荡漾而不能进退。戌刻，舟中举号火，姑米山有火应之。询之为球人暗令❷：日则放炮，夜则举火。《仪》注所谓得信者，此也。

注释

❶姑米山：即现在冲绳的久米岛。
❷暗令：暗号。

十二日辰刻，过马齿山❶。山如犬羊相错，四峰离立，若马行空。计又行七更，船再用甲寅针❷，取那霸港❸。回望见迎封船在后，共相庆幸。历来针路所见，尚有小琉球、鸡笼山、黄麻屿，此行俱未见。闻知琉球伙长❹，年已六十，往来海面八次，每度细审，得其准的。以为不出辰卯二位，而乙卯位单，乙针尤多，故此次最为简捷，而所见亦仅三山，即至姑米。针则开洋用单辰，行七更后，用乙辰，自后尽用乙。过姑米，乃用乙卯。惟记更以香，殊难凭准。念五虎门至官塘，里有定数，因就时辰表按时计里，每时约行百有十里。自初八日未时开洋❺，讫十二日辰时，计共五十八时。初十日，暴风停两时。十一日夜，畏触礁，停三时，实行五十三时，计程应得五千八百三十里。计到那霸港，实洋面六千里有奇。

注释

❶马齿山：琉球岛西南庆良间诸岛。
❷甲寅针：指南针，罗盘。古时航海所用罗盘以十二地支子、丑、寅、卯、辰、巳、午、未、申、酉、戌、亥，与十天干中的甲、乙、丙、丁、庚、辛、壬、癸，八卦中的乾、坤、巽、艮共24个字，构成24个方位。用一个字表示方位称作"单"针，如单"辰"针、单"卯"针等，用两个字表示方位称作"缝针"，如"辛酉"针、"甲寅"针等。
❸那霸港：在今日本冲绳岛。
❹伙长：旧时航船上掌管罗盘者。
❺开洋：出航，开航。

据琉球伙长云，海上行舟，风小固不能驶，风过大，亦不能驶。风大则浪大，浪大力能壅船❶，进尺仍退二寸。惟风七分，浪五分，最宜驾驶，此次是也。从来渡海，未有平稳而驶如此者。于时，球人驾独木船数十，以纤挽舟而行，迎封三接如仪❷。辰刻，进那霸港。先是，二号船于初十日望不见，至是乃先至。迎封船亦随后至，齐泊临海寺前。伙长云，从未有三舟齐到者。

午刻，登岸。倾国人士，聚观于路，世孙率百官迎诏如仪。世孙年十七，白皙而丰颐，仪度雍容，善书，颇得松雪笔意❸。

注释

❶壅：阻挡、堵塞。
❷如仪：按照仪式。
❸松雪：赵孟頫（1254—1322），号松雪道人，元代书法家。

按《中山世鉴》❶，隋使羽骑尉朱宽至国，于万涛间，见地形如虬龙浮水，始曰"流虬"。而《隋书》又作"流求"，《新唐书》作"流鬼"，《元史》又作"瑠求"，明复作"琉球"。《世鉴》又载，元延祐元年❷，国分为三大里，凡十八国，或称山南王，或称山北王。余于中山、南山，游历几遍，大村不及二里，而即谓之国，得勿夸大乎？

注释

❶《中山世鉴》：琉球国官修第一部正史。
❷元延祐元年：1314年。

琉人每言大风，必曰台飓。按韩昌黎诗❶："雷霆逼飓颭。"❷是与飓同称者为颭。《玉篇》："颭，大风也，于笔切。"《唐书·百官志》："有颭海道，或系球人误书。"《隋书》称琉球有虎、狼、熊、罴，今实无之。又云无牛羊驴马。驴诚无，而六畜无不备。乃知书不可尽信也。

注释

❶韩昌黎：韩愈，因其祖籍昌黎，故又称韩昌黎。

❷雷霆逼飓飔：语出韩愈诗《山南郑相公、樊员外酬答为诗，其末咸有见及语，樊封以示愈，依赋十四韵以献》。

天使馆西向，仿中华廨署❶，有旗竿二，上悬册封黄旗。有照墙，有东西辕门，左右有鼓亭，有班房。大门署曰"天使馆"，门内廊房各四楹。仪门署曰"天泽门"，万历中使臣夏子阳题❷，年久失去，前使徐葆光补出❸。门内左右各十一间，中有甬道，道西榕树一株，大可十围，徐公手植。最西者为厨房，大堂五楹，署曰"敷命堂"，前使汪楫题❹。稍北，葆光额曰"皇纶三锡"。堂后有穿堂，直达二堂。堂五楹，中为正副使会食之地，前使周公署曰"声教东渐"。左右即寝室。堂后南北各一楼，南楼为正使所居，汪楫额曰"长风阁"。北楼为副使所居，前使林麟焻额曰"停云楼"❺。额北有诗牌，乃海山先生所题也❻。周砺礁石为垣，望同百雉。垣上悉植火凤，干方，无花有刺，似霸王鞭，叶似慎火草，俗谓能避火，名吉姑罗。南院有水井。楼皆上覆瓦，下砌方砖，院中平似沙，桌椅床帐悉仿中国式。寄尘得诗四首，有句云："相看楼阁云中出，即是蓬莱岛上居。"又有句云："一舟翦径凭风信，五日飞帆驻月楂。"皆真情真境也。

注释

❶廨（xiè）署：官署，旧时官员处理公务的地方。

❷夏子阳（1552—1610）：字君甫，江西玉山人。明万历十七年进士，官至兵部给事中，曾于万历三十一年出使琉球。

❸徐葆光（1671—1723）：字亮直，江苏长洲人。曾任翰林院编修，康熙五十八年出使琉球，著有《中山传信录》。

❹汪楫（1626年—1689年）：字次舟，号悔斋，安徽休宁人。历任翰林院检讨、福建布政使。曾于康熙二十二年出使琉球。

❺林麟焻：生卒年不详。字石来，福建莆田人。康熙九年进士，官至礼部郎中。曾于康熙二十年出使琉球。

❻海山先生：周煌（1714—1785），字景垣，重庆涪陵人。历任翰林院编修、工部、兵部尚书、都察院左都御史。曾于乾隆二十年出使琉球，并辑有《琉球国志略》。

　　孔子庙在久米村。堂三楹，中为神座，如王者垂旒搢圭❶，而署其主曰："至圣先师孔子神位。"左右两龛。龛二人立侍，各手一经，标曰"易""书""诗""春秋"，即所谓四配也。堂外为台，台东西，拾级以登，栅如棂星门，中仿戟门，半树塞以止行者。其外临水为屏墙。堂之东，为明伦堂，堂北祀启圣。久米士之秀者，皆肄业其中。择文理精通者为之师，岁有廪给❷，丁祭一如中国仪❸。敬题一诗云："洋溢声名四海驰，岛邦也解拜先师。庙堂肃穆垂旒贵，圣教如今洽九夷。"用伸仰止之忱。

注释

❶旒（liú）：旧时帝王帽子前后悬垂的玉串。搢（jìn）圭：佩带玉器。

❷廪给：旧时官府给生员的膳食补助。

❸丁祭：旧时祭祀孔子的仪式。

　　国中诸寺，以圆觉为大。渡观莲塘桥，亭供辨才天女❶，云即斗姥❷。将入门，有池曰"圆鉴"，荇藻交横，芰荷半倒❸。门高敞，有楼翼然。左右金刚四，规模略仿中国。佛殿七楹。更进，大殿亦七楹，名龙渊殿。中为佛堂，左右奉木主，亦祀先王神位，兼祀祧主❹。左序为方丈，右序为客座，皆设席。周缘以布，下衬极平而净，名曰"踏脚绵"。方丈前，为蓬莱庭。左为香积厨，侧有井，名"不冷泉"。

客座右为古松岭，异石错舛，列于松间。左厢为僧寮，右厢为狮子窟。僧寮南，有乐楼。楼南为园，绕花木。此圆觉寺之胜概也。

注释

❶辩才天女：佛教中的女神，神通广大，精通音乐。

❷斗姥：又名斗母，道教信奉的女神，长有三目、四头、八臂。

❸芰（jì）荷：菱叶、荷叶。

❹祧主：祖庙中的神主。

又有护国寺，为国王祷雨之所。龛内有神，黑而裸，手剑立，状甚狰狞。有钟，为前明景泰七年铸❶。寺后多凤尾蕉❷，一名铁树。又有天王寺，有钟，亦为景泰七年铸。又有定海寺，有钟，为前明天顺三年铸❸。至于龙渡寺、善兴寺、和光寺，荒废无可述者。

注释

❶景泰七年：1456年。

❷凤尾蕉：又名铁树、苏铁、避火蕉。一种常绿针叶树。主要生长在我国南部、印度尼西亚、印度等亚洲南部地区。

❸天顺三年：1459年。

此邦海味，颇多特产，为中国之所罕见。一石鉅❶，似墨鱼而大，腹圆如蜘蛛，双须八手，攒生两肩，有刺，类海参，无足无鳞介，如鲍鱼。登莱有所谓八带鱼者❷，以形考之，殆是石鉅，或即乌鲗之别种欤？❸

注释

❶石鉅：章鱼。

❷八带鱼：章鱼的俗称。

❸乌鲗（zéi）：乌贼。

一海蛇，长三尺，僵直如朽索，色黑，状狰狞。土人云：能杀虫，疗痼❶，已疬❷；殆永州异蛇类。土俗甚重之，以为贵品。

一海胆，如猬，剥皮去肉，捣成泥，盛以小瓶，可供馔。

一寄生螺，大小不一，长圆各异，皆负壳而行。螺中有蟹，两螯八跪，跪四大四小，以大跪行；螯一大一小，小者常隐，大者以取食。触之则大跪尽缩，以一大螯拒户。蟹也而有螺性，《海赋》所云"璅蛣腹蟹"❸，岂其类欤？《太平广记》谓"蟹入螺中"，似先有蟹。然取置碗中，以观其求脱之势，力猛壳脱，顷刻死，则又与壳相依为命。造物不测，难以臆度也。

注释

❶痼：顽固难治的疾病。

❷疬：恶疮

❸璅蛣（suǒ jié）：亦作琐蛣，又名海镜，一种寄居蟹。

一沙蟹，阔而薄，两螯大于身。甲小而缺其前，缩两螯以补之，若无缝。八跪特短，脐无甲，尖团莫辨❶。见人则凹双睛，喋水高寸许❷，似善怒。养以沙水，经十余日，不食亦不死。

一蚶，径二尺以上，围五尺许，古人所谓"屋瓦子"，以壳形凹凸，像瓦屋也。

一海马肉，薄片回屈如刨花❸，色如片茯苓❹。品之最贵者，不易得，得则先以献王。其状鱼身马首，无毛而有足，皮如江豚❺。此皆海味之特产也。

注释

❶尖团：雌雄。雌蟹脐团，雄蟹脐尖。

❷喋（xùn）：喷。

❸回屈：卷曲。

④茯苓：一种寄生在松树根上的菌类植物，可入药。

⑤江豚：一种鲸属。身长约二尺，体重可达一百六十千克。全身黑色，腹侧白色。头圆，眼小，以小鱼及小动物为食。多产于我国洞庭湖、长江下游等地区。

此邦果实，亦有与中国不同者。蕉实状如手指，色黄，味甘，瓣如柚，亦名甘露。初熟色青，以糖覆之则黄。其花红，一穗数尺。瓤须五六出，岁实为常，实如其须之数。中国亦有蕉，不闻岁结实，亦无有抽其丝作布者，或其性殊软？

布之原料，与制布之法，亦有与中国异者。一曰蕉布，米色，宽一尺，乃芭蕉沤抽其丝织成❶，轻密如罗❷。

一曰苎布，白而细，宽尺二寸，可敌棉布。

一曰丝布，白而棉软，苎经而丝纬，品之最尚者。《汉书》所谓蕉、筒、荃、葛，即此类也。

一曰麻布，米色而粗，品最下矣。国人善印花❸，花样不一，皆剪纸为范。加范于布❹，涂灰焉。灰干去范，乃着色。干而浣之，灰去而花出，愈洗而愈鲜，衣敝而色不退。此必别有制法，秘不语人。故东洋花布，特重于闽也。

注释

❶沤（òu）：在水中长时间浸泡。

❷罗：轻软而有稀孔的丝织品。

❸印花：在纺织品上印出图案。

❹范：模板。

此邦草木，多与中国异称，惜未携《群芳谱》来，一一辨证之耳。罗汉松谓之樫木❶，冬青谓之福木，万寿菊谓之禅菊，铁树谓之凤尾蕉，以叶对出形似也，亦谓之海棕榈，以叶盖头形似也。有携至中华以为盆玩者，则谓之万年棕云。凤梨❷，开花者谓之男木，白瓣若莲，颇香烈，不实；无花者谓之女木，而实大，如瓜可食。或云，即波罗蜜别种，球人又谓之"阿咀呢"。月橘❸，谓之十里香，叶如枣，小白花，甚芳烈，实如天竹子❹，稍大。闻二月中，红累累满树，若火齐然。惜余未及见也。

📌注释

❶樫（jiān）木：一种常绿乔木，主要分布在我国长江以南各省及日本等地。

❷凤梨：一种多年生草本植物，其果实又称菠萝。

❸月橘：一种常绿性灌木或小乔木，主要分布在我国南部。因花香浓郁，故有十里香之称。

❹天竹：一种常绿灌木。根、茎及果实均可入药。

球阳地气多暖❶，时届深秋，花草不杀，蚊雷不收，荻花盛开❷。野牡丹，二三月花，至八月复复，花累累如铃铎，素瓣、紫晕，檀心，圆而大，颇芳烈。佛桑四季皆花❸，有白色，有深红、粉红二色。因得一诗，诗云："偶随使节泛仙槎，日日春游玩物华。天气常如二三月，山林不断四时花。"亦真情真景也。

📌注释

❶球阳：琉球。

❷荻（dí）：一种多年生草本植物，多长在水边，叶似芦苇，秋天开花，花为紫色。

❸佛桑：即扶桑，灌木，多生长于我国南方，四季皆开花，为观赏植物。

球人嗜兰，谓之孔子花。陈宅尤多异产。有风兰，叶较兰稍长，筴竹为盆❶，挂风前，即蕃衍。有名护兰，叶类桂而厚，稍长如指，花一箭八、九出，以四月开，香胜于兰。出名护岳岩石间❷，不假水土，或寄树丫，或裹以棕而悬之，无不茂。有粟兰，一名芷兰，叶如凤尾花，作珍珠状。有棒兰，绿色，茎如珊瑚，无叶，花出桠间，如兰而小，亦寄树活。又有西表松兰、竹兰之目，或致自外岛，或取之岩间，香皆不减兰也。因得一诗，诗云："移根绝岛最堪夸，道是森森阙里花。不比寻常凡草木，春风一到即繁华。"题诗既毕，并为写生，愧无黄筌之妙笔耳❸。

注释

❶篾（miè）：把竹子劈成长条。

❷名护岳：冲绳岛北部的一座山峰。

❸黄筌（约903—965）：字要叔，成都人。五代时西蜀宫廷画家，擅画花鸟。

沿海多浮石，嵌空玲珑，水击之，声作钟馨，此与中国彭蠡之口石钟山相似❶。

闲居无可消遣，与施生弈，用琉球棋子。白者磨螺之封口石为之。内地小螺拒户有圆壳，海蝼大者❷，其拒户之壳，厚五、六分，径二寸许，圆白如砖碌❸，土人名曰"封口石"。黑者磨苍石为之，子径六分许，圆二寸许，中凹而四围削，无正背面，不类云南子式。棋盘以木为之，厚八寸，四足，足高四寸，而刻棋路。其俗好弈，举棋无不定之说，颇亦有国手。局终数空眼多少，不数实子，数正同。相传国中供奉棋神，画女相如仙子，不令人见，乃国中雅尚也。

注释

❶彭蠡：鄱阳湖的古称。

❷海蝼：海螺。

❸砗磲（chē qú）：一种生活在海洋中的软体动物，壳大而厚。

六月初八日辰刻，正副使恭奉谕祭文，及祭银焚帛，安放龙彩亭内。出天使馆东行，过久米村、泊村，至安里桥（即真玉桥）。世孙跪接如仪❶，即导引入庙。礼毕，引观先王庙。正庙七楹，正中向外，通为一龛，安奉诸王神位。左昭自舜马至尚穆，共十六位；右穆自义本至尚敬，共十五位。

是日，球人观者，弥山匝地❷，男子跪于道左，女子聚立远观。亦有施帷挂竹帘者，土人云系贵官眷属。女皆黥首、指节为饰❸，甚者全黑，少者间作梅花斑。国俗不穿耳，不施脂粉，无珠翠首饰。

注释

❶如仪：按照仪式。

❷弥山匝地：漫山遍野，形容人很多。

❸黥首：在额头上刺字或花纹。指节：手指关节。

人家门户，多树"石敢当"碣❶，墙头多植吉姑罗或桋树，剪剔极齐整。国人呼中国为唐山，呼华人为唐人。球地皆土沙，雨过即可行，无泥泞。

奥山有却金亭，前明册使陈给事侃归时却金❷，故国人造亭以表之。

❶石敢当：当旧时习俗，人们在门口立石碑或石雕武士像，刻"石敢当"三字，用以辟邪。

❷陈侃：浙江鄞县人，曾任吏科左给事中，嘉靖十三年出使琉球，著有《使琉球录》。

辨岳，在王宫东南二里许。过圆觉寺，从山脊行，水分左右，堪舆家谓之过峡❶，中山来脉也。山大小五峰，最高者谓之辨岳。灌木密覆，前有石柱二，中置栅二，外板阁二。少左，有小石塔，左右列石案五。折而东，数十级至顶，有石垆二❷：西祭山，东祭海。岳之神，曰祝，祝谓是天孙氏第二女云❸。国王受封，必斋戒亲祭，正、五、九月，祭山海及护国神，皆在辨岳也。

❶堪舆家：看风水的人。过峡：风水学术语。指两山相夹、从中间穿过的地形。

❷石垆：石头所做的祭台。

❸天孙氏：琉球神话中天地创造神阿摩美久神的后代，是琉球国的开国始主。

波上、雪崎及龟山，余已游遍，而要以鹤头为最胜。随正副使往游，陟其巅，避日而坐。草色粘天，松阴匝地。东望辨岳，秀出天半，王宫历历如画。其南，则近水如湖，远山如岸，丰见城巍然突出，山南王之旧迹犹有存者。西望马齿、姑米，出没隐见，若近若远，封舟之来路也。北俯那霸、久米，人烟辐辏❶。举凡山川灵异，草木阴翳，鱼鸟沉浮，云烟变灭，莫不争奇献巧，毕集目前。乃知前日之游，殊为卤莽。梁大夫小具盘樽，席地而饮，余亦趣仆以酒肴至。未申之交，凉风乍生，微雨将洒，乃移樽登舟。时海潮正涨，沙岸弥漫，遂由奥山南麓折而东北。山石嵌空欲落，海燕如鸥，渔舟似织。俄而返照入山，冰轮山水❷，文鳐无数❸，飞射潮头。与介山举觞弄月，击楫而歌。樽不空，客皆醉。越渡里村，漏已三下。却金亭前，列炬如昼，迎者倦矣。乃相与步月而归，为中山第一游焉。

注释

❶辐辏：密集，聚集。
❷冰轮：明月。
❸文鳐（yáo）：古代传说中的一种鱼。

泉崎桥桥下，为漫湖浒。每当晴夜，双门拱月，万象澄清❶，如玻璃世界，为中山八景之一。旺泉味甘，亦为中山八景之一。王城有亭，依城望远，因小憩亭中，品瑞泉，纵观中山八景。八景者：泉崎夜月、临海潮声、久米竹篱、龙洞松涛、筝崖夕照、长虹秋霁、城岳灵泉、中岛蕉园也。亭下多棕榈、紫竹❷，竹丛生，高三尺余，叶如棕，狭而长，即所谓观音竹也。亭南有蚶壳，长八尺许，贮水以供盥，知大蚶不易得也。

注释

❶澄清：清澈，明洁。
❷紫竹：一种散生竹，新竹为绿色，当年秋冬逐渐出现黑色斑点，后全秆变为紫黑色。

国人洗漱不用汤，家竖石桩，置石盂或蚶壳其上，贮水，旁置一柄筒。晓起，以筒盛水，浇而盥漱之。客至亦然。地多草，细软如毯，有事则取新沙覆之。国人取玳瑁之甲❶，以为长簪，传至中国，率由闽粤商贩。球人不知贵，以为贱品。昆山之旁❷，以玉抵鹊，地使然也。

❶玳瑁：一种海洋食肉性海龟，壳可入药，亦可做装饰品。

❷昆山：昆仑山。

丰见山顶，有山南王第故城。徐葆光诗有"颓垣宫阙无全瓦，荒草牛羊似破村"之句。王之子孙，今为那姓，犹聚居于此。

辻山❶，国人读为"失山"。琉球字皆对音，十失无别，疑迻之误也。副使辑《球雅》，谓一字作二三读，二、三字作一字读者，皆义而非音，即所谓寄语，国人尽知之。音则合百余字，或十余字为一音，与中国音迥异。国中唯读书通文理者，乃知对音，庶民皆不知也。

久米官之子弟，能言，教以汉语；能书，教以汉文。十岁称若秀才，王给米一石。十五剃发，先谒孔圣，次谒国王。王籍其名，谓之秀才，给米三石。长则选为通事❷，为国中文物声名最，即明三十六姓后裔也。那霸人以商为业，多富室。明洪武初，赐闽人三十六姓善操舟者，往来朝贡。国中久米村，梁、蔡、毛、郑、陈、曾、阮、金等姓，乃三十六姓之裔，至今国人重之。

❶辻（shí）山：琉球岛中部的一座山峰。

❷通事：翻译人员。

与寄公谈玄理，颇有入悟处，遂与唱和成诗。法司蔡温、紫金大夫程顺则、蔡文溥，三人集诗，有作者气。顺则别著《航海指南》，言渡海事甚悉。蔡温尤肆力于古文，有《蓑翁语录》《至言》等目，语根经学，有道学气。出入二氏之学，盖学朱子而未纯者❶。

琉球山多瘠硗❷，独宜薯。父老相传，受封之岁，必有丰年。今岁五月稍旱，幸自后雨不愆期❸，卒获大丰，薯可四收。海邦臣民，倍觉欢欣。金曰："非受封岁，无此丰年也。"

注释

❶朱子：对朱熹的尊称。

❷瘠硗（jí qiāo）：土地贫瘠硗薄，不肥沃。

❸愆（qiān）期：失期、误期。

六月初旬，稻已尽收。球阳地气温暖，稻常早熟，种以十一月，收以五六月。薯则四时皆种，三熟为丰，四熟则为大丰。稻田少，薯田多，国人以薯为命，米则王官始得食。亦有麦豆，所产不多。五月二十日，国中祭稻神。此祭未行，稻虽登场，不敢入家也。

七月初旬，始见燕，不巢人屋。中国燕以八月归，此燕疑未入中国者。其来以七月，巢必有地。别有所谓海燕，较紫燕稍大❶，而白其羽，有全白似鸥者。多巢岛中，间有至中国，人皆以为瑞。应潮鸡，雄纯黑，雌纯白，皆短足长尾，驯不避人。香厓购一小犬，而毛豹斑，性灵警，与饭不食，与薯乃食，知人皆食薯矣。鼠、雀最多，而鼠尤虐。亦有猫，不知捕鼠，邦人以为玩❷。乃知物性亦随地而变。鹰、雁、鹅、鸭特少。

注释

❶紫燕：又称越燕。体小多声，颔下为紫色，主要分布在我国江南地区。

❷邦人：当地人。

枕有方如圭者，有圆如轮而连以细轴者，有如文具藏数层者，制特精，皆以木为之。率宽三寸，高五寸。漆其外，或黑或朱。立而枕之，反侧则仆。按《礼记·少仪》注："颖，警枕也❶。谓之颖者，颖然警悟也。"又司马文正公❷，以圆木为警枕，少睡则转而觉，乃起读书。此殆警枕之遗。

❶警枕：以圆木制成的枕头，使睡者易醒。

❷司马文正公：司马光，因谥号文正，故称。

衣制皆宽博交衽❶，袖广二尺，口皆不缉❷，特短袂，以便作事。襟率无钮带，总名衾。男束大带，长丈六尺、宽四寸以为度。腰围四、五转，而收其垂于两胁间。烟包、纸袋、小刀、梳、篦之属，皆怀之，故胸前襟带皱起凸然。其胁下不缝者，惟幼童及僧衣为然。僧别有短衣如背心，谓之断俗，此其概也。

❶宽博：衣服宽大。衽：衣襟

❷缉（qī）：用针缝。

帽以薄木片为骨，叠帕而蒙之，前七层，后十一层。花锦帽，远望如屋漏痕者，品最贵，惟摄政王叔国相得冠之。次品花紫帽，法司冠之。其次则纯紫。大略紫为贵，黄次之，红又次之，青绿斯下。各色又以绫为贵，绢为次。国王未受封时，戴乌纱帽。双翅❶，侧冲上向，盘金，朱缨垂额，下束五色绦。至是冠皮弁❷，状如中国梨园演王者便帽❸，前直列花瓣七，衣蟒腰玉。

❶翅：帽子边上翘出像翅的部分。

❷皮弁：古时用鹿皮制成的帽子。

❸梨园：戏班。

肩舆如中国饼轿❶，中置大椅，上施大盖，无帷幔，辕粗而长，无绊❷，无横木，以八人左右肩之而行。

❶肩舆：轿子。

❷绊：轿子所用的一种绳子。

杜氏《通典》载琉球国俗❶，谓妇人产必食子衣❷，以火自炙，令汗出。余举以问杨文凤："然乎？"对曰："火炙诚有之，食衣则否。"即今中山已无火炙俗，惟北山犹未尽改。

嫁娶之礼，固陋已甚。世家亦有以酒肴珠贝为聘者。婚时即用本国轿，结彩鼓乐而迎。不计妆奁，父母送至夫家即返。不宴客，至亲具酒贺，不过数人。《隋书》云琉球风俗："男女相悦，便相匹偶。"盖其旧俗也。询之郑得功，郑得功曰："三十六姓初来时，俗尚未改。后渐知婚礼，此俗遂革。今国中有夫之妇，犯奸即杀。"余始悟琉球所以号守礼之国者，亦由三十六姓教化之力也。

注释

❶杜氏：即杜佑（735—812），字君卿。京兆万年人。唐代历史学家。其《通典》我国第一部专门记载典章制度的史书。

❷子衣：胎衣。

小民有丧，则邻里聚送，观者护丧，掩毕即归。宦家则同官相知者，亦来送柩。出即归，大都不宴客。题主官率皆用僧，男书"圆寂大禅定"❶，女书"禅定尼"，无考姓称❷。近日宦家亦有书官爵者。棺制三尺，屈身而殓之。近宦家亦有长五六尺者，民则仍旧。

注释

❶圆寂：佛教语。意思是诸德圆满、诸恶寂灭，后称僧尼之死为圆寂。**禅定：**佛教修行方法。即通过静坐敛心，达到身心安稳、观照明净的境界。

❷考妣：父母。

此邦之人，肘比华人稍短，《朝野金载》亦谓人形短小似昆仑❶。余所见士大夫短小者固多，亦有修髯丰颐者、颀而长者、胖而腹腰十围者，前言似未足信。人体多狐臭，古所谓"愠羠"也❷。

注释

❶《朝野金载》：唐代笔记小说，作者张鷟。
❷愠羠（yùn dī）：狐臭。

世禄之家皆赐姓❶。士庶率以田地为姓，更无名，其后裔则云某氏之子孙几男。所谓田、米，私姓也。

国中兵刑惟三章：杀人者死，伤人及重罪徒，轻罪罚日中晒之。计罪而定其日，国中数年无斩犯。间有犯斩罪者，又率引刀自剖腹死。

七月十五夜，开窗，见人家门外，皆列火炬二。询之土人，云："国俗于十五日盆祭，预期迎神，祭后乃去之。"盆祭者，中国所谓盂兰会也❷。连日见市上小儿，各手一纸幡，对立招展，作迎神状。知国俗盆祭祀先，亦大祭矣。

注释

❶世禄：世代享有爵禄。
❷盂兰会：佛教超度亡灵的法会，也是古时祭祀祖先的日子，时间在农历七月初七。

龟山南岸有窑，国人取车螯大蚶之壳以煅❶，墍灰壁不及石灰❷，而粘过者。再东北有池，为国人煮盐处。

七月二十五日，正、副使行册封礼，途中观者益众。上万松岭，迤逦而东。衢道修广，有坊，榜曰："中山道。"又进一坊，榜曰：

"守礼之邦。"世孙戴皮弁，服蟒衣，腰玉带，垂裳结佩，率百官跪迎道左。更进为欢会门，踞山巅，叠礁石为城，削磨如壁，有鸟道，无雉堞❸，高五尺以上，远望如聚髑髅。始悟《隋书》所谓王居多聚髑髅于其下者，乃远望误于形似，实未至城下也。城外石崖，左镌"龙冈"字，右镌"虎峷"字。王宫西向，以中国在海西，表忠顺面向之意。后东向为继世门，左南向为水门，右北向为久庆门。再进，层崖有门西北向，曰瑞泉。左右甬道，有左掖、右掖二门。更进有漏西向，榜曰："刻漏。"上设铜壶漏水。更进有门西北向，为奉神门，即王府门也。殿廷方广十数亩，分砌二道，由甬道进至阙廷❹，为王听政之所。壁悬伏羲画卦像，龙马负图立其前，绢色苍古，微有剥蚀，殆非近代物。北宫殿屋固朴，屋举手可接，以处山冈，且阻海飓。面对为南宫。此日正副使宴于北宫。大礼既成，通国欢忭❺。闻国王经行处，悉有彩饰。泉崎道旁，列盆花异卉，绕以朱栏，中刻木作麒麟形，题曰："非龙非彪，非熊非罴，王者之瑞兽。"天妃宫前，植大松六，叠假山四，作白鹤二，生子母鹿三。池上结棚，覆以松枝，松子垂如葡萄。池中刻木鲤大小五，令浮水面。环池以竹，栏旁有坊，曰"偕乐坊"。柱悬一板，题曰："鹿濯濯，鸟嚣嚣，牣鱼跃。"归而述诸副使，副使曰："此皆《志略》所载，事隔数十年，一字不易，可谓印板文字矣。"从客皆笑。

注释

❶车螯：又称车熬，一种生长在海洋里的蛤。

❷墍（xì）：涂抹。

❸雉堞（zhì dié）：城墙

❹阙廷：朝廷。

❺欢忭：喜悦，欢喜。

宜野湾县有龟寿者，事继母以孝，国人莫不闻。母爱所生子，而短龟寿于其父伊佐前，且不食以激其怒。伊佐惑之，欲死龟寿，将令深夜汲北宫，要而杀之。仆匿龟寿于家，往谏伊佐，伊佐缚而放之。且谓事已露，不可杀，乃逐龟寿。龟寿既被放，欲自尽，又恐张母恶。值天雨雹，病不支，僵卧于路。巡官见之，近而抚其体犹温，知未死，覆以己衣，渐苏。徐诘其故，龟寿不欲扬父母之恶，饰词告之。初，巡官闻孝子龟寿被放，意不平。至是见言语支吾，疑即龟寿。赐衣食，令去，密访得其状。乃传集村人，系伊佐妻至，数其罪而监之。将告于王，龟寿愿以身代。巡官不忍伤孝子心，召伊佐夫妇面谕之。妇感悟，卒为母子如初。副使既为之记，余复为诗以表章之。诗云："輶轩问俗到球阳❶，潜德端须为阐扬。诚孝由来能感格，何殊闵损与王祥。"❷以为事继母而不能尽孝者劝。

注释

❶輶（yóu）轩：古代使臣的代称。

❷王祥（185年—269年）：字休征，西晋琅琊人，事母至孝，传说他曾卧冰求鲤。

经迳山墟、方集，因步行集中。观所市物，薯为多，亦有鱼、盐、酒、菜、陶、木器、蕉苎、土布，粗恶无足观者。国无肆店，率业于其家。市货以有易无，不用银钱。

闻国中率用日本宽永钱❶，比来亦不见。昨香厓携示串钱，环如鹅眼，无轮廓，贯以绳，积长三寸许，连四贯而合之，封以纸，上有钤记❷。此球人新制钱，每封当大钱十。盖国中钱少，宽永钱铜质较美，恐或有人买去，故收藏之，特制此钱应用，市中无钱以此。

注释

❶宽永钱：日本铸造的一种钱币，清代中期曾在中国东南沿海一带流通。

❷钤记：印章。

国中男逸女劳，无有肩担背负者。趋集、织纴及采薪、运水，皆妇人主之，凡物皆戴之顶。

女衣既无钮无带，又不束腰，而国俗男女皆无裤，势须以手曳襟①。襟较男衣长，叠襟下为两层，风不得开。因悟髻必偏坠者，以手既曳襟，须空其顶以戴物。童而习之，虽重百斤，登山涉涧，无倾侧②，是国中第一绝技也。其动作也，常卷两袖至背，贯绳而束之。发垢辄洗，洗用泥。脱衣结于腰，赤身低头，见人亦不避。抱儿惟一手，又置腰间，即藉以曳襟。

注释

①曳：牵，拉。
②倾侧：倾斜。

东苑在崎山，出欢会门，折而北。逐瑞泉下流，至龙渊桥，汇而为池，广可十丈，长可数十丈，捍以堤①，曰"龙潭"。水清鱼可数，荷叶半倒。再折而东，有小村，篠屏修整②，松盖阴翳，薄云补林，微风啸竹，园外已极幽趣。入门，板亭二，南向。更进而南，屋三楹，亭东有阜如覆盂③。折而南，有岩西向，上镌梵字。下蹲石狮一，饰以五彩。再下，有小方池，凿石为龙首，泉从口出。有金鱼池，前竹万竿，后松百挺。再东，为望仙阁。前有"东苑阁"，后为"能仁堂"。东北望海，西南望山。国中形胜，此为第一。

注释

①捍：保卫，护卫。
②篠（xiǎo）：细竹。
③阜：土山，山包。

南苑之胜，亦不减于东苑。越中马富盛，折而东，循行阡陌间，水田漠漠，番薯油油①，绝无秋景。薯有新种者，问知已三收矣。再

222

入山，松阴夹道，茅屋参差，田家之景可画。计十余里，始入苑村，名姑场川，即"同乐苑"也。苑踞山脊，轩五楹，夹室为复阁，颇曲折。轩前有池，新凿，狭而东西长，叠礁为桥。桥南新阜累累，因阜以为亭，宜远眺。亭东植奇花异卉。有花绝类蝴蝶，绛红色，叶如嫩槐，曰"蝴蝶花"。有松叶如白毛，曰"白发松"。池东，旧有亭圯[2]，以布代之。池西有阁，颇轩敞，四面风来，宜纳凉。有阁曰"迎晖"，有亭曰"一览"，即正、副使所题也。轩北有松，有凤蕉，有桃，有柳。黄昏举烟火，略同中国。

注释

❶番薯：红薯，又称山芋、甘薯。

❷圯（yí）：桥。

余偕寄尘游波上。板阁无他神，惟挂铜片幡，上凿"奉寄御币"字，后署云"元和二年壬戌"[1]。或疑为唐时物，非也。按，元和二年为丁亥，非壬戌也。日本马场信武撰《八卦通变指南》，内列"三元指掌"，云："上元起永禄七年甲子[2]，止元和三年癸亥，如元起宽永元年甲子[3]，止元和三年癸亥；下元起贞享元年甲子[4]。今元禄十六年癸未。"[5]国中既行宽永钱，证以元和日本僭号[6]，知琉球旧曾奉日本正朔[7]，今讳言之欤。

注释

❶元和二年：1616年。元和二年应当是丙辰，而非壬戌。元和三年为丁巳，而非癸亥。

❷永禄七年：1564年。

❸宽永元年：1624年。

❹贞享元年：1684年。

❺元禄十六：1703年。

❻僭号：旧时超越本分的封号。

❼正朔：历法。

纸鸢制无精巧者❶，儿童多立屋上放之。按中国多放于清明前，义取张口仰视，宣导阳气❷，令儿少疾。今放于九月，以非九月纸鸢不能上，则风力与中国异。即此可验球阳气暖，故能十月种稻。

注释

❶纸鸢：风筝。
❷宣导：疏通，引导。

国俗男欲为僧者，听。既受戒，有廪给。有犯戒者，饬令还俗❶，放之别岛。女子愿为土妓者，亦听。接交外客❷，女之兄弟仍与外客叙亲往来，然率皆贫民，故不以为耻。若已嫁夫而复敢犯奸者，许女之父兄自杀之，不以告王。即告王，王亦不赦。此国中良贱之大防，所以重廉耻也。

此邦有红衣妓，与之言不解。按拍清歌，皆方言也。然风韵亦正有佳者，殆不减憨园。近忽因事他迁，以扇索诗，因题二诗以赠之。诗云："芳龄二八最风流，楚楚腰身剪剪眸。手抱琵琶浑不语，似曾相识在苏州。""新愁旧恨感千端，再见真如隔世难。可惜今宵好明月，与谁共卷绣帘看？"

注释

❶饬令：命令，勒令。
❷接交：结交，交往。

国人率恭谨，有所受，必高举为礼。有所敬，则俯身搓手而后膜拜。劝尊者酒，酌而置杯于指尖以为敬，平等则置手心。

此邦屋俱不高，瓦必瓴❶，以避飓也。地板必去地三尺，以避湿也。屋脊四出，如八角亭。四面接修，更无重构复室，以省材也。屋无门户，上限刻双沟，设方格，糊以纸，左右推移，更不设暗闩❷，利省便，恃无盗也，临街则设矣。神龛置青石于炉，实以砂，祀祖神也。国以石为神，无传真也。瓦上瓦狮，《隋书》所谓"兽头骨角"也。壁无粉墁，示朴也。贵家间有糊砑粉花笺，习华风，渐奢也。

注释

❶瓿：一种小型的瓦。
❷闩（shuān）：横插在门后用以安全、守卫的棍子。

龟山有峰独出，与众山绝。前附小峰，离约二丈许。邦人驾石为洞，连二山，高十丈余，结布幔于洞东。不憩，拾级而登，行洞上。又十余级，乃陟巅。巅恰容一楼，楼无名，四面轩豁❶，无户牖。副使谓余曰："兹楼俯中山之全势，不可无名。"因名之曰"蜀楼"，并为之跋曰："蜀者何？独也。楼何以蜀名？以其踞独山也。"不曰独而曰蜀者，以副使为蜀人。楼构已百年，而副使乃名之，若有待也。楼左瞰青畴❷，右扶苍石，后临大海，前揖中山，坐其中以望，若建瓴焉❸。余又请于副使曰："额不可无联。"副使因书前四语付之。归路，循海而西，崖洞溪壑，皆奇峭，是又一胜游矣。

注释

❶轩豁：敞亮，亮堂。
❷青畴：绿色的田野。
❸建瓴：居高临下的样子。

越南山，度丝满村，人家皆面海，奇石林立。遵海而西，有山，翠色攒空❶，石骨穿海❷，曰矽岳。时午潮初退，白石粼粼，群马争驰，飞溅如雨。再西，度大岭村，丛棘为篱，渔网数百晒其上。村外水田漠漠，泥淖陷马，有牛放于冈。汪《录》谓马耕无牛，今不尽然也。

本岛能中山语者，给黄帽，为酋长。岁遣亲云上监抚之❸，名奉行官，主其赋讼，各赋其土之宜，以贡于王。间切者，外府之谓。首里、泊、久米、那霸四府为王畿❹，故不设。此外皆设，职在亲民，察其村之利弊，而报于亲云上。间切，略如中国知府。中山属府十四，间切十，山南省属府十二，山北省属府九，间切如其府数。

注释

❶攒（zǎn）：聚集，簇拥。

❷石骨：坚硬的岩石。

❸亲云上：琉球国三品到七品官员的尊称。

❹王畿：京城。

国俗自八月初十至十五日，并蒸米，拌赤小豆，为饭相饷，以祭月，风同中国。是夜，正、副使邀从客露饮。月光澄水，天色拖蓝，风寂动息，潮声杂丝肉声❶，自远而至。恍置身三山，听子晋吹笙❷，麻姑度曲❸，万缘俱静矣。宇宙之大，同此一月。回忆昔日萧爽楼中，良宵美景，轻轻放过，今则天各一方，能无对月而兴怀乎？

注释

❶丝肉：乐器声和唱歌声。

❷子晋：即王子乔。神话传说中的人物，相传他是周灵王的太子，喜吹笙作凤凰鸣。

❸麻姑：神话传说中的仙女。

世传八月十八日，为潮生辰。国俗，于是夜候潮波上。子刻，偕寄尘至波上，草如碧毯，沾露愈滑，扶仆行，凭垣倚石而坐。丑刻，潮始至，若云峰万叠，卷海飞来。须臾，腥气大盛，水怪抟风，金蛇掣电❶，天柱欲折，地轴暗摇，雪浪溅衣，直高百尺，未敢遽窥鲛宫❷，已若有推而起之者。迷离惝恍，千态万状。观此，乃知枚乘

《七发》犹形容未尽也❸。潮既退，始闻噌吰之声出礁石间❹。徐步至护国寺，尚似有雷霆震耳。潮至此，观止矣。

注释

❶金蛇：比喻雷电的闪光。

❷鲛宫：传说中鲛人在水中的居室。

❸枚乘（？～前140）：字叔，淮阴人。擅作辞赋。

❹噌吰（cēng hóng）：形容声音洪亮，响亮。

　　元旦至六日，贺节。初五日，迎灶。二月，祭麦神。十二日，浚井❶，汲新水，俗谓之洗百病。三月三日，作艾糕❷。五月五日，竞渡。六月六日，国中作六月节，家家蒸糯米，为饭相饷。十二月八日，作糯米糕，层裹棕叶，蒸以相饷，名曰鬼饼。二十四日，送灶。正、三、五、九为吉月，妇女率游海畔，拜水神祈福。逢朔日，群汲新水献神。此其略也。余独疑国俗敬佛，而不知四月八日为佛诞辰。

腊八鬼饼如角黍❸，而不知七宝粥❹。

注释

❶浚：疏通，深挖。
❷艾糕：加艾草做成的糕饼。
❸角黍：粽子。
❹七宝粥：又称佛粥、腊八粥。农历腊月初八，寺僧用乳蕈、胡桃等煮粥供佛并供众结缘。

国王送菊二十余盆，花叶并茂，根际皆以竹签标名。内三种尤异类：一名"金锦"，朵兼红、黄、白三色，小而繁，灿如列星；一名"重宝"，瓣如莲而小，色淡红；一名"素球"，瓣宽，不类菊，重叠千层，白如雪。皆所未见者，媵之以诗❶，诗云："陶篱韩圃多秋色❷，未必当年有此花。似汝幽姿真可惜，移根无路到中华。"

注释

❶媵（yìng）：送，赠。
❷陶篱：典出陶渊明《饮酒》诗："采菊东篱下，悠然见南山。"

见狮子舞，布为身，皮为头，丝为尾，翦彩如毛饰其外，头尾口眼皆活，镀睛贴齿。两人居其中，俯仰跳跃，相驯狎欢腾状。余曰："此近古乐矣。"按《旧唐书·音乐志》，后周武帝时❶，造太平乐❷，亦谓之五方狮子舞。白乐天《西凉妓》云："假面夷人弄狮子，刻木为头丝作尾。金镀眼睛银贴齿，奋迅毛衣罢双耳。"即此舞也。

注释

❶后周武帝：宇文邕（543—578），公元560—578年在位。
❷太平乐：在宫廷表演的一种狮子舞。

此邦有所谓"踏柷戏"者，横木以为梁，高四尺余，复置板而横之，长丈有二尺，虚其两端，均力焉。夷女二，结束衣彩，赤双足，各手一巾，对立相视而歌。歌未竟，跃立两端。稍作低昂，势若水碓之起伏①，渐起渐高。东者陡落而激之，则西飞起三丈余，翩翩若轻燕之舞于空也。西者落而陡激之，则东者复起，又如鸷鸟之直上青云也②。叠相起伏，愈激愈疾，几若山鸡舞镜，不复辨其孰为影，孰为形焉。俄焉，势渐衰，机渐缓，板末乃安，齐跃而下，整衣而立。终戏，无虚蹈方寸者，技至此绝矣。

注释

❶水碓（duì）：旧时用水力舂米的器械。
❷鸷（zhì）鸟：猛禽。

接送宾客颇真率，无揖让之烦。客至不迎，随意坐。主人即具烟架、火炉、竹筒、木匣各一，横烟管其上，匣以烟，筒以弃灰也。遇所敬客，乃烹茶。以细末粉少许，杂茶末，入沸水半瓯，搅以小竹帚，以沫满瓯面为度。客去，亦不送。贵官劝客，常以箸蘸浆少许，纳客唇以为敬。烧酒着黄糖则名福❶，着白糖则名寿，亦劝客之一贵品也。

注释

❶黄糖：红糖。

重阳具龙舟❶，竞渡于龙潭❷。琉球亦于五月竞渡，重阳之戏，专为宴天使而设。因成三诗以志之，诗云："故园辜负菊花黄，万里迢迢在异乡。舟泛龙潭看竞渡，重阳错认作端阳。""去年秋在洞庭湾，亲摘黄花插翠鬟。今日登高来海外，累伊独上望夫山。""待将风信泛归槎，犹及初冬好到家。已误霜前开菊宴，还期雪里访梅花。"

注释

❶龙潭：这里泛指江河。

闻程顺则曾于津门购得宋朱文公墨迹十四字❶，今其后裔犹宝之。借观不得，因至其家。开卷，见笔势森严，如奇峰怪石，有岩岩不可犯之色❷，想见当日道学气象。字径八寸以上，文曰："香飞翰苑围川野，春报南桥叠萃新。"后有名款，无岁月。文公墨迹流传世间者，莫不宝而藏之。盖其所就者大，笔墨乃其余事，而能自成一家言如此。知古人学力，无所不至也。

注释

❶朱文公：即朱熹，因其谥号文公，故称。
❷岩岩：庄重，庄严。

又游蔡清派家祠。祠内供蔡君谟画像❶，并出君谟墨迹见示，知为君谟的派❷，由明初至琉球，为三十六姓之一。清派能汉语，人亦倜傥。由祠至其家，花木俱有清致，池圆如月，为额其室曰："月波大屋。"

注释

❶蔡君谟：蔡襄（1012—1067），字君谟，福建兴化人。著名书法家，为"宋四家"之一。
❷的派：嫡派。

大抵球人工剪剔树木，叠砌假山，故士大夫家率有丘壑以供游览。庭中树长竿，上置小木舟，长二尺，桅舵帆橹皆备。首尾风轮五叶，挂色旗以候风。渡海之家，率预计归期。南风至，则合家欢喜，谓行人当归，归则撤之，即古五两旗遗意❶。

❶五两旗：风旗。遗意：前人留下的意味、旨趣。

　　国王有墨长五寸，宽二寸。有老坑端砚❶，长一尺，宽六寸，有"永乐四年"字❷。砚背有"七年四月东坡居士留赠潘邠老"字❸。问知为前明受赐物。国中有东坡诗集，知王不但宝其砚矣。

注释

❶老坑：年代久远、产量大、质材精的石材坑口。端砚：用广东端溪出产石头制成的砚台。

❷永乐四年：1406年。

❸潘邠老：潘大临，字邠老，湖北黄冈人。宋江西诗派诗人。

　　棉纸、清纸，皆以谷皮为之，恶不中书者❶。有护书纸，大者佳，高可三尺许，阔二尺，白如玉；小者减其半。亦有印花诗笺，可作札❷。别有围屏纸，则糊壁用矣。徐葆光《球纸》诗云："冷金入手白于练❸，侧理海涛凝一片。昆刀截截径尺方，叠雪千层无幂面。"形容殆尽。

注释

❶恶：质量粗劣。

❷札：书信。

❸冷金：冷金纸，一种带白色泥金或洒金的纸。

　　南炮台间，有碑二：一正书❶，剥蚀甚微❷，"奉书造"三字；一其国学书。前朝嘉靖二十一年建❸，唯不能尽识。其笔力正自遒劲飞舞。

❶正书：楷书。

❷剥蚀：剥脱而逐渐损坏。

❸嘉靖二十一年：1542 年。

　　有木曰山米，又名野麻姑，叶可染，子如女贞❶，味酸，土人榨以为醋。球醋纯白，不甚酸，供者以为米醋，味不类，或即此果所榨欤？

　　席地坐，以东为上，设毡。食皆小盘，方盈尺，着两板为脚，高八寸许。肴凡四进，各盘贮而不相共。三进皆附以饭，至四肴乃进酒二，不过三巡❷。每进肴止一盘，必撤前肴而后进其次肴。饭用油煎面果，次肴饭用炒米花，三肴用饭。每供肴酒，主人必亲手高举，置客前，俯身搓手而退。终席，主人不陪，以为至敬。此球人宴会尊客之礼，平等乃对饮。大要球俗，席皆坐地，无椅桌之用，食具如古俎豆❸，肴尽干制，无所用勺。虽贵官家食，不过一肴、一饭、一箸，箸多削新柳为之。即妻子不同食，犹有古人之遗风焉。

注释

❶女贞：冬青树，树叶经冬不凋，其子可入药。

❷三巡：斟酒三次。

❸俎豆：俎和豆，古代祭祀、宴会时盛食品用的两种器皿。

　　使院敷命堂后，旧有二榜。一书前明册使姓名：洪武五年❶，封中山王察度，使行人汤载；永乐二年❷，封武宁，使行人时中；洪熙元年❸，封巴志，使中官柴山；正统七年❹，封尚忠，使给事中俞忭，行人刘逊；十三年，封尚思达，使给事中陈传，行人万祥；景泰二年❺，封尚景福，使给事中乔毅，行人童守宏；六年，封尚泰久，使给事中严诚，行人刘俭；天顺六年❻，封尚德，使吏科给事中潘荣，行人蔡哲；成化六年❼，封尚圆，使兵科给事中官荣，行人韩文；十三年，封尚真，使兵科给事中董旻，行人司司副张祥；嘉靖七年❽，封尚清，使吏科给事中陈侃，行人高澄；四十一年，封尚元，使吏科左给事中郭汝霖，行人李际春；万历四年❾，封尚永，使户科左给事中萧崇业，行人谢杰；二十九年，封尚宁，使兵科右给事中夏子阳，行人王士正；崇祯元年❿，封尚丰，使户科左给事中杜三策，行人司司正杨伦。凡十五次，二十七人。柴山以前，无副也。

一书本朝册使姓名：康熙二年⓫，封尚质，使兵科副理官张学礼，行人王垓；二十一年，封尚贞，使翰林院检讨汪楫，内阁中书舍人林麟焻；五十八年，封尚敬，使翰林院检讨海宝，翰林院编修徐葆光；乾隆二十一年⓬，封尚穆，使翰林院侍讲全魁，翰林院编修周煌。凡四次，共八人。

注释

❶洪武五年：1372 年。

❷永乐二年：1404 年。

❸洪熙元年：1425 年。

❹正统七年：1442 年。

❺景泰二年：1451 年。

❻天顺六年：1462 年。

❼成化六年：1470 年。

❽嘉靖七年：1528 年。

❾万历四年：1576 年。

❿崇祯元年：1628 年。

⓫康熙二年：1663 年。

⓬乾隆二十一年：1756 年。

清明后，南风为常。霜降后，南北风为常。反是飓飔将作。正、二、三月多飓，五、六、七、八月多飔。飓骤发而倏止，飔渐作而多日。九月，风或连月，俗称九降风，间有飓起，亦骤如飓。遇飓犹可，遇飓难当。十月后多北风，飓飓无定期，舟人视风隙以来往。凡飓将至，天色有黑点，急收帆，严舵以待，迟则不及，或至倾覆。飓将至，天边断虹若片帆，曰破帆。稍及半天如鲎尾[1]，曰"屈鲎"。若见北方尤虐。又海面骤变，多秽如米糠，及海蛇浮游，或红蜻蜓飞绕，皆飓风征[2]。

注释

[1]鲎（hòu）：又称中国鲎、东方鲎，一种生活在海洋中的甲壳类节肢动物。

[2]飓风：热带气旋。

自来球阳，忽已半年，东风不来，欲归无计。十月二十五日，乃始扬帆返国。至二十九日，见温州南杞山[1]。少顷，见北杞山，有船

数十只泊焉。舟人皆喜，以为此必迎护船也。守备登后艄以望，惊报曰："泊者贼船也。"又报："贼船皆扬帆矣。"未几，贼船十六只，吆喝而来。我船从舵门放子母炮❷，立毙四人，击喝者堕海，贼退。枪并发，又毙六人；复以炮击之，毙五人。稍进，又击之，复毙四人，乃退去。其时，贼船已占上风，暗移子母炮至舵右舷边，连毙贼十二人，焚其头篷，皆转舵而退。中有二船较大，复鼓噪，由上风飞至。大炮准对贼船，即施放，一发中其贼首，烟迷里许。既散，则贼船已尽退。是役也，枪炮俱无虚发，幸免于危。

注释

❶南杞山：靠近浙江温州海岸的一座山峰。
❷子母炮：旧时的一种火炮。

不一时，北风又至，浪飞过船。梦中闻舟人哗曰："到官塘矣。"惊起。从客皆一夜不眠，语余曰："险至此，汝尚能睡耶？"余问其状，曰："每侧则篷皆卧水。一浪盖船，则船身入水，唯闻瀑布声，垂流不息。其不覆者，幸耶。"余笑应之曰："设覆，君等能免乎？余入黑甜乡❶，未曾目击其险，岂非幸乎？"盥后，登战台视之，前后十余灶，皆没，船面无一物，爨火断矣。舟人指曰："前即定海❷，可无虑矣。"申刻，乃得泊。船户登岸购米薪，乃得食。

是夜修家书，以慰芸之悬系，而归心益切。犹忆昔年，芸尝谓余："布衣菜饭，可乐终身，不必作远游。"此番航海，虽奇而险，濒危幸免，始有味乎芸之言也。

注释

❶黑甜乡：梦乡。
❷定海：在今浙江舟山定海区，位于长江口与杭州湾交汇处。

卷六 养生记道

　　自芸娘之逝，戚戚无欢❶。春朝秋夕，登山临水，极目伤心，非悲则恨。读《坎坷记愁》，而余所遭之拂逆可知也❷。

　　静念解脱之法，行将辞家远出，求赤松子于世外。嗣以淡安、揖山两昆季之劝，遂乃栖身苦庵，唯以《南华经》自遣。乃知蒙庄鼓盆而歌❸，岂真忘情哉？无可奈何，而翻作达耳。余读其书，渐有所悟。读《养生主》而悟达观之士，无时而不安，无顺而不处，冥然与造化为一。将何得而何失，孰死而孰生耶？故任其所受，而哀乐无所错其间矣。又读《逍遥游》，而悟养生之要，唯在闲放不拘，怡适自得而已。始悔前此之一段痴情，得勿作茧自缚矣乎。此《养生记道》之所为作也。亦或采前贤之说以自广，扫除种种烦恼，唯以有益身心为主，即蒙庄之旨也。庶几可以全生，可以尽年。

注释

❶戚戚：忧伤的样子。
❷拂逆：不顺利，阻碍。
❸蒙庄：庄子。因其曾做过蒙漆园吏，故称。

　　余年才四十，渐呈衰象。盖以百忧摧撼❶，历年郁抑，不无闷损❷。淡安劝余每日静坐数息，仿子瞻《养生颂》之法，余将遵而行之。

注释

❶摧撼：摧残，烦扰。

❷闷损：烦闷。

调息之法，不拘时候，兀身端坐，子瞻所谓摄身使如木偶也❶。解衣缓带，务令适然。口中舌搅数次，微微吐出浊气，不令有声，鼻中微微纳之。或三五遍，二七遍，有津咽下，叩齿数通。舌抵上腭，唇齿相着，两目垂帘，令胧胧然渐次调息❷，不喘不粗。或数息出，或数息入，从一至十，从十至百，摄心在数，勿令散乱。子瞻所谓"寂然，兀然，与虚空等也"。如心息相依，杂念不生，则止勿数，任其自然。子瞻所谓"随"也。坐久愈妙，若欲起身，须徐徐舒放手足，勿得遽起。能勤行之，静中光景，种种奇特，子瞻所谓"定能生慧"。自然明悟，譬如盲人忽然有眼也。直可明心见性，不但养身全生而已。出入绵绵，若存若亡，神气相依，是为真息。

息息归根，自能夺天地之造化，长生不死之妙道也。

注释

❶子瞻：苏轼，字子瞻。
❷胧胧然：昏暗朦胧的样子。

人大言，我小语。人多烦，我少记。人悸怖❶，我不怒。澹然无为❷，神气自满。此长生之药。《秋声赋》云❸："奈何思其力之所不及，忧其智之所不能。宜其渥然丹者为槁木❹，黟然黑者为星星。"此士大夫通患也。又曰："百忧感其心，万事劳其形。有动乎中，必摇其精。"人常有多忧多思之患，方壮遽老，方老遽衰。反此亦长生之法。舞衫歌扇，转眼皆非；红粉青楼，当场即幻。秉灵烛以照迷情，持慧剑以割爱欲❺，殆非大勇不能也。

注释

❶悸怖：恐惧。
❷澹然：恬淡，安静。

❸《秋声赋》：欧阳修所写的一篇描写秋天景色的辞赋。

❹渥（wò）然：色泽红润的样子。

❺慧剑：佛教语。指能斩断一切烦恼的智慧。

　　然情必有所寄，不如寄其情于卉木❶，不如寄其情于书画。与对艳妆美人何异？可省却许多烦恼。范文正有云："千古贤贤，不能免生死，不能管后事。一身从无中来，却归无中去。谁是亲疏？谁能主宰？既无奈何，即放心逍遥，任委来往。如此断了，既心气渐顺，五脏亦和，药方有效，食方有味也。只如安乐人，勿有忧事。便吃食不下，何况久病，更忧身死，更忧身死，乃在大怖中，饮食安可得下？请宽心将息。"云云，乃劝其中舍三哥之帖。余近日多忧多虑，正宜读此一段。

注释

❶卉木：花卉草木。

　　放翁胸次广大，盖与渊明、乐天、尧夫❶、子瞻等，同其旷逸❷。其于养生之道，千言万语，真可谓有道之士。此后当玩索陆诗，正可疗余之病。

注释

❶尧夫：范纯仁（1027—1101），字尧夫，江苏吴县人，为范仲淹次子。

❷旷逸：心胸开阔，性情豁达。

　　澡浴极有益❶。余近制一大盆，盛水极多。澡浴后，至为畅适。东坡诗所谓"淤槽漆斛江河倾，本来无垢洗更轻"❷，颇领略得一二。

❶恣浴：洗澡。

❷淤槽漆斛江河倾，本来无垢洗更轻：诗出苏轼《宿海会寺》。"淤"原诗作"杉"。

治有病，不若治于无病。疗身，不若疗心。使人疗，尤不若先自疗也。林鉴堂诗曰："自家心病自家知，起念还当把念医。只是心生心作病，心安那有病来时。"此之谓自疗之药。游心于虚静，结志于微妙，委虑于无欲，指归于无为，故能达生延命，与道为久。

仙经以精、气、神为内三宝❶，耳、目、口为外三宝。常令内三宝不逐物而流，外三宝不诱中而扰。重阳祖师于十二时中❷，行住坐卧，一切动中，要把心似泰山，不摇不动。谨守四门：眼、耳、鼻、口，不令内入外出，此名养寿紧要。外无劳形之事，内无思想之患，以恬愉为务，以自得为功，形体不敝，精神不散。

❶仙经：泛指道教经典。

❷重阳祖师：王重阳（1112—1170），原名王中孚，字允卿，号重阳子。陕西咸阳人。道教全真道创始人，道徒尊称其为"重阳祖师"。

益州老人尝言❶："凡欲身之无病，必须先正其心。使其心不乱求，心不狂思，不贪嗜欲，不着迷惑，则心君泰然矣❷。心君泰然，则百骸四体，虽有病，不难治疗。独此心一动，百患为招，即扁鹊、华佗在旁，亦无所措手矣。"

❶益州：今四川。

❷心君：心。古人认为心是一身之主，故称。

林鉴堂先生有《安心诗》六首，真长生之要诀也。诗云：

我有灵丹一小锭，能医四海群迷病。
些儿吞下体安然，管取延年兼接命。

安心心法有谁知，却把无形妙药医。
医得此心能不病，翻身跳入太虚时。

念杂由来业障多❶，憧憧扰扰竟如何❷。
驱魔自有玄微诀，引入尧夫安乐窝。

人有二心方显念，念无二心始为人。
人心无二浑无念，念绝悠然见太清。

这也了时那也了，纷纷攘攘皆分晓。
云开万里见清光，明月一轮圆皎皎。

四海遨游养浩然，心连碧水水连天。
津头自有渔郎问，洞里桃花日日鲜。

注释

❶业障：佛教语，指妨碍修行的各种罪恶。
❷憧憧扰扰：纷扰。

禅师与余谈养心之法，谓："心如明镜，不可以尘之也。又如止水，不可以波之也。"此与晦庵所言❶："学者，常要提醒此心，惺惺不寐❷，如日中天，群邪自息。"其旨正同。又言："目毋妄视，耳毋妄听，口毋妄言，心毋妄动，贪慎痴爱，是非人我，一切放下。未事不可先迎，遇事不宜过扰，既事不可留住。听其自来，应以自然，信其自去。忿懥恐惧❸，好乐忧患，皆得其正。"此养心之要也。

王华子曰："斋者，齐也。齐其心而洁其体也，岂仅茹素而已。所谓齐其心者，澹志寡营，轻得失，勤内省，远荤酒。洁其体者，不履邪径，不视恶色，不听淫声，不为物诱。入室闭户，烧香静坐，方可谓之斋也。诚能如是，则身中之神明自安，升降不碍，可以却病，可以长生。"

注释

❶晦庵：朱熹，号晦庵。
❷惺惺：清醒，机警。
❸忿懥（zhì）：发怒，生气。

余所居室，四边皆窗户。遇风即合，风息即开。余所居室，前帘后屏，太明即下帘，以和其内映；太暗则卷帘，以通其外耀❶。内以安心，外以安目，心目俱安，则身安矣。

禅师称二语告我曰："未死先学死，有生即杀生。"有生，谓妄念初生。杀生，谓立予铲除也。此与孟子勿忘勿助之功相通。

孙真人《卫生歌》云❷：

卫生切要知三戒，大怒大欲并大醉。
三者若还有一焉，须防损失真元气。

又云：

世人欲知卫生道，喜乐有常嗔怒少。
心诚意正思虑除，理顺修身去烦恼。

又云：

> 醉后强饮饱强食，未有此生不成疾。
> 入资饮食以养身，去其甚者自安适。

又蔡西山《卫生歌》云❸：

> 何必餐霞饵大药，妄意延龄等龟鹤。
> 但于饮食嗜欲间，去其甚者将安乐。
> 食后徐行百步多，两手摩胁并胸腹。

又云：

> 醉眠饱卧俱无益，渴饮饥餐尤戒多。
> 食不欲粗并欲速，宁可少餐相接续。
> 若教一顿饱充肠，损气伤脾非尔福。

又云：

> 饮酒莫教令大醉，大醉伤神损心志。
> 酒渴饮水并啜茶，腰脚自兹成重坠。

又云：

> 视听行坐不可久，五劳七伤从此有。
> 四肢亦欲得小劳，譬如户枢终不朽。

又云：

道家更有颐生旨，第一戒人少嗔恚❹。

凡此数言，果能遵行，功臻旦夕，勿谓老生常谈也。

注释

❶外耀：外面的光线。

❷孙真人：孙思邈，京兆华原（现陕西耀州区）人，唐代医学家。宋徽宗曾追封其为妙应真人。

❸蔡西山：蔡元定（1135—1198），字季通，号西山，福建建阳人。南宋理学家。

❹嗔恚：发火，生气。

洁一室，开南牖，八窗通明。勿多陈列玩器，引乱心目。设广榻、长几各一，笔砚楚楚❶，旁设小几一。挂字画一幅，频换。几上置得意书一、二部，古帖一本，古琴一张。心目间，常要一尘不染。

晨入园林，种植蔬果，芟草，灌花，莳药❷。归来入室，闭目定神。时读快书，怡悦神气；时吟好诗，畅发幽情。临古帖，抚古琴，倦即止。知己聚谈，勿及时事，勿及权势，勿臧否人物，勿争辩是非。或约闲行，不衫不履，勿以劳苦徇礼节。小饮勿醉，陶然而已。诚然如是，亦堪乐志。以视夫蹩足入绊，伸脰就羁❸，游卿相之门，有簪佩之累❹，岂不霄壤之悬哉。

注释

❶楚楚：整洁的样子。

❷莳（shì）：种植，栽种。

❸脰（dòu）：脖颈。

❹簪佩：仕宦。

太极拳非他种拳术可及。太极二字，已完全包括此种拳术之意义。太极，乃一圆圈。太极拳即由无数圆圈联贯而成之一种拳术。无论一举手，一投足，皆不能离此圆圈。离此圆圈，便违太极拳之原理。四肢百骸不动则已❶，动则皆不能离此圆圈，处处成圆，随虚随实。练习以前，先须存神纳气，静坐数刻。并非道家之守窍也，只须屏绝思虑，务使万缘俱静。以缓慢为原则，以毫不使力为要义，自首至尾，联绵不断。相传为辽阳张通❷，于洪武初奉召入都，路阻武当，夜梦异人，授以此种拳术。余近年从事练习，果觉身体较健，寒暑不侵。用以卫生，诚有益而无损者也。

省多言，省笔札，省交游，省妄想，所一息不可省者，居敬养心耳。

注释

❶百骸：全身。
❷张通：张通，字均实，元代人。工诗善画。

杨廉夫有《路逢三叟》词云❶：

> 上叟前致词，大道抱天全。
> 中叟前致词，寒暑每节宣。
> 下叟前致词，百岁半单眠。

尝见后山诗中一词❷，亦此意。盖出应璩❸，璩诗曰：

> 昔有行道人，陌上见三叟。
> 年各百岁余，相与锄禾麦。
> 往前问三叟，何以得此寿？
> 上叟前致词，室内姬粗丑。
> 二叟前致词，量腹节所受。
> 下叟前致词，夜卧不覆首。
> 要哉三叟言，所以能长久。

❶杨廉夫：杨维桢（1296—1370），字廉夫，号铁崖。浙江会稽人。元代文学家。

❷后山：陈师道（1053—1102），字履常，号后山。彭城人。北宋诗人，著有《后山集》。

❸应璩（190—252）：字休琏，汝南人。三国时期文学家。

古人云："比上不足，比下有余。"此最是寻乐妙法也。将啼饥者比，则得饱自乐；将号寒者比，则得暖自乐；将劳役者比，则优闲自乐；将疾病者比，则康健自乐；将祸患者比，则平安自乐；将死亡者比，则生存自乐。

白乐天诗有云：

蜗牛角内争何事，石火光中寄此身。
随富随贫且欢喜，不开口笑是痴人。

近人诗有云：

人生世间一大梦，梦里胡为苦认真？
梦短梦长俱是梦，忽然一觉梦何存。

与乐天同一旷达也。

"世事茫茫，光阴有限，算来何必奔忙？人生碌碌，竞短论长，却不道荣枯有数，得失难量。看那秋风金谷❶，夜月乌江，阿房宫冷❷，铜雀台荒❸。荣华花上露，富贵草头霜。机关参透，万虑皆忘，夸什么龙楼凤阁，说什么利锁名缰。闲来静处，且将诗酒猖狂，唱一曲归来未晚，歌一调湖海茫茫。逢时遇景，拾翠寻芳。约几个知心密友，到野外溪旁，或琴棋适性，或曲水流觞；或说些善因果报，或论些今古兴亡。看花枝堆锦绣，听鸟语弄笙簧。一任他人情反复，世态炎凉，优游闲岁月，潇洒度时光。"

此不知为谁氏所作，读之而若大梦之得醒，热火世界一贴清凉散也。

注释

❶金谷：古代名园，为晋人石崇所建。

❷阿房宫：秦始皇时修建的宫殿，规模宏大，后被项羽焚毁。

❸铜雀台：三国时曹操所建。因楼顶铸有大孔雀，故名。

程明道先生曰❶："吾受气甚薄，因厚为保生。至三十而浸盛，四十、五十而浸盛❷，四十、五十而后完。今生七十二年矣，较其筋骨，于盛年无损也。若人待老而保生，是犹贫而后蓄积，虽勤亦无补矣。"

注释

❶程明道：程颢（hào）（1032—1085），字伯淳，号明道。河南洛阳人。宋代理学家。

❷浸盛：精力充沛，精神状态好。

口中言少，心头事少，肚里食少。有此三少，神仙可到。

酒宜节饮，忿宜速惩，欲宜力制。依此三宜，疾病自稀。

病有十可却：静坐观空，觉四大原从假合❶，一也；烦恼现前，以死譬之，二也；常将不如我者，巧自宽解，三也；造物劳我以生，遇病少闲，反生庆幸，四也；宿孽现逢，不可逃避，欢喜领受，五也；家庭和睦，无交谪之言❷，六也；众生各有病根，常自观察克治，七也；风寒谨访，嗜欲淡薄，八也；饮食宁节毋多，起居务适毋强，九也；觅高明亲友，讲开怀出世之谈，十也。

注释

❶四大：佛教以地、水、火、风为四大。
❷交谪：相互埋怨、责难。

邵康节居安乐窝中❶，自吟曰：

老年肢体索温存，安乐窝中别有春。
万事去心闲偃仰❷，四肢由我任舒伸。
炎天傍竹凉铺簟❸，寒雪围炉软布裀。
昼数落花聆鸟语，夜邀明月操琴音。
食防难化常思节，衣必宜温莫懒增。
谁道山翁拙于用，也能康济自家身。

注释

❶邵康节：邵雍（1011—1077），字尧夫，谥号康节。河北范阳人。北宋哲学家。安乐窝：邵雍将其居室称作安乐窝。
❷偃仰：俯仰。
❸簟（diàn）：竹席

养生之道，只"清净明了"四字。内觉身心空，外觉万物空，破诸妄想，一无执着，是曰"清净明了"。

万病之毒，皆生于浓。浓于声色，生虚怯病；浓于贷利，生贪饕病；浓于功业，生造作病；浓于名誉，生矫激病❶。噫，浓之为毒甚矣。樊尚默先生以一味药解之❷，曰"淡"。云白山青，川行石立，花迎鸟笑，谷答樵讴，万境自闲，人心自闹。

注释

❶矫激：奇异偏激。
❷樊尚默：樊良枢，字尚默，号致虚。江西进贤人。万历三十二年进士，历任仁和县令、云南提学副使。

岁暮访淡安，见其凝尘满室，泊然处之❶。叹曰："所居，必洒扫涓洁，虚室以居，尘嚣不杂。斋前杂树花木，时观万物生意。深夜独坐，或启扉以漏月光，至昧爽❷，但觉天地万物，清气自远而届，此心与相流通，更无窒碍。今室中芜秽不治，弗以累心，但恐于神爽未必有助也。"

余年来静坐枯庵，迅扫夙习。或浩歌长林，或孤啸幽谷，或弄艇投竿于溪涯湖曲，捐耳目，去心智，久之似有所得。陈白沙曰❸："不累于外物，不累于耳目，不累于造次颠沛。鸢飞鱼跃，其机在我。"知此者谓之善学，抑亦养寿之真诀也。

注释

❶泊然：恬淡从容的样子。
❷昧爽：拂晓，黎明。
❸陈白沙：陈献章（1428—1500），字公甫，广东新会白沙人。明代思想家。

圣贤皆无不乐之理。孔子曰："乐在其中。"颜子曰："不改其乐。"孟子以"不愧，不怍"为乐。《论语》开首说乐，《中庸》言"无入而不自得"。程、朱教寻孔颜乐趣，皆是此意。圣贤之乐，余何敢望，窃欲仿白傅❶之"有叟在中，白须飘然，妻孥熙熙❷，鸡犬闲闲"之乐云耳。

冬夏皆当以日出而起，于夏尤宜。天地清旭之气❶，最为爽神，失之甚为可惜。余居山寺之中，暑月日出则起，收水草清香之味。莲方敛而未开，竹含露而犹滴，可谓至快。日长漏永，午睡数刻，焚香垂幕，净展桃笙❷，睡足而起，神清气爽，真不啻天际真人也。

乐即是苦，苦即是乐。带些不足，安知非福？举家事事如意，一身件件自在，热光景即是冷消息。圣贤不能免厄，仙佛不能免劫，厄以铸圣贤，劫以炼仙佛也。

牛喘月，雁随阳，总成忙世界；蜂采香，蝇逐臭，同是苦生涯。劳生扰扰，惟利惟名。牿旦昼❸，蹑寒暑，促生死，皆此两字误之。以名为炭而灼心，心之液涸矣；以利为蛊而螫心，心之神损矣。今欲安心而却病，非将名利两字，涤除净尽不可。

余读柴桑翁《闲情赋》❶，而叹其钟情；读《归去来辞》，而叹其忘情；读《五柳先生传》，而叹其非有情、非无情，钟之忘之，而妙焉者也。余友淡公，最慕柴桑翁，书不求解而能解，酒不期醉而能醉。且语余曰："诗何必五言？官何必五斗？子何必五男？宅何必五柳?"可谓逸矣。余梦中有句云:"五百年谪在红尘,略成游戏;三千里击开沧海,便是逍遥。"醒而述诸琢堂,琢堂以为飘逸可诵,然而谁能会此意乎?

注释

❶柴桑翁:即陶渊明,因其为柴桑人,故有此称。《闲情赋》:与后文的《归去来辞》《五柳先生传》皆为陶渊明的作品。

真定梁公每语人❶:每晚家居,必寻可喜笑之事,与客纵谈,掀髯大笑,以发舒一日劳顿郁结之气。此真得养生要诀也。

曾有乡人过百岁,余扣其术。答曰:"余乡村人,无所知。但一生只是喜欢,从不知忧恼。"此岂名利中人所能哉。

昔王右军云❷:"吾笃嗜种果,此中有至乐存焉。我种之树,开一花,结一实,玩之偏爱,食之益甘。"右军可谓自得其乐矣。

放翁梦至仙馆,得诗云:"长廊下瞰碧莲沼,小阁正对青萝峰。"便以为极胜之景。余居禅房,颇擅此胜,可傲放翁矣。

注释

❶真定梁公:梁清标(1620—1691年),字玉立,真定人。官至户部尚书、保和殿大学士。清代书画收藏家、鉴赏家。
❷王右军:王羲之,因曾任右军将军,故称。

余昔在球阳,日则步屧于空潭、碧涧、长松、茂竹之侧,夕则挑灯读白香山❶、陆放翁之诗。焚香煮茶,延两君子于坐,与之相对,如见其襟怀之澹宕❷,几欲弃万事而从之游,亦愉悦身心之一助也。

余自四十五岁以后,讲求安心之法。方寸之地,空空洞洞,朗朗惺惺,凡喜怒哀乐、劳苦恐惧之事,决不令之入。譬如制为一城,将城门紧闭,时加防守,唯恐此数者阑入。近来渐觉阑入之时少,主人居其中,乃有安适之象矣。

养身之道，一在慎嗜欲，一在慎饮食，一在慎忿怒，一在慎寒暑，一在慎思索，一在慎烦劳。有一于此，足以致病。安得不时时谨慎耶。

注释

❶白香山：白居易。因其晚年居住在香山并自号香山居士，故称。
❷澹宕：恬静，舒畅。

张敦复先生尝言❶："古之读《文选》而悟养生之理，得力于两句，曰：'石蕴玉而山辉，水含珠而川媚。'此真是至言。尝见兰蕙、芍药之蒂间，必有露珠一点，若此一点为蚁虫所食，则花萎矣。又见笋初出，当晓，则必有露珠数颗在其末，日出，则露复敛而归根，夕则复上。田闲有诗云'夕看露颗上梢行'是也❷。若侵晓入园，笋上无露珠，则不成竹，遂取而食之。稻上亦有露，夕现而朝敛，人之元气全在乎此。故《文选》二语，不可不时时体察，得诀固不在多也。"

注释

❶张敦复：张英（1637—1708），字敦复，安徽桐城人，官至文华殿大学士、礼部尚书。工诗善画。
❷田闲：钱澄之（1612—1693），字饮光，号田闲。桐城人。

余之所居，仅可容膝，寒则温室拥杂花，暑则垂帘对高槐。所自适于天壤间者，止此耳。然退一步想，我所得于天者已多，因此心平气和，无歆羡，亦无怨尤。此余晚年自得之乐也。

圃翁曰❶："人心至灵至动，不可过劳，亦不可过逸，唯读书可以养之。"闲适无事之人，镇日不观书，则起居出入，身心无所栖泊，耳目无所安顿，势必心意颠倒，妄想生嗔，处逆境不乐，处顺境亦不乐也。古人有言：扫地焚香，清福已具。其有福者，佐以读书；其无福者，便生他想。旨哉斯言。且从来拂意之事❷，自不读书者见之，似为我所独遭，极其难堪。不知古人拂意之事，有百倍于此者，特不细心体验耳。即如东坡先生，殁后遭逢高孝，文字始出，而当时之忧谗畏讥，困顿转徙潮惠之间，且遇跣足涉水，居近牛栏，是何如境界？又如白香山之无嗣，陆放翁之忍饥，皆载在书卷。彼独非千载闻人？而所遇皆如此。诚一平心静观，则人间拂意之事，可以涣然冰释。若不读书，则但见我所遭甚苦，而无穷怨尤嗔忿之心，烧灼不静，其苦为何如耶。故读书为颐养第一事也。"

注释

❶圃翁：张英，号圃翁。
❷拂意：不如意。

吴下有石琢堂先生之城南老屋。屋有五柳园，颇具泉石之胜，城市之中，而有郊野之观，诚养神之胜地也。有天然之声籁，抑扬顿挫，荡漾余之耳边。群鸟嘤鸣林间时，所发之断断续续声；微风振动树叶时，所发之沙沙簌簌声，和清溪细流流出时，所发之潺潺淙淙声。余泰然仰卧于青葱可爱之草地上，眼望蔚蓝澄澈之穹苍，真是一幅绝妙画图也。以视拙政园❶，一喧一静，真远胜之。

吾人须于不快乐之中，寻一快乐之方法。先须认清快乐与不快乐之造成，固由于处境之如何，但其主要根苗，还从己心发长耳。同是一人，同处一样之境，甲却能战胜劣境，乙反为劣境所征服。能战胜劣境之人，视劣境所征服之人，较为快乐。所以不必歆羡他人之福❷，怨恨自己之命。是何异雪上加霜，愈以毁灭人生之一切也。无论如何处境之中，可以不必郁郁，须从郁郁之中，生出希望和快乐之精神。偶与琢堂道及，琢堂亦以为然。

注释

❶拙政园：古代著名园林，为苏州四大名园之一。园址原为唐陆龟蒙故宅。明嘉靖间王献臣在此建别墅，取晋潘岳《闲居赋序》"拙

者之为政"意，取名拙政园。

❷歆羡：羡慕，爱慕。

　　家如残秋，身如昃晚❶，情如剩烟，才如遣电❷，余不得已而游于画，而狎于诗，竖笔横墨，以自鸣其所喜。亦犹小草无聊，自矜其花；小鸟无奈，自矜其舌。小春之月，一霞始晴，一峰始明，一禽始清，一梅始生，而一诗一画始成。与梅相悦，与禽相得，与峰相立，与霞相揖，画虽拙而或以为工，诗虽苦而自以为甘。四壁已倾，一瓢已敝，无以损其愉悦之胸襟也。

注释

❶昃（zè）晚：傍晚。
❷遣电：闪电。

　　圃翁拟一联，将悬之草堂中："富贵贫贱，总难称意，知足即为称意；山水花竹，无恒主人，得闲便是主人。"其语虽俚，却有至理。天下佳山胜水、名花美竹无限。大约富贵人役于名利，贫贱人役于饥寒，总鲜领略及此者。能知足，能得闲，斯为自得其乐，斯为善于摄生也❶。

注释

❶摄生：养生。

　　心无止息，百忧以感之，众虑以扰之，若风之吹水，使之时起波澜，非所以养寿也。大约从事静坐，初不能妄念尽捐，宜注一念，由一念至于无念，如水之不起波澜。寂定之余，觉有无穷恬淡之意味，愿与世人共之。

　　阳明先生曰❶："只要良知真切，虽做举业，不为心累。且如读书时，知强记之心不是，即克去之；有欲速之心不是，即克去之；有夸多斗靡之心不是，即克去之。如此，亦只是终日与圣贤印对，是个纯乎天理之心。任他读书，亦只调摄此心而已，何累之有？"录此以为读书之法。

汤文正公抚吴时❷，日给惟韭菜。其公子偶市一鸡，公知之，责之曰："恶有士不嚼菜根，而能作百事者哉？"即遣去。奈何世之肉食者流，竭其脂膏，供其口腹，以为分所应尔。不知甘脆肥腻，乃腐肠之药也。大概受病之始，必由饮食不节。俭以养廉，澹以寡欲。安贫之道在是，却疾之方亦在是。余喜食蒜，素不贪屠门之嚼，食物素从省俭。自芸娘之逝，梅花盒亦不复用矣，庶不为汤公所呵乎。

注释

❶阳明先生：王守仁（1472—1529），字伯安，号阳明，浙江余姚人。明代思想家。

❷汤文正公：汤斌（1627—1687），字孔伯，谥号文正。河南睢县人。历任江苏巡抚、工部尚书。

留侯、邺侯之隐于白云乡❶，刘、阮、陶、李之隐于醉乡❷，司马长卿以温柔乡隐❸，希夷先生以睡乡隐，殆有所托而逃焉者也。余谓白云乡，则近于渺茫；醉乡、温柔乡，抑非所以却病而延年；而睡乡为胜矣。妄言息躬，辄造逍遥之境；静寐成梦，旋臻甜适之乡。余时时税驾❺，咀嚼其味，但不从邯郸道上向道人借黄粱枕耳。

注释

❶留侯、邺侯：留侯指汉代开国功臣张良，邺侯为唐李泌爵号。白云乡：典出《庄子》："乘彼白云，游于帝乡。"后遂以"白云乡"代指仙乡。

❷刘、阮、陶、李：分别指刘伶、阮籍、陶渊明、李白。

❸司马长卿：司马相如，字长卿，成都人。西汉辞赋家。他与卓文君私奔的故事一直被传为佳话。

❹税驾：休息，静养。

养生之道，莫大于眠食。菜根粗粝❶，但食之甘美，即胜于珍错也❷。眠亦不在多寝，但实得神凝梦甜，即片刻，亦足摄生也。放翁每以美睡为乐❸，然睡亦有诀。

孙真人云："能息心，自瞑目。"蔡西山云："先睡心，后睡眼。"此真未发之妙。禅师告余，伏气，有三种眠法：病龙眠，屈其膝也；寒猿眠，抱其膝也；龟鹤眠，踡其膝也。

注释

❶粗粝：粗茶淡饭。
❷珍错：美味的食物。
❸放翁：即陆游，号放翁。

余少时，见先君子于午餐之后，小睡片刻，灯后治事，精神焕发。余近日亦思法之，午餐后，于竹床小睡，入夜果觉清爽。益信吾父之所为，一一皆可为法。

余不为僧，而有僧意。自芸之殁，一切世味，皆生厌心；一切世缘，皆生悲想，奈何颠倒不自痛悔耶。近年与老僧共话无生，而生趣始得。稽首世尊❶，少忏宿愆❷。献佛以诗，餐僧以画。画性宜静，诗性宜孤，即诗与画，必悟禅机，始臻超脱也❸。

注释

❶世尊：对佛陀的尊称。
❷宿愆：前世的罪过。
❸臻：达到。

中国古代文学经典书系

诗书传情

人间词话

王国维　著
赵鹏程　校注

春风文艺出版社
·沈阳·

图书在版编目（CIP）数据

人间词话 / 王国维著；赵鹏程校注 . —沈阳：春风文艺出版社，2025.1
（中国古代文学经典书系 . 诗书传情）
ISBN 978 - 7 - 5313 - 6642 - 3

Ⅰ . ①人… Ⅱ . ①王… ②赵… Ⅲ . ①词话（文学）—中国—近代 Ⅳ . ①I207.23

中国国家版本馆CIP数据核字（2024）第023228号

古之成大事業大學問者必
經過三種之境界昨夜西
風凋碧樹獨上高樓望
盡天涯路此第一境也衣
帶漸寬終不悔為伊消
得人憔悴此第二境也眾
裏尋他千百度驀然回
首那人卻在燈火闌珊處此
第三境也

王國維人間詞話
壬辰三月春陽書

去時雪滿天山路山回路轉不見君雪上空行馬蹄處

燕臺一望客心驚笳鼓喧漢將營萬里寒光生積

雪三邊曙色動危旌沙場烽火連胡月海畔雲山

擁薊城少小雖非投筆吏論功還欲請長纓

庚申之夏　靜安王國維書

北風捲地白草折胡天八月即飛千樹萬樹梨花開

散入珠簾濕珠羅幕狐裘不暖錦衾薄將軍角弓

不得控都獲鐵衣冷猶着瀚瀚海闌干百丈冰愁雲

悁淡萬里凝中軍置酒飲歸客胡琴琵琶與羌笛紛

紛暮雪下轅門風掣紅旗凍不翻輪臺東門送君去

之際讀者不勝閱心領會而序言淪神志亦為瞶眜余以此
為恨二十年於茲今於退食之暇與二三文士授讐而商
榷焉訂訛析謬殊不敢以畫乃作者之共較諸舊本庶
幾十正之一八爰授梓人以公諸世庶幾猶仰日月者云浮雲

三醫而瞻矚蓁莽行江河者屏其沙礫之淤而潮游氣便
先生之文固不待此為輕重而於讀先生之文者未必無小
助云　乘涇峰年姜堯隆宣公集序
耀東仁兄先生　雅正　乙丑夏五觀堂弟王國維

留心購校造茲篆奉去先生之文本非有子雲之艱深
退之之佶屈正以乎周畫事情人之可曉故必以真起來學
裒發性情於今法利本往、於敷陳剴切之際讀者方
且揮涙滋昂而一字之誤喉吻輒為之囁嚅哉指畫特詳

有唐陸歙興先生制誥奏議之文羲至武人心又事
鋤金石自宗臣蘇軾范祖禹等元祐進呈以束人去尊奉
枝行不絕於今日已久日月經天江河行地豈猶有待於
表章而宣布之者顧問所沐傳考象訊字余自受讀以來

姑蘇臺上鳥啼騰霸業今如許
醉後不堪仍千古月中楊柳水邊
樓閣猶自教歌舞野花開徧真
娘墓一樣紅顏委朝露算是
人生贏得處千秋詩料一坏黃土
十里寒螿語　山寺微茫背夕曛鳥
飛不到半山昏上方孤磬定行雲試
上高峰窺皓月偶開天眼覷紅塵可
憐身是眼中人　人間詞二首
帝次郎中仁兄正　海寧王國維

❧ 前　言 ❧

　　王国维（1877—1927），浙江海宁人，本名德桢，字静安，一字伯隅，号观堂，又号礼堂、永观等，著有《静安文集》《观堂集林》等。王国维的《人间词话》以论词为中心，兼及诗歌、戏曲等多种文学形式。在理论主张方面，此书以"境界说"为特色，不仅是新旧学术转型的见证，对今天的古典诗词鉴赏，也颇具参考价值。

　　本书以《人间词话》手稿本为主，另附《词话》初刊本与重编本、《文学小言》。《人间词话》历来版本众多，但王国维生前手订或出版的，主要是本书收录的三种，下面简要介绍。1. 手稿本，即王国维手稿，今藏中国国家图书馆，收录词话125则。2. 初刊本，即《人间词话》最早刊行的版本。1908年、1909年间，分三期刊载于上海《国粹学报》，收录词话64则，其中内容多改订自手稿本，另有1条为补写。3. 重编本，这个版本经过王国维编定，所以也称"重编本"。1915年，分七期刊载于沈阳《盛京时报》，收录词话31则，其中内容多改订自手稿本、初刊本等。可以发现，这三个版本内容虽有重叠，但却反映了王国维本人的词学思想及其演变。因此，本书以手稿本为主，附录另外两种，供读者参考。此外，刊布于1906年的《文学小言》，不仅对《人间词话》的形成有重要影响，对读者了解王国维的文学史观也有帮助，故一并附录于后。

目　录

《人间词话》（手稿本）

一

《诗·蒹葭》一篇最得风人深致。❶晏同叔之"昨夜西风凋碧树。独上高楼，望尽天涯路"，意颇近之。❷但一洒落，一悲壮耳。

注释

❶《诗·蒹葭》：《诗经》中的一首诗《蒹葭》，这首诗的内容是："蒹葭苍苍，白露为霜。所谓伊人，在水一方。溯洄从之，道阻且长。溯游从之，宛在水中央。蒹葭萋萋，白露未晞。所谓伊人，在水之湄。溯洄从之，道阻且跻。溯游从之，宛在水中坻。蒹葭采采，白露未已。所谓伊人，在水之涘。溯洄从之，道阻且右。溯游从之，宛在水中沚。"

❷晏同叔：宋代文人晏殊（991—1055），字同叔，临川（今江西临川）人，有《珠玉词》传世。"昨夜西风凋碧树"三句出自晏殊的词《蝶恋花》，这首词的内容是："槛菊愁烟兰泣露。罗幕轻寒，燕子双飞去。明月不谙离恨苦。斜光到晓穿朱户。昨夜西风凋碧树。独上高楼，望尽天涯路。欲寄彩笺兼尺素。山长水阔知何处。"

二

古今之成大事业、大学问者，必经过三种之境界。"昨夜西风凋碧树。独上高楼，望尽天涯路"，此第一境界也。❶"衣带渐宽终不悔，为伊消得人憔悴"（欧阳永叔），此第二境界也。❷"众里寻他千百度，回头蓦见，那人正在、灯火阑珊处"（辛幼安），此第三境界也。❸此等语皆非大词人不能道，然遽以此意解释诸词，恐为晏、欧诸公所不许也。❹

注释

❶"昨夜西风凋碧树"三句：出自晏殊《蝶恋花》，原词参看第一条注释。

❷"衣带渐宽终不悔"两句：今人普遍认为，这几句出自柳永《凤栖梧》词："伫倚危楼风细细。望极春愁，黯黯生天际。草色烟光残照里。无言谁会凭阑意。拟把疏狂图一醉，对酒当歌，强乐还无味。衣带渐宽终不悔。为伊消得人憔悴。"王国维手稿中多次将这几句的作者题为"欧阳永叔"（欧阳修）。值得注意的是，王国维知道此句作者有归属问题，但还是认为"此等语固非欧公不能道"（参看：手稿本第102条）。欧阳永叔：欧阳修（1007—1072），宋代文学家，字永叔，号醉翁，又号六一居士，庐陵（今江西吉安）人，有《六一词》等词作传世。

❸"众里寻他千百度"三句：出自宋代词人辛弃疾的《青玉案·元夕》："东风夜放花千树。更吹落、星如雨。宝马雕车香满路。凤箫声动，玉壶光转，一夜鱼龙舞。蛾儿雪柳黄金缕。笑语盈盈暗香去。众里寻他千百度。蓦然回首，那人却在，灯火阑珊处。"辛幼安：辛弃疾（1140—1207），字幼安，号稼轩，山东济南人，宋代著名爱国词人，有《稼轩词》等词作传世。

❹遽：形容突然、仓促的状态。晏、欧诸公：前面提到的晏殊、欧阳修等人。这句话的大意是：前面提到的三句词，如果突然用来解释人生境界，或许有些断章取义，或许原作者也没有这样的想法；但是，当把这三句词联系起来看，用来形容"古今之成大事业、大学问者"的人生境界，却又有一定道理。

三

太白纯以气象胜，"西风残照，汉家陵阙"，寥寥八字，独有千古。❶后世唯范文正之《渔家傲》，夏英公之《喜迁莺》，差足继武，然气象已不逮矣。❷

注释

❶太白：唐代著名诗人李白（701—762），字太白，号青莲居士，祖籍陇西成纪（今居甘肃）。"西风残照，汉家陵阙"两句：出自《忆秦娥》，这首词相传是李白所作，原词为："箫声咽。秦娥梦断秦楼月。秦楼月。年年柳色，灞陵伤别。乐游原上清秋节。咸阳古道音尘绝。音尘绝。西风残照，汉家陵阙。"

❷范文正：宋代文人范仲淹（989—1052），吴县（今江苏苏州）人，字希文，谥号文正，所以也称"范文正"。《渔家傲》是范仲淹的一首词，原词为："塞下秋来风景异。衡阳雁去无留意。四面边声连角起。千嶂里。长烟落日孤城闭。浊酒一杯家万里。燕然未勒归无计。羌管悠悠霜满地。人不寐。将军白发征夫泪。"夏英公：宋代文人夏竦（985—1051），江州德安（今江西德安）人，字子乔，受封英国公，因此被称为"夏英公"。《喜迁莺》是夏竦的一首词，原词为："霞散绮。月垂钩。帘卷未央楼。夜凉银汉截天流。宫阙锁清秋。瑶台树。金茎露。凤髓香盘烟雾。三千珠翠拥宸游。水殿按凉州。"继武：追随前人的脚步。这句话是说：李白以后的词人中，范仲淹《渔家傲》、夏竦《喜迁莺》差不多能追随李白《忆秦娥》的脚步，但气象格局还是跟李白有差距。

四

张皋文谓飞卿之词"深美闳约"。❶余谓此四字唯冯正中足以当

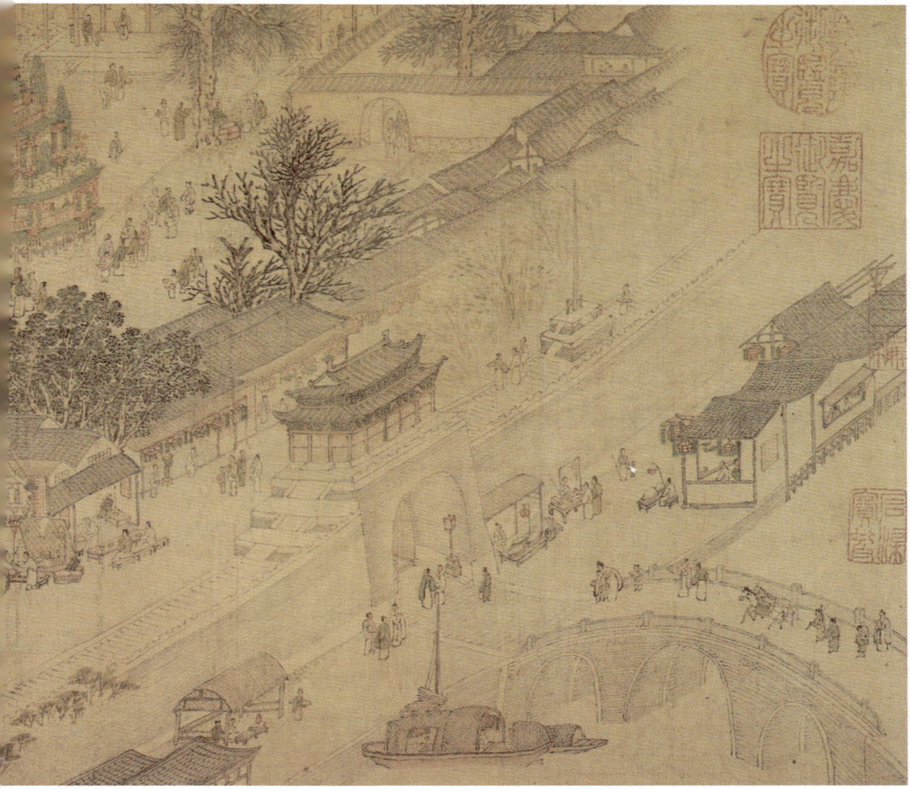

之。❷刘融斋谓飞卿"精艳绝人"，差近之耳。❸

注释

❶张皋文：清代文人张惠言（1761—1802），武进（今江苏常州）人，字皋文，号茗柯，有《茗柯词》。飞卿：唐代文人温庭筠（812—870），太原祁（今山西太原）人，字飞卿，因此称"温飞卿"。深美闳约：张惠言《词选序》对温庭筠的评价，这是一种既宏阔又深厚凝练的辩证艺术境界。

❷冯正中：五代文人冯延巳（903—960），广陵（今江苏扬州）人，字正中，因此称"冯正中"。

❸刘融斋：清代文人刘熙载（1813—1881），兴化（今江苏兴化）人，字伯简，号融斋，有《艺概》等传世。精艳绝人：刘熙载《艺概·词曲概》对温庭筠的评语："温飞卿词精妙绝人，然类不出乎绮怨。"本条的大意是：王国维认为，温庭筠词的风格，应该是像"精艳绝人"这样的绮怨之风，而不是像张惠言说的"深美闳约"这样宏阔厚重。

五

南唐中主词"菡萏香销翠叶残。西风愁起绿波间"，大有众芳芜秽、美人迟暮之感。❶乃古今独赏其"细雨梦回鸡塞远，小楼吹彻玉笙寒"，故知解人正不易得。❷

注释

❶南唐中主：五代南唐君主李璟（916—961），字伯玉，南唐三位君主中的第二位，史称"中主"。"菡萏香销翠叶残"两句：出自李璟《浣溪沙》，原词为："菡萏香销翠叶残。西风愁起绿波间。还与韶光共憔悴，不堪看。细雨梦回鸡塞远，小楼吹彻玉笙寒。多少泪珠何限恨，倚阑干。"众芳芜秽、美人迟暮：出自屈原《离骚》"哀众芳之

芜秽"、"恐美人之迟暮"。

❷"细雨梦回鸡塞远"两句：也出自李璟《浣溪沙》。

六

冯正中词虽不失五代风格，而堂庑特大，开北宋一代风气。❶中、后二主，皆未逮其精诣。❷《花间》于南唐人词中，虽录张泌作，而独不登正中只字，岂当时文采为功名所掩耶。❸

注释

❶冯正中：五代文人冯延巳。

❷中、后二主：五代南唐的两位君主，中主李璟、后主李煜。南唐前后有三位君主，李璟居中，故称"中主"，李煜第三，故称"后主"。李璟、李煜的词作合编为《南唐二主词》。李煜（937—978），字重光，中主李璟之子。

❸《花间》：也就是《花间集》，五代后蜀赵崇祚编纂的一部词集，可以说是现存最早的文人词选集。张泌：五代词人，具体生平不详，词作选入《花间集》。正中：冯延巳。

七

大家之作，其言情也必沁人心脾，其写景也必豁人耳目。其辞脱口而出，无矫揉装束之态。以其所见者真，所知者深也。持此以衡古今之作者，百不失一。此余所以不免有北宋后无词之叹也。

八

美成深远之致不及欧、秦。❶唯言情体物，穷极工巧，故不失为第一流之作者。但恨创调之才多，创意之才少耳。❷

❶美成：宋代词人周邦彦（1056—1121），钱塘（今浙江杭州）人，字美成，号清真居士，有词集《清真集》。欧、秦：代指宋代文人欧阳修、秦观。秦观（1049—1100），扬州高邮（今江苏高邮）人，字少游，又字太虚，号邗沟居士，也称淮海居士，有词集《淮海词》。

❷创调之才：即创制新词调的才能，周邦彦具备较为出众的音乐才能，不仅曾创制新词调，也曾在官方音乐机构大晟府任职。这句话大意是：王国维认为，周邦彦在创制词调方面固然才华出众，但具体到创建词意来说，却又显出不足。

九

词忌用替代字。美成《解语花》之"桂华流瓦"，境界极妙，惜以"桂华"二字代月耳。❶梦窗以下，则用代字更多。❷其所以然者，非意不足，则语不妙也。盖意足则不暇代，语妙则不必代。此少游之"小楼连苑"、"绣毂雕鞍"，所以为东坡所讥也。❸

❶美成：宋代词人周邦彦。"桂华流瓦"：出自周邦彦的词作《解语花·元宵》："风销焰蜡，露浥烘炉，花市光相射。桂华流瓦。纤云散，耿耿素娥欲下。衣裳淡雅。看楚女、纤腰一把。箫鼓喧、人影参差，满路飘香麝。因念都城放夜。望千门如昼，嬉笑游冶。钿车罗帕。相逢处，自有暗尘随马。年光是也。唯只见、旧情衰谢。清漏移、飞盖归来，从舞休歌罢。"

❷梦窗：宋代词人吴文英（1200—1260），四明（今浙江宁波）人，字君特，号梦窗，又号觉翁，有《梦窗词集》传世。

❸少游：宋代词人秦观。"小楼连苑"、"绣毂雕鞍"两句：出自秦观词作《水龙吟》："小楼连苑横空，下窥绣毂雕鞍骤。朱帘半卷，

单衣初试，清明时候。破暖轻风，弄晴微雨，欲无还有。卖花声过尽，斜阳院落，红成阵、飞鸳鸯。玉佩丁东别后。怅佳期、参差难又。名缰利锁，天还知道，和天也瘦。花下重门，柳边深巷，不堪回首。念多情，但有当时皓月，向人依旧。"东坡：宋代著名文人苏轼（1036—1101），眉州（今四川眉山）人，字子瞻，号东坡居士，有《东坡乐府》传世。

十

沈伯时《乐府指迷》云："说桃不可直说破'桃'，须用'红雨''刘郎'等字；说柳不可直说破'柳'，须用'章台''灞岸'等字。"❶若惟恐人不用代字者。果以是为工，则古今类书具在，又安用词为耶？❷宜其为《提要》所讥也。❸

注释

❶ 沈伯时：宋代文人沈义父，字伯时，有论词专著《乐府指迷》传世。《乐府指迷》这句话的大意是说，词中提到相关物象时，不应直接说现实名字，而应用代称，比如用"红雨"代指"桃"等。此句中的"章台"等词，都是古代常用的代称。

❷ 类书：中国古代的一种书籍体制，这种体制往往分为若干门类，每一门类之下则收录相关内容，这些内容又多采录自古代典籍。"类书"的传统，大约起自三国魏文帝时的《皇览》，此外，像《艺文类聚》《初学记》《北堂书抄》《太平御览》等，都是古代著名类书。王国维在此用"类书"作比喻，说明作词如果多用"替代字"，就会像"类书"一样烦琐，反而丧失了词的本质。

❸ 宜其为《提要》所讥：《提要》，即《四库全书总目提要》，纪昀等人于清代乾隆年间编纂的一部大型书目。清代编纂《四库全书》时，将所收各书分别撰写提要，简要介绍各书的基本信息并加评判，进而按照"经、史、子、集"等大小部类汇总在一起。《提要》中收

录《乐府指迷》，并对沈伯时用"替代字"的做法提出质疑："其意欲避鄙俗，而不知转成涂饰，亦非确论。"因此，王国维说"宜为《提要》所讥"。

十一

南宋词人，白石有格而无情，剑南有气而乏韵。[1]其堪与北宋人颉颃者，唯一幼安耳。[2]近人祖南宋而祧北宋，以南宋之词可学，北宋不可学也。[3]学南宋者，不祖白石，则祖梦窗，以白石、梦窗可学，幼安不可学也。[4]学幼安者率祖其粗犷、滑稽，以其粗犷、滑稽处可学，佳处不可学也。同时白石、龙洲学幼安之作且如此，况他人乎。[5]其实幼安词之佳者，如《摸鱼儿》《贺新郎·送茂嘉》《青玉案·元夕》《祝英台近》等，俊伟幽咽，固独有千古。[6]其他豪放之处，亦有"横素波"、"干青云"之概，宁后世龌龊小生所可拟耶。[7]

注释

[1] 白石：宋代词人姜夔（1155—1221），饶州鄱阳（今江西上饶）人，字尧章，号白石道人。剑南：宋代爱国文人陆游（1125—1210），山阴（今浙江绍兴）人，字务观，号放翁，有《剑南诗稿》等传世。

[2] 颉颃：比肩抗衡。幼安：宋代爱国文人辛弃疾（1140—1207），历城（今山东济南）人，字幼安，号稼轩居士，有《稼轩词》传世。

[3] 祧：泛指远祖，《礼记》称"远庙为祧"。这句话的大意是，近代词人学词，直接学习南宋词，较少学习北宋。

[4] 梦窗：宋代词人吴文英。

[5] 龙洲：宋代文人刘过（1154—1206），吉州太和（今江西泰和）人，字改之，号龙洲道人，有《龙洲词》传世。

[6] 《摸鱼儿》《贺新郎·送茂嘉》《青玉案·元夕》《祝英台近》：辛弃疾所作的四首词。

《摸鱼儿》（淳熙己亥，自湖北漕移湖南，同官王正之置酒小山亭，为赋。）："更能消、几番风雨。匆匆春又归去。惜春长怕花开早，何况落红无数。春且住，见说道、天涯芳草无归路。怨春不语。算只有殷勤，画檐蛛网，尽日惹飞絮。长门事，准拟佳期又误。蛾眉曾有人妒。千金纵买相如赋。脉脉此情谁诉。君莫舞。君不见、玉环飞燕皆尘土！闲愁最苦！休去倚危栏，斜阳正在，烟柳断肠处。"

《贺新郎·送茂嘉》，即《贺新郎·别茂嘉十二弟》："绿树听鹈鴂。更那堪、鹧鸪声住，杜鹃声切。啼到春归无寻处，苦恨芳菲都歇。算未抵、人间离别。马上琵琶关塞黑，更长门、翠辇辞金阙。看燕燕，送归妾。将军百战身名裂。向河梁、回头万里，故人长绝。易水萧萧西风冷，满座衣冠似雪。正壮士、悲歌未彻。啼鸟还知如许恨，料不啼清泪长啼血。谁共我，醉明月。"

《青玉案·元夕》："东风夜放花千树，更吹落、星如雨。宝马雕车香满路。凤箫声动，玉壶光转，一夜鱼龙舞。蛾儿雪柳黄金缕。笑语盈盈暗香去。众里寻他千百度。蓦然回首，那人却在，灯火阑珊处。"

《祝英台近》："宝钗分，桃叶渡，烟柳暗南浦。怕上层楼，十日九风雨。断肠片片飞红，都无人管，更谁劝、啼莺声住？鬓边觑，试把花卜归期，才簪又重数。罗帐灯昏，呜咽梦中语：是他春带愁来，春归何处？却不解、带将愁去。"

❼"横素波"、"干青云"：出自梁昭明太子萧统《陶渊明集序》："有疑陶渊明诗篇篇有酒，吾观其意不在酒，亦寄酒为迹者也。其文章不群，词采精拔，跌宕昭彰，独超众类，抑扬爽朗，莫之与京。横素波而傍流，干青云而直上。语实事则指而可想，论怀抱则旷而且真。加以贞志不休，安道苦节，不以躬耕为耻，不以无财为病，自非大贤笃志，与道污隆，孰能如此乎？"

十二

（周）介存谓梦窗词之佳者，如"水光云影，摇荡绿波，抚玩无

极，追寻已远"。❶余览《梦窗甲乙丙丁稿》，中实无足当此者。有之，其"隔江人在雨声中，晚风菰叶生秋怨"二语乎？❷

注释

❶介存：清代常州词派著名词人周济（1781—1839），荆溪（今江苏宜兴）人，字介存，又字保绪，号止庵，有《味隽斋词》等传世。梦窗词：宋代词人吴文英的词。

❷《梦窗甲乙丙丁稿》：即宋代词人吴文英的《梦窗词稿》，这部集子分为甲、乙、丙、丁四部分，所以也称《梦窗甲乙丙丁稿》。"隔江人在雨声中"二句：出自吴文英的词作《踏莎行》："润玉笼绡，檀樱倚扇。绣圈犹带脂香浅。榴心空叠舞裙红，艾枝应压愁鬟乱。午梦千山，窗阴一箭。香瘢新褪红丝腕。隔江人在雨声中，晚风菰叶生秋怨。"

十三

白石之词，余所最爱者亦仅二语，曰："淮南皓月冷千山，冥冥归去无人管。"❶

注释

❶白石：宋代词人姜夔。"淮南皓月冷千山"二句：出自姜夔《踏莎行》（自沔东来，丁未元日至金陵，江上感梦而作。）："燕燕轻盈，莺莺娇软，分明又向华胥见。夜长争得薄情知，春初早被相思染。别后书辞，别时针线，离魂暗逐郎行远。淮南皓月冷千山，冥冥归去无人管。"

十四

梦窗之词，吾得取其词中之一语以评之曰："映梦窗，零乱碧。"❶

玉田之词，余得取其词中之一语以评之曰："玉老田荒。"❷

注释

❶梦窗：宋代词人吴文英。"映梦窗，零乱碧"两句：出自吴文英《秋思·荷塘为括苍名姝求赋其听雨小阁》："堆枕香鬟侧。骤夜声，偏称画屏秋色。风碎串珠，润侵歌板，愁压眉窄。动罗篝清商，寸心低诉叙怨抑。映梦窗，零乱碧。待涨绿春深，落花香泛，料有断红流处，暗题相忆。欢酌。檐花细滴。送故人，粉黛重饰。漏侵琼瑟，丁东敲断，弄晴月白。怕一曲《霓裳》未终，催去骖凤翼。欢谢客犹未识。漫瘦却东阳，灯前无梦到得。路隔重云雁北。"

❷玉田：宋代词人张炎（1248—1319），字叔夏，号玉田，又号乐笑翁，有《山中白云词》《词源》等传世。"玉老田荒"一句：出自张炎《祝英台近·与周草窗话旧》："水痕深，花信足。寂寞汉南树。转首青阴，芳事顿如许。不知多少消魂，夜来风雨。犹梦到、断红流处。最无据。长年息影空山，愁入庾郎句。玉老田荒，心事已迟暮。几回听得啼鹃，不如归去。终不似、旧时鹦鹉。"

十五

双声、叠韵之论盛于六朝，唐人犹多用之，❶至宋以后则渐不讲，并不知二者为何物。乾、嘉间，吾乡周松霭先生（春）著《杜诗双声叠韵谱括略》，正千余年之误，可谓有功文苑者矣。❷其言曰："两字同母，谓之双声，两字同韵，谓之叠韵。"余按：用今日各国文法通用之语表之，则两字同一子音者谓之双声。（如《南史·羊元保传》之"官家恨狭，更广八分"，官、家、更、广四字，皆从k❷得声。《洛阳伽蓝记》之"狞奴慢骂"，狞、奴二字皆从n❺得声。慢、骂二字，皆从❹m得声是也。）❸两字同一母音者，谓之叠韵。（如梁武帝之"后牖有朽柳"，后、牖、有三字，双声而兼叠韵。有、朽、柳三字，其母音皆为u。刘孝绰之"梁王长康强"，梁、长、强三字，其母音皆为

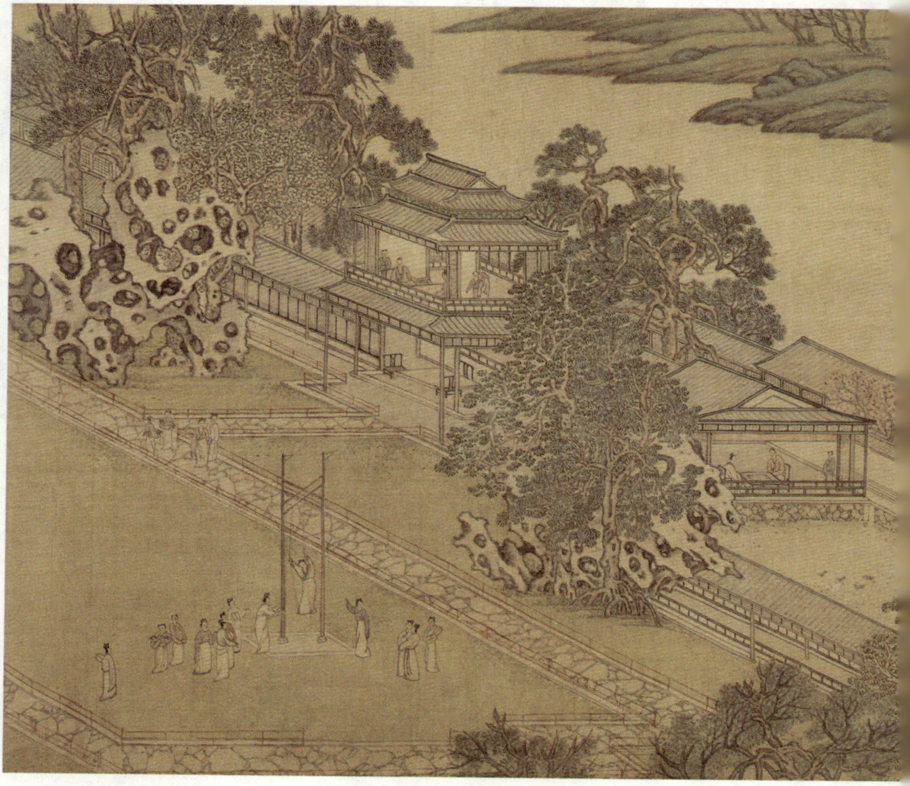

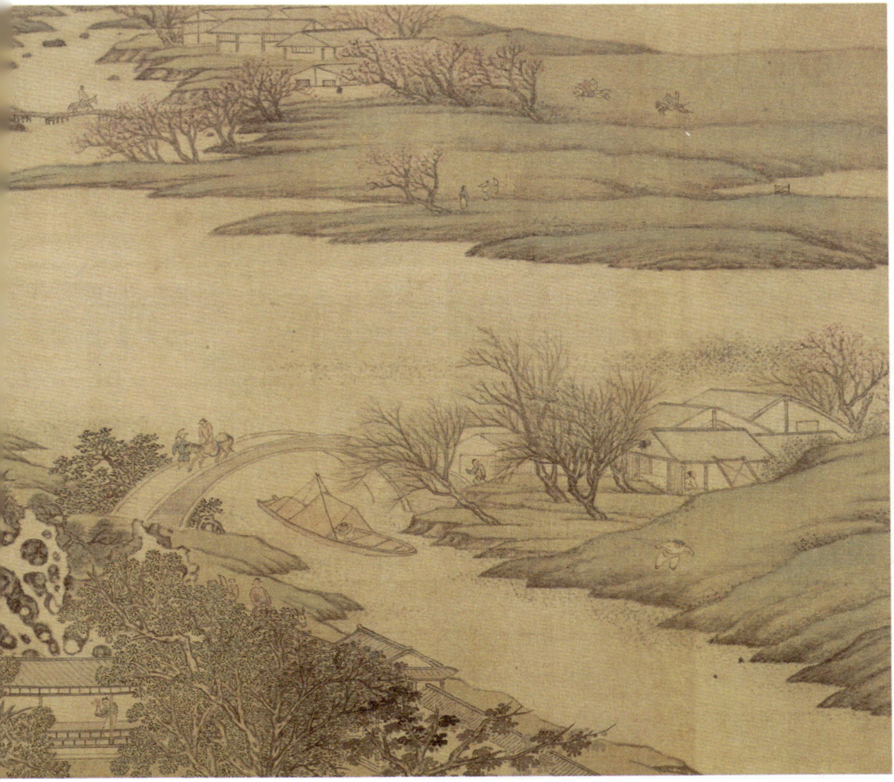

ang（原作ian）**⑤**也。）**④**自李淑《诗苑》伪造沈约之说，以双声叠韵为诗中八病之二，后世诗家多废而不讲，亦不复用之于词。**⑤**余谓苟于词之荡漾处用叠韵，促结处用双声，则其铿锵可诵必有过于前人者。惜世之专讲音律者，尚未悟此也。

注释

❶双声、叠韵：诗文中连续出现的两字，声母相同的叫作"双声"，韵母相同的叫作"叠韵"。

❷乾、嘉：泛指乾隆、嘉庆时期。周松霭：清代文人周春（1729—1815），浙江海宁人，字芑兮，号松霭。因为王国维也是浙江海宁人，二人同乡，所以说是"吾乡周松霭先生春"，"松霭"是其号，"春"是其名，本书中多有类似表述。周春著有《杜诗双声叠韵谱括略》）。

❸《南史》：唐代李延寿撰，全书八十卷，记载了从南朝宋武帝永初元年（420）到陈后主祯明三年（589）的历史，涉及宋、齐、梁、陈四个封建政权。《洛阳伽蓝记》：北魏人杨衒之撰，"伽蓝"是佛教对寺院的称谓，此书以记载洛阳佛寺为主，也著录了不少当时的风俗典故。

❹梁武帝：萧衍（464—549），字叔达。刘孝绰：南朝诗人刘孝绰（481—539），彭城（今江苏徐州）人，本名冉。

❺李淑：北宋文人，曾编《诗苑类格》，今已不传。沈约：南朝文人沈约（441—513），吴兴（浙江湖州）人。沈约文史兼通，犹善诗歌声律，为发现"四声八病"、创制"永明体"等做出重要贡献，另著有《宋书》。诗中八病：永明时期总结的八种诗歌声律问题，包括平头、上尾、蜂腰、鹤膝、大韵、小韵、旁纽、正纽。

十六

昔人但知双声之不拘四声，不知叠韵亦不拘平、上、去三声。**❶**凡字之同母音者，虽平仄有殊，皆叠韵也。**❷**

❶四声：汉语的四种声调，包括平声、上声、去声、入声。现代汉语普通话中已无入声，汉语拼音中的一、二、三、四声调，分别对应阴平、阳平、上声、去声。

❷平仄：在平、上、去、入四声中，以平声为"平"，以其他三声为"仄"。

十七

诗至唐中叶以后，殆为羔雁之具矣。❶故五代、北宋之诗，佳者绝少，而词则为其极盛时代。即诗词兼擅如永叔、少游者，亦词胜于诗远甚。❷以其写之于诗者，不若写之于词者之真也。至南宋以后，词亦为羔雁之具，而词亦替矣。此亦文学升降之一关键也。

注释

❶羔雁之具：泛指流于形式的应酬之物。古人常以羔羊、大雁为礼物，《周礼·春官》说："以禽作六挚，以等诸臣：孤执皮帛，卿执羔，大夫执雁，士执雉，庶人执鹜，工商执鸡。"

❷永叔：宋代词人欧阳修。少游：宋代词人秦观。

十八

正中词，除《鹊踏枝》《菩萨蛮》十数阕最煊赫外，如《醉花间》之"高树鹊衔巢，斜月明寒草"。❶余谓韦苏州之"流萤度高阁"，孟襄阳之"疏雨滴梧桐"，不能过也。❷

注释

❶冯正中：宋代词人冯延巳。"高树鹊衔巢"两句：出自冯延巳

《醉花间》："晴雪小园春未到，池边梅自早。高树鹊衔巢，斜月明寒草。山川风景好，自古金陵道。少年看却老。相逢莫厌醉金杯，别离多，欢会少。"

❷韦苏州：唐代诗人韦应物（739—792），长安（今陕西西安）人，曾任苏州刺史，所以后人也称他"韦苏州"。"流萤度高阁"一句：出自韦应物《寺居独夜寄崔主簿》："幽人寂不寐，木叶纷纷落。寒雨暗深更，流萤度高阁。坐使青灯晓，还伤夏衣薄。宁知岁方晏，离居更萧索。"孟襄阳：唐代诗人孟浩然（689—740），襄阳（今湖北襄阳）人，所以也称"孟襄阳"。"疏雨滴梧桐"一句：唐代人王士源《孟浩然集》序曾记载这句诗的一则故事："浩然尝闲游秘省，秋月新霁，诸英华赋诗作会。浩然句云'微云淡河汉，疏雨滴梧桐。'举座嗟其清绝，咸阁笔不复为继。"

十九

欧九《浣溪沙》词"绿杨楼外出秋千"。❶晁补之谓：只一"出"字，便后人所不能道。❷余谓此本于正中《上行杯》词"柳外秋千出画墙"，但欧语尤工耳。❸

注释

❶欧九：宋代文人欧阳修。"绿杨楼外出秋千"一句：出自欧阳修《浣溪沙》："堤上游人逐画船。拍堤春水四垂天。绿杨楼外出秋千。白发戴花君莫笑，六幺催拍盏频传。人生何处似尊前。"

❷晁补之：宋代文人晁补之（1053—1110），济州巨野（今山东巨野）人，字无咎，号归来子。

❸正中：五代文人冯延巳，字正中。冯延巳《上行杯》原词为："落梅着雨消残粉，云重烟轻寒食近。罗幕遮香，柳外秋千出画墙。春山颠倒钗横凤。飞絮入檐春睡重。梦里佳期，只许庭花与月知。"

二十

美成《青玉案》词："叶上初阳干宿雨。水面清圆，一一风荷举。"[1]此真能得荷之神理者。觉白石《念奴娇》《惜红衣》二词，犹有隔雾看花之恨。[2]

注释

[1] 美成：宋代词人周邦彦。"叶上初阳干宿雨"三句：王国维误记为出自《青玉案》，实则出自周邦彦《苏幕遮》："燎沉香，消溽暑。鸟雀呼晴，侵晓窥檐语。叶上初阳干宿雨，水面清圆，一一风荷举。故乡遥，何日去。家住吴门，久作长安旅。五月渔郎相忆否。小楫轻舟，梦入芙蓉浦。"

[2] 白石：宋代词人姜夔。《念奴娇》《惜红衣》是姜夔作的两首词。

《念奴娇》（余客武陵，湖北宪治在焉。古城野水，乔木参天。余与二三友，日荡舟其间，薄荷花而饮。意象幽闲，不类人境。秋水且涸，荷叶出地寻丈，因列坐其下，上不见日。清风徐来，绿云自动，间于疏处窥见游人画船，亦一乐也。揭来吴兴，数得相羊荷花中。又夜泛西湖，光景奇绝。故以此句写之。）："闹红一舸，记来时，尝与鸳鸯为侣。三十六陂人未到，水佩风裳无数。翠叶吹凉，玉容消酒，更洒菰蒲雨。嫣然摇动，冷香飞上诗句。日暮。青盖亭亭，情人不见，争忍凌波去。只恐舞衣寒易落，愁入西风南浦。高柳垂阴，老鱼吹浪，留我花间住。田田多少，几回沙际归路。"

《惜红衣》（吴兴号水晶宫，荷花盛丽。陈简斋云："今年何以报君恩？一路荷花，相送到青墩。"亦可见矣。丁未之夏，余游千岩，数往来红香中，自度此曲，以无射宫歌之。）："簟枕邀凉，琴书换日，睡余无力。细洒冰泉，并刀破甘碧。墙头唤酒，谁问讯城南诗客。岑寂。高柳晚蝉，说西风消息。虹梁水陌，鱼浪吹香，红衣半狼藉。维舟试望故国。渺天北。可惜渚边沙外，不共美人游历。问甚时同赋，三十六陂秋色。"

二十一

曾纯甫中秋应制，作《壶中天慢》词，自注云："是夜西兴亦闻天乐。"❶谓宫中乐声闻于隔岸也。毛子晋谓："天神亦不以人废言。"❷近冯梦华复辩其诬。❸不解"天乐"两字文义，殊笑人也。

注释

❶曾纯甫：宋代文人曾觌（1109—1180），汴京（今河南开封）人，字纯甫，有《海野词》。应制：古代文人奉帝王之命进行创作。《壶中天慢》：（此进御月词也。上皇大喜曰："从来月词，不曾用金瓯事，可谓新奇。"赐金束带、紫番罗、水晶碗。上亦赐宝盏。至一更五点回宫。是夜，西兴亦闻天乐焉）："素飙漾碧，看天衢稳送、一轮明月。翠水瀯壶人不到，比似世间秋别。玉手瑶笙，一时同色，小按霓裳叠。天津桥上，有人偷记新阕。当日谁幻银桥，阿瞒儿戏，一笑成痴绝。肯信群仙高宴处，移下水晶宫阙。云海尘清，山河影满，桂冷吹香雪。何劳玉斧，金瓯千古无缺。"

❷毛子晋：明代文人毛晋（1599—1659），常熟（今江苏常熟）人，字子晋，自建汲古阁藏书楼，不仅藏书丰富，而且也刻书出版，编纂《宋六十名家词》。"天神亦不以人废言"一句：出自毛晋《宋六十名家词·海野词》跋文。

❸冯梦华：近代文人冯煦（1842—1927），金坛（今江苏金坛）人，字梦华，号蒿庵、蒿叟、蒿隐。"冯梦华复辩其诬"：意思是说，冯煦《宋六十名家词·例言》曾对毛晋"天神"之说加以辩驳："曾纯甫赋进御月词，其自记云：'是夜，西兴亦闻天乐。'子晋遂谓天神亦不以人废言。不知宋人每好自神其说。白石道人尚欲以巢湖风驶归功于平调《满江红》，于海野何讥焉。"

二十二

古今词人格调之高，无如白石。①惜不于意境上用力，故觉无言外之味、弦外之响。终落第二手。其志清峻则有之，其旨遥深则未也。②

注释

❶白石：宋代词人姜夔。

❷"其志清峻"、"其旨遥深"：化用自刘勰《文心雕龙·明诗》对嵇康、阮籍的评价："唯嵇志清峻，阮旨遥深，故能标焉。""其旨遥深"，大意是说作品旨意深厚蕴藉，能寄托言外之意。

二十三

梅溪、梦窗、中仙玉田、草窗、西麓诸家，词虽不同，然同失之肤浅。①虽时代使然，亦其才分有限也。近人弃周鼎而宝康瓠，实难索解。②

注释

❶梅溪：宋代文人史达祖，汴京（今河南开封）人，字邦卿，号梅溪，有《梅溪词》。梦窗：宋代词人吴文英。玉田：宋代词人张炎。草窗：宋代词人周密（1232—1298），原籍济南（今山东济南），字公谨，号草窗、四水潜夫等，有《草窗词》。西麓：宋代词人陈允平（1205—1285），四明（今浙江宁波）人，字君衡，号西麓。

❷弃周鼎而宝康瓠：化用自汉代贾谊《吊屈原赋》："斡弃周鼎，宝康瓠兮。"周鼎，也即周朝的鼎。康瓠，也即破瓦壶。这句大意是今天论词的人，错把破烂当作好的，却把珍宝丢掉。

二十四

余填词不喜作长调，尤不喜用人韵。[1]偶尔游戏，作《水龙吟》咏杨花，用质夫、东坡倡和韵。[2]作《齐天乐》咏蟋蟀，用白石韵，[3]皆有"与晋代兴"之意。[4]余之所长殊不在是，世之君子宁以他词称我。

注 释

[1]长调：一种相对漫长舒缓的词作体制。中国古代的词，按照音乐曲调、词作体量等，可以分为小令、中调、长调。小令较为简短，中调则稍长，长调最为漫长、舒缓。

[2]游戏：泛指传统文人的休闲娱乐。《水龙吟》咏杨花：也即王国维本人的词作《水龙吟·杨花用章质夫苏子瞻唱和韵》："开时不与人看，如何一霎蒙蒙坠。日长无绪，回廊小立，迷离情思。细雨池塘，斜阳院落，重门深闭。正参参欲住，轻衫掠处，又特地、因风起。花事阑珊到汝。更休寻满枝琼坠。算人只合，人间哀乐，者般零碎。一样飘零，宁为尘土，勿随流水。怕盈盈、一片春江，都贮得、离人泪。"质夫：宋代文人章楶（1027—1102），建州浦城（今福建浦城）人，字质夫。东坡：宋代文人苏轼。

[3]白石：宋代词人姜夔。姜夔有《齐天乐》词咏蟋蟀，王国维用姜夔词韵，也作《齐天乐》词咏蟋蟀。

姜夔《齐天乐·蟋蟀》（丙辰岁，与张功父会饮张达可之堂，闻屋壁间蟋蟀有声，功父约予同赋，以授歌者。功父先成，辞甚美。予裴回茉莉花间，仰见秋月，顿起幽思，寻亦得此。蟋蟀，中都呼为促织，善斗。好事者或以三二十万钱致一枚，镂象齿为楼观以贮之。）："庾郎先自吟愁赋。凄凄更闻私语。露湿铜铺，苔侵石井，都是曾听伊处。哀音似诉。正思妇无眠，起寻机杼。曲曲屏山，夜凉独自甚情绪？西窗又吹暗雨。为谁频断续，相和砧杵？候馆迎秋，离宫吊月，别有伤心无数。幽诗漫与。笑篱落呼灯，世间儿女。写入琴丝，一声声更苦。"

王国维《齐天乐·蟋蟀用姜石帚原韵》："天涯已自悲秋极，何须更闻虫语。乍响瑶阶，旋穿绣闼，更入画屏深处。喁喁似诉。有几许哀丝，佐伊机杼。一夜东堂，暗抽离恨万千绪。空庭相和秋雨。又南城罢柝，西院停杵。试问王孙，苍茫岁晚，那有闲愁无数。宵深谩与。怕梦隐春酣，万家儿女。不识孤吟，劳人床下苦。"

❹与晋代兴：出自《国语·郑语》，比喻可与前人比肩，甚至有所超越。

二十五

余友沈昕伯纮自巴黎寄余《蝶恋花》一阕云："帘外东风随燕到，春色东来，循我来时道。一霎围场生绿草，归迟却怨春来早。锦绣一城春水绕，庭院笙歌，行乐多年少。着意来开孤客抱，不知名字闲花鸟。"❶此词当在晏氏父子间，南宋人不能道也。

注释

❶沈昕伯：近代文人沈纮，名纮，字昕伯，所以称"沈昕伯纮"。沈纮1904年留学欧洲，1918年病逝于英国伦敦。沈纮曾与王国维一起求学于上海东文学社，王国维以知音相许，这首《蝶恋花》当是沈纮在法国巴黎所作。

二十六

樊抗夫谓余词如《浣溪沙》之"天末同云"，《蝶恋花》之"昨夜梦中"、"百尺朱楼"、"春到临春"等阕，凿空而道，开词家未有之境。❶余自谓才不若古人，但于力争第一义处，古人亦不如我用意耳。❷

❶樊抗夫：近代文人樊炳清（1877—1929），山阴（今浙江绍兴）人，字少泉，又字抗甫、抗夫，与王国维关系密切，不仅曾一起求学于上海东文学社，也曾一同任教于江苏师范学堂。"天末同云"：出自王国维《浣溪沙》："天末同云黯四垂，失行孤雁逆风飞。江湖廖落尔安归？陌上金丸看落羽，闺中素手试调醯，今宵欢宴胜平时。"

"昨夜梦中"：出自王国维《蝶恋花》："昨夜梦中多少恨。细马香车，两两行相近。对面似怜人瘦损，众中不惜搴帷问。陌上轻雷听渐隐，梦里难从，觉后那堪讯。蜡泪窗前堆一寸，人间只有相思分。"

"百尺朱楼"：出自王国维《蝶恋花》："百尺朱楼临大道。楼外轻雷，不问昏和晓。独倚阑干人窈窕。闲中数尽行人小。一霎车尘生树杪。陌上楼头，都向尘中老。薄晚西风吹雨到。明朝又是伤流潦。"

"春到临春"：出自王国维《蝶恋花》："春到临春花正妩。迟日阑干，蜂蝶飞无数。谁遣一春抛却去。马蹄日日章台路。几度寻春春不遇。不见春来，那识春归处。斜日晚风杨柳渚。马头何处无飞絮。"

❷第一义：佛学术语，泛指最高境界。

二十七

东坡"杨花词"和韵而似元唱，质夫词元唱而似和韵。❶才之不可强也如是。

注释

❶和韵：诗词唱和时，用相同的韵来作诗。质夫：宋代文人章楶。元唱：古典诗词唱和中的第一首作品。宋代词人苏东坡、章楶曾有咏杨花词唱和。

章楶《水龙吟·杨花》："燕忙莺懒芳残，正堤上、杨花飘坠。轻飞乱舞，点画青林，全无才思。闲趁游丝，静临深院，日长门闭。傍珠帘散漫，垂垂欲下，依前被、风扶起。兰帐玉人睡觉，怪春衣、雪沾琼缀。绣床渐满，香球无数，才圆却碎。时见蜂儿，仰粘轻粉，鱼吞池水。望章台路杳，金鞍游荡，有盈盈泪。"

苏轼《水龙吟·次韵章质夫杨花词》："似花还似非花，也无人惜从教坠。抛家傍路，思量却是，无情有思。萦损柔肠，困酣娇眼，欲开还闭。梦随风万里，寻郎去处，又还被、莺呼起。不恨此花飞尽，恨西园、落红难缀。晓来雨过，遗踪何在。一池萍碎。春色三分，二分尘土，一分流水。细看来不是杨花，点点是离人泪。"

二十八

叔本华曰："抒情诗，少年之作也；叙事诗及戏曲，壮年之作也。"[1]余谓：抒情诗，国民幼稚时代之作也；叙事诗，国民盛壮时代之作也。故曲则古不如今（元曲诚多天籁，然其思想之陋劣，布置之粗笨，千篇一律，令人喷饭。至本朝之《桃花扇》《长生殿》诸传奇，则进矣），词则今不如古。[2]盖一则以布局为主，一则须伫兴而成故也。

注释

[1]叔本华：德国哲学家，生活在1733年至1860年。此处引用的这句话，出自叔本华《作为意志和表象的世界》。

[2]布置：指戏剧情节安排。传奇：中国古代戏曲体制的一种，主要指不同于短篇杂剧的长篇戏曲，这一体制上承宋元南戏，在明清时期达到高潮，代表作有汤显祖《牡丹亭》等。《桃花扇》：清代人孔尚任所作的传奇戏曲，讲述侯方域与李香君的爱情故事，并由此引发对明清易代的历史感慨，剧中自诉为"借离合之情，写兴亡之感"。《长生殿》：清代人洪昇所作的传奇戏曲，讲述唐玄宗与杨贵妃的爱情故事，通过杨贵妃的"情悔"、"尸解"等情节，将李杨爱情从"长恨"引向"长生"。

二十九

北宋名家以方回为最次。[1]其词如历下、新城之诗，非不华赡，惜少真味。[2]至宋末诸家，仅可譬之腐烂制艺，乃诸家之享重名者且数百年，始知世之幸人，不独曹蜍、李志也。[3]

注释

[1]方回：宋代词人贺铸（1052—1125），山阴（今浙江绍兴）人，字方回，号庆湖遗老，有《东山词》。

[2]历下：明代文人李攀龙（1514—1570），历城（今山东济南）人，济南古称"历下"，所以这里称"历下"。李攀龙字于鳞，号沧溟，是明中期文学复古的"后七子"之一，有《沧溟先生集》传世。新城：清代文人王士祯（1634—1711），新城（今山东桓台）人，字贻上，号阮亭，又号渔洋山人。

[3]制艺：泛指科举考试中的八股文创作，也称"时文"等。曹蜍、李志：两人皆与王羲之同时，而且都善于书法，但因为人品名声不好，所以不受人重视。王国维引用二人例子，说明艺术水准与人品名气的正反关系。

三十

散文易学而难工，骈文难学而易工。[1]近体诗易学而难工，古体诗难学而易工。[2]小令易学而难工，长调难学而易工。[3]

注释

[1]散文：形式相对自由的文体。骈文：这种文体注重字句对偶，往往以四言、六言成句，所以也称"四六文"、"骈体文"。

[2]近体诗：也称"格律诗"，这一诗体在南朝齐永明年间初见端

倪，到唐代逐渐定型，不仅讲求平仄声律，又有律诗、绝句等具体类型。古体诗：这一体制是与"近体诗"相对而言的，古体诗格律相对自由，有四言、五言、六言、七言乃至杂言等多样形式，也称"古风"。

❸小令、长调：词的两种体制，古代的词按照音乐曲调、词作体量等，可以分为小令、中调、长调。小令较为简短，中调则稍长，长调最为漫长、舒缓。

三十一

词以境界为最上。有境界则自成高格，自有名句。五代、北宋之词所以独绝者在此。

三十二

有造境，有写境，此理想与写实二派之所由分。然二者颇难分别。因大诗人所造之境，必合乎自然，所写之境，亦必邻于理想故也。

三十三

有有我之境，有无我之境。"泪眼问花花不语，乱红飞过秋千去"、"可堪孤馆闭春寒，杜鹃声里斜阳暮"，有我之境也；❶"采菊东篱下，悠然见南山"、"寒波澹澹起，白鸟悠悠下"，无我之境也。❷有我之境，以我观物，故物皆著我之色彩；无我之境，以物观物，故不知何者为我，何者为物。古人为词，写有我之境者为多，然未始不能写无我之境，此在豪杰之士能自树立耳。

❶ "泪眼问花花不语"两句：出自冯延巳《鹊踏枝》："庭院深深深几许。杨柳堆烟，帘幕无重数。玉勒雕鞍游冶处。楼高不见章台路。雨横风狂三月暮。门掩黄昏，无计留春住。泪眼问花花不语。乱红飞过秋千去。""可堪孤馆闭春寒"两句：出自秦观《踏莎行》："雾失楼台，月迷津渡。桃源望断无寻处。可堪孤馆闭春寒，杜鹃声里斜阳暮。驿寄梅花，鱼传尺素。砌成此恨无重数。郴江幸自绕郴山，为谁流下潇湘去。"

❷ "采菊东篱下"两句：出自陶渊明《饮酒·其五》："结庐在人境，而无车马喧。问君何能尔。心远地自偏。采菊东篱下，悠然见南山。山气日夕佳，飞鸟相与还。此中有真意，欲辨已忘言。""寒波澹澹起"两句：出自元好问《颖亭留别》："故人重分携，临流驻归驾。乾坤展清眺，万景若相借。北风三日雪，太素秉元化。九山郁峥嵘，了不受陵跨。寒波澹澹起，白鸟悠悠下。怀归人自急，物态本闲暇。壶觞负吟啸，尘土足悲咤。回首亭中人，平林淡如画。"

三十四

古诗云："谁能思不歌，谁能饥不食。"❶诗词者，物之不得其平而鸣者也。❷故"欢愉之辞难工，愁苦之言易巧"。❸

注释

❶ "谁能思不歌"两句：出自乐府诗《子夜歌》："谁能思不歌，谁能饥不食。日冥当户倚，惆怅底不忆。"

❷ "物之不得其平而鸣"：句意化用自唐代文人韩愈的《送孟东野序》："大凡物不得其平则鸣：草木之无声，风挠之鸣。水之无声，风荡之鸣。其跃也，或激之；其趋也，或梗之；其沸也，或炙之。金石之无声，或击之鸣。人之于言也亦然，有不得已者而后言。其歌也有思，其哭也有怀，凡出乎口而为声者，其皆有弗平者乎。"

❸ "欢愉之辞难工" 两句：出自唐代文人韩愈《荆潭唱和诗序》：
"夫和平之音淡薄，而愁思之声要妙；欢愉之辞难工，而穷苦之言易
好也。是故文章之作，恒发于羁旅草野；至若王公贵人，气满志得，
非性能好之，则不暇以为。"

三十五

境非独谓景物也，喜怒哀乐，亦人心中之一境界。故能写真景
物、真感情者，谓之有境界；否则谓之无境界。

三十六

无我之境，人唯于静中得之；有我之境，于由动之静时得之。故
一优美，一宏壮也。

三十七

自然中之物，互相关系，互相限制，故不能有完全之美。然其写
之于文学中也，必遗其关系、限制之处。故虽写实家，亦理想家也。
又虽如何虚构之境，其材料必求之于自然，而其构造，亦必从自然之
法则。故虽理想家，亦写实家也。

三十八

社会上之习惯，杀许多之善人。文学上之习惯，杀许多之天才。

三十九

诗之《三百篇》《十九首》，词之五代、北宋，皆无题也。❶非无

题也，诗词中之意，不能以题尽之也。自《花庵》《草堂》每调立题，并古人无题之词亦为之作题，其可笑孰甚。❷

注释

❶《三百篇》：《诗经》除存目的6首笙诗外，一共305篇，又称"三百篇""诗三百"等。《十九首》：也即《古诗十九首》，东汉文人诗，一共十九首，昭明太子萧统编《文选》时，便将其合称为《古诗十九首》。

❷《花庵》：词选本《花庵词选》的简称，南宋人黄昇编，包括《唐宋诸贤绝妙词选》《中兴以来绝妙词选》两部分。《草堂》：词选本《草堂诗余》的简称，南宋人何士信编，收录唐、五代、宋几朝之词。

四十

诗词之题目，本为自然及人生也。自古人误以为美刺、投赠，题目既误，诗亦自不能佳。❶后人才不及古人，见古名大家亦有此等作，遂遗其独到之处而专学此种，不复知诗之本意。于是豪杰之士出，不得不变其体格，如楚辞、汉之五言诗、唐五代北宋之词，皆是也。❷故此等文学皆无题。诗有题而诗亡，词有题而词亡，然中材之士，鲜能知此而自振拔者矣。

注释

❶美刺：以诗歌实现对社会现实的歌颂与讽刺。投赠：以诗歌作为赠别、问候等的寄托。

❷楚辞：先秦时期源自楚地的一种诗歌体制，屈原、宋玉等是其中的代表诗人。这些源自楚地的诗歌，后来又被汇编为《楚辞》一书。五言诗：中国古代诗歌可以按字数划分，每句五个字的称为"五言诗"，此外，还有四言诗、七言诗等，也有字数不等的"杂言诗"。

四十一

冯梦华《宋六十一家词选·序例》谓："淮海、小山，古之伤心人也。其淡语皆有味，浅语皆有致。"❶余谓此唯淮海足以当之。小山矜贵有余，但稍胜方回耳。❷古人以秦七黄九或小晏秦郎并称，不图老子乃与韩非同传。❸

注释

❶冯梦华：近代文人冯煦（1842—1927），金坛（今江苏金坛）人，字梦华，号蒿庵、蒿叟、蒿隐。淮海：宋代词人秦观，号淮海居士。小山：宋代词人晏几道，号小山。

❷方回：宋代词人贺铸（1052—1125），卫州（今河南卫辉）人，字方回，号庆湖遗老。

❸秦七：宋代词人秦观，排行第七，故称"秦七"。黄九：宋代词人黄庭坚，排行第九，故称"黄九"。小晏：宋代词人晏几道，晏殊、晏几道父子都是著名文人，人称"二晏"，晏殊称为"大晏"，晏几道称为"小晏"。秦郎：本则前面提到的秦观。老子：中国古代思想家，道家学派创始人，相传作有《道德经》五千言。韩非：中国古代思想家，法家学派重要代表，有《韩非子》等记述其言论。司马迁《史记》将老子、韩非事迹记录在《老子韩非列传》。

四十二

人能于诗词中不为美刺、投赠、怀古、咏史之篇，不使隶事之句，不用装饰之字，则于此道已过半矣。❶

注释

❶美刺：以诗歌实现对社会现实的歌颂与讽刺。投赠：以诗歌作

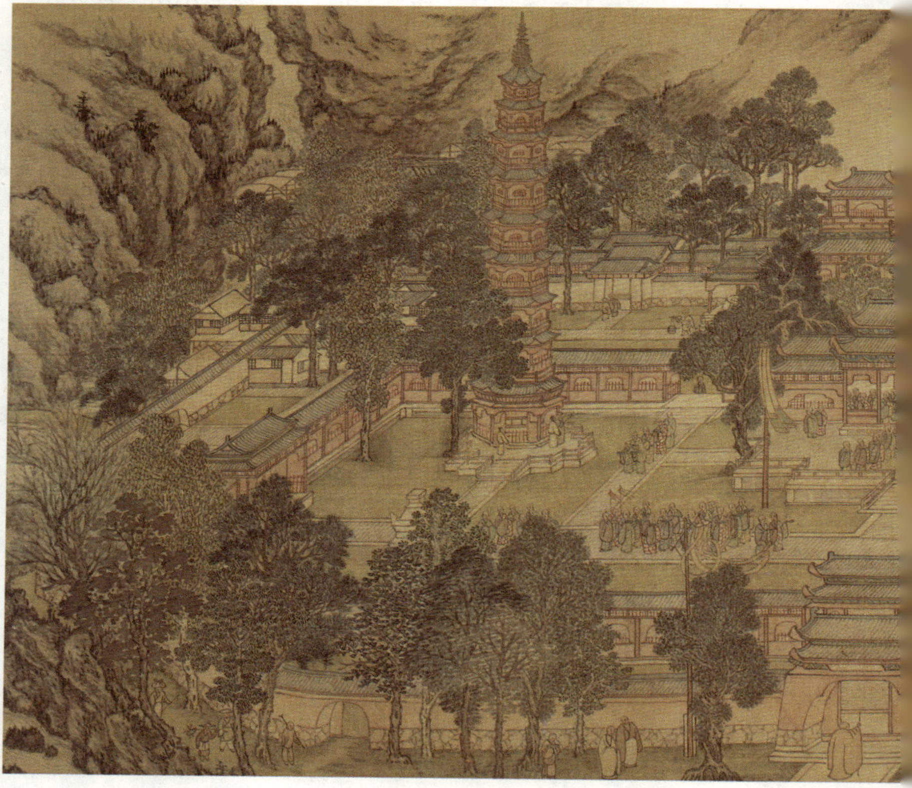

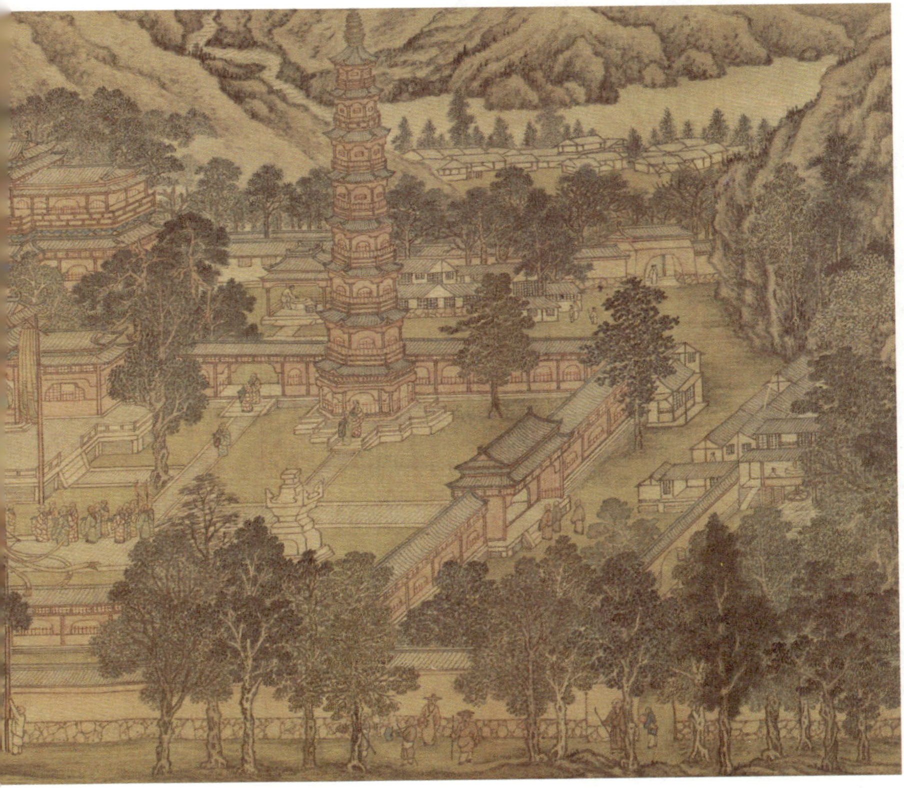

为赠别、问候等的寄托。怀古：感怀历史的诗词。咏史：歌咏史事的诗词。隶事之句：使用较多典故的句子。这句话的大意是说，只有跳脱出现实功用、文辞修饰的束缚，诗歌才能创作出水平，由此可见王国维对诗歌审美纯粹性的追求。

四十三

以《长恨歌》之壮采，而所隶之事，只"小玉"、"双成"四字，才有余也。❶梅村歌行，则非隶事不办。❷白、吴优劣，即于此见。❸不独作诗为然，填词家亦不可不知也。

注释

❶《长恨歌》：唐代诗人白居易的一首长篇诗作，在讲述唐玄宗李隆基与杨贵妃的爱情故事的同时，流露出"长恨"的诗歌主题。小玉：相传是吴王夫差的女儿。双成：董双成，传说人物，相传是西王母的侍女。《长恨歌》中提到了"小玉""双成"："忽闻海上有仙山，山在虚无缥缈间。楼阁玲珑五云起，其中绰约多仙子。中有一人字太真，雪肤花貌参差是。金阙西厢叩玉扃，转教小玉报双成。闻道汉家天子使，九华帐里梦魂惊。揽衣推枕起徘徊，珠箔银屏迤逦开。"

❷梅村歌行：清代诗人吴伟业的歌行诗。吴梅村（1609—1672），太仓（今江苏太仓）人，字骏公，号梅村，擅长创作长篇歌行体，人称"梅村体"，代表作有《圆圆曲》等。因吴伟业歌行诗中多运用史事典故，所以说"非隶事不办"。

❸白、吴：白居易、吴伟业。

四十四

词之为体，要眇宜修。❶能言诗之所不能言，而不能尽言诗之所能言。诗之境阔，词之言长。

❶要眇宜修：形容词体精致蕴藉的审美特征，出自屈原《九歌·湘君》："美要眇兮宜修，沛吾乘兮桂舟。"

四十五

"明月照积雪。"❶"大江流日夜。"❷"澄江静如练。"❸"山气日夕佳。"❹"落日照大旗。""中天悬明月。"❺"大漠孤烟直，长河落日圆。"❻此等境界，可谓千古壮语。求之于词，唯纳兰容若塞上之作如《长相思》之"夜深千帐灯"、《如梦令》之"万帐穹庐人醉。星影摇摇欲坠"差近之。❼

注释

❶"明月照积雪"：出自谢灵运《岁暮》："殷忧不能寐，苦此夜难颓。明月照积雪，朔风劲且哀。运往无淹物，年逝觉已催。"

❷"大江流日夜"：出自谢朓《暂使下都夜发新林至京邑赠西府同僚》："大江流日夜，客心悲未央。徒念关山近，终知反路长。秋河曙耿耿，寒渚夜苍苍。引领见京室，宫雉正相望。金波丽鳷鹊，玉绳低建章。驱车鼎门外，思见昭丘阳。驰晖不可接，何况隔两乡？风云有鸟路，江汉限无梁。常恐鹰隼击，时菊委严霜。寄言蹑罗者，寥廓已高翔。"

❸"澄江静如练"：出自谢朓《晚登三山还望京邑》："灞涘望长安，河阳视京县。白日丽飞甍，参差皆可见。余霞散成绮，澄江静如练。喧鸟覆春洲，杂英满芳甸。去矣方滞淫，怀哉罢欢宴。佳期怅何许，泪下如流霰。有情知望乡，谁能鬒不变。"

❹"山气日夕佳"：出自陶渊明《饮酒·其五》："结庐在人境，而无车马喧。问君何能尔，心远地自偏。采菊东篱下，悠然见南山。山气日夕佳，飞鸟相与还。此中有真意，欲辨已忘言。"

⑤"落日照大旗"、"中天悬明月"：出自杜甫《后出塞·其二》："朝进东门营，暮上河阳桥。落日照大旗，马鸣风萧萧。平沙列万幕，部伍各见招。中天悬明月，令严夜寂寥。悲笳数声动，壮士惨不骄。借问大将谁，恐是霍嫖姚。"

⑥"大漠孤烟直"两句：出自王维《使至塞上》："单车欲问边，属国过居延。征蓬出汉塞，归雁入胡天。大漠孤烟直，长河落日圆。萧关逢候骑，都护在燕然。"

⑦纳兰容若：清代文人纳兰性德（1655—1685），原名成德，字容若，号楞伽山人，有《通志堂集》传世。塞上之作：纳兰性德曾护驾前往盛京（今辽宁沈阳）等塞外地区，途中作词颇多，以下提到的《长相思》《如梦令》便是类似作品。纳兰性德《长相思》："山一程，水一程，身向榆关那畔行，夜深千帐灯。风一更，雪一更，聒碎乡心梦不成，故园无此声。"纳兰性德《如梦令》："万帐穹庐人醉。星影摇摇欲坠。归梦隔狼河，又被河声搅碎。还睡。还睡。解道醒来无味。"

四十六

言气质，言格律，言神韵，不如言境界。有境界，为本也。气质、格律、神韵，为末也。有境界而三者随之矣。

四十七

"红杏枝头春意闹"，著一"闹"字，而境界全出。❶"云破月来花弄影"，著一"弄"字，而境界全出矣。❷

注释

❶"红杏枝头春意闹"一句：出自宋代宋祁《玉楼春》："东城渐觉风光好。縠皱波纹迎客棹。绿杨烟外晓寒轻，红杏枝头春意闹。浮

生长恨欢娱少。肯爱千金轻一笑。为君持酒劝斜阳，且向花间留晚照。"

❷"云破月来花弄影"一句：出自宋代张先《天仙子》："水调数声持酒听。午醉醒来愁未醒。送春春去几时回，临晚镜。伤流景。往事后期空记省。沙上并禽池上暝。云破月来花弄影。重重帘幕密遮灯。风不定。人初静。明日落红应满径。"

四十八

"西风吹渭水，落日满长安。"❶美成以之入词，❷白仁甫以之入曲。❸此借古人之境界为我之境界者也。然非自有境界，古人亦不为我用。

注释

❶"西风吹渭水，落日满长安"：原作"秋风生渭水，落叶满长安"，出自唐代诗人贾岛的《忆江上吴处士》："闽国扬帆去，蟾蜍亏复圆。秋风生渭水，落叶满长安。此地聚会夕，当时雷雨寒。兰桡殊未返，消息海云端。"

❷美成以之入词：美成，宋代词人周邦彦。周邦彦词中曾化用贾岛这句诗，所以说"美成以之入词"，这首词是周邦彦《齐天乐·秋思》："绿芜凋尽台城路，殊乡又逢秋晚。暮雨生寒，鸣蛩劝织，深阁时闻裁剪。云窗静掩。叹重拂罗裀，顿疏花簟。尚有练囊，露萤清夜照书卷。荆江留滞最久，故人相望处，离思何限。渭水西风，长安乱叶，空忆诗情宛转，凭高眺远。正玉液新篘，蟹螯初荐。醉倒山翁，但愁斜照敛。"

❸白仁甫以之入曲：白仁甫，元代文人白朴（1226—1306），陕州（今山西河曲）人，原名桓，字仁甫，后改名朴，字太素。白朴是元代著名杂剧作家，与关汉卿、马致远、郑光祖等并称。白朴曾将贾岛诗化用为杂剧曲文，所以说"白仁甫以之入曲"，如白朴《唐明皇

秋夜梧桐雨》杂剧第二折《普天乐》："恨无穷，愁无限。争奈仓促之际，避不得蓦岭登山。銮驾迁，成都盼。更那堪泸水西飞雁。一声声送上雕鞍。伤心故园，西风渭水，落日长安。"

四十九

境界有大小，不以是而分优劣。"细雨鱼儿出，微风燕子斜"，何遽不若"落日照大旗，马鸣风萧萧"！❶"宝帘闲挂小银钩"，何遽不若"雾失楼台，月迷津渡"也！❷

注释

❶"细雨鱼儿出"两句：出自唐代杜甫《水槛遣心二首·其一》："去郭轩楹敞，无村眺望赊。澄江平少岸，幽树晚多花。细雨鱼儿出，微风燕子斜。城中十万户，此地两三家。""落日照大旗"两句：出自杜甫《后出塞·其二》："朝进东门营，暮上河阳桥。落日照大旗，马鸣风萧萧。平沙列万幕，部伍各见招。中天悬明月，令严夜寂寥。悲笳数声动，壮士惨不骄。借问大将谁，恐是霍嫖姚。"

❷"宝帘闲挂小银钩"一句：出自宋代秦观《浣溪沙》："漠漠轻寒上小楼。晓阴无赖似穷秋。淡烟流水画屏幽。自在飞花轻似梦，无边丝雨细如愁。宝帘闲挂小银钩。""雾失楼台"一句：出自宋代秦观《踏莎行》："雾失楼台，月迷津渡。桃源望断无寻处。可堪孤馆闭春寒，杜鹃声里斜阳暮。驿寄梅花，鱼传尺素。砌成此恨无重数。郴江幸自绕郴山，为谁流下潇湘去。"

五十

昔人论诗词，有景语、情语之别。不知一切景语，皆情语也。

五十一

"岂不尔思，室是远而。"●孔子讥之。●故知孔门而用词，则"甘作一生拼，尽君今日欢"等作，必不在见删之数。●

注释

● 孔子：孔子（前551—前479），鲁国陬邑（今山东曲阜）人，名丘，字仲尼，中国古代思想家、政治家、教育家，儒家学派创始人。孔子提出了"思无邪"的诗学主张，相传曾删订《诗经》。

● "岂不尔思"两句：出自古代逸诗，据《论语·子罕》篇记载，孔子对这几句诗提出质疑："'棠棣之华，偏其反而，岂不尔思，室是远而。'子曰：'未之思也，夫何远之有？'"可以发现，这句诗先用棠棣树花"起兴"，继而表达思念，大意是说："棠棣树花啊，摇啊摇啊摇！我难道不想你吗？可是家住得远又去不了！"孔子便质疑道："这还是思念不深，如果思念得深的话，怎么还会觉得远！"

● "甘作一生拼"两句：出自五代牛峤《菩萨蛮》："玉楼冰簟鸳鸯锦。粉融香汗流山枕。帘外辘轳声。敛眉含笑惊。柳阴轻漠漠。低鬓蝉钗落。甘作一生拼。尽君今日欢。"这一则《词话》的大意是说，孔子虽然对"岂不尔思"这样的诗提出质疑，但却没有将其删去，可见孔子也注重诗中的情感。因此，像牛峤"甘作一生拼"之类的词作，也是讲真情的，也不应该被删除。由此可见王国维对真性情的推崇。

五十二

词家多以景寓情。其专作情语而绝妙者，如牛峤之"甘作一生拼，尽君今日欢"，顾夐之"换我心，为你心。始知相忆深"，欧阳修之"衣带渐宽终不悔。为伊消得人憔悴"，美成之"许多烦恼，只为

当时，一饷留情"。此等词，古今曾不多见。❶余《乙稿》中颇于此方面有开拓之功。❷

注释

❶牛峤：五代词人牛峤（850—920），陇西（今甘肃陇西）人，字松卿，又字延峰。顾夐：五代词人，生平不详。欧阳修：宋代文人，王国维手稿将"衣带渐宽终不悔"两句的作者误写为欧阳修，这几句实际上出自柳永的词《凤栖梧》。美成：宋代词人周邦彦。本句提及前述诸家的词，分别出自以下几首。

牛峤《菩萨蛮》："玉楼冰簟鸳鸯锦。粉融香汗流山枕。帘外辘轳声。敛眉含笑惊。柳阴轻漠漠。低鬓蝉钗落。甘作一生拼。尽君今日欢。"

顾夐《诉衷情》："永夜抛人何处去，绝来音。香阁掩。眉敛。月将沉。争忍不相寻。怨孤衾。换我心，为你心。始知相忆深。"

柳永《凤栖梧》："伫倚危楼风细细。望极春愁，黯黯生天际。草色烟光残照里。无言谁会凭阑意。拟把疏狂图一醉，对酒当歌，强乐还无味。衣带渐宽终不悔。为伊消得人憔悴。"

周邦彦《庆宫春》："云接平冈，山围寒野，路回渐转孤城。衰柳啼鸦，惊风驱雁，动人一片秋声。倦途休驾，淡烟里，微茫见星。尘埃憔悴，生怕黄昏，离思牵萦。华堂旧日逢迎。花艳参差，香雾飘零。弦管当头，偏怜娇凤，夜深簧暖笙清。眼波传意，恨密约，匆匆未成。许多烦恼，只为当时，一饷留情。"

❷《乙稿》：王国维的词集《人间词乙稿》。

五十三

梅圣俞《苏幕遮》词："落尽梨花春事了。满地斜阳，翠色和烟老。"❶兴化刘氏谓：少游一生似专学此种。❷余谓，冯正中《玉楼春》词："芳菲次第长相续。自是情多无处足。尊前百计得春归，莫为伤

春眉黛促。"永叔一生似专学此种。❸

注释

❶梅圣俞：宋代文人梅尧臣（1002—1060），宣州（今安徽宣城）人，字圣俞，王国维手稿多误写作"梅舜俞"，有《宛陵词》。"落尽梨花春事了"一句：出自梅尧臣《苏幕遮·草》："露堤平，烟墅杳。乱碧萋萋，雨后江天晓。独有庾郎年最少。窣地春袍，嫩色宜相照。接长亭，迷远道。堪怨王孙，不记归期早。落尽梨花春又了。满地残阳，翠色和烟老。"

❷兴化刘氏：清代文人刘熙载，兴化（今江苏兴化）人，有《艺概》等传世。少游：宋代词人秦观。

❸冯正中：五代文人冯延巳。"芳菲次第长相续"四句：出自冯延巳《玉楼春》："雪云乍变春云簇。渐觉年华堪纵目。北枝梅蕊犯寒开，南浦波纹如酒绿。芳菲次第长相续。不奈情多无处足。尊前百计见春归，莫为伤春眉黛蹙。"永叔：宋代文人欧阳修。

五十四

人知和靖《点绛唇》、圣俞《苏幕遮》、永叔《少年游》三阕为咏春草绝调。不知先有冯正中"细雨湿流光"五字，皆能摄春草之魂者也。

注释

❶和靖：宋代文人林逋（968—1028），钱塘（今浙江杭州）人，字君复，人称和靖先生。圣俞：宋代文人梅尧臣。永叔：宋代文人欧阳修。三阕：词中的每一小节为一"阕"，也称"片"。有时也将整首词称为一阕。此处"三阕"即指代三首词，这三首词原词如下。

林逋《点绛唇》："金谷年年，乱生春色谁为主。余花落处。满地和烟雨。又是离歌，一阕长亭暮。王孙去。萋萋无数。南北东西路。"

梅尧臣《苏幕遮·草》："露堤平，烟墅杳。乱碧萋萋，雨后江天晓。独有庾郎年最少。窣地春袍，嫩色宜相照。接长亭，迷远道。堪怨王孙，不记归期早。落尽梨花春又了。满地残阳，翠色和烟老。"

欧阳修《少年游》："阑干十二独凭春，晴碧远连云。千里万里，二月三月，行色苦愁人。谢家池上，江淹浦畔，吟魄与离魂。那堪疏雨滴黄昏。更特地忆王孙。"

❷兴化刘氏：清代文人刘熙载，兴化（今江苏兴化）人，有《艺概》等传世。少游：宋代词人秦观。

❸冯正中：五代文人冯延巳。"细雨湿流光"一句：出自冯延巳《南乡子》："细雨湿流光。芳草年年与恨长。烟锁凤楼无限事，茫茫。鸾镜鸳衾两断肠。魂梦任悠扬。睡起杨花满绣床。薄幸不来门半掩，斜阳。负你残春泪几行。"

五十五

诗中体制，以五言古及五、七言绝句为最尊，七古次之，五、七律又次之，五言排律为最下。❶盖此体于寄兴言情均不相适，殆与骈体文等耳。❷词中小令如五言古及绝句，长调如五、七律，若长调之《沁园春》等阕，则近于五排矣。❸

注释

❶五言：古诗按照字数的不同，可分为若干种，例如：每句五个字即"五言"，每句七个字即"七言"。绝句：每首四句的诗称为绝句，按照字数的不同，有五言绝句、六言绝句、七言绝句等，简称"五绝""六绝""七绝"。五、七律：也即五言律诗、七言律诗。按照格律写成的诗，称为"律诗"。律诗一般八句，分首联、颔联、颈联、尾联。律诗按照字数不同，可分五言律诗、七言律诗，简称"五律""七律"。排律：律诗中篇幅特别长的，称为"排律"。排律按照每句字数不同，也可分为五言排律、七言排律等，简称"五排""七排"。

②骈体文：这种文体注重字句对偶，往往以四言、六言成句，所以也称"四六文""骈文"。

③小令、长调：词的两种体制，古代的词按照音乐曲调、词作体量等，可以分为小令、中调、长调。小令较为简短，中调则稍长，长调最为漫长、舒缓。

五十六

长调自以周、柳、苏、辛为最工。❶美成《浪淘沙慢》二词，精壮顿挫，已开北曲之先声。❷若屯田之《八声甘州》、玉局之《水调歌头·中秋寄子由》，则仁兴之作，格高千古，不能以常词论也。❸

注 释

❶周、柳、苏、辛：宋代词人周邦彦、柳永、苏轼、辛弃疾。

❷美成《浪淘沙慢》二词：宋代词人周邦彦的两首《浪淘沙慢》，原词附后。北曲：宋元以来杂剧、散曲曲调的合称，主要流行于北方地区，与兴起于南方的南曲相区别，称为"北曲"。

周邦彦《浪淘沙慢》："晓阴重，霜凋岸草，雾隐城堞。南陌脂车待发，东门帐饮乍阕。正拂面、垂杨堪揽结。掩红泪、玉手亲折。念汉浦、离鸿去何许，经时信音绝。情切，望中地远天阔。向露冷风清，无人处，耿耿寒漏咽。嗟万事难忘，惟是轻别。翠尊未竭，凭断云、留取西楼残月。罗带光消纹衾叠。连环解、旧香顿歇。怨歌永、琼壶敲尽缺。恨春去、不与人期，弄夜色、空余满地梨花雪。"

周邦彦《浪淘沙慢》又一首："万叶战，秋声露结，雁度沙碛。细草和烟尚绿，遥山向晚更碧。见隐隐、云边新月白。映落照、帘幕千家，听数声、何处倚楼笛？装点尽秋色。脉脉。旅情暗自消释。念珠玉、临水犹悲感，何况天涯客。忆少年歌酒，当时踪迹。岁华易老，衣带宽、懊恼心肠终窄。飞散后、风流人阻，兰桥约、怅恨路隔。马蹄过、犹嘶旧巷陌。叹往事、一一堪伤，旷望极。凝思又

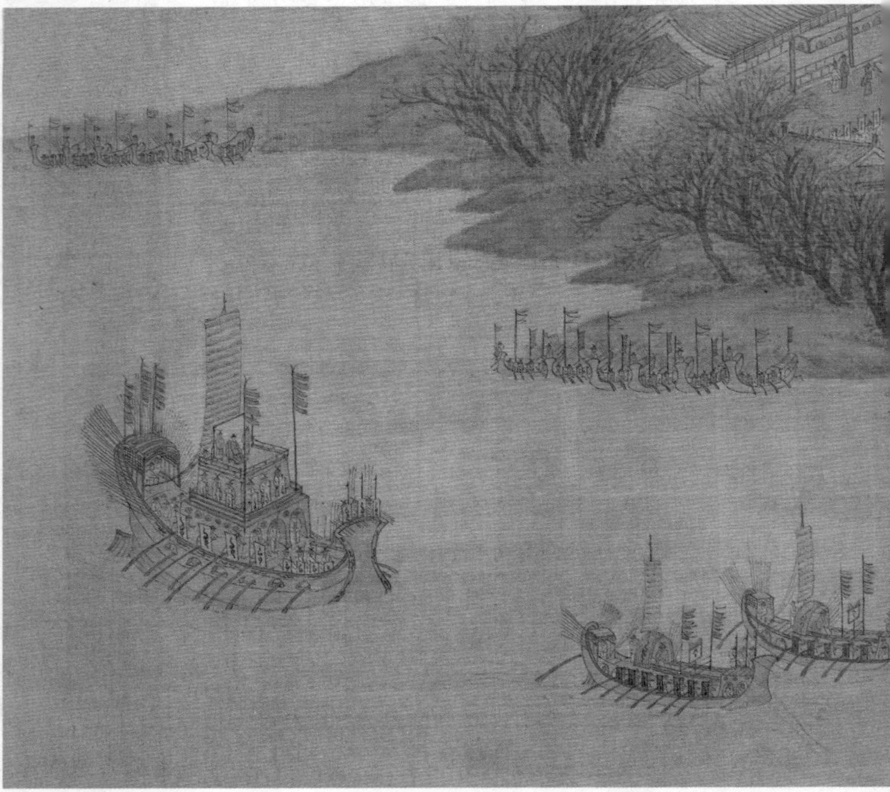

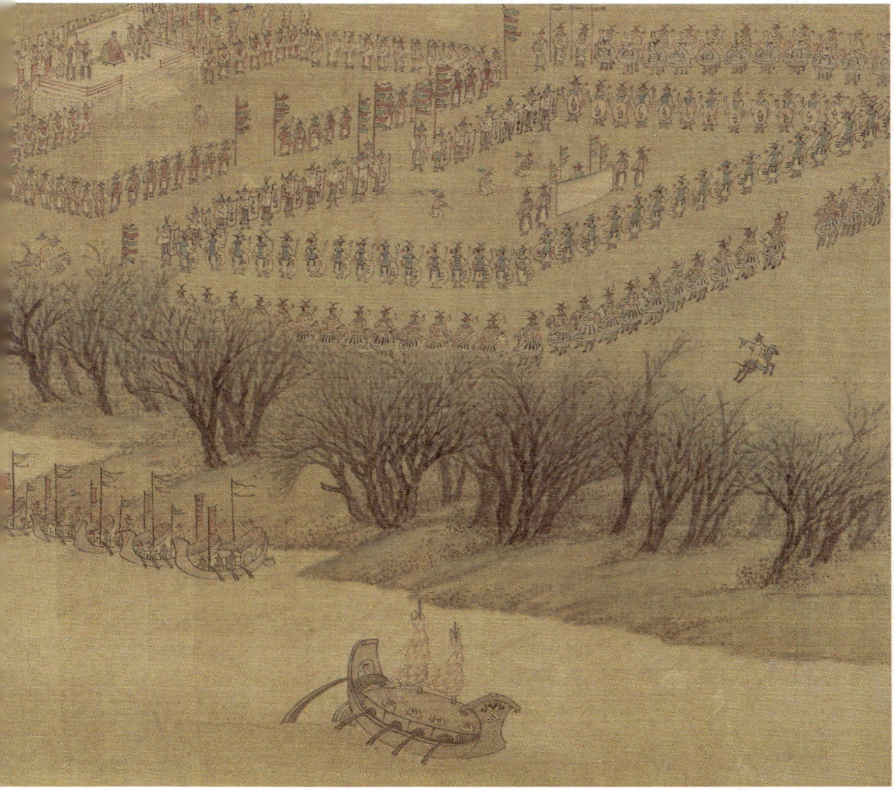

把阑干拍。"

❸屯田：宋代词人柳永，因他曾任屯田员外郎，所以称"屯田"。玉局：宋代词人苏轼，因他曾任玉局观提举，所以称"玉局"。这里提到的两首词，指的是柳永《八声甘州》、苏轼《水调歌头》。

柳永《八声甘州》："对潇潇暮雨洒江天，一番洗清秋。渐霜风凄紧，关河冷落，残照当楼。是处红衰翠减，苒苒物华休。唯有长江水，无语东流。不忍登高临远，望故乡渺邈，归思难收。叹年来踪迹，何事苦淹留。想佳人、妆楼颙望，误几回、天际识归舟。争知我，倚阑杆处，正恁凝愁。"

苏轼《水调歌头》（丙辰中秋，欢饮达旦，大醉，作此篇，兼怀子由。）："明月几时有，把酒问青天。不知天上宫阙，今夕是何年。我欲乘风归去，又恐琼楼玉宇，高处不胜寒。起舞弄清影，何似在人间。转朱阁，低绮户，照无眠。不应有恨，何事长向别时圆。人有悲欢离合，月有阴晴圆缺，此事古难全。但愿人长久，千里共婵娟。"

五十七

稼轩《贺新郎》词"送茂嘉十二弟"，章法绝妙，且语语有境界，此能品而几于神者。❶然非有意为之，故后人不能学也。

注释

❶稼轩《贺新郎》词：也即宋代词人辛弃疾的《贺新郎·别茂嘉十二弟》："绿树听鹈鴂，更那堪、鹧鸪声住，杜鹃声切。啼到春归无寻处，苦恨芳菲都歇。算未抵、人间离别。马上琵琶关塞黑，更长门翠辇辞金阙。看燕燕，送归妾。将军百战身名裂。向河梁回头万里，故人长绝。易水萧萧西风冷，满座衣冠似雪。正壮士、悲歌未彻。啼鸟还知如许恨，料不啼清泪长啼血。谁共我，醉明月！"能品：中国古代艺术鉴赏中的品评等级，尽管标准不尽相同，但"能品""神品"

"妙品"都是常见的品评等级。

五十八

"画屏金鹧鸪"，飞卿语也，其词品似之。❶"弦上黄莺语"，端己语也，其词品亦似之；❷正中词品，若欲于其词句中求之，则"和泪试严妆"殆近之欤？❸

注释

❶飞卿：唐代诗人温庭筠。"画屏金鹧鸪"一句：出自温庭筠《更漏子》："柳丝长，春雨细。花外漏声迢递。惊塞雁，起城乌。画屏金鹧鸪。香雾薄，透帘幕。惆怅谢家池阁。红烛背，绣帘垂。梦长君不知。"

❷端己：唐代诗人韦庄（836—910），京兆杜陵（今陕西西安）人，字端己。"弦上黄莺语"一句：出自韦庄《菩萨蛮》："红楼别夜堪惆怅，香灯半卷流苏帐。残月出门时，美人和泪辞。琵琶金翠羽，弦上黄莺语。劝我早归家，绿窗人似花。"

❸正中：五代文人冯延巳。"和泪试严妆"一句：出自冯延巳《菩萨蛮》："娇鬟堆枕钗横凤。溶溶春水杨花梦。红烛泪阑干，翠屏烟浪寒。锦壶催画箭，玉佩天涯远。和泪试严妆，落梅飞晓霜。"

五十九

"暮雨潇潇郎不归"，当是古词，未必即白傅所作。❶故白诗云："吴娘夜雨潇潇曲，自别苏州更不闻"也。❷

注释

❶白傅：唐代诗人白居易，曾官至太子少傅。相传白居易作《长相思》，"暮雨潇潇郎不归"一句即出于此《长相思》："深画眉。浅画

眉。蝉鬓鬅鬙云满衣。阳台行雨回。巫山高，巫山低。暮雨潇潇郎不归。空房独守时。"

❷白诗：白居易的诗。"吴娘夜雨潇潇曲"两句：原作"吴娘暮雨萧萧曲，自别江南更不闻"，王国维误书几字。原诗出自白居易《寄殷协律》："五岁优游同过日，一朝消散似浮云。琴诗酒伴皆抛我，雪月花时最忆君。几度听鸡歌白日，亦曾骑马咏红裙。吴娘暮雨萧萧曲，自别江南更不闻。"

六十

稼轩《贺新郎》词："柳暗凌波路，送春归、猛风暴雨，一番新绿。"❶又，《定风波》词："从此酒酣明月夜，耳热。"❷"绿""热"二字皆作上去用。❸与韩玉《东浦词》《贺新郎》以"玉""曲"叶"注""女"，《卜算子》以"夜""谢"叶"食""月"。❹已开北曲四声通押之祖。❺

注释

❶"柳暗凌波路"三句：出自宋代辛弃疾《贺新郎》："柳暗清波路。送春归、猛风暴雨，一番新绿。千里潇湘葡萄涨，人解扁舟欲去。又樯燕、留人相语。艇子飞来生尘步，唾花寒、唱我新番句。波似箭，催鸣橹。黄陵祠下山无数。听湘娥、泠泠曲罢，为谁情苦。行到东吴春已暮，正江阔、潮平稳渡。望金雀、觚棱翔舞。前度刘郎今重到，问玄都、千树花存否。愁为倩，么弦诉。"

❷"从此酒酣明月夜"两句：出自辛弃疾《定风波·自和》："金印累累佩陆离。河梁更赋断肠诗。莫拥旌旗真个去。何处。玉堂元自要论思。且约风流三学士。同醉。春风看试几枪旗。从此酒酣明月夜。耳热。那边应是说侬时。"

❸意思是在辛弃疾的词中，"绿""热"虽然是入声字，但这些入声字也可与上声、去声通押。

❹韩玉：金代词人，具体生平不详，有《东浦词》，本句提到两首词为韩玉所作。

韩玉《贺新郎·咏水仙》："绰约人如玉。试新妆、娇黄半绿，汉宫匀注。倚傍小阑闲伫立，翠带风前似舞。记洛浦、当年俦侣。罗袜尘生香冉冉，料征鸿、微步凌波女。惊梦断，楚江曲。春工若见应为主。忍教都、闲亭邃馆，冷风凄雨。待把此花都折取，和泪连香寄与。须信道、离情如许。烟水茫茫斜照里，是骚人、九辨招魂处。千古恨，与谁语。"

韩玉《卜算子》："杨柳绿成阴，初过寒食节。门掩金铺独自眠，哪更逢寒夜。强起立东风，惨惨梨花谢。何事王孙不早归，寂寞秋千月。"

❺四声通押：指四声可以异调相押，这在元代北曲中是通例，由辛弃疾、韩玉的词可见，宋词中已经出现了这一用法。

六十一

稼轩中秋饮酒达旦，用《天问》体作送月词，调寄《木兰花慢》云："可怜今夕月，向何处、去悠悠。是别有人间，那边才见，光景东头。"❶词人想象，直悟月轮绕地之理，与科学上密合，可谓神悟。（此词汲古阁刻《六十家词》失载，黄荛圃所藏元大德本亦阙，后属顾涧蒨就汲古阁抄本补之，今归聊城杨氏海源阁。❷王半塘四印斋所刻者是也。❸但汲古抄本与刻本不符，殊不可解，或子晋于刻词后始得抄本耳❹。）

注释

❶稼轩：宋代词人辛弃疾。饮酒达旦：饮酒到天明。用《天问》体：《天问》为屈原的诗，诗中多以问句提出对自然人生的疑问。辛弃疾的这首《木兰花慢》中也多有类似问句，并自序说"用《天问》体赋"，这首词是《木兰花慢》（中秋饮酒将旦，客谓：前人诗词，有赋待月，无送月者，因用《天问》体赋）："可怜今夕月，向何处、

去悠悠。是别有人间，那边才见，光景东头。是天外空汗漫，但长风、浩浩送中秋。飞镜无根谁系，姮娥不嫁谁留。谓经海底问无由。恍惚使人愁。怕万里长鲸，纵横触破，玉殿琼楼。虾蟆故堪浴水，问云何、玉兔解沉浮。若道都齐无恙，云何渐渐如钩。"

❷这段注文主要记述《木兰花慢》的版本问题。汲古阁：明代文人毛晋（1599—1659）有藏书楼汲古阁，不仅藏书丰富，而且也刻书出版，编纂《宋六十名家词》。黄荛圃：清代著名藏书家黄丕烈（1763—1825），吴县（今江苏苏州）人，字绍武，号荛圃、绍圃，又号复翁、佞宋主人等。元大德本：黄丕烈曾收藏元大德年间刊刻的《稼轩长短句》，大德（1297—1307），元成宗年号。顾涧苹：清代藏书家顾广圻（1766—1835），元和（今江苏苏州）人，字千里，号涧苹。聊城杨氏海源阁：清代藏书楼，位于聊城（今山东聊城）杨氏宅中，由杨以增创建，与江苏常熟瞿氏"铁琴铜剑楼"、浙江吴兴陆氏"皕宋楼"、浙江杭州丁氏"八千卷楼"合称"清代四大藏书楼"。

❸王半塘：晚清文人王鹏运（1849—1904），临桂（今广西桂林）人，字佑遐，又字幼霞，号半塘老人，又号鹜翁、半塘僧鹜。曾将五代、宋元词作汇编为《四印斋所刻词》。

❹子晋：明代藏书家毛晋，字子晋。

六十二

谭复堂《箧中词选》谓：蒋鹿潭《水云楼词》与成容若、项莲生二百年间分鼎三足。❶然《水云楼词》小令颇有境界，长调惟存气格。《忆云词》亦精实有余，超逸不足，皆不足与容若比。❷然视皋文、止庵辈，则倜乎远矣。❸

❶ 注释

❶谭复堂：晚清文人谭献（1832—1901），仁和（今浙江杭州）人，字仲修，号复堂。《箧中词选》：谭献编选的词集，其中间有评

点。蒋鹿潭：晚清文人蒋春霖（1818—1868），江阴（今江苏江阴）人，字鹿潭。《水云楼词》：蒋春霖的词集。成容若：清代文人纳兰性德（1655—1685），原名成德，字容若。项莲生：清代文人项鸿祚（1798—1835），钱塘（今浙江杭州）人，字莲生，有《忆云词》。

❷小令、长调：词的两种体制。《忆云词》：项莲生的词集。

❸皋文：清代文人张惠言（1761—1802），武进（今江苏常州）人，字皋文，号茗柯，有《茗柯词》。止庵：清代常州词派著名词人周济（1781—1839），荆溪（今江苏宜兴）人，字介存，又字保绪，号止庵，有《味隽斋词》。

六十三

昭明太子称陶渊明诗"跌宕昭彰，独超众类。抑扬爽朗，莫之与京"。❶王无功称薛收赋"韵趣高奇，辞义晦远，嵯峨萧瑟，真不可言"。❷词中惜少此二种气象，前者唯东坡，后者唯白石，略得一二耳。❸

注释

❶昭明太子：梁代太子萧统（501—531），兰陵（今江苏常州）人，字德施，梁武帝长子，谥号昭明，曾编《文选》，也称《昭明文选》。"跌宕昭彰"四句：出自萧统《陶渊明集序》："有疑陶渊明诗篇篇有酒，吾观其意不在酒，亦寄酒为迹者也。其文章不群，辞采精拔，跌宕昭彰，独超众类，抑扬爽朗，莫之与京。横素波而傍流，干青云而直上。语时事则指而可想，论怀抱则旷而且真。加以贞志不休，安道苦节，不以躬耕为耻，不以无财为病，自非大贤笃志，与道污隆，孰能如此者乎？"

❷王无功：唐代诗人王绩（585—644），绛州龙门（今山西河津）人，字无功，号东皋子。薛收：唐代文人薛收（591—624），蒲州汾阴（今山西万荣）人，字伯褒。这里的"薛收赋"，指的是薛收《白

牛溪赋》。

❸"韵趣高奇"四句：出自王绩《答冯子华处士书》。东坡：宋代
词人苏轼。白石：宋代词人姜夔。

六十四

词之雅、郑，在神不在貌。❶永叔、少游虽作艳语，终有品格。❷
方之美成，便有贵妇人与倡妓之别。❸

注释

❶雅郑：雅与俗。
❷永叔：宋代词人欧阳修。少游：宋代词人秦观。
❸美成：宋代词人周邦彦。

六十五

贺黄公裳《皱水轩词筌》云❶："张玉田《乐府指迷》，其调叶宫
商，铺张藻绘抑亦可矣，至于风流蕴藉之事，真属茫茫。❷如啖官厨
饭者，不知牲牢之外别有甘鲜也。❸"此语解颐。

注释

❶贺黄公裳：清代词人贺裳，康熙间在世，生平不详，有《皱水
轩词筌》等。
❷张玉田：宋代词人张炎。《乐府指迷》：《乐府指迷》本为宋代
沈义父撰，此处所论的"张玉田《乐府指迷》"，实际上是针对张炎
《词源》而言。
❸官厨：官府的厨房。牲牢：祭祀用的牲畜，泛指正餐。这句话
大意是，就像吃官府厨房的人，整天只吃官府正餐，不知道还有别的
美食。张炎论词也是如此，只知道程式性的音乐规范、文辞典雅，却

不知要讲究表情达意，甚至是更深层蕴藉。

六十六

周保绪济《词辨》云："玉田近人所最尊奉，才情诣力亦不后诸人，终觉积谷作米，把缆放船，无开阔手段。"❶又云："叔夏所以不及前人处，只在字句上着功夫，不肯换意。"❷"近人喜学玉田，亦为修饰字句易，换意难。"

注释

❶周保绪：清代常州词派著名词人周济（1781—1839），荆溪（今江苏宜兴）人，字介存，又字保绪，号止庵，有《词辨》《味隽斋词》等传世。玉田：宋代词人张炎。积谷作米：积攒谷物来作米，比喻格局不大。把缆放船：放船行走却又拉住缆绳，比喻有所局限。

❷叔夏：宋代词人张炎（1248—1319），字叔夏，号玉田。

六十七

词家时代之说，盛于国初。❶竹垞谓："词至北宋而大，至南宋而深。"❷后此词人，群奉其说。然其中亦非无具眼者。周保绪曰："南宋下不犯北宋拙率之病，高不到北宋浑涵之诣。"❸又曰："北宋词多就景叙情，故珠圆玉润，四照玲珑。至稼轩、白石，一变而为即事叙景，使深者反浅，曲者反直。"❹潘四农德舆曰："词滥觞于唐，畅于五代，而意格之闳深曲挚则莫盛于北宋。词之有北宋，犹诗之有盛唐。至南宋则稍衰矣。"❺刘融斋熙载曰："北宋词用密亦疏，用隐亦亮，用沈亦快，用细亦阔，用精亦浑。南宋只是掉转过来。"❻可知此事自有公论。虽止庵词颇浅薄，潘、刘尤甚；然其推尊北宋，则与明季云间诸公同一卓识，不可废也。❼

❶国初：此处指清朝建立之初。

❷竹垞：清代文人朱彝尊（1629—1709），秀水（今浙江嘉兴）人，字锡鬯，号竹垞，有《静志居琴趣》等传世。

❸周保绪：清代常州词派著名词人周济（1781—1839）。

❹稼轩：宋代词人辛弃疾。白石：宋代词人姜夔。

❺潘四农：清代文人潘德舆（1785—1839），山阳（今江苏山阳）人，字彦辅，又字四农。

❻刘融斋：清代文人刘熙载，著有《艺概》等。

❼止庵：清代词人周济，号止庵。明季：明朝末年。云间诸公：晚明词人陈子龙、李雯、宋徵舆三人并称"云间三子"，因他们都是松江（今上海）人，松江古称"云间"。

六十八

唐、五代、北宋之词，可谓"生香真色"。若云间诸公，则彩花耳。❶湘真且然，况其次也者乎。❷

注释

❶云间诸公：晚明词人陈子龙、李雯、宋徵舆三人并称"云间三子"。

❷湘真：晚明文人陈子龙（1608—1644），松江华亭（今上海）人，字人中，又字卧子，号大樽，有《湘真阁稿》，故称"湘真"。

六十九

《衍波词》之佳者，颇似贺方回。❶虽不及容若，要在锡鬯、其年之上。❷

注释

❶《衍波词》：清代文人王士祯的词集。王士祯（1634—1711），新城（今山东桓台）人，字贻上，号阮亭，又号渔洋山人。贺方回：宋代词人贺铸（1052—1125），山阴（今浙江绍兴）人，字方回，号庆湖遗老，有《东山词》。

❷容若：清代文人纳兰性德。锡鬯：清代文人朱彝尊。其年：明末清初文人陈维崧（1625—1682），宜兴（今江苏宜兴）人，字其年，号迦陵，有《湖海楼词》。

七十

近人词，如《复堂词》之深婉，《彊村词》之隐秀，皆在吾家半塘翁上。❶彊村学梦窗而情味较梦窗反胜。❷盖有临川、庐陵之高华，而济之以白石之疏越者。❸学人之词，斯为极则。然古人自然神妙处，尚未梦见。

注释

❶《复堂词》：晚清文人谭献（1832—1901），号复堂，其词也称《复堂词》。《彊村词》：清末民初文人朱孝臧的词集，朱孝臧（1857—1931），归安（今浙江湖州）人，一名祖谋，字古微，号上彊村民等，曾编词集丛编有《彊村丛书》等。半塘翁：晚清文人王鹏运（1849—1904），临桂（今广西桂林）人，字佑遐，又字幼霞，号半塘老人，又号鹜翁、半塘僧鹜。曾将五代、宋元词作汇编为《四印斋所刻词》。

❷梦窗：宋代词人吴文英。

七十一

宋直方《蝶恋花》："新样罗衣浑弃却，犹寻旧日春衫著。"❶谭复堂《蝶恋花》："连理枝头侬与汝，千花百草从渠许。"❷可谓寄兴深微。

注释

❶宋直方：明末清初文人宋徵舆（1618—1667），松江（今上海）人，字直方，与陈子龙、李雯并称"云间三子"。王国维《人间词话》手稿将宋直方误写作"宋尚木"，"尚木"为宋徵璧的字，宋徵舆为宋徵璧从弟。"新样罗衣浑弃却"一句：出自宋徵璧《蝶恋花》："宝枕轻风秋梦薄。红敛双蛾，颠倒垂金雀。新样罗衣浑弃却。犹寻旧日春衫着。偏是断肠花不落。人苦伤心，镜里颜非昨。曾误当初青女约，只今霜夜思量着。"

❷谭复堂：晚清文人谭献（1832—1901），号复堂。"连理枝头侬与汝"一句：出自谭献《蝶恋花》："帐里迷离香似雾。不烬炉灰，酒醒闻余语。连理枝头侬与汝。千花百草从渠许。莲子青青心独苦。一唱将离，日日风兼雨。豆蔻乍残杨柳暮。当时人面无寻处。"

七十二

半塘《丁稿》中和冯正中《鹊踏枝》十阕，乃《鹜翁词》之最精者。❶"望远愁多休纵目"等阕，郁伊惝恍，令人不能为怀。❷《定稿》只存六阕，殊为未允也。❸

注释

❶半塘：晚清文人王鹏运（1849—1904），号半塘老人。《丁稿》：王鹏运《鹜翁集》。冯正中：五代词人冯延巳。王鹏运曾和冯延巳词十四首，《鹜翁词》中收录十首。

❷"望远愁多休纵目"一句：出自王鹏运和冯延巳《鹊踏枝》（其七）："望远愁多休纵目。步绕珍丛，看笋将成竹。晓露暗垂珠簏簌。芳林一带如新浴。檐外春山森碧玉，梦里骖鸾，记过清湘曲。自定新弦移雁足。弦声未抵归心促。"

❸王鹏运《半塘定稿》只收录了和冯延巴十首中的六首。

七十三

固哉，皋文之为词也。❶飞卿《菩萨蛮》、永叔《蝶恋花》、子瞻《卜算子》，皆兴到之作，有何命意？❷皆被皋文深文罗织。❸阮亭《花草蒙拾》谓："坡公命宫磨蝎，生前为王珪、舒亶辈所苦，身后又硬受此差排。"❹由今观之，受差排者，独一坡公已耶？

注释

❶皋文：清代文人张惠言（1761—1802），字皋文。

❷飞卿：唐代词人温庭筠。永叔：宋代文人欧阳修。子瞻：宋代文人苏东坡。这三首词原词如下。

温庭筠《菩萨蛮》："小山重叠金明灭。鬓云欲度香腮雪。懒起画蛾眉。弄妆梳洗迟。照花前后镜。花面交相映。新贴绣罗襦，双双金鹧鸪。"

欧阳修《蝶恋花》："庭院深深深几许。杨柳堆烟，帘幕无重数。玉勒雕鞍游冶处。楼高不见章台路。雨横风狂三月暮。门掩黄昏，无计留春住。泪眼问花花不语，乱红飞过秋千去。"

苏轼《卜算子·黄州定慧院寓居作》："缺月挂疏桐，漏断人初静。谁见幽人独往来，缥缈孤鸿影。惊起却回头，有恨无人省。拣尽寒枝不肯栖，寂寞沙洲冷。"

❸皋文，也即张惠言。张惠言《词选》评价上述三首词时，认为三首词并非单纯抒情，而是有深层寄托，因而王国维说张惠言"深文罗织"。

❹阮亭：清代文人王士祯（1634—1711），新城（今山东桓台）人，字贻上，号阮亭，又号渔洋山人，有词话《花草蒙拾》。坡公：宋代文人苏东坡。命宫磨蝎：形容人生坎坷。"生前为王珪、舒亶辈所苦"：王珪、舒亶都是宋代御史，曾因诗作诬陷苏轼，酿成"乌台

诗案"，苏轼因此案而被贬受苦。差排：安排，此处有编排之意。

七十四

周介存谓："梅溪词中，喜用'偷'字，足以定其品格。"❶刘融斋谓："周旨荡而史意贪。"❷此二语令人解颐。

注释

❶周介存：清代常州词派著名词人周济，字介存。梅溪：宋代文人史达祖，汴京（今河南开封）人，字邦卿，号梅溪，有《梅溪词》。
❷刘融斋：清代文人刘熙载（1813—1881），号融斋，著有《艺概》。

七十五

贺黄公谓："姜论史词，不称其'软语商量'，而称其'柳昏花暝'，固知不免项羽学兵法之恨。"❶然"柳昏花暝"自是欧、秦辈吐属，后句为胜。❷吾从白石，不能附和黄公矣。❸

注释

❶贺黄公：清代词人贺裳，字黄公，康熙间在世，生平不详，有《皱水轩词筌》等。"姜论史词"之论：姜夔对史达祖词的评价，黄昇《中兴以来绝妙好词》论及史达祖词时说："姜尧章极称其'柳昏花暝'之句。"
❷"柳昏花暝"一句：出自宋代词人史达祖的《双双燕·咏燕》："过春社了，度帘幕中间，去年尘冷。差池欲住，试入旧巢相并。还相雕梁藻井，又软语、商量不定。飘然快拂花梢，翠尾分开红影。芳径。芹泥雨润。爱贴地争飞，竞夸轻俊。红楼归晚，看足柳昏花暝。应自栖香正稳。便忘了、天涯芳信。愁损翠黛双蛾，日日画阑独凭。"

欧、秦辈：宋代文人欧阳修、秦观等。

❸白石：宋代词人姜夔。黄公：贺裳。

七十六

咏物之词，自以东坡《水龙吟·咏杨花》最工，邦卿《双双燕》次之。❶白石《暗香》《疏影》，格调虽高，然无一语道着。❷视古人"江边一树垂垂发""竹外一枝斜更好""疏影横斜水清浅"等作何如耶？❸

注释

❶本句提到的东坡《水龙吟·咏杨花》、邦卿《双双燕》，也即宋代文人苏轼的《水龙吟·次韵章质夫杨花词》、宋代词人史达祖的《双双燕·咏燕》。

苏轼《水龙吟·次韵章质夫杨花词》："似花还似非花，也无人惜从教坠。抛家傍路，思量却是，无情有思。萦损柔肠，困酣娇眼，欲开还闭。梦随风万里，寻郎去处，又还被、莺呼起。不恨此花飞尽，恨西园、落红难缀。晓来雨过，遗踪何在？一池萍碎。春色三分，二分尘土，一分流水。细看来，不是杨花，点点是离人泪。"

史达祖《双双燕·咏燕》："过春社了，度帘幕中间，去年尘冷。差池欲住，试入旧巢相并。还相雕梁藻井，又软语商量不定。飘然快拂花梢，翠尾分开红影。芳径，芹泥雨润。爱贴地争飞，竞夸轻俊。红楼归晚，看足柳昏花暝。应自栖香正稳，便忘了、天涯芳信。愁损翠黛双蛾，日日画栏独凭。"

❷白石《暗香》《疏影》：宋代词人姜夔的两首词。姜夔曾自题："辛亥之冬，余载雪诣石湖。止既月，授简索句，且征新声，作此两曲，石湖把玩不已，使工妓肄习之，音节谐婉，乃名之曰《暗香》、《疏影》。"词作原文附后。

《暗香》："旧时月色。算几番照我，梅边吹笛。唤起玉人，不管

清寒与攀摘。何逊而今渐老，都忘却、春风词笔。但怪得、竹外疏花，香冷入瑶席。江国。正寂寂。叹寄与路遥，夜雪初积。翠尊易泣。红萼无言耿相忆。长记曾携手处，千树压西湖寒碧。又片片、吹尽也，几时见得。"

《疏影》："苔枝缀玉。有翠禽小小。枝上同宿。客里相逢，篱角黄昏，无言自倚修竹。昭君不惯胡沙远，但暗忆、江南江北。想佩环、月夜归来，化作此花幽独。犹记深宫旧事，那人正睡里，飞近蛾绿。莫似春风，不管盈盈，早与安排金屋。还教一片随波去，又却怨、玉龙哀曲。等恁时、重觅幽香，已入小窗横幅。"

❸此处所引三句，出自唐宋两代人的诗作。

"江边一树垂垂发"一句：出自唐代杜甫《和裴迪登蜀州东亭送客逢早梅相忆见寄》："东阁官梅动诗兴，还如何逊在扬州。此时对雪遥相忆，送客逢春可自由。幸不折来伤春暮，若为看去乱乡愁。江边一树垂垂发，朝夕催人自白头。"

"竹外一枝斜更好"一句：出自宋代苏轼《和秦太虚梅花》："西湖处士骨应槁，只有此诗君压倒。东坡先生心已灰，为爱君诗被花恼。多情立马待黄昏，残雪消迟月出早。江头千树春欲暗，竹外一枝斜更好。孤山山下醉眠处，点缀裙腰纷不扫。万里春随逐客来，十年花送佳人老。去年花开我已病，今年对花还草草。不如风雨卷春归，收拾余香还畀昊。"

"疏影横斜水清浅"一句：出自宋代林逋《山园小梅》："众芳摇落独暄妍，占尽风情向小园。疏影横斜水清浅，暗香浮动月黄昏。霜禽欲下先偷眼，粉蝶如知合断魂。幸有微吟可相狎，不须檀板共金樽。"

七十七

白石写景之作，如"二十四桥仍在，波心荡、冷月无声"，"数峰清苦，商略黄昏雨"，"高树晚蝉，说西风消息"，虽格韵高绝，然如雾里看花，终隔一层。❶梅溪、梦窗诸家写景之病，皆在一"隔"字。❷北宋风流，渡江遂绝。抑真有运会存乎其间耶？

注释

❶白石：宋代词人姜夔。此处引的三句，都出自姜夔词作。

"二十四桥仍在"两句：出自姜夔《扬州慢》（淳熙丙申至日，予过维扬。夜雪初霁，荠麦弥望。入其城，则四顾萧条，寒水自碧。暮色渐起，戍角悲吟。予怀怆然，感慨今昔，因自度此曲。千岩老人以为有《黍离》之悲也。）："淮左名都，竹西佳处，解鞍少驻初程。过春风十里，尽荠麦青青。自胡马窥江去后，废池乔木，犹厌言兵。渐黄昏，清角吹寒，都在空城。杜郎俊赏，算而今，重到须惊。纵豆蔻词工，青楼梦好，难赋深情。二十四桥仍在，波心荡，冷月无声。念桥边红药，年年知为谁生。"

"数峰清苦"两句：出自姜夔《点绛唇·丁未冬过吴松作》："燕雁无心，太湖西畔随云去。数峰清苦。商略黄昏雨。第四桥边，拟共天随往。今何许。凭栏怀古，残柳参差舞。"

"高树晚蝉"两句：出自姜夔《惜红衣》（吴兴号水晶宫，荷花盛丽。陈简斋云："今年何以报君恩，一路荷花相送到青墩。"亦可见矣。丁未之夏，予游千岩，数往来红香中，自度此曲，以无射宫歌之。）："簟枕邀凉，琴书换日，睡余无力。细洒冰泉，并刀破甘碧。墙头唤酒，谁问讯、城南诗客。岑寂。高柳晚蝉，说西风消息。虹梁水陌，鱼浪吹香，红衣半狼藉。维舟试望故国。眇天北。可惜渚边沙外，不共美人游历。问甚时同赋，三十六陂秋色。"

❷梅溪、梦窗：宋代词人史达祖、吴文英。

七十八

问"隔"与"不隔"之别。曰：渊明之诗不隔，韦、柳则稍隔矣；东坡之诗不隔，山谷则稍隔矣；"池塘生春草"、"空梁落燕泥"

等二句，妙处唯在不隔。❶词亦如是。即以一人一词论，如欧阳公《少年游》咏春草上半阕云："阑干十二独凭春，晴碧远连云。千里万里，二月三月，行色苦愁人。"❷语语都在目前，便是不隔。至云"谢家池上，江淹浦畔"，则隔矣。白石《翠楼吟》"此地。宜有词仙，拥素云黄鹤，与君游戏。玉梯凝望久，叹芳草、萋萋千里"，便是不隔。❸至"酒祓清愁，花销英气"，则隔矣。然南宋词虽不隔处，较之前人，自有浅深厚薄之别。

注释

❶渊明：晋代文人陶渊明。韦、柳：唐代文人韦应物、柳宗元。东坡：宋代文人苏轼。山谷：宋代文人黄庭坚。"池塘生春草"、"空梁落燕泥"等二句：分别出自南朝谢灵运《登池上楼》、隋代薛道衡《昔昔盐》。

谢灵运《登池上楼》："潜虬媚幽姿，飞鸿响远音。薄霄愧云浮，栖川怍渊沉。进德智所拙，退耕力不任。徇禄反穷海，卧疴对空林。衾枕昧节候，褰开暂窥临。倾耳聆波澜，举目眺岖嵚。初景革绪风，新阳改故阴。池塘生春草，园柳变鸣禽。祁祁伤豳歌，萋萋感楚吟。索居易永久，离群难处心。持操岂独古，无闷征在今。"

薛道衡《昔昔盐》："垂柳覆金堤，蘼芜叶复齐。水溢芙蓉沼，花飞桃李蹊。采桑秦氏女，织锦窦家妻。关山别荡子，风月守空闺。恒敛千金笑，长垂双玉啼。盘龙随镜隐，彩凤逐帷低。飞魂同夜鹊，倦寝忆晨鸡。暗牖悬蛛网，空梁落燕泥。前年过代北，今岁往辽西。一去无消息，那能惜马蹄。"

❷欧阳公《少年游》咏春草：即宋代文人欧阳修的《少年游》："阑干十二独凭春，晴碧远连云。千里万里，二月三月，行色苦愁人。谢家池上，江淹浦畔，吟魄与离魂。那堪疏雨滴黄昏。更特地忆王孙。"

❸白石《翠楼吟》：即宋代词人姜夔的《翠楼吟》（淳熙丙午冬，武昌安远楼成，与刘去非诸友落之，度曲见志。予去武昌十年，故人

有泊舟鹦鹉洲者，闻小姬歌此词，问之，颇能道其事，还吴为余言之；兴怀昔游，且伤今之离索也。）："月冷龙沙，尘清虎落，今年汉酺初赐。新翻胡部曲，听毡幕元戎歌吹。层楼高峙。看槛曲萦红，檐牙飞翠。人姝丽。粉香吹下，夜寒风细。此地。宜有词仙，拥素云黄鹤，与君游戏。玉梯凝望久，叹芳草、萋萋千里。天涯情味。仗酒祓清愁，花销英气。西山外。晚来还卷，一帘秋霁。"

七十九

少游词境最为凄婉。❶至"可堪孤馆闭春寒，杜鹃声里斜阳暮"，则变而凄厉矣。❷东坡赏其后二语，犹为皮相。❸

注释

❶少游：宋代词人秦观。

❷"可堪孤馆闭春寒"一句：出自秦观《踏莎行》："雾失楼台，月迷津渡，桃源望断无寻处。可堪孤馆闭春寒，杜鹃声里斜阳暮。驿寄梅花，鱼传尺素，砌成此恨无重数。郴江幸自绕郴山，为谁流下潇湘去。"

❸东坡：宋代文人苏轼。皮相：形容认识不够深入，只看到表面。

八十

严沧浪《诗话》谓："盛唐诸公，唯在兴趣。羚羊挂角，无迹可求。故其妙处，透彻玲珑，不可凑拍。如空中之音、相中之色、水中之影、镜中之象，言有尽而意无穷。"❶余谓：北宋以前之词，亦复如是。但沧浪所谓兴趣，阮亭所谓神韵，犹不过道其面目，不若鄙人拈出"境界"二字，为探其本也。❷

❶严沧浪：宋代文人严羽（1192—1265），邵武（今福建邵武）人，字仪清，号沧浪逋客，著有《沧浪诗话》。本句"盛唐诸公"几句便出自《沧浪诗话》。

❷沧浪所谓兴趣：严羽论诗以"兴趣"为主，史称"兴趣说"，对后世诗学理论产生影响。阮亭所谓神韵：阮亭，即清代著名文人、诗学理论家王士禛。王士禛论诗以"神韵"为主，史称"神韵说"，在清代诗学理论中产生重要影响。

八十一

"生年不满百，常怀千岁忧。昼短苦夜长，何不秉烛游。"❶"服食求神仙，多为药所误。不如饮美酒，被服纨与素。"❷写情如此，方为不隔。"采菊东篱下，悠然见南山。山气日夕佳，飞鸟相与还。"❸"天似穹庐，笼盖四野。天苍苍。野茫茫。风吹草低见牛羊。"❹写景如此，方为不隔。

注释

❶"生年不满百"四句：出自《古诗十九首》第十五首："生年不满百，常怀千岁忧。昼短苦夜长，何不秉烛游。为乐当及时，何能待来兹。愚者爱惜费，但为后世嗤。仙人王子乔，难可与等期。"

❷"服食求神仙"四句：出自《古诗十九首》第十三首："驱车上东门，遥望郭北墓。白杨何萧萧，松柏夹广路。下有陈死人，杳杳即长暮。潜寐黄泉下，千载永不寤。浩浩阴阳移，年命如朝露。人生忽如寄，寿无金石固。万岁更相送，圣贤莫能度。服食求神仙，多为药所误。不如饮美酒，被服纨与素。"

❸"采菊东篱下"四句：出自东晋陶渊明《饮酒·其五》："结庐在人境，而无车马喧。问君何能尔，心远地自偏。采菊东篱下，悠然

见南山。山气日夕佳，飞鸟相与还。此中有真意，欲辨已忘言。"

❹"天似穹庐"五句：出自南北朝乐府诗《敕勒歌》："敕勒川，阴山下。天似穹庐，笼盖四野。天苍苍。野茫茫。风吹草低见牛羊。"

八十二

"池塘春草谢家春，万古千秋五字新。传语闭门陈正字，可怜无补费精神。"此遗山《论诗绝句》也。❶梦窗、玉田辈当不乐闻此语。❷

注释

❶"池塘春草谢家春"四句：出自金代元好问的《论诗绝句三十首》，以绝句诗的形式表达诗学理论主张。这首绝句前两句，论的是南朝谢灵运《登池上楼》"池塘生春草"几句。后两句论的是宋代文人陈师道的诗。陈正字：宋代文人陈师道（1052—1101），彭城（今江苏徐州）人，字履常、无己，号后山居士，因曾任秘书省正字，所以称"陈正字"。遗山：金代文人元好问（1190—1257），太原秀谷（今山西忻州）人，字裕之，号遗山，有《遗山乐府》。

❷梦窗、玉田：宋代词人吴文英、张炎。

八十三

白仁甫《秋夜梧桐雨》剧，奇思壮采，为元曲冠冕。❶然其词干枯质实，但有稼轩之貌，而神理索然。❷曲家不能为词，犹词家之不能为诗，读永叔、少游诗可悟。❸

注释

❶白仁甫：元代文人白朴。《秋夜梧桐雨》：白朴的杂剧《唐明皇秋夜梧桐雨》。

❷稼轩：宋代文人辛弃疾。

❸永叔、少游：宋代文人欧阳修、秦观。

八十四

朱子《清邃阁论诗》谓："古人有句，今人诗更无句，只是一直说将去。这般一日作百首也得。"❶余谓北宋之词有句，南宋以后便无句。如玉田、草窗之词，所谓"一日作百首也得"者也。❷

注释

❶朱子：宋代文人朱熹（1130—1200），婺源（今江西婺源）人，字元晦，又字仲晦，号晦庵，又号紫阳，宋代著名理学家，后世尊之为"朱子"，有《朱子语类》等。《清邃阁论诗》：朱熹诗论文字的合集，见于《朱子语类》。

❷玉田、草窗：宋代词人张炎、周密。

八十五

朱子谓："梅圣俞诗，不是平淡，乃是枯槁。"❶余谓草窗、玉田之词亦然。❷

注释

❶朱子：宋代文人朱熹（1130—1200），宋代著名思想家，后世尊之为"朱子"。此句论诗文字，出自朱熹《清邃阁论诗》。梅圣俞：宋代文人梅尧臣（1002—1060），字圣俞。

❷草窗、玉田：宋代词人周密、张炎。

八十六

"自怜诗酒瘦，难应接，许多春色。"❶ "能几番游，看花又是明年。"❷此等语亦算警句耶？乃值如许费力。

注释

❶"自怜诗酒瘦"两句：出自宋代词人史达祖《喜迁莺》："月波
疑滴。望玉壶天近，了无尘隔。翠眼圈花，冰丝织练，黄道宝光相
直。自怜诗酒瘦，难应接、许多春色。最无赖，是随香趁烛，曾伴狂
客。踪迹。漫记忆。老了杜郎，忍听东风笛。柳院灯疏，梅厅雪在，
谁与细倾春碧。旧情拘未定，犹自学、当年游历。怕万一，误玉人，
夜寒帘隙。"

❷"能几番游"两句：出自宋代词人张炎《高阳台·西湖春感》：
"接叶巢莺，平波卷絮，断桥斜日归船。能几番游？看花又是明年。东
风且伴蔷薇住，到蔷薇、春已堪怜。更凄然。万绿西泠，一抹荒烟。
当年燕子知何处，但苔深韦曲，草暗斜川。见说新愁，如今也到鸥边。
无心再续笙歌梦，掩重门、浅醉闲眠。莫开帘，怕见飞花，怕听
啼鹃。"

八十七

文文山词，风骨甚高，亦有境界，远在圣与、叔夏、公谨诸公之
上。❶亦如明初诚意伯词，非季迪、孟载诸人所敢望也。❷

注释

❶文文山：宋代著名的爱国志士文天祥（1236—1283），吉水
（今江西吉安）人，初名云孙，字天祥，又字宋瑞、履善，号文山。
圣与：宋代文人王沂孙，生卒年不详，会稽（今浙江绍兴）人，字圣
与，又字咏道，号碧山，又号中仙。叔夏：宋代词人张炎，字叔夏。
公谨：宋代词人周密，字公谨。

❷诚意伯：刘基（1311—1375），青田（今浙江青田）人，字伯
温，元末明初著名的军事家、政治家、文学家，被封为诚意伯。季

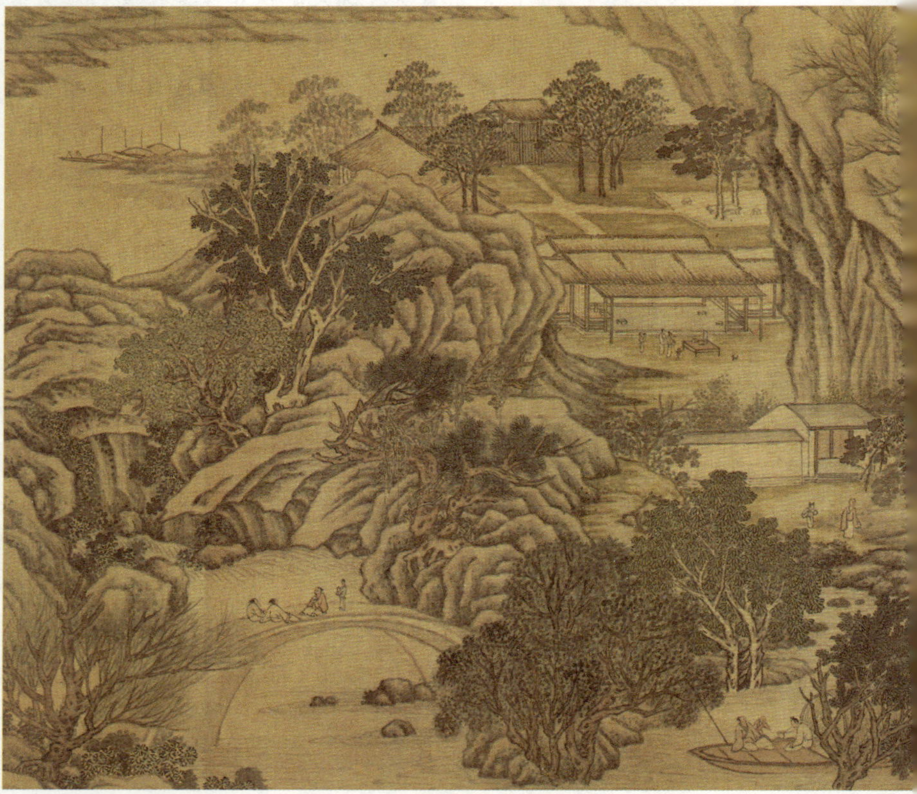

迪：元末明初文人高启（1336—1374），长洲（今江苏苏州）人，字季迪，明初"吴中四杰"之一。孟载：元末明初文人杨基（1326—1378），原籍嘉州（今四川乐山），生于吴中（今江苏苏州），明初"吴中四杰"之一，字孟载，号眉庵。

八十八

和凝《长命女》词："天欲晓。宫漏穿花声缭绕，窗里星光少。冷霞寒侵帐额，残月光沈树杪。梦断锦闱空悄悄。强起愁眉小。"[1]此词前半，不减夏英公《喜迁莺》也。[2]此词见《乐府雅词》，《历代诗余》选之。[3]

注释

[1]和凝：即五代文人和凝（898—955），须昌（今山东东平）人，字成绩。

[2]夏英公《喜迁莺》：夏英公，即宋代文人夏竦（985—1051），江州德安（今江西德安）人，字子乔，受封英国公，因此被称为"夏英公"。《喜迁莺》是夏竦的一首词，原词为："霞散绮，月垂钩。帘卷未央楼。夜凉河汉截天流。宫阙锁清秋。瑶台树。金茎露。凤髓香盘烟雾。三千珠翠拥宸游。水殿按凉州。"

[3]《乐府雅词》：宋代曾慥编选的词总集。《历代诗余》：清代词选，原名《御定历代诗余》，康熙皇帝领衔，沈辰垣等编选。

八十九

宋李希声《诗话》曰："古人作诗，正以风调高古为主。虽意远语疏，皆为佳作。后人有切近的当、气格凡下者，终使人可憎。"[1]余谓北宋词亦不妨疏远。若梅溪以降，正所谓"切近的当，气格凡下"者也。[2]

注释

❶李希声《诗话》：宋代词人李淳，字希声，此《诗话》即是其诗论的汇集。

❷梅溪：宋代文人史达祖，号梅溪。

九十

《提要》："王明清《挥麈录》载曾布所作《冯燕歌》，已成套数，与词律殊途。"❶毛西河《词话》谓，赵德麟令畴作《商调鼓子词》，谱《西厢》传奇，为杂剧之祖。❷然《乐府雅词》卷首所载秦少游、晁补之、郑彦能（名仅）《调笑转踏》，首有"致语"，末有"放队"，每调之前有"口号诗"，甚似曲本体例。❸无名氏《九张机》亦然。❹至董颖道宫《薄媚》大曲咏西子事，凡十只曲，皆平仄通押，则竟是套曲。❺此可与《弦索西厢》同为曲家之筚路。❻曾氏置诸《雅词》卷首，所以别之于词也。❼颖字仲达，绍兴初人，从汪彦章、徐师川游，彦章为作《字说》。❽见《书录解题》。❾

注释

❶《提要》：《提要》，也即《四库全书总目提要》，纪昀等人于清代乾隆年间编纂的一部大型书目。清代编纂《四库全书》时，将所收各书分别撰写提要，简要介绍各书的基本信息并加评判，进而按照"经、史、子、集"等大小部类汇总在一起。王明清：宋代文人王明清（1127—1214），颍州（今安徽阜阳）人，字仲言，《挥麈录》是其笔记类著作。曾布：宋代文人曾布（1036—1107），南丰（今江西南丰）人，字子宣，曾巩之弟。

❷毛西河：清代文人毛奇龄（1623—1716），萧山（今浙江萧山）人，字大可，号秋晴，世称"西河先生"，故称"毛西河"。赵德麟：宋代文人赵令畤（1064—1134）初字景贶，又字德麟，自号聊复翁。

商调鼓子词：鼓子词是宋代流行的说唱文艺形式，此"商调鼓子词"，也即商调《蝶恋花》鼓子词，讲述"西厢故事"，后世又有《西厢记》杂剧等。

❸《乐府雅词》：宋代曾慥编选的词总集。秦少游、晁补之、郑彦能：宋代文人秦观、晁补之、郑仅。转踏：宋代流行的说唱文艺形式，此处的"致语"是其具体环节。

❹《九张机》：宋代无名氏作。

❺董颖：宋代词人，字仲达，作有道宫《薄媚》大曲。

❻《弦索西厢》：也即《西厢记诸宫调》，相传为董解元所作，又称"董西厢"。

❼《雅词》：也即《乐府雅词》，宋代曾慥编选的词总集。

❽这句介绍董颖生平、师承。汪彦章：宋代词人汪藻（1079—1154），德兴（今江西德兴）人，字彦章。徐师川：宋代文人徐俯（1075—1141），洪州分宁（今江西修水）人，字师川。

❾《书录解题》：也即宋代著名书目《直斋书录解题》，陈振孙编。

九十一

宋人遇令节、朝贺、宴会、落成等事，有"致语"一种。❶宋子京、欧阳永叔、苏子瞻、陈后山、文宋瑞集中皆有之。❷《啸余谱》列之于词曲之间。❸其式：先"教坊致语"（四六文），次"口号"（诗），次"勾合曲"（四六文），次"勾小儿队"（四六文），次"队名"（诗二句），次"问小儿""小儿致语"，次"勾杂剧"（皆四六文），次"放队"（或诗或四六文）。若有女弟子队，则勾女弟子队如前。其所歌之词曲与所演之剧，则自伶人定之。❹少游、补之之《调笑》乃并为之作词。❺元人杂剧乃以曲代之。曲中楔子、科白、上下场诗，犹是致语、口号、勾队、放队之遗也。❻此程明善《啸余谱》所以列"致语"于词曲之间者也。

❶令节：时令节日。

❷宋子京：宋代文人宋祁（998—1061），开封雍丘（今河南杞县）人，字子京。欧阳永叔：宋代文人欧阳修。苏子瞻：宋代文人苏轼。陈后山：宋代文人陈师道。文宋瑞：宋代文人文天祥。

❸《啸余谱》：明代人程明善编纂的曲谱，其中有词谱三卷。

❹伶人：中国古代对演员的别称。

❺少游、补之：宋代文人秦观、晁补之。

❻楔子：元杂剧以"一本四折"为通例，在其首尾或中间插入一折，称为"楔子"。科白：戏曲术语，科介、宾白的合称，"科介"主要指动作，"宾白"主要指念白等。上下场诗：古代戏曲演出中，上场、下场时往往念一首诗，起到过渡或总结作用。

九十二

自竹垞痛贬《草堂诗余》而推《绝妙好词》，后人群附和之。❶不知《草堂》虽有亵诨之作，然佳词恒得十之六七。《绝妙好词》则除张、范、辛、刘诸家外，十之八九皆极无聊赖之词。❷甚矣，人之贵耳贱目也。

注释

❶竹垞：清代文人朱彝尊（1629—1709），秀水（今浙江嘉兴）人，字锡鬯，号竹垞，有《静志居琴趣》等传世。《草堂诗余》：词选本，南宋人何士信编，收录唐、五代、宋几朝之词。《绝妙好词》：词选本，宋代周密编纂，收录南宋人词作。

❷张、范、辛、刘：指宋代文人张孝祥、范成大、辛弃疾、刘过。

九十三

明顾梧芳刻《尊前集》二卷，自为之引，并云："明嘉禾顾梧芳编次。"[1]毛子晋刻《词苑英华》，疑为梧芳所辑。[2]朱竹垞跋称：吴下得吴宽手抄本，取顾本勘之，靡有不同，固定为宋初人编辑。《提要》两存其说。[3]案《古今词话》云："赵崇祚《花间集》载温飞卿《菩萨蛮》甚多，合之吕鹏《尊前集》，不下二十阕。"[4]今考顾刻所载飞卿《菩萨蛮》五首，除"咏泪"一首外，皆《花间》所有，知顾刻虽非自编，亦非复吕鹏所编之旧矣。《提要》又云："张炎《乐府指迷》虽云唐人有《尊前》《花间》集，然《乐府指迷》真出张炎与否，盖未可定。陈振孙《书录解题》'歌词类'以《花间集》为首，注曰：'此近世倚声填词之祖'，而无《尊前集》之名。不应张炎见之而陈振孙不见。"[5]然《书录解题》"阳春录"条下引高邮崔公度语曰："《尊前》《花间》往往谬其姓氏。"[6]公度，元祐间人，《宋史》有传。北宋固有，则此书不过直斋未见耳。

注 释

[1]《尊前集》：词选集，宋初人编，以收录五代词为主。

[2]毛子晋：明代刻书家毛晋，其汲古阁藏书、刻书颇多。《词苑英华》：毛晋辑录刊刻的词集汇编。

[3]朱竹垞：清初文人朱彝尊。吴宽：明代文人吴宽（1435—1504），长洲（今江苏苏州）人，字原博，号匏庵、玉亭主，世称"匏庵先生"。《提要》：即《四库全书总目提要》。

[4]《古今词话》：清代词学总集，沈雄编纂，涉及词话、词品、词辨、词评等几方面。《花间集》：五代赵崇祚编的词总集。温飞卿：唐代词人温庭筠。

[5]《乐府指迷》：《乐府指迷》本为宋代沈义父撰，此处所论的"张玉田《乐府指迷》"，实际上是针对张炎《词源》而言。陈振孙：

宋代目录学家陈振孙（1179—1261），安吉（今浙江安吉）人，曾名瑗，字伯玉，号直斋，编有《直斋书录解题》。

❻崔公度：宋代文人崔公度（？—1097），字伯易，高邮（今江苏高邮）人。

九十四

《提要》载："《古今词话》六卷，国朝沈雄纂。雄，字偶僧，吴江人。是编所述，上起于唐，下迄康熙中年。"❶然维见明嘉靖前白口本《笺注草堂诗余》林外《洞仙歌》下引《古今词话》云："此词乃近时林外题于吴江垂虹亭。"（明刻《类编草堂诗余》亦同）❷案：升庵《词品》云："林外，字岂尘，有《洞仙歌》书于垂虹亭畔。作道装，不告姓名，饮醉而去，人疑为吕洞宾。传入宫中，孝宗笑曰：'云崖洞天无锁。锁与老叶韵，则锁音扫，乃闽音也。'侦问之，果闽人林外也。"（《齐东野语》所载亦略同）❸则《古今词话》宋时固有此书，岂雄窃此书而复益以近代事欤？又，《季沧苇书目》载《古今词话》十卷，而沈雄所纂只六卷，益证其非一书矣。❹

注释

❶《提要》：即《四库全书总目提要》。《古今词话》：清代词学总集，沈雄编纂，涉及词话、词品、词辨、词评等几方面。

❷嘉靖：明世宗年号（1522—1566）。白口本：版本学术语，刻本筒子叶中央折缝为空白的版本。《草堂诗余》：词选本，南宋人何士信编，收录唐、五代、宋几朝之词。林外：宋代文人林外（1106—1170年），晋江（今福建晋江）人，字岂尘，号肇殷。

❸升庵：明代文人杨慎（1488—1559），新都（今四川成都）人，字用修，号升庵，著有词学理论著作《词品》。《齐东野语》：宋代周密编纂的笔记类著作。

❹《季沧苇书目》：清代目录学著作，季振宜编。

九十五

陆放翁跋《花间集》谓："唐季五代，诗愈卑，而倚声者辄简古可爱。"[1]"能此不能彼，未可以理推也。"《提要》驳之，谓："犹能举七十斤者，举百斤则蹶，举五十斤则运掉自如。"[2]其言甚辨。然谓词格必卑于诗，余未敢信。善乎陈卧子之言曰："宋人不知诗而强作诗，故终宋之世无诗。"[3]"然其欢愉愁怨之致，动于中而不能抑者，类发于诗余，故其所造独工。"唐季五代之词独胜，亦由此也。

[1] 陆放翁：宋代文人陆游。《花间集》：五代赵崇祚编纂的词总集。唐季：唐朝末年。
[2]《提要》：也即《四库全书总目提要》。
[3] 陈卧子：晚明文人陈子龙（1608—1647），松江华亭（今上海）人，初名介，字人中，又字卧子、懋中，号轶符、海士，晚年自号大樽。"宋人不知诗而强作诗"两句，出自陈子龙《王介人诗余序》。

九十六

"君王枉把平陈业，只换雷塘数亩田"，政治家之言也。[1]"长陵亦是闲丘陇，异日谁知与仲多"，诗人之言也。[2]政治家之眼，域于一人一事。诗人之眼，则通古今而观之。词人观物，须用诗人之眼，不可用政治家之眼。故感事、怀古等作，当与寿词同为词家所禁也。

[1] "君王枉把平陈业"几句：出自唐代诗人罗隐《炀帝陵》："入郭登桥出郭船，红楼日日柳年年。君王忍把平陈业，只换雷塘数亩田。"

❷"长陵亦是闲丘陇"几句：出自唐代诗人唐彦谦《仲山（高祖兄仲隐居之所）"千载遗踪寄薜萝，沛中乡里汉山河。长陵亦是闲丘陇，异日谁知与仲多。"

九十七

宋人小说，多不足信。如《雪舟脞语》谓：台州知府唐仲友眷官妓严蕊奴，朱晦庵系治之。❶及晦庵移去，提刑岳霖行部至台，蕊乞自便。岳问曰："去将安归？"蕊赋《卜算子》词云："住也如何住"云云。案：此词系仲友戚高宣教作，使蕊歌以侑觞者，见朱子《纠唐仲友奏牍》。❷则《齐东野语》所纪朱、唐公案，恐亦未可信也。❸

注释

❶《雪舟脞语》：宋代邵桂子编纂的笔记类著作，原书散佚不存，有《说郛》节录本。唐仲友：宋代文人，历任信州、台州知州等职。严蕊奴：也即宋代台州的官妓严蕊，善诗词。朱晦庵：宋代思想家朱熹。岳霖：岳飞之子岳霖（1130—1192），汤阴（今河南汤阴）人，字及时，号商卿。

❷朱子《纠唐仲友奏牍》：参看朱熹《朱子大全》卷十九《按唐仲友第四状》。《齐东野语》：宋代周密编纂的笔记类著作。

九十八

唐、五代之词，有句而无篇。南宋名家之词，有篇而无句。有篇有句，唯李后主降宋后之作，及永叔、子瞻、少游、美成、稼轩数人而已。❶

注释

❶李后主：南唐后主李煜。永叔、子瞻、少游、美成、稼轩：分别是宋代文人欧阳修、苏轼、秦观、周邦彦、辛弃疾。

九十九

唐、五代、北宋之词家，倡优也。❶南宋后之词家，俗子也。二者其失相等。然词人之词，宁失之倡优，而不失之俗子。以俗子之可厌，较倡优为甚故也。

注释

❶倡优：泛指古代的歌舞演员。

一百

读东坡、稼轩词，须观其雅量高致，有伯夷、柳下惠之风。❶白石虽似蝉脱尘埃，然如韦、柳之视陶公，非徒有上下床之别。❷

注释

❶东坡、稼轩：宋代文人苏轼、辛弃疾。伯夷：商朝贤士，孤竹国王子。叔齐、伯夷兄弟谦让王位，又在商代灭亡后，坚守气节，不食周粟，饿死在首阳山。柳下惠：春秋时期的贤士展获（前720—前621），鲁国柳下邑人，谥号为"惠"，故称"柳下惠"。

❷白石：宋代词人姜夔。韦、柳：唐代文人韦应物、柳宗元。陶公：晋代诗人陶渊明。上下床之别：比喻差别悬殊，典出《三国志·陈登传》。

一百一

东坡、稼轩，词中之狂；白石，词中之狷也。❶梦窗、玉田、西麓、草窗之词，则乡愿而已。❷

❶东坡、稼轩：宋代文人苏轼、辛弃疾。

❷梦窗、玉田、西麓、草窗：宋代词人吴文英、张炎、陈允平、周密。

一百二

《蝶恋花》"独倚危楼"一阕，见《六一词》，亦见《乐章集》。❶余谓屯田轻薄子，只能道"奶奶兰心蕙性"耳。❷"衣带渐宽终不悔。为伊消得人憔悴"，此等语固非欧公不能道也。❸

注 释

❶《蝶恋花》"独倚危楼"一阕：原词为"伫倚危楼风细细。望极春愁，黯黯生天际。草色烟光残照里。无言谁会凭阑意。拟把疏狂图一醉，对酒当歌，强乐还无味。衣带渐宽终不悔。为伊消得人憔悴。"《六一词》：宋代词人欧阳修词集。《乐章集》：宋代词人柳永词集。

❷屯田：宋代词人柳永。轻薄子：举止轻薄的人。"奶奶兰心蕙性"一句：出自柳永《玉女摇仙佩·佳人》："飞琼伴侣，偶别珠宫，未返神仙行缀。取次梳妆，寻常言语，有得几多姝丽。拟把名花比。恐旁人笑我，谈何容易。细思算，奇葩艳卉，惟是深红浅白而已。争如这多情，占得人间，千娇百媚。须信画堂绣阁，皓月清风，忍把光阴轻弃。自古及今，佳人才子。少得当年双美。且恁相偎倚。未消得，怜我多才多艺。愿奶奶兰心蕙性，枕前言下，表余心意。为盟誓。今生断不孤鸳被。"

❸欧公：宋代词人欧阳修。

一百三

读《会真记》者，恶张生之薄幸，而恕其奸非。❶读《水浒传》者，恕宋江之横暴，而责其深险。此人人之所同也。故艳词可作，唯万不可作儇薄语。❷龚定庵诗云："偶赋凌云偶倦飞，偶然闲慕遂初衣。偶逢锦瑟佳人问，便说寻春为汝归。"❸其人之凉薄无行，跃然纸墨间。余辈读耆卿、伯可词，亦有此感。视永叔、希文小词何如耶？

注释

❶《会真记》：唐代元稹的传奇小说，又名《莺莺传》，后世据之改编为《西厢记》诸宫调、《西厢记》杂剧等。

❷儇薄语：轻薄的言语。

❸龚定庵：清代文人龚自珍（1792—1841），仁和（浙江杭州）人，字璱人，号定庵。

一百四

词人之忠实，不独对人事宜然，即对一草一木，亦须有忠实之意，否则所谓游词也。

一百五

温飞卿之词，句秀也。❶韦端己之词，骨秀也。❷李重光之词，神秀也。❸

注释

❶温飞卿：唐代诗人温庭筠，字飞卿。

❷韦端己：唐代诗人韦庄，字端己。

❸李重光：南唐后主李煜，字重光。

一百六

词至李后主而眼界始大，感慨遂深，遂变伶工之词而为士大夫之词。❶周介存置诸温、韦之下，可谓颠倒黑白矣。❷"自是人生长恨水长东"、"流水落花春去也，天上人间"，《金荃》《浣花》，能有此种气象耶？❸

注释

❶李后主：南唐后主李煜，字重光。伶工：古代指歌舞艺人。
❷周介存：清代常州派词人周济。温、韦：温庭筠、韦庄。
❸"自是人生长恨水长东"一句：出自李煜《相见欢》："林花谢了春红，太匆匆。无奈朝来寒雨晚来风。胭脂泪，相留醉，几时重。自是人生长恨水长东。""流水落花春去也"两句：出自李煜《浪淘沙》："帘外雨潺潺。春意阑珊。罗衾不耐五更寒。梦里不知身是客，一晌贪欢。独自莫凭栏。无限江山。别时容易见时难。流水落花春去也，天上人间。"《金荃》《浣花》：温庭筠有《金荃集》，韦庄有《浣花集》，此处代指温庭筠、韦庄二人。

一百七

词人者，不失其赤子之心者也。故生于深宫之中，长于妇人之手，是后主为人君所短处，亦即为词人所长处。

一百八

客观之诗人，不可不多阅世。阅世愈深，则材料愈丰富、愈变化，《水浒传》《红楼梦》之作者是也。主观之诗人，不必多阅世。阅世愈浅，则性情愈真，李后主是也。❶

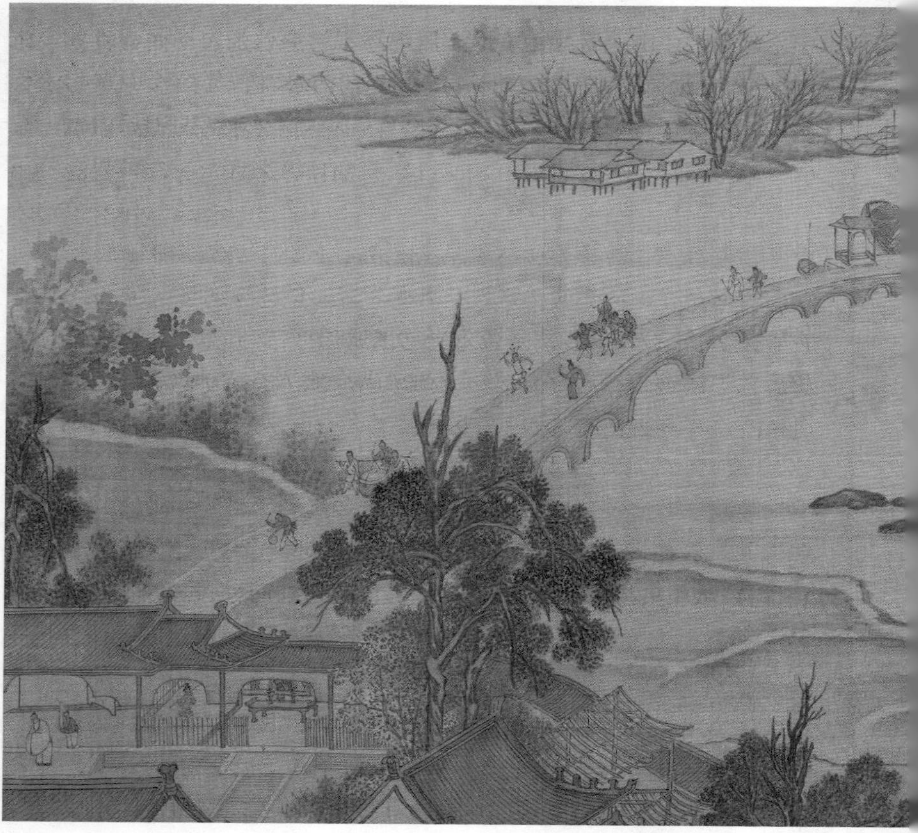

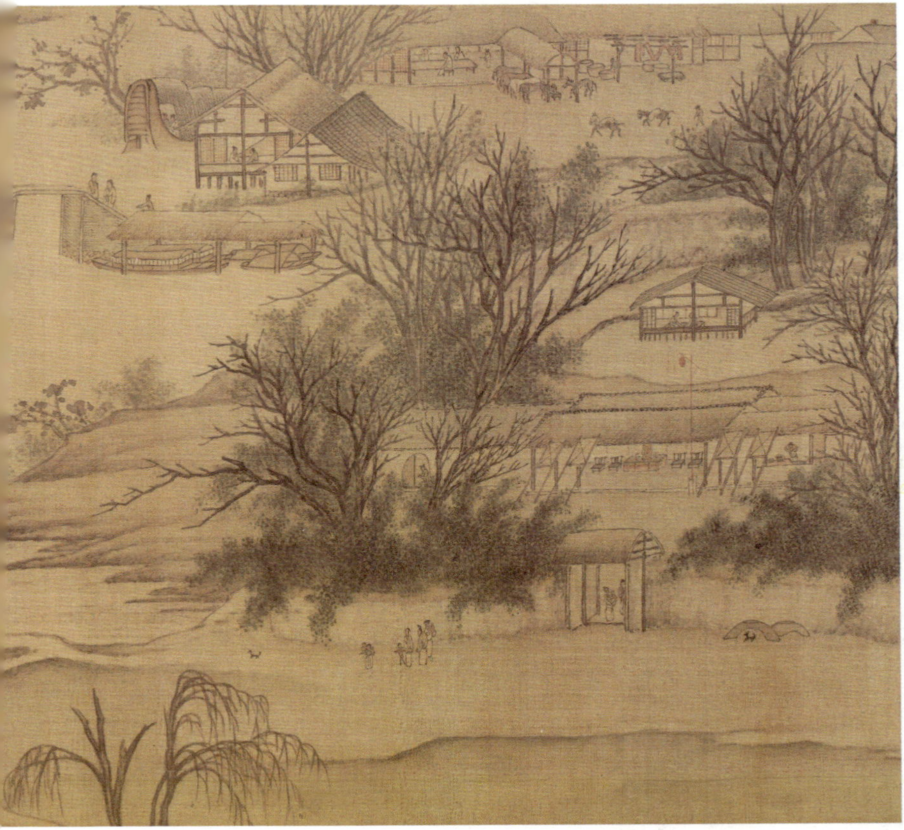

❶李重光：南唐后主李煜，字重光。

一百九

尼采谓："一切文学，余爱以血书者。"后主之词，真所谓"以血书者"也。❶宋道君皇帝《燕山亭》词亦略似之。❷然道君不过自道身世之戚，后主则俨有释迦、基督担荷人类罪恶之意，其大小固不同矣。❸

注释

❶尼采：德国哲学家。后主：南唐后主李煜，字重光。

❷宋道君皇帝：宋徽宗赵佶（1082—1135），诗词书画兼善，宋徽宗笃信道教，被尊称为"教主道君太上皇帝"，所以也称"道君皇帝"。《燕山亭》词：也即宋徽宗赵佶的《燕山亭·北行见杏花》："裁翦冰绡，轻叠数重，淡著胭脂匀注。新样靓妆，艳溢香融，羞杀蕊珠宫女。易得凋零，更多少无情风雨。愁苦。闲院落凄凉，几番春暮。凭寄离恨重重，这双燕何曾，会人言语。天遥地远，万水千山，知他故宫何处。怎不思量，除梦里有时曾去。无据。和梦也、新来不做。"

❸释迦：释迦牟尼。基督：耶稣基督。

一百十

楚辞之体，非屈子之所创也。❶《沧浪》《凤兮》之歌，已与三百篇异，然至屈子而最工。❷五七律始于齐、梁而盛于唐。❸词源于唐而大成于北宋。故最工之文学，非徒善创，亦且善因。

注释

❶屈子：屈原。

❷《沧浪》：也即《孺子歌》："沧浪之水清兮，可以濯我缨。沧浪之水浊兮，可以濯我足。"《凤兮》：也即《楚狂接舆歌》："凤兮凤兮，何德之衰。往者不可谏。来者犹可追。已而已而，今之从政者殆而。"三百篇：《诗经》。

❸五七律：五言律诗、七言律诗。

一百十一

"风雨如晦，鸡鸣不已"❶，"山峻高以蔽日兮，下幽晦以多雨。霰雪纷其无垠兮，云霏霏而承宇"❷，"树树皆秋色，山山唯落晖"❸，"可堪孤馆闭春寒，杜鹃声里斜阳暮"❹，气象皆相似。

注释

❶"风雨如晦"两句：出自《诗经》郑风的《风雨》篇："风雨凄凄，鸡鸣喈喈。既见君子，云胡不夷。风雨潇潇，鸡鸣胶胶。既见君子，云胡不瘳。风雨如晦，鸡鸣不已。既见君子，云胡不喜。"

❷"山峻高以蔽日兮"四句：出自《楚辞》之《九章·涉江》篇。

❸"树树皆秋色"两句：出自王绩《野望》。

❹"可堪孤馆闭春寒"两句：出自秦观《踏莎行》："雾失楼台，月迷津渡。桃源望断无寻处。可堪孤馆闭春寒，杜鹃声里斜阳暮。驿寄梅花，鱼传尺素。砌成此恨无重数。郴江幸自绕郴山，为谁流下潇湘去。"

一百十二

《沧浪》《凤兮》二歌，已开楚辞体格。❶然楚辞之最工者，推屈原、宋玉，而后此王褒、刘向之词不与焉。❷五古之最工者，实推阮嗣宗、左太冲、郭景纯、陶渊明，而前此曹、刘，后此陈子昂、李太白不与焉。❸词之最工者，实推后主、正中、永叔、少游、美成，而

前此温、韦，后此姜、吴，皆不与焉。❹

注释

❶《沧浪》：也即《孺子歌》："沧浪之水清兮，可以濯我缨。沧浪之水浊兮，可以濯我足。"《凤兮》：也即《楚狂接舆歌》："凤兮凤兮，何德之衰。往者不可谏。来者犹可追。已而已而，今之从政者殆而。"

❷宋玉：战国时期的楚国文人，有《九辨》等。王褒：汉代文人，有《洞箫赋》等。刘向：汉代文人，有《九叹》等。

❸阮嗣宗：阮籍。左太冲：左思。郭景纯：郭璞。曹、刘：曹操、刘桢。李太白：李白。

❹后主：李煜。正中：冯延巳。永叔：欧阳修。少游：秦观。美成：周邦彦。温、韦：温庭筠、韦庄。姜、吴：姜夔、吴文英。

一百十三

读《花间》《尊前》集，令人回想徐陵《玉台新咏》。❶读《草堂诗余》，令人回想韦縠《才调集》。❷读朱竹垞《词综》，张皋文、董晋卿《词选》，令人回想沈德潜《三朝诗别裁集》。❸

注释

❶《花间》《尊前》：《花间集》《尊前集》。徐陵《玉台新咏》：徐陵（507—583），东海郯（今山东郯城）人，字孝穆，编有诗歌总集《玉台新咏》，选录东周到南朝梁的有关诗歌，收诗多绮丽为上。

❷《草堂诗余》：词选本，南宋人何士信编，收录唐、五代、宋几朝之词。韦縠：五代文人，编有唐诗选本《才调集》。

❸朱竹垞：清代文人朱彝尊，编有《词综》。张皋文：清代文人张惠言。董晋卿：当为董毅，字子远，曾编《续词选》。沈德潜：清代文人沈德潜（1673—1769），长洲（今江苏苏州）人，字确士，号归愚。《三朝诗别裁集》：沈德潜编纂的三部诗选，也即《唐诗别裁

集》《明诗别裁集》《清诗别裁集》。

一百十四

明季国初诸老之论词，大似袁简斋之论诗。❶其失也，纤小而轻薄。竹垞以降之论词者，大似沈归愚。❷其失也，枯槁而庸陋。

注释

❶明季国初：明末清初。袁简斋：清代文人袁枚（1716—1797），钱塘（今浙江杭州）人，字子才，号简斋、随园老人。
❷竹垞：清代文人朱彝尊。沈归愚：清代文人沈德潜。

一百十五

东坡之词旷，稼轩之词豪。❶无二人之胸襟而学其词，犹东施之效捧心也。❷

注释

❶东坡：苏轼。稼轩：辛弃疾。
❷东施之效捧心：也即"东施效颦"故事，形容只学到了外表，却不了解内在缘由。

一百十六

东坡之旷在神，白石之旷在貌。❶白石如王衍，口不言阿堵物，而暗中为营三窟之计，此其所以可鄙也。❷

注释

❶东坡：苏轼。白石：姜夔。

❷王衍：西晋名士，本则提到的故事见于《世说新语·规箴》。阿堵物：钱财的别称。营三窟：出自《战国策·齐策》，比喻暗中做多手准备。

一百十七

永叔"人间自是有情痴，此恨不关风与月""直须看尽洛城花，始与东风容易别"，于豪放之中有沈著之致，所以尤高。❶

注释

❶永叔：欧阳修。"人间自是有情痴"两句与"直须看尽洛城花"两句：出自欧阳修《玉楼春》："尊前拟把归期说，欲语春容先惨咽。人生自是有情痴，此恨不关风与月。离歌且莫翻新阕，一曲能教肠寸结。直须看尽洛城花，始共春风容易别。"

一百十八

诗人对自然人生，须入乎其内，又须出乎其外。入乎其内，故能写之。出乎其外，故能观之。入乎其内，故有生气。出乎其外，故有高致。美成能入而不能出，白石以降，于此二事皆未梦见。❶

注释

❶美成：周邦彦。白石：姜夔。

一百十九

"我瞻四方，蹙蹙靡所骋"，诗人之忧生也。❶"昨夜西风凋碧树。独上高楼，望尽天涯路"似之。"终日驰车走，不见所问津"，诗人之忧世也。❷"百草千花寒食路。香车系在谁家树"似之。❸

注释

❶"我瞻四方"两句：出自《诗经·小雅·节南山》。

❷"终日驰车走"两句：出自陶渊明《饮酒·其二十》："羲农去我久，举世少复真。汲汲鲁中叟，弥缝使其淳。凤鸟虽不至，礼乐暂得新。洙泗辍微响，漂流逮狂秦。诗书复何罪，一朝成灰尘。区区诸老翁，为事诚殷勤。如何绝世下，六籍无一亲。终日驰车走，不见所问津。若复不快饮，空负头上巾。但恨多谬误，君当恕醉人。"

❸"百草千花寒食路"两句：出自冯延巳《鹊踏枝》："几日行云何处去。忘却归来，不道春将暮。百草千花寒食路。香车系在谁家树。泪眼倚楼频独语。双燕来时，陌上相逢否。撩乱春愁如柳絮。悠悠梦里无寻处。"

一百二十

"纷吾既有此内美兮，又重之以修能"。❶文学之事，于此二者不可缺一。然词乃抒情之作，故尤重内美。无内美而但有修能，则白石耳。

❶"纷吾既有此内美兮"两句：出自屈原《离骚》。

一百二十一

诗人必有轻视外物之意，故能以奴仆命风月。又必有重视外物之意，故能与花鸟共忧乐。

一百二十二

诗人视一切外物，皆游戏之材料也。然其游戏，则以热心为之。故诙谐与严重二性质，亦不可缺一也。

一百二十三

纳兰容若以自然之眼观物，以自然之笔写情。[●]此由初入中原，未染汉人风气，故能真切如此。同时朱、陈、王、顾诸家，便有文胜则史之弊。^❷

注释

❶纳兰容若：清代词人纳兰性德。

❷朱、陈、王、顾：清代文人朱彝尊、陈维崧、王士禛、顾贞观。

❸文胜则史："文""质"关系是古代文论中常见的范畴，《论语·雍也》："子曰：'质胜文则野，文胜质则史。文质彬彬，然后君子。'"

一百二十四

"昔为倡家女，今为荡子妇。荡子行不归，空床难独守。"[●] "何不策高足，先据要路津。无为久贫贱，轗轲长苦辛。"^❷可为淫鄙之尤。然无视为淫词、鄙词者，以其真也。五代、北宋之大词人亦然。非无淫词，读之者但觉其亲切动人。非无鄙词，但觉其精力弥满。可知淫词与鄙词之病，非淫与鄙之病，而游词之病也。"岂不尔思，室是远而"，而子曰："未之思也，夫何远之有。"恶其游也。^❸

注释

❶"昔为倡家女"四句：出自《古诗十九首》其二："青青河畔草，郁郁园中柳。盈盈楼上女，皎皎当窗牖。娥娥红粉妆，纤纤出素手。昔为倡家女，今为荡子妇。荡子行不归，空床难独守。"

❷"何不策高足"四句：出自《古诗十九首》其四："今日良宴

会，欢乐难具陈。弹筝奋逸响，新声妙入神。令德唱高言，识曲听其真。齐心同所愿，含意俱未申。人生寄一世，奄忽若飙尘。何不策高足，先据要路津。无为守穷贱，轗轲长苦辛。"

❸孔子之论，参看《论语·子罕》篇："'唐棣之华，偏其反而，岂不尔思，室是远而。'子曰："未之思也，夫何远之有？'"

一百二十五

四言敝而有楚辞，楚辞敝而有五言，五言敝而有七言，古诗敝而有律、绝，律、绝敝而有词。❶盖文体通行既久，染指遂多，自成习套，豪杰之士，亦难于中自出新意，故往往遁而作他体，以发表其思想感情。一切文体所以始盛终衰者，皆由于此。故谓文学今不如古，余不敢信。但就一体论，则此说固无以易也。

注释

❶中国古代诗歌，按照字数区别，可分为四言诗、五言诗、七言诗等；按照是否入律，可分为古体诗、近体诗。近体诗，又称格律诗、律诗。四句为诗的短诗，又称绝句。

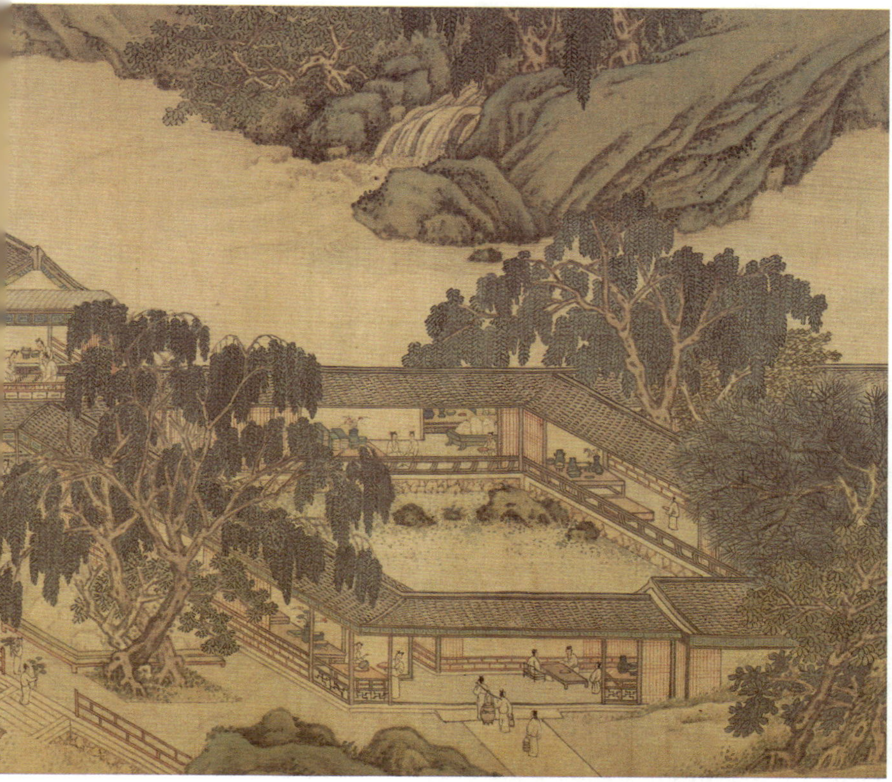

附录一:《人间词话》初刊本

一

词以境界为最上。有境界则自成高格,自有名句。五代、北宋之词所以独绝者在此。

二

有造境,有写境,此理想与写实二派之所由分。然二者颇难分别。因大诗人所造之境,必合乎自然,所写之境,亦必邻于理想故也。

三

有有我之境,有无我之境。"泪眼问花花不语,乱红飞过秋千去"、"可堪孤馆闭春寒,杜鹃声里斜阳暮",有我之境也;"采菊东篱下,悠然见南山"、"寒波澹澹起,白鸟悠悠下",无我之境也。有我之境,以我观物,故物皆著我之色彩;无我之境,以物观物,故不知何者为我,何者为物。古人为词,写有我之境者为多,然未始不能写无我之境,此在豪杰之士能自树立耳。

四

无我之境，人惟于静中得之；有我之境，于由动之静时得之。故一优美，一宏壮也。

五

自然中之物，互相关系，互相限制。然其写之于文学及美术中也，必遗其关系、限制之处。故虽写实家，亦理想家也。又虽如何虚构之境，其材料必求之于自然，而其构造，亦必从自然之法则。故虽理想家，亦写实家也。

六

境非独谓景物也。喜怒哀乐，亦人心中之一境界。故能写真景物、真感情者，谓之有境界；否则谓之无境界。

七

"红杏枝头春意闹"，著一"闹"字，而境界全出。"云破月来花弄影"，著一"弄"字，而境界全出矣。

八

境界有大小，不以是而分优劣。"细雨鱼儿出，微风燕子斜"，何遽不若"落日照大旗，马鸣风萧萧"！"宝帘闲挂小银钩"，何遽不若"雾失楼台，月迷津渡"也！

九

严沧浪《诗话》谓:"盛唐诸公,唯在兴趣。羚羊挂角,无迹可求。故其妙处,透澈玲珑,不可凑拍。如空中之音、相中之色、水中之影、镜中之象,言有尽而意无穷。"余谓:北宋以前之词,亦复如是。然沧浪所谓兴趣,阮亭所谓神韵,犹不过道其面目,不若鄙人拈出"境界"二字,为探其本也。

十

太白纯以气象胜。"西风残照,汉家陵阙",寥寥八字,遂关千古登临之口。后世唯范文正之《渔家傲》,夏英公之《喜迁莺》,差足继武,然气象已不逮矣。

十一

张皋文谓飞卿之词"深美闳约"。余谓此四字唯冯正中足以当之。刘融斋谓飞卿"精艳绝人",差近之耳。

十二

"画屏金鹧鸪",飞卿语也,其词品似之;"弦上黄莺语",端己语也,其词品亦似之。正中词品,若欲于其词句中求之,则"和泪试严妆"殆近之欤?

十三

南唐中主词"菡萏香销翠叶残,西风愁起绿波间。"大有众芳芜秽、美人迟莫之感。乃古今独赏其"细雨梦回鸡塞远，小楼吹彻玉笙寒"，故知解人正不易得。

十四

温飞卿之词，句秀也；韦端己之词，骨秀也；李重光之词，神秀也。

十五

词至李后主而眼界始大，感慨遂深，遂变伶工之词而为士大夫之词。周介存置诸温、韦之下，可谓颠倒黑白矣。"自是人生长恨水长东"，"流水落花春去也，天上人间"，《金荃》《浣花》，能有此气象耶？

十六

词人者，不失其赤子之心者也。故生于深宫之中，长于妇人之手，是后主为人君所短处，亦即为词人所长处。

十七

客观之诗人，不可不多阅世。阅世愈深，则材料愈丰富，愈变化，《水浒传》《红楼梦》之作者是也。主观之诗人不必多阅世。阅世愈浅，则性情愈真，李后主是也。

十八

尼采谓：一切文学，余爱以血书者。后主之词，真所谓"以血书者"也。宋道君皇帝《燕山亭》词亦略似之。然道君不过自道身世之戚，后主则俨有释迦、基督担荷人类罪恶之意，其大小固不同矣。

十九

冯正中词虽不失五代风格，而堂庑特大，开北宋一代风气。与中、后二主词皆在《花间》范围之外，宜《花间集》中不登其只字也。

二十

正中词除《鹊踏枝》《菩萨蛮》十数阕最煊赫外，如《醉花间》之"高树鹊衔巢，斜月明寒草"，余谓韦苏州之"流萤渡高阁"，孟襄阳之"疏雨滴梧桐"，不能过也。

二十一

欧九《浣溪沙》词"绿杨楼外出秋千"。晁补之谓：只一"出"字，便后人所不能道。余谓此本于正中《上行杯》词"柳外秋千出画墙"，但欧语尤工耳。

二十二

梅圣俞《苏幕遮》词："落尽梨花春事了。满地斜阳，翠色和烟老。"刘融斋谓：少游一生似专学此种。余谓，冯正中《玉楼春》词："芳菲次第长相续，自是情多无处足。尊前百计得春归，莫为伤春眉黛促。"永叔一生似专学此种。

二十三

人知和靖《点绛唇》、圣俞《苏幕遮》、永叔《少年游》三阕为咏春草绝调，不知先有正中"细雨湿流光"五字，皆能摄春草之魂者也。

二十四

《诗·蒹葭》一篇最得风人深致。晏同叔之"昨夜西风凋碧树。独上高楼，望尽天涯路"，意颇近之。但一洒落，一悲壮耳。

二十五

"我瞻四方，蹙蹙靡所骋"，诗人之忧生也；"昨夜西风凋碧树。独上高楼，望尽天涯路"似之。"终日驰车走，不见所问津"，诗人之忧世也。"百草千花寒食路。香车系在谁家树"似之。

二十六

古今之成大事业、大学问者，必经过三种之境界："昨夜西风凋碧树。独上高楼，望尽天涯路。"此第一境也。"衣带渐宽终不悔，为伊消得人憔悴。"此第二境也。"众里寻他千百度，回头蓦见，那人正在、灯火阑珊处。"此第三境也。此等语皆非大词人不能道。然遽以此意解释诸词，恐为晏、欧诸公所不许也。

二十七

永叔"人间自是有情痴，此恨不关风与月"，"直须看尽洛城花，始与东风容易别"，于豪放之中有沉著之致，所以尤高。

二十八

冯梦华《宋六十一家词选·序例》谓："淮海、小山，古之伤心人也。其淡语皆有味，浅语皆有致。"余谓此唯淮海足以当之。小山矜贵有余，但可方驾子野、方回，未足抗衡淮海也。

二十九

少游词境最为凄婉。至"可堪孤馆闭春寒，杜鹃声里斜阳暮"，则变而凄厉矣。东坡赏其后二语，犹为皮相。

三十

"风雨如晦，鸡鸣不已"，"山峻高以蔽日兮，下幽晦以多雨。霰雪纷其无垠兮，云霏霏而承宇"，"树树皆秋色，山山尽落晖"，"可堪孤馆闭春寒，杜鹃声里斜阳暮"，气象皆相似。

三十一

昭明太子称陶渊明诗"跌宕昭彰，独超众类。抑扬爽朗，莫之与京"。王无功称薛收赋"韵趣高奇，词义晦远。嵯峨萧瑟，真不可言"。词中惜少此二种气象，前者唯东坡，后者唯白石略得一二耳。

三十二

词之雅郑，在神不在貌。永叔、少游虽作艳语，终有品格。方之美成，便有淑女与倡伎之别。

三十三

美成深远之致不及欧、秦。唯言情体物，穷极工巧，故不失为第一流之作者。但恨创调之才多，创意之才少耳。

三十四

词忌用替代字。美成《解语花》之"桂华流瓦"，境界极妙，惜以"桂华"二字代月耳。梦窗以下，则用代字更多。其所以然者，非意不足，则语不妙也。盖意足则不暇代，语妙则不必代。此少游之"小楼连苑""绣毂雕鞍"，所以为东坡所讥也。

三十五

沈伯时《乐府指迷》云："说桃不可直说桃，须用'红雨''刘郎'等字。咏柳不可直说破柳，须用'章台''灞岸'等字。"若惟恐人不用代字者。果以是为工，则古今类书具在，又安用词为耶？宜其为《提要》所讥也。

三十六

美成《青玉案》词："叶上初阳干宿雨。水面清圆，一一风荷举。"此真能得荷之神理者。觉白石《念奴娇》《惜红衣》二词，犹有隔雾看花之恨。

三十七

东坡《水龙吟·咏杨花》，和韵而似元唱；章质夫词，原唱而似和韵。才之不可强也如是。

三十八

咏物之词，自以东坡《水龙吟》最工，邦卿《双双燕》次之。白石《暗香》《疏影》，格调虽高，然无一语道着。视古人"江边一树垂垂发"等句何如耶？

三十九

白石写景之作，如"二十四桥仍在，波心荡、冷月无声""数峰清苦，商略黄昏雨""高树晚蝉，说西风消息"，虽格韵高绝，然如雾里看花，终隔一层。梅溪、梦窗诸家写景之病，皆在一"隔"字。北宋风流，渡江遂绝。抑真有运会存乎其间耶？

四十

问隔与不隔之别，曰：陶、谢之诗不隔，延年则稍隔矣。东坡之诗不隔，山谷则稍隔矣。"池塘生春草""空梁落燕泥"等二句，妙处唯在不隔。词亦如是。即以一人一词论，如欧阳公《少年游》咏春草上半阕云："阑干十二独凭春，晴碧远连云。千里万里，二月三月，行色苦愁人。"语语都在目前，便是不隔。至云"谢家池上，江淹浦畔"，则隔矣。白石《翠楼吟》"此地。宜有词仙，拥素云黄鹤，与君游戏。玉梯凝望久，叹芳草、萋萋千里"，便是不隔。至"酒祓清愁，花消英气"，则隔矣。然南宋词虽不隔处，比之前人，自有浅深厚薄之别。

四十一

"生年不满百，常怀千岁忧。昼短苦夜长，何不秉烛游"，"服食求神仙，多为药所误。不如饮美酒，被服纨与素"，写情如此，方为不隔。"采菊东篱下，悠然见南山。山气日夕佳，飞鸟相与还"，"天似穹庐，笼盖四野。天苍苍。野茫茫。风吹草低见牛羊"，写景如此，方为不隔。

四十二

古今词人格调之高，无如白石。惜不于意境上用力，故觉无言外之味，弦外之响，终不能与于第一流之作者也。

四十三

南宋词人，白石有格而无情，剑南有气而乏韵。其堪与北宋人颉颃者，唯一幼安耳。近人祖南宋而祧北宋，以南宋之词可学，北宋不可学也。学南宋者，不祖白石，则祖梦窗，以白石、梦窗可学，幼安不可学也。学幼安者率祖其粗犷、滑稽，以其粗犷、滑稽处可学，佳处不可学也。幼安之佳处，在有性情，有境界。即以气象论，亦有"横素波""干青云"之概，宁后世龌龊小生所可拟耶？

四十四

东坡之词旷，稼轩之词豪。无二人之胸襟而学其词，犹东施之效捧心也。

四十五

读东坡、稼轩词，须观其雅量高致，有伯夷、柳下惠之风。白石虽似蝉蜕尘埃，然终不免局促辕下。

四十六

苏、辛，词中之狂。白石犹不失为狷。若梦窗、梅溪、玉田、草窗、中麓辈，面目不同，同归于乡愿而已。

四十七

稼轩中秋饮酒达旦，用《天问》体作《木兰花慢》以送月曰："可怜今夕月，向何处、去悠悠。是别有人间，那边才见，光景东头。"词人想象，直悟月轮绕地之理，与科学家密合，可谓神悟。

四十八

周介存谓："梅溪词中喜用'偷'字，足以定其品格。"刘融斋谓："周旨荡而史意贪。"此二语令人解颐。

四十九

介存谓梦窗词之佳者，如"水光云影，摇荡绿波，抚玩无极，追寻已远。"余览《梦窗甲乙丙丁稿》，中实无足当此者。有之，其"隔江人在雨声中，晚风菰叶生秋怨"二语乎？

五十

梦窗之词，吾得取其词中之一语以评之曰："映梦窗，凌乱碧。"玉田之词，余得取其词中之一语以评之曰："玉老田荒。"

五十一

"明月照积雪""大江流日夜""中天悬明月""黄河落日圆"，此种境界，可谓千古壮观。求之于词，唯纳兰容若塞上之作如《长相思》之"夜深千帐灯"、《如梦令》之"万帐穹庐人醉，星影摇摇欲坠"差近之。

五十二

纳兰容若以自然之眼观物，以自然之舌言情。此由初入中原，未染汉人风气，故能真切如此。北宋以来，一人而已。

五十三

陆放翁跋《花间集》谓："唐季五代，诗愈卑，而倚声者辄简古可爱。能此不能彼，未可以理推也。"《提要》驳之谓："犹能举七十斤者，举百斤则蹶，举五十斤则运掉自如。"其言甚辨。然谓词必易于诗，余未敢信。善乎陈卧子之言曰："宋人不知诗而强作诗，故终宋之世无诗……然其欢愉愁苦之致，动于中而不能抑者，类发于诗余，故其所造独工。"五代词之所以独胜，亦以此也。

五十四

四言敝而有《楚辞》,《楚辞》敝而有五言,五言敝而有七言,古诗敝而有律绝,律绝敝而有词。盖文体通行既久,染指遂多,自成习套。豪杰之士,亦难于其中自出新意,故遁而作他体,以自解脱。一切文体所以始盛终衰者,皆由于此。故谓文学后不如前,余未敢信。但就一体论,则此说固无以易也。

五十五

诗之《三百篇》《十九首》,词之五代、北宋,皆无题也。非无题也,诗词中之意,不能以题尽之也。自《花庵》《草堂》每调立题,并古人无题之词亦为之作题。如观一幅佳山水,而即曰此某山某河,可乎?诗有题而诗亡,词有题而词亡。然中材之士,鲜能知此而自振拔者也。

五十六

大家之作,其言情也必沁人心脾,其写景也必豁人耳目。其辞脱口而出,无矫揉妆束之态。以其所见者真,所知者深也。诗词皆然。持此以衡古今之作者,可无大误矣。

五十七

人能于诗词中不为美刺投赠之篇,不使隶事之句,不用粉饰之字,则于此道已过半矣。

五十八

以《长恨歌》之壮采，而所隶之事，只"小玉双成"四字，才有余也。梅村歌行，则非隶事不办。白、吴优劣，即于此见。不独作诗为然，填词家亦不可不知也。

五十九

近体诗体制，以五、七言绝句为最尊，律诗次之，排律最下。盖此体于寄兴言情，两无所当，殆有韵之骈体文耳。词中小令如绝句，长调似律诗，若长调之《百字令》《沁园春》等，则近于排律矣。

六十

诗人对宇宙人生，须入乎其内，又须出乎其外。入乎其内，故能写之；出乎其外，故能观之。入乎其内，故有生气；出乎其外，故有高致。美成能入而不能出；白石以降，于此二事皆未梦见。

六十一

诗人必有轻视外物之意，故能以奴仆命风月；又必有重视外物之意，故能与花鸟共忧乐。

六十二

"昔为倡家女，今为荡子妇。荡子行不归，空床难独守。""何不策高足，先据要路津。无为久贫贱，辗轲长苦辛。"可谓淫鄙之尤。然无视为淫词、鄙词者，以其真也。五代、北宋之大词人亦然。非无淫词，读之者但觉其亲切动人；非无鄙词，但觉其精力弥满。可知淫词与鄙词之病，非淫与鄙之病，而游词之病也。"岂不尔思，室是远而"。而子曰："未之思也，夫何远之有。"恶其游也。

六十三

"枯藤老树昏鸦。小桥流水平沙。古道西风瘦马。夕阳西下。断肠人在天涯。"此元人马东篱《天净沙》小令也。寥寥数语，深得唐人绝句妙境。有元一代词家，皆不能办此也。

六十四

白仁甫《秋夜梧桐雨》剧，沉雄悲壮，为元曲冠冕。然所作《天籁词》，粗浅之甚，不足为稼轩奴隶。岂创者易工，而因者难巧欤？抑人各有能有不能也？读者观欧、秦之诗远不如词，足透此中消息。

附录二:《人间词话》重编本

余于七八年前,偶书词话数十则。今检旧稿,颇有可采者,摘采如下。

一

词以境界为最上。有境界则自成高格,自有名句。五代、北宋之词所以独绝者在此。

二

言气格,言神韵,不如言境界。境界,本也;气格、神韵,末也。境界具,而二者随之矣。

三

有造境,有写境,此理想与写实二派之所由分。然二者颇难分别。因大诗人所造之境,必合乎自然,所写之境,亦必邻于理想故也。

四

境非独谓景物也。情感亦人心中之一境界。故能写真景物、真感情者,谓之有境界,否则谓之无境界。

五

"红杏枝头春意闹"，着一"闹"字，而境界全出。"云破月来花弄影"，着一"弄"字，而境界全出矣。

六

境界有大小，不以是而分优劣。"细雨鱼儿出，微风燕子斜"，何遽不若"落日照大旗，马鸣风萧萧"？"宝帘闲挂小银钩"，何遽不若"雾失楼台，月迷津渡"也？

七

《诗·蒹葭》一篇，最得风人深致。晏同叔之"昨夜西风凋碧树。独上高楼，望尽天涯路"，意颇近之。但一洒落，一悲壮耳。

八

"我瞻四方，蹙蹙靡所骋"，诗人之忧生也。"昨夜西风凋碧树。独上高楼，望尽天涯路"似之。"终日驰车走，不见所问津"，诗人之忧世也。"百草千花寒食路，香车系在谁家树"似之。

九

成就一切事，罔不历三种境界。"昨夜西风凋碧树。独上高楼，望尽天涯路"，此第一境也。"衣带渐宽终不悔，为伊消得人憔悴"，此第二境也。"众里寻他千百度。回头蓦见，那人正在灯火阑珊处"，此第三境也。此等语均非大词人不能道。然遽以此意解诸词，恐为

120

晏、欧诸公所不许也。

十

太白词纯以气象胜。"西风残照，汉家陵阙"，寥寥八字，遂关千古登临之口。后世唯范文正之《渔家傲》，夏英公之《喜迁莺》，差堪继武，然气象已不逮矣。

十一

温飞卿之词，句秀也。韦端己之词，骨秀也。李后主之词，神秀也。词至李后主而境界始大，感慨遂深，遂变伶工之词而为士大夫之词。宋初晏、欧诸公，皆自此出，而花间一派微矣。

十二

冯正中词除《鹊踏枝》《菩萨蛮》数十阕最煊赫外，如《醉花间》之"高树鹊衔巢，斜月明寒草"，虽韦苏州之"流萤度高阁"、孟襄阳之"疏雨滴梧桐"，不能过也。

十三

"画屏金鹧鸪"，飞卿语也，其词品似之。"弦上黄莺语"，端己语也，其词品亦似。若正中词品，欲于其词求之，则"和泪试严妆"殆近之欤。

十四

欧阳公《浣溪沙》词"绿杨楼外出秋千"，晁补之谓只一"出"

字，便后人所不能道。余谓此本于正中《上行杯》词"柳外秋千出画墙"，但欧语尤工耳。

十五

少游词境，最为凄婉。至"可堪孤馆闭春寒，杜鹃声里斜阳暮"，则变而凄厉矣。东坡赏其后二语，犹为皮相。

十六

"风雨如晦，鸡鸣不已"，"山峻高以蔽日兮，下幽晦以多雨。霰雪纷其无垠兮，云霏霏而承宇"，"树树皆秋色，山山尽落晖"，"可堪孤馆闭春寒，杜鹃声里斜阳暮"，气象皆相似。

十七

美成深远之致不及欧、秦，唯言情体物，穷极工巧，故不失为第一流之作者。但恨创调之才多，创意之才少耳。

十八

词忌用替代字。美成《解语花》之"桂华流瓦"，境界极妙。惜以"桂华"二字代"月"耳。梦窗以下，则用代字更多。其所以然者，非意不足，则语不妙也。盖语妙，则不必代，意足则不暇代。此少游之《水龙吟》首二语，所以为东坡所讥也。

十九

美成《青玉案》词："叶上初阳干宿雨。水面轻圆，一一风荷举"，此真能得荷之神理者。觉白石《念奴娇》《惜红衣》二词，犹有隔雾看花之恨。

二十

南宋词人，白石有格而无情，剑南有气而乏韵。其堪与北宋人颉颃者，唯一幼安耳。近人祖南宋而祧北宋，以南宋之词可学，北宋不可学也。学南宋者，不祖白石，则祖梦窗，以白石、梦窗可学，幼安不可学也。学幼安者，率祖其粗犷、滑稽，以其粗犷、滑稽处可学，佳处不可学也。同时白石、龙洲学幼安之作且如此，况其他乎？其实幼安词之佳者，俊伟幽咽，独有千古。其他豪放之处，亦有"横素波、干青云"之概，岂梦窗辈龌龊小生可语耶？

二十一

东坡之词旷，稼轩之词豪。无二人之胸襟而学其词，犹东施之效捧心也。

二十二

读东坡、稼轩词，须观其雅量高致，有伯夷、柳下惠之风。白石虽似蝉蜕尘埃，终不免局促辕下。

二十三

昭明太子称陶渊明诗"跌宕昭彰，独超众类。抑扬爽朗，莫之与京"。王无功称薛收赋"韵趣高奇，词义晦远。嵯峨萧瑟，真不可言"。词中惜少此二种气象。前者坡词近之，后者唯白石略得一二耳。

二十四

　　白石写景之作，如"二十四桥仍在，波心荡、冷月无声""数峰清苦，商略黄昏雨""高树晚蝉，说西风消息"，虽格韵高绝，然如雾里看花，终隔一层。梅溪、梦窗诸家写景之作，其病皆在一"隔"字。北宋风流，过江遂绝，抑真有风会存乎其间耶？

二十五

　　东坡、稼轩，词中之狂。白石，词中之狷。若梅溪、梦窗、草窗、玉田、西麓、竹山之词，则乡愿而已。

二十六

　　问"隔"与"不隔"之别。曰："生年不满百，常怀千岁忧。昼短苦夜长，何不乘烛游""服食求神仙，多为药所误。不如饮美酒，被服纨与素"，写情如此，方为不隔。"采菊东篱下，悠然见南山。山气日夕佳，飞鸟相与还""天似穹庐，笼盖四野。天苍苍。野茫茫。风吹草低见牛羊"，写景如此，方为不隔。词亦如之。如欧阳公《少年游》咏春草云："阑干十二独凭春，晴碧远连云。二月三月，千里万里，行色苦愁人。"语语皆在目前，便是不隔。至换头云："谢家池上，江淹浦畔，吟魄与离魂。"使用故事，便不如前半精彩。然欧词前既实写，故至此不能不拓开。若通体如此，则成笑柄。南宋人词则不免通体皆是"谢家池上"矣。

二十七

　　国朝人词。余最爱宋尚木《蝶恋花》"新样罗衣浑弃却，犹寻旧日春衫着"，及谭复堂之"连理枝头侬与汝。千花百草从渠许"。以为最得风人之旨。

二十八

近人词如复堂之深婉、彊村之隐秀，当在吾家半塘翁之上。彊村学梦窗，而情味较梦窗反胜。盖有临川、庐陵之高华，而济以白石之疏越者。学人之词，斯为极则。然于古人自然神妙处，尚未梦见。《半塘丁稿》和冯正中《鹊踏枝》十阕，乃《鹜翁词》之最精者。"望远愁多休纵目"等阕，郁伊恼悦，令人不能为怀。《定稿》只存六阕，殊为未允。

二十九

词总集如《花间》《尊前》，行于宋世。南宋迄明，盛行《草堂诗余》。白朱竹垞力诋《草堂》，而推重周草窗之《绝妙好词》。其实《草堂》瑕瑜互见，宋人名作大抵在焉。《绝妙好词》则如赋硖，无瑕可指，而可观之词甚少。竹垞《词综》自唐宋以后，其病略同。皋文《词选》又扬其波，固陋弥甚矣。

三十

词至元人，皆承南宋绪余，殆无足观。然曲中小令，却有绝妙者，如无名氏《天净沙》云："枯藤老树昏鸦。小桥流水人家。古道西风瘦马。夕阳西下。断肠人在天涯。"此等语，非当时词家所能道也。

三十一

元人曲中小令，以无名氏《天净沙》为第一。套数则以马东篱之

《双调·夜行船》为第一。兹录其次如左。【夜行船】百岁光阴如梦蝶，重回首，往事堪嗟。今日春来，明朝花谢。急罚盏夜阑灯灭。【乔木查】想秦宫汉阙，都做了衰草牛羊野。不恁渔樵无话说。纵荒坟横断碑，不辨龙蛇。【庆宣和】投至孤踪与兔穴，多少豪杰。鼎足三分半腰折，魏耶？晋耶？【落梅风】天教富，莫太奢。无多时，好天良夜。看钱奴，硬将心似铁，空辜负锦堂风月。【风入松】眼前红日又西斜，疾似下坡车。晓来清镜添白雪，上床和鞋履相别。莫笑鸠巢计拙，葫芦提一就装呆。【拨不断】利名竭，是非绝。红尘不向门前惹，绿树偏宜屋角遮。青山正补墙头缺，竹篱茅舍。【离亭宴煞】蛩吟一觉方宁贴，鸡鸣万事无休歇。争名利，何年是彻。密匝匝，蚁排兵；乱纷纷蜂酿蜜；闹攘攘，蝇争血。裴公绿野堂，陶令白莲社。爱秋来，那些和露摘黄花，带霜烹紫蟹，煮酒烧红叶。人生有限杯，几个登高节。嘱咐与顽童记者，便北海探吾来，道东篱醉了也。周德清《中原音韵》中载此剧，以为万中无一，不虚也。

附录三:《文学小言》

(编者按:原文见于《教育世界》第一三九号,1906年12月。)

一

昔司马迁推本汉武时学术之盛,以为利禄之途使然。余谓一切学问皆能以利禄劝,独哲学与文学不然。何则?科学之事业,皆直接间接以厚生利用为旨,故未有与政治及社会上之兴味相刺谬者也。至一新世界观与新人生观出,则往往与政治及社会上之兴味不能相容。若哲学家而以政治及社会之兴味为兴味,而不顾真理之如何,则又决非真正之哲学。以欧洲中世哲学之以辩护宗教为务者,所以蒙极大之污辱,而叔本华所以痛斥德意志大学之哲学者也。文学亦然;铺缀的文学,决非真正之文学也。

二

文学者,游戏的事业也。人之势力用于生存竞争而有余,于是发而为游戏。婉娈之儿,有父母以衣食之,以卵翼之,无所谓争存之事也。其势力无所发泄,于是作种种之游戏。逮争存之事亟,而游戏之道息矣。唯精神上之势力独优,而又不必以生事为急者,然后终身得保其游戏之性质。而成人以后,又不能以小儿之游戏为满足,于是对其自己之感情及所观察之事物而摹写之,咏叹之,以发泄所储蓄之势力。故民族文化之发达,非达一定之程度,则不能有文学;而个人之汲汲于争存者,决无文学家之资格也。

三

人亦有言，名者利之宾也。故文绣的文学之不足为真文学也，与铺缀的文学同。古代文学之所以有不朽之价值者，岂不以无名之见者存乎？至文学之名起，于是有因之以为名者，而真正文学乃复托放不重于世之文体以自见。逮此体流行之后，则又为虚玄矣。故模仿之文学，是文绣的文学与铺缀的文学之记号也。

四

文学中有二原质焉：曰景，曰情。前者以描写自然及人生之事实为主，后者则吾人对此种事实之精神的态度也。故前者客观的，后者主观的也；前者知识的，后者感情的也。自一方面言之，则必吾人之胸中洞然无物，而后其观物也深，而其体物也切；即客观的知识，实与主观的感情为反比例。自他方面言之，则激烈之感情，亦得为直观之对象、文学之材料；而观物与其描写之也，亦有无限之快乐伴之。要之，文学者，不外知识与感情交代之结果而已。苟无锐敏之知识与深邃之感情者，不足与于文学之事。此其所以但为天才游戏之事业，而不能以他道劝者也。

五

古今之成大事业大学问者，不可不历三种之阶级："昨夜西风凋碧树，独上高楼，望尽天涯路。"（晏同叔《蝶恋花》）此第一阶级也。"衣带渐宽终不悔，为伊消得人憔悴。"（欧阳永叔《蝶恋花》）此第二阶级也。"众里寻他千百度，回头蓦见，那人正在灯火阑珊处。"（辛幼安《青玉案》）此第三阶级也。未有不阅第一第二阶级，而能遽跻第三阶级者。文学亦然。此有文学上之天才者，所以又需莫大之修养也。

六

三代以下之诗人，无过于屈子、渊明、子美、子瞻者。此四子者苟无文学之天才，其人格亦自足千古。故无高尚伟大之人格，而有高尚伟大之文学者，殆未之有也。

七

天才者，或数十年而一出，或数百年而一出，而又须济之以学问，帅之以德性，始能产真正之大文学。此屈子、渊明、子美、子瞻等所以旷世而不一遇也。

八

"燕燕于飞，差池其羽"，"燕燕于飞，颉之颃之"，"眼睆黄鸟，载好其音"，"昔我往矣，杨柳依依"。诗人体物之妙，侔于造化，然皆出于离人、孽子、征夫之口，故知感情真者，其观物亦真。

九

"驾波四牡，四牡项领。我瞻四方，蹙蹙靡所骋"。以《离骚》《远游》数千言言之而不足者，独以十七字尽之，岂不诡哉！然以讥屈子之文胜，则亦非知言者也。

十

屈子感自己之感，言自己之言者也。宋玉景差感屈子之所感，而言其所言；然亲见屈子之境遇与屈子之人格，故其所言，亦殆与言自己之言无异。贾谊、刘向其遇略与屈子同，而才则逊矣。王叔师以下，但袭其貌而无真情以济之。此后人之所以不复为楚人之词者也。

十一

屈子之后，文学上之雄者，渊明其尤也。韦、柳之视渊明，其如贾、刘之视屈子乎。彼感他人之所感，而言他人之所言，宜其不如李、杜也。

十二

宋以后之能感自己之感，言自己之言者，其唯东坡乎！山谷可谓能言其言矣，未可谓能感所感也。遗山以下亦然。若国朝之新城，岂徒言一人之言已哉。所谓"莺偷百鸟声"者也。

十三

诗至唐中叶以后，殆为羔雁之具矣。故五代、北宋之诗，除一二大家外，无可观者，而词则独为其全盛时代。其诗词兼擅如永叔、少游者，皆诗不如词远甚。以其写之于诗者，不若写之于词者之真也。至南宋以后，词亦为羔雁之具，而词亦替矣（除稼轩一人外）。观此足以知文学盛衰之故矣。

十四

上之所论，皆就抒情的文学言之，《离骚》、诗词皆是。至叙事的文学（谓叙事诗、诗史、戏曲等，非谓散文也），则我国尚在幼稚之时代。元人杂剧，辞则美矣，然不知描写人格为何事。至国朝之《桃花扇》，则有人格矣，然他戏曲则殊不称是。要之，不过稍有系统之词，而并失词之性质者也，以东方古文学之国，而最高之文学无一足以与西欧匹者，此则后此文学家之责矣。

十五

抒情之诗，不待专门之诗人而后能之也。若夫叙事，则其所需之时日长，而其所取之材料富。非天才而又有暇日者不能。此诗家之数之所以不可更仆数，而叙事文学家殆不能及百分之一也。

十六

《三国演义》无纯文学之资格，然其叙关壮缪之释曹操，则非大文学家不办。《水浒传》之写鲁智深，《桃花扇》之写柳敬亭、苏昆生，彼其所为，固毫无意义。然以其不顾一己之利害，故犹使吾人生无限之兴味，发无限之尊敬，况于观壮缪之矫矫者乎。若此者，岂真如汗德所云，实践理性为宇宙人生之根本欤？抑与现在利己之世界相比较，而益使吾人兴无涯之感也？则选择戏曲小说之题目者，亦可以知所去取矣。

十七

吾人谓戏曲小说家为专门之诗人，非谓其以文学为职业也。以文学为职业，餔餟的文学也。职业的文学家，以文学为生活；专门之文学家，为文学而生活。今餔餟的文学之途，盖已开矣。吾宁闻征夫思妇之声，而不屑使此等文学嚣然污吾耳也。

中国古代文学经典书系

诗书传情

悲欣交集

李叔同　著

春风文艺出版社
·沈阳·

图书在版编目（CIP）数据

悲欣交集/李叔同著. —沈阳：春风文艺出版社，
2025.1

（中国古代文学经典书系. 诗书传情）

ISBN 978 - 7 - 5313 - 6642 - 3

Ⅰ. ①悲⋯ Ⅱ. ①李⋯ Ⅲ. ①李叔同（1880–1942）
—传记 Ⅳ. ①B949.92

中国国家版本馆CIP数据核字（2024）第023229号

目　录

第贰辑　艺海生涯

第叁辑　传道弘法

第壹辑 人生感悟

生于天津世家，
远渡日本求学，
于杭州从教数年，
在虎跑出家为僧。
弘一法师的人生里，
有着对父母、兄长、
亲友的感恩，
对文化的弘扬，
对人生际遇的反思，
对生命终极意义的追求。

我的父亲母亲

在清朝光绪年间，天津河东有一个地藏庵，庵前有一户人家。这是一座四进四出的进士宅邸，它的主人是一位官商，名字叫李世珍，曾是同治年间的进士，官任吏部主事，也因乎此使李家在当地的声名更加显赫了。但是，他为官不久，便辞官返乡了，开始经商。在晚年的时候，他虔诚拜佛，为人宽厚，乐善好施，被人称为"李善人"。这就是我的父亲。

我是光绪六年（1880）在这个平和良善的家庭中出生的。生我时，我的母亲只有20岁，而我父亲已近68岁了，这是因为我是父亲的小妾生的。也正是如此，虽然父亲很疼爱我，但是在那时的官宦人家，妾的地位很卑微，我作为庶子，身份也就无法与我的同父异母的哥哥相比。从小就感受到这种不公平待遇给我带来的压抑感，然而只能是忍受着，也许这就为我今后出家埋下了伏笔。

在我五岁那年，父亲因病去世了。没有了父亲的庇护，我与母亲的处境很是困难，看着母亲一天到晚低眉顺眼、谨小慎微地度日，我的内心感到很难受，也使我产生了自卑的倾向。我养成了沉默寡言的内向性格，终日里与书做伴，与画为伍。只有在书画的世界里，我才能找到快乐和自由！

听我母亲后来跟我讲，在我降生的时候，有一只喜鹊叼着一根橄榄枝放在了产房的窗上，所有人都

认为这是佛赐祥瑞；而我后来也一直将这根橄榄枝带在身边，并时常对着它祈祷。由于我的父亲对佛教的诚信，使我在很小的时候，就有机会接触到佛教经典，受到佛法的熏陶。我小时候刚开始识字，就跟着我的大娘，也就是我父亲的妻子，学习念诵《大悲咒》和《往生咒》；而我的嫂子也经常教我背诵《心经》和《金刚经》等。虽然那时我根本就不明白这些佛经的含义，也无从知晓它们的教理，但是我很喜欢念经时那种空灵的感受，也只有在这时我能感受到平等和安详。而我想，这也许成为我今后出家的引路标。

我小时候，六七岁的样子，就跟着我的哥哥文熙开始读书识字，并学习各种待人接物的礼仪，那时我哥哥已经20岁了。由于我们家是书香门第，又是当地数一数二的官商世家，所以一直就沿袭着严格的教育理念，因此，我哥哥对我方方面面的功课，都督教得异常严格，稍有错误必加以严惩。我自小就在这样严厉的环境中长大，这使我从小就没有了小孩子应有的天真活泼，也使我的天性遭到了压抑而导致有些扭曲。但是有一点不得不承认，那就是这种严格施教对于我后来所养成的严谨认真的学习习惯和生活作风是起了决定作用的，而我后来的一切成就几乎都是得益于此，也由此我真心地感激我的哥哥。

当我长到八九岁时，就拜在常云政先生门下，成为他的入室弟子，开始攻读各种经史子集，并开始学习书法、金石等技艺。在我13岁那年，天津的名士赵幼梅先生和唐静岩先生开始教我填词和书法，使我在诗词书画方面得到了很大的提高，功力也较以前深厚了。为了考取功名，我对八股文下了很大的功夫，也因此得以在天津县学加以训练。在我16岁的时候，我有了自己的思想，因过去所受的压抑而造成的"反叛"倾向也开始抬头了。我开始对过去刻苦学习是为了报国济世的思想不那么热衷了，却对文艺产生了浓厚的兴趣，尤其是戏曲，也因此成了一个不折不扣的票友。在此期间，我结识过一个叫杨翠喜的艺人，我经常去听她唱戏，并送她回家，只可惜后来她被官家包养，后来又嫁给一个商人做了妾。

由此后我也有些惆怅，而那时我哥哥已经是天津有名的中医大师

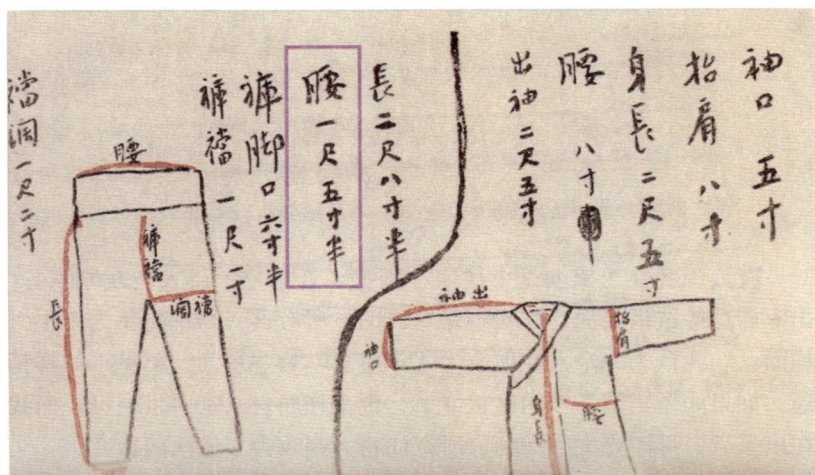

了，但是有一点我很不喜欢，就是他为人比较势利，攀权倚贵、嫌贫爱富。我曾经把我的看法向他说起，他不接受，并指责我有辱祖训，不务正业。无法，我只有与其背道而驰了，从行动上表示我的不满：对贫贱低微的人我礼敬有加，对富贵高傲的人我不理不睬；对小动物我关怀备至，对人我却不冷不热。在别人眼里我成了一个怪人，不可理喻，不过对此我倒是无所谓的。这可能是我日后看破红尘出家为僧的决定因素。

我的人生兴趣

有人说我在出家前是书法家、画家、音乐家、诗人、戏剧家等，出家后这些造诣更深。其实不是这样的，所有这一切都是我的人生兴趣而已。我认为一个人在他有生之年应多学一些东西，不见得样样精通，如果能做到博学多闻就很好了，也不枉屈自己这一生一世。而我在出家后，拜印光大师为师，所有的精力都致力于佛法的探究上，全身心地去了解"禅"的含义，在这些兴趣上反倒不如以前痴迷了，也就荒疏了不少。然而，每当回忆起那段艺海生涯，总是有说不尽的乐趣！

记得在我18岁那年，我与茶商之女俞氏结为夫妻。当时哥哥给了我30万元作贺礼，于是我就买了一架钢琴，开始学习音乐方面的知识，并尝试着作曲。后来我与母亲和妻子搬到了上海法租界，由于上海有我家的产业，我可以以少东家的身份支取相当高的生活费用，也因此得以与上海的名流们交往。当时，上海城南有一个组织叫"城南文社"，每月都有文学比试，我投了三次稿，有幸的是每次都获得第一名，从而与文社的主事许幻园先生成为朋友。他为我们全家在城

南草堂打扫了房屋，并让我们移居了过去，在那里，我和他及另外三位文友结为金兰之好，还号称是"天涯五友"。后来我们共同成立了"上海书画公会"，每个星期都出版书画报纸，与那些志同道合的同仁们一

起探讨研究书画及诗词歌赋。但是这个公会成立不久就解散了。

由于公会解散，而我的长子在出生后不久就夭折了，不久后我的母亲又过世了，多重不幸给我带来了不小的打击，于是我将母亲的遗体运回天津安葬，并把妻子和孩子一起带回天津，我独自一人前往日本求学。在日本，我就读于日本当时美术界的最高学府——上野美术学校，而我当时的老师亦是日本最有名的画家之一——黑田清辉。当时我除了学习绘画外，还努力学习音乐和作曲。那时我确实是沉浸在艺术的海洋中，那是一种真正的快乐享受。

我从日本回来后，政府的腐败统治导致国衰民困，金融市场更是惨淡，很多钱庄、票号都相继倒闭，我家的大部分财产也因此化为乌有了。我的生活也就不再像以前那样无忧无虑了，为此我到上海城东女校当老师去了，并且同时任《太平洋报》文艺版的主编。但是没多久报社被查封，我也为此丢掉了工作。大概几个月后我应聘到浙江师范学校担任绘画和音乐教员，那段时间是我在艺术领域里驰骋最潇洒自如的日子，也是我一生最忙碌、最充实的日子。

如果说人类的情欲像一座煤矿，在不同的时期有不同的方式将自己的欲望转变为巨大的能量，而这种转变会因人而异，有大有小、有快有慢、有迟有早。我可能就属于后者，来得比较缓慢了。

断食日记

丙辰，新嘉平一日始。断食后，易名欣，字叔同，黄昏老人，李息。

十一月廿二日，决定断食，祷诸大神之前，神诏断食，故决定之。

择录村井氏说：妻之经验，最初四日，预备半断食。六月五日、六日，粥、梅干。七日、八日，重汤、梅干。九日始本断食，安静。饮用水一日五合，一回一合，分五六回服用。第二日，饥饿胸烧，舌生白苔。第三、四日，肩腕痛。第四日，腹部全体凝固，体倦就床，晨轻晚重。第五日，同，稍轻减，坐起一度散步。第六日，轻减，气分爽快，白苔消失，胸烧愈。第七日，最平稳，断食期至此止。

后一日，摄重汤，轻二碗三回，梅干无味。后二日，同。后三日，粥、梅干、胡瓜，实入吸物。后四日，粥，吸物，少量刺身。后五日，粥、野菜、轻鱼。后六日，普通食，起床。此两三日，手足浮肿。

断食期内，或体痛不能眠，或下痢，或嚏。便时以不下床为宜。预备断食或一周间，粥三日，重汤四日。断食后或须一周间，重汤三日，粥四日，个半月体量恢复。半断食时服リヂネ。❶

到虎跑携带品：被褥帐枕、米、梅干、杨子、齿磨、手巾、手帕、便器、衣、洒水布、リヂネ、日记、纸、笔、书、番茶、镜。

预备期间：一日下午赴虎跑。上午闻玉去预备。中食饭，晚食粥、梅干。二日、三日、四日，粥、梅干。五日、六日、七日，重

---

❶ リヂネ：药剂名。

汤、梅干。八日至十七日断食。十八日、十九日、二十日，重汤、梅干。廿一日、廿二日、廿三日、廿四日，粥、梅干、轻菜食。廿五日返校，常食。廿八日返沪。

三十日晨，命闻玉携蚊帐、米、纸、糊、用具到虎跑。室宜清闲，无人迹、无人声，面南，日光遮北，以楼为宜。是晚食饭，拂拭大小便器、桌椅。

午后四时半入山，晚餐素菜六簋，极鲜美。食饭二盂，尚未餍。因明日始即预备断食，强止之，榻于客堂楼下，室面南，设榻于西隅，可以迎朝阳。闻玉设榻于后一小室，仅隔一板壁，故呼应便捷。晚燃菜油灯，作楷八十四字。自数日前病感冒，伤风微嗽，今日仍未愈。口干鼻塞、喉紧声哑，但精神如常。八时眠，夜间因楼上僧人足声时作，未能安眠。

十二月一日，晴，微风，五十度。断食前期第一日。疾稍愈，七时半起床。是日午十一时食粥二盂、紫苏叶二片、豆腐三小方，晚五时食粥二盂、紫苏叶二片、梅干一枚，饮冷水三杯，有时混杏仁露，食小橘五枚。午后到寺外运动。

余平日之常课，为晨起冷水擦身，日光浴，眠前热水洗足。自今日起冷水擦身暂停，日光浴时间减短，洗足之热水改为温水，因欲使精神聚定，力避冷热极端之刺激也。对于后人断食者，应注意如下：

（一）未断食时练习多饮冷开水。断食初期改饮冷生水，渐次加多。因断食时日饮五杯冷水殊不易，且恐腹泻也。

（二）断食初期时之粥或米汤，于微温时食之，不可太热，因与冷水混合，恐致腹痛。

余每晨起后，必通大便一次。今晨如常，但十时后屡放屁不止。二时后又打嗝儿甚多，此为平日所无。是日书楷字百六十八，篆字百零八。夜观焰口，至九时始眠。夜嗽，多噩梦，未能入眠。

二日，晴和，五十度。断食前期第二日。七时半起床，晨起无大便，是日午前十一时食粥一盂、梅一枚、紫苏叶二片。午后五时同。饮冷水三杯，食橘子三枚，因运动归来体倦故。是日舌苔白，口内黏滞，上牙里皮脱。精神如常，但过则疲口口，运动微觉疲倦，头目眩晕。自明日始即不运动。

晚侍和尚念佛，静坐一小时，写字百三十二。是日鼻塞。摹"大同造像"一幅。原拓本自和尚假来，尚有三幅，明后续口口。八时半眠，夜梦为升高跳越运动。其处为器具拍卖场，陈设箱柜、几椅并玩具装饰品等。余跳越于上，或腾空飞行于其间，足不履地，灵捷异常，获优胜之名誉。旁观有德国工程师二人，皆能操北京语。一人谓有如此之技能，可以任远东大运动会之某种运动，必获优胜。余逊谢之。一人谓练习身体，断食最有效，吾二人已二日不食。余即告余现在虎跑断食，亦已预备二日矣。其旁又有一中国人，持一表，旁写题目，中并列长短之直红线数十条，知计算增减高低之表式，是记余跳越高低之顺序者。是人持以示余，谓某处由低而高而低之处，最不易跳越，赞余有超人之绝技。后余出门下土坡，屡遇西洋妇人，皆与余为礼，贺余运动之成功，余笑谢之。梦至此遂醒。余生平未尝为一次运动，亦未尝梦中运动，头脑中久无此思想，忽得此梦，至为可异，殆因胃内虚空，有以致之欤？

三日，晴和，五十二度。断食前第三日。七时半起床。是晨觉微饿，胸中扰乱，苦闷异常，口干，饮冷水。勉坐起披衣，头昏心乱，发虚汗作呕，力不能支，仍和衣卧少时。饮梅茶二杯，乃起床，精神疲倦，四肢无力。九时后精神稍复原，食橘子二枚。是晨无大便，饮药油一剂，十时半软便一次，甚畅快。十一时水泻一次，精神颇佳，与平常无大异。十一时二十分食粥半盂，梅一个，紫苏一枚。摹"普泰造像""天监造像"二页。饮水，食物，喉痛，或因泉水性太烈，使喉内脱皮之故。午后四时，饮水后打嗝笃，食小梨一个，五时食粥半盂。是日感冒伤风已愈，但有时微嗽。是日午后及晚，侍和尚念佛，静坐一小时。八时半眠。入山预断以来，即不能为长时之安眠，旋睡旋醒，辗转反侧。

四日，晴和，五十三度。断食前第四日。七时半起床。是晨气闷，心跳，口渴，但较昨晨倒轻减多矣，饮冷水稍愈。起床后头微晕，四肢乏力。食小橘一枚，香蕉半个。八时半精神如常，上楼访弘声上人，借佛经三部。午后散步至山门，归来已觉微疲。是日打嗝儿甚多，口时作渴，共饮冷水四大杯。摹"大明造像"一页。写楷字八十四，篆字五十四。无大便。四时后头昏，精神稍减，食小橘二枚。是日十一时饮米汤二盂，食米粒二十余。八时就床，就床前食香蕉半个。自预备断食，每夜三时后腿痛，手足麻木（余前每逢严冬有此旧疾，但不甚剧）。

五日，晴和，五十三度。断食前第五日。七时半起床。是夜前半颇觉身体舒泰，后半夜仍腿痛，手足麻木。三时醒，口干，心微跳，较昨减轻。食香蕉半个，饮冷水稍眠。六时醒，气体甚好。起床后不似前二日之头晕乏力，精神如常，心胸愉快。到菜园采花供铁瓶。食梨半个，吐渣。自昨日起，多写字，觉左腰痛。是日腹中屡屡作响，时流鼻涕，喉中肿烂尚未愈。午后侍和尚念经，静坐一小时，微觉腰痛，不如前日之稳静。三时食梨半个，吐渣，食香蕉半个。午、晚饮米汤一盂。写字百六十二。傍晚精神稍差，恶寒口渴。本定于后日起断食，改自明日起断食，奉神诏也。

断食期内，每日饮梨汁一个之分量，饮橘汁三小个之分量，饮毕漱口。又因信仰上每晨餐供神生白米一粒。将眠，食香蕉半个。是日无大便，七时起床。是夜神经过敏甚剧，加以鼠声、人鼾声，终夜未安眠。口甚干，后半夜腿痛稍轻，微觉肩痛。

六日，晴暖，晚半阴，五十六度。断食正期第一日。八时起床。三时醒，心跳胸闷，饮冷水、橘汁及梅茶一杯。八时起床，手足乏力，头微晕，执笔作字殊乏力，精神不如昨日。八时半饮梅茶一杯。脑力渐衰，眼手不灵，写日记时有误字，多遗忘。九时半后精神稍可。十时后精神甚佳，口渴已愈。数日来喉中肿烂亦愈。今日到大殿去二次，计上下廿四级石级四次，已觉足乏力，为以往所无。是日共饮梨汁一个，橘汁二个。傍晚精神不衰，较胜昨日，但足乏力耳。仍时流鼻涕，晚间精神尤佳。是日不觉如何饥饿。晚有便意，仅放屁数个，仍无便。是夜能安眠，前半夜尤稳安舒泰。眠前以棉花塞耳，并

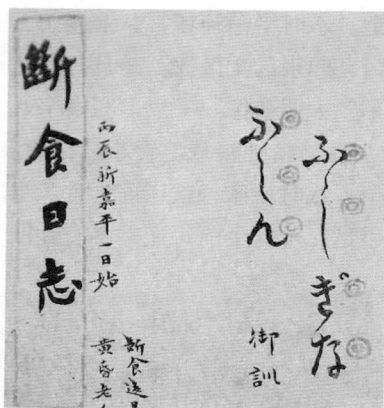

诵神人合一之旨。夜间腿痛已愈，但左肩微痛。七时就床，梦变为丰颜之少年，自谓系断食之效。

七日，阴复晴，夜大风，五十四度。断食正期第二日。六时半起床。四时醒，心跳微作即愈，较前二日减轻。饮冷水甚多。六时半即起床，因是日头晕已减轻，精神较昨日为佳，且天甚暖，故早起床也。起床后饮橘汁一枚。晨览《释迦如来应化事迹图》。八时后精神不振，打呼欠，口塞流鼻涕，但起立行动如常。午后身体寒益甚，拥被稍息。想出食物数种，他日试为之：炒饼、饼汤、虾仁豆腐、虾子面片、什锦丝、咸胡瓜。三时起床，冷已愈，足力比昨日稍健。是日无大便，饮冷水较多。前半夜肩稍痛，须左右屡屡互易，后半夜已愈。

八日，阴，大风，寒，午后时露日光，五十度。断食正期第三日。十时起床。五时醒，气体至佳，如前数日之心跳、头晕等皆无。因天寒大风，故起床较迟。起床后精神甚佳，手足有力，到院内散步。四时半就床，午后益寒，因早就床。是日食欲稍动，有时觉饥，并默想各种食物之种类及其滋味。是夜安眠，足关节稍痛。

九日，晴，寒，风，午后阴，四十八度。断食正期第四日。八时半起床。四时醒，气体极佳，与常日无异。起床后精神如常，手足有力。朝日照入，心目豁爽。小便后尿管微痛，因饮水太多之故。自今日始不饮梨橘汁，改饮盐梅茶二杯。午后因饮水过多，胸中苦闷。是日午前精神最佳，写字八十四，到菜圃散步。午后寒，一时拥被稍息。三时起床，室内运动。是日不感饥饿。因天寒，五时半就床。

十日，晴，寒，四十七度。断食正期第五日。十时半起床。四时半醒，气体精神与昨同。起床后精神至佳。是日因寒故起床较迟。今日加饮盐汤一小杯。十一时杨、刘二君来谈，至欢。因寒，四时就床。是日写字半页。近日神经过敏已稍愈，故夜间较能安眠。但因昨日饮水过多伤胃，胃时苦闷，今日饮水较少。

十一日，阴，寒，夕晴，四十七度。断食正期第六日。九时半起床。四时半醒，气体与昨同。夜间右足微痛，又胃部终不舒畅。是日口干，因寒起床稍迟，饮盐汤半杯，饮梨汁。夕晴，心目豁爽。写字百三十八。坐檐下曝日，四时就床，因寒，早就床。是晚感谢神恩，誓必皈依。致福基书。

十二日，晨阴，大雾，寒，午后晴，四十八度。断食正期第七日。十一时起床。四时半醒，气体与昨同，足痛已愈，胃部已舒畅，口干，因寒不敢起床。十一时福基遣人送棉衣来，乃披衣起。饮梨汁及盐汤、橘汁。午后精神甚佳，耳目聪明，头脑爽快，胜于前数日。到菜圃散步，写字五十四。自昨日始，腹部有变动，微有便意，又有时稍感饥饿。是日饮水甚少。晚晴甚佳，四时半就床。

十三日，晨半晴阴，后晴和，夕风，五十四度。断食后期第一日。八时半起床。气体与昨同，晨饮淡米汤二盂，不知其味，屡有便意，口干后愈。饮梨汁、橘汁，十一时饮浓米汤一盂，食梅干一个，不知其味。十时服泻油少许，十一时半大便一次甚多，便色红，便时腹微痛，便后渐觉身体疲弱，手足无力。午后勉强到菜圃一次。是日不饮冷水。午前写字五十四。是日身体疲倦甚剧，断食正期未尝如是。胃口未开，不感饥饿，尤不愿饮米汤，是夕勉饮一盂，不能再多饮。

十四日，晴，午前风，五十度。断食后期第二日。七时半起床。气体与昨同，夜间较能安眠。五时饮米汤一盂。口干，起床后精神较昨佳。大便轻泻一次，又饮米汤一盂，饮橘汁，食苹果半枚。是日因米汤、梅干与胃口不合，于十时饮薄藕粉一盂，炒米糕二片，极觉美味，精神亦骤加。精神复原，是日极愉快满足，一时饮薄藕粉一盂，米糕一片。写字三百八十四。腰腕稍痛，暗记诵《神乐歌·序章》。四时食稀粥一盂，咸蛋半个，梅干一个。是日不感十分饥饿，如是已甚满足。五时半就床。

十五日，晴，四十九度。断食后期第三日。七时起床，夜间渐能眠，气体无异平时。拥衾饮茶一杯，食米糕三片。早食藕粉米糕，午前到佛堂菜圃散步，写字八十四。午食粥二盂，青菜、咸蛋少许。夕食芋四个，极鲜美。食梨一个，橘二个。敬抄《御神乐歌》二页，暗记诵一、二、三下目。晚饮粥二盂，青菜、咸蛋，少许梅干。晚食粥后，又食米糕，饮茶，未能调和，胃不合，终夜屡打嗝儿，腹鸣。是日无大便。七时就床。

十六日，晴，四十九度。断食后期第四日。七时半起床。晨饮红茶一杯，食藕粉、芋。午食薄粥三盂，青菜、芋大半碗，极美，有生以来不知菜、芋之味如是也。食橘、苹果。晚食与午同。是日午后出山门散步，诵《神乐歌》，甚愉快。入山以来，此为愉快之第一日矣。敬抄《神乐歌》七页，暗记诵四、五下目。晚食后食烟一服。七时半就床，夜眠较迟，胃甚安，是日无大便。

十七日，晴暖，五十二度。断食后期第五日。七时起床。夜间仍不能多眠，晨饮泻油极少量。晨餐浓粥一盂、芋五个，仍不足，再食米糕三片，藕粉一盂。九时半，大便一次，极畅快。到菜圃诵《御神乐歌》。中膳，米饭一盂，粥二盂，油炸豆腐一碗。本寺例初一、十五始食豆腐，今日特因僧人某死，葬资有余，故以之购食豆腐。午前后到山门外散步二次。拟定出山后剃须。闻玉采萝卜来，食之至甘。晚膳粥三盂，豆腐青菜一盂，极美。今日抄《御神乐歌》五页，暗记诵六下目。作书寄普慈。是日大便后愉快，晚膳后尤愉快。坐檐下久。拟定今后更名欣，字叔同。七时半就床。

十八日，阴，微雨，四十九度。断食后期最后一日。五时半起床。夜间酣眠八小时，甚畅快，入山以来未之有也。是晨早起，因欲食寺中早粥。起床后大便一次，甚畅。六时半食浓粥三盂，豆腐青菜一盂，胃甚胀。坐菜圃小屋诵《神乐歌》，今日暗记诵七下目，敬抄《神乐歌》八页。午，食饭二盂，豆腐青菜一盂，胃胀大，食烟一服。午后到山中散步，足力极健。采干花草数枝，松子数个。晚食浓粥二盂，青菜半盂，仅食此不敢再多，恐胃胀也。餐后胸中极感愉快。灯下写字五十四，辑订断食中字课，七时半就床。

十九日，阴，微雨，四时半起床。午后一时出山归校。嘱托闻玉事件：晚饭菜、橘子、做衣服附袖头（廿二要）、轿子油布、轿夫选择、新蚊帐、夜壶。自己事件：写真、付饭钱、致普慈信。

🍂 我出家的原因 🍂

导致我出家的因素有很多，其中不乏小时候的家庭熏染，而有一些应该归功于我在浙江师范的经历。那种忙碌而充实的生活，将我在年轻时沾染上的一些所谓的名士习气洗刷干净，让我更加注重的是为人师表的道德修养的磨炼。因此，我感受到了前所未有的清静和平淡，一种空灵的感觉在不知不觉中升起，并充斥到我的全身，就像小时候读佛经时的感觉，但比那时更清澈和明朗了。

民国初期，我来到杭州虎跑寺进行断食修炼，并于此间感悟到佛教的思想境界，于是便受具足戒，从此成为一介比丘，与孤灯、佛像、经书终日相伴。如果谈到我为何要选择在他人看来正是声名鹊起、该急流勇进的时候出家，我自己也说不太清楚，但我记得导致我下出家决心的是我的朋友夏丏尊，他对我讲了一件事，他说他在一本日本杂志上看到一篇关于绝食修行的方法，这种方法可以帮助身心进行更新，从而达到除旧换新、改恶向善的目的，使人生出伟大的精神力量。他还告诉了我一些实行的方法及注意事项，并给了我一本参考书。我对此产生了浓厚的兴趣，总想找机会尝试一下，看看对自己的身心修养有没有帮助。这个念头产生后，就再也控制不了了，于是在当年暑假期间我就到寺中进行了三个星期的断食修炼。

修炼的过程还是很顺利的。第一个星期逐渐减少食量到不食，第二个星期除喝水以外不吃任何食物，第三个星期由喝粥逐渐增加到正常饮食。断食期间，并没有任何痛苦，也没有感到任何的不适，更没有心力交瘁、软弱无力的感觉；反而觉得身心轻快了很多、空灵了很多，心的感受力比以往更加灵敏了，并且颇有文思和洞察力，感觉就像脱胎换骨过了一样。

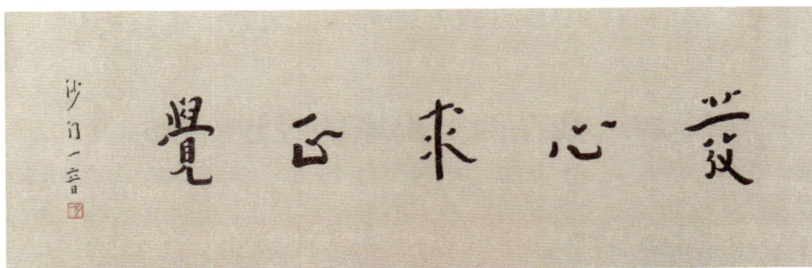

发心求正觉

断食修炼后不久的一天，由一个朋友介绍来的彭先生，也来到寺里住下，不承想他只住了几天，就感悟到身心的舒适，竟由住持为其剃度，出家当了和尚。我看了这一切，受到极大的撞击和感染，于是由了悟禅师为我定了法名为"演音"，法号是"弘一"。但是我只皈依了三宝，没有剃度，成为一个在家修行的居士。我本想就此以居士的身份住在寺里进行修持，因为我也曾经考虑到出家的种种困难。然而我一个好朋友说的一句话，让我彻底下了出家为僧的决心。

在我成为居士并住在寺里后，我的那位好朋友再三邀请我到南京高师教课，我推辞不过，于是经常在杭州和南京两地奔走，有时一个月要数次。朋友劝我不要这样劳苦，我说："这是信仰的事情，不比寻常的名利，是不可以随便迁就或更改的。"我的朋友后悔不该强行邀请我在高师任教，于是我就经常安慰他，这反倒使他更加苦闷了。终于，有一天他对我说："与其这样做居士究竟不彻底，不如索性出家做了和尚，倒清爽！"这句话对我犹如醍醐灌顶，一语就警醒了我。是呀，做事做彻底，不干不净的很是麻烦。于是在这年暑假，我就把我在学校的一些东西分给了朋友和校工们，仅带了几件衣物和日常用品，回到虎跑寺剃度做了和尚。

有很多人猜测我出家的原因，而且争议颇多。我并不想去昭告天下，我为啥出家，因为每个人做事有每个人的原则、兴趣、方式方法以及对事物的理解，这些本就是永远不会相同的，就是说了他人也不会理解，所以干脆不说，慢慢他人就会淡忘的。至于我当时的心境，我想更多的是为了追求一种更高、更理想的方式，以教化自己和世人！

我在西湖出家的经过

　　杭州这个地方，实堪称为佛地，因为那边寺庙之多，有两千余所，可想见杭州佛法之盛了。

　　最近越风社要出关于《西湖增刊》，由黄居士来函，要我做一篇《西湖与佛教之因缘》。我觉得这个题目的范围太广泛了，而且又无参考书在手，于短期内是不能做成的，所以，现在就将我从前在西湖居住时，把那些值得追味的几件零碎的事情来说一说，也算是纪念我出家的经过。

一

　　我第一次到杭州是光绪二十八年（1902）七月。在杭州住了约莫一个月光景，但是并没有到寺院里去过。只记得有一次到涌金门外去吃过一回茶而已，同时也就把西湖的风景稍为看了一下子。

　　第二次到杭州是民国元年（1912）的七月里。这回到杭州倒住得很久，一直住了近十年，可以说是很久的了。我的住处在钱塘门内，离西湖很近，只两里路光景。在钱塘门外，靠西湖边有一所小茶馆，名"景春园"，我常常一个人出门，独自到景春园的楼上去吃茶。

　　当民国初年的时候，西湖那边的情形，完全与现在两样，那时候还有城墙及很多柳树，都是很好看的。除了春秋两季的香会之外，西湖边的人总是很少，而钱塘门外更是冷静了。

　　在景春园的楼下，有许多的茶客，是那些摇船抬轿的劳动者居多，而在楼上吃的就只有我一个人了。所以，我常常一个人在上面吃茶，同时还凭栏看着西湖的风景。

在茶馆的附近，就是那有名的大寺院——"昭庆寺"了。我吃茶之后，也常常顺便到那里去看一看。

民国二年（1913）夏天，我曾在西湖的广化寺里住了好几天，但是住的地方却不在出家人的范围之内，是在该寺的旁边，有一所叫作"痘神祠"的楼上。痘神祠是广化寺专门为着要给那些在家的客人住的。我住在里面的时候，有时也曾到出家人的地方去看看，心里却感觉很有意思呢！

记得那时我亦常常坐船到湖心亭去吃茶。

曾有一次，学校有一位名人来演讲，那时，我和夏丏尊居士两人却出门躲避，而到湖心亭去吃茶了。当时夏丏尊曾对我说："像我们这种人，出家做和尚倒是很好的。"那时候我听到这句话，就觉得很有意思。这可以说是我后来出家的一个远因了。

二

到了民国五年（1916）的夏天，我因为看到日本杂志中，有说及关于断食可以治疗各种疾病，当时我就起了一种好奇心，想来断食一下。因为我那时患有神经衰弱症，若实行断食后，或者可以痊愈亦未可知。要行断食时，须于寒冷的季候方宜。所以，我便预定十一月作断食的时间。

至于断食的地点呢，总须先想一想，考虑一下，似觉总要有个很幽静的地方才好。当时我就和西泠印社的叶品三君来商量，结果他说在西湖附近的地方，有一所虎跑寺，可作为断食的地点。

那么，我就问他："既要到虎跑寺去，总要有人来介绍才对。究竟要请谁呢？"他说："有一位丁辅之，是虎跑寺的大护法，可以请他去说一说。"于是他便写信请丁辅之代为介绍了。

因为从前那个时候的虎跑，不是像现在这样热闹的，而是游客很少，且十分冷静的地方啊。若用来作为我断食的地点，可以说是最相宜的了。

到了十一月的时候，我还不曾亲自到过。于是我便托人到虎跑寺那边去走一趟，看看在哪一间房里住好。看的人回来说："在方丈楼下的地方倒很幽静。因为那边的房子很多，且平常时候都是关起来，游客是不能走进去的。而在方丈楼上，则只有一位出家人住着而已，此外并没有什么人居住。"

　　等到十一月底，我到了虎跑寺，就住在方丈楼下的那间屋子里了。我住进去以后，常常看见一位出家人在我的窗前经过，即是住在楼上的那一位。我看到他却十分的喜欢呢！因此，就时常和他来谈话；同时，他也拿佛经来给我看。

　　我以前虽然从5岁时，即时常和出家人见面，时常看见出家人到我的家里念经及拜忏，于十二三岁时，也曾学了放焰口；可是并没有和有道德的出家人住在一起，同时，也不知道寺院中的内容是怎样，以及出家人的生活又是如何。这回到虎跑去住，看到他们那种生活，却很欢喜而且羡慕起来了。

　　我虽然在那边只住了半个多月，但心里头却十分愉快，而且对于他们所吃的菜蔬，更是欢喜吃。及回到了学校以后，我就请佣人依照他们那样的菜煮来吃。

　　这一次我到虎跑寺去断食，可以说是我出家的近因了。

三

　　及到民国六年（1917）的下半年，我就发心吃素了。

　　在冬天的时候，我即请了许多佛经，如《普贤行愿品》《楞严经》《大乘起信论》等，而于自己的房里，也供起佛像来，如地藏菩萨、观世音菩萨等的像，于是亦天天烧香了。

　　到了这一年放年假的时候，我并没有回家去，而是到虎跑寺里面去过年了。我仍旧住在方丈楼下。那个时候，则更觉得有兴味了，于是就发心出家。同时就想拜那位住在方丈楼上的出家人做师父，他的名字是弘祥师。可是他不肯我去拜他，而介绍我拜他的师父。他的师父是在松木场护国寺里居住的，于是他就请他的师父回到虎跑寺来，而我也就于民国七年（1918）正月十五日受三皈依了。

我打算于此年的暑假来入山。预先在寺里住了一年后，然后再实行出家的。当这个时候，我就做了一件海青，及学习两堂功课。

在二月初五日那天，是我母亲的忌日，于是我就先于两天以前到虎跑去，在那边诵了三天的《地藏经》，为我的母亲回向。

到了五月底的时候，我就提前先考试，而于考试之后，即到虎跑寺入山了。到了寺中一日以后，即穿出家人的衣裳，而预备转年再剃度的。

及至七月初，夏丏尊居士来，他看到我穿出家人的衣裳但还未出家，他就对我说："既住在寺里面，并且穿了出家人的衣裳，而不即出家，那是没有什么意思的，所以还是赶紧剃度好。"

我本来是想转年再出家的，但是承他的劝，于是就赶紧出家了。便于七月十三那一天，相传是大势至菩萨❶的圣诞，所以就在那天落发。

落发以后仍须受戒的，于是由林同庄君介绍，而到灵隐寺去受戒了。

灵隐寺是杭州规模最大的寺院，我一向对它是很欢喜的。我出家以后，曾到各处的大寺院看过，但是总没有像灵隐寺那么的好。

八月底，我就到灵隐寺去。寺中的方丈和尚却很客气，叫我住在客堂后面芸香阁的楼上。当时是由慧明法师做大师父的。有一天，我在客堂里遇到这位法师了。他看到我的，就说起："既是来受戒的，为什么不进戒堂呢？虽然你在家的时候是读书人，但是读书人就能这样地随便吗？就是在家时是一个皇帝，我也是一样看待的！"那时方丈和尚仍是要我住在客堂楼上，而于戒堂里有了紧要的佛事时，方命我去参加一两回的。

---

❶ 大势至菩萨：即大势至菩萨摩诃萨，为西方极乐世界阿弥陀佛的右胁侍者，西方三圣之一。

那时候，我虽然不能和慧明法师时常见面，但是看到他那忠厚笃实的容色，却是令我佩服不已的！

受戒以后，我仍回到虎跑寺居住。到了十二月底，即搬到玉泉寺去住。以后即常常到别处去，没有久住在西湖了。

四

曾记得在民国十二年（1923）夏天的时候，我曾到杭州去过一回。那时正是慧明法师在灵隐寺讲《楞严经》的时候。开讲的那一天，我去听他说法。因为好几年没有看到他，觉得他已苍老了不少，头发且已斑白，牙齿也大半脱落。我当时大为感动，于拜他的时候，不由泪落不止。听说以后没有经过几年工夫，慧明法师就圆寂了。

关于慧明法师一生的事迹，出家人中晓得的很多，现在，我且举几样事情来说一说。

慧明法师是福建汀州人。他穿的衣服毫不考究，看起来很不像法师的样子，但他待人是很平等的，无论你是"大好佬"或是"苦恼子"，他都是一样地看待。所以凡是出家、在家的上中下各色各样的人物，对于慧明法师是没有一个不佩服的。

他老人家一生所做的事情固然很多，但是最奇特的，就是能教化"马溜子"❶了。

寺院里是不准这班马溜子居住的，他们总是住在凉亭里的时候为多。听到各处的寺院有人打斋的时候，他们就会赶斋❷去。

在杭州这一带地方，马溜子是特别来得多。一般人总不把他们当人看待，而他们亦自暴自弃，无所不为的。但是慧明法师却能够教化马溜子呢！那些马溜子常到灵隐寺去看慧明法师，而他老人家却待他们很客气，并且布施他们种种好饭食、好衣服等。他们要什么就给什

---

❶ 马溜子：对出家混混的称呼。

❷ 赶斋：此处指吃白饭。

么，而慧明法师也有时对他们说几句佛法，以资感化。

慧明法师的腿是有毛病的，出来入去的时候，总是坐轿子居多。有一次，他从外面坐轿回灵隐时，下了轿后，旁人看到慧明法师是没有穿裤子的，他们都觉得奇怪，于是就问他道："法师为什么不穿裤子呢？"他说他在外面碰到了马溜子，因为向他要裤子，所以他连忙把裤子脱给他了。关于慧明法师教化马溜子的事，外边的传说很多很多，我不过略举了这几样而已。不单那些马溜子对于慧明法师有很深的钦佩和信仰，即其他一般出家人，亦无不佩服的。

因为多年没有到杭州去了，西湖边上的马路、洋房，也渐渐修筑得很多，而汽车也一天比一天地增加。回想到我以前在西湖边上居住时，那种闲静幽雅的生活，真是如同隔世，现在只能托之于梦想了！

我皈依佛教的精神上的出生地

　　我一生中的大部分岁月都是在南方度过的，这其中，杭州是我人生道路发生重大转变的地方。作为一名高校的艺术教师，我在浙一师❶的六年执教生涯中业绩斐然，作为一个诸艺略通的人，那段时期也该算我艺术创作的一个鼎盛期吧；然而更重要的是，在杭州，我找到了自己精神上的归宿，最终步入了佛门。

　　民国元年（1912）三月，我接受浙江两级师范学堂❷教务长经亨颐的邀请，来该校任教。我之所以决定辞去此前在上海《太平洋报》极为出色的主编工作，除了经亨颐的热情邀请之外，西湖的美景也是一个重要的原因。经亨颐就曾说："我本性淡泊，辞去他处厚聘，乐居于杭，一半勾留是西湖。"

　　我那时已人到中年，而且渐渐厌倦了浮华声色，内心渴望一份安宁和平静，生活方式也渐渐变得内敛起来。我早在《太平洋报》任职期间，平日里便喜欢离群索居，几乎是足不出户。而在这之前，无论是在我的出生和成长之地天津，还是在我"二十文章惊海内"的上海，抑或是在我渡洋留学以专攻艺术的日本东京，我一直都生活在风华旋裹的氛围之中，随着这种心境的转变，到杭州来工作和生活，便成了一个再合适不过的选择。

　　民国七年（1918）农历七月十三，相传是大势至菩萨的圣诞，我便于这一天在虎跑寺正式剃发出家了，法名演音，号弘一。

　　到了九月下旬，我移锡灵隐受戒。正是在受戒期间，我辗转披读

---

❶ 浙一师：即浙江第一师范学校。

❷ 浙江两级师范学堂：次年更名为浙江第一师范学校。

了马一浮❶送我的两本佛门律学典籍，分别是明清之际的二位高僧蕅益智旭与见月宝华所著的《灵峰毗尼事义集要》和《宝华传戒正范》，不禁悲欣交集，发愿要让其时弛废已久的佛门律学重光于世。可以说，我后来的一切事务就是从事对佛教律学的研究，如果说因此取得了一点成绩，也正是由此开始起步的。

对于我的出家，历来众说纷纭，莫衷一是。其实，我为此写过一篇《我在西湖出家的经过》，对于自己出家的缘由与经过作了详细的介绍，无论如何，这在我看来，佛教为世人提供了一条对医治"生命无常"这一人生根本苦痛的道路，这使我觉得，没有比依佛法修行更为积极和更有意义的人生之路。当人们试图寻找各种各样的原因来解释我走向佛教的原因之时，不要忘记，最重要的原因其实正是来自佛教本身。就我皈依佛教而言，杭州可以说是我精神上的出生地。

---

❶ 马一浮（1883—1967）：浙江绍兴人。中国学者、诗人、书法家。贯通文史哲，融会儒释道。撰有《复性书院讲录》六卷。

选择律学为我毕生的研究方向

　　由于我出家后，总是选择清静祥和的地方，要么闭关诵读佛经，要么就是从事写作，有时为大众讲解戒律修持，所以人们经常感到我行踪不定，找不到我。其实佛法无处不在，有佛法的地方就会有我。而我对佛教戒律学的研究可说是情有独钟，我不仅夜以继日地加以研究，就算倾注我毕生的精力也在所不惜！而且我出家后，认定了弘扬律学的精要，一直都过着持律守戒的生活。这种生活对我的修行起了很大的帮助。

　　我最初接触律学，主要是朋友马一浮居士送给我的一本名叫《灵峰毗尼事义集要》和一本名叫《宝华传戒正范》的书，我非常认真地读过后，真是悲欣交集，心境通彻，亦因此下定决心要学戒，以弘扬正法。

　　《灵峰毗尼事义集要》是明末高僧蕅益智旭法师的精神旨要，《宝华传戒正范》是明末的见月宝华法师为传戒所制定的戒律标准。我仔细研读了两位前辈大德的著作后，由衷地感叹大师的修行法旨，也不得不发出感慨，慨叹现在的佛门戒律颓废，很多的僧人没有真正的戒律可以遵守，如果长久下去，佛法将无法长存，僧人也将不复存在了，这是我下决心学习律学的原因。我常想，我们在此末法时节，所有的戒律都是不能得的，其中有很多的原因。而现在没有能够传授戒律的人，长此以往我认为僧种可能就断绝了。请大家注意，我所说的"僧种断绝"，不是说中国没有僧人了，而是说真正懂得戒律和能遵守戒律的僧人不复存在了！

想到这些后，我于民国十年（1921）到温州庆福寺进行闭关修持，后又学习南山律。经过长时间的研究和习作后，我便在西湖玉泉寺，用了四年的时间，撰写了《四分律比丘戒相表记》。从这本书中不难看出，我所从事的佛学思想体系，是以华严为境，四律为行，导归净土为果的。

像我这样初入佛门，便选择了律学为我毕生的研究方向的僧人，是非常少见的，这令我很伤感。如果能有更多的僧人像我这样，持戒守律，那么佛法的发扬光大将不是难事！

❧ 我出家二十年的感悟 ❧

从我出家以后，一直到现在，近二十年的时间里，我一直在修持戒律，并且一直不曾化缘、修庙、剃度徒众，也不曾做过住持或监院之类的职务，甚至极少接受一般人的供养。有的时候供养确实无法推却，只好收下，然后转给寺庙。至于我个人的日常花用，一般是由我过去的几位朋友或学生来赞助的。因为我自开始修持戒律后，从律学的角度来讲，随便收受他人的馈赠，即便是施主真心真意的供养，也是犯了五戒中的盗戒。再者说，随便收受他人的馈赠，会滋养恶习，不利于修行，更不利于佛法的参悟，所以我对金钱方面的事情，极为注意，丝毫不敢懈怠。记得我在出家后的第三年时，有一位上海的居士寄钱给我，让我买僧衣和日常用品，我把钱退了回去，并婉言相告表示谢意。

在我出家的这二十年时间里，我先后在杭州的玉泉寺、嘉兴精严寺、衢州莲华寺、温州庆福寺等数十处寺庙住过，其中在温州的时间最长。现在这几年一直住在闽南，主要是在泉州和厦门。在闽南的这段时间，我一直是在写书，并将写成的书向僧众们讲解，将宣传戒律的决心付诸行动。

在闽南是我宣扬戒律最重要的时期，而其间让我感到欣慰的是，每到一处讲解戒律时，都会有众多的僧人前来听录，他们都非常认真。这前后跟我经常在一起的有性常、义俊、瑞今、广洽等十余人，他们都为我宣讲律学给予了不少的帮助。

自此可见，佛法的真实理论和修行的严谨方法，是众多出家人都渴望得到的，也因此我不再害怕佛法不能弘扬了。看来作为一个学道的人，只要心中有春意，就不用世俗的享受来愉悦自己，倒是世间的一切，均可以使自己感到快乐。更何况是为解脱世间众多受苦人的事业而努力，只要有一点成绩和希望，我们都应感到欣喜！

另外对于佛教之简易修持法以及我与永春的因缘简述一下：我到永春的因缘，最初发起，是在三年之前，性愿老法师常常劝我到此地来，又常提起普济寺是如何如何的好。两年以前的春天，我在南普陀讲律圆满以后，妙慧师便到厦门请我到此地来，那时因为学律的人要随行的太多，而普济寺中设备未广，不能够收容，不得已而中止。是为第一次欲来未果。是年的冬天，有位善兴师，他持着永春诸善友一张请帖，到厦门万石岩去，要接我来永春。那时因为已先应了泉州草庵之请，故不能来永春。是以第二次没有来成。

去年的冬天，妙慧师再到草庵来接。本想随请前来，不意过泉州时，又承诸善友挽留，不得已而延期至今春。是为第三次也没有来成。

直至今年半个月以前，妙慧师又到泉州劝请，是为第四次。因大众既然有如此的盛意，故不得不来。其时在泉州各地讲经，很是忙碌，因此又延搁了半个多月。今得来到贵处，和诸位善友相见，我心中非常欢喜。自三年前就想到此地来，屡次受了事情所阻，现在得来，满其多年的夙愿，更可说是十分的欢喜了！

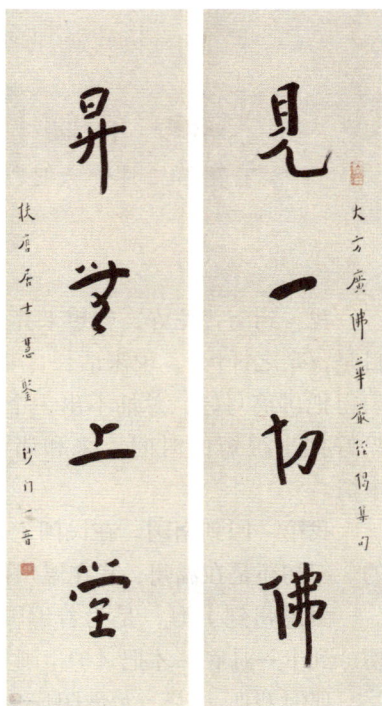

大方廣佛華嚴經偈集句

見一切佛

昇堂入室

耿厂居士慧鑒　弘一書

南闽十年之梦影

丁丑年二月十六日，南普陀寺佛教养正院讲

我一到南普陀寺，就想来养正院和诸位法师讲谈讲谈，原定的题目是《余之忏悔》，说来话长，非十几小时不能讲完。近来因为讲律，须得把讲稿写好，总抽不出一个时间来，心里又怕负了自己的初愿，只好抽出很短的时间，来和诸位谈谈，谈我在南闽十年中的几件事情。

我第一回到南闽，在民国十七年（1928）的十一月，是从上海来的。起初还是在温州，我在温州住得很久，差不多有十年光景。

由温州到上海，是为着编辑《护生画集》的事，和朋友商量一切。到十一月底，才把《护生画集》编好。

那时我听人说，尤惜阴居士也在上海。他是我旧时很要好的朋友，我就想去看一看他。一天下午，我去看尤居士，居士说："要到暹罗国去，第二天一早就要动身的。"我听了觉得很喜欢，于是也想和他一道去。

我就在十几小时中，急急地预备着。第二天早晨，天还没大亮，就赶到轮船码头，和尤居士一起动身到暹罗国去了。从上海到暹罗，是要经过厦门的，料不到这就成了我来厦门的因缘。十二月初，到了厦门，承陈敬贤居士的招待，也在他们的楼上吃过午饭，后来陈居士就介绍我到南普陀寺来。那时的南普陀，和现在不同，马路还没有建筑，我是坐着轿子到寺里来的。

到了南普陀寺，就在方丈楼上住了几天。时常来谈天的，有性愿老法师、芝峰法师等。芝峰法师和我同在温州，虽不曾见过面，却是很相契的。现在突然在南普陀寺晤见了，真是说不出的高兴。

我本来是要到暹罗去的，因着诸位法师的挽留，就留滞在厦门，不想到暹罗国去了。

在厦门住了几天，又到小雪峰那边去过年，一直到正月半以后才回到厦门，住在闽南佛学院的小楼上，约莫住了三个月工夫。看到院里面的学僧虽然只有二十几位，他们的态度都很文雅，而且很有礼貌，和教职员的感情也很不差，我当时很赞美他们。

这时芝峰法师就谈起佛学院里的课程来。他说："门类分得很多，时间的分配却很少，这样下去，怕没有什么成绩吧！"因此，我表示了一点意见，大约是说："把英文和算术等删掉，佛学却不可减少，而且还得增加，就把腾出来的时间教佛学吧！"他们都很赞成。听说从此以后，学生们的成绩确比以前好得多了！

我在佛学院的小楼上，一直住到四月间，怕将来的天气更会热起来，于是又回到温州去。

第二回到南闽，是在民国十八年（1929）十月。起初在南普陀寺住了几天，以后因为寺里要做水陆，又搬到太平岩去住。等到水陆圆满，又回到寺里，在前面的老功德楼住着。

当时闽南佛学院的学生，忽然增加了两倍多，有六十多位，管理方面不免感到困难。虽然竭力地整顿，终不能恢复以前的样子。不久，我又到小雪峰去过年，正月半才到承天寺来。

那时性愿老法师也在承天寺，在起草章程，说是想办什么研究社。

不久，研究社成立了，景象很好，真所谓"人才济济"，很有一种难以形容的盛况。现在妙释寺的善契师、南山寺的传证师，以及已故南普陀寺的广究师……都是那时候的学僧哩！

研究社初办的几个月间，常住的经忏很少，每天有工夫上课，所以成绩卓著，为别处所少有。当时我也在那边教了两回写字的方法，遇有闲空，又拿寺里那些古版的藏经来整理整理，后来还编成目录，至今留在那边。这样在寺里约莫住了三个月，到四月，怕天气要热起来，又回到温州去。

民国二十年（1931）九月，广洽法师写信来，说很盼望我到厦门去。当时我就从温州动身到上海，预备再到厦门，但许多朋友都说时局不大安定，远行颇不相宜，于是我只好仍回温州。直到转年十月，到了厦门，计算起来，已是第三回了。

到厦门之后，由性愿老法师介绍，到山边岩去住，但其间妙释寺也去住了几天。那时我虽然没有到南普陀来住，但佛学院的学僧和教职员，却是常常来妙释寺谈天的。

民国二十二年（1933）正月廿一日，我开始在妙释寺讲律。这年五月，又移到开元寺去。

当时许多学律的僧众，都能勇猛精进，一天到晚地用功，从没有空过的工夫，就是秩序方面也很好，大家都啧啧地称赞着。

有一天，已是黄昏时候了，我在学僧们宿舍前面的大树下立着，各房灯火发出很亮的光，诵经之声又复朗朗入耳，一时心中觉得有无限的欢慰！可是这种良好的景象，不能长久地继续下去，恍如昙花一现，不久就消失了。但是当时的景象，却很深地印在我的脑中，现在回想起来，还如在大树底下目睹一般。这是永远不会消灭，永远不会忘记的啊！

十一月，我搬到草庵来过年。

民国二十三年（1934）二月，又回到南普陀。当时旧友大半散了，佛学院中的教职员和学僧，也没有一位认识的。

我这一回到南普陀寺来，是准了常惺法师的约，来整顿学僧教育的。后来我观察情形，觉得因缘还没有成熟，要想整顿，一时也无从着手，所以就作罢了。此后并没有到闽南佛学院去。

讲到这里，我顺便将我个人对于学僧教育的意见，说明一下：

我平时对于佛教是不愿意去分别哪一宗、哪一派的，因为我觉得各宗各派，都各有各的长处。但是有一点，我以为无论哪一宗、哪一派的学僧，却非深信不可，那就是佛教的基本原则，就是深信善恶因果报应的道理：善有善报，恶有恶报。同时，还须深信佛菩萨的灵感！这不仅初级的学僧应该这样，就是升到佛教大学也要这样！

善恶因果报应和佛菩萨的灵感道理，虽然很容易懂，可是能彻底相信的却不多。这所谓信，不是口头说说的信，是要内心切切实实去信的呀！咳！这很容易明白的道理，若要切切实实地去信，却不容易啊！

我以为无论如何，必须深信善恶因果报应和诸佛菩萨灵感的道理，才有仿佛教徒的资格！须知善有善报，恶有恶报，这种因果报应，是丝毫不爽的！又须知我们一个人所有的行为，一举一动，以至起心动念，诸佛菩萨都看得清清楚楚！一个人若能这样十分决定地信着，他的品行道德，自然会一天比一天地高起来！要晓得我们出家人，就所谓"僧宝"，在俗家人之上，地位是很高的，所以品行道德，也要在俗家人之上才行！

倘品行道德仅能和俗家人相等，那已经难为情了！何况不如？又何况十分的不如呢？……咳！……这样他们看出家人就要十分的轻慢，十分的鄙视，种种讥笑的话，也接连地来了……

记得我将要出家的时候，有一位在北京的老朋友写信来劝告我，你知道他劝告的是什么？他说："听到你要不做人，要做僧去……"咳！……我们听到了这话，该是怎样的痛心啊！他以为做僧的，都不是人，简直把僧不当人看了。你想，这句话多么厉害呀！

出家人何以不是人？为什么被人轻慢到这地步？我们都得自己反省一下，我想这原因都由于我们出家人做人太随便的缘故。种种太随便了，就闹出这样的话柄来了。至于为什么会随便呢？那就是由于不能深信善恶因果报应和诸佛菩萨灵感的道理的缘故。倘若我们能够真正深信，十分决定地信，我想就是把你的脑袋砍掉，也不肯随便的了！

以上所说，并不是单单养正院的学僧应该牢记，就是佛教大学的学僧也应该牢记，相信善恶因果报应和诸佛菩萨灵感不爽的道理！

就我个人而论，已经是将近六十的人了，出家已有二十年，但我依旧喜欢看这类的书——记载善恶因果报应和佛菩萨灵感的书。

我近来省察自己，觉得自己越弄越不像了！所以我要常常研究这

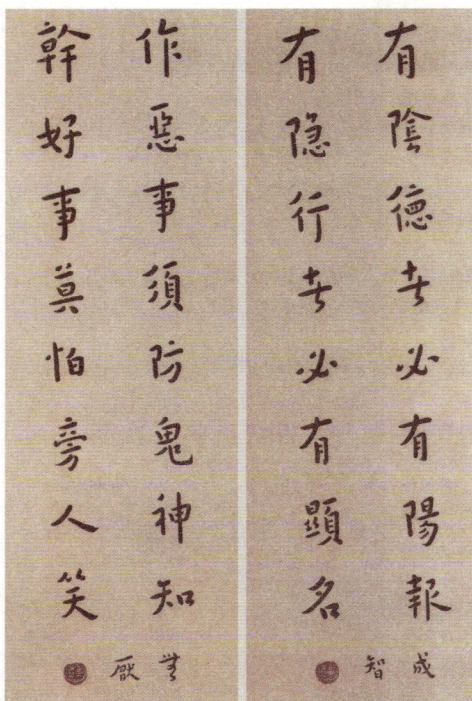

作惡事須防鬼神知　幹好事莫怕旁人笑　厥昔
有陰德者必有陽報　有隱行者必有顯名　智成

一类的书，希望我的品行道德，一天高尚一天；希望能够改过迁善，做一个好人。又因为我想做一个好人，同时我也希望诸位都做好人。

这一段话，虽然是我勉励我自己的，但我很希望诸位也能照样去实行！

关于善恶因果报应和佛菩萨灵感的书，印光老法师在苏州所办的弘化社那边印得很多，定价也很低廉，诸位若要看的话，可托广洽法师写信去购请，或者他们会赠送也未可知。

以上是我个人对于学僧教育的一点意见。下面我再来说几样事情：

我于民国二十四年（1935）到惠安净峰寺去住，到十一月，忽然生了一场大病，所以我就搬到草庵来养病。这一回的大病，可以说是我一生的大纪念！

我于民国二十五年（1936）的正月，扶病到南普陀寺来。在病床上有一只钟，比其他的钟总要慢两刻，别人看到了，总是说这个钟不准。我说："这是草庵钟。"别人听了"草庵钟"三字还是不懂，难道天下的钟也有许多不同的么？现在就让我详详细细来说个明白。

我那一回大病，在草庵住了一个多月。摆在病床上的钟，是以草庵的钟为标准的。而草庵的钟，总比一般的钟要慢半点。我以后虽然移到南普陀，但我的钟还是那个样子，比平常的钟慢两刻，所以"草庵钟"就成了一个名词了。这件事由别人看来，也许以为是很好笑的吧！但我觉得很有意思，因为我看到这个钟，就想到我在草庵生大病的情形了，往往使我发大惭愧，惭愧我德薄业重。我要自己时时发大惭愧，我总是故意地把钟改慢两刻，照草庵那钟的样子，不只当时如此，到现在还是如此，而且愿尽形寿，常常如此。

以后在南普陀住了几个月，于五月间，才到鼓浪屿日光岩去，十二月仍回南普陀。

到今年民国二十六年（1937），我在闽南居住，算起来，首尾已是十年了。回想我在这十年之中，在闽南所做的事情，成功的却是很少很少，残缺破碎的居其大半，所以我常常自己反省，觉得自己的德行，实在十分欠缺！因此近来我自己起了一个名字，叫"二一老人"。什么叫"二一老人"呢？这有我自己的根据。记得古人有句诗："一事无成人渐老。"清初吴梅村（伟业）临终的绝命词有："一钱不值何消说。"这两句诗的开头都是"一"字，所以我用来做自己的名字，叫作"二一老人"。因此，我十年来在闽南所做的事，虽然不完满，而我也不怎样地去求它完满了！

诸位要晓得，我的性情是很特别的，我只希望我的事情失败，因为事情失败、不完满，这才使我常常发大惭愧！能够晓得自己的德行欠缺，自己的修善不足，那我才可努力用功，努力改过迁善！一个人如果事情做完满了，那么这个人就会心满意足，洋洋得意，反而增长他贡高我慢的念头，生出种种的过失来。所以还是不去希望完满的好。不论什么事，总希望它失败，失败才会发大惭愧！倘若因成功而得意，那就不得了啦！

我近来，每每想到"二一老人"这个名字，觉得很有意味！这"二一老人"的名字，也可以算是我在闽南居住了十年的一个最好的纪念。

前弘扬文艺之事后以著述之业终其身

壬戌年四月初六日，温州庆福寺致李圣章[1]

圣章居士慧览：

　　二十年来，音问疏绝。昨获长简，环诵数四，欢慰何如。任杭教职六年，兼任南京高师顾问者二年，及门数千，遍及江浙，英才蔚出，足以承绍家业者，指不胜屈，私心大慰。弘扬文艺之事，至此已可作一结束。戊午二月，发愿入山剃染，修习佛法，普利含识。以四阅月力料理公私诸事：凡油画、美术、图籍，寄赠北京美术学校（尔欲阅者可往探询之）；音乐书赠刘质平；一切杂书零物赠丰子恺（二子皆在上海专科师范，是校为吾门人辈创立）。

　　布置既毕，乃于五月下旬入大慈山（学校夏季考试，提前为之），七月十三日剃发出家，九月在灵隐受戒，始终安顺，未值障缘，诚佛菩萨之慈力加披也。出家既竟，学行未充，不能利物，因发愿掩关办道，暂谢俗缘（由戊午十二月至庚申六月，住玉泉清涟寺时较多）。

庚申七月，至新城贝山（距富阳六十里）居月余，值障缘，乃决意他适。于是流浪于衢、严二州者半载。辛酉正月，返杭居清涟。三月如温州，忽忽年余，诸事安适。倘无意外之阻障，将不他往。当来道业有成，或来北地

---

❶　李圣章（1889—1975）：弘一法师俗侄。早年留学法国，主攻化学。历任北京大学教授及中法大学校长等职。

与家人相聚也。音拙于辩才，说法之事，非其所长，行将以著述之业终其身耳。

比年以来，此土佛法昌盛，有一日千里之势。各省相较，当以浙江为第一。附写初学阅览之佛书数种，可向卧佛寺佛经流通处请来，以备阅览。拉杂写复，不尽欲言。

释演音疏答

四月初六日

莫嫌老圃秋容淡犹有黄花晚节香

一

丁丑年十月十五日，厦门万石岩，致性常法师[1]

性常法师、胜进居士同览：

惠书诵悉，至用欣慰。近日厦门甚为危险，但朽人未能他往。因出家以来，素抱舍身殉教之愿。今值时缘，应居厦门，为寺院护法，共其存亡。古人诗云："莫嫌老圃秋容淡，犹有黄花晚节香。"仁等诵此诗句，应为朽人庆幸，何须为之忧虑耶！明年正二月，倘时事安靖，朽人或往他处。大约今年即在厦门过冬也。克定师已圆寂。传贯前返安海省亲，朽人劝其决定于明年再来厦门。因朽人现寓万石岩，由小和尚照应一切，甚为周到，学律诸师亦为辅助，诸事无虑，乞仁等安心，俟明春再酌定一切。倘能早为壮烈之牺牲，则更不须顾虑及此矣。不宣。《梵网》不入难处，乃是常途，别有开缘，未可一致论也。

演音启

十月十五日

---

[1] 性常法师（1912—1943）：福建晋江人。

二

丁丑年十二月二十三日，厦门万石岩，致李芳远[1]

芳远童子澄览：

惠教诵悉。至用感谢！朽人已于九月廿七日归厦门。近日厦市虽风声稍紧，但朽人为护法故，不避炮弹，誓与厦市共存亡。古诗云："莫嫌老圃秋容淡，犹有黄花晚节香。"乃斯意也。吾人一生之中，晚节为最要。愿与仁等共勉之！

弘一上

十二月二十三日

三

己卯年十月廿五日，永春普济寺，致郑健魂[2]

健魂居士文席：

惠书，欣悉一一。诸荷护念，感谢无尽。向因传贯师劝，往菲延期，遂免于难，否则囚居鼓浪矣。但对付敌难，舍身殉教，朽人于四年前已有决心，曾与传贯师等言及。古诗云："莫嫌老圃秋容淡，犹有黄花晚节香。"吾人一生之中，晚节最为要紧，愿与仁等共勉之也。属书三纸，已就，附奉上。小字一幅，俟天晴时写。将来若能与丰居士通信时，当达尊意。

谨复，不宣。

音启

十月廿五日

---

❶ 李芳远（1923—1981）：福建永春人。主编《弘一大师文钞》一册。

❷ 郑健魂：福建泉州人。时任泉州日报社社长。

遗 嘱

一

壬申年六月下旬，上虞白马湖，致刘质平[1]

刘质平居士披阅：

余命终后，凡追悼会、建塔及其他纪念之事，皆不可做。因此种事，与余无益，反失福也。

倘欲做一事业与余为纪念者，乞将《四分律比丘戒相表记》印二千册。

以一千册交佛学书局〔闸北新民路国庆路口（即居士林旁）〕流通。每册经手流通费五分，此资即赠与书局。请书局于《半月刊》中登广告。

以五百册赠与上海北四川略底内山书店存贮，以后赠与日本诸居士。

以五百册分赠同人。

此书印资，请质平居士募集，并作跋语附印书后，仍由中华书局石印（乞与印刷主任徐曜垄居士接洽，一切照前式，唯装订改良）。

此书原稿，存在穆藕初居士处，乞托徐曜垄往借。

此书系为余出家以后最大之著作，故宜流通以为纪念也。

弘一书

---

[1] 刘质平（1896—1978）：浙江海宁人。弘一法师弟子。著名音乐家。

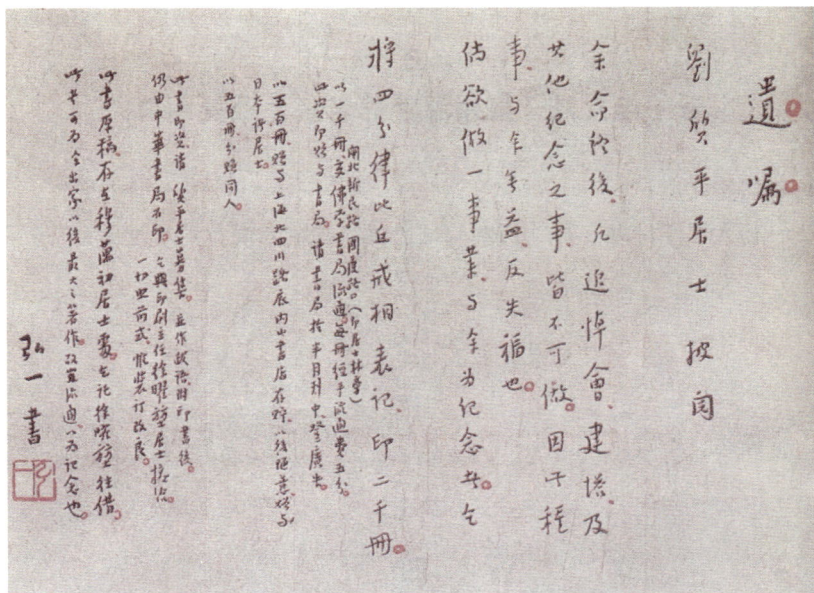

二

壬午年九月，泉州温陵养老院，致沈彬翰[1]

彬翰居士文席：

前奉惠书，欣悉一一。朽人已于农历［九］月［初四］日谢世。前所发愿编辑之《南山律在家备览》，未能成就，至为歉然。唯曾别辑《盗戒释相概略问答》一卷，虽简略无足观，然亦可为最后之纪念也。附邮奉上，希受收。

谨陈，不宣。

音启

---

❶ 沈彬翰：江苏苏州人。时任上海佛学书局经理。

三

壬午年九月，泉州温陵养老院，致夏丏尊[1]

丏尊居士文席：

朽人已于〔九〕月〔初四〕日迁化。曾赋二偈，附录于后：

君子之交，其淡如水。执象而求，咫尺千里。
问余何适，廓尔亡言。华枝春满，天心月圆。

谨达，不宣。

音启

四

壬午年九月，泉州温陵养老院，致刘质平

质平居士文席：

朽人已于〔九〕月〔初四〕日谢世。曾赋二偈，附录于后：

君子之交，其淡如水。执象而求，咫尺千里。
问余何适，廓尔亡言。华枝春满，天心月圆。

前所记月日，系依农历也。谨达，不宣。

音启

---

[1] 夏丏尊（1886—1946）：浙江上虞人。曾任浙江省立第一师范舍监，其后历任白马湖春晖中学、上海立达学园教师，暨南大学中国文学系主任，晚年任上海开明书店总编辑。

第贰辑　艺海生涯

『二十文章惊海内』的弘一法师，学贯古今，兼通中西，工诗词、擅书法；通丹青、达音律、精金石；为中国文化书写了灿烂的一页。

浅谈书法

一、缘起

几位友人及学生都说我的书法好，其实是过誉了。朽人虽爱好书法、音乐等艺术，但自愧生来没有什么天赋，仅天性喜好而已！至于艺术成就，则自视没有少许悟性，所以更没有"成就"可言了。

但几位同好书法之友人一再相邀，几番推迟不得，故只好不揣浅薄，在此与大家妄谈。

为了方便大家了解，我拟从书法流派及其发展简史谈起，以助诸君知其概貌，粗窥书法之历史脉络。

二、五大书体及其流派

书法，顾名思义就是书写文字的规则或方法，用以记录或传递信息，故文字不可不重视。然而，各国的文字，因其产生之年代与人们认识的不同，故在结构、分布及至章法多不相同，甚至一国文字，因历史变迁之不同，而有不同之形体，故有书体及流派之由来。

古书云"书画同源"，而实际亦如此。以我国汉字为例，即从形象之图画开始的，后来书法成为一门艺术，即是"字如画"或"画如字"，自有它的艺术魅力所在。

自秦汉以来，不少书法名家多为书画大家，甚而融字之法入画，或融画之势入字，颇有开创之大家，故有五体流派之由来。

进而述之——工笔中之人物，其脸或手，或臂，或衣褶，多为玉筋篆的笔法；再者，花卉画中之花、瓣、茎、叶，亦是篆书的笔法，故而线条或流畅柔软，或坚硬如铁，可证以书绘画者也。而绘画之腕力、手势，与书法主力度与技法，亦多有默然相契之处，此为"以画入笔者"之明证也。

若论书体，一般称正、草、隶、篆及行书，共称"五体"。现从发展之次序，首以甲骨文为先，次为钟鼎文、石鼓文、大篆、小篆，以上是"古文"的范畴；而后才有隶、草等体。现简要讲一下它们的历史由来及其流派。

（一）古文

1. 甲骨文

甲骨文为我国最早的文字形式，是以商代和西周早期（约公元前16世纪—前10世纪）的龟甲、兽骨为载体的文献，此为已知的最早的汉语文献形态。

早期那些刻在甲骨上的文字曾被称为"契文""甲骨刻辞""卜辞"或"殷墟文字"，现通称为"甲骨文"。因商、周时期的帝王，凡诸事多用龟甲或兽骨进行占卜，以察吉凶或定国事，后将占卜之结果刻于甲骨之上方便保存，此即为"甲骨文"之由来。

当然，除占卜吉凶外，甲骨文内容涉及面亦广，如天文、历法、气象、地理、封地、世系、家族、人物、官职、征伐、刑狱、农业、田猎、宗教、祭祀、疾病、生育、灾祸等，故甲骨文是研究我国古代——尤其商代的社会历史、文化及语言文字极为珍贵之资料，已发掘的甲骨文献中的殷商甲骨卜辞，主要是殷墟甲骨。

殷墟甲骨是商代自盘庚迁殷至帝辛（商纣王）270余年间的遗物，大多数出土于河南安阳小屯村或其附近。自清光绪二十五年（1899）被发现后，大量有字甲骨遭私人滥掘，并为古董家、学者和一些驻中国的外国传教士所收集。民国十七年（1928）秋才由国立中央研究院历史语言研究所组织人员进行科学发掘。

最早编纂甲骨文献的人是江苏丹徒的刘鹗。光绪二十九年

（1903），刘鹗在罗振玉的帮助下，编纂并出版了历史上第一部甲骨文集《铁云藏龟》，因此，研究甲骨文早期贡献最大的是金石学家罗振玉。

当时人们尊尚鬼神，遇事占卜，他们把卜辞刻在龟甲和兽骨的平坦面上，涂上红色标示吉利，黑色标示凶险。这些文字皆用刀刻，大字约一寸见方，小字如谷粒，或繁或简，精致非凡。

2. 金文

比甲骨文稍晚出现的是金文，金文也叫"钟鼎文"。商、周是青铜器的时代，青铜器的礼器则以鼎为代表，乐器以钟为代表，"钟鼎"常常作为青铜器之代名词。金文（或钟鼎文）就是指铸在或刻在青铜器上的铭文。

以内容而言，金文的内容多为当时祀典、赐命、诏书、征战、围猎、盟约等活动（或事件）的记录，皆反映当时之社会生活。金文字体整齐遒丽，古朴厚重。相对甲骨文而言，化板滞为流畅，变化多且丰富。以字体而言，金文基本上属籀（大篆）体。

周宣王时所铸之《毛公鼎》，上面的金文极具代表性，其铭文共32行，共497字，是出土之青铜器铭文中最长者。《毛公鼎》铭文的字体结构严整，瘦劲流畅，布局不弛不急，字之位置排列得当，是金文作品中之杰出者。此外，《大盂鼎》铭、《散氏盘》铭亦是金文中难得之作。

古文中除殷墟甲骨较为著名外，钟鼎方面有《盂鼎》《小盂鼎》《散氏盘》《毛公鼎》，乃至《三体石经》中的古文。

3. 篆书

"篆"者，依《法书考》解释："篆者，传也，传其物理，施之无穷。"谓为传递事物的信息或道理，可以传承、延绵、以至无穷。

《说文》云："篆，引书也。"谓引笔而书，引书成画，积画成形，形以象字之意也。在六书中，指事、形声、会意、转注、假借皆以象形为基础而来，故象形字为最早之文字形状，亦是篆字的主要特征，此为其一。

篆书特征之二，是其笔画有转无折，一切转弯之笔画，都成圆转而成，无有方折。

此所谓"篆"为广义的"篆"，泛指秦代与秦代以前的各种字体。在漫长的历史演变过程中，经多次的变化，其历史可分三阶段，即古文（包括甲骨文、钟鼎文等）、大篆（籀书）和小篆。

大、小二篆，虽出自钟鼎、甲骨，但依然为原始字体。唐代孙过庭曾在《书谱》中说过："篆尚婉而通。"就是说篆书的笔画必须婉转而通顺，所谓通顺，指转弯的笔画没有方折笔势，而成圆转。

秦时，隶书自小篆中出，渐成新的字体，当时还是隶书的初形。

至汉代时，隶书渐兴，时为以后，此一时期为隶书成熟期、壮年时期，是隶书当道的典型时期。作为实用文字，二篆逐渐退位让于隶书，但作为书法艺术，仍有名家，如汉相萧何所作，时称"萧籀"。后汉篆书名家中有位名叫曹喜的，时称"篆书之工，收名天下"，史书中说他"喜倾慕李斯笔势，少异于斯而亦称善"。此人喜尤工悬针篆、垂露篆与薤叶篆。

另外，后汉名家还有蔡邕，他是《熹平石经》的书写人，著有《篆势》，史书中说他"蔡邕书采斯喜之法，为古今杂形"。此外，许慎工小篆，师法李斯，笔法奇妙，著有《说文解字》14篇，对后世影响极大，承传了篆（籀）书法度，成为后世学习之圭臬，曾被奉为"楷书正误"的标准。后汉著名篆书遗迹中的《嵩山少室》《开母庙》和《西岳庙》三石阙，还有汉碑篆额若干种。

至魏晋南北朝时期，虽楷、行、草等书体均已诞生，而仍不乏篆书名家。如魏时《正始三体石经》上的古文和小篆，可谓汉篆的典型。而《吴禅国山碑》篆法严整，《天发神谶碑》则由转而折，由圆而方，名为篆书，已显隶书之韵意。晋时的《安邱长城阳王君神道碑》，其篆书笔法多方头尖尾，略带挑法。

此外，宋代范晔工草隶，尤善小篆。梁代萧子云："创造小篆飞白，意趣飘然。"欧阳询评云："萧侍中飞白，轻浓得中，如蝉翼掩素。"另，梁代庚元威善作百体书，并作杂体篆24种，这些亦是篆书名家。

唐代之篆书名家首推李阳冰，史书中说他的篆书"变化开阖，如虎如龙，劲利豪爽，风行雨集"。他自己也说过："（李）斯翁之后，直至小生，曹喜、蔡邕不足信也。"唐代吕总说他："李阳冰书若古钗倚物，力有万夫。李斯之后，一人而已。"史书中说他的《乌石山般若台题名》《处州新驿记》《缙云城隍庙记》《丽水忘归台铭》为"阳冰四绝"；另有《李氏三坟记》《唐公德政颂》，以及"听松"二字，都很有名。

五代两宋时期工篆书者亦不少。较著者为徐铉、徐锴兄弟，世称"二徐"（铉为"大徐"，锴为"小徐"）。兄弟二人皆好李斯小篆，造诣颇深。徐铉遗迹有《篆千文》《温仁朗碑额》等。徐锴著有《说文解字系传》四十卷，《说文解字篆韵谱》五卷。除"二徐"外，较著者尚有郭忠恕、僧人释梦英等。

郭忠恕，字恕先，著有《汗简》一书；作品则有《重修五代汉高祖庙碑》《怀嵩楼记》等传世。

释梦英（僧），衡州人，号宣义，工"玉箸篆"，有《千字文》《夫子庙堂记》《妙高僧传序》等传世；著作有《篆书偏旁字源》。

元代时，篆书成就较大者，如赵孟頫、吾丘衍、周伯琦等人。赵孟頫篆书多见于碑额及墓志铭盖。吾丘衍著有《学古编》《三十五举》《周秦刻石释音》《印式》等专论"篆法"之著作。周伯琦有《李公岩》《临石鼓文册》等传世，著有《六书正讹》《说文字原》二书。

明代篆书名家中，以李东阳最为有名，其小篆清劲入妙，卓而超群，自成一家。赵宦光根据《天玺碑》而小变其体，创作草篆，颇具个人特色。程南云、景阳、徐霖、陈淳、王谷祥等人亦是有名之书法家，他们多承宋、元遗风。

清代篆书名家则比前代更多，以清康熙时期的王澍最为有名，此人篆书谦和朴实，一时顿称"无双"。江声的篆书兼《石鼓》《国山》之遗意，故成一代名家。清乾隆时的洪亮吉、孙星衍、钱坫、桂馥等亦以篆（籀）书著称，而尤以钱坫为杰出。清嘉庆时期，有名家邓琰（石如）崛起，其篆法出入"二李"（李斯、李阳冰），包世臣在《艺舟双楫》中将其推为"神品第一"。清代篆书名家多笃守阳冰之法，邓琰则一改往习，以隶笔而为篆书，对后世影响极大。清道光年间，黄子高篆法俊健，直追邓琰之风。又有何绍基以颜真卿之笔法作篆，圆融茂密，刚劲有力，终成一格。至清末乃有杨沂孙、杨泗孙兄弟二人均从《石鼓》入手，参以钟鼎款识，自谓"历劫不磨"。后有吴大澂，所写篆文平整匀净、凝重简练，中年以后杂以古籀，另辟蹊径，终成高手。吴芷龄则以汉碑篆额、汉印篆法，参以《开母庙》《国山》《天发神谶》等碑刻，于邓、钱二家之外独树一帜。

此为篆书演变之脉络，所述或许不全，容后来者补之改之可也！

4. 大篆

大篆，起于西周晚年，春秋、战国间通行于秦国，字体与秦篆相近，但字形构形多为重叠，因著录于《史籀篇》，故称"籀文"，籀文是秦统一中国前流行之文字。

《史籀篇》乃用首句为篇名，实非人名。《史籀篇》取多少字已不可知，许慎《说文解字》中举出220余个不同的字。

籀文，又称"石鼓文"，以周宣王时的太史籀所书而得名。他在原有文字的基础上进行创新，并刻于石鼓上而得名，石鼓文是流传至今最早的刻石文字，为石刻之祖。

隋唐之际，在天兴县（今陕西省凤翔县）发现了十个石碣，样子像鼓，故起名为"石鼓"，上面的文字也因此而称为"石鼓文"。每个石鼓上都刻着一首六七十字的四言诗，据专家考证，这些石鼓乃春秋末年至战国初年的物品，上面的诗是歌颂秦王的。石鼓文为现存最早的石刻文字。

大篆著名碑帖有《石鼓文》《秦公敦铭》。

5. 小篆

小篆，又名"秦篆"，因相传为秦国丞相李斯所创，故名。小篆为通行于秦代之文字，其字体形体偏长，匀圆齐整，由大篆衍变而来。东汉的许慎《说文解字·序》称："秦始皇帝初兼天下……罢其不与秦文合者。（李）斯作《仓颉篇》，中车府令赵高作《爰历篇》，太史令胡毋敬作《博学篇》，皆取《史籀》大篆，或颇省改，所谓'小篆'者也。"今存《琅琊台刻石》《泰山刻石》残石，即小篆代表作。自李斯以后，唐代李阳冰、五代徐铉、近人邓石如等皆以篆书见长。

自甲骨文、钟鼎文、大篆发展到春秋战国时，各国删繁就简，各行其令，故文字极不统一。秦灭六国后，秦王采纳丞相李斯之意，进行文字改革，故有六国文字统一之事。据记载，参加统一文字工作的人有赵高、程邈、胡毋敬等。但依《说文解字》收列9353字，所举须要改革的篆文只有225字，所以不能说李斯"创造了"小篆。相传，秦代金、石刻文皆出李斯之手，此为李斯的杰出功绩，其对秦统一文字，简化文字的贡献亦是功德不小。

自周平王于公元前770年东迁洛阳后500余年，经历诸侯兼并的春秋时期和七国争霸的战国时期；语言方面，则出现了"言语异声""文字异形"的现象。据史料记载，只"宝"字的写法，当时就有194种不同形态；"眉"字的写法也有1040种；"寿"字的写法亦在百种以上。这些异形的文字，有的字体柔婉流动、疏密夸张，有的体势纵长、结构怪异，此为书法艺术新的里程碑。

公元前221年，秦始皇统一天下，为了便于统治，故在文字上实行了"书同文字"的政策，"罢其不与秦文合者"。秦文是沿袭西周的文化传统，在金文、籀文（大篆）基础上发展起来的一种书体，故秦文又称"秦篆"，后人又用小篆称之，以区别于大篆。

秦代刻石保存小篆书迹稍多，以秦始皇所立诸石最为重要，《琅琊台刻石》《泰山刻石》及其拓本残存《始皇廿六年诏》等最能见其真相。据《史记·秦始皇本纪》言，秦始皇曾经在东巡中立了六块碑刻，今所存者仅《泰山刻石》《琅琊台刻石》两种，秦刻石传出自李斯之手。

《泰山刻石》为公元前219年时所刻，原石毁于清乾隆五年（1740），今存十字，其书笔画简约，结体规矩、典雅。

《峄山刻石》是秦篆（即小篆）的代表之作，字的点画均为线条，粗细一致，圆起圆收；字体端庄严谨，有实有虚，疏密得当，显得从容平和，而且刚劲有力，故后人有评云："画如铁石，千钧强弩。"《峄山刻石》的字结构上紧下松，垂脚拉长，有居高临下的俨然之态，似乎读者须仰视而观；在章法上行列整齐，规矩和谐。秦刻石在总体上从容、俨然、强健的艺术风范与当时秦王朝的时代精神是统一的。《峄山刻石》原石被后来三国时期的曹操登山时毁掉了，但留下了碑文。

《峄山刻石》今所传者为宋代郑文宝所摹刻，《峄山刻石》翻刻的有很多，而尤以郑氏为最精。

以上诸碑是秦篆的典型，其特点是用笔匀净、劲瘦，提笔疾过，圆融峻俨，其笔法又有"玉筋""钗骨"之说，所以秦篆又称"玉筋篆"。

（二）隶书

隶书，又称"隶文""隶字"，是我国自有文字以来第二大书体。

因原来用以辅助篆书，故又称"左书""佐书"或"佐隶"，此几种叫法随着隶书取代篆书而逐渐不用。

古时，书家多谓隶书是秦代程邈所创，直到近代方才认为隶书是自然演变而来的。隶书从秦代开始，经长期发展、演化，至东汉末年进入成熟期，这时楷书也逐渐出现。东汉末年，钟繇任黄门侍郎之职，他能写隶、楷、行、草诸体，尤善于楷书，他所书之楷体，世称"开创了由隶到楷的新貌"。而此时楷书已渐占统治地位，但隶书作为一种书法、一种艺术，仍为世人所喜爱，故能流传至今。

随后，隶体不断地变化发展，其书体之特征为：笔画比篆书复杂而多变，不但有横、直、折、勾，还出现点、戈、撇、捺；笔法是方圆并用，方多于圆，逆锋、藏锋、回锋兼施；行笔是中锋、偏锋都有或同时存在。其笔法的典型特点是有波势、用挑法，即平常所说的"蚕头凤尾"，字的形状也由长而为扁平。

隶书从秦隶到汉隶，最后又过渡到唐隶，其间还经过众说纷纭的"八分"，如后所述。

清代以隶书著称者有郑簠、陈恭尹、顾蔼吉、桂馥、邓琰（石如）、黄易、伊秉绶、陈鸿寿、赵之琛、何绍基、俞樾、徐三庚等人。其中，郑簠、陈恭尹、顾蔼吉为专工隶书者；而桂馥、邓琰、黄易、伊秉绶、陈鸿寿、徐三庚等人篆字亦不亚于他们的隶书成就；至于邓琰（石如），虽以篆刻著称，而其所写隶书苍劲浑朴、卓尔超群，所自成一家，是隶书中难得一见之珍品。

1. 秦隶

早期的隶书，因初脱胎于小篆，故虽比小篆简洁，但仍保留篆书的较多笔势、笔意，其字多是半篆半隶、浑然一体，用笔变圆为方折，多用中锋圆笔，此时的隶书尚无波、挑，保存了篆字细长的字形，章法参差交错，变化随意而为，不受界格之所局限，如《秦权》《云梦秦简》或西汉时的碑刻。

2. 汉隶

此时的隶书，已是发展成熟的隶书，为隶书的典型时期。一般所谓"隶书",多指这一时期的隶书，已完全摆脱篆书笔意而成全新之书体，其主要特色为"波磔披拂，形意翩翩"；用笔"藏锋逆入"，"逆入平出"或"翘首举尾，直刺邪掣"，多为"蚕头凤尾"势；笔画有粗有细，轻重相应；字形亦由长方而成方扁。

隶书，以汉隶为主体；汉隶，则以后汉时的隶书为准则。在后汉隶书中，有名的碑刻很多，如《裴岑纪功碑》《西狭颂》《夏承碑》《张迁碑》《子游残碑》《鲜于璜碑》《礼器碑》《曹全碑》《熹平石经》《史晨碑》《石门颂》《杨淮表记》《仓颉庙碑题铭》等，这些碑刻风格不同、笔法互异，按其笔法大致可分"方笔""圆笔"两大类。但按其风格、神韵，则可分为五大流派：

（1）如《乙瑛碑》《史晨前后碑》《礼器碑》《华山庙碑》等属"圆润瘦劲、端整精密"的一派，以"法度谨严、笔意飞动"见称，乃隶法之正宗。

（2）如《曹全碑》《孔宙碑》《孔彪碑》等属"秀丽工整、圆静多姿"的一派，是汉隶中之精品。

（3）如《张迁碑》《鲜于璜碑》《西狭颂》《衡方碑》等属于"方整宽厚、峻宕雄强"的一派，为隶书中之佳作。

（4）如《石门颂》《杨淮表记》《封龙山颂》《开通褒斜道刻石》等，属"风神纵逸、气势奔放"的一派，亦难得之石刻。以上各碑，除《封龙山颂》外皆为摩崖石刻，花岗石石质坚硬，颗粒较大，虽无法刻得秀丽严谨、粗细有形，然而恰能体现隶书"飘逸奔放"的风格。

（5）又如《郁阁颂》《夏承碑》《君子残石》等属"意态奇古、气度宽阔"的一派，亦是难得一见的书法作品，多为书法家所爱。

（三）楷书

楷书，即楷体书法，是从汉末魏晋时起，直至近代广泛流行的书体，是我国第三大书体。

楷书，又称"正书""真书"。楷有"楷模""法度""标式"等义，最初用以称呼书体。晋代卫恒《书势》云："上谷王次仲，始作楷法。"所说"楷法"为"八分楷法"，即间乎隶、楷之间的"八分"书体；近世所谓的"楷书"，非指"八分楷法"，乃指脱尽隶笔、隶意的正书楷体，故楷体又称"正书"。从形成的角度讲，钟繇所写的楷字即是"正书"，虽他的字尚有隶书的笔意在，但说楷书起自汉末也是可以的。

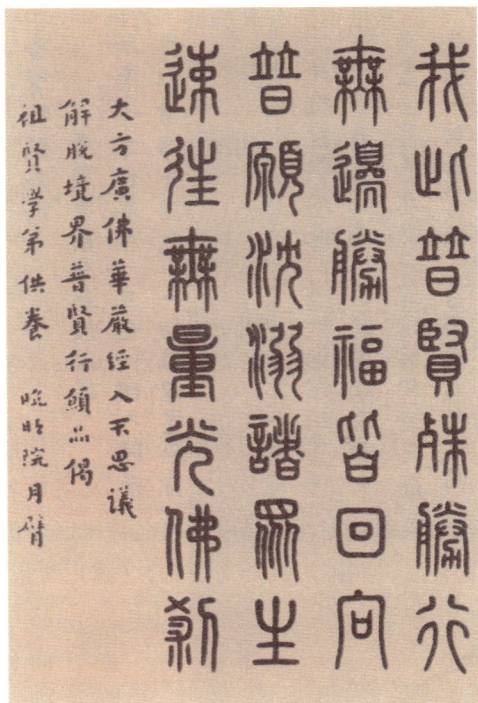

楷书之特征有三：其一，笔画端正，结体整齐，工妙在点、画，神韵体现于结体——楷字多平正齐整、端庄大方、结构严谨，正如宋代苏轼所说"大字难于结密而无间，小字难于宽绰而有余"，故楷书"严整而不失飘扬、犀利刚劲而似飞动"。其二，笔画有规律可求——如"永字八法"即是习楷之范例，故有规律可循，即一切楷书的笔画皆可纳于"八法"之中。其三，起止三折笔——"运笔在中锋"是楷书的典型笔法，运笔中锋，则字多遒润。

楷书的体势和风格流派较多，然就其基本规格而言大同小异。其小异可分为三：一是肥、瘦之分，肥厚者如颜体，瘦挺者如柳体；尚有极瘦者，如瘦金书。二有长、方之别，正方者如褚体，长方者如欧体。三是朴、媚之异，淳朴者如虞体，妩媚者如赵体。

楷书的著名流派，多出现在魏、晋、唐、宋之间，后分为南、北两大体系。

南系楷书的著名流派，首推钟、王，此为魏晋时期楷书开宗立派之主要代表。钟即钟繇，王指"二王"："大王"王羲之，"小王"王献之。钟、王的楷书，秀丽挺拔，备尽法度。钟繇的《宣示表》，王羲之的《黄庭经》《乐毅论》，王献之的《〈洛神赋〉十三行》，都是他们的著名墨迹。钟、王之后，欧（阳询）、虞（世南）、褚（遂良）、薛（稷）相继于后。其次，又有颜（真卿）、柳（公权）、赵孟頫等书法家横空出世，这些书法大家多有自创、终成一家风格。后世所说的"欧体""颜体""柳体"即是指他们的楷书风格而言。

北系楷书的著名流派源自魏时的碑帖。魏碑，乃是界乎隶、楷之间的一个流派，亦是重要的楷书体系，是书法中珍贵之宝藏。最早以索靖为代表，而后方形成"北系"书法体系。北系楷书的书法遗迹主要是石刻碑铭，且多没有记载书写者姓名，因此北系楷书不是依书法家的风格而定，而是以碑帖名称来区分流派。传世碑帖中，最为有名者有《谷朗碑》、《郑文公碑》（魏）、《张猛龙碑》（魏）、《龙门造像诸品》（魏）等。另，除魏碑外，尚有少量晋碑及南朝宋、梁时碑，如《爨宝子碑》（东晋）、《爨龙颜碑》（南朝宋）、《瘗鹤铭》（南朝梁）、《石门铭》（魏）、《张玄墓志》（魏）。至清代时，有书家阮元首倡碑学，包世臣继之，近人康有为接踵而起，大兴"尊碑卑唐"之风，故而使碑学大盛。

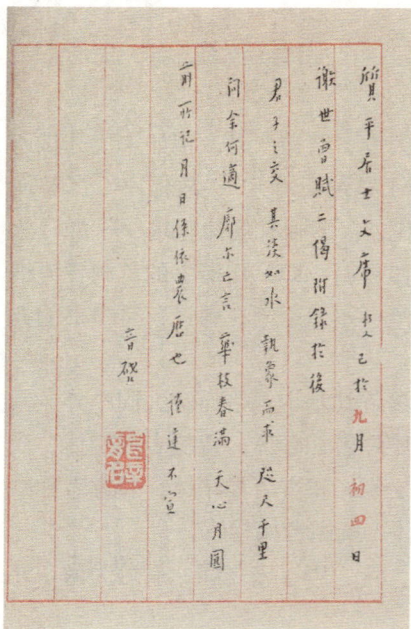

1. 欧体

为欧阳询所创，其字正书结构，"易方为长，以就姿媚"；"四面停匀，八方平正"；"书如凌云台，轻重分毫无负"；"笔备众美，翰墨洒落"；此即史书所说欧体之风格。欧体著名碑帖有《九成宫醴泉铭》《皇甫碑》《化度寺碑》。

2. 虞体

为虞世南所创，其字偏长，略同于欧体，字形工整齐备，不倾不倚，法遵"二王"（王羲之、王献之），严谨洒脱，如《孔子庙堂碑》。

3. 褚体

为褚遂良所创，其书丰润劲炼、清远古雅，用笔方、圆兼容，间含隶意；结体婉畅，用笔多变，中侧兼收，顺逆并用，其书对后世影响极大。著名碑帖有《孟法师碑》《大字阴符经》《雁塔圣教序》等。

4. 薛体

为薛稷所创，其书得欧、虞、褚、陆之遗风，其师承血脉近于褚遂良。此人用笔纤瘦有力，结字疏通流畅。著名碑帖有《封中岳碑》《郑敞碑》《沓冥君铭》等。

5. 颜体

为颜真卿所创，其字探源篆隶，楷法谨严、放而不流、拘而不拙、结字方圆、笔法肥劲，如《多宝塔》《东方画赞》《勤礼碑》《麻姑仙坛记》《颜氏家庙碑》。

6. 柳体

法出颜真卿，后独创一格、自成一家，其字意瘦挺，体势骨力遒劲、爽利挺秀。著名的碑帖有《玄秘塔碑》《神策军碑》等；尤其是《神策军碑》，可看出柳字颜字之间的关联或渊源。

7. 赵体

为赵孟頫所创，世称"赵体"。其字以"风流、和婉"著称，其书风遒媚秀逸、和婉适中、结体严整、笔法圆熟。著名碑帖有《妙严寺记》《三门记》《妙法莲华经》《信心铭》等。

宋代楷书，首推蔡襄。蔡襄，宋代杰出书法家，"宋代四大家"之一。其书风格意取晋、唐，恪守法度，以神佳为度，讲究古意，书云"端劲高古，容德兼备"，为开启宋代书派主流之代表。蔡襄之字师法蔡邕、崔纾，后崛然独起。初学周越，其字变体出于颜真卿；年

057

轻时，其字明劲有力，晚年则回归淳朴恬淡、婉美妍媚；他的大字端庄沉着，小字则秀丽多姿。大楷作品有《洛阳桥记》《有美堂记》《昼锦堂记》等，小楷如《茶谱》《集古录序》等。

宋徽宗赵佶，正书笔势劲逸，初学薛稷，后变其法度，独创一格，自号为"瘦金书"，对后世楷书亦有较大影响。

元代著名书家赵孟頫，善篆、隶、真、行、草书，尤以楷、行书著称于世。

明代楷书较著名者有董其昌，他初学颜、虞，后改钟、王，后终成一家。

清代楷书名流有钱沣、何绍基，其楷法皆学颜真卿。钱沣之字，结体严整，气势雄伟；何绍基之字则体势遒劲，气势流畅。此二人对清代楷法影响较大。

以上为楷书之简要脉络。

前文所谈楷书碑帖，多以大楷、中楷为主；而小楷名帖则较少，主要有钟繇的《荐季直表》、王羲之的《东方朔画赞》《乐毅论》《黄庭经》《曹娥碑》、王献之的《〈洛神赋〉十三行》、钟绍京《灵飞经》、赵孟頫的《道德经》、文徵明的《醉翁亭记》《雪赋·月赋合册》等。

（四）草书

草书，即草体书法。草为"草创""草藁"之意，章草和今草为草书的两大主要流派，代表其发展之两大阶段。

1. 章草

章草由隶书演化而来，沿用隶书章法，横画上挑，左右波磔分明，"笔有方圆，法兼使转"，结体"古雅平正、内涵朴厚"。唐代孙过庭于《书谱》中说"章务险而便"；唐代张怀瓘在《书断》中说："此乃存字之梗概，损隶之规矩，纵任奔逸，赴速急就。"可见章草就是隶书过渡到草书之特有形态，或称"隶草"。

章草著名的碑帖有西汉史游的《急就章》、东汉张芝的《秋凉平善帖》、东晋王羲之的《豹奴帖》，西晋索靖的《出师颂》也是章草精品；另有西晋陆机的《平复帖》，西晋索靖的《月仪》《载奴》帖也颇可观。自今草兴起后，章草式微，传世的有唐代褚遂良的《黄帝阴符经》等。

2. 今草

今草由章草演变而来，此时已完全脱离章草之隶书痕迹，故字更显潇洒、奔放和流畅。今草流派较多，大致可分为三支：

（1）小草：唐代孙过庭在《书谱》中说："草贵流而畅。"故小草特征以"流注、顺畅"为主；运笔多用转法，故字多显"妍媚、婉约"，而法度较为谨严，字字区分，不作连续带笔，意态飞舞奔放，随意流畅。著名碑帖以孙过庭《书谱》为代表，故小草派又称"书谱派"。另有隋代智永《千字文》亦是有名的代表作。

（2）大草：又名"狂草"，唐代张怀瓘《书断》中说："字之体势一笔而成，偶有不连，而血脉不断，及其连者，气候通其隔行。"所以"大草"又名"一笔书"，其特点是于小草笔法之上，进而成为"字字相连、体势连绵"的笔势，其字笔意奔放、变化万千、首尾呼应，故气势贯穿一体、融会一如。著名碑帖有张芝的《知汝殊愁帖》、张旭的《肚痛帖》《古诗四帖》、怀素的《自叙帖》《食鱼帖》，都是大草或狂草的典型作品。

（3）行草：即草书、行书夹杂之字体，其早期形态为"藁书"（即"相闻书"），一般用于尺牍。王愔云："藁书者，若草非草，草行之际。"故知"藁书"为草书发展之过渡形态，后来发展成草书、行书并用，其特点为"行草夹杂、用笔秀丽，字不连绵但神气贯通"。如王羲之的《快雪时晴帖》《行穰帖》、王献之的《中秋帖》《送梨帖》，即是典型墨迹。

后世草书名家，有宋代苏轼《醉翁亭记》、黄庭坚《诸上座帖》、米芾《草书九帖》、蔡襄《草书二诗帖》，明代祝允明《前后赤壁赋》、文徵明《滕王阁序》等，明末清初的王铎则一反常规、另辟蹊径，后自成一家，其章法影响后世亦大。此等大家于草书上造诣颇高、别具一格，为草书之代表人物。

（五）行书

行书，即行体书法，亦名"行押书"，行书从楷书演化而来。唐代张怀瓘云："务从简易，相间流行。"宋代姜夔《续书谱》云："行出于真。"行书特征是"非真非草"，介乎真、草之间。从楷书到今草，较自然形成了行书。宋代的《宣和书谱》中就有"真几于拘，草几于放，介乎两间者，行书有焉"之语，可知行书之特征。

三、谈写字的方法

我到闽南这边来，已经有十年之久了。

前几年冬天的时候，我也常到南普陀寺来，看到大殿、观音殿及两廊旁边的栏杆上，排列了很多很多的花。尤其正在过年的时候，更是多得很。

其中有一种名叫作"一品红"的，颜色非常鲜明，非常好看，可以说是南国特有的一种风味，特有的色彩。每当残冬过去，春天快到来的时候，把它摆出来，好像是迎春的样子，而气象确也为之一新。

我于去年冬天到这里来，心中本来预料着，以为可以看到许多的一品红了，岂知一到的时候，空空洞洞，所看到的，尽是其他的花草，因而感到很伤心。为什么？以前那么多的一品红，现在到哪里去了呢？找来找去，找了很久，只在那新功德楼的地方，发现了三棵，都是憔悴不堪，颜色不大鲜明，很惨的样子。也没有什么人要去赏玩了。于是使我联想到佛教养正院，过去的时候，也曾经有很光荣的历史，像那些一品红一样，欣欣向荣，有无限的生机。可是现在，则有些衰败的气象了。

养正院开办已经三年了，这期间，自然有很多可纪念的史迹。可是观察其未来，则很替它悲观，前途很不堪设想。我现在在南普陀这里，还可以看到养正院的招牌，下一次再来的时候，恐怕看不到了，这一次，也许可以说是我"最后的演讲"。这一次所要讲的，是这里几位学生的意思，要我来讲关于写字的方法。

（一）概说

我想写字这一回事，是在家人的事，出家人讲究写字有什么意思呢？所以，这一次讲写字的方法，我觉得很不对。因为出家人假如只会写字，其他的学问一点不知道，尤其不懂得佛法，那可以说是佛门的败类。须知出家人不懂得佛法，只会写字，那是可耻的。出家人唯一的本分，就是要懂得佛法，要研究佛法。不过，出家人并不是绝对不可以讲究写字的，但不可用全副精神去应付写字就对了。出家人固应对于佛法全力研究，而于有空的时候，写写字也未尝不可。写字如果写到了有个样子，能写对子、中堂来送与人，以作弘法的一种工具，也不是无益的。

倘只能写得几个好字，若不专心学佛法，虽然人家赞美他字写得怎样的好，那不过是"人以字传"而已。我觉得，出家人字虽然写得不好，若是很有道德，那么他的字是很珍贵的，结果都是能够"字以人传"。如果对于佛法没有研究，而且没有道德，纵能写得很好的字，这种人在佛教中是无足轻重的，他的人本来是不足传的，即能"人以字传"。这是一桩可耻的事，就是在家人也是很可耻的。

今天虽然名为讲写字的方法，其实我的本意是要劝诸位来学佛法的。因为大家有了行持，能够研究佛法，才可利用闲暇时间，来谈谈写字的法子。

关于写字的源流、派别，以及笔法、章法、用墨等，古人已经讲得很清楚了。而且有很多的书可以参考，我不必多讲。现在只就我个人关于写字的心得及经验随便来说一说。

诸位写字的成绩很不错。但是每天每个人只限定写一张，而且只有一个样子，这是不对的。每天练习写字的时候，应该将篆书、大楷、中楷、小楷四个样子，都要多多地写与练习。如果没有时间，关于中楷可以略掉，至于其他的字样，是缺一不可的，且要多多地练习才对。

我有一点意见，要贡献给诸位。下面所说的几种方法，我认为很重要。

（二）由博而约

我对于发心学字的人，总是劝他们先由篆字学起。为什么呢？有几种理由：

第一，可以顺便研究《说文》，对于文字学，便可以有一点常识了。因为一个字一个字都有它的来源，并不是凭空虚构的，关于一笔一画，都不能随随便便乱写的。若不学篆书，不研究《说文》，对于文字学及文字的起源就不能明白——简直可以说是不认得字啊！所以写字若由篆书入手，不但写字会进步，而且也很有兴味的。

第二，能写篆字以后，再学楷书，写字时一笔一画，也就不会写错的了。我以前看到养正院几位学生所抄写的稿子，写错的字很多很多，要晓得，写错了字，是很可耻的，这正如学英文的人一样，不能把字母拼错一个。若拼错了字，人家怎么认识呢？写错了我们自己的汉文字，更是不可以的。我们若先学会了篆书，再写楷字时，那就可以免掉很多错误。此外，写篆字也可以为写隶书、楷书、行书的基础。学会了篆字之后，对于写隶书、楷书、行书就都很容易，因为篆书是各种写字的根本。

若要写篆字的话，可先参看《说文》这一类的书。因为这部书很好，便于初学，如果要学写字的话，先研究这一部书最好。

既然要发心学写字的话，除了写篆字外，还有大楷、中楷、小楷，这几样都应当写。我以前小孩子的时候，都通通写过的。至于要学一尺、二尺的字，有一个很简便的方法，那就可用大砖来写，平常把四块大砖拼合起来，做成桌子的样子，而且用架子架起来，也可当桌子用；要学写大字，却很方便，而且一物可供两用了。

大笔怎样得到呢？可用麻扎起来做大笔，要写时，就可以任意挥毫。大砖在南方也许不多，这里倒有一个方法可以替代：就是用水门汀拼起来成为桌子。而用麻来写字，都是一样的。这样一来，既可练习写字，而纸及笔，也就经济得多了。

篆书、隶书乃至行书都要写，样样都要学才好；一切碑帖也都要读，至少要浏览一下才可以。照以上的方法学了一个时期以后，才可专写一种或专写一体。这是由博而约的方法。

（三）初步法门

至于用笔呢？算起来有很多种，如羊毫、狼毫、兔毫等。普通是用羊毫，紫毫及狼毫亦可用，并不限定哪一种。最要注意的一点就是写大字须用大笔，千万不可用小笔！用小的笔写大字，那是错误的。宁可用大笔写小字，不可以用小笔写大字。

还有纸的问题。市上所售的油光纸是很便宜的，但太光滑很难写。若用本地所产的粗纸，就无此毛病了。我的意思：高年级的同学可用粗纸，低年级的可用油光纸。

此地所用的有格子的纸，是不大适合的，和我们从前的九宫格的纸不同。以我的习惯而论，我用九宫格的方法，就不是这个样子，现在画在下面（此处略），并说明我的用法：若用这种格子的纸，写起字来是很方便的，这样一来，每个字都有规矩绳墨可守。如写大楷时，两线相交的地方，成了一个十字形，就不致上下左右不相对称了。要晓得，写字总不能随随便便，每个字的地位要很正，要不偏左不偏右，不上不下，要有一定的标准。因为线有中心点，初学时注意此线，则写起来，自然会适中很"落位"了。

平常写字时，写这个字，眼睛专看这个字，其余的字就不管，这也是不对的。因为上面的字，与下面的字都有关系的：即全部分的字，不论上下左右，都须连贯才可以。这一点很要紧，须十分注意。不可以只管写一个字，其余的一切不去管它，因为写字要使全体都能够配合，不能单就每个字去看的。

再有一点须注意的：当我们写字的时候，切不可倚在桌上，须使腕高高地悬起来，才可以运用如意。写中楷悬腕固好，假如肘部要倚着，那也无妨。至于小楷，则可以倚在桌上，不必悬腕的。

（四）基本法则

以上所说的，是写字的初步法门。现在顺便讲讲关于写对联、中堂、横批、条幅等的方法。

我们写对联或中堂，就所写的一幅字而论，是应该有章法的。普通的一幅中堂，论起优劣来，有几种要素须注意的。现在估量其应得的分数如下：

章法：五十分

字：三十五分

墨色：五分

印章：十分

就以上四种要素合起来，总分数可以算一百分。其中并没有平均的分数。我觉得其差异及分配法，当照上面所分配的样子才可以。

一般人认为每个字都很要紧，然而依照上面的记分，只有三十五分。大家也许要怀疑，为什么反而章法分数占多数呢？就章法本身而论，它之所以占着重要的原因，理由很简单，在艺术上有所谓三原则，即统一、变化、整齐。

这在西洋绘画方面被认为是很重要的。我便借来用在此地，以批评一幅字的好坏。我们随便写一张字，无论中堂或对联，将字排起来，或横或直，首先要能够统一，字与字之间，彼此必须相联络、互相关系才好。但是单只统一也不能的，呆板也是不可以的，须当变化才好。若变化得太厉害，乱七八糟，当然不好看。所以必须注意彼此互相联络、互相关系才可以的。

就写字的章法而论，大略如此，说起来虽很简单，却不是一蹴可就的。这需要经验的，多多地练习，多看古人的书法以及碑帖，养成赏鉴艺术的眼光，自己能常去体认，从经验中体会出来，然后才可以慢慢地有所成就。

所谓墨色要怎样才可以？即质料要好，而墨色要光亮才对。还有印章盖坏了，也是不可以的。盖的地方要位置设中，很落位才对。所

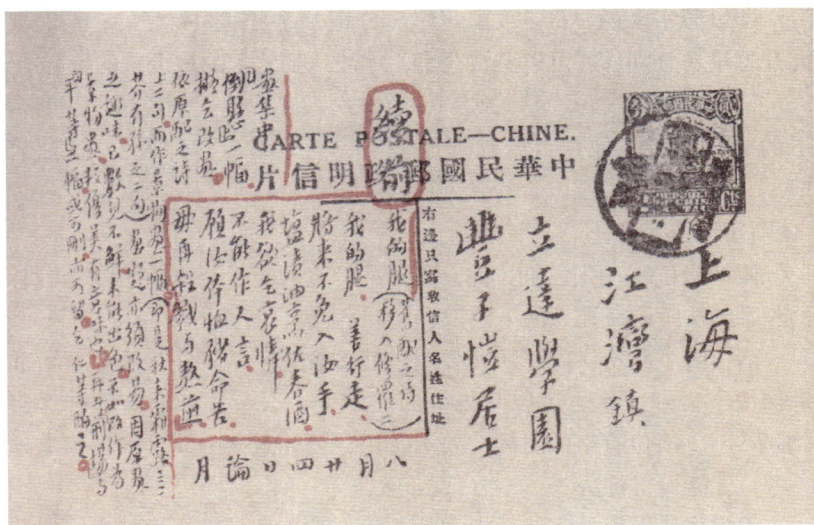

谓印章，当然要刻得好，印章上的字须写得好。至于印色，也当然要好的。盖用时，可以盖一颗、两颗。印章有圆的、方的，大的、小的不一，且有种种的区别。如何区别及使用呢？那就要于写字之后再注意盖用，因为它也可以补救写字时章法的不足。

（五）上乘的字

以上所说的，是关于写字的基本法则，可当作一种规矩及准绳讲，不过是一种呆板的方法而已。

写字最好的方法是怎样？用哪一种的方法才可以达到顶好顶好的呢？我想诸位一定很热心地问。我想了又想，觉得想要写好字，还是要多多地练习，多看碑，多看帖才对，那自然就可以写得好了。

诸位或者要说，这是普通的方法，假如要达到最高的境界须如何呢？我没有办法再回答。曾记得《法华经》有云："是法非思量、分别之所能解。"我便借用这句子，只改了一个字，那就是"是字非思量、分别之所能解"了。因为世间无论哪一种艺术，都是非思量、分别之所能解的。

即以写字来说，也是要非思量、分别，才可以写得好的；同时要离开思量、分别，才可以鉴赏艺术，才能达到艺术的最上乘的境界。

记得古来有一位禅宗的大师，有一次人家请他上堂说法，当时台下的听众很多，他登台后默默地坐了一会儿以后，即说："说法已毕。"便下堂了。所以，今天就写字而论，讲到这里，我也只好说"谈写字已毕"了。

假如诸位用一张白纸，完全是白的，没有写上一个字，送给教你们写字的法师看，那么他一定说："善哉善哉！写得好，写得好！"

诸位听了我所讲的以后，要明白我的意思：学佛法最为要紧。如果佛法学得好，字也可以写得好的。不久，会泉法师要在妙释寺讲《维摩经》，诸位有空的时候，要去听讲，要注意研究。经典要多多地参考，才能懂得佛法。

我觉得最上乘的字或最上乘的艺术，在于从学佛法中得来。要从佛法中研究出来，才能达到最上乘的地步。所以，诸位若学佛法有一分的深入，那么字也会有一分的进步；能十分地去学佛法，写字也可以十分的进步。

今天所说的已经很够了。奉劝诸位：以后要勤求佛法，深研佛法。

浅谈国画

一、概说

应诸位同学盛情相邀，于此讲谈国画历史与绘画之技巧，朽人只好勉而为之，权当与大家共学吧！

我国绘画技法堪称"一宝"，与书法并称"双绝"。只是国画不似西洋画易于保存，多因国画绘制于易碎的纸或绢上。

两汉时期，我国艺术可称为"大家风范"，但那时的艺术多为壁画，只可观摩，不易携带，不似西洋画之木板或布等材质易于流传。

两汉时期的艺术，材质多是石材或陶瓷、砖瓦，艺术水平极高，但多为笨重之材质，故可遇不可求，临摹亦不易得。

至隋唐之时，因国富民强、文化兴盛，故艺术成就亦高，我国艺术方至前所未有之顶峰。当时的绘画艺术延续了雕刻之艺术技法，创作作品多以宗教题材、人物肖像画成就最大，亦开"山水画"之先河。

及至宋元，则为我国绘画艺术之巅峰期，其中尤以山水画为代表，花鸟绘画成就亦不俗。至明代时，绘画作品则以花鸟为卓著。清朝一代，则将山水画发挥到极致，风格倾向写意，虽寄托自然景观之写实，然而重在体现自我之心境，故而流派纷起、大师并出，大有百花齐放之势。

以下，朽人就一些名家或名画加以简述与评析，以供同学欣赏，我们先从隋唐开始讲起。

二、隋唐名家与名画

（一）展子虔

展子虔，渤海（今山东阳信）人，是北周末年、隋朝初年的大画家。他曾经历北齐、北周，最后在隋朝担任朝散大夫、帐内都督等职。

展子虔擅长画人物、山水及其他杂画，在绘画技法上几乎无所不能。其对人物的描绘相当细致，喜以色晕染面部。他亦善画马，所画之马以神态逼真见长——如画立马更有走势，若画卧马则腹有腾骧起跃之势，与当时的大画家董伯仁齐名；所绘山水，能就远近，有咫尺千里之势。

他曾在洛阳天女寺、云华寺、长安灵宝寺、崇圣寺等处所绘制佛教壁画，作品有隋朝宫本《法华变相图》《长安车马人物图》《白麻纸》《弋猎图》《南郊图》《王世充像》《白描》等，收录入《贞观公私画史》之中；还有《朱买臣覆水图》《北齐后主幸晋阳图》《维摩像》等画迹，收录入《历代名画记》中；又有《北极巡海图》《石勒问道图》等二十余幅，收录入《宣和画谱》中。

他的传世之作有《授经图》《游春图》。据称，《游春图》乃我国现存最古之卷轴山水画。

他擅长画人物、鞍马、楼阁和山水，在继承魏晋南北朝的绘法基础上有所突破，并能创立新意，是一位承前启后、继往开来的绘画大师。

唐人曾评其画有"远近山水、咫尺千里"之势；在画法上则以青、绿填色，有勾无皴，人物与枝干则直接用粉点染，全画以"青、绿"为主调，乃中国山水画中独具风格之画体。

（二）阎立本

阎立本是唐代画家，陕西西安人氏。其父阎毗及其儿阎立德都擅长绘画及建筑，而立本则擅长绘画人物、车马和楼阁，后人有称为"丹青神化""冠绝古今"之誉。其传世之作有《步辇图》《历代帝王图》《萧翼赚兰亭图》。

他的画将人物的仪态与身份、气质与心境刻画得至为鲜明，尤其是衣纹展现圆转、流畅至为突出，人物之五官亦勾画精细。其中，人物的发式与服饰颇具初唐时期之特点。

（三）周昉

周昉，京兆（今陕西西安）人，唐代画家，字景玄，又字仲朗，出身显贵家庭，先后官越州、宣州长史。

此人一生性情直爽，好学不倦，擅长仕女画。初学张萱，后取长而自创。其绘画多为贵族妇女，所画人物多优游闲佚、容貌丰满、衣褶劲简，且色彩柔和艳丽，为当时宫廷贵族、士大夫之所重。后来，唐德宗李适闻其名，诏至章明寺绘画，经月余始成，德宗推为"第一"。他所绘制的，具有华丽优美的"水月观音"像颇具特色，雕塑者多仿效之，世称"周家样"。

其传世作品有《簪花仕女图》《挥扇仕女图》等。

《簪花仕女图》以四位贵妇人为表现，分"戏犬""漫步""看花""采花"四个情节；而中间穿插一持扇侍女；侍女形象较小以示其身份，与贵妇人形成身份对比。其中人物发型、眉毛及体态都以丰腴肥硕为主，故能体现唐代之审美风尚；勾线流畅、笔画有力，色彩也很艳丽丰富，突显出肌肤之质感和服饰的轻薄感。

（四）李思训

李思训，成纪（今甘肃天水）人氏，是唐朝皇亲宗室，后官至右武卫大将军，封"彭国公"。

他是唐代杰出的书画家，工书法、绘画，尤擅长绘画山水树石，其笔力遒劲、格调细密，喜写"云霞缥缈"之景色，鸟兽草木皆能穷其姿态，亦爱用神仙故事点缀幽曲、寂静之岩岭。他喜以青绿为质、金泥为纹的山水画，作品多富装饰性。

　　他的绘法技巧源于隋代的展子虔，并继承和发展了六朝以来以"色彩为主"的表现形式，玄宗皇帝曾评其画作为"国朝山水第一，列神品"；明代大画家董其昌更推他为"北宗"山水画之祖；唐代张彦远总结说"山水之变始于吴（道子），成于二李（李思训、李昭道父子）"。其子李昭道亦擅山水，人称其父子为"大、小李将军"。其传世的画作有《山居四皓图》《江山渔乐图》《群峰茂林图》等，收录入《宣和画谱》。

　　《江帆楼阁图》所绘长松秀岭、翠竹掩映、群山层叠、朱廊碧殿、江天阔渺、风帆近流，有着唐朝衣冠者四人，此画融山水树木与人物，既自然又交相辉映，一派春光景象，画中山石用墨线勾勒轮廓，后以绿色渲染，不作皴擦，所画松树以交叉取形，整体则势态葱郁。他用笔工整，山石膏绿，着色艳丽，安歧评之为"傅色古艳，笔墨超轶"，表明山水画到这一时代已趋成熟。

（五）王维

　　王维，自幼聪颖，据载他九岁即能作诗写文，后成为唐开元、天宝间的著名诗人，其人书法工于草书、隶书，亦熟娴丝竹音律，擅长绘画，乃多才多艺之才子；其青年时便已名享京师，甚得皇族王公之敬重。唐人薛用弱《集异记》就有记载："王维右丞，年未弱冠，文章得名。性娴音律，妙能琵琶，游历诸贵之间，尤为岐王之所眷重。"

　　王维对于绘画的贡献有二：一是融诗情于画中，开创了绘画新篇章，延至宋代，形成一种"诗中有画，画中有诗"的"诗情画意"风格。二是突破"金碧山水"之局限，初步奠定我国"水墨山水画"之基础，而至元、明、清三代发展为最重要之绘画形式，故他被后人尊为"文人画南宗之祖"。

　　他的《伏生授经图》所绘为汉代的伏生授业的情景，亦是人物肖像画，所绘人物形象逼真、清癯苍老，所用笔法清劲有力。

王维崇信佛教，性喜山水，其诗多以山水、田园为内容，所绘物景颇为传神，笔法精深入微；晚年隐居蓝田辋川，过着吟诗作画、谈禅说佛的隐逸生活。此人兼通音乐，工书法，精绘画，擅画平远之景致，喜以"破墨"手法绘制山水松石，北宋苏轼赞其"诗中有画，画中有诗"，其有"不衣文采"之创作理论对后世文人的画影响甚大。

（六）李昭道及国画之类别

李昭道，甘肃天水人，字希俊，唐代著名画家。曾任太原府仓曹、直集贤院等官职，后官至太子中舍。

李昭道继承其父李思训之长，亦擅长"青绿山水"的绘画创作，世称"小李将军"；亦擅绘画鸟兽、楼台、人物，并创"海景图"。其画风巧妙精致，虽"豆人寸马"，也画得"须眉毕现"。由于画面繁复，线条纤细，论者亦有"笔力不及思训"之评。主要画作有《海岸图》《摘瓜图》等作品，收录入《宣和画谱》。

李昭道的《明皇幸蜀图》描绘了"安史之乱"时唐明皇逃往四川避难的情形。画家有意加强了春天山岭间之诗意，于层峦叠嶂描绘飘浮白云，树木亦秀丽动人。此画之妙处在于，人物虽小却分毫可辨，能使观者轻易分辨人物之身份。

我国国画之类别和技法，可分人物、山水、花鸟。其中，人物画是历史上最早形成的画科，早于山水与花鸟。大家皆知西洋画注重造型，而国画注重传神，可谓不注意精确之造型"由来已久"。我国最早创作的人物画，多重人物之刻画，力求逼真、传神，讲求气韵之灵动，形神要兼备，故古代论画著作中称其为"传神论"。

而分门别类中，人物画又分为道释画（宗教画）、仕女画、肖像画、历史故事画等。历代之著名代表画家，有东晋的顾恺之，五代的顾闳中，宋代的李唐，明代的仇英、唐寅，清代的费丹旭等大师。

三、宋元名家与名画

（一）夏圭

夏圭，南宋画家，宋宁宗时任画院待诏。初学人物画，后改绘山水，他将范宽、李唐的斧劈皴进一步发展，创立了"拖泥带水皴"；其创作时除师法李唐而讲求阳刚之风外，更讲究水墨淋漓、清明透逸的效果，与马远同为"北方山水画派"之杰出代表。宁宗时为画院待诏，赐金带。画人物酝酿墨色如傅粉之色，笔法苍老，墨汁淋漓，所画雪景，全学范宽。画院中人凡画山水的，自李唐以下，无出其右者，与当时大画家马远齐名，故称"马夏"。

他喜以长卷横幅表现情景，而画面变化亦十分复杂，多以线、面或干、湿等手法互用，皴法也十分丰富，故艺术效果极强。其创立的"拖泥带水皴"法，在当时不仅对南宋绘画有所影响，而尤其对后世的"文人画"的表现形式影响更大，且后人在继承其法的基础上，不单用在人物画上，花鸟画中亦被广泛运用。

夏圭的画法多受佛教禅宗影响，故他主张"脱落实相，参悟自然"，趋向"笔简意远，遗貌取神"的效果。充分表现出了虚实和空气感，用笔清劲，简练概括，简劲苍老而墨气明润，给人浑厚朴实、明朗俊秀的印象。明代王履曾赞曰："粗而不流于俗，细而不流于媚；有清旷超凡之远韵，无猥暗蒙尘之鄙格。"明代大画家董其昌虽对"北宗"山水颇怀偏见，却对夏圭十分折服，说"夏圭师李唐而更加简率，如塑工之所谓减塑者"。

夏圭更善于表现烟雨朦胧的江滨湖岸景色，其点景人物亦简括生动，楼台等建筑物不用界尺，信手而成，取景剪裁极为精练。山水构图喜欢大胆剪裁，突破全景而仅画半边之景，时人称为"夏半边"。

代表作有《溪山清远图》《山水十二景》《江山佳胜图》《西湖柳艇图》《观瀑图》《梧竹溪堂图》《烟岫林居图》《松崖客话图》《钱塘

秋潮图》等。其中《钱塘秋潮图》描绘的是钱塘江秋潮初至，浪涛翻滚奔腾之情景。左边山上有座塔，当为观潮的最佳地点。通过潮水和近山的比例，我们易于体会潮水之势，给人来势凶猛之感。而整幅画面色彩鲜丽、清秀明朗，图中的树、石、浪潮全用中锋勾勒，视觉上明快刚劲，似有跳跃之感，就是"马夏画派"的典型风格。

（二）米芾

米芾所处的时代，正是画院写实派山水画大行其道之时，而他却只想表达心中的"意气"，以天真、癫狂手笔来表现山石的面貌，故能在画面上自由发挥，因他这类举止类同"癫狂"，故人称"米癫"。

米芾能诗文、擅书画、精鉴别；行书、草书得力于王献之，用笔俊迈，世人评为"风墙阵马，沉着痛快"，他与蔡襄、苏轼、黄庭坚合称"宋四家"。米芾画山水，出自董源，天真发露，不求工细，多用水墨点染，自谓"信笔作之，多以烟云掩映树石，意似便已"。其子米友仁亦是画家，师承其画法，自称"墨戏"，画史上称"米家山""米氏云山"，因其传承而有"米派"之称。

他亦画梅、松、兰、菊等花卉画，晚年兼画人物，自称"取顾（恺之）高古，不入吴生（道子）一笔"。米芾好模仿名迹，能以假乱真；并以行、草书最著，博取前人所长，用笔俊迈豪放。《宣和书谱》论其书"大抵初效羲之"，自谓"善书者只有一笔，我独有八面"。

他传世作品甚多，以《苕溪诗卷》《蜀素帖》最为著名。《蜀素帖》为米芾书法精品，为他38岁时所作，其书法苍老凝练、行笔涩劲、沉稳爽利、清雅绝俗，可谓"超神入妙"。其书体为"二王"及唐、五代书风之延续，但与前人书法无一相似之处，是米芾自家风格之明证。明画家董其昌题跋曰："米元章此卷，如狮子捉象，以全力赴之，当为生平力作。"

（三）米友仁

米友仁是米芾长子，故人称"小米"，早年即以擅长书画而知名，宋徽宗宣和四年（1122），应选入掌书学。南渡后官提举两浙西路茶盐公事、兵部侍郎，敷文阁直学士，世称"米敷文"。

其为继承家学，少即以书画知名，擅画云山，略变其父之风格成一家之法。所绘画作，多以云烟变灭为法度，而风格看似草成，实则法度森严，自称"墨戏"；且性格耿直、不附时风，自重为珍。善书法，"酷似乃父，亦精鉴赏"，但有自家风格。

《潇湘奇观》为米友仁所绘山水画之代表作。图绘江边雪山、云雾变幻的奇境：只见浓云翻卷，远山坡脚隐约可见，随云气之游动变化，山形可隐可现；群山重叠起伏，远处峰峦终于出现于白云中；中段主峰耸起，宛如尖峰起伏；林木疏密，远近与层次清晰，显露真实；但末段一转山色，隐入淡远之间，体现自然界之造化神奇。

此画作者以"没骨法"取代隋唐北宋以来之"双勾法"，给人以自然美之印象，改变了山水画的形象和表现手法。作品主要运用泼墨法和破墨法，依仗水墨的晕染来塑造形象，很少用线勾勒，浓淡、虚实的墨色，使景致时隐时现，忽明忽晦，朦胧又富变化，故时人谓他"善画无根树，能描朦胧云"。笔与墨之巧妙结合，使得米氏之云山兼具"滋润"与"沉郁"之特色。

（四）赵孟頫及山水画

赵孟頫，元代书画家、文学家，字子昂，号松雪道人、水精宫道人，中年曾作孟俯，浙江湖州人氏，宋宗室之后裔。宋亡后，隐归乡里闲居。元世祖忽必烈搜访宋朝"遗逸"，经程钜夫荐举，始任兵部郎中，又官至翰林学士承旨，封"魏国公"，谥"文敏"。

赵孟頫精通音乐，善鉴定古物玉器，其中以书法、绘画成就尤高。山水画取法董源、李咸，人物、鞍马师法李公麟和唐人；亦工墨竹、花鸟等画，所画风格皆以笔墨圆润苍秀见长，以飞白法画石，以书法用笔写竹；力主变革南宋院体格调，自谓"作画贵有古意，若无古意，虽工无益"，遥追五代、北宋法度，有评论谓"有唐人之致去其纤，有北宋人之雄去其犷"，遂开元代之新画风。

　　赵亦善诗文，其诗之风格以和婉为色；兼工篆刻，尤以"圆朱文"著称。传世画作有《鹊华秋色图》《红衣罗汉图》《幼舆丘壑图》《秋郊饮马图》《江村渔乐图》等。

　　《红衣罗汉图》所绘身着红色袈裟的罗汉盘腿坐于树下青石之上，左手前伸，神态安详，正在讲授佛法的情景。图中罗汉颇似西竺僧人，据悉他常与西域僧人往来，故能对西域人之神态特征刻画入微；其人物造型取法于唐之阎立本，即以铁线描勾勒，且用笔凝重，苍劲有力，人物形象逼真。

　　山水画，是指以山川河流等自然景观为主体的绘画，其最早只是作为人物画之背景而创作，后独立成一支最能代表国画艺术成就之画种。山水画注重整体构图效果，尤其以位置之摆放，神韵之表达，以及笔墨之浓淡为要点。

　　就风格之不同，又分水墨山水、青绿山水等小类。历代代表主人物有：唐之李思训，宋之李成、范宽、董源，元之黄公望、吴镇、王蒙、倪瓒，明、清二代之董其昌、王时敏、王鉴、王原祁、石涛、八大山人等名家。

四、明代名家与名画

（一）戴进

戴进，明代画家，号静庵，浙江杭州人。少年时当过金银首饰学徒，后改学绘画，刻苦用功，画艺大进，宣德年间供奉宫廷，因画艺高超而遭妒忌，遂被斥退。后浪迹江湖，卖画为生。

他擅长山水、人物。其山水画师法马远、夏圭，并取法郭熙、李唐，多是遒劲苍润手法；用笔劲挺方硬，水墨淋漓酣畅，发展了马远、夏圭传统。

人物画师法唐宋传统，兼长工笔、写意；工笔用铁线描和兰叶描；写意从马远变化而来，笔墨简括；花鸟画工笔、写意、没骨诸法皆擅长。人物佛像则能变通运笔、顿挫有力。

其画作在明中期影响较大，追随者甚众，人称"浙派"，遂成明代前期画坛之主将，后世推他为"浙派"创始人。传世之作有《春山积翠图》《风雨归舟图》《三顾茅庐图》《达摩至慧能六代像》《南屏雅集图》《归田祝寿图》《葵石峡蝶图》《三鹭图》等。

（二）唐寅

唐寅出生于商家，故地位较低。其幼年即能刻苦学习，11岁显出过人之才，并能写出一手好字。16岁中秀才，29岁参加乡试，获"解元"（第一名）。次年，赴京会考，与他同路赶考的江阴地主徐经，因暗中贿赂主考官的家僮而事先得知考题，但事情败露。唐寅亦受牵下狱，遭受凌辱。此后，自负的唐寅对官场产生反感，自此，性格、行为流于不羁，后在好友祝允明规劝下发奋读书，决心以诗文书画终其一生。

唐寅性格狂放不羁，在绘画中则独树一帜，自成一家；其行笔秀润缜密，颇具潇洒清逸之韵味。他的山水画多表现为雄伟险峻、楼阁溪桥、四时朝暮的江山胜景；有时亦描写亭园幽境中文人逸士的悠闲生活。其山水画大幅气势磅礴，小幅清隽潇洒，题材多样。其人物画多写古今仕女或历史典故。其传世的画作有《王蜀宫妓图》《落霞孤鹜图》《事茗图》《看泉听风图》等。

《落霞孤鹜图》这幅画所取的名字，是根据唐寅在画的左上部自题诗而得。其诗曰："画栋珠帘烟水中，落霞孤鹜渺无踪；千年想见王南海，曾借龙王一阵风。"此幅《落霞孤鹜图》，是唐寅所绘山水画的代表作。画面表现的是崇岭峙立，几株柳树亭立，半掩水阁台榭，下临江水阁中一人独坐眺望，旁有童子侍立；不远处，落霞孤鹜，烟水微茫，故画中景观辽阔优美。此画技法工整，山石用湿笔点染，故线条流畅，风格潇洒俊秀，突显飘逸；画上自题诗是借王勃之少年得志，来为自己坎坷不平之遭遇而吐不愉。此画风格近于南宋院体，为他盛年得意之作。

（三）陈淳及花鸟画

陈淳，明朝画家，江苏苏州人，字道复，号白阳，又号白阳山人。曾学画于文徵明，后不拘师法，又法米芾、黄公望、王蒙。其山水较文徵明疏放开阔，盖学米友仁而致笔迹放纵也。其尤擅长水墨写意花鸟，开明代写意花鸟画之新局面。

前面讲过山水画，此处再讲一讲花鸟画之特色。花鸟画，亦是国画一大分类。泛指以花卉、鸟、兽等动植物为主体的绘画。此类创作之体裁，产生年代较人物、山水为晚，多讲求精细或趣味，刻画以精巧、传神为主。

画花鸟就表达形式的不同，又分为工笔花鸟及写意花鸟二类。以表现手法而言，国画主要以写意或工笔，或二者兼顾为主，但以讲究意境深远、气韵充实、画面传神为创作手法。以线条勾线传神、着色自然为特点，总以和谐为主旨；另以独特之手法，以印章为点缀，以达平衡、增韵为独创，是为东方绘画之魅力所在，更显完美，此为西洋画之所无。

大写意，即以张条疏散、施墨粗放为特点，削繁为简、遗形取神为手法，创作者多为泼墨粗画。小写意，即以简练归融为特色，多强调笔墨中之情趣，不苟求惟妙惟肖，但求整体气势与着色。工笔，是与写意不同的手法，与写意相反，多求刻画精确，要求工整、细致，乃至细节明确、刻画入微，手法以细腻、准确为度。

（四）仇英

仇英，明代画家，字实父，号十洲，太仓（今属江苏）人，后定居苏州。其出身工匠，后从周臣学画，因文徵明之推赞而知名当时，以卖画为生。

仇英擅画人物，尤长仕女；工于设色，又善水墨、白描。能运用不同笔法表现不同对象。刻画之人物形象，或圆转流利，或劲利有力，皆为精工、妍丽之作，世人有"周昉复起，亦未能过"之评。他的山水画多学赵伯驹、刘松年，所画青绿山水之作，多呈细润而风骨劲峭；亦善绘制花鸟。晚年客居于收藏家项元汴家，模仿历代名迹，据称"落笔乱真"。

仇英在当时名家周臣门下学画，曾用心临摹古代佳作，因刻苦及天赋不凡，故而技艺大进，成就卓著，因而与沈周、文徵明、唐寅并称"明四家"或"吴门派"。

他所创作的题材很广泛，

擅写人物、山水、车船、楼阁、界画等场景；尤擅长于临摹，技法之中，工笔、写意、白描俱佳；画风细腻工整、色彩华丽，取古德之长而又能化为己用，自成一格。

其传世作品有《春夜宴桃李园图》《柳下眠琴图》《桃村草堂图》《剑阁图》《松溪论画图》和《玉洞仙源图》。

《春夜宴桃李园图》描绘了李白"春夜宴桃李园"的故事，是历来众多画家偏好的题材。前人一般着眼于"欢歌"和"夜游"的情景，而这幅图的作者却表现"幽赏未已，高谈转清"的时刻——李白与友人于庭园中秉烛而坐，饮酒赋诗……身后有侍从、乐女相伴。其中，人物刻画传神，所勾勒的线条也是十分的秀丽婉转。

（五）董其昌

董其昌，华亭（今上海松江）人氏，明代著名书画家、书画鉴赏家兼书画理论家。字玄宰，号思白、香光居士，人称董华亭。万历进士，授编修，官至礼部尚书、太子太保，谥号文敏。

他的书法，先从颜真卿，后学虞世南，再后，又觉唐书不如魏晋，转学钟繇、王羲之，并参以李邕、徐浩、杨凝式等笔意，自谓"于率易中得秀色"，其书法分行布白、疏宕秀逸，颇具个人特色，对明末清初的书风影响很大。

董其昌擅画山水，师法董源、巨然，以元代黄公望、倪瓒为宗，成为集历代画家之大成者。但重写意，不重写实，所画丘壑变化较少，而讲究笔致、墨韵，画格清润明秀、灵静飘逸。论画标榜"士气"，将古代山水画家仿禅宗而分为"南宗""北宗"，并推崇"南宗"（如王维者流）为文人画正脉，形成崇"南"贬"北"之己见，其说影响明代以后的画坛；又提倡作画须"读万卷书，行万里路"，此调对后世论画亦影响较大。

此人才华俊逸，好谈名理，善鉴别书画。书法出颜真卿，后遍学魏晋唐宋诸名家，并融诸家之长自创风格；其行书古淡潇洒，楷书则有颜真卿之率真韵味，草书植根于王羲之的《争座位帖》《祭侄稿》，兼有怀素之圆劲和米芾之跌宕。与邢侗、米万钟、张瑞图合称"明末四大家"，对明末清初书风影响很大。

其书法结体宽绰，取颜真卿之布白而不强作恢宏，取米芾之"奇宕潇散，时出新致，以奇为正，不主故常"，故而笔势潇洒随意。传世之作有《秋兴八景图》《山庄秋景图》《昼锦堂图》等。

《秋兴八景图》一共有八开。画面描写作者泛舟吴门、京口时，一路上所见到的景色，既有草木繁茂、风雨迷蒙的江南丘陵特色，又有沙汀芦苇、远山横现的水乡情调。此画构图精巧、意境深远，虽简洁明了却不觉单调，韵味十足；技法集宋、元各家之长，形成苍秀雅逸的独特风格。

五、清代名家与名画

（一）吴宏及国画之装裱

吴宏，清代著名画家，字远度，号竹史，江西金溪人，"金陵八家"画派中的一员，长居江宁（今南京）。他自幼喜好书画，诗书皆精，曾在顺治十年（1653）游黄河，归来后笔墨一变为纵横放逸，改变以前的风格；书中说他"偶画墨竹，亦有水墨淋漓"之致。他的传世作品有《柘溪草堂图》《水榭待客图》《山村樵木图》等。

《柘溪草堂图》描绘的是坐落在白马湖东岸树丛中的小村、主人的优雅住所——柘溪草堂。因为环境太美，以至于主人邀请画家将它描绘下来，并将其日常的生活表现于中，使此画成为得意之作。画中的村前有一座小桥，湖水环绕着村庄，树林里的楼台面对湖水，主人或来客可登楼远眺，或与客人相对而坐、侃侃而谈，有如置身世外桃源。

有同学问及国画的装裱，此处再略讲一些国画装裱之相关知识。由于国画多绘于易于破碎、变形之宣纸或绢物之上，故我国国画均须在背后用纸托裱，以绫绢、纸等镶边后装上轴杆，以便保存留传。我国绘画装裱技术距今已有千余年的历史；在传统的意义上，国画装裱后才算是一幅完整的作品。国画装裱主要有立轴、册页、屏条及手卷。

立轴是国画中装裱的一种式样。中间部分叫"画心"（又名"画身"），上面称"天头"，下面称"地脚"，上、下又有"隔水"。装裱尺寸四尺以上的称为"大轴"，俗称"中堂"；特大的称为"大堂"或"大中堂"；三尺以下的画幅称为"立轴"。上装天杆，下装轴。有的天头贴"惊燕带"（又称"绶带"），这种格式盛行于北宋宣和年间。"画心"上、下端加镶锦条，称之为"锦眉"。

册页是中国书画装裱的一种式样。因画身不大，亦称之为"小品"。有正方形，也有长方形、竖形或横形；有推蓬式、蝴蝶式和经折式三种；也有裱成单片的，称之为"散装"。一般册页均取双数，少则四开、八开、十开，多则十二开、十六开或二十四开。册页外镶边框，前、后添加副页，上、下加板面。这样，欣赏、携带、保存、收藏就比较方便了。

屏条是中国书画装裱的一种式样，由于画身狭长，所以有装裱成屏条形式的。屏条单独的称为"条屏"；四幅并排悬挂的称为"堂屏"或"四季屏"；也有四幅以上乃至十二幅、十六幅的，这些都是成双的完整画面，称为"通景屏"或"通屏"。

手卷也是装裱式样中的一种，也称"长卷"或"图卷"。外面有"包首"，前面有"引首"，中间是作品；紧连作品两边的叫"隔水"，后面有"拖尾"。"包首"的上面贴有"题签"。历代名画如北宋王希孟的《千里江山图》、张择端的《清明上河图》、元代黄公望的《富春山居图》等，都是手卷的装裱式样。

（二）石涛

石涛是明朝悼僖王朱赞仪的第十世孙，父名朱亨嘉，曾于南明隆武时在广西自称"监国"，后被俘遭杀，其时年尚幼小。他本来是明末皇族，未满十岁家庭惨遭变故，于是削发为僧，四处流浪；他法名叫原济，亦作元济（后人误传为"道济"），号石涛，又号苦瓜和尚、大涤子、清湘陈人等。

他因逃避兵祸，四处流浪，得以遍游名山大川，而悟大自然之奇妙造化；至清康熙时期，其名已传扬四海；他曾两次在扬州为康熙帝接驾，并奉献《海晏河清图》；晚年与王公贵族亦交往较密。

石涛所画山水、兰竹、人物等，讲求创意，构图善于变化，笔墨恣肆，意境新奇，一反当时仿古之风，王原祁评他为"大江以南，当推石涛为第一"。他的画作对扬州画派及近代中国画影响很大，兼工书法和诗，对画论尤有深入研究，所著有《苦瓜和尚画语录》较为有名。

其一生遍游名山大川作画写生，"搜尽奇峰打草稿"，为明清时期最富创造性的一代大画家。他作画构图新奇，无论是黄山云烟、江南水墨，还是悬崖峭壁、枯树寒鸦，总能力求新奇，意境清新悠远，尤善用"截取法"以传深邃之境。石涛还讲求气势，故其笔势恣肆、淋漓洒脱而又不拘小疵，有豪放之态，以奔放见胜。

石涛善用墨法，枯湿、浓淡兼容并施，尤喜用湿笔，通过水墨的变化与笔墨的相融，多能表现山川之氤氲气象，或意境深远、厚重之态，有时用墨浓而显墨气淋漓，有时运笔酣畅流利或加方拙之笔，于是方圆结合以显朴实，秀拙相生而露清新。

他擅画山水，主张应细心体察大自然之景观，领会于心而下笔如有神助，笔墨"当随时代"而绘；画山水者应"脱胎于山川"，"搜尽奇峰"，进而"法自我立"，《黄山八胜图》即是其代表作之一。石涛的传世作品有《搜尽奇峰打草稿图》《黄山八胜图》《海晏河清图》等。

（三）八大山人

八大山人原名朱耷，清初著名画家，字雪个，号个山，后更号为个山驴、八大山人等，江西南昌人，明朝皇室之后。清初之时隐其姓名，隐居在南昌青云谱道观。

八大山人经历明清之际天翻地覆的时局变化，且自身从皇室沦为逸民，并为避害而出家，可见其饱经苦难；其诗文书画出众，但因家破国亡之故，装聋作哑，从其作品中可略见其心之悲怆。

朱耷擅画水墨花卉禽鸟，笔墨简括凝练、形象夸张、意境深刻；所写山水，画境冷清、枯寂；其水墨画技法对后世写意画影响很大；他的山水画及花鸟画，多所体现其内心孤寂遁世、清高自赏的风骨和性情品格，丝毫不比他的花鸟画逊色，兼有豪情纵逸的雄健风格、朴茂酣畅的凝重情意和生拙涩秀的奇特韵味，然而虚淡中含意多，蕴涵深刻。

八大山人书法成就颇高，致使将其画名掩盖，知者不多。其书法，行楷学王献之的淳朴圆润，并自成一格。其所写书体，以篆书之圆润施于行草，自然起落，以高超的手法将书法的落、起、走、住、叠、围、回等技巧藏蕴其中，且能不着痕迹，古人谓之"藏巧于拙，笔涩生朴"。由此可知八大山人书法之妙，世之少见。

能窥山人之书体全貌的，莫过于《个山小像》中其所题字包含篆、隶、章草、行、真等六体书之，可见其功力之深，世间罕见伦比者，可谓集山人书法之大成。其晚年时，书法达其艺术成就之巅，草书亦不再怪异、雄伟，如其所写之《行书四箴》《般若波罗蜜多心经》等，平淡无奇、浑若天成，无丝毫修饰，静穆单纯，似超脱凡俗，不着人间烟气，是书家所爱之珍品。

（四）邹喆及国画之技法

邹喆，清代画家，字方鲁，江苏吴县人。自幼随父亲客游金陵，其画宗法于其父。其山水画稳重而有古气，富简淡清逸、超绝脱俗之情趣，兼长水墨花卉。其画设色清雅，笔墨精练，画面意境清旷，笔墨秀润峭利，至令景物清隽生动、形象逼真。传世作品有《崇山萧寺图》《松林僧话图》《山水》等。

《崇山萧寺图》描写崇山峻岭山坳间，有寺院深藏幽静处，山脚下有水竹村庄、村舍错落；旁边溪回路曲、小溪蜿蜒；另板桥横跨，设色清雅，故而画面生动。其笔粗犷苍劲，又不失清淡超逸之趣，确属佳作。

最近，有同学来问国画技法，余在此略述一些。我国国画的技法自古流传的不少，此将常用者或有独特之处者如十八描、双勾、白描、皴法、没骨、泼墨等归纳如下：

十八描指人物画中衣服褶纹的描绘方法，又有"古今描法一十八"之称。此法在明代周履靖的《夷门广牍》和汪珂玉的《珊瑚网》中有讲述，简称"十八描"——即高古游丝描（顾恺之）、琴弦描、铁线描、行云流水描、马蝗描（又名"兰叶描"，马和之）、钉头鼠尾描（武洞清）、混描、撅头描（马远、夏圭）、曹衣描[曹不兴（一说曹仲达——编者注）]、折芦描（梁楷）、橄榄描（颜辉）、枣核描、柳叶描（吴道子）、竹叶描、战笔水纹描、减笔描（马远、梁楷）、柴笔描、蚯蚓描。

双勾就是用线条勾描物像的轮廓，又名"勾勒"。因其基本是用左右或上下两笔勾描合拢，故又名"双勾"，多用于工笔花鸟画。

白描指用墨线勾描物体而不加色彩的一种手法。唐代的吴道子、北宋的李公麟、元代的赵孟頫等都是白描的高手。

皴法指一种表现山石、树皮纹路的用笔方法。对历代画家根据山石的不同结构、质感、树木的纹理所创造的表现形式，是后人根据前人的经验以及对大自然的体会所总结的不同手法。历代下来，皴法主要有以下几种：披麻皴（董源、巨然）、直擦皴（关仝、李成）、雨点皴（范宽）、卷云皴（李成、郭熙）、解索皴、牛毛皴、荷叶皴（赵孟頫）、长斧劈柴皴（李唐、马远）、鬼脸皴（荆浩）、拖泥带水皴（米芾）、折带皴（倪瓒）、破网皴（吴伟）。树的皴法有：有鳞皴（松树皮）、绳皴（柏树皮）、交叉麻皮皴（柳树皮）、点擦横皴（梅树皮）、横皴（梧桐树皮）。

没骨指一种不用笔勾、墨画为骨，而直接用色彩涂抹、描绘物体的一种手法。五代黄筌所画花卉，勾勒用笔较细，着色后几乎不见笔迹，遂有"没骨花枝"之称；后来到北宋时期，有画家徐崇嗣学黄筌之手法，所绘花卉更是不加墨线勾线，只用彩色画成，世称"没骨画"，后人将此类画法称为"没骨法"。

泼墨指将墨泼于纸上后，随其形状画出景物的一种手法。相传唐代的王洽曾以墨于纸上而画出形神兼顾的画作，遂成绘画的创作方式。后世将用笔水墨饱满、淋漓尽致、气势磅礴的手法称为"泼墨"。

（五）髡残

髡残，湖南武陵（今常德）人，字介丘，号石溪，又号白秃，一号壤，自称残道人，晚年署名"石道人"；在画坛上与石涛并称"二石"，又与程正揆并称"二溪"。

据说，其母梦僧人入室而孕，因而他年岁稍长，总以为自己前生是僧人，故常思出家。程正揆在《石溪小传》中说髡残"廿岁削发为僧，参学诸方，皆器重之"。髡残自幼爱好绘画，年轻时放弃求取功名，20岁削发为僧，云游名山；30岁时明朝灭亡，他参加了何腾蛟的反清队伍，抗清失败后，避难常德桃花源。

髡残善绘画，尤其精于山水，绘画技法宗法黄公望、王蒙，早期基础出于明代谢时臣，所融之技法可上追元代四大家及北宋之巨然，曾说："若荆、关、董、巨四者，得其心法惟巨然一人。巨然媲美于前，谓余不可继迹于后。"他习学元代四家以及明代大画家董其昌的画法，同时敢于"变其法以适意"，并以书法入画，不做临摹效颦，此真可见其重情用心、重视笔墨技法之处。

他在艺术上主张抒发个性，敢于创新，反对古板陈旧、墨守成规，其作品充满质朴的感情，似不假造作、真挚感人，故而风格独特，于当时成就最为突出，对后世影响很大。

髡残的山水画章法稳健，繁杂严密而不堵，郁茂浓厚而不塞，景色不以新奇取胜，而以平凡见其幽深处。其善用雄健之秃笔和渴墨，层层皴擦勾染，厚重而不板滞，秃笔而不干枯，是以他的作品具有"奥境奇辟，缅邈幽深，引人入胜"的艺术境界。

他平生喜游历名山大川，对大自然之博大神奇有其独到的领会，后住在南京牛首山幽栖寺。曾自谓平生有三惭愧："常惭愧这只脚，不曾阅历天下多山；又常惭此两眼钝置，不能读万卷书；又惭两耳，未尝记受智者教诲。"

髡残的性格比较孤僻，书中云他"鲠直若五石弓，寡交识，辄终日不语"。对于禅学，他亦有独到之体悟，能"自证自悟，如狮子独行，不求伴侣者也"。他的画学，在当时已有相当造诣，受到周亮工、龚贤、陈舒、程正揆等人的推崇，因而他在当时的佛教界和艺术界皆有很高的声望。

髡残从事绘画比他人艰难，也付出更多心力，因其一生多受病痛折磨，可能与他早年避兵隐居桃源深处有关，但他从未放逸其心。他尝在《溪山无尽图卷》自题省悟之语，颇为感人。其语云："大凡天地生人，宜清勤自持，不可懒惰。若当得个懒字，便是懒汉，终无用处。出家人若懒，则佛相不得庄严而千家不能一钵也。神三教同是。残衲时住牛首山房，朝夕焚诵，稍余一刻，必登山选胜，一有所得，随笔作山水画数幅或字一两段，总之不放闲过。所谓静生动，动必做出一番事业，作一个立于天地间而无愧的人。若忽忽不知，惰而不觉，何异于草木！"

张庚在《国朝画征录·髡残传》中有评云："石溪工山水，奥境奇辟，缅邈幽深，引人入胜。笔墨高古，设色精湛，诚元人之胜概也。此种笔法不见于世久矣。"由此可见，髡残之画深得元代四大家之精髓。

髡残的《层岩叠壑图》看似排列凌乱，却有"山外有山，移步换景"之效果。其中的山石草木、亭台楼阁经营位置较妙，能达相互交融、相互呼应而又变幻莫测的意境；而山石结构忽而清晰，忽而别致，前后又能浑成一体，让人忍不住反复观看、揣摩，并觉兴味益然。

（六）弘仁

弘仁，明末清初画家，僧人，安徽歙县人。俗姓江，名韬，字六奇；明末诸生，明亡后出家，法名弘仁，字无智，别名渐江，自号渐江学人，又号渐江僧、无智、梅花老衲。自幼丧父，家贫，事母至孝，一生未娶。

他是明末秀才，明亡后，有志抗清，离歙赴闽，入武夷山为僧，师从古航禅师；云游各地后回歙县，住西郊太平兴国寺和五明寺，经常往来于黄山、雁荡山；工诗文、书法，其诗多从国家身世有感而发，其中尤其以民族感情至为强烈，其人画风萧散淡泊、简洁冷峭。

他擅画山水，取法宋元诸家，尤喜倪瓒（云林），师其法而用功最多；虽尊师法，但又不拘于师法，并能独自创新，所谓"师法自然，独辟蹊径"可作他艺术生涯的注脚。他的作品多画黄山，构图简洁，山石方折，险峰壁立，奇松倒挂；笔墨秀逸而凝重，意境宏阔亦淡远；其画气势峻伟，先声夺人；其人亦善画梅，绘画多得梅花疏枝淡蕊、冷艳寒香之韵致。

弘仁早年从学孙无修，中年师从萧云从，从宋元各家入手，后来师法"元代四家"，尤崇倪瓒画法，作品中如《清溪雨霁》《秋林图》《古槎短荻图》等取景清新，多有云林遗意。他对倪瓒十分崇拜，曾于画中题诗云"迂翁笔墨予家宝，岁岁焚香供作师"，可见其尊重如斯。

弘仁以画黄山而闻名，世人谓"得黄山之真性情"，笔墨苍劲整洁，富秀逸之气，给人以清新之意趣。与石涛、梅清同为"黄山画派"中的代表人物。查士标在他的山水画题云："渐公画入武夷而一变，归黄山而一奇。"

弘仁的绘画于当时及后世皆享誉极高，后人将其与髡残、朱耷、石涛合称"清初四高僧"；又与汪之瑞、查士标、孙逸合称为"新安派四大家"，又称"海阳四家"，弘仁居首位。学他画风的有祝昌、高翔、秦涵等人。

张庚在《国朝画征录》中说："新安画多宗清（倪瓒）者，盖渐师道先路也。"代表作有《长松羽士图》《松石图》《黄山蟠龙松》《梅屋松泉图》《黄海松石图》等。

附：

文房四宝

（一）笔

毛笔的制造历史非常久远。早在战国时，毛笔的使用已相当发达。从笔毫的原料上来分，就有兔毛、白羊毛、青羊毛、黄羊毛、羊须、马毛、鹿毛、麝毛、獾毛、狸毛、貂鼠毛、鼠须、鼠尾、虎毛、狼尾、狐毛、獭毛、猩猩毛、鹅毛、鸭毛、鸡毛、雉毛、猪毛、胎发、人须、茅草等。从性能上分，则有硬毫、软毫、兼毫。从笔管的质地来分，又有水竹、鸡毛竹、斑竹、棕竹、紫檀木、鸡翅木、檀香木、楠木、花梨木、沉香木、雕漆、绿沉漆、螺钿、象牙、犀角、牛角、麟角、玳瑁、玉、水晶、琉璃、金、银、瓷等。从笔的用途来分，有山水笔、花卉笔、叶筋笔、人物笔、衣纹笔、没骨笔、彩色笔等。依笔的特性而有"四德"之说，即"尖、齐、圆、健"。尖：指笔毫聚拢时末端要尖端，笔尖则写字较易传神。齐：指笔尖润开压平后毫尖平齐，毫若齐则运笔时方能达到"万毫齐力"的效果。圆：指笔毫圆满如枣核之形，书写运笔自能圆转如意。健：即笔腰弹力，随即恢复原状才是正品。笔有弹力所写出的字会显得坚挺峻拔。

（二）墨

墨是古代书法绘画中必不可缺的用品。东汉时期，出现人工墨品，这种墨原料取自松烟，最初是用手捏合而成，后来用模制，墨质坚实，以陕西省千阳县喻麋的松树烧制的墨最为有名。

墨的外表形式较多，依形状可分本色墨、漆衣墨、漱金墨、漆边墨。

墨又分"油烟"和"松烟"两种。油烟墨是用桐油或添烧烟加工制成，它的特点是色泽黑亮，有光泽。松烟墨用松枝烧烟加工制成，它的特点是色乌而无光泽。中国画一般多用油烟，只有着色的画偶然用松烟。我们所谓的墨，一般是加工制成的墨锭或墨块。在选择墨锭时，一定要看它的墨色，其中以泛青紫光的最好，黑色的差些；以泛红黄光或有白色的为最差。磨墨的方法，是放入清水后慢慢地磨研，磨到墨汁浓稠为止，但注意要用力平均。用墨要新鲜现磨，磨好了而时间放得太久的墨称为宿墨，宿墨一般书家是不用的。

（三）纸

纸是中国古代四大发明之一，造纸的主要材料多为植物纤维，主要以竹和木为主。

宣纸以安徽宣城而得名，但宣城本身并不产纸，而是周围诸地区产纸，后以宣城为造纸集散地的原因，方称宣纸。今日最名贵之书写用纸便是玉版宣了。玉版宣是将合桑、短节木头、稻秆与檀木皮，以石灰浸泡后制作而成，吸墨性最强，质地最优。因宣纸昂贵，所以一般习字多用毛边纸——这种纸所用原料以竹为主，色呈牙黄，质地精良。元书纸和毛边纸相似，但现在已不多见。写字或绘画，在纸的选择上也有讲究。应选质地柔韧厚密的纸张，因为纸张质地不佳则易损笔，而且不容易保存，古今名纸多以品质著称，如澄心堂纸的"密如玺"，玉版宣的"柔韧、耐久"。纸质应以"坚韧紧密""色彩洁白、吸墨适度"为选纸原则，而且应根据所临碑帖来选择纸——如锋芒显露、神采奕奕者，多用笺纸类；温润含蓄、风华内敛者，则可选用宣纸类。

（四）砚

砚之起源很早，大约在殷商初期就有了。砚是用来磨墨的，所以质地要求细腻滋润。最有名的当数广东产的端砚和安徽产的歙砚。

端砚出产自广东高要城斧柯山，唐代以前属端州，因故而得名。端砚有一个特征，为"有眼"，如"鹦哥眼""鹞哥眼"等，据说是石嫩则眼多，石老则眼少，也有以眼来判砚的品质优劣——最上品为活眼，其次是泪眼、死眼等。另外，端石的颜色也是品质优劣的标准，有紫、青、白等颜色，而以白色为最好，紫色的最差。端砚据说有三个优点，即下墨、发墨、不损毫。

歙砚与端砚并称，因产于歙州而得名。歙砚有"纹"，如同端砚之眼，因而也叫罗纹砚。其纹有粗细之分，细纹为砚中奇才，粗罗纹亦为上品，据说能与端砚中的上品相媲美。另有眉子砚，其纹如人之眉而得名，与罗纹砚无异。歙砚之特性亦如端砚，而歙砚偏重发墨，宜写大字；端砚偏于细润、停水，适宜书写小字。

中西绘画的比较

　　中国画注重写神，西画重在写形。由于文化传统的不同，写作材料的不同，技法、作风、思想意识上种种不同，形式内容也作出两样的表现。中画常在表现形象中，重主观的心理描写；西画则从写实的基础上，求取形象的客观准确。中画描写以线条为主，西画描写以团块为主，这是大致的区别。初习绘画，不论中西，都要经过写形的基本练习，你向来学国画，现在又经过了练习西画的写生，一定感觉到西画写生方法，要比中国画写形基本方法更精密而科学。中画的"丈山尺树、寸马豆人"不若西画的远近透视、毫厘可计；中画的"石分三面，墨分五彩"，不若西画的阴影、光线、色调各有科学根据。中画虽不拘泥于形似，但必须从形似到不拘形似方好；西画从形似到形神一致，更到出神入化。中画讲笔墨，做到"使笔不可反为笔使，用墨不可反为墨用"，从而"寄兴寓情，当求诸笔墨之外"。宇宙事物既广博，时代又不断前进，将来新事物，更会层出不穷，观察事物与社会现象作描写技术的进修，还须与时俱进，多吸收新学科，多学些新技法，有机会不可放过。

❧ 图画修得法 ❧

　　我国图画，发达盖早，黄帝时史皇作绘，图画之术，实肇乎是。有周聿兴，司绘置专职，兹事浸盛。汉唐而还，流派灼著，道乃烈矣。顾秩序杂沓，教授鲜良法，浅学之士，靡自窥测，又其涉想所及，狃于故常，新理眇法，匪所加意，言之可为于邑。不佞航海之东，忽忽逾月，耳目所接，辄有异想。冬夜多暇，掇拾日儒柿山、松田两先生之言，间以己意，述为是编。夫唯大雅，倘有取于斯欤？

一、图画之效力

　　浑浑圆球，汶汶众生，洪荒而前，为萌为芽，吾靡得而论矣。迨夫社会发达，人类之思想浸以复杂，而达兹思想者，厥有种种符号，思想愈复杂，符号愈精密。其始也，蟠屈其指，作式以代，艰苦万状，阙略滋繁。厥后代以语言，发为声响，凡一己之思想感情，佥能婉转以达之，为用便矣。然范围至狭，时间綦促，声响飘忽，霎不知其所极，其效用犹未为完全也。于是制文字、尚纪录，传诸久远，俾以不朽。虽然社会者，经岁月而愈复杂者也，吾人之思想感情，亦复杂日进，殆鲜底止。而语言文字之功用，有时或穷，例如今有人千百，状人人殊，必一一形容其姿态服饰，纵声之舌，笔之书，匪涉冗长，即病疏略，殆犹不无遗憾，而所以弥兹遗憾，济语言文字之穷者，是有道焉。厥道为何？曰唯图画。图画者，为物至简单，为状至明确，举人世至复杂之思想感情，可以一览得之。挽近以还，若书籍，若报章，若讲义，非不佐以图画，匡文字语言之不逮。效力所及，盖有如此。

说者曰："图画者，娱乐的，非实用的。"虽然，图画之范围綦广，匪娱乐的一端所能括也。夫图画之效力，与语言文字同，其性质亦复相似。脱以图画属娱乐的，又何解于语言文字？倡优曼辞独非语言，然则闻倡优曼辞，亦谓语言属娱乐的乎？小说传奇独非文字，然则诵小说传奇，亦谓文字属娱乐的乎？三尺童子当知其不然矣。人有恒言曰："言语之发达，与社会之发达相关系。"今请易其说曰："图画之发达，与社会之发达相关系，蔑不可也。"人有恒言曰："诗为无形之画，画为无声之诗。"今请易其说曰："语言者无形之图画，图画者无声主语言，蔑不可也。"若以专门技能言之，图画者美术工艺之源本。脱疑吾言，曷鉴泰西一千八百五十一年，英国设博览会，而英产工艺品居劣等。揆厥由来，则以竺守旧法故。爰憬然自省，定图画为国民教育必修科。不数稔，而英国制造晶外观优美，依然震撼全欧。又若法国自万国大博览会以来，不惜财力、时间、劳力，以谋图画之进步，置图画教育视学官，以奖励图画。而法国遂为世界大美术国。其他若美，若日本，金模范法国，其美术工艺，亦日益进步。夫一叶之绢，一片之木，脱加装饰，顿易旧观。唯技术巧拙，各不相捋，价值高下，爰判等差。故有同质同量之物，其价值不无轩轾者，盖有由也，匪直兹也。图画家将绘某物，注意其外形姑勿论，甚至构成之原理，部分之分解，纵极纤屑，靡不加意。故图画者可以养成绵密之注意，锐敏之观察，确实之智识，强健之记忆，着实之想象，健全之判断，高尚之审美心。

此图画之效力关系于智育者也。若夫发挥审美之情操，图画有最大之伟力。工图画者其嗜好必高尚，其品性必高洁，凡卑污陋劣之欲望，靡不扫除而淘汰之，其利用于宗教教育道德上为尤著，此图画之效力关系于德育者也。又若为户外写生，旅行郊野，吸新鲜之空气，览山水之佳境，运动肢体，疏瀹精气，手挥目送，神为之怡，此又图画之效力关系于体育者也。

二、图画的种类

图画之种类至繁綦赜，匪一言所可殚，然以性质上言之，判图与画为两种，若建筑图、制作图、装饰图模样等。又不关于美术工艺上者，有地图、海图、见取图❶、测量图、解剖图等，皆谓之图，多假器械补助而成之。若画者，不以器械补助为主。今吾人所习见者，若额面❷、若轴物、若画帖，皆普通画也。又以描写方法上言之，判为自在画与用器图两种。凡知觉与想象各种之象形，假目力及手指之微妙以描写者，曰自在画；依器械之规矩而成者，曰用器图。之二者为近今最普通之名称。

三、自在画概说

（一）精神法

吾人见一面，必生一种特别之感情，若者严肃，若者滑稽，若者激烈，若者和蔼，若者高尚，若者潇洒，若者活泼，若者沉着，凡吾人感情所由发，即画之精神所由在。精神者千变万幻，匪可执一以搦之者也。竹茎之硬直，柳枝之纤弱，兔之轻快，豚之鲁钝，其现象虽相反，其精神正以相反而见，殊于成心求之，慎矣！故作画者必于物体之性质、常习、动作，研核翔审，握管挚写，庶几近之。

（二）位置法

论画与画面之关系，曰位置法。普通之式，画面上方之空白，常较下方为多。特别之式，若飞鸟、轻气球等自然之性质偏于上方，宜

---

❶ 见取图：即示意图。
❷ 额面：即带框的画。

于下方多留空白，与普通之式正相反。又若主位偏于一方，有一部歧出，其歧出之地之空白，宜多于主位。其他向左方之人物，左方多空白。向右方之人物，右方多空白。位置大略，如是而已。

（三）轮廓法

大宙万类，象形各殊。然其相似之点正复不少。集合相似之点，定轮廓法凡七种。

1. 竿状体：火箸、鞭、杖、棒、旗杆、钓竿、枪、笔、铅笔、帆樯、弓、矢、笛、锹、铳、军刀、筏乘等之器用。竹、兰草、女郎花等之禾本类隶焉。

2. 正方体（立方平板体、长立方体属此类）：手巾、包袱、石板、书籍、书套、算盘、皮箱、箱子、方盒、砚台、笔袋、镜台、方圆章、方瓶、大盆、烟草盆、刷毛、尺、桥床、几、方椅、方凳、马车、汽车、汽船、军舰、帆船、衣服折等之器用。马、牛、鼠、鹿、猫、犬等之兽类隶。

3. **球体**（椭圆卵形属此类）：日、月、蹴球、达摩、假面、茶壶、茶碗、釜、地球仪、瓢帽、眼镜等之器用；桃、李、橘、梨、橙、柿、栗、枇杷、西瓜、南瓜、茄子、葫芦、水仙根、玉葱等之果实野菜类；鸠、家鸭、莺、燕、百舌、鹤、雀、鹭等鸟类；各种花类。有姿势之兔、鼠、金鱼、龟、茧等隶焉。

4. **方柱体**：道标、桥栏、邮筒、书箱、纪念碑、五重塔、阶段、家屋等隶焉。

5. **方锥体**：亭、街灯、金字塔、炭斗，或家屋、建筑物等隶焉。

6. **圆柱体**：竹筒、印泥盒、饭桶、灯笼、鼓、手卷、千里镜、笔筒等之器用类；乌瓜、丝瓜、胡瓜、白瓜、萝卜、藕、荚豆等之野菜类。鳅、鳗、鲇等之鱼类隶焉。

7. **圆锥体**：独乐、喇叭、笠、伞、蜡烛、桶、洋灯、杯、壶、臼、杵、锥、锚、电灯罩等隶焉。

又有结合七种之形态，成多角体之轮廓。凡花草、虫鱼、鸟兽、人物、山水等，属此类者甚多。

篆刻简述

一、缘起

承蒙诸位抬举，说我于篆刻有所深研，这些话实在过誉。既然诸位对敝人学篆刻的事感兴趣，那么敝人就略述个中简概，以供诸位参考。因我国篆刻艺术源远流长，从头讲起，恐篇幅太长而时间不许，故今日先略讲明代以前的篆刻发展，之后将从明代流派开讲，因明代以前，篆刻多用于官府，文人士子亦多不涉及；明以后，篆刻方为文人所自习，遂成文化大观。

篆刻，自商周始即应用于政治中，后影响所及更广，举凡政治、经济、军事、法律、文化、艺术乃至宗教，无不产生过密切联系；且其美术价值极高，故与书法、绘画最终鼎足而立，故不可轻视其艺术特性。经过几千年的发展与变革，至明清之际蔚为大观，终成独立之艺术。

篆刻起源，据考起自商周，那时多用于帝王之玺或官府之印。至春秋战国时期，刻印已有私用，间有当着饰物者，因当时小国林立，故篆刻之印因文化之差异而风格各异。

至秦汉时期，篆刻之法更趋成熟，因文化成就所影响，尤其汉代篆刻，其印面篆文与处理方法，一直为篆刻家追求的艺术境界，认为那是篆刻艺术难以逾越的艺术巅峰。

经魏晋南北朝而到隋唐时，因文化的高度发展，故篆刻也呈现出"中兴"气象，其中尤其是因皇帝的收藏，以及用于鉴赏字画之印，因而隋唐时，篆刻在继承之上有所发展。

到宋元时期，官印、私印比前代都有所增加，且于此时出现了文人自篆自刻的现象了。后人将元朝王冕视为文人自刻印章之第一人，又因赵孟頫、吾丘衍等文人提出篆刻复古的思想，加之古印谱的汇集与印刷业的发达，因而开文人篆刻之先河。此时的篆刻著作，较有名者如钱选的《钱氏印谱》、赵孟頫的《印史》（一卷）、吾丘衍的《古印式》（二卷）、吴睿的《汉晋印章图谱》、杨遵的《杨氏集古印谱》、陶宗仪的《古人印式》等，故篆刻至元代时已有长足的发展。

至明代时期，因文彭、何震、苏宣等人的爱好与成就，加上古印谱的印刷与流通，故令篆刻艺术于明朝一代大放异彩，后形成了不少流派。其中，以文彭、何震、苏宣最为杰出。

到清代时，篆刻更是达到空前的发展，其成就几乎可与汉代比肩。其时主要以汲古、创新为特色，流派纷现、个性分明，且不乏篆刻之大家，令篆刻又达一座新高峰。

以上为篆刻之艺术特点，简述如上，以利综观，详情容后再述。

二、明代篆刻

前面讲到，篆刻至元代时，已从官印扩充到私印，并出现文人自刻自篆之风。这主要是因为宫廷及民间辑录的古印谱增多；加上大书法家赵孟頫、吾丘衍等人的提倡；又因印刷业的发达，令印谱流传渐广，故篆刻至元代，不但开文人自刻之先河，且开复兴之气象。

明代时期，因印刷之便利、石材多样化，以及印学理论之兴起，于是文人篆刻渐成风气，致使文人流派异军突起，成为明代艺术风景线上一道亮丽的景色。其中，文彭、何震二人被世人认为是明后期最杰出的两大印家，对当时篆刻艺术影响极大。

（一）文彭

文彭，字寿承，号三桥，长洲（今江苏苏州）人，书法家文徵明的长子，与弟弟文嘉一起称誉艺坛，曾任两京国子监博士，故世称

"文博士"。他是明代中期著名的篆刻家，是明代篆刻史上的先驱者。

文彭曾尝试将青田石作刻印材料，很成功，后被文人广泛采用和传播；又因其身份显赫，又开风气之先河，故后人公认其为明代篆刻之领袖。时人对他评价较高，如朱简云："德靖之间，吴郡文博士寿承氏崛起，树帜站坛……自三桥而下，无不人人斯籀，字字秦汉，猗欤盛哉！"可见其影响所及。

据明代王野的评论，文彭的篆刻作品"法虽出入，而以天韵胜"。以其作品观之，其印以安逸清丽为主调，刻意师法汉代，但亦有宋元之遗风。以其书画作品上的钤印考之，后世认为出自文彭之手的，如"文彭之印"（朱、白各一）、"文寿承氏"、"文寿承父"、"寿承氏"、"三桥居士"等；常见者为"寿承氏""七十二峰深处"二印。这些印的四周边栏都呈现严重剥蚀状，颇似金石所印效果，而这种洁净的篆法配以古朴边栏的处理方法，成为后世修饰印面技艺之先声。

综观其于篆刻之贡献，可分为二：一是开创以石材刻印，后遂成风气，开辟了石章之先河；二是师法秦汉，摈除宋元之流弊，有承前启后之功绩。他所开创的"吴门派"（亦称"三桥派"），开篆刻流派之端绪，故后人将他视为流派篆刻之开祖。

（二）何震

何震，字长卿，又字主臣，号雪渔，安徽婺源（今属江西——编者注）人，明代著名篆刻家，与文彭合称为"文何派"。

何震一生曾游历过江苏、浙江、上海、福建等地，是一位终生靠卖印为生的篆刻家。早年客居南京，曾与文彭探讨六书，终日不休。后来，由友人汪道昆（著名文学家，官至兵部左侍郎）引荐后，遍历边塞，因篆艺精到，故而名噪一时；晚年又回到南京，后居承恩精舍，"直至无钱，主僧为之含殓"。

何震一生对篆刻痴迷，而贡献亦大。他的作品多呈苍劲老练、持重稳重之势，用力刚猛，线条犀利，如"云中白鹤"一印即是，其他易见之精品，如"沽酒听渔歌""兰雪堂"等印。

他的印颇具秦汉章法，对其作品也推崇备至，说其"白文如晴霞散绮、玉树临风，朱文如荷花映水、文鸳戏波……莫不各臻其妙，秦汉以后一人而已"。董其昌更有"小玺私印，古人皆用铜玉。刻石盛于近世，非古也；然为主者多名手，文寿承、许元复其最著已。新都何长卿从后起，一以吾乡顾氏《印薮》为师，规规帖帖，如临书摹画，几令文、许两君子无处着脚"之语。

后于明万历二十八年（1600）辑自刻印而成印谱，取名《何雪渔印选》，开印家汇编自刻印之先河，颇具开拓之精神。时人称他的成就为"近代名手，海人推为第一"，诚实语也。

他后来开创了"雪渔派"，篆刻风格影响当时篆刻界，乃至整个文化艺术界及政治用途，其后延续至明末清初，可见其印影响之大，时人多争相收藏其所篆之印——"工金石篆刻，海内图书出其手者，争传宝之。生平不刻佳石及镌人氏号，故及今流传尚不乏云"。

（三）苏宣

苏宣，字尔宣，安徽歙县人，篆刻曾得文彭的传授，但受何震的影响较大。其印中精品有"啸民""苏宣之印""流风回雪"等，所治之印，篆法自然，刚劲有力，既有何派之猛利，以掺以自家之平实，故别具一番新气象。

他在晚年总结治印心得时说："始于模拟，终于变化，变者愈多，化者愈化，而所谓模拟者愈工巧焉。"其印与何震的"神而化之"是相承的，故明代吴钧赞叹其印"雄健"，有浑朴豪放之势。苏宣亦曾感慨云："余于此道，古讨今论，师研友习，点画之偏正，形声之清浊，必极其意法，逮四十余年，其苦心何如！"

他曾在文彭家设馆，得文彭传授篆法；后纵览秦汉玺印，深得汉印的布白之妙，在朱、白文的处理上充分汲取了斑驳气息，多追求金石气息，因其印古朴苍浑，故名扬海内。因他的篆刻在当时颇有名气，仅次于文、何，时人称他与文彭、何震三家鼎立，曾著有《苏氏印略》，计四卷。

（四）朱简

朱简，明代篆刻家，字修能，号畸臣，后改名闻，安徽休宁人。其人工诗文，精研古代篆体，师事陈继儒。曾从友人收藏品中看过大量的古印原拓本，后来花了两年时间精心摹刻，编成《印品》二集，对于后人分辨印章真假，考证玺印，深研章法都有极大好处；并首创印学批评，提出篆刻分"神、妙、能、逸"四品，为其独到见解。其印有"董玄宰""董其昌""陈继儒""冯梦祯印"等，可谓其代表作。

其篆刻着重笔意，以切刻石，后自成一家。他曾在《印章要论》中说："印始于商周，盛于汉，沿于晋，滥觞于六朝，废弛于唐宋，元复变体，亦词曲之于诗，似诗而非诗矣。""印谱自宣和始，其后王顺伯、颜叔夏、晁克一、姜夔、赵子昂、吾子行、杨宗道、王子弁、叶景修、钱舜举、吴思孟、沈润卿、郎叔宝、朱伯盛，为谱者十数家，谱而谱之，不无遗珠存砾、以鲁为鱼者矣。今上海顾氏以其家所藏铜玉印，暨嘉禾项氏所藏不下四千方，歙人王延年为鉴定出来元十之二，而以王顺伯、沈润卿等谱合之木刻为《集古印薮》，裒集之功可谓博矣。然而玉石并陈，真赝不分，岂足为印家董狐耶？"可见其涉猎及领悟颇深。

对于篆法，他认为："石鼓文是古今第一篆法，次则峄山碑、诅楚文。商、周、秦、汉款识碑帖印章等字，刻诸金石者，庶几古法犹存，须访旧本观之。其他传写诸书及近人翻刻新本，全失古法，不足信也。"此可谓至论，值得我辈深思！

善诗，与李流芳、赵声光、陈继儒等交往较密；由于他的广见博闻，故其在印学理论上的造诣颇深，著有《印品》《印经》《菌阁藏印》《修能印谱》行世。

（五）汪关

汪关，原名东阳，字杲叔，后得一方汉代"汪关"古铜印，遂改名汪关，后更字尹子，安徽歙县人。汪关不仅痴迷收藏，还喜钻研秦汉古玺印章，并潜心摹刻；他的儿子汪泓在其影响下亦爱上刻印。汪关父子开创了一种明快工稳、恬静秀美的印风，深得众人青睐；但因过于痴迷，故得"大痴""小痴"之雅号。

汪关父子的印风对后世影响较大。与他们同时代的著名书画家、篆刻家李流芳在《题杲叔印谱》中赞道："今世以此道行者，自长卿（何震）而后，有苏啸民、陈文叔、朱修能诸人，独杲叔（汪关）独痴，足迹不出海隅，世无知之者。然能有汉、宋、元之长，而独行其意于刀笔之外者，不得不推杲叔。吾谓长卿之后，杲叔一人而已。世有知者，当不以吾言为妄也。"可见其于艺术追求之执着不同一般。

汪关治印朴茂稳实，仿汉印神形俱备，他治印，善使中刀，刀法朴茂稳实，章法一丝不苟，深得汉印神韵，边款亦有功力，为明人追摹汉法之开创者，令当时印坛面目一新，受其影响者有沈世和、林皋等。著有《宝印斋印式》二卷行世。

（六）明代印谱

明代时期，文人或篆家汇集古印而辑成谱者众，可谓"蔚然成风"，其中最有影响的当推明万历年间顾从德所汇集之《印薮》（木刻本）——此谱原拓本名为《集古印谱》，初仅拓二十部，"虽好者难睹真容"，在当时影响极大。三年后又作修订，屡经翻版，故流传极广，对当时篆刻的传播与推广有较大的影响。

当时，大部分篆刻家集中在以南京、苏州为中心的江南，故篆刻与文学、书法、绘画交流较密；而不少书画名家也乐于自刻自篆，如文彭、赵宧光、朱简、李流芳等人。由于印学理论在发展中形成了两派意见，即主张复古和反对复古，因而促进了印学理论的进步。而明代的印学著作最为杰出者，当推周应愿的《印说》，朱简的《印品》和徐上达的《印法参同》。《印说》一书所涉甚广，论议中常有精要之言，并对时兴之石章镌刻法总结出六种刀法之害，对后世影响极大；它还于中提出了审美之见解，可算得上是篆刻美学开创性作品。而《印品》一书，是朱简广交印家及收藏家，看过他们收集的古今印章近万枚，共花了14年时间摹刻了自周秦至元明间的各类玺印刻章，并详加评论，而编成《印品》一书，共计5册。《印法参同》一书，是徐上达对篆刻技法与理论的深入和发挥，颇具艺术价值，对明代及清代的印学有极大的贡献。

三、清代篆刻

习书法篆刻，宜从《说文》的篆字入手，隶、楷、行等辅之；书法篆刻作品皆宜作图案观，古人云"七分章法，三分书法"，谓为信然，诚为笃论。于常人所注之字画、笔法、笔力、结构、神韵，乃至某碑某帖某派，吾人皆一致摒除，不刻意用心揣摩，此为自见，不知当否？

篆刻之法，亦应求自然之天趣，刻印亦可用图画的原则，并应注重章法布局。篆刻工具，可用刀尾扁尖而平齐若锥状之刻刀，因锥形之刀仅能刻白文，如以铁笔写字也；扁尖形之刀可刻朱文，终不免雕琢之痕，不若以锥形刀刻白文，能得自然之天趣也。此为敝人之创论，不知当否？

敝人写字时，皆依西洋画图案之原则，竭力配置、调和全纸整体之形状，故朽人所写之字，应作一张图案画观之则可矣，决不用心揣摩。不唯写字，刻印也是相同的道理。无论写字、刻印，道理是相通的；而"字如其人"，某人所写之字或刻印，多能表现作者之性格（此乃自然流露，非是故意表示）。体现朽人之字者：平淡、恬静，中逸之致是也，诸君作参照可也。

篆刻印章起源甚早，据《汉书·祭祀志》载："自五帝始有书契，至于三王，俗化雕文，诈伪渐兴，始有印玺，以检奸萌。"可见，远在3700多年前的殷商时代，便有刻字艺术了。

到了周代，以青铜质为主的"周玺"大为兴起，形状各异，一般分为白文、朱文两种。至秦代，因文字由"籀书"渐演变成篆书，而印之形式亦趋广泛，故印文圆润苍劲，笔势挺拔。

至汉代，篆刻艺术颇为兴盛，所刻之印，史称"汉印"，其字体由小篆演变成"隶篆"。汉印的印制、印纽亦十分精美。西泠八家之一的奚冈曾有"印之宗汉也，如诗文宗唐，字文宗晋"之语，可视为综述。

唐宋之际，印章体制仍以篆书为主。直到明清两代，印人辈出，篆刻便以篆书为基础，而佐以雕刻之法，于印面中表现疏密、离合之形态，篆刻遂由雕镂铭刻转为治印之举。

而尤其是清朝一代，大家辈出，流派纷立，据周亮工的《印人传》记载，不下百二十余人。其中，标新立异者有之，奉行古法者有之，风格及式样层出不穷，致令篆刻之艺蔚为大观。其成就可与汉代媲美，因得力于古物之出土渐多，故有参照、临摹之便，因吸取商周秦汉古印之力，乃有清代之杰出成就。

其中，以程邃、巴慰祖、丁敬、蒋仁、黄易、奚冈、陈豫钟、陈鸿寿、赵之琛、钱松（后八人，后世称为"西泠八家"，亦称"浙派"）最为有名；另有"邓派"代表人物邓石如、吴熙载、徐三庚等，均为篆刻高手。

以下，就其生平及篆刻作品略加讲述，以作借鉴之用。

（一）程邃

程邃，清代著名篆刻家、画家，字穆倩，号垢区，别号垢道人、江东布衣，安徽歙县人氏。其篆刻风格，于文、何、汪、朱之外，别树一帜，是后期皖派的代表人物，与巴慰祖、胡唐、汪肇龙合称"歙中四家"；善用中刀，凝重淳厚，为"徽派"主要代表人物。

其刻印，精研汉法而能自见笔意，故时人多宗之。为人博雅好结纳，亦精于医。其篆刻取法秦汉玺印白文，运刀如笔，凝重有力；朱文喜用大篆作印文，章法整齐，风格古拙浑朴，边款刻字不多，但凝练深厚，开清代篆刻中皖派先河。

程邃治印，初宗文、何，然时印学界多为文、何所拘，陈陈相因，久无生气。程邃能继朱简之后，力求变法，以古籀、钟鼎文入印，尤其是尽收秦汉朱文印之特点长处，出以离奇错落之手法别立门户，开创皖派新局面。周亮工《印人传》称："黄山程穆倩邃以诗文书画奔走天下，偶然作印，乃力变文、何旧习，世翕然之。"

其印如"程邃之印"，章法严谨、风格古朴；又如"穆倩"一印，颇似古印，有秦汉之韵。综观其传世印作，可知其章法严谨，篆法苍润渊秀；以中刀代笔，运刀取法汪关，而凝重则过之，能够充分表达笔意。

（二）巴慰祖

巴慰祖，字隽堂、晋堂，号予藉，又号子安、莲舫，歙县渔梁人。其家为经商世家，家庭中曾出巴廷梅、巴慰祖、巴树谷、巴树垣、巴光荣四代五位篆刻家；其中，巴慰祖从小就爱好刻印，自谓"慰糠秕小生，粗涉篆籀，读书之暇，铁笔时操，金石之癖，略同嗜痴"。

巴慰祖爱好颇多，且无所不学，故多才多能。他家中所藏法书、名画、金石文字、钟鼎铭文很多，故自小养成摹印练字之习。巴慰祖与程邃、胡唐、汪肇龙同列为"歙四家"，为光大徽派篆刻艺术贡献非小；与汪肇龙、胡唐二人相比，巴慰祖声誉最隆。

他临摹的天赋颇高，喜欢仿制古器物，并能如旧器相似，有精于鉴赏者亦不能辨伪的。其篆刻浸淫秦汉印章，旁及钟鼎款识，功力颇深。早期印作趋于雅妍细润、端整纯正，晚期印风则趋于浑朴、古拙。汪肇龙、巴慰祖、胡唐三人中，以巴慰祖声誉最隆，交游也广。

巴慰祖的外甥胡唐，在舅舅的影响和带动下，也酷爱篆刻。由于巴慰祖嗜好刻印，所以二子及孙子、外甥亦好印，以致不能安心经商，到了晚年而家道中落，后以作书、篆刻为生，晚年虽然并不富有，但并没有影响其追求篆刻之境界，后以篆印独特而声名流布。

其篆刻风格简洁和谐，于平和中得见厚重，疏朗中不失平稳，如"下里巴人""大书典簿"。

（三）丁敬

丁敬，清代杰出篆刻家，字敬身，号钝丁，别号龙泓山人，浙江钱塘（今浙江杭州）人。

丁敬出身于商贾之家，生平矢志向学，工诗文，善书法、绘画，尤究心于金石、碑版文字的探源考异。篆刻宗法秦汉，能得其神韵，能吸取秦汉以及前人刻印之长为己所用。他强调刀法的重要性，主张用刀要突出笔意。擅长以切刀法刻印，苍劲质朴，别树一帜，开创"浙派"，世称"浙派鼻祖"，为"西泠八大家"之首。

他酷爱篆刻，吸取秦汉印篆和前人长处，又常探寻西湖群山、寺庙、塔幢、碑铭等石刻铭文，亲临摹拓，不惜重金购得铜石器铭和印谱珍本，精心研习，因此技法大进。兼工诗书画，诗文造句奇崛，尤擅长诗，与金农齐名。所辑《武林金石录》为广搜博采西湖金石文字汇集而成，凡碑铭、题刻、摩崖、金石铭文等搜罗殆尽，有珍贵的艺术价值和历史价值；他还曾参与了汪启淑所辑《飞鸿堂印谱》的厘订和篆刻。

其印"炳文"，印风尚流于妍媚，无古朴之态，"上下钓鱼山人"一印也是这类风格；而"玉几翁"一印，线条朴实，刀法浑厚，初具"浙派"之姿；"两湖三竺万壑千岩"一印有脱尘之韵，可见其修养；"徐观海印"则显非凡气势，印文结构齐整，刀法节中并用，故另有一番风味。

（四）蒋仁

蒋仁，原名泰，字阶平，后来因得"蒋仁"古铜印，极为欣赏，遂改名为蒋仁，号山堂，别号吉罗居士、女床山民，浙江仁和（杭州）人。

蒋仁家境贫寒，一生与妻女过着超然尘俗的简朴生活。书法师颜真卿、孙过庭、杨凝式诸家，擅长行楷书。

蒋仁非常佩服丁敬，师其法，并能以拙朴见长，并有所创新。其作品于苍劲中甚得古意，另具天趣。所刻行书边款，得颜体书法之神，苍浑自然，别有韵致。其一生性情耿直，不轻易为人执刀落笔，故流传的作品不多。他的篆刻曾被彭绍升进士评为"当代第一"。蒋仁的《吉罗后士印谱》中只收录了26方印。

他对篆刻有较深之体悟，曾总结云："文与可画竹，胸有成竹，浓淡疏密，随手写去，自尔成局，其神理自足也。作印亦然，一印到手，意兴俱至，下笔立就，神韵皆妙，可入高人之目，方为能手。不然，直俗工耳。"其常见之印，有"丁敬身印""无地不乐""蒋山堂印"等。

（五）黄易

黄易，号小松，钱塘人，出身于金石世家，父亲黄树谷，工隶书，博通金石，故自幼承习家学，后因家贫故游历在外，后官至山东济宁府同知。

黄易能作诗著文，尤精于作词，而以金石书画名传于世。一生酷爱金石，在济宁府任间，广泛搜罗、保护碑刻，把所收金石碑铭三千多种，汇考辑录成《小蓬莱阁金石文字》一书，其中一半左右为前人所未见。此外，还收藏有历代古印、钱币、刀、鼎、炉、镜等数百种，并一一作了考释。其金石收藏品之多，甲于当时，故各方酷爱古玩金石的人都请黄易示其所收古物，被人称为"文艺金石巨家"，有《小蓬莱阁金石文字》《小蓬莱阁诗集》《秋景庵印谱》等著述行世。

他还善书，工隶，其书风格沉着有致，精于博古，在古隶法中掺杂以钟鼎铭文，更现古朴雅厚。其篆刻作品，风格淳厚儒雅，为继承秦汉之优良传统；又精研六书摹印，为丁敬之高足，有"青出于蓝而胜于蓝"之誉，与丁敬并称"丁黄"。后人何元锡曾将二人印稿合辑成《丁黄印谱》。

其篆刻师法丁敬，兼及宋元诸家，并有所创新，其工风稳生动，时人对他评价颇高。他的"一笑百虑忘"印，章法平中有奇，为成熟之白文印，刀法相继丁敬之风；而"乔木世臣"为朱文印，字体结构严谨，形态饱满，刀法胆大而手法精细，线条雄劲，故整方印显得十分大度。

（六）奚冈

奚冈，初名钢，字纯章，号铁生、萝龛，别署鹤渚生、蒙泉外史、蒙道士、奚道士、蝶野子、散木居士，钱塘人。

他还工书法，九岁即能隶书，后楷、行、草、篆、隶，无一不精，亦以绘画名于当时。其篆刻，宗法秦汉，为"浙派"名家。

"蒙泉外史"为白文印，寓拙于巧，为取汉印平正、浑朴之法，用切刀所刻，章法分布以字画多少而定大小，但整体浑若天成。

"龙尾山房"一印为奚冈朱文印的代表作，此印笔画多用弧线，弯曲成形，与常见的直线朱文印不同，故能独树一帜。印文用虚实相生的手法作似断非断之状，且边栏亦是虚实相间，显得内部饱满，外部相应，为其炉火纯青之作品。

（七）陈豫钟

陈豫钟，字浚仪，号秋堂，浙江杭州人，清代书法篆刻家，"西泠八家"之一。他喜好收藏金石文字，又精于墨拓，收集拓本数百种，为其学习、创作之基石。

工篆刻，早年师法文彭、何震，后学丁敬，作品工整秀致，边款尤为秀丽。精于小篆籀文，兼及秦汉印章。阮元任浙江督学时铸的文庙大钟和铭文，便是陈豫钟模仿古文勾勒的，端整壮丽，极受赞赏。他爱好收集金石文字，积卷数百，见到名画佳砚，不惜重金收购，尤其爱好古铜印。并能书画，他的书法得李阳冰法，遒劲挺拔、苍雅圆劲，为时人所喜爱。曾辑录《古今画人传》《求是斋集》等著作行世。

他刻的"竹影庵"一印为朱文印，印文似汉代篆文，章法布局奇妙，因"竹"字笔画较少，故他将左下角边栏凿断，与右上角对应相呼，使布局平衡。

"振衣千仞"一印为白文印，线条刀迹显然，结字趋方，但各异其趣；风格秀丽文静，工稳而不失流动，为陈氏代表作。

（八）陈鸿寿

陈鸿寿，清代著名书法篆刻家，"西泠八家"之一。字子恭，号曼生，别号种榆道人，浙江钱塘（今杭州）人。

在篆刻上，他继承了丁敬、蒋仁、黄易、奚冈等人的风格。其篆书略带草书意味，喜用切刀，运刀犹如雷霆万钧，给人以苍茫浑厚、爽利奔放之感，使"浙派"面貌为之一新。他的风格对后世影响较深，与陈豫钟齐名，世称"二陈"。

他还善书，隶书奇绝，自成一体；行书亦清雅不俗。蒋宝龄在《墨林今话》中评他为："曼生酷嗜摩崖碑版，行楷古雅有法度，篆刻得之款识为多，精严古宕，人莫能及。"除此，陈鸿寿擅长竹刻山水、花卉、兰竹；博学能诗；还善制作和识别茶具，公余之际常识别砂质，创作新样，自制铭句镌刻器上，曾风行一时，人称"曼生壶"。著有《桑连理馆词集》《种榆仙馆印谱》等行世。

他所刻的"琴书诗画巢"一印，线条浑厚、苍劲，切刀痕迹显见，为浙派典型的朱文印风格；此印看似信手拈来，实则有法可循。而"南芗书画"一印，篆书笔法平稳，虽是仿汉印之作，但刀法从"浙派"中来，有稳如泰山之感，虽边栏破损任之，但全印却反呈苍劲浑朴之气势，这非得要有娴熟之刀法和深厚之功力不可，于此可见他的成就。

（九）赵之琛

赵之琛，清代著名的篆刻家，字次闲，号献父，钱塘（今浙江杭州）人。一生布衣，多才多艺，工诗文、书画，精通金石文字，尤其工篆刻，为"西泠八家"之一。

他的篆刻，初得陈豫钟传授，兼师黄易、奚冈、陈鸿寿。早年篆刻章法长方，善用冲刀，笔画如锯齿；后用切玉法，笔画纤细方折；边款以行楷书为之，笔画生辣细劲；晚年刀法和章法已无太大变化，多承师法。

他生性嗜古，长于金石文字，阮元所著《积古斋钟鼎彝器款识》中的古器文字，多半出自他的手摹。他的印文结构不但秀美，且善于应变；用刀爽朗挺拔；楷书印款秀劲涩辣；其印作，曾得过陈鸿寿的推崇与赞许。印谱有《补罗迦室印谱》，著有《补罗迦室集》行世。

他所刻印以切玉法驱刀最为有名，如"长乐无极老复丁""三碑乡里旧人家"二印即是仿汉切玉法，章法自然、清秀瘦劲，可见其所长。

（十）钱松

钱松，清代书法家、篆刻家，初名松如，字叔盖，号耐青，浙江杭州人。擅作山水、花卉，工书。他的隶书、行书功力深厚，为时所重。篆刻则得力于汉印，据称他曾手摹汉印二千方，赵之琛见后惊叹道："此丁、黄后一人，前明文、何诸家不及也。"

他的一生见闻广博，故于章法显出与众不同，并时出新意；刀法在总结前人经验之上，自创出一种切中带削的新刀法，立体感强，富于韵味。之后，严菱将他与胡震的作品合编为《钱胡印谱》；亦有人将他个人作品汇辑成册，取名《铁庐印谱》。

他的刀法继承"浙派"风格，章法则取汉印结构，如"陈老莲""胡鼻山人宋绍圣后十二丁丑生"二印，一白一朱皆是，可见其学浙派之造诣功深。他用刀多是碎刀细切浅刻，温朴中而显浑厚，颇得汉印之意蕴，时人评誉甚高。赵之谦曾说："汉铜印妙处，不在斑驳，而在浑厚；学浑厚则全恃腕力，石性脆，刀所到处应手辄落，愈抽愈古，看似平平无奇，而殊不易貌。此事与予同志者，杭州钱叔盖一人而已。"

（十一）邓石如

邓石如，清代著名书法家、篆刻家，名琰，字石如，又名顽伯，号完白山人，又号完白、古浣子、笈游道人、凤水渔长、龙山樵长等，安徽怀宁人。

因家庭贫困，邓石如曾以砍柴卖饼维持生计，暇时随父亲学习书法和篆刻，甚工。后游寿州，入梅缪府中为客。梅氏家中有很多金石文字，因得以观赏历代吉金石刻，每日晨起即研墨，至夜墨尽乃就寝，历时八年，艺乃大成，四体书功力极深，曹文埴称之为"我（清）朝第一"。

他的篆刻得力于书法，篆法以"二李"（李斯、李阳冰）为宗，而纵横捭阖之妙则得力于史籀，间以隶意，故其印线条浑厚天成，体势奔放飘逸。朱文印取宋元章汉，白文印则以汉印为主，印风茂密多姿，章法疏密相应，刀路平实缓和。邓石如还开创了"以汉碑入汉印"的先例，弟子吴让之誉为"独有千古"。赵之谦对邓石如也是极为推崇，称邓石如"字画疏处可走马，密处不可通风，即印林无等等咒"。

"江流有声，断岸千尺"一印是其代表作品，章法奇妙，文印俱佳，结构和谐，为邓氏难得一见之精品。"笔歌墨舞""意与古会"二印，笔意流畅，线条婉约，亦颇具正气。

其篆刻，刀法苍劲浑朴，婀娜多姿，冲破时人只取法秦汉铜印之局限，世称"邓派"，亦又称"皖派"者。风格所及，影响了包世臣、吴让之、赵之谦、吴咨、胡澍、徐三庚等人，是杰出之篆刻家。他的原石流传极少，存世有《完白山人篆刻偶成》《完白山人印谱》《邓石如印存》等。

（十二）吴熙载

吴熙载，清代著名书画家、篆刻家，原名廷飏，字让之，亦作攘之，别号还有让翁、晚学生、晚学居士、言甫、言庵、方竹丈人等，江苏仪征人。

他自小博学多能，善作四体书，恪守师法，尤精篆、隶，功力深厚，温婉圆润，收放有度。擅长金石考证，精通文字学。师事邓石如的学生包世臣，算是邓石如的再传弟子。

他的篆刻师法邓石如，以汉篆治印。对邓石如的篆刻，吴让之更在继承之上有所创造，故章法上更趋稳健、精练，刀法更加圆转、流畅，从而将邓石如"以笔意见胜"的风格推向高峰。

他的刀法运转自然，坚挺得势，较能表达笔意，晚年作品更入化境，对当代中、日印坛影响较大。著有《通鉴地理今释》《师慎轩印谱》《晋铜鼓斋印存》《吴熙载篆刻》等。晚清印人如徐三庚、赵之谦、吴昌硕等也都比较重视他的作品。

"足吾所好玩而老焉"一印，得邓石如章法之精髓，布局疏密天成，文字方圆互参，笔画舒展，虚实相生。

"砚山鉴藏石墨"一印也是吴熙载朱文印的代表作品，此印貌似无奇，排得均匀整齐，印文能显舒展开张之势，这得力于他的秀挺书法。

"攘之手摹汉魏六朝"一印，印文排列自然，书体浑朴，繁简平衡，笔画转折自然得力于刻刀之轻灵，为以刀当笔之作品。

"吴熙载字攘之"印分三行，细线界隔，刀法畅达，线条圆劲且又浑穆，是创造性学习汉印的典范制作。

（十三）徐三庚

徐三庚，清代著名书法、篆刻家，字辛谷，号袖海，浙江上虞人。

此人兼通书法、篆刻、竹刻，并精古玩，多才多艺。他的篆刻，早年曾追摹元明印风，后攻汉印，并学邓石如、吴让之等人，对陈鸿寿、赵之琛等人风格深有研究；40岁后参以汉篆、汉印结体及《天发神谶碑》意趣神采，颇见功力，风格飘逸、疏密有致，后自成一家，其印风有"吴带当风"之誉。

他的"徐三庚印""上于父"及"图鉴斋"等印，笔画圆润，字体浑朴，颇有汉印遗风。他运刀熟练，不加修饰，其行楷边款，刀法劲猛，自然得势，不失名家风范。

（十四）清代印谱

明代之时，印谱汇集已然成风，印学理论亦是发达，尤其是顾从德所汇集之《印薮》（谱原拓本名为《集古印谱》），对明清印学流派之兴起，贡献颇大。

明代晚期，有张灏辑录当时印人篆刻之印计二千余方，谱成名为《学山堂印谱》，录作者五十余人；到清康熙年间，有周亮工辑藏印一千五百余方，汇集成谱，名为《赖古堂印谱》，计百二十余人，此二谱对后世影响亦大。

另有丁敬的《武林金石录》、汪启淑的《飞鸿堂印谱》、蒋仁的《吉罗居士印谱》、黄易的《秋景庵印谱》、何元锡的《丁黄印谱》、陈豫钟的《求是斋印集》、陈鸿寿的《种榆仙馆印谱》以及邓石如的《完白山人印谱》等印谱，对后世影响亦非小，尤其是各大流派之印人必看之印谱。

清代之篆刻风行，除汇集印谱外，为印人立传亦是清朝所创之举，著名者有清代周亮工的《赖古堂别集·印人传》（三卷，亦名《印人传》）、清代汪启淑的《飞鸿堂印人传》（八卷，亦名《续印人传》）、黄易的《小蓬莱阁金石文字》、冯承辉的《历朝印识》和《国朝印识》等，为印人了解篆刻提供诸多方便，以功不少。

《李庐印谱》序

系自兽蹄鸟迹，权舆六书。抚印一体，实祖缪篆。信缩戈戟，屈蟠龙蛇。范铜铸金，大体斯得。初无所谓奏刀法也。赵宋而后，兹事遂盛。晁王颜姜，谱派灼著。新理泉达，眇法葩呈。韵古体超，一空凡障。道乃烈矣。清代金石诸家，搜辑探讨，突驾前贤，旁及篆刻，遂可法尚。丁黄唱始，奚蒋继声，异军特起，其章草焉。盖规秦抚汉，取益临池，气采为尚，形质次之。而古法蓄积，显见之于挥洒，与谂之于刻划，殊路同归，义固然也。不佞僻处海隅，昧道懵学，结习所在，古欢遂多。爰取所藏名刻，略加排辑，复以手作，置诸后编，颜曰《李庐印谱》。太仓一粒，无裨学业，而苦心所注，不欲自蕤。海内博雅，不弃窳陋，有以启之，所深幸也。

《音乐小杂志》序

闲庭春浅，疏梅半开，朝曦上衣，软风人媚。流莺三五，隔树乱啼；乳燕一双，依人学语。上下婉转，有若互答，其音清脆，悦魄荡心。若夫萧辰告悴，百草不芳，寒蛩泣霜，杜鹃啼血；疏砧落叶，夜雨鸣鸡。闻者为之不欢，离人于焉陨涕。又若登高山，临巨流，海鸟长啼，天风振袖，奔涛怒吼，更相逐搏，砰磅訇磕，谷震山鸣。懦夫丧魄而不前，壮士奋袂以兴起。呜呼！声音之道，感人深矣。惟彼声音，金出天然；若夫人为，厥有音乐。天人异趣，效用靡殊。

系夫音乐，肇自古初，史家所闻，实祖印度，埃及传之，稍事制作；逮及希腊，乃有定名，道以著矣。自是而降，代有作者，流派灼彰，新理泉达，瑰伟卓绝，突轶前贤，迄于今兹，发达益烈。云溢水涌，一泻千里，欧美风靡，亚东景从。盖琢磨道德，促社会之健全；陶冶性情，感情神之粹美。效用主力，宁有极欤。

乙巳十月，同人议创《美术杂志》，音乐隶焉。乃规模粗具，风潮突起。同人星散，瓦解势成。不佞留滞东京，索居寡侣，重食前说，负疚何如？爰以个人绵力，先刊《音乐小杂志》，饷我学界，期年二册，春秋刊行。蠡测莛撞，矢口惭讷。大雅宏达，不弃窳陋，有以启之，所深幸也。

呜呼！沉沉乐界，眷于情其信芳。寂寂家山，独抑郁而谁语？矧夫湘灵瑟渺，凄凉帝子之魂；故国天寒，呜咽山阳之笛。春灯燕子，可怜几树斜阳；玉树后庭，愁对一钩新月。望凉风于天末，吹参差其谁思！暝想前尘，辄为怅惘。旅楼一角，长夜如年。援笔未终，灯昏欲泣。时丙午正月三日。

西湖夜游记

　　壬子七月，于重来杭州，客师范学舍。残暑未歇，庭树肇秋，高楼当风，竟夕寂坐。越六日，偕姜、夏二先生游西湖。于时晚晖落红，暮山被紫，游众星散，流萤出林，湖岸风来，轻裾致爽。乃入湖上某亭，命治茗具。又有菱芰，陈粲盈几。短童侍坐，狂客披襟，申眉高谈，乐说旧事。庄谐杂作，继以长啸，林鸟惊飞，残灯不华。起视明湖，莹然一碧，远峰苍苍，若现若隐，颇涉遐想，因忆旧游。曩岁来杭，故旧交集，文子耀斋，田子毅侯，时相过从，辄饮湖上。岁月如流，倏逾九稔，生者流离，逝者不作，坠欢莫拾，酒痕在衣。刘孝标云："魂魄一去，将同秋草。"吾生渺茫，可俙然感矣。漏下三箭，秉烛言归。星辰在天，万籁俱寂，野火暗暗，疑似青磷，垂杨沉沉，有如酣睡。归来篝灯，斗室无寐，秋声如雨，我劳何如？目瞑意倦，濡笔记之。

乐石社记

粤若稽古先圣，继天有作，创造六书，以给世用。后贤踵事，附庸艺林，金石刻划，实祖缪篆。上起秦汉，下逮珠申，彬彬郁郁，垂二千年，可谓盛已。世衰道微，士不悦学，一技之末，假手隅夷。兽蹄鸟迹，触以累累，破觚为圆，用夷变夏，典型沦丧，殆无讥焉。不佞无似，少耽痂癖，结习所存，古欢未坠。曩以人事，羁迹武林，滥竽师校。同学邱子，年少英发，既耽染翰，尤嗜印文，校秦量汉，笃志爱古，遂约同人，集为兹社，树之风声，颜以乐石。切磋商兑，初限校友，继乃张皇，他山取益。志道既合，声气遂孚，自冬徂春，规模浸备。复假彼故宫，为我社址。而西泠印社诸子，觥觥先进，勿弃菲菲，左提右挈，乐观厥成，滋可感也。不佞味道懵学，文质靡底，前鱼老马，尸位经年。伏念雕虫篆刻，壮夫不为，而雅废夷侵，贤者所耻。值猖狂颓靡之秋，结枯槁寂寞之侣，足音空谷，幽草寒琼。纵未敢自附于国粹之林，倘亦贤乎博奕云尔。爰陈梗概，备观览焉。乙卯六月，李息翁记。

第叁辑 传道弘法

倡导正信佛教，

注重严谨治学，

珍惜现在所有，

改正不良习惯。

弘一法师嘉言历耳，

传授改过、自省、虚心、宽厚、

不嗔的人生态度，

以及博闻、精进的治学之道。

佛法十疑略释

欲挽救今日之世道人心，人皆知推崇佛法，但对于佛法而起之疑问，亦复不少，故学习佛法者，必先解释此种疑问，然后乃能着手学习。以下所举十疑及解释，大半采取近人之说而叙述之，非是讲者之创论。所疑固不限此，今且举此十端耳。

一、佛法非迷信

近来知识分子，多批评佛法谓之迷信。

我辈详观各地寺庙，确有特别之习惯及通俗之仪式，又将神仙鬼怪等混入佛法之内，谓是佛法正宗。既有如此奇异之现象，也难怪他人谓佛法是迷信。

但佛法本来面目则不如此，绝无崇拜神仙鬼怪等事。其仪式庄严，规矩整齐，实超出他种宗教之上。又佛法能破除世间一切迷信而予以正信，岂有佛法即是迷信之理。

故知他人谓佛法为迷信者，实由误会。倘能详察，自不至有此批评。

二、佛法非宗教

或有人疑佛法为一种宗教，此说不然。

佛法与宗教不同，近人著作中常言之，兹不详述。应知佛法实不在宗教范围之内也。

三、佛法非哲学

或有人疑佛法为一种哲学，此说不然。

哲学之要求，在求真理，以其理智所推测而得之某种条件即谓为真理。其结果，有一元、二元、唯心、唯物种种之说。甲以为理在此，乙以为理在彼，纷纭扰攘，相非相谤。但彼等无论如何尽力推测，总不出于错觉一途。譬如盲人摸象，其生平未曾见象之形状，因其所摸得象之一部分，即谓是为象之全体，故或摸其尾便谓象如绳，或摸其背便谓象如床，或摸其胸便谓象如地。虽因所摸处不同而感觉互异，总而言之，皆是迷惑颠倒之见而已。

若佛法则不然，譬如明眼人能亲见全象，十分清楚，与前所谓盲人摸象者迥然不同，因佛法须亲证"真如"，了无所疑，决不同哲学家之虚妄测度也。

何谓"真如"之意义？真真实实，平等一如，无妄情，无偏执，离于意想分别，即是哲学家所欲了知之宇宙万有之真相及本体也。夫哲学家欲发明宇宙万有之真相及本体，其志诚为可嘉，但太无方法，致妄废心力而终不能达到耳。

以上所说之佛法非宗教及哲学，仅略举其大概。若欲详知者，有南京支那内学院出版之《佛法非宗教非哲学》一卷，可自详研，即能洞明其奥义也。

四、佛法非违背于科学

常人以为佛法重玄想，科学重实验，遂谓佛法违背于科学，此说不然。

近代科学家持实验主义者，有两种意义：一是根据眼前之经验，彼如何即还彼如何，毫不加以玄想。二是防经验不足恃，即用人力改进，以补通常经验之不足。

佛家之态度亦尔，彼之"戒""定""慧"三无漏学，皆是改进通常之经验。但科学之改进经验重在客观之物件，佛法之改进经验重在主观之心识。如人患目病，不良于视，科学只知多方移置其物以求一辨，佛法则努力医治其眼以求复明，两者虽同为实验，但在治标、治本上有不同耳。

关于佛法与科学之比较，若欲详知者，乞阅上海开明书店代售之《佛法与科学之比较研究》。著者王小徐，曾留学英国，在理工专科上迭有发见，为世界学者所推重。近以其研究理工之方法，创立新理论解释佛学，因著此书也。

五、佛法非厌世

常人见学佛法者，多居住山林之中，与世人罕有往来，遂疑佛法为消极的、厌世的，此说不然。

学佛法者，固不应迷恋尘世以贪求荣华富贵，但亦绝非是冷淡之厌世者，因学佛法之人皆须发"大菩提心"，以一般人之苦乐为苦乐，抱热心救世之弘愿，不唯非消极，乃是积极中之积极者，虽居住山林中，亦非贪享山林之清福，乃是勤修"戒""定""慧"三学以预备将来出山救世之资具耳。与世俗青年学子在学校读书为将来任事之准备者，甚相似。

由是可知谓佛法为消极厌世者，实属误会。

六、佛法非不宜于国家之兴盛

近来爱国之青年，信仰佛法者少。彼等谓佛法传自印度，而印度因此衰亡，遂疑佛法与爱国之行动相妨碍，此说不然。

佛法实能辅助国家，令其兴盛，未尝与爱国之行动相妨碍。印度古代有最信仰佛法之国王，如阿育王、戒日王等，以信佛故，而统一兴盛其国家。其后婆罗门等旧教复兴，佛法渐无势力，而印度国家乃随之衰亡，其明证也。

七、佛法非能灭种

常人见僧尼不婚不嫁，遂疑人人皆信佛法必致灭种，此说不然。

信佛法而出家者，乃为僧尼，此实极少之数。以外大多数之在家信佛法者，仍可婚嫁如常。佛法中之僧尼，与他教之牧师相似，非是信徒皆应为牧师也。

八、佛法非废弃慈善事业

常人见僧尼唯知弘扬佛法，而于建立大规模之学校、医院、善堂等利益社会主事未能努力，遂疑学佛法者废弃慈善事业，此说不然。

依佛经所载，布施有二种：一曰财施，二曰法施。出家之佛徒，以法施为主，故应多致力于弘扬佛法，而以余力提倡他种慈善事业。若在家之佛徒，则财施与法施并重，故在家居士多努力做种种慈善事业，近年以来各地所发起建立之佛教学校、慈儿院、医院、善堂、修桥、造凉亭乃至施米、施衣、施钱、施棺等事，皆时有所闻，但不如他教仗外国慈善家之财力所经营者规模阔大耳。

九、佛法非是分利

近今经济学者，谓人人能生利，则人类生活发达，乃可共享幸福。因专注重于生利，遂疑信仰佛法者，唯是分利而不生利，殊有害于人类，此说亦不免误会。

若在家人信仰佛法者，不碍于职业，士农工商皆可为之，此理易明，可毋庸议。若出家之僧尼，常人观之，似为极端分利而不生利之寄生虫，但僧尼亦何尝无事业，僧尼之事业即是弘法利生。倘能教化世人，增上道德，其间接直接有真实大利益于人群者正无量矣。

十、佛法非说空以灭人世

常人因佛经中说"五蕴皆空""无常苦空"等，因疑佛法只一味说空，若信佛法者多，将来人世必因之而消灭，此说不然。

大乘佛法，皆说空及不空两方面。虽有专说空时，其实亦含有不空之义，故须兼说空与不空两方面，其义乃为完足。

何谓空及不空？空者是无我，不空者是救世之事业。虽知无我，而能努力做救世之事业，故空而不空。虽努力做救世之事业，而决不执着有我，故不空而空。如是真实了解，乃能以无我之伟大精神，而做种种之事业无有障碍也。

又若能解此义，即知常人执着我相而做种种救世事业者，其能力薄、范围小、时间促、不彻底；若欲能力强、范围大、时间久、最彻底者，必须于佛法之空义十分了解，如是所做救世事业乃能圆满成就也。

故知所谓空者，即是于常人所执着之我见打破消灭，一扫而空，然后以无我之精神，努力切实做种种之事业。亦犹世间行事，先将不良之习惯等一一推翻，然后良好之建设乃得实现。

信能如此，若云牺牲，必定真能牺牲；若云救世，必定真能救世。由是坚坚实实，勇猛精进而做去，乃可谓伟大，乃可谓彻底。

所以真正之佛法先须向空上立脚，而再向不空上做去。岂是一味说空而消灭人世耶！

以上所说之十疑及释义，多是采取近人之说而叙述其大意。诸君闻此，应可免除种种之误会。若佛法中之真义，至为繁广，今未能详说。唯冀诸君从此以后，发心研究佛法，请购佛书，随时阅览，久之自可洞明其义。是为余所厚望焉。

谈惜福、习劳、持戒和自尊

丙子年正月，南普陀寺佛教养正院讲

养正院从开办到现在，已是一年多了。外面的名誉很好，这因为由瑞今法师主办，又得各位法师热心爱护，所以能有这样的成绩。

我这次到厦门，得来这里参观，心里非常欢喜。各方面的布置都很完美，就是地上也扫得干干净净的，这样在别的地方，很不容易看到。

我在泉州草庵大病的时候，承诸位写一封信来，各人都签了名，慰问我的病状；并且又承诸位念佛七天，代我忏悔，还有像这样别的事，都使我感激万分！

再过几个月，我就要到鼓浪屿日光岩去方便闭关了。时期大约颇长久，怕不能时时会到，所以特地发心来和诸位叙谈叙谈。

今天所要和诸位谈的，共有四项：一是惜福，二是习劳，三是持戒，四是自尊，都是青年佛徒应该注意的。

一、惜福

"惜"是爱惜，"福"是福气，就是我们纵有福气，也要加以爱惜，切不可把它浪费。诸位要晓得，末法时代，人的福气是很微薄的，若不爱惜，将这很薄的福享尽了，就要受莫大的痛苦，古人所说"乐极生悲"，就是这意思啊！我记得从前小孩子的时候，我父亲请人写了一副大对联，是清朝刘文定公的句子，高高地挂在大厅的抱柱上，上联是"惜食，惜衣，非为惜财缘惜福"。我的哥哥时常教我念这句子，我念熟了，以后凡是临到穿衣或是饮食的当儿，我都十分注意，就是一粒米饭，也不敢随意糟掉；而且我母亲也常常教我，身上所穿的衣服，当时时小心，不可损坏或污染。这因为母亲和哥哥怕我不爱惜衣食，损失福报以致短命而死，所以常常这样叮嘱。

诸位可晓得，我五岁的时候父亲就不在世了，七岁时我练习写字，拿整张的纸瞎写，一点不知爱惜，我母亲看到就正颜厉色地说："孩子！你要知道呀，你父亲在世时，莫说这样大的整张的纸不肯糟蹋，就连寸把长的纸条，也不肯随便丢掉哩！"母亲这话，也是惜福的意思啊！

我因为有这样的家庭教育，深深地印在脑里，后来年纪大了，也没一时不爱惜衣食；就是出家以后，一直到现在，也还保守着这样的习惯。诸位请看我脚上穿的一双黄鞋子，还是民国九年（1920）在杭州时候，一位打念佛七的出家人送给我的。又诸位有空，可以到我房间里来看看，我的棉被面子，还是出家以前所用的；又有一把洋伞，也是民国初年（1912）买的。这些东西，即使有破烂的地方，请人用针线缝缝，仍旧同新的一样了。简直可尽我形寿受用着哩！不过，我所穿的小衫裤和罗汉草鞋一类的东西，却须五六年一换，除此以外，一切衣物，大都是在家时候或是初出家时候制的。

从前常有人送我好的衣服或别的珍贵之物，但我大半都转送别人，因为我知道我的福薄，好的东西是没有胆量受用的。又如吃东西，只生病时候吃一些好的，除此以外，从不敢随便乱买好的东西吃。

惜福并不是我一个人的主张，就是净土宗大德印光老法师也是这样，有人送他白木耳等补品，他自己总不愿意吃，转送到观宗寺去供养谛闲法师。

别人问他:"法师! 你为什么不吃好的补品?"他说:"我福气很薄,不堪消受。"

他老人家——印光法师,性情刚直,平常对人只问理之当不当,情面是不顾的。前几年有一位皈依弟子,是鼓浪屿有名的居士,去看望他,和他一道吃饭,这位居士先吃好,老法师见他碗里剩落了一两粒米饭,于是就很不客气地大声呵斥道:"你有多大福气,可以这样随便糟蹋饭粒,你得把它吃光!"诸位! 以上所说的话,句句都要牢记,要晓得,我们即使有十分福气,也只好享受三分,所余的可以留到以后去享受;诸位或者能发大心,愿以我的福气,布施一切众生,共同享受,那更好了。

二、习劳

"习"是练习,"劳"是劳动。现在讲讲习劳的事情。

诸位请看看自己的身体,上有两手,下有两脚,这原为劳动而生的。若不将他运用习劳,不但有负两手两脚,就是对于身体也一定有害无益的。换句话说,若常常劳动,身体必定康健。而且我们要晓得,劳动原是人类本分上的事,不唯我们寻常出家人要练习劳动,即使到了佛的地位,也要常常劳动才行。现在我且讲讲佛的劳动的故事:

所谓佛,就是释迦牟尼佛。在平常人想起来,佛在世时,总以为同现在的方丈和尚一样,有衣钵师、侍者师常常侍候着,佛自己不必做什么。但是不然。有一天,佛看到地下不很清洁,自己就拿起扫帚来扫地,许多大弟子见了,也过来帮扫,不一时,把地扫得十分清洁。佛看了欢喜,随即到讲堂里去说法,说道:"若人扫地,能得五种功德……"

又有一个时候,佛和阿难出外游行,在路上碰到一个喝醉了酒的弟子,已醉得不省人事了。佛就命阿难抬脚,自己抬头,一直抬到井边,用桶吸水,叫阿难把他洗濯干净。

有一天，佛看到门前木头做的横楣坏了，自己动手去修补。

有一次，一个弟子生了病，没有人照应，佛就问他说："你生了病，为什么没人照应你？"那弟子说："从前人家有病，我不曾发心去照应他；现在我有病，所以人家也不来照应我了。"佛听了这话，就说："人家不来照应你，就由我来照应你吧！"就将那病弟子大小便种种污秽，洗濯得干干净净；并且还将他的床铺理得清清楚楚，然后扶他上床。由此可见，佛是怎样的习劳了。佛决不像现在的人，凡事都要人家服劳，自己坐着享福。这些事实，出于经律，并不是凭空说说的。

现在我再说两桩事情，给大家听听：

《弥陀经》中载着的一位大弟子——阿㝹楼陀，他双目失明，不能料理自己，佛就替他裁衣服，还叫别的弟子一道帮着做。

有一次，佛看到一位老年比丘眼睛花了，要穿针缝衣，无奈眼睛看不清楚，嘴里叫着："谁能替我穿针呀！"佛听了立刻答应说："我来替你穿。"

以上所举的例，都足证明佛是常常劳动的。我盼望诸位，也当以佛为模范，凡事自己动手去做，不可依赖别人。

三、持戒

"持戒"二字的意义，我想诸位总是明白的吧！我们不说修到菩萨或佛的地位，就是想来生再做人，最低的限度，也要能持五戒。可惜现在受戒的人虽多，只是挂个名而已，切切实实能持戒的却很少。要知道，受戒之后，若不持戒，所犯的罪，比不受戒的人要加倍的大，所以我时常劝人不要随便受戒。至于现在一般传戒的情形，看了真痛心，我实在说也不忍说了！我想最好还是随自己的力量去受戒，万不可敷衍门面，自寻苦恼。

戒中最重要的，不用说是杀、盗、淫、妄，此外还有饮酒、食肉，也易惹人讥嫌。至于吃烟，在律中虽无明文，但在我国习惯上，也很容易受人讥嫌的，总以不吃为是。

四、自尊

"尊"是尊重，"自尊"就是自己尊重自己，可是人都喜欢人家尊重我，而不知我自己尊重自己；不知道要想人家尊重自己，必须从我自己尊重自己做起。怎样尊重自己呢？就是自己时时想着：我当做一个伟大的人，做一个了不起的人。比如我们想做一位清净的高僧吧，就拿《高僧传》来读，看他们怎样行，我也怎样行，所谓："彼既丈夫我亦尔。"又比方我想将来做一位大菩萨，那就当依经中所载的菩萨行，随力行去。这就是自尊。但自尊与贡高不同，贡高是妄自尊大，目空一切的胡乱行为；自尊是自己增进自己的德业，其中并没有一丝一毫看不起人的意思的。

诸位万万不可以为自己是一个小孩子，是一个小和尚，一切不妨随便些；也不可说我是一个平常的出家人，哪里敢希望做高僧，做大菩萨！凡事全在自己做去，能有高尚的志向，没有做不到的。

诸位如果作这样想：我是不敢希望做高僧，做大菩萨的，那做事就随随便便，甚至自暴自弃，走到堕落的路上去了，那不是很危险的么？诸位应当知道：年纪虽然小，志气却不可不高啊！

我还有一句话，要向大家说：我们现在依佛出家，所处的地位是非常尊贵的，就以剃发、披袈裟的形式而论，也是人天师表，国王和诸天人来礼拜，我们都可端坐而受。你们知道这道理么？自今以后，就当尊重自己，万万不可随便了。

以上四项，是出家人最当注意的，别的我也不多说了。我不久就要闭关，不能和诸位时常在一块儿谈话，这是很抱歉的。但我还想在关内讲讲律，每星期约讲三四次，诸位碰到例假，不妨来听听！今天得和诸位见面，我非常高兴。我只希望诸位把我所讲的四项，牢记在心，作为永久的纪念！

时间讲得很久了，费诸位的神，抱歉！抱歉！

改过之次第

癸酉正月，厦门妙释寺讲

今值旧历新年，请观厦门全市之中，充满新气象，门户贴新春联，人多着新衣，口言"恭贺新禧""新年大吉"等。我等素信佛法之人，当此万象更新时，亦应一新乃可。我等所谓新者何？亦如常人贴新春联、着新衣等以为新乎？曰："不然。"我等所谓新者，乃是改过自新也。但"改过自新"四字范围太广，若欲演讲，不知从何说起，今且就余五十年来修省改过所实验者，略举数端为诸君言之。

余于讲说之前，有须预陈者，即是以下所引诸书，虽多出于儒书，而实合于佛法。因谈玄说妙、修证次第，自以佛书最为详尽；而我等初学之人，持躬敦品、处事接物等法，虽佛书中亦有说者，但儒书所说，尤为明白详尽适于初学。故今多引之，以为吾等学佛法者之一助焉。以下分为总论别示二门。

一、总论

总论者，即是说明改过之次第：

（一）学须先多读佛书、儒书，详知善恶之区别及改过迁善之法。倘因佛儒诸书浩如烟海，无力遍读，而亦难于了解者，可以先读《格言联璧》一部。余自儿时，即读此书；归信佛法以后，亦常常翻阅，甚觉其亲切而有味也。此书佛学书局有排印本，甚精。

（二）省既已学矣，即须常常自己省察，所有一言一动，为善欤？为恶欤？若为恶者，即当痛改。除时时注意改过之外，又于每日临睡时，再将一日所行之事，详细思之。能每日写录日记，尤善。

（三）改省察以后，若知是过，即力改之。诸君应知改过之事，乃是十分光明磊落，足以表示伟大之人格。故子贡云："君子之过也，如日月之食焉，过也人皆见之，更也人皆仰之。"又古人云："过而能知，可以谓明。知而能改，可以即圣。"诸君可不勉乎！

二、别示

别示者，即是分别说明余五十年来改过迁善之事。但其事甚多，不可胜举。今且举十条为常人所不甚注意者，先与诸君言之。《华严经》中皆用十之数目，乃是用十以表示无尽之意。今余说改过之事，仅举十条，亦尔，正以示余之过失甚多，实无尽也。此次讲说时间甚短，每条之中仅略明大意，未能详言，若欲知者，且俟他日面谈耳。且有下述内容，殊略说之：

（一）虚心。常人不解善恶，不畏因果，决不承认自己有过，更何论改？但古圣贤则不然。今举数例，孔子曰："五十以学易，可以无大过矣。"又曰："闻义不能徙，不善不能改，是吾忧也。"蘧伯玉为当时之贤人，彼使人于孔子。孔子与之坐而问焉，曰："夫子何为？"对曰："夫子欲寡其过而未能也。"圣贤尚如此虚心，我等可以贡高自满乎？！

（二）慎独。吾等凡有所作所为，起念动心，佛菩萨乃至诸鬼神等，无不尽知尽见。若时时作如是想，自不敢胡作非为。曾子曰："十目所视，十手所指，其严乎！"又引诗云："战战兢兢，如临深渊，如履薄冰。"此数语为余所常常忆念不忘者也。

（三）宽厚。造物所忌，曰刻曰巧。圣贤处事，唯宽唯厚。古训甚多，今不详录。

（四）吃亏。古人云："我不识何等为君子，但看每事肯吃亏的便是。我不识何等为小人，但看每事好便宜的便是。"古时有贤人某临终，子孙请遗训，贤人曰："无他言，尔等只要学吃亏。"

（五）寡言。此事最为紧要。孔子云："驷不及舌。"可畏哉！古训甚多，今不详录。

（六）不说人过。古人云："时时检点自己且不暇，岂有工夫检点他人。"孔子亦云："躬自厚而薄责于人。"以上数语，余常不敢忘。

（七）不文己过。子夏曰："小人之过也必文。"我众须知，文过乃是最可耻之事。

（八）不覆己过。我等倘有得罪他人之处，即须发大惭愧，生大恐惧。发露陈谢，忏悔前愆。万不可顾惜体面，隐忍不言，自诳自欺。

（九）闻谤不辩。古人云："何以息谤？曰：无辩。"又云："吃得小亏，则不至于吃大亏。"余三十年来屡次经验，深信此数语真实不虚。

（十）不嗔。嗔习最不易除。古贤云："二十年治一怒字，尚未消磨得尽。"但我等亦不可不尽力对治也。《华严经》云："一念嗔心，能开百万障门。"可不畏哉！

因限于时间，以上所言者殊略，但亦可知改过之大意。最后，余尚有数言，愿为诸君陈者：改过之事，言之似易，行之甚难，故有屡改而屡犯，自己未能强作主宰者，实由无始宿业所致也。务请诸君更须常常持诵阿弥陀佛名号，观世音、地藏诸大菩萨名号！至诚至敬，恳切忏悔无始宿业，冥冥中自有不可思议之感应。承佛菩萨慈力加被，业消智朗，则改过自新之事，庶几可以圆满成就，现生优入圣贤之域，命终往生极乐之邦，此可为诸君预贺者也。

常人于新年时，彼此晤面，皆云恭喜，所以贺其将得名利。余此次于新年时，与诸君晤面，亦云恭喜，所以贺诸君将能真实改过，不久将为贤为圣；不久决定往生极乐，速成佛道，分身十方，普能利益一切众生耳！

改正习惯

癸酉年，泉州承天寺讲

吾人因多生以来之凤习，及以今生自幼所受环境之熏染，而自然现于身口者，名曰习惯。

习惯有善有不善，今且言其不善者。常人对于不善之习惯，而略称之曰习惯，今依俗语而标题也。

在家人之教育，以矫正习惯为主，出家人亦尔。但近世出家人，唯尚谈玄说妙，于自己微细之习惯，固置之不问，即自己一言一动，极粗显易知之习惯，亦罕有加以注意者。可痛叹也！

余于三十岁时，即觉知自己恶习惯太重，颇思尽力对治。出家以来，恒战战兢兢，不敢任情适意。但自愧恶习太重，二十年来，所矫正者百无一二。

自今以后，愿努力痛改。更愿有缘诸道侣，亦皆奋袂兴起，同致力于此也。吾人之习惯甚多，今欲改正，宜依如何之方法耶？若罗列多条，而一时改正，则心劳而效少，以余经验言之，宜先举一条乃至三四条，逐日努力检点，既已改正，后再逐渐增加可耳。

一、改正习惯之七条

今春以来，有道侣数人，与余同研律学，颇注意于改正习惯。数月以来，稍有成效，今愿述其往事，以告诸公。但诸公欲自改其习惯，不必尽依此数条，尽可随宜酌定。余今所述者，特为诸公作参考耳。学律诸道侣，已改正习惯，有七条：

（一）食不言。现时中等以上各寺院，皆有此制，故改正甚易。

（二）不非时食。初讲律时，即由大众自己发心，同持此戒。后来学者亦尔。遂成定例。

（三）衣服朴素整齐。或有旧制，色质未能合宜者，暂作内衣，外罩如法之服。

（四）别修礼诵等课程。每日除听讲、研究、抄写及随寺众课诵外，皆别自立礼诵等课程，尽力行之。或有每晨于佛前跪读《法华经》者，或有读《华严经》者，或有读《金刚经》者，或每日念佛一万以上者。

（五）不闲谈。出家人每喜聚众闲谈，虚丧光阴，废弛道业，可悲可痛。今诸道侣，已能渐除此习，每于食后，或傍晚休息之时，皆于树下檐边，或经行，或端坐；若默诵佛号，若朗读经文，若默然摄念。

（六）不阅报。各地日报社会新闻栏中，关于杀、盗、淫、妄等事，记载最详。而淫欲诸事，尤描摹尽致。虽无淫欲之人，常阅报纸，亦必受其熏染，此为现代世俗教育家所痛慨者。故学律诸道侣，近已自己发心不阅报纸。

（七）常劳动。出家人性多懒惰，不喜劳动。今学律诸道侣，皆已发心，每日扫除大殿及僧房檐下，并奋力做其他种种劳动之事。

二、实行改正之二条

以上已改正之习惯，共有七条。

尚有近来特实行改正之二条，亦附列于下：

（一）食完所剩饭粒。印光法师最不喜此事，若见剩饭粒者，即当面痛呵斥之，所谓施主一粒米，恩重大如山也。但若烂粥、烂面留滞碗上，不易除去者，则非此限。

（二）坐时注意威仪。垂足坐时，双腿平列，不宜左右互相翘架，更不宜耸立或直伸。余于在家时，已改此习惯；且现代出家人普通之威仪，亦不许如此；想此习惯不难改正也。

总之，学律诸道侣，改正习惯时，皆由自己发心，绝无人出命令而禁止之也。

关于整顿僧众的意见

丁卯年三月，杭州致旧师子民、
旧友子渊、彝初、少卿、钟华诸居士

旧师子民、旧友子渊、彝初、少卿、钟华诸居士同鉴：

昨有友人来，谓仁等已至杭州建设一切，至为欢慰。又闻子师等在青年会演说，对于出家僧众，有未能满意之处。鄙意以为现代出家僧众，诚属良莠不齐，但仁等于出家人中之情形，恐有隔膜。将来整顿之时，或未能一一允当。鄙意拟请仁等另请僧众二人为委员，专任整顿僧众之事。凡一切规划，皆与仁等商酌而行，似较妥善。此委员二人，据鄙意，愿推荐太虚法师及弘伞法师任之。此二人，皆英年有为，胆识过人。前年曾往日本考察一切，富于新思想，久有改革僧制之弘愿，故任彼二人为委员，最为适当也。至将来如何办法，统乞仁等与彼协商。对于服务社会之一派，应如何尽力提倡（此是新派）；对于山林办道之一派，应如何尽力保护（此是旧派，但此派必不可废）；对于既不能服务社会，又不能办道山林之一流僧众，应如何处置；对于应赴一派（即专做经忏者），应如何严加取缔；对于子孙之寺院（即出家剃发之处），应如何处置；对于受戒之时，应如何严加限制。如是等种种问题，皆乞仁者仔细斟酌，妥为办理。俾佛门兴盛，佛法昌明，则幸甚矣。此事先由浙江一省办起，然后遍及全国。弘伞法师现住里西湖新新旅馆隔壁招贤寺内；太虚法师现住上海（其住址问弘伞法师便知）。谨陈拙见，诸乞垂察，不具。

弘一

三月十七日

咋闻友人述及仁者五人现任委员。此外尚有数人，或系旧友，亦未可知。并乞代为致候。

倡办小学之意

甲戌年七月十四日，厦门南普陀寺致瑞今法师[1]

弘一提倡办小学之意，绝非为养成法师之人才，例如天资聪颖、辩才无碍、文理精通、书法工秀等。如是等绝非弘一所希望于小学学僧者（或谓小学办法。第一须求文理通顺，并注重读诵等，此仍是养成法师之意，与弘一之意不同）。

弘一提倡之本意，在令学者深信佛菩萨之灵感，深信善恶报应因果之理，深知如何出家及出家以后应做何事，以造成品行端方、知见纯正之学僧。至于文理等在其次也。儒家云"士先器识而后文艺"，亦此意也。

谨书拙见，以备采择。

弘一

七月十四日晨

美育

弘一沙门释演音题

---

[1] 瑞今法师：福建晋江人。弘一法师在厦门提倡于闽南佛学院外另办佛教养正院，培养幼年学僧，请瑞今法师为主任。

138

英年绩学宜专力于学问及撰述之业

辛未年，慈溪金仙寺致芝峰法师❶

芝峰法师座下：

顷奉惠书并大著，欢喜无量。大著深契鄙意，佩仰万分。将来流布之后，必可令多数学子同植菩提之因。仁者法施功德，宁有既耶？

前日闻仁者与醒法师有往苏州之意，鄙见以为未妥。倘仁者不欲居厦门，则乞移锡金仙。又静公近拟接受杭州招贤寺，倘能成就，则仁者住居招贤，甚为适宜。

末学与仁者神交以来，垂十年矣。窃念当今之世，如仁者英年绩学者，殊为稀有，若再深入教诲，旁及世俗之学识，如是致力十数年，所造必在虚云大师之上。当仁不让，愿仁者努力为之。日本学者著作虽条理可观，然于佛学所造甚为浅薄，仁者将来学业成就，所有著作，必能令日人五体投地，万分佩仰。且可译为西方文字，传播欧美，可为世界第一大导师，则将来受仁者法施之惠者，岂仅中华已耶！

末学敬劝仁者，今后无论居住何处，总宜专力于学问及撰述之业。至若做方丈和尚等之职务，愿仁者立誓，终身决不为之。因现代出家人中，能任方丈和尚等职务者，甚多甚多，而优于学问，能继续虚大师，弘宣大法，以著述传播日本乃至欧美者，以末学所知所最信仰者，当以仁者为第一人矣。末学于仁者钦佩既深，故敢掬诚奉劝。杂陈芜辞，幸垂省览。

音启

---

❶ 芝峰法师（1901—1971）：浙江温州人。早年出家，受教于谛闲法师、太虚法师。历任闽南佛学院教授、《海潮音》月刊编辑等职。

如何修补校点《华严疏钞》

一

甲子年十二月初三日，温州庆福寺，致蔡丏因[1]

丏因居士丈室：

　　顷诵书，并承惠施毫笔四管，谢谢。《华严经疏科文》十卷，未有刻本。日本《续藏经》第八套第一册、二册，有此科文，他日希仁者致戒珠寺检阅。疏、钞、科三者如鼎足，不可缺一。杨居士刻经疏，每不刻科文，厌其繁琐，盖未尝详细研审也（钞中虽略举科目，然或存或略，意谓读疏者，必对阅科文，故不一一具出也）。今屏去科文而读疏、钞，必致茫无头绪。北京徐居士刻经，悉依杨居士之成规，亦不刻科。所刻《南山律宗三大部》，为近百册之巨著，亦悉删其科文，朽人尝致书苦劝，彼竟固执旧见，未肯变易，可痛慨也。

　　　　　　　　　　　　　　　　　　　昙昉白
　　　　　　　　　　　　　　　　　　　十二月初三日

二

丙寅年五月十九日，杭州招贤寺，致蔡丏因

丏因居士丈室：

　　书悉。近与伞法师发愿重厘会、修补、校点《华严疏钞》（今之

---

[1] 蔡丏因（1890—1955）：浙江嘉兴人。曾任上海世界书局总编辑。

《会本》，为明嘉靖时妙明法师所会。彼时清凉排定之科文久佚，妙师臆为分配，故有未当处。妙师《会本》，后有人删节，甚至上下文义不相衔接。《龙藏》仍其误。今流通本又仍《龙藏》之误。以上据徐蔚如考订之说）。伞法师愿任外护并排版流布之事（伞法师谓排版为定，可留纸版，传之永久）。朽人一身任厘会、修补、校点诸务，期以二十年卒业。先《科文》十卷，次《悬谈》，次《疏钞》正文。朽人老矣，当来恐须乞仁者赓续其业，乃可完成也。此事须于秋暮自庐山返后，再与伞师详酌。若决定编印，尚须约仁者来杭面谈一切。前存尊斋《疏钞》等，乞暂勿送返。是间有《续藏》可阅。伞师又将觅木版流通本以为编写之稿本（改正科会及增补原文之处，皆剪贴，即以此本排印，不须另写）。近常与湛翁晤谈，彼诗兴甚佳。他日来杭，可往访也。

论月疏

五月十九日

三

辛未年四月廿八日，上虞法界寺，致弘伞法师❶

伞师慈鉴：

惠书敬悉。去冬本有撰述歌谱之愿，乃今春以来，老病缠绵，身心衰弱，手颤眼花，臂痛不易举，日恒思眠，有如八九十老翁，故此事只可从缓。承惠日书三册，其中《赞歌》二册敬受，且俟他年恢复康健时，当试为之。《薄伽梵歌》无有需用，谨寄返。又新刻《华严经传记》一册，校勘表四分，并奉上，乞收入。重编《华严疏钞》已由徐蔚如着手，计《科文》十卷，先刊《经疏》百二十卷，《疏钞别行钞》九十卷，《经科》数卷（专由疏中摘出判经之科），《别行疏》

---

❶ 弘伞法师（1886—1975）：安徽安庆人。出家后为弘一法师师弟。历任杭州招贤、虎跑诸寺住持。

二卷（即《行愿》末卷去钞存疏）。新编之书，以清凉一人之撰述为限。刊资久已集就，此事决定可以实行。仁者闻之，当甚赞喜。音近来备受痛苦，而道念亦因之增进，佛称八苦为八师，诚确论也。不久拟闭关用功，谢绝一切缘务。以后如有缁素诸友询问音之近状者，乞以"虽存若殁"四字答之，不再通信及晤面矣。音近数年来颇致力于《华严疏钞》，此书法法具足，如一部《佛学大辞典》。若能精研此书，于各宗奥义皆能通达（凡小乘论、律、三论、法相、天台、禅、净土等，无不具足）。仁者暇时，幸悉心而玩索焉。谨复，顺颂法安。

音和南

四月廿八日

四

戊寅年除夕前二日，泉州承天寺，致黄幼希❶

幼希居士道席：

不晤倏已十载。近闻仁者校订《华严疏钞》，至用欢赞。朽人亦久有此志，但衰老日甚，无能为力耳。前所校点《玄谈》，亦仅自备披览，中多讹缺，且未及与《大正藏》本对校，简陋殊无足观，故不寄奉。兹述鄙意数则，以备参考。

（一）《玄谈》古会本（徐居士疑出自唐代），其文与《明藏》（即《弘教藏》之本）中疏钞别行本之文，不同者甚多。

（二）考《会玄记》之牒疏钞文处，可以见《会玄记》所依之本与《明藏》本不同者甚多，亦可考证《明藏》本之讹字。

（三）金陵新刊本《玄谈》之圈点句读，唯依文意之大致。若参考《会玄记》，其句读应改正者不少。

（四）《悬谈》第四卷以下钞文中，略去疏科者甚多，此非后人

---

❶ 黄幼希（1884—1958）：福建永泰人。曾任上海商务印书馆编辑。著有英文字典多种。晚年主持上海普慧大藏经会多年。

所删。

（五）《会玄记》常州新版，讹误甚多。《弘教藏》本较善。此记瑕瑜不一，亦有文义幼稚处，亦多精义。想其精义，或是摘录前人之作耳。

《行愿品别行疏钞》，似未经杨居士校，即付刻，故其讹误甚多。今略附于后，以备参考。有应作小注，而刊作大字者；又应另行起而与上文连续者（第五册甚多）。讹字及句读误处颇多。按此书原系别行，《疏》一卷，《圭峰义记》六卷，及《科文》一册。自缙云移注经及削成略抄，而古疏科记传者鲜矣（以上据宋行霆重刊古本之跋文，载于日本宁乐刊经史中。传说此《疏》一卷并《义记》六卷，有日本明德二年，此土洪武二十四年之翻刻宋古刊本，今存日本东大寺中）。精神颓唐，未能详陈，仅略书此，以供参考。

明春即拟往永春等处，住址未定。仁者收到此函后，暂勿复。蒋竹庄居士，乞代致候。十年前，曾在清凉寺同听《华严经》，想尚忆记否？谨陈不宣。

再者，《华严疏钞》中之钞文，亦有前后不符，又与别行科文不同处（所谓科文，即《玄谈》古会本之前所列者，非是今新刊之全科）。如金陵刊本《悬谈》卷二十一第十四页第十行"第二'双会谓'会通'四法'大小不同"云云（上面有""者为依《明藏》补入主字）。案此，"第二"二字，与别行科文合。但依前钞文应作第三。此钞文金陵本删去，应在金陵本卷二十一第二页第九行下续之。乞检《明藏》可知。

演音启
除夕前二日

143

常用净土宗诵读经籍简介

戊辰年，上海致姚石子[1]

石子居士礼席：

省书，承仁归信佛法，至可赞喜！辄依鄙见，择定应用经书若干种，录之如下：

《印光法师文钞》。法师今居普陀，昔为名儒，出家已二十余年，为当世第一高僧。品格高洁严厉，为余所最服膺者。《文钞》之首，有余题辞。又新版排印《安士全书》（为上海佛学推行社所印送。仁者如无此书，请致函索取）第二本末页，附录余撰定阅《印光文钞》次序表。依此次序阅览（但表中所记一圈者及无圈者，可暂缓阅），自无扞格不通之虞。请先阅《文钞》第一册《论》第十六页《佛教以孝为本论》。又第二册书第三十四页后以下《与卫锦洲居士书》及《复泰顺林介生居士书》，因此三页，与仁者近处之境，关系最切。

《灵峰宗论》为明灵峰蕅益大师文集。近古高僧中知见最正者。先阅此种，自不致为他派之邪说所淆惑。集中文字，深浅互见。凡净宗、禅宗及天台、贤首、慈恩、密宗等，皆具说之，非专谈一法也。可先阅法语及书信二类。但初学亦不能尽解，当于阅时自择其所解者先阅，其难解者不妨暂缓。集中文字，篇幅不长，各为起止，不妨跳跃阅览。初阅佛书者，必不能一一尽解，但渐渐修习，其不解者亦可通晓，万不可急求速效。又集中卷四之二第四页《孝闻说》，卷六之一第十一页《广孝序》，卷七之四第三页《建孟兰盆会疏》，可先检

144

阅之。

《释门真孝录》专辑佛祖经书中论孝亲事者。

《竹窗三笔》《山房杂录》《云栖遗稿》皆笔记之类，可以随时择阅数则。

《选佛谱》《选佛图》如世间升官图之式。常常习掷，自能通达佛法门径。谱为说明者。此作利益甚大，且饶兴味。妇孺尤宜劝其常常掷之，以种善根。

《佛教初学课本》《释教三字经》皆记佛法之大纲，甚为简要。《释迦如来应化事迹》为释迦之历史，附有图，甚精。

《安士全书》扬州旧有木版二套。近由上海佛学推行社劝募印送，已得四万余部。是书宜雅宜俗，人谓救世宝典，良不虚也。

《佛学撮要》《佛学初阶》《佛学起信编》《佛学指南》《六道轮回录》《学佛实验谈》皆丁福保编，极浅近，且有兴味。凡有不信佛法者，可劝其先阅此类。

《南无阿弥陀佛解》等三种为学佛者最切近之书，内有余之字迹数幅。

《佛学问答》略示佛法之大要。

《新版净土四经》可备读诵。

《弥陀经疏钞撷》为解释《阿弥陀经》最浅近之书。

《观经图颂》为观无量寿佛图。

《龙舒净土文》《净土晨钟》《径中径又径征义》此三种皆劝人修净业之作，最详明切要。

《归元镜》依净宗三祖之传译，撰成戏曲之本，最有兴味。

《往生集》净宗往生者之传记。

以上八种为净宗入门之书。净宗者为佛教诸宗之一，即念佛求生西方之法门也。此宗现在最盛，以其广大普遍，并利三根。印光法师现在专弘此宗，余亦归信是宗，甚盼仁者亦以此自利利他也。他如禅宗及天台、贤首、慈恩诸宗，皆不甚逗现今之时机。禅宗尤为不宜。以禅宗专被上上利根，当世殊无此种根器。其所谓学禅宗者，大多误入歧途，可痛慨也。

《极乐庄严图》《西方接引图》皆阿弥陀佛等像。另外还有《释迦佛坐像》《地藏菩萨像》，此四种皆佛菩萨像，宜悬挂供养。可在阿弥陀佛像二种中，择挂一种。

《地藏菩萨本愿经》可备读诵。

以上所记之经目，为初学佛法，人事纷繁，未能专力修习者，所应用之书，一以其册数无多，一以其篇章多不前后承续，可以暇时随意阅一二页，不必从头至尾用意研味也。若再进一步修习，下记数种，可以请阅：

《诸经要集》分类辑录诸经中之要义。但多属事相，不难了解。

《念佛警策》择录净宗诸家之语录，甚精要。

《彻悟语录》与《梵室偶谈》合刊。《偶谈》即《灵峰宗论》中之一种，大半劝修净业之语，事理圆明。

《净土十要》印光法师盛赞此书，但多未宜于初学。若初学者，可先阅是中《十疑论》《净土或问》《念佛直指》三种。此外则随分随力斟酌阅之。

《无量寿经义疏》《观经四帖疏》《阿弥陀经义疏》《行愿品疏节录》皆前列净土四经之注疏。可先阅《四帖疏·上品上生章》之疏文，续阅《阿弥陀经义疏》，然后再阅其他。

《佛说无常经》为印度僧众常讽诵者。卷首余有序文。

《在家律要》既修净业，宜兼持戒律，可先阅此书，较易了解。

《阅藏知津》为藏经目录提要。

《佛学大辞典》搜辑甚富，可备随时检查。

《因是子静坐法》续篇，常州蒋维乔著。前年著正篇，多依道教；今著续篇，纯依佛教，补救前愆。若有愿习静坐者，可阅此书。但专念佛者，不习静坐无妨。又有蒙同善社之诱惑误入歧路者，宜速劝其阅此书以纠正之。

佛法广大，如天普覆，无有世出世间一法能出其外者，故儒、道、回、耶诸法，亦可云属佛法毫发之少分，但不如佛法之究竟耳。

是以比年以来，吾国佛法昌盛，有一日千里之势。士夫学者，究心于斯者尤众。随其根器之上下，各随分获其利益，譬犹一雨之润，万卉并育。噫，伟矣哉！仁者为亲诵经，谨为拟定日课如下：

诵《阿弥陀佛经》一遍，往生咒三遍，念南无阿弥陀佛最少一百八句，后诵回向文三遍。回向文代拟如下："愿以此功德，回向亡母高太恭人（若为亡父或他人者随改）。唯愿亡母业障速灭，早生西方极乐世界，见佛授记，普度众生，尽未来际。并愿法界有情，同圆种智。"此课约在四十分钟以内。若念佛多者，则时间亦增多，可随力为之。又《地藏菩萨本愿经》，亦宜讽诵。若人事纷繁，每日可仅诵一品，约三十分钟以内。若稍暇，每日可诵一卷，合数日诵完一部。每日诵毕，亦诵回向文三遍，文同上。若更愿诵他种经者，如《净土四经》中之他三种，皆可诵，继诵回向文亦然。

如不能常茹素，每晨粥时可茹素一餐，名曰"吃早素"。仁者可以是广劝他人。此事甚不为难，常人皆可行之，亦可种善因也。又不宜买活物在家中杀戮。若需食者，可买市上已杀之物，如是虽食荤腥，亦可减轻许多罪过。若发心茹素者，可先每月二天，即十五日及三十日（或月小则二十九日）。若再增加，每月四天，则增加初八及二十三之两天。若再增加，每月六天，即增加十四及二十九（或月小则二十八日）之两天。于每月斋日茹素，功德最大，具如佛经广明。

附寄旧书《佛三身赞》等三种一册，敬以奉赠。如愿付印，卷尾空白之处，可自加题跋。又书佛号一幅，愿以此功德，回向令亡母。又旧书菩萨名号一幅，署款奉呈。又寄《莲池戒杀放生文》一册、《印造经像文》五册（余定其纲要，属尤惜阴撰述）、戒杀放生招贴三纸，统希收入。又石印拙书数种，请转赠吹万居士。余于二三年来，发愿未写之经典，尚有十数种。秋凉之后，将继续书写。仁者如需用，俟写就当以奉赠。率复不具。

僧胤疏答

地藏法门读诵经籍简介

致李圆净[1]

　　《地藏菩萨本迹灵感录》已达五版，至用欢慰。《地藏十轮经·序品》一卷，载赞叹感应之文甚多，乞仁者暇时披阅此经。金陵版《大集地藏十轮经》最善。《序品》以后，亦乞详阅之，当获益甚大。又《占察善恶业报经》，金陵版经并疏，亦地藏菩萨所说，唯此经说修唯识真如观法，不能通俗耳。连《本愿经》，共三种，也称为《地藏三经》。又《金刚三昧经》最后一品，金陵版，亦地藏菩萨所说。择其通俗易解者，演为浅显之文及表记，则弥善矣。他经多称为地藏菩萨，唯有《大乘本生心地观经》，称为地藏王菩萨。以上诸经之外，他经中载地藏菩萨之名者，如《华严经·入法界品》四种译本（晋译六十卷内，唐译八十卷内；西秦别译，此品名《佛说罗摩伽经》；唐贞元别译，此品名《普贤行愿品》，皆载地藏菩萨之名。但西秦译曰"持地藏菩萨"，晋译曰"大地藏菩萨"），贞元别译《华严十地经》，及《佛说八大菩萨经》等，皆有地藏菩萨之名。此外，又有《百千颂大集经·地藏菩萨请问法身赞》一卷。又秘密部亦有载地藏菩萨者，兹不具录。朽人受菩萨慈恩甚深，故据所知，拉杂写出，以奉慧览。

　　蕅益大师《灵峰宗论》中，屡有关于地藏菩萨之著作，亦乞仁者披阅之。《续藏经》中有《地藏菩萨发心因缘十王经》，此是伪经，不宜流布。

　　问：地藏菩萨经中，亦有往生净土之言否？答：有，今略举之。

---

　　❶ 李圆净（1894—1950）：广东三水人。著有《佛法导论》。与丰子恺合编《护生画集》。

秘密部《地藏菩萨仪轨》云："地藏菩萨说咒已，复说成就法。若念灭罪生善，生身后生极乐，以草护摩❶三万遍。"《地藏十轮经》云："当生净佛国，导师之所居，乘于无上乘，速得最胜智。"又云："当生净佛土，远离诸过恶，住彼证菩提，令离诸瞋忿。"又云："如是菩萨福德智慧速疾圆满，不久安住清净佛国。证得无上正等菩提。"又云："速住净佛国，证得大菩提。"《占察善恶业报经》云："地藏菩萨言，若人欲生他方现在净国者，应当随彼世界佛之名字，专意诵念，一心不乱。如是观察者，决定生彼佛净国。善根增长，速获不退。"故蕅益大师依《占察经》立忏法，谓欲随意往生净佛国土者，应受持修行此忏悔法。忏法中发愿文云："舍生他世，生在佛前。面奉弥陀，历侍诸佛。亲蒙授记，回入尘劳。普会群迷，同归秘藏。"

又，忏法有四部：

（一）《占察忏仪》（本名《占察行法》，附义疏后，亦有单行本，武昌印一册）。

（二）《梵本地藏忏愿仪》（扬州版一册）。此二种为蕅益大师作，最善。

（三）《地藏忏仪》（杭州版一册），简单可用。

（四）《梵本地藏忏》（扬州版三册），太繁杂。

---

❶ 护摩：梵语，义为焚烧，即火祭，是密宗常行的修法之一。

《护生画集》编订建议

戊辰年八月廿一日，温州庆福寺致李圆净、丰子恺^❶

圆净、子恺二居士同览：

惠书及另寄之画稿、宣纸等，皆收到。

披阅画集，至为欢喜赞叹。但稍有美中不足之处。率以拙意，条述如下，乞仁等逐条详细阅之，致祷！

△案此画集为通俗之艺术品，应以优美柔和之情调，令阅者生起凄凉悲悯之感想，乃可不失艺术之价值。若纸上充满残酷之气，而标题更用"开棺""悬梁""示众"等粗暴之文字，则令阅者起厌恶不快之感，似有未可。更就感动人心而论，则优美之作品，似较残酷之作品感人较深。因残酷之作品，仅能令人受一时猛烈之刺激；若优美之作品，则能耐人寻味，如食橄榄然（此且就曾受新教育者言之。若常人，或专喜残酷之作品，但非是编所被之机。故今不论）。

△依以上所述之意见，朽人将此画集重为编订，共存二十二张（尚须添画两张，共计二十四张。添画之事，下条详说）。残酷之作品，虽亦选入三四幅，然为数不多，杂入中间，亦无大碍。就全体观之，似较旧编者稍近优美。至排列之次序，李居士旧订者固善，今朽人所排列者，稍有不同。然亦煞费苦心，尽三日之力，排列乃定，于种种方面，皆欲照顾周到。但因画稿不多，难于选定。故排列之次序，犹不无遗憾耳。

△此画稿尚须添画二张。

---

❶ 丰子恺（1898—1975）：浙江崇德人。弘一法师弟子。中国现代漫画家、散文家、翻译家、美术和音乐教育家。

其一，题曰《忏悔》。画一半身之人（或正面，或偏面，乞详酌之），合掌恭敬，做忏悔状。其衣服宜简略二三笔画之，不必表明其为僧为俗。

其一，题曰《平和之歌》。较以前之画幅，加倍大（即以两页合并为一幅，如下记之图形。其虚线者，即是画幅之范围）。其上方及两旁，画舞台帷幕之形。其中间，画许多之人物，皆做携手跳舞，唱歌欢笑之形状。凡此画集中，所有之男女人类及禽兽虫鱼等，皆须照其本来之相貌，一一以略笔画出（其禽兽之已死者，亦令其复活。花已折残者，仍令其生长地上，复其美丽之姿。但所有人物之相貌衣饰，皆须与以前所画者毕肖。俾令阅者可以一一回想指出，增加欢喜之兴趣）。朽人所以欲增加此二幅者，因此书名曰《护生画集》，而集中所收者，大多数为杀生、伤生之画，皆属反面之作品，颇有未安。今依朽人排定之次序，其第一页《夫妇》，为正面之作品；以下十九张（唯《农夫与乳母》一幅，不在此类）皆是反面之作品，悉为杀生、伤生之画。由微而致显，复由显而致微。以后之三张，即是《平等》及新增加之《忏悔》《平和之歌》，乃是由反面而归于正面之作品。以《平和之歌》一张作为结束，可谓圆满护生之愿矣。

△集中所配之对照文字，固多吻合。但亦有勉强者，则减损绘画之兴味不少。今择其最适宜者用之。此外由朽人为作白话诗，补足之。但此种白话诗，多非出家人之口气，故托名某某道人所撰。并乞仁等于他人之处，亦勿发表此事（勿谓此诗为余所作）。昔蕅益大师著《辟邪集》，曾别署缁俗之名，杂入集中，今援此例而为之。

△《夫妇》所配之诗，虽甚合宜，但朽人之意，以为开卷第一幅，须用优美柔和之诗，致残杀等文义，应悉避去，故此诗拟由朽人另作。

△画题有须改写者，记之如下。乞子恺为之改写。

《溺》改为《沉溺》（第二张）。

《囚徒之歌》改为《凄音》，原名甚佳，因与末幅《平和之歌》重复，故改之（第三张）。

《诱杀》改为《诱惑》（第四张）。

《肉》改为《修罗》（第十一张）。

《悬梁》能改题他名，为善。乞酌为之（第十三张）。

又《刑场》之名，能改题，更善。否则仍旧亦可（第十二张）。

△朽人新作之白话诗，已成者数首，贴于画旁，乞阅之（凡未署名者皆是）。

△对照之诗，所占之地位，应较画所占之地位较小，乃能美观（至大，仅能与画相等），万不能较画为大。若画小字大，则有喧宾夺主之失，甚不好看。故将来书写诗句之时，皆须依一一之画幅，一一配合适宜。至以后摄影之时，即令书与画同一时，同一距离摄之，俾令朽人所配合大小之格式，无有变动。

△最后之一张画，即《平和之歌》，是以两页合拼为一幅。将来此幅对照之诗，其字数较多，亦是以两页合拼为一幅。诗后并附短跋数语，故此幅之字数较多也。

△画集，附挂号寄上。乞增补改正后，再挂号寄下，并画好之封面，同时寄下。

△将来印刷之时，其书与画之配置高低，及封面纸之颜色与结纽线之颜色，能与封面画之颜色相调和否？皆须乞子恺处处注意。又绘画后，有排版之长篇戒杀文字，亦须排列适宜。其圈点之大小，与黑色之轻重，皆须一一审定。因吾国排字工人之知识，甚为幼稚，又甚粗心，决不解美观二字也。此事至要，慎勿轻忽。

△此画集如是编定，大致妥善。将来再版之时，似无须增加变动。

△所有删去之十数张，将来择其佳者可以编入二集。兹将删去之画，略评如下：

《诱杀〈二〉》，此画本可用，但对此种杀法，至为奇妙，他人罕有知者。今若刊布，恐不善之人，以好奇心，学此法杀生。欲删去。

《尸林》《示众》《上法场》《开棺》，皆佳。但因此类残酷之作，一卷之内不宜多收，故删去。将来编二集时，或可编入。但画题有宜更改者。

《修罗》，此画甚佳。但因与《肉》重复，故删去。今于《肉》改题为《修罗》，则此幅《修罗》应改为他名。俟编二集时，可以编入。

《炮烙》亦可用。今因集中，有一花瓶、一玻璃瓶，与此洋灯罩之形相似，若编入者，稍嫌重复，故删去。

《采花感想》，此画章法未稳。他日改画后，可以选入二集。

《生的扶持》，亦可用，因与《夫妇》略似，故删去。

《义务警察》，今人食犬肉者罕闻。此画似可不用。

《杨枝净水》，此画可用。将来编二集时，可以此画置在最后之一幅。

△将来编二集时，拟多用优美柔和之作，及合于画生正面之意者。至残酷之作，依此次之删遗者，酌选三四幅已足，无须再多画也。

△此次画集所选入者，以《母之羽》《倘使羊识字》《我的腿》《农夫与乳母》《残废的美》为最有意味。《肉》，甚有精彩。

△此上所述之拙见，皆乞仁等详细阅之。画稿增改后，望早日寄下，为盼！

△子恺所画之格子，现在虽未能用。但由朽人保存，以备将来书写他种文字用之，俾不辜负量画一番之心血。至此次书写诗句时，应用之格子，拟由朽人自画。因须斟酌变通，他人不能解也。

△宿疾已愈。唯精神身体，皆未复原。草草书此，诸希鉴察，为祷！

演音上

八月廿一日

《佛学丛刊》编辑建议

丙子年四月廿三日，厦门南普陀寺致蔡丐因

丐因居士道席：

惠书诵悉。《佛学丛刊》将来共出几辑，似未可预定。若无有销路，主事者厌倦，即出二辑为止；否则可以续出。每辑之形式不同，未可分类标写部名（如经、论等。此事前曾再四踌躇，以不标为妥，恐以后发生困难）。如第一辑所选者，以短、易解、切要、有兴味、有销路为标准，但如此类之佛书实不可多得，故第二辑以下须另编辑，且拟每辑变换面目，以引起读者之兴味也。第二辑拟专收音所辑编者三十种（或旧编者如《寒笳集》等，此外新编，由一人负责）。第三辑拟专收佛教艺术（旧辑《华严集联》可编入。余可以编辑数种，此外由同人分任。共三十种）。所预定者大致如是。第一辑所收者，经、论、杂集之部类略备。第二辑多为警策身心克除习气之作。第三辑为佛教艺术。以后若续出者，每次变换面目，每两年出一辑。或全辑总售，或又零册分售。前定名曰《佛学丛书》，似范围太广大，今拟酌定曰《佛籍（典）小丛刊（刻）》，未知可否？乞裁酌之。定名之后，乞以示知，再书写签条及序言奉上也。近自扶桑国请到佛像书数十册（及古版佛书近千册，多为稀有之珍本），略为研求，乃知是为专门之学，未可率尔选择评论。第一辑、第二辑拟不用佛像，将来倘第三辑《佛教艺术》出版，可以多列诸像，附以说明也。

裴相《发菩提心文序》第十五行非"速行"也，应作"迷行"也。末页第七行"普愿大众"以下应提行另起。又第十三行"启发"以下之文宜与上行连续，不可提行。年谱在世之时不可发表。幼年诸事，拟与高文显君言之（厦门大学心理系学生，与广洽师致契）。

去岁仲冬大病，内外症并发，为生平所未经历（卧床近两月，俗谓九死一生）。内症至季冬已愈，外症延至本月乃痊。此次大病，自己甚得利益，稍暇拟记写之。

以后惠书，乞写厦门南普陀寺养正院广洽法师转交弘一。不久拟移居鼓浪屿，但信件仍由广洽法师转送来。其寻常信件，由彼代复，或退还也。谨复，不宣。《法华》卷已收到，感谢。

演音疏

四月廿三日

第肆辑 上求菩提

佛法以发大菩提心为主，

成佛为终极旨趣。

在体证佛道的过程中，

弘一法师不离世间，

发四弘愿，受三皈依，

修习对机法门，

下化众生，上求菩提。

发四弘誓愿

恭值灵峰蕅益大师圣诞。学律弟子等，敬于诸佛菩萨祖师之前，同发四弘誓愿：

一愿学律弟子等，生生世世，永为善友，互相提携，常不舍离，同学毗尼，同宣大法，绍隆僧种，普利众生。

一愿弟子等，学律及以弘法之时，身心安宁，无诸魔障，境缘顺遂，资生充足。

一愿当来建立南山律院，普集多众，广为弘传，不为名闻，不求利养。

一愿发大菩提心，护持佛法，誓尽心力，宣扬七百余年淹没不传之南山律教，流布世间，冀正法再兴，佛日重耀。

并愿以此发弘誓愿，及以别发四愿功德，乃至当来学律一切功德，悉以回向法界众生。唯愿诸众生等，共发大心，速消业障，往生极乐，早证菩提。

伏乞十方一切诸佛！本师释迦牟尼佛！极乐世界阿弥陀佛！观世音菩萨摩诃萨！地藏菩萨摩诃萨！南山道宣律师！灵芝元照律师！灵峰蕅益大师！慈念哀愍！证明摄受！

三皈大义

一、三皈之略义

三皈者,皈依于佛、法、僧三宝也。

三宝义甚广,有种种区别。今且就常人最易了解者,略举之。

佛者,如释迦牟尼佛、阿弥陀佛等诸佛是也。法者,为佛所说之法,或菩萨等依据佛意所说之法,即现今所流传之大、小乘经,律,论三藏也。僧者,如菩萨、声闻、诸圣贤众,下至仅剃发披袈裟者皆是也。

皈依者,皈向、依赖之意。

皈依于三宝者,乞三宝救护也。《大方便佛报恩经》云:"譬人获罪于王,投向异国以求救护。异国王言:'汝来无畏,但莫出我境,莫违我教,必相救护。'众生亦尔,系属于魔,有生死罪,皈向三宝,以求救护。若诚心皈依,更无异向,不违佛教,魔王邪恶,无如之何。"

既已皈依于佛,自今以后,决不再依天仙、神鬼一切诸外道等。

既已皈依于法,自今以后,决不再依诸外道典籍。

既已皈依于僧,自今以后,决不再依于不奉行佛法者。

二、授三皈之方法

(一)忏悔。

(二)正授三皈。

(三)发愿回向。

应先请授者详力解释此三种文义。因仅读文而未解义，不能获诸善法也。

正授三皈之文有多种，常所用者如下：

我某甲，尽形寿皈依佛，皈依法，皈依僧。（三说）

我某甲，皈依佛竟，皈依法竟，皈依僧竟。（三结）

前三说时，已得皈依善法；后三结者，重更叮咛，令不忘失也。

忏悔文及发愿回向文，由授者酌定之。但发愿回向，应有以此功德，回向众生，同生西方，齐成佛道之意。万不可唯求自利也。

三、授三皈之利益

经、律、论中，赞叹皈依三宝功德之文甚多，今略举四则。《灌顶经》云：“受三皈者，有三十六善神，与其无量诸眷属，守护其人令其安乐。”《善生经》云：“若人受三皈，所得果报，不可穷尽。如四大宝藏（四宝者：金、银、琉璃、玻璃），举国人民，七年之中，运出不尽。受三皈者，其福过彼，不可称计。”《较量功德经》云：“若三千大千世界，满中如来，如稻麻竹苇。若人四事供养（饮食、衣服、卧具、汤药），满二万岁，诸佛灭后，各起宝塔，复以香花供养，其福甚多，不如有人以清净心，皈依佛、法、僧三宝所得功德。”《大集经》云：“妊娠女人，恐胎不安，先授三皈已，儿无加害；乃至生已，身心具足，善神拥护。”是母受兼资于子也。

四、结语

在本寺正式讲律，至今日圆满。今日所以聚集缁素诸众，讲三皈大意者，一以备诸师参考，俾他日为人授三皈时，知其简要之方法也。一以教诸在家人，令彼等了知三皈之大意，俾已受者，能了此意，应深自庆幸；其未受者，先能了知此意，且为他日依师受三皈之基础也。

佛法以大菩提心为主

一

戊寅年六月十九日，漳州七宝寺讲

我至贵地，可谓奇巧因缘。本拟住半月返厦，因变住此，得与诸君相晤，甚可喜。

先略说佛法大意。

佛法以大菩提心为主。菩提心者，即是利益众生之心，故信佛法者，须常抱积极之大悲心，发救济一切众生之大愿，努力做利益众生之种种慈善事业，乃不愧为佛教徒之名称。

若专修净土法门者，尤应先发大菩提心，否则他人谓佛法是消极的、厌世的、送死的，若发此心者，自无此误会。

至于做慈善事业，尤要。既为佛教徒，即应努力做利益社会之种种事业，乃能令他人了解佛教是救世的、积极的。不起误会。

或疑经中常言空义，岂不与前说相反？今案大菩提心，实具有悲、智二义。悲者如前所说。智者不执着我相，故曰空也。即是以无我之伟大精神，而做种种之利生事业。若解此意，而知常人执着我相而利益众生者，其能力薄、范围小、时不久、不彻底；若欲能力强、范围大、时间久、最彻底者，必须学习佛法，了解悲智之义，如是所做利生事业乃能十分圆满也。故知所谓空者，即是于常人所执着之我见，打破消灭，一扫而空。然后以无我之精神，努力切实做种种之事业。亦犹世间行事，先将不良之习惯等一一推翻，然后良好建设乃得实现也。

今能了解佛法之全系统及其真精神所在，则常人谓佛教是迷信是消极者，固可因此而知其不当；即谓佛教为世界一切宗教中最高尚之宗教，或谓佛法为世界一切哲学中最玄妙之哲学者，亦未为尽理，因佛法是真能，说明人生宇宙之所以然。

破除世间一切谬见，而予以正见；破除世间一切迷信，而予以正信；破除恶行，而予以正行；破除幻觉，而予以正觉；包括世间各教各学之长处，而补其不足；广被一切众生之机，而无所遗漏。

不仅中国，现今如欧美诸国人，正在热烈地研究及提倡，出版之佛教书籍及杂志等甚多，故望己为佛教徒者，须彻底研究佛法之真理，而努力实行，必不愧为佛教徒之名。其未信佛法者，亦宜虚心下气，尽力研究，然后于佛法再加以评论。此为余所希望者。

以上略说佛法大意毕。

又当地信士，因今日为菩萨诞，欲请解释南无观世音菩萨之义。兹以时间无多，唯略说之。

南无者，梵语，即皈依义。菩萨者，梵语，为菩提萨陀之省文。菩提者觉，萨陀者众生。因菩萨以智上求佛法，以悲下化众生，故称为菩提萨陀。此以悲、智二义解释，与前同也。观世音者，为此菩萨之名。亦可以悲、智二义分释。如《楞严经》云：由我观听十方圆明，故观音名遍十方界。约智言也。如《法华经》云：苦恼众生一心称名，菩萨即时观其音声，皆得解脱，以是名观世音。约悲言也。

二

己卯年四月十六日，永春桃源殿讲

我到永春的因缘，最初发起在三年之前。性愿老法师常常劝我到此地来，又常提起普济寺是如何如何地好。

两年以前的春天，我在南普陀讲律圆满以后，妙慧师便到厦门请我到此地来。那时因为学律的人要随行的太多，而普济寺中设备未广，不能够收容，不得已而中止。是为第一次欲来未果。

是年的冬天，有位善兴师，他持着永春诸善友一张请帖，到厦门万石岩去，要接我来永春，那时因为已先应了泉州草庵之请，故不能来永春。是为第二次欲来未果。

去年的冬天，妙慧师再到草庵来接。本想随请前来，不意过泉州时，又承诸善友挽留，不得已而延期至今春。是为第三次欲来未果。

直至今年半个月以前，妙慧师又到泉州劝请，是为第四次。因大众既然有如此的盛意，故不得不来。其时在泉州各地讲经，很是忙碌，因此又延搁了半个多月。今得来到贵处，和诸位善友相见，我心中非常欢喜。自三年前就想到此地来，屡次受了事情所阻，现在得来，满其多年的夙愿，更可说是十分欢喜了。

今天承诸位善友请我演讲，我以为谈玄说妙，虽然极为高尚，但于现在行持终觉了不相涉，所以今天我所讲的，且就常人现在即能实行的，约略说之。

因为专尚谈玄说妙，譬如那饥饿的人来研究食谱，虽山珍海味之名，纵横满纸，如何能够充饥？倒不如现在得到几种普通的食品，即可入口，得充一饱，才于实事有济。

以下所讲的，分为三段。

（一）深信因果

因果之法，虽为佛法入门的初步，但是非常重要，无论何人皆须深信。何谓因果？因者好比种子，下在田中，将来可以长成为果实；果者譬如果实，自种子发芽，渐渐地开花结果。

我们一生所作所为，有善有恶，将来报应不出下列：

桃李种，长成为桃李——作善报善。

荆棘种，长成为荆棘——作恶报恶。

所以我们要避凶得吉，消灾得福，必须要厚植善因，努力改过迁善，将来才能够获得吉祥福德之好果。如果常作恶因，而要想免除凶祸灾难，哪里能够得到呢？

所以第一要劝大众深信因果，了知善恶报应，一丝一毫也不会差的。

（二）发菩提心

"菩提"二字是印度的梵语，翻译为"觉"，也就是成佛的意思。发者，是发起，故发菩提心者，便是发起成佛的心。为什么要成佛呢？为利益一切众生。须如何修持乃能成佛呢？须广修一切善行。以上所说的，要广修一切善行，利益一切众生，但须如何才能够彻底呢？须不着我相。所以发菩提心的人，应发以下之三种心：

1. 大智心：不着我相。此心虽非凡夫所能发，亦应随分观察。

2. 大愿心：广修善行。

3. 大悲心：救众生苦。

又发菩提心者，须发以下所记之四弘誓愿：

1. 众生无边誓愿度：菩提心以大悲为体，所以先说度生。

2. 烦恼无尽誓愿断：愿一切众生，皆能断无尽之烦恼。

3. 法门无量誓愿学：愿一切众生，皆能学无量之法门。

4. 佛道无上誓愿成：愿一切众生，皆能成无上之佛道。

或疑烦恼以下之三愿，皆为我而发，如何说是愿一切众生？这里有两种解释：一就浅来说，我也就是众生中的一人，现在所说的众生，我也在其内。再进一步言，真发菩提心的，必须彻悟法性平等，决不见我与众生有什么差别，如是才能够真实和菩提心相应。所以现在发愿，说愿一切众生，有何妨耶！

（三）专修净土

既然已经发了菩提心，就应该努力地修持。但是佛所说的法门很多，深浅难易，种种不同。若修持的法门与根器不相契合的，用力多而收效少；倘与根器相契合的，用力少而收效多。在这末法之时，大多数众生的根器，和哪一种法门最相契合呢？说起来只有净土宗。因为泛泛修其他法门的，在这五浊恶世，无佛应现之时，很是困难。若果专修净土法门，则依佛大慈大悲之力，往生极乐世界，见佛闻法，速证菩提，比较容易得多。所以龙树菩萨曾说，前为难行道，后为易行道，前如陆路步行，后如水道乘船。

关于净土法门的书籍，可以首先阅览者，《初机净业指南》《印光法师嘉言录》《印光法师文钞》等。依此就可略知净土法门的门径。

近几个月以来，我在泉州各地方讲经，身体和精神都非常地疲劳。这次到贵处来，匆促演讲，不及预备，所以本说未能详尽之处，希望大众原谅。

修净土宗者应注意的几项

壬申年十月，厦门妙释寺讲

今日在本寺演讲，适值念佛会期。故为说修净土宗者应注意的几项。

修净土宗者，第一须发大菩提心。《无量寿经》中所说三辈往生者，皆须发无上菩提之心。《观无量寿佛经》亦云，欲生彼国者，应发菩提心。

由是观之，唯求自利者，不能往生，因与佛心不相应，佛以大悲心为体故。

常人谓净土宗唯是送死法门（临终乃有用），岂知净土宗以大菩提心为主，常应抱积极之大悲心，发救济众生之宏愿。

修净土宗者，应常常发代众生受苦心，愿以一肩负担一切众生，代其受苦。所谓一切众生者，非限一县一省，乃至全世界，若依佛经说，如此世界之形，更有不可说不可说许多之世界，有如此之多故。凡此一切世界之众生，所造种种恶业，应受种种之苦，我愿以一人一肩之力完全负担，决不畏其多苦，请旁人分任，因最初发誓愿，决定愿以一人之力救护一切故。

譬如日，不以世界多故，多日出现。但一日出，悉能普照一切众生。今以一人之力，负担一切众生，亦如是。

以上但云以一人能救一切，是横说。若就竖说，所经之时间，非一日、数日、数月、数年，乃经不可说不可说久远年代，尽于未来，决不厌倦。因我愿于三恶道中，以身为抵押品，赎出一切恶道众生。众生之罪未尽，我决不离恶道，誓愿代其受苦。故虽经过极长久之时间，亦决不起一念悔心、一念怯心、一念厌心，我应生十分大欢喜心，以一身承当此利生之事业也。

以上讲应发大菩提心竟。

至于读诵大乘，亦是观经所说。修净土法门者，固应诵《阿弥陀经》，常念佛名，然亦可以读诵《普贤行愿品》，回向往生。因经中最胜者，《华严经》；《华严经》之大旨，不出《普贤行愿品》第四十卷之外。此经中说，诵此普贤愿王者，能获种种利益，临命终时，此愿不离，引导往生极乐世界，乃至成佛。故修净土法门者，常读诵此《普贤行愿品》，最为适宜也。

至于做慈善事业，乃是人类所应为者，专修念佛之人，往往废弃世缘，懒做慈善事业，实有未可。因现生能做种种慈善事业，亦可为生西之资粮也。

就以上所说，第一劝大家应发大菩提心。否则他人将谓净土法门是消极的、厌世的、送死的。复劝常读《行愿品》，可以助发增长大菩提心。至于做慈善事业尤要。因既为佛徒，即应努力做利益社会种种之事业，乃能令他人了解佛教是救世的、积极的，不起误会。

关于净土宗修持法，于诸书皆详载，无须赘陈。故唯述应注意者数事，以备诸君参考。

地藏菩萨之灵感

癸酉年四月初七日，厦门万寿岩讲

地藏菩萨广大灵感，为诸大菩萨中第一。其灵感之益，见于各经中者甚多。今且举《地藏菩萨本愿经》中二十八种利益，略讲之。

佛言：若未来世，有善男子、善女人见地藏形像，及闻此经乃至读诵，香华、饮食、衣服、珍宝、布袍供养，赞叹、瞻礼得二十八种利益。

一者天龙护念。以前为恶鬼神等随逐，今则不然。

二者善果日增。恶鬼神随逐，则起恶心行恶事，令恶果日增。今则不然。

三者集圣上因。若行善而不发愿回向，仅成人天之因，今则不然。

四者菩提不退。

五者衣食丰足。

六者疾疫不临。

七者离水火灾。

八者无盗贼厄。

九者人见钦敬。

十者鬼神助持。

十一者女转男身。或来生，或今生。

十二者为王臣女。

十三者端正相好。

十四者多生天上。

十五者或为帝王。

十六者宿命智通。

十七者有求皆从。

十八者眷属欢乐。

十九者诸横消灭。

二十者业道永除。

二十一者去处尽通。

二十二者夜梦安乐。

二十三者先亡离苦。

二十四者宿福受生。未发愿求生西方者，如前所说，生天上，为帝王，为王臣女等，今则不然。

二十五者诸圣赞叹。

二十六者聪明利根。

二十七者饶慈愍心。

二十八者毕竟成佛。

以上所举者，仅二十八种利益。据实言之，所得利益无量无边。二十八种，为其利益最大，且为常人所最易了解者。且举此令人生信仰心耳。

又须知如是种种利益，皆真实不虚。若礼敬供养地藏菩萨而未能获得如是利益者，皆因诚心未至也；倘能一心至诚礼敬供养，决定能获如是利益。二十八种中，第八为无盗贼厄，余于数年前曾亲历之，今愿为诸仁者略说其事。

余于在家之时，房内即供养地藏菩萨圣像，香烛供奉，信心甚诚；出家以后，随所住处，皆供奉地藏菩萨。

距今七年以前，余在杭州乡间某小寺过夏。寺中正房三间，各分前后，隔成六间。上有楼藏蓄物品，无人居住；楼下中间，前为大殿，后为客堂。上首前后二间余居之，下首前后二间本寺老和尚居之，楼梯即在其房中。其时老和尚抱病甚重，卧床不起。此外尚有出家者二人，在家者一人，分居客堂前小屋中。前面大门不开，皆由客堂侧之后门进出。

一日，有客人来，见外墙角有大石，告余曰："此应是盗贼欲入而未得也。"余闻其言，即知注意，因将存置楼上之物移入房内，并将各房之窗闩寻出，余室皆闩好（因以前各窗皆可随意自外开闭）；并以所余之闩转交诸师，令彼等亦各安竖，又警其注意。奈彼不信，遂即置之。

是夕，照例持诵地藏菩萨名号，心甚安静。及入夜，余睡眠甚安。但至中夜之时，闻楼上有数人行走之声，又闻老和尚说话，余以为老和尚扶病上楼，检点门窗，预防盗入也。不久，余即睡去。

次日晨起，如常开门，见客堂中，满地诸物，狼藉不堪。他人即告余云："汝尚不知夜间之事，汝实有福也。"遂续告余云："夜间有强盗数人，执刀杖等逾墙而入，先至小房，令出家者二人，在家者一人起床，并检觅彼等室中之银钱及在家人之衣服一件，悉已取去。后以刀逼迫彼等令带往老和尚处，彼等不得已，乃同往见老和尚。盗遂令老和尚偕往楼上开橱门，盗乃取洋二百余元。又于楼上检查所存各物，皆加检查，有欲者随意携去。后乃下楼。"盗等以为，全寺诸屋中，唯有余所居之屋未经检查，遂尽力拨门，又用木棍杵之，历一小时许而不能开（盗所拨者后室之门，余居前室，故不得闻。前室另有二门，在大殿侧，而盗等不知也）。又欲从窗而入，因内已闩，自外不能开。遂屡击玻璃，而玻璃不破。盗等精疲力尽，决不得入余房中。时天已将晓，彼等乃相率而去。

以上之事，皆由二位同居出家者为余述者，想与当时之情形相符也。此是余自己经历之一事，为二十八种利益中第八"无盗贼厄"也。

诸君倘能自今以后，发十分至诚之心礼敬供养地藏菩萨，则于二十八种利益必能一一具获，决定无疑。此则余可为诸君预庆者也。

余述地藏菩萨灵感已竟，请维那师领众诵地藏菩萨圣号及以回向（回向用"愿以此功德"偈）。

律学要略

乙亥年十一月，泉州承天寺，戒期胜会讲

　　我出家以来，在江浙一带并不敢随便讲经或讲律，更不敢赴什么传戒的道场，其缘故是因个人感觉学力不足。三年来，在闽南虽曾讲过些东西，自心总不满。这次本寺诸位长者再三地唤我来参加戒期胜会，在人情不得已中，故今天来与诸位谈谈。但因时间匆促，未能预备，又缺少参考书，兼以个人精神衰弱，拟在此共讲三天。今天先专为求授比丘戒者讲些律宗历史，他人旁听，虽不能解，亦是种植善根之事。

一、概说

　　为比丘者，应先了知戒律传入此土之因缘，及此土古今律宗盛衰之大概。由东汉至曹魏之初，僧人无皈戒之举，唯剃发而已。魏嘉平年中，天竺僧人传法时到中土，乃立羯磨受法，是为戒律之始。当是时可算是真实传授比丘戒的开始，后来渐渐地繁盛起来。

　　大部之广律，最初传来的是《十诵律》，翻译斯部律者，系姚秦时的鸠摩罗什法师；庐山净宗初祖远公法师亦竭力劝请赞扬。六朝时此律最盛于南方。其次翻译的是《四分律》，时期和《十诵律》相去不远，但迟至隋朝乃有人弘扬提倡，至唐初乃大盛。第三部是《僧祇律》，东晋时翻译的，六朝时北方稍有弘扬者。刘宋时继《僧祇律》后，有《五分律》，翻译斯律之人，即是译六十卷《华严经》者，文精而简，道宣律师甚赞，可惜罕有人弘扬。至其后有《有部律》，乃唐武则天时义净法师的译著，即是西藏一带最通行的律。当初义净法

172

师在印度有二十余年的历史，博学强记，贯通律学精微，非印度之其他僧人所能及，实空前绝后的中国大律师。义净回国翻译终毕，他年亦老了，不久即圆寂，以后无有人弘扬，可惜，可惜！此外诸部律论甚多，不遑枚举。

关于《有部律》，我个人起初见之甚喜，研究多年；以后因朋友劝告即改研南山律，其原因是南山律依《四分律》而成，又稍有变化，能适合吾国僧众之根器故。现在我即专就《四分律》之历史大略说些。

唐代是《四分律》最盛时期，以前所弘扬的是《十诵律》，《四分律》少人弘扬，至唐初《四分律》学者乃盛，共有三大派：一相部律，依法砺律师为主；二南山律，以道宣律师为主；三东塔律，依怀素律师为主。法砺律师在道宣之前，道宣曾就学于他；怀素律师在道宣之后，亦曾亲近法砺、道宣二律师。斯律虽有三大派之分，最盛行于世的可算南山律了。南山律师著作浩如渊海，其中《行事钞》最负盛名，是时任何宗派之学者皆须研《行事钞》。自唐至宋，解者六十余家，唯灵芝元照律师最胜。元照律师尚有许多其他经、律的注释。元照后，律学渐渐趋于消沉，罕有人发心弘扬。

南宋后禅宗益盛，律学更无人过问，所有唐宋诸家的律学撰述数千卷悉皆散佚。迨至清初，唯存南山《随机羯磨》一卷，如是观之，大足令人兴叹不已！明末清初有蕅益、见月诸大师等，欲重兴律宗，但最可憾者，是唐宋古书不得见。当时蕅益大师著述有《毗尼事义集要》，初讲时人数已不多，以后更少，结果成绩颓然。见月律师弘律颇有成绩，撰述甚多，有解《随机羯磨》者，毗尼作持与南山颇有不同之处，因不得见南山著作故。此外尚有最负盛名的《传戒正范》一部，从明末至今，传戒之书独此一部，传戒尚存之一线曙光，唯赖此书。虽与南山之作未能尽合，然其功甚大，不可轻视。但近代受戒仪轨，又依此稍有增减，亦不是见月律师《传戒正范》之本来面目了。

南宋至清七百余年，关于唐宋诸家律学撰述，可谓无存。清光绪末年，乃自日本请还唐宋诸家律书之一部分，近十余年间，在天津已

弘一大师遗象

丰子恺画

刊者数百卷。此外《续藏经》中所收尚未另刊者犹有数百卷。今后倘有人发心专力研习弘扬，可以恢复唐代之古风，凡蕅益、见月等所欲求见者，今悉俱在。我们生于此时候，实比蕅益、见月诸大师幸福多多。

但学律非是容易的事情。我虽然学律近二十年，仅可谓为学律之预备，窥见了少许之门径；再预备数年，乃可着手研究；以后至少须研究二十年，乃可稍有成绩。奈我现在老了，恐不能久住世间，很盼望你们有人能发心专学戒律，继我所未竟之志，则至善矣！

我们应知道，现在所流通之《传戒正范》，非是完美之书，何况更随便增减，所以必须今后恢复古法乃可。此皆你们的责任，我甚希望大家共同勉励进行！

（第一天所讲者已毕）第二天、第三天所讲的是：三皈、五戒乃至菩萨戒之要略。

二、受戒种类

三皈，五戒，八戒，沙弥、沙弥尼戒，式叉摩那戒，比丘、比丘尼戒，菩萨戒等，就普通说，菩萨戒为大乘，余皆小乘，但亦未必尽然，应依受者发心如何而定。我近来研究南山律，内中有云："无论受何戒法，皆要先发大乘心。"由此看来，哪有一种戒法专名为小乘的呢！再就受戒方法论，如三皈，五戒，沙弥、沙弥尼戒，皆用三皈依受；至于比丘、比丘尼戒，菩萨戒，则须依羯磨文受。又如式叉摩那则是作羯磨与学戒法，不是另外得戒，与上不同。再依在家出家分之，就普通说，在家如三皈、五戒、八戒等，出家如沙弥、比丘戒等，实而言之，三皈、五戒、八戒，皆通在家出家。诸位听着这话，或当怀疑，今我以例证之。如明灵峰蕅益大师，他初亦受比丘戒，后但退作但三皈人，如是言之，只有三皈亦可算出家人。

又若单五戒亦可算出家人，因剃发以后，必先受五戒，后再受沙弥戒，未受沙弥戒前，只是五戒之出家人。故五戒通于在家出家，有在家优婆塞、出家优婆塞之别。例如，明蕅益大师之大弟子成时、性旦二师，皆自称为出家优婆塞。成时大师为编辑《净土十要》及《灵峰宗论》者，性旦大师为记录《弥陀要解》者，皆是明末的高僧。

八戒何为亦通在家出家？《药师经》中说："比丘亦可受八戒，比丘再受八戒为欲增上功德故。"这样看起来，八戒亦通于僧俗。

以上略判竟，以下一一分别说之。

（一）三皈

三皈不属于戒，仅名三皈。三皈者，皈依佛、皈依法、皈依僧。未受以前必须要了解三皈道理，并非糊里糊涂地盲从瞎说，如这样子皆不得三皈。

所谓三宝有四种之别：一理体三宝，二化相三宝，三住持三宝，四一体三宝。尽讲起来，很深奥复杂，现在且专就住持三宝来说。三宝的意义是什么？佛、法、僧。所谓佛，即形像，如释迦佛像、药师佛像、弥陀佛像等；法即佛所说之经，如《法华经》《楞严经》等，皆佛金口所流露出来之法；僧即出家剃发受戒有威仪之人。以上所说佛、法、僧道理，可谓最浅近，谅诸位皆能明了吧。

皈依，即回转的意义，因前背舍三宝，而今转向三宝，故谓之皈依。但无论出家、在家之人，若受三皈时，有两点最重要：第一要注意皈依三宝是何意义。第二当受三皈时，师父所说应当十分明白，或师父所讲的话，全是文言不能了解，如是决不能得三皈；或隔离太远，听不明白亦不得三皈；或虽能听到大致了解，其中尚有一二怀疑处，亦不得三皈。又正授之时，即是皈依佛、皈依法、皈依僧三说，此最要紧，应十分注意。以后之皈依佛竟、皈依法竟、皈依僧竟，是名三结，无关紧要，所以诸位发心受戒，应先了知三皈意义。又当正授时，要在先皈依佛等三语注意，乃可得三皈。

以上三皈说已，下说五戒。

（二）五戒

就五戒言，亦要请师先为说明。五戒者，杀、盗、淫、妄、酒。当师父说明五戒意义时，切要用白话，浅近明了，使人易懂。受戒者听毕，应先自思量如是诸戒能持否，若不能全持，或一，或二，或三，或四，皆可随意。宁可不受，万不可受而不持。且就杀生而论，未受戒者，犯之本应有罪，若已受不杀戒者犯之，则罪更加重一倍。可怕不可怕呢？你们试想一想，如果不能受持，勉强敷衍，实是自寻烦恼！据我思之，五戒中最容易持的是不邪淫、不饮酒，诸位可先受这两条最为稳当；至于杀与妄语，有大小之分，大者虽不易犯，小者实为难持；又五戒中最为难持的莫如盗戒，非于盗戒戒相研究十分明了之后，万不可率尔而受。所以我盼望诸位对于盗戒一条缓缓再说，至要！至要！但以现在传戒情形看起来，在这许多人众集合场中，实际上是不能如上一一别受。我想现在受五戒时，不妨合众总受五戒，俟受戒后，再自己斟酌取舍，亦未为不可；于自己所不能奉持的数条，可以在引礼师前或俗人前舍去，这样办法，实在十分妥当，在授者减麻烦，诸位亦可免除烦恼。另外还有一句要紧的话，倘有人怀疑于此大众混杂扰乱之时，心中不能专一注想，或恐犹未得戒者，不妨请性愿老法师或其他善知识，再为重授一次，他们当即慈悲允许。

诸位，你们万不可轻视三皈五戒！我有句老实话对诸位说：菩萨戒不是容易得的，沙弥戒及比丘戒是不能得的，无论出家或在家人所希望者，唯有三皈五戒，我们倘能得三皈五戒，那就是很好的了。因受持五戒，来生定可为人；既能持五戒，再说念阿弥陀佛名号，求生西方，临终时定能往生西方极乐世界，岂不甚好。就我自己而论，对于菩萨戒是有名无实；沙弥戒及比丘戒决定未得；即以五戒而言，亦不敢说完全，只可谓为出家多分优婆塞而已，这是实话。所以我盼望诸位要注意三皈五戒。当受五戒，应知于前说三皈正得戒体，最宜注意；后说五戒戒相为附属之文，不是在此时得戒。又须请师先为说明五戒之广狭。例如，饮酒一戒不唯不饮泉州酒店之酒，凡尽法界虚空界之戒缘境酒，皆不可饮。杀、盗、淫、妄，亦复如是。所以受戒功德普遍法界，实非人力所能思议。

宝华山见月律师所编《三皈五戒正范》，所有开示多用骈体文，闻者万不能了解，等于虚文而已，最好请师译成白话。此外我更附带言之：近有为人授五戒者于不饮酒后加不吸烟一句，但这不吸烟可不必加入，应另外劝告，不应加入五戒文中。

以上说五戒毕，以下讲八戒。

（三）八关斋戒

八戒，具云八关斋戒。"关"者，禁闭非逸，关闭所有一切非善事。"斋"是清的意思，绝诸一切杂想事。八关斋戒本有九条，因其中第七条包含两条，故合计为八条。前五与五戒同，后三条是另加的。后加三者，即：第六，华香、璎珞、香油涂身。这是印度美丽装饰之风俗，我国只有花香，并无璎珞等。但所谓香，如吾国香粉、香水、香牙粉、香牙膏及香皂等，皆不可用。第七，高胜床上坐，作倡伎乐故往观听。这就是两条合为一条的，现略为分析："高"是依佛制度，坐卧之床脚，最高不能超过一尺六寸；"胜"是指金银牙角等之装饰，此皆不可。但在他处不得已的时候，暂坐可开。佛制是专为自制的，须结正罪；如别人已作成功的，不是自制的，罪稍轻。作倡伎乐故往观听，音乐、影戏等皆属此条。所谓故往观听之，"故"字要注意，于无意中偶然听到或看见的不犯。以上高胜床上坐，作倡伎乐故往观听，共合为一条，受八关斋戒的人，皆不可为。第八，非时食。佛制受八关斋戒后，自黎明至正午可食，倘越时而食，即叫作非时食，即平常所说的"过午不食"。但正午后，不单是饭等不可食，如牛奶、水果等均不可用。如病重者，于不得已中，可在大家看不到的地方开食粥等。

受八关斋戒，普通于六斋日受。六斋日者，即初八、十四、十五、廿三，及月底最后二日，倘能发心日日受，那是最好不过了。受时要在每天晨起时，期限以一日一夜——天亮时至夜，夜至明早。受八关斋戒后，过午不食一条，应从今天正午后至明日黎明时皆不可食。又八戒与菩萨戒比，较别的戒有区别，因为八戒与菩萨戒，是顿立之戒（但上说的菩萨戒，是局就《梵网》《璎珞》等而说的，若依《瑜伽》戒本，则属于渐次之戒），这是什么缘故呢？未受五戒、沙弥戒、比丘戒，皆可即受菩萨戒或八戒，故曰顿立。若渐次之戒，必依次第，如先五戒，次沙弥戒，次比丘戒，层层上去的。以上所说八关斋戒，外江居士受的非常之多，我想闽南一带，将来亦应当提倡提倡！若嫌每月六日太多，可减至一日或两日亦无不可；因仅受一日，即有极大功德，何况六日全受呢！

（四）沙弥戒

沙弥戒诸位已知道了吧？此乃正戒，共十条。其中九条同八戒，另加手不捉钱宝一条，合而为十。但手不捉钱宝一条，平常人不明白，听了皆怕，不知此不捉钱宝是易持之戒。律中有方便办法，叫作"说净"，经过说净的仪式后，亦可照常自己捉持。最为繁难者，是正戒十条外于比丘戒亦应学习，犯者结罪。我初出家时不晓得，后来学律才知道。这样看起来，持沙弥戒亦是不容易的一回事。

（五）沙弥尼戒

沙弥尼戒，即女众法戒，与沙弥同。

（六）式叉摩那戒

梵语式叉摩那，此云学法女。外江各丛林，皆谓在家贞女为式叉摩那，这是错误的。闽南这边，那年开元寺传戒时，对于贞女不称式叉摩那，只用贞女之名，这是很通的。平常人多不解何者为式叉摩那，我现在略为解释一下：哪一种人可以受式叉摩那戒呢？要已受沙弥尼戒的人于十八岁时，受式叉摩那法，学习二年，然后再受比丘尼戒。因为佛制二十岁乃可受戒，于十八岁时，再学二年正当二十岁。于二年学习时，僧作羯磨，与学戒法；二年学毕乃可受比丘尼戒。但式叉摩那要学三法：一学根本法，即四重戒；二学六法，染心相触，盗减五钱，断畜命，小妄语，非时食，饮酒；三学行法，大尼诸戒，及威仪。

此仅是受学戒法，非另外得戒，故与他戒不同。以下讲比丘戒。

（七）比丘戒

因时间很短，现在不能详细说明，唯有几句要紧话先略说之：

我们生此末法时代，沙弥戒与比丘戒皆是不能得的，原因甚多甚多！今且举出一种来说，就是没有能授沙弥戒、比丘戒的人。若受沙弥戒，须二比丘授；比丘戒至少要五比丘授。倘若找不到比丘的话，不单比丘戒受不成，沙弥戒亦受不成。我有一句很伤心的话要对诸位讲：从南宋迄今六七百年来，或可谓僧种断绝了！以平常人眼光看起来，以为中国僧众很多，大有达至几百万之概。据实而论，这几百万中，要找出一个真比丘，怕也是不容易的事！如此怎样能受沙弥、比丘戒呢？既没有能授戒的人，如何会得戒呢？我想诸位听到这话，心中一定十分扫兴。或有人以为既不得戒，我们白吃辛苦，不如早些回去好，何必在此辛辛苦苦做这种极无意味的事情呢？但如此怀疑是大不对的。我劝诸位应好好地、镇静地在此受沙弥戒、比丘戒才是！虽不得戒，亦能种植善根，兼学种种威仪，岂不是好！又若想将来学律，必先挂名受沙弥、比丘戒，否则以白衣学律，必受他人讥评。所以你们在这儿发心受沙弥、比丘戒是很好的！

这次本寺诸位长老唤我来讲律学大意，我感觉着有种种困难之点，这是什么缘故？比方我在这儿，不依据佛所说的道理讲，一味地随顺他人顾惜情面敷衍了事，岂不是我害了你们吗！若依实在的话与你们讲，又恐怕因此引起你们的怀疑，所以我觉着十分困难。因此不得已，对于诸位分作两种说法：

1. 老实不客气地，必须要说明受戒真相，恐怕诸位出戒堂后，妄自称为沙弥或比丘，致招重罪，那是不得了的事情！我有种比方，譬如泉州这地方有司令官等，不识相的老百姓亦自称我是司令官，如司令官等听到，定遭不良结果，说不定有枪毙之危险；未得沙弥、比丘戒者，妄自称为沙弥或比丘，必定遭恶报，亦就是这个道理。我为着良心的驱使，所以要对诸位说老实话。

2. 以现在人情习惯看起来，我总劝诸位受戒，挂个虚名，受后俾可学律，不然，定招他人诽谤之虞。这样的说，诸位定必明了吧。

更进一层说，诸位中若有人真欲绍隆僧种，必须求得沙弥、比丘戒者，亦有一种特别的方法，即是如蕅益大师礼占察忏仪，求得清净轮相，即可得沙弥、比丘戒。除此以外，无有办法。故蕅益大师云："末世欲得净戒，舍此占察轮相之法，更无别途。"因为得清净轮相之后，即可自誓总受菩萨戒，而沙弥、比丘戒皆包括在内，以后即可称为菩萨比丘。礼占察忏得清净轮相，虽是极不容易的事，倘诸位中有真发大心者，亦可奋力进行，这是我最希望你们的。

（八）比丘尼戒

以下说比丘尼戒。

比丘尼戒，现在不能详说。依据佛制，比丘尼戒要重复受两次：先依尼僧授本法，后请大僧正授。但正得戒时，是在大僧正授时。此法南宋以后已不能实行了。

（九）菩萨戒

最后说菩萨戒。

菩萨戒，为着时间关系，亦不能详说。现在略举三事：

1. 要有菩萨种性，又能发菩提心，然后可受菩萨戒。什么是种性呢？简单来说，就是多生以来所成就的资格。所以当受戒时，戒师问："汝是菩萨否？"应答："我是菩萨！"这就是菩萨种性。戒师又问："既是菩萨，已发菩提心否？"应答："已发菩提心。"这就是发菩提心。如这样子才能受菩萨戒。

2. 平常人受菩萨戒者，皆是全受，但依《璎珞本业经》，可以随身分受，或一或多，与前所说的受五戒法相同。

3. 犯相重轻，依旧疏、新疏有种种差别，应随个人力量而行。现以例说，如妄语戒，旧疏说大妄语乃犯波罗夷罪，新疏说小妄语即犯波罗夷罪。至于起杀、盗、淫、妄之心，即犯波罗夷，乃是为地上菩萨所制。我等凡夫是做不到的。

所谓菩萨戒虽不易得，但如有真诚之心，亦非难事，且可自誓受，不比沙弥、比丘戒必须要请他人授。因为菩萨戒、五戒、八戒皆可自誓受，所以我们颇有得菩萨戒之希望！

今天律学要略讲完，我想在其中有不妥当处或错误处，还请诸位原谅。最后我尚有几句话：诸位在此受戒很好！在近代说，如外江最有名望的地方，虽有传戒，实不及此地完备，这是这里办事很有热心，很有精神，很有秩序，诚使我佩服！使我赞美！就以讲律来说，此地戒期中讲沙弥律、比丘戒本、《梵网经》，他方是难有的。几年前泉州大开元寺于戒期中提倡讲律，大家皆说是破天荒的举动。本寺此次传戒之美备，实与数年前大开元寺相同，并有露天演讲，使外人亦有种植善根之机缘，诚办事周到之处。本年天灾仍频，泉州亦不在例外，在人心惨痛、境遇萧条的状况中，本寺居然以极大规模，很圆满的开戒，这无非是诸位长老及大护法的道德感化所致。我这次到此地，心实无限欢喜！此是实话，并非捧场。此次能碰着这大机缘与诸位相聚，甚慰衷怀！最后还要与诸位恭喜！

修持药师如来法门的利益

己卯年四月，永春普济寺讲

今天所讲，就是深契时机的药师如来法门。我近年来，与人谈及药师法门时，所偏注重的有几样意思，今且举出，略说一下。

药师法门甚为广大，今所举出的几样，殊不足以包括药师法门的全体，亦只说是法门之一斑了。

一、维持世法

佛法本以出世间为归趣，其意义高深，常人每难了解。若药师法门，不但对于出世间往生成佛的道理屡屡言及，就是最浅近的现代实际的人类生活亦特别注重。如经中所说"消灾除难，离苦得乐，福寿康宁，所求如意，不相侵陵，互为饶益"等，皆属于此类。就此可见佛法亦能资助家庭社会的生活，与维持国家、世界的安宁，使人类在这现生之中即可得到佛法的利益。

或有人谓佛法是消极的、厌世的、无益于人类生活的，闻以上所说药师法门亦能维持世法，当不至对于佛法再生种种误解了。

二、辅助戒律

佛法之中，是以戒为根本的，所以佛经说："若无净戒，诸善功德不生。"但是受戒容易，得戒为难，持戒不犯更为难。今若能依照药师法门去修持力行，就可以得到上品圆满的戒。假使于所受之戒有毁犯时，但能至心诚恳持念药师佛号并礼敬供养者，即可消除犯戒的罪，还得清净，不致再堕落在三恶道中。

三、离苦得乐

佛法的宗派非常之繁，其中以净土宗最为兴盛。现今出家人或在家人修持此宗，求生西方极乐世界者甚多。但修净土宗者，若再能兼修药师法门，亦有资助决定生西的利益。依《药师经》说，若有众生能受持八关斋戒，又能听见药师佛名，于其临命终时，有八位大菩萨来接引往西方极乐世界众宝莲花之中。依此看来，药师虽是东方的佛，而也可以资助往生西方，能使吾人获得决定往生西方的利益。

再者，吾人修净土宗的，倘能于现在环境的苦乐顺逆一切放下，无所挂碍，则固至善，但是切实能够如此的，千万人中也难得一二。因为我们是处于凡夫的地位，在这尘世之时，对于身体、衣食、住处等，以及水、火、刀、兵的天灾人祸，都不能不有所顾虑，倘使身体多病，衣食、住处等困难，又或常常遇着天灾人祸的危难，皆足为用功办道的障碍。若欲免除此等障碍，必须兼修药师法门以为之资助，即可得到《药师经》中所说"消灾除难，离苦得乐"等种种利益也。

四、速得成佛

《药师经》绝非专说世间法的，因药师法门，唯是一乘速得成佛的法门。所以经中屡云"速证无上正等菩提，速得圆满"等。

若欲成佛，其主要的原因，即是"悲、智"两种愿心。《药师经》云："应生无垢浊心、无怒害心，于一切有情起利益安乐、慈悲喜舍平等之心。"就是这个意思。前两句从反面转说，"无垢浊心"就是智心，"无怒害心"就是悲心。下一句正说，"舍"及"平等之心"就是智心，余属悲心。悲智为因，菩提为果，乃是佛法之通途。凡修持药师法门者，对于以上几句经文，尤宜特别注意，尽力奉行。

假使不如此，仅仅注意在滋养现实人生的事，则唯获人天福报，与夫出世间之佛法了无关系。若是受戒，也不能得上品圆满的戒。若是生西，也不能往生上品。

所以我们修持药师法门的，应该特别注意以上几句经文，依此发起"悲智"的弘愿。假使如此，则能以出世的精神来做世间的事业，也能得上品圆满的戒，也能往生上品，将来速得成佛可无容疑了。

药师法门甚为广大，上所述者，不过是我常对人讲的几样意思。将来暇时，尚拟依据全部经义，编辑较完备的药师法门著作，以备诸君参考。

最后，再就持念药师佛名的方法，略说一下。念佛名时，应依经文，念曰"南无药师琉璃光如来"，不可念"消灾延寿药师佛"。